ZORN UND ZÄRTLICHKEIT

1.

ANFANG MAI 1541, ABERDEENSHIRE, SCHOTTLAND

Ein strahlend heller Mond brach sich Bahn zwischen den Wolken, die der Wind über den Himmel jagte, schien auf das Hochlandmoor herab und verwandelte fünf Männer in schwarze Schatten. Sie warteten hinter einer steilen Klippe über dem Fluß Dee, dessen Silberband sich durch das breite Tal zwischen den Cairngorm-Bergen und dem mächtig aufragenden Lochnagar wand.

Ein ungestümer Bach, angeschwollen vom geschmolzenen Schnee, vereinigte sich mit dem Dee. Dieser Strom durchquerte Glen More, wo MacKinnions kleine Pachtgüter das spärliche fruchtbare Land vereinnahmten.

Stille lag über dem Tal. Die fünf Männer hörten nur die Melodie des rauschenden Wassers tief unten und ihre eigenen rauhen Atemzüge. Sie kauerten hinter der Klippe und froren in ihren nassen Kleidern, denn sie hatten eben erst den Fluß durchwatet.

Nun warteten sie, bis der Mond seinen Zenit erreichen und keine Schatten mehr werfen würde. Dann wollte der größte von ihnen das Zeichen zum Aufbruch geben, und sie würden ihr bitteres Werk beginnen. Seine Clangefährten waren ebenso erregt wie er.

»Der Mond steht schon hoch am Himmel, Sir William.«

William zuckte zusammen. »So ist es«, bestätigte er und verteilte die grün, goldgelb und grau gestreiften Tartans, die er für diese Nacht hatte anfertigen lassen. »Dann wollen wir anfangen, und wir wollen es richtig machen. Wir stoßen den Schrei des Clans Fergusson aus, nicht unseren eigenen. Und tötet sie nicht alle, sonst bleibt keiner übrig, der erzählen kann, wessen Schrei er gehört hat.«

Die fünf Männer verließen ihr Versteck und holten ihre Pferde. Schwerter wurden gezogen, Fackeln entzündet. Einen Augenblick später zerriß ein grausiger Kriegsschrei das nächtliche Schweigen. Sieben Pachtgüter lagen auf ihrem Weg, doch sie wollten nur drei überfallen, denn MacKinnions Pächter waren nicht nur tüchtige Bauern, sondern auch erfahrene Kämpfer, und der einzige Vorteil der kleinen Reiterschar lag in einem Überraschungsangriff.

Die Familie auf dem ersten Pachtgrundstück war eben erst erwacht, als eine Fackel ihre kleine Hütte in Brand steckte. Rasch fraßen die Flammen ihr Heim auf. Ihr Vieh wurde geschlachtet, doch das Schwert blieb dem Pächter und seinen Angehörigen erspart. Dies war kein Segen, denn im Gefängnis der Feuerhölle starben sie einen tausendmal qualvolleren Tod.

In der zweiten Hütte wohnte ein jungverheiratetes Paar. Die Frau war erst fünfzehn Jahre alt. Der Kriegsschrei weckte sie und erfüllte sie mit Entsetzen – und ihr Grauen wuchs, als sie das angstverzerrte Gesicht ihres Mannes sah. Er zwang sie, unter dem Bett Zuflucht zu suchen, dann rannte er hinaus, um dem Angriff zu begegnen. Sie erfuhr nicht mehr, was mit ihm geschah. Rauch sammelte sich in dem strohgedeckten Häuschen und erstickte sie. Der Wunsch, sie hätte sich ihrem Bruder nicht widersetzt und besser auf ihren Liebsten verzichtet, kam zu spät. Es war für alles zu spät.

Das dritte Pachtgut, ein größerer Bauernhof, wurde nicht ganz so hart getroffen. Hier lebte der alte Ian mit seinen drei erwachsenen Söhnen, einer Schwiegertochter, einem Enkel und einem Diener. Glücklicherweise war Ian ein schlechter Schläfer, und so erwachte er und sah, wie die Hütte der jungen Eheleute angezündet wurde. Er rief seine drei Söhne zu den Waffen und schickte den Enkel zu den Nachbarn, um sie zu warnen. Danach sollte Simon zum Gutsherrn laufen.

Vor Ians Hütte stießen die Brandstifter auf Widerstand, sahen sich vier starken Kämpfern gegenüber. Ian konnte seine Keule immer noch kraftvoll schwingen, und er setzte sich erstaunlich lange zur Wehr. Einer seiner Söhne starb, ein zweiter wurde verwundet und der alte Ian niedergestreckt, bevor der Kriegsschrei der MacKinnions aufklang, der die Angreifer in die Flucht schlug.

In den dunklen Stunden vor der Morgendämmerung betrachtete ein wütender junger Gutsherr den Schauplatz der Verwüstung. James MacKinnion zügelte seinen starken Hengst im selben Augenblick, als sein Vetter und Freund, Black Gawain, ins Heim der Jungvermählten rannte – eine kleine Hütte, erst vor wenigen Monaten gebaut, um die Braut willkommen zu heißen. Nur die niederen Steinmauern und ein Teil des Daches waren von dem Häuschen übriggeblieben, in dem bis zu dieser Nacht Glück und Fröhlichkeit geherrscht hatten.

Um Black Gawains willen hoffte Jamie, die Hütte würde leer sein, doch er wußte, daß dies nur ein frommer Wunsch war. Erschüttert starrte er auf die Leiche des jungen Bewohners, der vor der rußgeschwärzten Tür lag, mit halbabgetrenntem Kopf.

Die Clansleute an den Grenzen seines Landes bauten auf seinen Schutz. Es spielte keine Rolle, wie weit sein Schloß entfernt lag hoch oben in den Bergen und daß es ihm unmöglich gewesen wäre, ihnen rechtzeitig beizustehen. Wer immer dies getan hatte, fürchtete MacKinnions Zorn nicht. Nun, sie würden ihn fürchten lernen, bei Gott!

Black Gawain taumelte aus dem verkohlten Schutt, halb erstickt vom Rauch. Er warf seinem Freund einen erleichterten Blick zu, aber Jamie ließ sich nicht so schnell überzeugen.

»Bist du sicher, Black Gawain?« fragte er eindringlich.

»Sie ist nicht da.«

»Bist du ganz sicher, Gawain?« beharrte Jamie. »Wäre es keine Zeitverschwendung, einen Suchtrupp in die Berge zu schicken? Das Mädchen wäre bestimmt schon aufgetaucht, wenn...«

»Verdammt, Jamie!« schrie Gawain. Doch der harte Blick seines Gutsherrn veranlaßte ihn, seine eigenen Männer zu rufen. Verzweifelt befahl er ihnen, die Hütte gründlich zu durchsuchen und jedes einzelne Bodenbrett umzudrehen.

Drei Leute gingen hinein. Viel zu früh trugen sie die Leiche einer jungen Frau heraus.

»Sie lag unter dem Bett«, erklärte ein Bursche mit abgewandtem Kopf. Gawain nahm seine Schwester auf die Arme, legte sie behutsam auf den Boden und beugte sich über sie.

Jamies Hände umklammerten die Zügel noch fester. »Wenigstens ist sie nicht verbrannt, Gawain«, versuchte er den Freund mit leiser Stimme zu trösten, denn einen anderen Trost gab es nicht. »Sie hat nicht allzusehr gelitten.«

Black Gawain blickte nicht auf. »Nein – aber sie ist tot«, stieß er schluchzend hervor. »O Gott, sie hätte niemals hierherkommen dürfen! Ich habe ihr doch gesagt, daß sie den Bastard nicht heiraten soll!«

Jamie konnte nichts sagen und nichts tun – bis auf eines: Er würde die Verbrecher, die dieses Leid verursacht hatten, zur Rechenschaft ziehen.

Er ritt weiter mit den zwölf Männern, die er vom Schloß Kinnion mitgebracht hatte. Sie sahen, was auf dem ersten Pachthof geschehen war. Der dritte war unbeschädigt, aber zwei Männer hatten den Tod gefunden – Ian und sein jüngster Sohn. Viele Tiere lagen geschlachtet am Boden, auch zwei schöne Pferde, die Jamie dem alten Ian geschenkt hatte.

Er spürte, wie sein Zorn eine schmerzende offene Wunde wurde. Dies war kein gewöhnlicher Überfall gewesen, sondern ein unverzeihliches Gemetzel. Wer konnte ein so schreckliches Unheil angerichtet haben? Immerhin, einige hatten es überlebt. Man würde ihm die Männer beschreiben und zumindest einige Anhaltspunkte geben.

Jamie hätte unzählige Namen in Erwägung ziehen können, doch auf den Namen, der ihm genannt wurde, wäre er zu allerletzt gekommen.

»Fergusson – der Clan Fergusson«, sagte Hugh bitter. »Ich irre mich ganz sicher nicht. Da war fast ein Dutzend von diesen verfluchten Tiefländern.«

»Hast du den alten Dugald gesehen?« fragte Jamie mit gepreßter Stimme.

Hugh schüttelte den Kopf, blieb jedoch bei seiner Behauptung. »Die Kriegsschreie des Clans waren klar zu hören und die Farben ihrer Tartans deutlich zu sehen. Ich habe die Fergussons oft genug bekämpft, um ihre Farben ebensogut zu kennen wie meine eigenen.«

»Aber seit zwei Jahren nicht mehr, Hugh.«

»Das waren zwei vergeudete Jahre!« rief Hugh erbost. »In diesen zwei Jahren hätte ich die Fergussons ausrotten können, dann müßte ich jetzt nicht um meinen Vater und meinen Bruder trauern!«

»Das ergibt keinen Sinn, Mann!« entgegnete Jamie bedachtsam. »Die Tartans der Fergusson lassen sich leicht mit anderen verwechseln, auch mit deinen. Ich brauche mehr Beweise als einen Kriegsruf, den jeder nachahmen könnte, und Farben, die ihr im Dunkeln gesehen habt.«

»Ihr habt Eure Zweifel, Sir Jamie, und das nimmt Euch niemand übel«, meldete sich einer der Pächter, die Ians Enkel gewarnt hatte, zu Wort. »Plötzlich ertönte dieser Kriegsschrei, den ich nach zwei friedlichen Jahren nie mehr zu hören erwartet hatte. Doch er war unmißverständlich. Und dann flohen die Feiglinge und ritten am Ufer des Bachs hinab.«

»Ich war oben am Bach und sah den Schaden«, berichtete ein anderer Mann. »Und nun wollen wir wissen, was Ihr zu unternehmen gedenkt, Sir Jamie.«

Diese Herausforderung erschreckte Jamie. Die meisten Anwesenden befanden sich im vorgeschrittenen Alter. Als wäre es nicht schon schlimm genug gewesen, daß er erst fünfundzwanzig Jahre zählte – sein hübsches, knabenhaftes Gesicht ließ ihn noch jünger erscheinen. Alle, die ihm nahestanden, kannten sein lebhaftes Temperament und seine Neigung, vorschnell zu urteilen. Aber diese Männer hier hatten wenig von ihm gesehen, seit er vor zwei Jahren, nach dem Tod seines Vaters, zum Oberhaupt des Clans aufgestiegen war – zum Laird von MacKinnion. Sie hatten noch keine Gelegenheit gehabt, an Jamies Seite zu kämpfen.

»Ihr wollt, daß ich euren Rachefeldzug anführe? Das tue ich gern, denn wer immer euch angreift, der greift auch mich an.« Mutig hielt Jamie ihren Blicken stand, und niemand konnte die kalte Entschlossenheit in seinen braunen Augen übersehen. »Aber ich werde eine längst begrabene Fehde nicht ohne guten Grund von neuem beginnen. Ihr sollt eure Rache haben, das schwöre ich – doch sie wird sich nur gegen die wahren Schuldigen richten und gegen niemand anderen.«

»Was für Beweise braucht Ihr denn noch?«

»Einen Beweggrund, Mann!« erwiderte Jamie erregt. »Warum sollten euch die Fergussons so etwas antun? Zu meines Vaters Zeiten habt ihr sie bekämpft. Ihr wißt, daß dies kein mächtiger Clan ist. Wir sind in der Überzahl. Auf einen Fergusson kommen zwei MacKinnions, selbst wenn sie sich mit den MacAfees verbünden. Dugald Fergusson wollte die Fehde beenden. Meine Tante meinte, der Kampf hätte niemals beginnen dürfen. Deshalb war ich mit dem Frieden einverstanden, als nach unserem letzten Überfall vor zwei Jahren keine Vergeltungsmaßnahmen getroffen wurden. Seither haben sie uns nicht mehr angegriffen und wir sie auch nicht. Kann einer von euch begründen, was heute nacht geschehen ist?«

»Begründen? Nein, aber ich kann es beweisen.« Ians ältester Sohn warf Jamie den abgerissenen Teil eines Tartans vor die Füße, in mehreren Grün- und Goldgelbtönen, mit grauen Streifen.

In diesem Augenblick erschien eine dreißigköpfige Schar, Pächter mit ihren Söhnen, die in der Nähe von Schloß Kinnion lebten und die Jamies Bruder zusammengerufen hatte.

»Dann soll es so sein«, sagte Jamie mit unheilvoller Stimme und bohrte die unverkennbaren Fergusson-Farben langsam mit seinem Stiefelabsatz in die Erde. »Wir reiten in den Süden, nach Angusshire. Vermutlich erwarten sie uns, doch sie werden nicht annehmen, daß wir ihnen so dicht auf den Fersen sind. Wenn wir jetzt aufbrechen, erreichen wir schon im Morgengrauen unser Ziel.«

2.

James MacKinnion kam nur langsam voran. Dichte Nebelschwaden hingen immer noch über dem taubenetzten Boden, und er war triefnaß, nachdem sie den zweiten der beiden Esk-Flüsse durchquert hatten. Tiefe Müdigkeit drohte ihn zu überwältigen, denn er hatte nicht viel geschlafen in dieser Nacht, und der Ritt nach Süden war anstrengend gewesen. Sie hatten einen Umweg von über einer Meile machen müssen, um eine Furt durch den Fluß zu finden, was seine Laune keineswegs besserte. Und er konnte seine Sorge nicht verdrängen. Irgend etwas stimmte da nicht, aber er wußte nicht, was es sein könnte.

Seine Männer waren im Morgennebel am Flußufer zurückgeblieben, und er ritt allein weiter. Jamie, sein Bruder und Black Gawain hatten sich getrennt, um das Gelände auszukundschaften und nach Anzeichen für einen möglichen Hinterhalt zu suchen. Das tat er immer, wenn er mit einem Angriff rechnen mußte, und diese Gefahr bestand ohne jeden Zweifel. Und er ritt immer selbst auf Kundschaft aus, nicht, weil er seinen Mut zeigen wollte, sondern weil er die Verantwortung für das Wohl seiner Clansmänner trug. Niemals würde er jemandem Aufgaben zuteilen, die er selbst nicht übernehmen wollte – auch wenn er dabei seine Freiheit aufs Spiel setzte.

Nebelfetzen wirbelten umher, teilten sich vor ihm in einer schwachen Brise und enthüllten sekundenlang eine bewaldete Talsenke. Dann wurde der Nebel wieder dichter und versperrte ihm die Sicht. Jamie ritt auf die Bäume zu, die nach dem kahlen Moorland und dem Heidekraut der Berge eine willkommene Abwechslung boten.

Nie zuvor war er so weit im Osten des Fergusson-Gebietes gewesen. Und er hatte die Tiefländer auch noch nie im Frühling angegriffen. Dafür eignete sich der Herbst, wenn die Flüsse breit, aber seicht und die Rinder nach der sommerlichen Weide wohlgenährt waren und reif für den Markt. Er hatte den Fluß immer auf dem direkten Weg zu Tower Esk überquert, der Heimstatt Dugald Fergussons. Das war diesmal wegen des hohen Wasserstands unmöglich gewesen. Doch die Verzögerung erschien ihm geringfügig, und obwohl er immer noch nach der Spur seiner Gegner suchte, war er überzeugt, daß sie nur eine knappe Stunde Vorsprung hatten. Er würde ihnen keine Zeit geben, ihren Sieg zu feiern.

Jamies Zorn kämpfte mit seiner Vernunft, und er fragte sich, ob es klug gewesen war, nach Süden zu reiten, ohne seine Entscheidung zu überdenken. Er hatte sich an die Tatsachen gehalten. Natürlich hätte er gar nicht anders handeln können. Der Tod mehrerer Menschen erforderte, daß er nach Süden ritt, um sie zu rächen – auch der abgerissene Tartanstreifen zwang ihn dazu. Aber – warum? Wenn er doch stichhaltigere Beweise hätte... Sein Unternehmen grenzte an Wahnsinn. Wußte er überhaupt, was er tat?

Diese Ungewißheit quälte ihn und verstärkte seine Zweifel an der schwierigen Aufgabe, die ihm bevorstand. Dugald Fergusson würde die Situation keineswegs verkennen und sich darauf einstellen, daß Jamie die Macht besaß, den ganzen Clan der Tiefländer zu vernichten. Das konnten die MacKinnions allein schaffen, und sie durften mit der Unterstützung zweier starker Nordclans rechnen, in die Jamies Schwestern eingeheiratet hatten.

Sollte sich die Notwendigkeit ergeben, wäre er in der Lage, fünfhundert Mann auf die Beine zu stellen. Das mußte der alte Dugald wissen. Vor drei Jahren hatte er vom ersten Bündnis erfahren, von der Hochzeit der zweiten Schwester kurz nach dem Tod des alten MacKinnion. Und Jamie war als neuer Laird von MacKinnion zum ersten- und letztenmal ins Tiefland geritten, um die Fergussons anzugreifen. Nach jenem Überfall hatte Dugald keine Vergeltung geübt, obwohl er zwanzig Rinder, sieben Pferde und fast einhundert Schafe eingebüßt hatte. Dugald wußte, daß er den MacKinnions nicht gewachsen war, und Jamie wußte es ebensogut.

Es war sinnlos gewesen, die alte Fehde fortzusetzen, und Jamie hatte seine Tante Lydia in dem Glauben gelassen, sie hätte ihn zum Friedensschluß überredet. Dieser Gedanke gefiel ihr, und er machte ihr sehr gern eine Freude. Immer wieder hatte sie ihn angefleht, eine von Dugalds vier Töchtern zu heiraten, um die Versöhnung zu besiegeln. Aber so weit wollte er nicht gehen. Seine erste und einzige Ehe hatte ein so tragisches Ende gefunden. Diese Erfahrung genügte ihm.

Mit gerunzelter Stirn überlegte er, was seine Tante wohl denken würde, wenn sie erfuhr, wohin er geritten war und was die dunkle Seite seines Wesens anstrebte – die Ausrottung der Fergussons. Dies könnte bewirken, daß sie sich für immer von der Wirklichkeit entfernte.

Lydia MacKinnion litt an geistigen Störungen, seit die Fehde zwischen den MacKinnions und den Fergussons vor siebenundvierzig Jahren begonnen hatte. Sie war Zeuge der Ereignisse geworden, die den Kampf ausgelöst hatten. Aber sie verschwieg, was sie gesehen und warum Niall Fergusson, Dugalds Vater, Jamies Großeltern getötet und einen erbitterten zehnjährigen Krieg begonnen hatte, in dem beide Clans auf die Hälfte ihrer Mitglieder vermindert worden waren. Später hatte man sich mit periodischen Angriffen begnügt, mit dem einzigen Ziel, Vieh zu rauben – ein Brauch, der im Hochland ebenso an der Tagesordnung war wie das Atmen.

Vielleicht hatte Niall Fergusson an Wahnsinn gelitten – vielleicht war auch Dugald verrückt, einem alten Familienerbe zufolge. Diese Möglichkeit mußte man in Betracht ziehen und einem Wahnsinnigen verzeihen, seine Taten sogar dulden. Immerhin war auch Jamies Tante nicht ganz richtig im Kopf.

Diese Erkenntnis beruhigte ihn. Wie könnte er einen ganzen Clan für die Handlungsweise eines Irrsinnigen strafen? Seine Wut über den grausamen Angriff der Fergussons ließ nach. Er wollte sich rächen, aber er würde sie nicht alle vernichten.

Der Nebel löste sich allmählich auf, als Jamie in die bewaldete Talsenke ritt. Er sah, daß er sie in wenigen Sekunden durchqueren könnte, denn sie war nicht breiter als hundert Meter. Inzwischen hatte er sich ungefähr um eine halbe Meile von seinen Männern entfernt. Und da keine Hütte zu sehen war, begann er zu bezweifeln, daß er sich auf dem Gebiet der Fergussons befand. Vielleicht hatte er die Entfernung falsch berechnet und seine Leute auf der Suche nach einer Furt zu weit flußabwärts geführt.

Plötzlich hörte er etwas und glitt blitzschnell von seinem Pferd, um in Deckung zu gehen. Doch als er wieder lauschte, war das Geräusch unverkennbar – ein Kichern, ein weibliches Kichern.

Er ließ sein Pferd stehen und schlich zwischen Baumstämmen und Farnkraut lautlos in die Richtung, aus der die Stimme zu ihm drang. Um diese frühe Stunde schimmerte der Himmel rötlich-grau, über dem Boden schwebten immer noch Nebelschleier.

Als Jamie das Mädchen erblickte, traute er seinen Augen nicht. War das eine Vision? Sie stand in einem kleinen Teich, das Wasser reichte ihr bis zur Taille. Nebelschwaden umwirbelten ihren Kopf. Sie sah aus wie eine Nixe – unwirklich und trotzdem irdisch genug.

Sie kicherte wieder und spritzte Wasser auf ihre nackten Brüste. Ihr Gelächter entzückte ihn, und er stand wie gebannt da, um ihr genüßliches Spiel zu beobachten.

Das Wasser mußte mindestens so eisig sein wie die Morgenluft, doch die Kälte schien die junge Frau nicht zu stören – ebensowenig wie Jamie, nachdem er ihr eine Weile zugeschaut hatte.

Sie war unglaublich hübsch und ließ sich mit keiner anderen vergleichen, die er je gesehen hatte. Und als sie sich zu ihm wandte, kam ihm das volle Ausmaß ihrer Schönheit erst richtig zu Bewußtsein. Ihre perlmuttweiße Haut bildete einen lebhaften Kontrast zu ihrem glänzenden, dunkelroten langen Haar. Zwei Strähnen hingen über ihre Brüste hinab und schwammen im Teich. Und wie reizvoll diese Brüste waren – makellos geformt, hoch angesetzt, die Knospen von der Liebkosung des eiskalten Wassers erhärtet... Bewundernd ließ Jamie seinen Blick über die zarten Schultern wandern, die schmale Taille und den flachen Bauch, der in die Wellen und wieder hervortauchte, während sich das Mädchen spielerisch bewegte und immer wieder die sanfte Rundung einer Hüfte zeigte.

Sie hatte feingezeichnete Gesichtszüge. Und das einzige, was Jamie nicht genau erkennen konnte, war die Farbe ihrer Augen, denn er stand zu weit entfernt, und die Spiegelung des Wassers ließ sie in einem so klaren, leuchtenden Blau erscheinen, daß dies unmöglich den Tatsachen entsprechen konnte. Wie gern wäre er näher herangegangen, um sich zu überzeugen...

Und am allerliebsten würde er ihr ins Wasser folgen. Was für ein verrückter Gedanke, geboren aus der seltsamen Wirkung, die sie auf ihn ausübte. Aber wenn er sich zu ihr gesellte, würde sie entweder verschwinden – und beweisen, daß sie kein irdisches Geschöpf war, oder schreiend davonlaufen. Und wenn sie weder das eine noch das andere tat? Wenn sie stehenblieb und ihn erwartete und ihm erlaubte, sie zu berühren, wie er es ersehnte?

Wider alle Vernunft beschloß er, sich auszukleiden und in den Teich zu springen, doch da murmelte das Mädchen etwas Unverständliches und griff nach einem Ding, das... Ja, woher hatte sie es genommen? Jamie hob die Brauen. War sie wirklich und wahrhaftig ein Geist, der nach Belieben irgendwelche Gegenstände herbeizaubern konnte?

Das sonderbare Ding entpuppte sich als Seifenstück, und sie begann sich damit zu waschen. Jetzt wirkte die Szene durchaus irdisch – ein Mädchen badete in einem Teich. Die irreale Atmosphäre war geschwunden, und Jamies Vernunft gewann wieder die Oberhand. Aber – konnte eine Seife von selber ins Wasser fallen? Sein Blick suchte das gegenüberliegende Ufer ab, bis er den Mann – oder eher den Burschen – entdeckte, der auf einem Felsblock saß und der jungen Frau den Rücken zugewandt hatte. Ihr Beschützer? Wohl kaum. Trotzdem schien er auf sie aufzupassen.

Tiefe Enttäuschung stieg in Jamie auf, als er merkte, daß er nicht allein mit dem schönen Mädchen war. Die Anwesenheit des Burschen riß ihn abrupt in die Wirklichkeit zurück. Er mußte sich auf den Weg machen. Nun fielen auch noch die ersten Sonnenstrahlen ins Dunkel des Wäldchens, als sollte ihm die Torheit seines Zauderns eindringlich vor Augen geführt werden. Sein Bruder und die anderen würden mittlerweile zu den Männern am Fluß zurückgekehrt sein und auf ihn warten.

Plötzlich fühlte er sich elend. Während er das Mädchen beobachtet hatte, war er gleichsam in eine andere Welt versetzt worden. Jetzt erschreckte ihn der krasse Unterschied zwischen dem schönen Bild, das sich ihm bot, und dem grausamen, blutigen, das er bald erblicken würde. Und er konnte das Ereignis, das auf ihn zukam, ebensowenig abwenden, wie er die Szene vergessen würde, die er in diesem kleinen Tal mitangesehen hatte.

Jamie warf einen letzten wehmütigen Blick auf die junge Frau. Sonnenstrahlen streuten glitzernde Punkte auf den Teich; einer berührte sie und ließ ihre Haare wie Flammen funkeln. Seufzend drehte er sich um und ging zu seinem Pferd.

Auf dem Rückritt dachte er unablässig an die schöne Nixe und fragte sich, wer sie sein mochte. Eine Fergusson? Die Tochter eines Pächters? Nein, das glaubte er nicht. Welcher Mann, der eine so schöne Tochter hatte, würde ihr erlauben, nackt in einem Teich zu baden? Und der Gedanke, sie könnte eine Fergusson sein, war ihm in tiefster Seele zuwider. Lieber wollte er sich vorstellen, daß sie eine Bettlerin war, die durch das Fergusson-Gebiet zog.

Nun, vielleicht war sie wirklich eine Bettlerin, die ein Bad nahm, bevor sie auf Tower Esk um eine milde Gabe flehen wollte. In Schottland wimmelte es von solchen Leuten, vor allem im Tiefland, wo es mehr Kirchen gab, wo frömmere, wohltätigere Leute lebten als im Hochland. Andererseits – konnten Bettlerinnen so schön sein? Das war nicht auszuschließen, aber zweifelhaft. Und wenn diese Möglichkeit ausschied – wer mochte sie dann sein? Würde er es jemals erfahren?

Er bekämpfte den Wunsch, umzukehren und sie kennenzulernen, denn nun kamen seine Männer in Sicht. Der Nebel hatte sich aufgelöst, in der Ferne war Tower Esk zu erkennen, das auf seinem befestigten Berg aufragte, und er sah auch die zahlreichen, im Moor verstreuten Pachtgüter. Es war an der Zeit, den Kampf zu eröffnen.

Aber Jamies Rachsucht hatte spürbar nachgelassen. Der Anblick des schönen Mädchens, die Erinnerung an seine Tante und die Sorge um deren Geisteszustand hatten seinen Zorn verringert. Natürlich mußte ein Unrecht mit Unrecht vergolten werden, aber Jamie wollte sich barmherzig zeigen. Bei seinen Männern angekommen, erklärte er ihnen seinen Gesinnungswandel. Sein Wort war Gesetz, und jene, die seine Milde mißbilligten, sollten zum Teufel gehen.

Sie zerstörten drei Höfe an diesem Morgen. Die Ernte wurde zertrampelt, das Vieh gestohlen. Aber Frauen und Kinder blieben am Leben und sahen gezwungenermaßen mit an, wie ihre Hütten niederbrannten. Die Pächter, die sich in den Kampf stürzten, fanden den Tod. Wer keinen Widerstand leistete, wurde verschont.

Jamie verharrte noch eine Weile am Schauplatz seiner Rache, um abzuwarten, ob sich Dugald Fergusson blicken lassen wollte. Die brennenden Hütten lagen im Blickfeld der Turmzinnen, doch die MacKinnions waren in der Überzahl, und er wußte, daß Dugald keinen Gegenangriff wagen konnte. Indem Jamie in aller Offenheit einen Vergeltungsschlag herausforderte, wollte er seinen Feind demütigen. Sobald sich seine Männer mit ihrem Sieg zufriedengaben, trat er den Rückzug an.

Die Fehde begann von neuem. Jamie freute sich keineswegs darüber. Zu Hause quälten ihn schon genug Sorgen – auch ohne die fernen Fergussons. Doch sie hatten es so gewollt, und nun war geschehen, was geschehen mußte.

Auf dem langen Heimweg plante Jamie keine künftigen Überfälle. Statt dessen dachte er an ein schönes, geheimnisvolles Mädchen – eine Nixe mit perlmuttweißer Haut und Haaren, die dunkelroten Flammen glichen.

3.

JUNI 1541, ANGUSSHIRE, SCHOTTLAND

Sheena Fergusson blickte über die Zinnen von Tower Esk auf das friedliche Moor, aber ihre Gedanken waren alles andere als friedlich. Von Natur aus Frühaufsteherin, hatte sie sich schon im Morgengrauen von ihrem Bett erhoben, um zu beobachten, wie sich der Himmel rosa färbte und mit dem Heidekraut wetteiferte. Sie ärgerte sich, weil es ihr verboten war, das Turmhaus zu verlassen – nicht einmal für einen kurzen Ausritt in Begleitung mehrerer Gefolgsleute.

Das war ungerecht. Doch in diesen Tagen gab es keine Gerechtigkeit mehr und das alles nur, weil MacKinnion im vergangenen Monat beschlossen hatte, den zweijährigen Waffenstillstand zu beenden. In diesen beiden beschaulichen, sorglosen Jahren war Sheena die Freiheit vergönnt gewesen, die sie als Kind genossen hatte. Als älteste von vier Töchtern und Dugald Fergussons Liebling war sie verwöhnt worden wie ein hochgeschätzter Erbe – bis zur Ankunft des langersehnten Stammhalters. Nach Nialls Geburt war sie immer noch die Lieblingstochter – aber eben nur eine Tochter.

Seltsam, daß sie Niall nie gehaßt, sondern vom ersten Tag an geliebt hatte. Mit sechs Jahren, ein ungestümes Kind und maßlos verhätschelt, war sie nach den unwichtigen Geburten dreier Schwestern von diesem kleinen Jungen fasziniert gewesen.

Die Liebe zwischen den beiden überraschte jedermann. Von Rechts wegen hätte Niall seiner Schwester Fiona am nächsten stehen müssen, da sie nur ein Jahr älter war als er. Und doch war es Sheena, der er stets hinterherlief, die seine Abenteuerlust befriedigte. Und es war auch Sheena, die ihm die ganze Liebe schenkte, die er brauchte, während er vom kleinen Jungen zum Mann heranwuchs. Sie waren nach wie vor unzertrennlich. Mit ihren neunzehn Jahren hatte Sheena das heiratsfähige Alter längst überschritten, und Niall war erst dreizehn und zuweilen immer noch sehr kindlich.

In einem Augenblick unvermuteter Reife hatte Niall gemeinsam mit seinem Vater beschlossen, daß Sheena innerhalb der Turmmauern bleiben müßte. Tagsüber konnte sie ihres Lebens nicht mehr sicher sein, wenn sie sich ins Freie wagte. Das ärgerte sie am allermeisten – MacKinnion war der einzige Clan, der bei Tag angriff. Alle anderen, auch die Fergussons, unternahmen ihre Plünderzüge im Schutz der nächtlichen Dunkelheit. Aber die tollkühnen MacKinnions mußten ihre Gegner bei Tageslicht überfallen.

Die Angst, die sie seit einem Monat verbreiteten, war widerwärtig und hatte Sheenas Leben in mancher Hinsicht verändert. Sie mußte auf ihre Freiheit verzichten, der Gefahr einer Ehe ins Auge blicken und viel zuviele Kämpfe ausfechten. Die Streitigkeiten mit den Schwestern waren ihr nicht neu, doch der Zwist mit ihrem Vater drohte ihr das Herz zu brechen. Und warum zankten sie sich? War es so falsch, daß sie einen Mann heiraten wollte, den sie liebte? War es ihre Schuld, daß sie sich noch nicht verliebt hatte?

Schon in ihrer Kindheit hatte man von einer Ehe gesprochen, die ein vorteilhaftes Bündnis mit einem anderen Clan schließen würde. Aber dieses Gerede war vor zwei Jahren verstummt, und sie hatte angenommen, man würde ihr erlauben, eine Liebesehe einzugehen. Ihr Vater war auch gar nicht dagegen und stets auf Sheenas Seite gewesen, wann immer ihre Schwestern ihn angefleht hatten, die Älteste zu einer Ehe zu zwingen, damit auch sie heiraten konnten. Jede hatte sich ihren künftigen Mann schon ausgesucht und wartete ungeduldig auf die Hochzeit, sogar die vierzehnjährige Fiona. Es war ihnen nicht schwergefallen, Männer zu finden, die ihre Liebe erwiderten und den Fergussons außerdem zu einflußreichen Bündnissen verhelfen würden. Dieses Glück war bisher Sheena versagt gewesen.

Aber Dugald hatte sich geweigert, seine Älteste zu drängen und den Jüngeren verboten, vor ihr zu heiraten und sie damit in Schande zu bringen. Jetzt war plötzlich alles anders – jetzt war es lebenswichtig, daß sie einen Mann aus einem mächtigen Clan wählte, um die Verteidigungskraft der Fergussons durch neue Bündnisse zu stärken. Noch in diesem Monat mußte sie sich entscheiden, oder ihr Vater würde sie nach seinem Gutdünken verheiraten. Sheena war fassungslos. Warum tat er ihr das an? Er liebte sie doch, sie war sein Schatz – das Juwel von Tower Esk, wie er sie zärtlich genannt hatte.

Aber tief im Herzen wußte sie, warum er ihre Wünsche überging, und sie konnte es ihm auch gar nicht übelnehmen. Er wollte seinen Clan durch starke Bündnisse und eine dreifache Hochzeit schützen. Sir Gilbert MacGuire hatte schon vor langer Zeit um Margarets Hand angehalten, nachdem er von Sheena abgewiesen worden war. Margaret, die soeben ihren siebzehnten Geburtstag gefeiert hatte, wartete schon seit anderthalb Jahren auf ihre Hochzeit. Die sechzehnjährige Elspeth war Gilleoman Sibbald versprochen, und Dugald hatte dieser Verbindung mit Freuden zugestimmt. Nun sollte auch Sheena ihre Wahl treffen, doch sie kannte niemanden, mit dem sie den Rest ihres Lebens verbringen wollte.

»Ich hätte mir denken können, daß ich dich hier finden würde – jetzt, wo du nicht mehr durch den Morgennebel reiten darfst.«

Sheena drehte sich um, sah den Vetter ihrer Mutter verächtlich an und kehrte ihm sofort wieder den Rücken. »Ich mag es nicht, wenn du mir nachspürst, Willie.«

»Ich habe dich gebeten, mich nicht mehr Willie zu nennen.«

»Also gut – William.« Sie zuckte mit den Schultern. Langsam begann sie ihn zu hassen, mochte er nun ihr Vetter sein oder nicht. »Was macht das für einen Unterschied? Am liebsten würde ich überhaupt nicht mit dir reden.«

»O Sheena, du bist wirklich ein böses Mädchen! Ich habe doch nur dein Wohl im Auge.«

Sie fuhr herum und starrte ihn voller Abscheu an. »Tatsächlich? Hast du meinem Vater nur eingeflüstert, daß ich heiraten muß, weil du es so gut mit mir meinst? Das bezweifle ich, mein lieber Vetter. Ich glaube viel eher, daß dir nur deine eigenen Interessen am Herzen liegen. Aber deine Machenschaften werden dir nichts einbringen, denn ich heirate dich niemals.«

»Da wäre ich an deiner Stelle nicht so sicher, Sheena«, erwiderte William kühl.

Sie lachte freudlos. »Du hast dir selber ein Bein gestellt, Willie – weil du meinen Vater überzeugt hast. Klar, er will, daß ich heirate, allerdings keinen MacAfee. Mit diesem Clan sind wir bereits verwandt, und er will frisches Blut in der Familie haben – dank deiner Bemühungen.«

William ignorierte ihre Bitterkeit, so wie er alles überging, was ihm mißfiel. »Dugald wird unserer Hochzeit zustimmen, das verspreche ich dir.«

»Und wie willst du ihn dazu veranlassen?« fragte sie spöttisch. »Bist du in der Lage, die Fehde zu beenden?«

»Nein, aber Fionas Hochzeit könnte beschleunigt werden. Sie hat Ogilvies Bruder ihr Herz geschenkt. Überleg doch einmal, Sheena! Ein Bündnis mit den Ogilvies ist so viel wert wie drei mit anderen Clans. Das würde sogar die MacKinnions beeindrucken.«

»Greifst du nach dem letzten rettenden Strohhalm, lieber Vetter? Nichts kann MacKinnion in die Flucht schlagen, das weißt du ebensogut wie ich. Er ist ein wilder Hochländer und hat wie alle Mitglieder seines Clans nur ein Lebensziel – zu töten.«

»Immerhin würde dein Vater ruhiger schlafen, wenn er einen Ogilvie als Schwiegersohn hätte. Deshalb wird er nichts gegen unsere Hochzeit einwenden, Sheena.«

»Du scheinst zu vergessen, daß ich dich nicht mag«, entgegnete sie gleichmütig. »Und warum ist das so? Das habe ich dir oft genug erzählt – Anfang dieses Jahres, im vergangenen Jahr und im Jahr davor. Leider hörst du mir niemals zu. Jetzt sage ich es noch einmal, und ich bete zu Gott, daß es zum letztenmal ist. Ich liebe dich nicht, und ich will keinen Mann heiraten, der fast so alt wie mein Vater ist. Natürlich will ich dich nicht kränken, Vetter, aber angesichts deiner Sturheit möchte ich am liebsten schreien!«

»Würdest du lieber MacKinnions Frau werden?« rief William wütend.

Alle Farbe wich aus Sheenas Gesicht. »Soll das ein Witz sein?«

»Nein, ich meine es todernst.« William lächelte siegessicher, als er die Angst in ihren Augen las. »Eine Hochzeit mit MacKinnion würde die Fehde begraben, nicht wahr? Dugald würde solche Pläne mit Wonne verfolgen, wenn ich ihn dazu ermutigte, denn sie sind ihm bereits durch den Kopf gegangen.«

»Du lügst!«

»Keineswegs, Sheena. Frag ihn doch! Diese Ehe würde das Blutvergießen und die Raubzüge ein für allemal beenden und den Fergussons ausnahmsweise einmal zu Wohlstand verhelfen.«

Sheenas Magen krampfte sich zusammen, denn seine Argumente klangen vernünftig, so schrecklich sie ihr auch erscheinen mochten. Und Dugald hatte schon viel zu oft auf Williams Ratschläge gehört. Aber wie könnte sie jemals MacKinnion heiraten, dessen Brutalität seine erste Frau schon in der Hochzeitsnacht zum Selbstmord getrieben hatte? Zumindest wurde das behauptet. Eine Ehe mit einem solchen Mann... Der Gedanke war unerträglich.

Verzweifelt schüttelte sie den Kopf. »Er würde mich gar nicht haben wollen«, flüsterte sie.

»Doch.«

»Ich bin seine Feindin – eine Fergusson. Er haßt uns alle. Hätte er sonst die Fehde von neuem begonnen?«

»Der Mann würde dich heiraten«, versicherte William unbeirrt. »Jeder, der Augen im Kopf hat, muß dich begehren. Und MacKinnion würde nicht nur ja sagen, wenn du ihm angeboten wirst. In seiner kühnen Überheblichkeit würde er die Hochzeit sogar verlangen.«

»Das könntest du mir antun, William?« fragte sie leise.

Er beobachtete ihr Mienenspiel und sah befriedigt, wie tief er sie erschüttert hatte. »Ich möchte dich selber heiraten, Sheena. Aber wenn ich dich nicht haben kann, werde ich dafür sorgen, daß du zu ihm gehst und endlich Schluß machst mit dieser Fehde – denn sie bringt die MacAfees ebenso um wie die Fergussons. Denk darüber nach, Sheena, und überleg dir's gut! Bald werde ich dich wieder um deine Hand bitten, und dann erwarte ich eine andere Antwort.«

Sheena schaute dem hochgewachsenen Mann nach, als er davonging, und sie fing am ganzen Körper zu zittern an. Natürlich würde sie ihren Vetter einem barbarischen Hochländer vorziehen, obwohl ihr William in tiefster Seele zuwider war. O Gott, wollte ihr Vater sie wirklich ins Unglück stürzen und zwingen, den grausamen Feind zu heiraten? Nein, das würde er niemals tun – nicht einmal, um die Fehde zu beenden. Dugald liebte sie, und er wußte genauso gut wie alle Tiefländer, daß MacKinnion ein unzivilisierter Rohling war. Er hatte die Geschichten gehört, die man sich über James MacKinnion erzählte – gräßliche Geschichten. Der Mann hatte von Kindesbeinen an getötet und Höfe geplündert. Und seine Frau war lieber gestorben, als seine Berührung zu dulden. Dugald wäre unfähig, sie solchen Qualen auszusetzen. Dazu könnte ihn William niemals überreden.

Sheena verließ die Zinnen und machte sich auf die Suche nach Niall. Er würde sie trösten – aber auch er konnte ihr Problem nicht lösen. Sie mußte irgend jemanden heiraten, so bald wie möglich.

4.

AUGUST 1541, ANGUSSHIRE, SCHOTTLAND

Sheena erwachte in der stillen Stunde kurz vor Tagesanbruch. In wenigen Minuten hatte sie ihr dichtes langes Haar geflochten und sich mit kurzer Jacke, Kilt und Tartan als junger Bursche verkleidet. Eine Kerze in der einen Hand und ein kleines Bündel in der anderen, schlüpfte sie aus der winzigen Kammer, die sie bewohnte, seit ihr die Schwestern fremd geworden waren. Jetzt ertrug sie es nicht mehr, das größere, viel behaglichere Schlafzimmer mit den drei Mädchen zu teilen.

Am Ende eines schmalen Korridors führten fünf Stufen zu Nialls Kammer hinauf. Im Tower Esk gab es mehrere Stockwerke, viele kleine Zimmer und gemütliche Stübchen. Außer der Halle im Erdgeschoß sowie den darunterliegenden Vorratskammern und Verliesen waren nur wenige größere Räume im Turm zu finden.

Sheenas Heim zählte zu den neueren Turmhäusern, die in zunehmendem Maße die großen Schlösser des Tieflands ersetzten. Tower Esk, nur ein Jahrhundert alt, war eher eine Familienburg als eine feudale Festung – ein schlichter Bau mit Schießscharten an der Brustwehr und Balustraden an den Galerien. Fünf Stockwerke hoch und höher als breit, war das Turmhaus nicht so uneinnehmbar wie ein Schloß. Trotzdem bot es seinen Bewohnern genügend Möglichkeiten, sich zu verteidigen.

Sheena war an der stets umstrittenen Grenze zwischen den Tief- und Hochlanden aufgewachsen. Zwischen beiden Bereichen bestanden deutliche Unterschiede in Sprache und Kultur, und die Fergussons verkörperten eine Mischung aus beiden Volksstämmen. Die Bergschotten waren unzivilisierte Leute, die Gälisch sprachen und vielleicht eine Kirche pro Gemeinde hatten, manchmal nicht einmal das. Sie kannten keine Gottesfurcht und liebten den Krieg wie kein anderes Volk.

Die Tiefländer waren zivilisierter, weil sie den Engländern näherstanden. In ihrem Gebiet gab es zahlreiche königliche Schlösser und Abteien. Und da sie viel gläubiger waren als die Hochländer, besaßen sie Kirchen im Überfluß. Allerdings ließ die Frömmigkeit mehrerer katholischer Priester und Mönche zu wünschen übrig, da sie ihre Ämter zumeist geerbt hatten.

Die Fergussons versuchten ein Gleichgewicht zwischen beiden Kulturkreisen zu halten. Sie sprachen Englisch, weil sie als Tiefländer galten. Doch sie beherrschten auch Gälisch, da sie vor Jahrhunderten aus dem Hochland gekommen waren. Sie hatten weniger mit den Engländern und deren Königtum zu schaffen als die echten Tiefländer, und es war unwahrscheinlich, daß sie die alte Sprache ebenso leicht vergessen würden wie letztere. Sicher, sie kleideten sich nach der englischen Mode, und Sheena hatte sogar eine Tante, die als Nonne in Aberdeen lebte, aber sie waren nicht besonders religiös und gingen höchstens einmal im Monat zur Kirche.

Es war nicht angenehm, in der Mitte zwischen zwei Einflußbereichen zu stehen – ein kleiner Clan, der stets von größeren behelligt wurde und zur Zeit mit einem mächtigen Hochländer kämpfen mußte. Die Tiefländer in südlicheren Gefilden führten ein vergleichsweise friedliches Leben. Nicht so die Fergussons. Sheena verstand nur zu gut, daß ihr Vater seine Hoffnung auf Bündnisse setzte und seine Töchter zu solchen Zwecken heranziehen wollte.

Sie öffnete die Tür zum Zimmer ihres Bruders und sah, daß er immer noch im tiefen Schlaf lag. Diesen Zustand beendete sie, indem sie ihn heftig an der Schulter rüttelte. Als Niall die Augen öffnete und Sheena in ihrer Verkleidung erblickte, vergrub er stöhnend den Kopf unter der Decke. So hätte sie sich niemals angezogen, würde sie nicht beabsichtigen, den Turm zu verlassen.

»Komm schon, Niall!« Sie schüttelte ihn noch einmal.

»Nein!«

»Vor Sonnenaufgang sind wir wieder zu Hause.« Erbarmungslos riß sie ihm die Decke weg. »Oder willst du, daß ich allein gehe?»

Diesen entschlossenen Tonfall kannte Niall zur Genüge. »Damit handeln wir uns nur Prügel ein.«

»Unsinn! Niemand wird das merken.«

»Dein Plan gefällt mir nicht, Sheena. Um mich selber habe ich keine Angst – aber um dich. Es ist viel zu gefährlich, den Turm zu verlassen. Wenn dieser...«

»Sprich seinen Namen nicht aus!« unterbrach sie ihren Bruder erbost. »Ich habe es endgültig satt, diesen verfluchten Namen zu hören!«

»Das ändert nichts an den Tatsachen, Sheena. In den drei

Monaten, seit er den Waffenstillstand gebrochen hat, ist er fünfmal über uns hergefallen. Er reitet durch unser Land, als würde es ihm gehören. Wie könnte ich dich beschützen, wenn er uns im Moor angreift?«

»Davor brauchen wir uns nicht zu fürchten, Niall, das weißt du ganz genau. Um diese frühe Stunde läßt er uns in Ruhe. Er wartet, bis der helle Sonnenschein auf seine schmutzigen Taten herabscheint, damit man ihn mit niemandem verwechseln kann.«

»Und wenn er seine Taktik ändert?«

Verächtlich schüttelte Sheena den Kopf. »Er ist viel zu selbstgefällig, um uns mit neuen Finten zu überraschen. Zieh dich endlich an – und beeil dich! Heute bewacht der alte Willie das Tor. Der ist blind wie eine Fledermaus und wird nicht einmal den Kopf heben, wenn wir an ihm vorbeischleichen.«

Wenige Minuten später rannten zwei kleine Gestalten über das Moor. Zu Pferde hätten sie eine Menge Zeit gespart, aber es wäre ihnen niemals gelungen, die Tiere aus dem Turm zu schmuggeln. Ein Spähtrupp, der unerwartet aufgetaucht war, hatte ihren Aufbruch verzögert. Die fünf Männer konnten nicht viel ausrichten, falls eine MacKinnion-Bande auf der Bildfläche erschien. Doch es war immer noch besser, von kampfunfähigen Spähern gewarnt zu werden als gar nicht. Seit einiger Zeit wuchs die Bedeutung solcher Warnungen, denn Dugald fürchtete mehr und mehr, daß seine Gegner den Turm überfallen würden – nicht nur die Pachthöfe.

Obwohl sich der Himmel schon rosa färbte und Sheena nicht lange in ihrem kleinen bewaldeten Tal bleiben konnte, ließ sie den Mut nicht sinken. Heute war Badetag, und es bereitete ihr ein boshaftes Vergnügen, die sittliche Entrüstung ihrer Schwestern hervorzurufen, indem sie nicht mit ihnen badete. Niemals würden sie erraten, daß sie das schon getan hatte. Dies war nur einer der kleinen Streiche, die sie ihnen spielte, um sich für die ständigen Nörgeleien zu rächen. Vor allem Margaret war stets bemüht, ihr hemmungslose Wildheit und mangelndes Verantwortungsbewußtsein vorzuwerfen. Andauernd klagte sie ihrem Vater, daß sich kein Mann mit Sheena abgeben würde, weil diese viel zu schlampig, respektlos und dreist wäre.

Der Vater kannte sie besser. Sie war nicht wild und keineswegs schlampig, aber sie schwamm und ritt mit wahrer Leidenschaft. Das wußte er, und deshalb hatte er ihr verboten, den Turm zu verlassen. Daß sie ein bißchen respektlos war, mußte sie zugeben. Doch sie wagte Dugald nur zu widersprechen, wenn ihr Zorn geweckt wurde.

Sheena seufzte. In letzter Zeit hatte sie oft mit ihm gestritten, besonders im letzten Monat, wo er die Hoffnung aufgegeben hatte, daß sie sich einen künftigen Ehemann aussuchen würde. Er hatte an ihrer Stelle eine Wahl getroffen, was ihr wenigstens den Vorteil einbrachte, daß William aus dem Rennen war.

»Möchtest du diesmal mit mir baden, Kleiner?« fragte Sheena, als sie mit ihrem Bruder die hohe Uferböschung des kleinen Teichs erreicht hatte. »Das Wasser ist sicher wärmer geworden. Oh, es sieht so einladend aus!«

»Und wer soll auf dich aufpassen?« Niall schüttelte den Kopf und setzte sich auf seinen Lieblingsfelsen. Von hier aus konnte er das ganze Moor auf dieser Seite der Talsenke überblicken.

»Du warst in diesem Sommer noch kein einziges Mal schwimmen, und ich weiß, daß du das ebenso gern tust wie ich. Im Frühling sagtest du, das Wasser wäre zu kalt, und dann fingen die Schwierigkeiten an.«

»Wir hätten nicht herkommen dürfen, Sheena«, erwiderte er.

Sie lachte über seine strenge Miene. »Du machst dir viel zuviele Sorgen, mein Lieber. Wo ist deine Abenteuerlust geblieben? In diesem Jahr hast du mich noch kein einziges Mal gebeten, mit dir zu fischen oder Moorhühner zu jagen.«

»Nicht, weil ich keinen Spaß dran hätte...«

»Ich weiß – die MacKinnions...« Seufzend trat sie hinter ihn, um sich auszuziehen. »Sie verderben uns den ganzen Sommer. Bald wird es zu kalt sein, um im Teich zu baden. In den letzten Monaten war ich nur viermal hier statt zweimal wöchentlich. Demnächst muß ich heiraten... Wo werde ich dann schwimmen?«

»Ich bezweifle, daß dir MacDonough dieses Vergnügen gestatten wird, Sheena«, bemerkte Niall, der sich wieder einmal in einer reifen, vernünftigen Phase befand.

»Sag das bloß nicht, kleiner Bruder, sonst werde ich ihm noch in der allerletzten Minute einen Korb geben!« drohte sie mit scharfer Stimme.

Sie tauchte im kristallklaren Wasser unter und kam gerade rechtzeitig wieder an die Oberfläche, um Nialls Antwort zu hören: »Du mußt ihn heiraten, Sheena. Oder hast du eine andere Wahl?«

Sie runzelte die Stirn. Was sollte sie darauf erwidern? Ihr Vater war fest entschlossen, sie mit Alasdair MacDonough zu vermählen. Diese Verbindung entzückte ihn, denn die MacDonoughs waren zwischen dem Fergusson- und dem MacKinnion-Gebiet zu Hause, lebten in Frieden mit den MacKinnions und würden ihm helfen, die Fehde zu beenden.

Am Verlobungstag hatte sie Alasdair zum erstenmal gesehen, und so wußte sie nicht viel über ihn. Er bot einen angenehmen Anblick und war bei weitem nicht so alt wie William – wenn auch nicht so jung, wie sie es gern hätte. Immerhin zählte er schon dreiunddreißig Jahre. Ihr Vater wollte sie zweifellos besänftigen, indem er ihr einen jungen, ansehnlichen Ehemann verschaffte. Dessen war sie sicher – und sie wußte ebensogut, daß er MacDonoughs anmaßendes Wesen nicht bemerkt hatte. Ihr war es nicht entgangen, wie selbstsüchtig er war. Wahrscheinlich würde er ihr alles untersagen, was ihr Freude machte und in seinem dünkelhaften Stolz erwarten, daß sie seine Anweisungen befolgte.

»Es ist gar nicht nett von dir, daß du mich an mein Unglück erinnerst, Naill Fergusson!« rief sie gekränkt. »Verstehst du überhaupt, wie mir zumute ist? Von dir wird niemand verlangen, einen wildfremden Menschen zu heiraten!«

»Das nicht – aber Vater hat angekündigt, daß er mich an einen englischen Hof schicken wird, wenn ich ihn das nächstemal ärgere. Er meint, daß ich mittlerweile zu alt bin, um dumme Streiche auszuhecken und die Gesetze zu verletzen.«

»Ja, damit hat er völlig recht.«

»Und was mache ich *hier* – falls diese Frage erlaubt ist?«

»Du beschützt mich, so wie ich dich beschützen werde, sollte er uns hinter die Schliche kommen. Reg dich nicht auf, Niall. Wegen so einer harmlosen Verfehlung wird er dich bestimmt nicht wegschicken.«

»Ich finde es keineswegs harmlos, daß du dein Leben aufs Spiel setzt, Sheena. Beeil dich!«

Er warf ihr die Seife zu, und nach diesem Wink mit dem Zaunpfahl sah sie ein, daß sie nicht so lange schwimmen durfte, wie sie wollte. Sie begann sich zu waschen und bereute ihre Rücksichtslosigkeit. Niall wäre zutiefst verzweifelt, wenn man ihn an einen Hof voller Fremder schicken würde – noch dazu voller englischer Fremder. Das wußte sie und riskierte trotzdem den Zorn des Vaters – um ihres eigenen Vergnügens willen. Wie egoistisch sie war...! Niall begleitete sie in dieses Tal, weil er sie liebte. Wenn er deshalb in Schwierigkeiten geriet, würde sie sich das nie verzeihen.

»Ich werde es wiedergutmachen, Niall. Wenn du das nächstemal Ärger hast, nehme ich's auf meine Kappe. Das habe ich schon oft getan, erinnerst du dich?«

»Ja, ich weiß.«

»Was kann mir Vater schon anhaben – wo ich doch ohnehin in zwei Monaten heiraten werde?«

»Vielleicht kriegst du die Peitsche zu spüren.«

»Niemals! Dafür bin ich schon zu alt. Jedenfalls brauchst du dir keine Sorgen zu machen. Er wird dich nicht wegschikken. Aber wenn ich mal verheiratet bin, mußt du allein zurechtkommen.«

»Vater hat versprochen, daß ich dann an den Plünderzügen teilnehmen darf. Und das dürfte meine Abenteuerlust so befriedigen, daß mir die Lust an dummen Streichen vergehen wird.«

»Das hört sich ja so an, als würdest du dich auf diese Überfälle freuen!« rief Sheena erschrocken.

»Ja – auf die Kämpfe mit den MacKinnions! Ich würde alles drum geben, wenn ich mich mit dem Laird höchstpersönlich messen könnte.«

Sie schnappte nach Luft. »Bist du wahnsinnig, Niall? Er ist abgrundtief böse und wird dir den Kopf abschlagen...«

»Ich glaube kein Wort von diesen Gerüchten.«

»Er ist ein gemeiner Mörder und Dieb! Hast du vergessen, daß in den letzten Monaten sechs von unseren Clansmännern sterben mußten?«

»Und von seinen Leuten sind vermutlich genauso viele umgekommen, nachdem es Vaters Ehrenpflicht war, einen Gegenangriff zu führen. Jedenfalls kannst du nicht leugnen, daß MacKinnion tapfer ist, Sheena, der tapferste Mann, den wir kennen.«

»Ich gebe zu, daß er dreist und tollkühn ist – aber du brauchst ihn nicht zu loben.«

»Ich achte seinen Mut.«

»Tu das – und bete darum, daß du ihm niemals gegenüberstehen wirst, sonst kannst du ihn vom Sarg aus bewundern.«

Sheena beendete ihr Bad, stieg aus dem Teich und wand das Wasser aus ihrem Haar, um es zu flechten. Als sie sich anzog, verdarb Niall ihr den schönen Morgen mit der Ankündigung: »Heute kommt William zurück.«

Sie schloß gequält die Augen. »Bist du sicher?«

»O ja.«

»Dann mußt du stets in meiner Nähe bleiben, Niall. Bitte! Wenn er mich allein antrifft, wird er mich wieder mit seinen Drohungen heimsuchen.«

»Es ist dir doch ohnehin gelungen, ihm aus dem Weg zu gehen, nachdem er dir eine Ehe mit MacKinnion in Aussicht gestellt hat.«

Sie nickte. »Und Vater hat sich glücklicherweise für MacDonough entschieden, während Willie verreist war, und die Hochzeit bereits in die Wege geleitet.«

»Also bist du mit Sir Alasdair einverstanden?«

»Der ist das kleinere Übel – wenn ich bedenke, daß Vater mich womöglich mit William verheiratet hätte. Aber noch bin ich ledig«, betonte Sheena, »und unser Vetter wird genug Zeit finden, um uns Ärger zu machen. Ich fürchte, er wird schrecklich verbittert sein und auf Rache sinnen.«

»Das solltest du mit Vater besprechen.«

Sie schüttelte den Kopf. »William würde alles abstreiten und behaupten, ich wollte ihm irgendwelche Kränkungen heimzahlen, die ich mir nur eingebildet hätte. Vater würde ihm vermutlich glauben, weil er weiß, wie sehr ich diesen Menschen verachte. Und er vertraut ihm. William war nun mal Mutters Lieblingsvetter...«

Sheena hätte sich am liebsten die Zunge abgebissen. Warum hatte sie die Mutter erwähnt, die ein paar Tage nach Nialls Geburt gestorben war? Dummerweise gab er sich die Schuld daran und war todunglücklich, wann immer von ihr gesprochen wurde. Sheena, der Stolz und die Freude ihres Vaters, hatte ihrer Mutter nie besonders nahegestanden. Aber Niall hatte sie gar nicht gekannt.

»Tut mir leid«, sagte sie zerknirscht. »Komm, gehen wir nach Hause, bevor die Sonne noch höher steigt.«

Sie waren gerade unbemerkt in den Turm zurückgekehrt und nach hinten zu den Küchenräumen gelaufen, als ein Tumult ausbrach. Der Spähtrupp hatte in wildem Galopp einen bewußtlosen Gefangenen nach Tower Esk gebracht. Und die Nachricht, daß der Mann ein MacKinnion war, verbreitete sich wie ein Lauffeuer im Haus Fergusson.

An diesem Abend sonnte sich Dugald im Glanz seines Erfolges. In seinem Verlies lag ein MacKinnion, den die Gegner freikaufen konnten – mit dem Fergusson-Vieh, das sie in diesem Sommer gestohlen hatten. Gerade zur rechten Zeit, bevor der Markt begann... Vielleicht würde dieses Jahr doch noch ein gedeihliches Ende finden.

Die Möglichkeit, den wehrlosen Feind zu töten, wurde keine Sekunde lang erwogen. Das wäre reiner Selbstmord gewesen, denn damit hätten sich die Fergussons den ganzen MacKinnion-Clan auf den Hals geladen. Einen Mann im fairen Kampf zu töten galt als ehrbar. Um so verwerflicher war es, einen Gefangenen umzubringen.

Sheena ging zu Bett, ohne einen Gedanken an den Mann im Verlies zu verschwenden. Statt dessen sann sie auf Mittel und Wege, ihrem Vetter William MacAfee zu entrinnen, während er als Gast im Turm wohnte.

Und Niall verbrachte eine schlaflose Nacht, denn er konnte an nichts anderes denken als an den Mann im Verlies. Ein MacKinnion! Ein richtiger, lebendiger MacKinnion!

5.

James MacKinnion erwachte mit einem schrecklichen Brummschädel und betastete eine große Beule an seinem Hinterkopf. Als er die Augen öffnete, sah er nur pechschwarze Finsternis und beschloß, sie wieder zuzumachen, um seine Schmerzen zu lindern. Vorläufig fand er es viel zu anstrengend, sich zu fragen, wo er sein mochte und ob er womöglich erblindet war. Doch das Pochen in seinem Kopf war so qualvoll, daß er nicht mehr einschlafen konnte. Langsam begann er, gewisse Einzelheiten seiner Umgebung wahrzunehmen.

Die Kälte an seiner Wange ließ auf festgestampfte Erde schließen, die Luft roch dumpf und feucht. Das Prickeln auf seinen nackten Knien könnte von Wanzen herrühren – oder von noch schlimmeren Geschöpfen. Er setzte sich auf, um das Ungeziefer zu verscheuchen, doch die Bewegung jagte eine heftige Schmerzwelle durch seinen Kopf, und er legte sich vorsichtig wieder auf den Boden.

Allmählich beunruhigte es ihn, daß er nicht wußte, wo er sich befand. Das letzte, woran er sich erinnern konnte, war der Fergusson-Trupp, der ihn plötzlich überwältigt hatte – wie ein Blitz aus heiterem Himmel. Natürlich mußte er sich eingestehen, daß er nicht auf seine Rückendeckung geachtet, sondern auf den Teich gestarrt hatte – um wie ein Narr auf das schönen Mädchen zu warten, das seit jenem Morgen seine Gedanken und Träume beherrschte. Wäre er nicht vom

Pferd gestiegen und wie ein Schlafwandler zum Ufer geschlichen, hätten sie ihn niemals umzingelt und über den Schädel geschlagen, bevor er sein Schwert ziehen konnte.

Er war also gefangengenommen worden. Jetzt wußte er, warum es hier so muffig und feucht roch. Er lag in einem Verlies, zweifellos im Tower Esk. Jamie mußte beinahe lachen. Nun erlitt er die verdiente Strafe für seine Dummheit. Wie ein liebeskranker Jüngling war er während der letzten Monate ein dutzendmal in die Talsenke geritten – in der Hoffnung, die schöne Nixe nur noch ein einziges Mal zu sehen und herauszufinden, wie sie hieß. Aber sie hatte sich nie mehr blicken lassen. Zweifellos stimmte seine Vermutung, daß sie eine Bettlerin auf der Wanderschaft war. Er würde sie nie wieder zu Gesicht bekommen.

Wie schon so oft, war er auch diesmal allein zum Teich geritten.

Nicht einmal sein Bruder wußte, welche Richtung er eingeschlagen hatte. Wie tief ihn das fremde Mädchen beeindruckte, war sein Geheimnis, denn es hatte ihm widerstrebt, sich irgend jemandem anzuvertrauen. Also würden einige Tage verstreichen, bevor sein Bruder anfing, sich Sorgen zu machen. Und auch dann würde niemand erraten, daß er in einem Fergusson-Verlies lag.

Wie lange würde er hier schmachten müssen, bevor ihm der alte Dugald die Freiheit wiederschenkte? Jamie bezweifelte nicht, daß man ihn laufenlassen würde. Dugald konnte es sich unmöglich leisten, einen MacKinnion gefangenzuhalten. Selbst wenn er erfuhr, wer Jamie war, würde er ihn aus diesem finsteren Loch holen müssen.

Holz knarrte über seinem Kopf und riß ihn aus seinen Betrachtungen. Die Falltür hatte sich geöffnet. Wenn er das nicht klar und deutlich gehört hätte, wären ihm ernsthafte Zweifel an seinem Verstand gekommen, als eine hohe Koboldstimme wisperte: »Seid Ihr wirklich ein MacKinnion?«

Es war eine körperlose Stimme. Ringsum herrschte immer noch schwarzes Dunkel. Kalte, frische Luft wehte zu Jamie herab, die er erleichtert in seine Lungen sog, bevor er entgegnete: »Ich weigere mich, mit jemandem zu reden, den ich nicht sehe.«

»Ich wage es nicht, ein Licht herunterzubringen. Man könnte mich erwischen.«

Offenbar war es ein Kind, das über der Falltür kauerte.

»Nun, dann solltest du lieber wieder verschwinden. Es wäre gar nicht gut, wenn man dich im traulichen Gespräch mit einem MacKinnion ertappt.«

»Also seid Ihr wirklich einer?«

Jamie gab keine Antwort. Die Falltür wurde rasch geschlossen und öffnete sich wenige Minuten später wieder. Ein kleiner runder Kopf mit dichtem, dunkelroten Haar spähte durch den schmalen Spalt. Das schwache Licht einer Kerze schien in das Verlies herab, und Jamie stellte fest, daß er in einem tiefen Erdloch lag, das etwa zwei Meter im Durchmesser maß. An den Wänden hätte er vielleicht hochklettern können, doch die kleine Falltür war in die Mitte der Holzdecke eingelassen, und selbst wenn er sie erreichen sollte, würde sie zweifellos von außen verriegelt sein.

Jamie hatte solche Verliese schon mehrmals gesehen. Sie waren äußerst praktisch, weil man keine Wächter vor den Eingängen postieren mußte und die Gefangenen unmöglich entkommen konnten. Er hätte einen Kerker mit Steinwänden bevorzugt. Dann wäre die Luft nicht so stickig gewesen, und er hätte zumindest ein bißchen Licht gehabt.

»Ihr habt Euer Essen stehenlassen.«

Jamie setzte sich langsam auf, lehnte sich an die Wand und preßte die Hände an seinen schmerzenden Kopf. »Ich habe kein Essen gesehen.«

»In dem Sack – gleich neben Euch. Sie haben es einfach runtergeworfen. Es ist eingepackt, damit sich die Wanzen nicht darüber hermachen können.«

»Wie fürsorglich...« Jamie griff nach dem Sack und öffnete ihn, um ein Stück Haferbrot und einen halben kleinen Birkhahn herauszunehmen – eine anständige Mahlzeit für einen Bauern, aber er war etwas Besseres gewöhnt. »Wenn das alles ist, was die Gefangenen hier bekommen, werde ich wohl fliehen müssen, um was Ordentliches zwischen die Zähne zu kriegen.«

»Ihr seid kein Hausgast«, erwiderte der Junge kühl.

»Aber man wird mich als solchen behandeln, um mich bei Laune zu halten«, erklärte Jamie in beiläufigem Ton. »Ich kann dir versichern, daß mein Zorn dem alten Dugald höchst unangenehm wäre.«

»Wer seid Ihr denn – daß Ihr von Eurer Rache zu sprechen wagt, obwohl Ihr da unten festsitzt?«

»Und wer bist du?«

»Niall Fergusson – Dugalds Sohn.«

»Oh, der junge Laird!« Jamie war überrascht. »So ein winziges Bürschchen...«

»Ich bin dreizehn!« stieß Niall ärgerlich hervor.

»Oh – schon so alt? Ja, ich habe gehört, wie oft Fergusson sein Glück versuchen mußte, bis du endlich ankamst.« Jamie lachte, dann stöhnte er auf, als sich das qualvolle Pochen in seinem Kopf verstärkte.

»Seid Ihr verletzt?« erkundigte sich Niall mit echter Besorgnis.

»Ich habe nur eine kleine Beule.«

Schweigend beobachtete Niall, wie der Gefangene den Vogel verzehrte. Es war ein großer, breitschultriger Mann, der da unten im Verlies saß, in einen gelbgrünen Tartan mit grauen Streifen gehüllt, mit langen, kräftigen Beinen. Sein glattes Gesicht wirkte erstaunlich jungenhaft trotz des kantigen Kinns und der schmalen Habichtsnase, und seine Züge verrieten Charakterstärke und einen eisernen Willen.

»Ihr habt goldenes Haar«, sagte Niall unvermittelt.

Jamie blickte grinsend auf. »So, ist dir das auch aufgefallen?«

»Die Leute erzählen, daß nicht viele so goldenes Haar haben wie der Laird von MacKinnion.«

»Nun ja, einige Leute in unseren Kreisen haben ihr blondes Haar von normannischen Ahnen geerbt.«

»Meint Ihr die Normannen, die mit König Edward nach Schottland kamen?«

»Ja, vor einigen Jahrhunderten. Du weißt gut Bescheid über unsere Geschichte.«

»Meine Schwester und ich hatten einen guten Lehrer.«

»Deine Schwester? Du hast doch vier.«

»Nur eine hat mit mir studiert...« Niall unterbrach sich und bereute zutiefst, daß er Sheena erwähnt hatte. Es erschien ihm beinahe wie eine Gotteslästerung, mit diesem Hochländer über seine Lieblingsschwester zu sprechen. Er hätte gar nicht herkommen dürfen. Wenn man ihn hier fand, konnte ihm nur noch der Himmel helfen. Aber wie hätte er seine brennende Neugier bezähmen sollen? »Kennt Ihr den Laird von MacKinnion gut?« fragte er den Gefangenen.

Jamie lächelte. »Ich kenne ihn besser als sonst jemand.«

»Dann seid Ihr sein Bruder?«

»Nein. Warum interessierst du dich für ihn?«

»Weil alle von ihm reden. Angeblich gibt es keinen kühneren Mann.«

»Er wird sich freuen, wenn er das hört.«

»Ist er wirklich so hundsgemein?«

Jamie runzelte die Stirn. »Wer sagt das?«

»Meine Schwester.«

»Deine Schwester kennt ihn nicht.«

»Immerhin hat sie mehr Geschichten über ihn gehört als ich.«

»...die sie dir natürlich brühwarm erzählen mußte!«

»O nein. Sie wollte mir keine Angst einjagen.«

»Ha! Offensichtlich hat sie eine verdammt schlechte Meinung von mir! Und welche Schwester ist das?«

Niall antwortete nicht. Mit großen Augen starrte er den Mann an, der sich soeben versprochen und das noch gar nicht wahrgenommen hatte. »Ihr seid es!« keuchte er. »Ihr seid James MacKinnion! Und mein Vater hat keine Ahnung...«

Jamie unterdrückte einen Fluch. »Du bist verrückt, Junge.«

»Nein! Ich habe deutlich gehört, was Ihr sagtet. ›Offensichtlich hat sie eine verdammt schlechte Meinung von *mir!*‹

Genau das waren Eure Worte! Ihr seid der Laird von MacKinnion!«

»Hm... Weißt du, was dein Vater mit mir vorhat?«

»Ihr sollt Euch freikaufen.«

»Und was würde er mit mir machen, wenn er glauben müßte, daß ich der Anführer seiner Feinde bin?«

»Wahrscheinlich würde er Euch laufenlassen, ohne Forderungen zu stellen. Wäre Euch das lieber?«

Zu Nialls Erstaunen schüttelte Jamie den Kopf. »Ich bin keineswegs stolz darauf, daß man mich so überrumpelt hat, und ich will mir das spöttische Gelächter deines Vaters nicht anhören. Es ist schon schlimm genug, wie sie sich alle über mich lustig machen werden, wenn ich wieder daheim bin.«

»Ihr braucht Euch nicht zu schämen. Fünf Mann gegen einen...«

»Fünf Mann, die keine Gegner für mich gewesen wären, hätte ich auf meinem Pferd gesessen und sie kommen sehen.«

»Wieso habt Ihr die nicht gesehen – da draußen im Moor?«

»Ich war nicht im Moor, sondern in einem Wäldchen.«

Nialls Atem stockte. Auf dem Fergusson-Gebiet gab es nur ein einziges Wäldchen. Und die Bäume umstanden den Teich, in dem Sheena so gern badete.

»Warum wart Ihr dort?«

Jamie bemerkte den veränderten Tonfall des Jungen nicht. »Das muß ich dir verschweigen, denn es macht mir nur noch mehr Schande.«

»Ihr werdet es mir sagen – wenn ich vergessen soll, daß Ihr der Laird von MacKinnion seid.«

Jamie verschwendete keine Zeit. »Du würdest mich nicht verraten? Gibst du mir dein Wort?«

»Ja.«

»Also gut, ich will es dir anvertrauen – obwohl ich bezweifle, daß du Verständnis für meine Dummheit aufbringen wirst. Ich war in diesem Wäldchen, um nach einer junge Frau Ausschau zu halten, die dort einmal gebadet hat – in einem kleinen Teich. Dabei habe ich sie heimlich beobachtet.«

Das Blut stieg in Nialls Wangen. Dieser Mann hatte seine Schwester angestarrt... Sie würde sich schrecklich schämen, wenn sie das wüßte... »Wann war sie dort?«

»Im Frühling.«

»Und heute morgen? Habt Ihr sie da auch gesehen?«

»Nein.« Jamie beugte sich hoffnungsvoll vor. »Kennst du sie? Ich dachte, sie könnte eine Bettlerin sein, die inzwischen weitergezogen ist.«

»Keine Fergusson wäre dumm genug, in diesem Teich zu baden«, log Niall mit kühler Stimme. »Ja, vermutlich ist sie längst über alle Berge.«

»Ich habe auch gar nicht erwartet, daß ich sie wiedersehen würde«, sagte Jamie wehmütig, »aber ich hab's gehofft.«

»Und was hättet Ihr getan, wenn sie noch einmal aufgetaucht wäre?«

Jamie grinste. »Wenn du ein bißchen älter wärst, würdest du's wissen.«

»Meine Schwester hat völlig recht, James MacKinnion!« fauchte Niall wütend. »Ihr seid ein niederträchtiger Rohling, und ich werde kein Wort mehr mit Euch reden!«

Jamie zuckte mit den Schultern. Niall Fergusson war zu jung, um die Wünsche eines Mannes zu hegen, deshalb konnte er sie auch nicht verstehen. »Wie du meinst... Wirst du dein Versprechen trotzdem erfüllen?«

»Natürlich. Ich habe noch nie mein Wort gebrochen.«

Als die Falltür geschlossen und der Riegel vorgeschoben wurde, bereute Jamie, daß er den Jungen geneckt hatte. Nialls Besuch war eine erfreuliche Abwechslung in seiner Gefangenschaft gewesen. Nun würde er eine ganze Weile auf Gesellschaft verzichten müssen.

Niall kehrte in sein Zimmer zurück und fand noch immer keinen Schlaf. Allmählich ließ sein Zorn nach, und er konnte wieder etwas klarer denken.

Der Laird von MacKinnion saß in Dugald Fergussons Verlies! Niall wußte, wie schwer es ihm fallen würde, diese Neuigkeit für sich zu behalten. Und wie sollte er die Tatsache verkraften, daß dieser Mann – noch dazu der schlimmste Feind des Fergusson-Clans – seine Schwester in ihrer ganzen Schönheit gesehen hatte? Nun, daran ließ sich nichts mehr ändern. Aber in Zukunft würde er Sheena nicht mehr erlauben, nackt in diesem Teich zu schwimmen.

Niall hatte nur zu gut begriffen, daß James MacKinnion seine Schwester begehrte und sie wahrscheinlich vergewaltigt hätte, wenn er ihr ein zweitesmal im Wäldchen begegnet wäre. Vor diesem starken, großen Mann hätte er sie nicht beschützen können. Glücklicherweise war es dazu nicht gekommen. Der Laird von MacKinnion mußte nur wenige Minuten, nachdem Sheena ihr Bad beendet hatte und mit ihrem Bruder nach Hause gelaufen war, am Teich eingetroffen sein.

Er durfte niemals erfahren, daß die junge Frau, die seine Sinne reizte, Sheena Fergusson hieß.

6.

Sheena saß im Nähzimmer. Sie trug eines ihrer schönsten Kleider, ein hellgelbes Gewand, das einen lebhaften Gegensatz zu ihrem offenen dunkelroten Haar bildete. Unterstützt von zwei Dienerinnen stichelte sie todunglücklich an ihrem Brautkleid aus Samt und Seide in zwei verschiedenen Blautönen. Die dunklere Farbe paßte genau zu ihren Augen. So prachtvoll das Kleid auch war – sie fand keine Freude daran, denn wenn sie es anzog, würde sie sich an einen Fremden binden und ihr Zuhause verlassen müssen.

Im Nähzimmer konnte sie sich genauso gut verkriechen wie anderswo. Die Schwestern grollten ihr trotz der bevorstehenden Hochzeit noch immer – und sie wollte nicht von ihnen belästigt werden. Vor allem Margaret warf ihr vor, daß sie so lange auf ihre Trauung mit Gilbert MacGuire warten mußte. Und alle drei hatten sich stets geärgert, weil Sheena ihrem gutaussehenden Vater glich. Obwohl er sich seinem fünfzigsten Lebensjahr näherte, besaß er immer noch genauso dichtes dunkelrotes Haar wie sie. Nur an den Schläfen war es von weißen Strähnen durchzogen. Und seine Augen leuchteten so klar und tiefblau wie die ihren.

Die Mutter war eher unscheinbar gewesen, und die anderen Fergusson-Töchter sahen ihr alle ähnlich. Elspeth konnte immerhin mit den blauen Augen des Vaters und einem rötlichen Schimmer im braunen Haar aufwarten. Aber Margaret und Fiona hatten die glanzlosen, wasserblauen Augen der Mutter und deren langweiliges braunes Haar geerbt. Sheena hatte sich oft gewünscht, wie ihre Schwestern auszuschauen. Manchmal war es geradezu eine Strafe, schön zu sein.

Die Abneigung zwischen der Ältesten und den jüngeren Mädchen grenzte an Haß, doch das störte Sheena nicht sonderlich. Sie hatte sich nie mit ihnen verstanden. Als Erstgeborene war sie von ihrem Vater in Dingen unterrichtet worden, die er ihr niemals beigebracht hätte, wäre Niall früher auf die Welt gekommen. Dugald war mit ihr fischen und jagen gegangen. Und er hatte ihr nach Fionas Geburt, als der ersehnte Stammhalter erneut ausgeblieben war, ein Pony geschenkt. Ihre zimperlichen Schwestern, die sich eng an die Mutter angeschlossen hatten, waren ihr stets gleichgültig gewesen. Und im Lauf der Jahre hatte sich die Kluft zwischen ihnen vertieft.

Aber Sheena saß nicht nur im Nähzimmer, um ihren Schwestern zu entrinnen, sondern vor allem, weil William MacAfee hier zu allerletzt nach ihr suchen würde. Sie wußte immer noch nicht genau, warum sie ihn nicht mochte – vielleicht lag es an der subtilen Grausamkeit in seinen Augen, die ihr schon als Kind aufgefallen war.

Seit ihrem zwölften Lebensjahr hatte er sich für sie interessiert und sie immer wieder beiseite genommen, um mit ihr zu reden, zu schimpfen oder sie von Niall fernzuhalten. Als sie sechzehn geworden war, hatte er ihr zum erstenmal einen Heiratsantrag gemacht. Damals war sie ebenso angewidert und verängstigt gewesen wie jetzt. Sein Einfluß auf ihren Vater war viel zu groß. Aber sobald Dugald eine Entscheidung getroffen hatte, ließ er sich nur selten umstimmen. Das war ein Nachteil für William, weil der Laird beschlossen hatte, seine Älteste mit MacDonough zu verheiraten. Andererseits könnte er seine Pläne ändern, wenn William überzeugend genug auf ihn einredete. So sehr ihr die Verbindung mit Alasdair MacDonough auch widerstrebte – sie sehnte den Hochzeitstag herbei, denn bis dahin mußte sie ihren Vetter fürchten.

Ihr Vater und William saßen gerade unten in der Halle und besprachen, wie man an die MacKinnions herantreten sollte, um den Preis für die Freilassung des Gefangenen auszuhandeln. Sheena hoffte, daß Niall diese Unterredung mitanhörte und ihr später Bericht erstatten würde.

Als hätten ihre Gedanken ihn herbeigeholt, stürmte ihr Bruder ins Nähzimmer. »Ah, da bist du ja! Ich habe dich überall gesucht und hätte nie erwartet, dich ausgerechnet hier zu finden.«

Sheena lächelte. »Wie du siehst, bin ich trotzdem da. Warum regst du dich denn so auf?«

Niall warf einen Blick auf die beiden Dienerinnen, und seine Schwester schickte sie hinaus.

»Ich wollte es niemandem erzählen«, platzte er heraus, »aber ich kann es einfach nicht für mich behalten. Deshalb muß ich es dir sagen – aber nur dir!«

Sheena sah ihn belustigt an. Niall war immer noch in dem Alter, wo einem die belanglosesten Dinge schrecklich wichtig erschienen.

»Ich habe heute nacht die Falltür zum Verlies aufgemacht.«

Ihre Heiterkeit war sofort verflogen. »Das hättest du nicht tun dürfen.«

»Ich weiß, aber ich konnte nicht anders«, gestand er. »Ich mußte ihn einfach sehen.«

»Und? Hast du ihn gesehen?«

»Allerdings! Du würdest nicht glauben, wie groß und stark er ist, Sheena. Und stell dir vor, er hat von Mann zu Mann mit mir geredet!«

»Du hast mit ihm gesprochen?« flüsterte sie erschrocken.

Niall nickte. »Wir haben uns sogar ziemlich lange unterhalten. Aber das ist es nicht, was ich dir erzählen wollte. Sheena – der Gefangene in unserem Verlies ist James MacKinnion höchstpersönlich. Und er scheint genauso kühn und dreist zu sein, wie es allgemein behauptet wird.«

Sheena begann zu frösteln – und Niall lief ein noch kälterer Schauer über den Rücken, als er Margarets Stimme hinter sich hörte. »Der Laird von MacKinnion!«

Die Tür war nicht richtig geschlossen, und das Mädchen hatte gelauscht. Nun rannte es davon, wie von Furien gejagt, und Sheena rief: »Lauf ihr nach, Niall! Sie wird es Vater sagen!«

Er stürzte aus dem Zimmer, doch da eilte Margaret bereits die Treppe zur Halle hinab, und er hörte ihre schrille Stimme. Niedergeschlagen kehrte er zu seiner ältesten Schwester zurück. »Was soll ich nur tun?«

»Mach dir keine Sorgen, Kleiner. Niemand hat dir verboten, zum Verlies zu gehen. Vater wird böse sein, aber er kann dich nicht bestrafen.«

»Darum geht es nicht, Sheena. Ich habe James MacKinnion zugesichert, daß ich niemandem verraten würde, wer er ist.«

Sie ärgerte sich, weil er ein Versprechen, das er einem MacKinnion gegeben hatte – mochte es auch der Laird selber sein – so wichtig nahm. »Dann hättest du mir nichts davon erzählen dürfen«, fuhr sie ihn an.

»Aber du bist doch nicht irgendwer! Du hättest sicher den Mund gehalten.«

»Nun – du siehst ja, was daraus geworden ist.« Sie freute sich, weil er sich so fest auf sie verließ. Trotzdem mußte sie ihm klarmachen, daß er viel zu unvorsichtig gehandelt hatte.

»Ich weiß.« Niall war den Tränen nahe. »Er wird mich hassen.«

»Was ist nur los mir dir, Niall?« rief sie. »Du bist ein Fergusson. Er haßt uns doch ohnehin!« Sie wandte sich ab und senkte die Stimme. »Ich wünschte nur, du hättest das Geheimnis nicht ausgeplaudert. William wird diese Situation ausnutzen und Vater in seinem Sinne beeinflussen – und was dabei herauskommen könnte, wage ich mir gar nicht vorzustellen.«

Niall fühlte sich elend. »Soll ich Vater belügen und behaupten, Margaret hätte sich verhört – oder es wäre nur ein Scherz gewesen?«

Sheena schüttelte den Kopf. »Unmöglich! Vater wird den Gefangenen zweifellos zur Rede stellen – und was willst du tun, wenn James MacKinnion die Wahrheit zugibt? Warum hat er dich überhaupt zum Schweigen verpflichtet?«

»Er schämt sich, weil er festgenommen wurde.«

»Ach, die Männer und ihre Ehrbegriffe gehen über meinen Verstand! Er soll doch froh sein, daß er bald nach Hause reiten kann! Vater wird es nicht wagen, den Laird von MacKinnion festzuhalten.«

Der Amtsmann des Fergusson-Clans kam zur Tür, um Niall mitzuteilen, daß er in der Halle erwartet wurde.

»Kommst du mit, Sheena?« flehte der Junge.

»Ja – wenn du versprichst, William nicht mit Vater allein zu lassen, nachdem ich wieder gegangen bin. Vater wird mich wegschicken, bevor sie Pläne schmieden, und ich will unbedingt wissen, wozu ihm unser werter Vetter rät. Deshalb mußt du dabeibleiben.«

»Das werde ich tun – falls ich überhaupt zuhören darf.«

Dugald Fergusson war noch erregter, als es Sheena erwartet hatte, und Williams Blick richtete sich auf sie, sobald sie die Halle betrat. Sein selbstgefälliges Lächeln verhieß nichts Gutes. Niall blieb vor seinem Vater stehen.

»Es stimmt also, daß du unten beim Verlies warst?« fragte Dugald.

»Ja.«

»Du weißt, daß du dort nichts zu suchen hattest?«

»Ja.«

»Stimmt es, was du deiner Schwester erzählt hast? James MacKinnion ist unser Gefangener?«

Niall zögerte einen Augenblick zu lange, und sein Vater verabreichte ihm eine schallende Ohrfeige. Sheena schnappte erschrocken nach Luft, stellte sich neben ihren

Bruder und schrie Dugald wütend an: »Du hättest ihn nicht schlagen dürfen! Was hat er denn so Schlimmes verbrochen?«

»Er wußte, wer in unserem Verlies sitzt, und hat es mir verschwiegen.«

»Ich bin ganz sicher, daß er es dir gesagt hätte.«

»Wann? Nachdem ich Lösegeld für einen Mann verlangt hätte, den ich für einen Pächter hielt? Heilige Maria!« brüllte Dugald. »Mein Sohn hat Geheimnisse vor mir – und meine Tochter verteidigt ihn auch noch!«

»Wenn du hinuntergegangen wärst und mit dem Mann geredet hättest, wüßtest du längst, wer er ist!« stieß Sheena hervor.

Dugald starrte sie erbost an, konnte ihr aber nicht widersprechen. Außerdem verschwendete er kostbare Zeit mit diesem Gezänk. Sein Gefangener hieß James MacKinnion – bei diesem Gedanken erschauerte er. Womöglich planten die Feinde bereits einen Überfall auf Tower Esk... »Ich muß ihn freilassen«, sagte er müde und hilflos.

»Nur nichts überstürzen!« warnte William. »Unsere Leute haben den Mann verletzt und beschämt. Das wird er nicht auf sich sitzen lassen. Wahrscheinlich überlegt er schon in diesem Augenblick, wie er Rache üben soll, sobald er frei ist.«

»Ich kann ihn unmöglich festhalten!«

»Doch, das kannst du. Ein paar Tage Gefangenschaft werden ihm nicht schaden. Du würdest Zeit gewinnen, um geeignete Maßnahmen zu treffen und dich vor einem Vergeltungsangriff zu schützen.«

»Hast du irgendwelche Vorschläge zu machen?«

»Es gibt einen Weg, die Fehde ein für allemal zu beenden.«

Sheena biß sich auf die Lippen. »Hör nicht auf ihn, Vater! Gib den Mann frei, und zum Dank dafür soll er dir schwören, daß er auf weitere Angriffe verzichten wird.«

»Das Wort eines MacKinnions ist wertlos«, wandte William tonlos ein.

»Wie willst du das wissen, Vetter?« fauchte sie ihn an.

»Schluß mit dem albernen Geschwätz!« rief Dugald ärgerlich. »Das alles braucht dich nicht zu kümmern, Sheena, also laß uns gefälligst allein!«

»Aber...«

»Geh! Heute abend kommt dein Verlobter, um mit uns die Hochzeitsfeierlichkeiten zu besprechen. Du solltest dich auf seinen Besuch vorbereiten.« Dugald schwieg, bis sie die Halle verlassen hatte, dann wandte er sich an seinen Sohn: »Auch du wirst jetzt verschwinden, Niall. Und damit wir uns richtig verstehen – wenn du unserem Gefangenen noch einmal zu nahe kommst, wirst du die nächsten Jahre an einem englischen Hof verbringen.«

Sheena war am Treppenabsatz stehengeblieben, um auf ihren Bruder zu warten. Sie verstand nicht, was William zu ihrem Vater sagte, denn die Entfernung war zu groß. Aber sie ahnte es. »Gott helfe mir, Niall. Ich weiß nicht, was ich tun werde, wenn er mich mit James MacKinnion verheiratet.«

»Red doch nicht solchen Unsinn!« schimpfte der Junge.

»Oh, wie ich William hasse!« zischte sie. »Glaub mir, ich würde ihn umbringen, wenn ich dafür nicht in der Hölle schmoren müßte!«

»Deine Sorgen sind verfrüht. Ich bezweifle, daß Vater diesmal auf Willie hören wird. Du bist doch schon verlobt. Wenn er sein Wort bricht, das er Sir Alasdair gegeben hat, würde er eine Fehde mit den MacDonoughs heraufbeschwören.«

»Wäre das von Belang, wenn er ein Bündnis mit den MacKinnions schließen könnte?«

Niall runzelte die Stirn. »Das ist die Frage... Trotzdem brauchst du vorerst keine Angst zu haben. Wer weiß, ob MacKinnion eine Fergusson nehmen will? Warum sollte er?«

»Genau das habe ich William auch gesagt«, entgegnete sie mutlos, »aber er behauptet, jeder Mann, der mich sieht, würde mich begehren.«

Nialls Herz wurde schwer, als er sich an sein Gespräch mit dem Gefangenen erinnerte. James MacKinnion hatte Sheena bereits gesehen, und er wollte sie haben. Der Junge verstand nur zu gut, daß sie sich vor dem wilden Hochländer fürchtete. Wenn er nur wüßte, wie er sie retten könnte... »Er weiß nicht, daß du das Mädchen seiner Träume bist«, versuchte er sie zu trösten.

Verblüfft starrte sie ihn an. »Wie meinst du das?«

»Ich – ich meine, daß er dich nicht kennt, also kann er nicht wissen, ob er dich haben will.«

»Und wenn Vater mich zu ihm führt?«

»Ich werde dich verstecken«, schlug Niall impulsiv vor.

»Wo denn? Kein Pächter würde mich gegen den Willen des Lairds aufnehmen.«

»Mir wird schon was einfallen.«

»Hoffentlich – denn ich schwöre dir, daß ich James MacKinnion niemals heiraten werde. Lieber sterbe ich!«

7.

James hielt eine Hand vor seine Augen, um sie vor dem Lichtstrahl zu schützen, der plötzlich in sein finsteres Gefängnis fiel. Ebenso unvermittelt wurde ein Bündel durch die Falltür herabgeworfen. Bettzeug? Sogar ein Kissen? Jamie runzelte die Stirn. Welchem Umstand hatte er diese Sonderbehandlung zu verdanken? Das Licht erlosch, und dann flammte es wieder auf. Eine Strickleiter glitt durch die Öffnung, ein Mann kletterte herab mit zwei Säcken, die an einer Schnur um seinen Nacken hingen. Sobald er den Boden des Verlieses erreicht hatte, stellte er sie ab, wandte sich zu Jamie und zeigte auf die Säcke. »Euer Abendessen. Ich habe Euch auch noch Wein, eine Kerze und ein paar andere Sachen mitgebracht.«

Jamie verzog keine Miene. »Pflegt Ihr alle Eure Gefangenen so maßlos zu verwöhnen?«

»Ich will mir kein Blatt vor den Mund nehmen, mein Junge. Denn ich weiß, wen ich vor mir habe – auch wenn wir uns noch nie begegnet sind. Ich bin Dugald Fergusson.«

Jamie stand auf, wie es die Höflichkeit gebot. »Und wer bin ich Eurer Meinung nach?«

Dugald hob die kastanienroten Brauen. »Leugnet Ihr, daß Ihr James MacKinnion heißt?«

Jamie seufzte. »Nein, das leugne ich nicht. Und was soll jetzt geschehen?«

»Daß Ihr hier gefangen seid, behagt mir genausowenig wie Euch. Aber es ist nun mal Tatsache, und ich wäre ein Narr, wenn ich keinen Vorteil daraus zöge.«

»Natürlich. Habt Ihr schon Verbindung mit meinem Clan aufgenommen?«

»Nein«, erwiderte Dugald nach kurzem Zögern. »Ich verhandle lieber mit Euch.«

»Mit mir? Warum?«

»Man hat mir vorgeschlagen, daß Ihr eine meiner Töchter heiraten sollt.«

Jamie versuchte sich seine Überraschung nicht anmerken zu lassen. »Wer haßt Eure Töchter so abgrundtief, um Euch einen solchen Rat zu geben?«

Dugald runzelte die Stirn. Das hatte er nicht bedacht. William hatte von Sheena gesprochen, nicht von irgendeiner Fergusson-Tochter. Haßte er sie? Das konnte und wollte er nicht glauben. Immerhin hatte William nur in Worte gefaßt, was er selbst schon seit längerer Zeit erwog. »Euer Ton mißfällt mir, MacKinnion.«

»Und mir mißfällt Euer Ansinnen!« stieß Jamie hervor. »Sollte ich jemals wieder heiraten, was ich nicht beabsichtige – werde ich mir ganz sicher keine Fergusson aussuchen.«

»Glaubt Ihr, es macht mir Freude, Euch eine meiner Töchter zu geben?« entgegnete Dugald mit scharfer Stimme.

»Warum reden wir dann überhaupt davon?«

»Weil ich Frieden schließen will, mein Junge.«

»Tatsächlich?« fragte Jamie trocken. »Das hättet Ihr bedenken sollen, *bevor* Ihr die Fehde von neuem begonnen habt.«

Dugald blinzelte verwirrt. »*Ich* war es nicht, der den Waffenstillstand gebrochen hat. Das habt Ihr getan!«

Jamie hätte gelacht, wäre er nicht von plötzlichem Mitleid erfüllt worden. Offenbar stimmte seine Vermutung – der Mann war verrückt. Natürlich hatte es wenig Sinn, mit einem

Geisteskranken zu verhandeln. »Wenn Ihr wirklich Frieden schließen wollt«, sagte er seufzend, »so bin ich gern dazu bereit. Ich gebe Euch mein Wort.«

»Ich wünschte, ich könnte mich darauf verlassen, mein Junge, doch dann wäre ich ein Narr.«

»So kommen wir nicht weiter«, erwiderte Jamie ungeduldig.

»Nein! Ihr werdet für immer in diesem Kerker bleiben. Es sei denn, Ihr heiratet eine meiner Töchter und schwört, daß Ihr uns nie mehr belästigen werdet.«

»Ihr wißt doch wohl, daß Ihr ein großes Wagnis eingeht, wenn Ihr mich hier festhaltet«, sagte Jamie tonlos.

»Das bezweifle ich. Kein MacKinnion würde Tower Esk angreifen, wenn er damit Eurer Leben gefährdet.«

Jamie verlor beinahe die Beherrschung. »Wenn Ihr mein Leben bedroht, werden meine Männer Euren Turm auseinandernehmen, Stein für Stein!«

»Dann müßt Ihr sterben!« schrie Dugald, ebenso wütend wie sein Gegner. Diese Unterredung verlief ganz anders, als William es vorausgesagt hatte. Trotzdem mußte er an seinem Plan festhalten, wenn er eine Einigung erzielen wollte. »Wenn Ihr lange genug hier wart, werdet Ihr Euch schon noch anders besinnen«, fuhr er fort, nicht allzu hoffnungsvoll.

Jamie versuchte es mit einer anderen Taktik. »Also gut, Fergusson, ich heirate eine Eurer Töchter, wenn Ihr meinen Bedingungen zustimmt.«

Dugald sah ihn erstaunt und voller Mißtrauen an. »Ihr seid nicht in der Lage, Bedingungen zu stellen.«

»Dann brauchen wir nicht mehr darüber zu reden.«

»Nun – ich bin ein vernünftiger Mann, und deshalb will ich Euch anhören.«

»Ich war schon einmal verheiratet.«

»Das ist mir nicht neu.«

Jamie wußte, daß die Tragödie seiner Ehe allgemein bekannt war. Aber nur wenige Leute hatten die ganze Wahrheit erfahren. »Ich habe meine Frau bei der Hochzeit zum erstenmal gesehen«, fuhr er fort. »Auf die Einzelheiten will ich nicht eingehen, denn darüber spreche ich niemals. Es genügt, wenn ich Euch erkläre, daß diese Heirat ein Fehler war.«

»Was hat das mit meiner Tochter zu tun?«

»Hätte ich meine Braut vor der Trauung erprobt, wäre mir klargeworden, daß sie schreckliche Angst vor Männern hatte und deren Berührung nicht ertragen konnte. Ich schwor mir, nie mehr zu heiraten, ohne das Mädchen vorher auf Herz und Nieren zu prüfen. Seid Ihr bereit, mir Eure vier Töchter zu diesem Zweck zu überlassen, damit ich mir eine aussuchen kann?«

Dugald lief dunkelrot an. »Ihr werden keine meiner Töchter erproben! Außerdem dürft Ihr nur zwischen dreien wählen.«

Jamies Humor gewann die Oberhand, und er konnte der Versuchung, Fergusson ein wenig zu reizen, nicht widerstehen. »Soviel ich mich erinnere, habt Ihr vier ledige Töchter. Was stimmt denn nicht mit der einen, die ihr mir vorenthalten wollt?«

»Sie ist verlobt.«

»Ihr überrascht mich, Fergusson! Glaubt Ihr, ich wüßte nicht, was hier vorgeht und mit welchen Clans Ihr in den letzten Monaten drei Hochzeiten vereinbart habt? Wenn es die Jüngste ist, die ihr mir verweigert – warum sagt Ihr das nicht klar und deutlich?«

»Meine Jüngste könnt Ihr haben – obwohl Ihr Euch nicht für sie entscheiden werdet, wenn Ihr auch nur einen Funken Anstand besitzt. Sie ist noch zu jung für die Ehe. Es ist die Älteste, die ich Euch nicht gebe.«

»Warum nicht? Hat sie einen Liebsten, dem sie versprochen ist?«

»Nein. Aber sie ist die einzige, die noch nicht heiraten will, und wenn wir Frieden schließen, brauche ich sie nicht dazu zu zwingen.«

»Ah, ich verstehe! Sie ist Eure Lieblingstochter – und viel zu gut für den wilden MacKinnion, was?«

Dugald gab keine Antwort und schlug statt dessen vor: »Wenn Ihr dieses finstere Loch satt habt, mein Junge, zeige ich Euch meine Töchter, und Ihr könnt Eure Wahl treffen.«

Jamies heitere Stimmung war inzwischen verflogen, und er erwiderte in kühlem Ton: »Es war kein Scherz, als ich sagte, ich müßte meine Braut vor der Hochzeit erproben.«

»Wenn Ihr noch eine Weile hier unten bleibt, werdet Ihr Euch anders besinnen.«

Wenige Minuten später war Jamie wieder allein und doppelt so wütend wie zuvor. Allein schon der Gedanke, daß er außer den Witzeleien seiner Clansleute nichts befürchtet und niemals an seiner kurz bevorstehenden Freilassung gezweifelt hatte...

Wenn sein Clan wüßte, wo er steckte, müßte er sich keine Sorgen machen. Mit einem Angriff auf Tower Esk konfrontiert, hätte der alte Dugald keine andere Wahl, als ihn freizugeben. Er würde es niemals wagen, seine Drohung wahrzumachen und James MacKinnion zu töten. Aber wer sollte seinem Clan mitteilen, wo er sich befand?

Stundenlang schmiedete er Rachepläne. Bald lag die leere Weinflasche in seinem Schoß, doch vor lauter Wut blieb er nüchtern. Er dachte sich zahllose Möglichkeiten aus, eine unwillkommene Ehefrau zu quälen. Und – süße Rache – er würde Dugald Fergusson nicht töten, sondern gefangennehmen und ihm täglich von den Leiden seiner Tochter berichten. Zu schade, daß die Lieblingstochter nicht verfügbar war...

Nie zuvor hatte er das Gefühl verspürt, in eine so bedrängte Lage zu geraten – nicht einmal bei seiner ersten Hochzeit. Natürlich hatte er das Macintosh-Mädchen nicht haben wollen. Sie war hübsch gewesen, aber eine Fremde. Doch sein Vater hatte diese Verbindung gewünscht, und er wäre niemals auf den Gedanken gekommen, gegen den Willen des alten Laird zu handeln. Später hatten Vater und Sohn diese Ehe bitter bereut. Statt ein nutzbringendes Bündnis einzugehen, hatten sie sich mit neuen Feinden herumschlagen müssen, denn der Laird von Macintosh gab den MacKinnions die Schuld am Tod seiner Tochter.

Die Falltür knarrte und kündigte an, daß Jamie wieder Gesellschaft haben würde. Doch war er immer noch zu wütend, um erneut mit dem Laird zu sprechen. »Wenn Ihr das seid, Fergusson, so laßt mich gefälligst in Ruhe! Ich bin viel zu beschäftigt, um mit Euch zu reden – weil ich mir gerade überlege, was ich Eurer Tochter alles antun werde, wenn sie meine Frau ist!« Er hörte einen leisen Aufschrei und beugte sich vor, um in die Öffnung zu schauen. »Seid Ihr es nicht, alter Mann? Wer ist es dann?«

»Ich – Niall Fergusson.«

»Sieh mal an!« rief Jamie spöttisch und lehnte sich wieder an die Wand. »Der Bursche, der sein Wort nur für ein paar Stunden halten kann? Willst du dich nun an der Dummheit James MacKinnions weiden, der doch tatsächlich glaubte, du hättest so etwas wie Ehrgefühl im Leib?«

»Ich wollte Euch nicht verraten«, entgegnete Niall mit leiser, angstvoller Stimme.

»Nun beleidigst du mich auch noch mit deinen Lügen! Wieso weiß Fergusson, wer ich bin? Erklär mir das mal!«

»Ich habe es nur meiner ältesten Schwester erzählt, und die hätte ganz sicher geschwiegen.«

»Dann hat also dieses Biest...«

»Ihr dürft sie nicht so nennen! Sie hat es niemandem gesagt! Eine andere Schwester belauschte uns, als ich von meiner Begegnung mit Euch erzählte, und sie rannte sofort zu meinem Vater. Ich konnte sie nicht aufhalten. Trotzdem will ich meine Schuld nicht leugnen. Deshalb habe ich das Wagnis auf mich genommen, Euch noch einmal zu besuchen – um Euch zu versichern, wie leid es mir tut.«

»Das nützt mir nichts!« entgegnete Jamie verbittert. »Und ich schwöre dir – wenn ich in diesem Augenblick meine Hände um deinen Hals legen könnte, würdest du merken, wie ich Verräter zu bestrafen pflege!«

Niall schluckte krampfhaft, als würden sich Jamies kräftige

Finger wirklich um seine Kehle schließen. »Was hat mein Vater gesagt, um Euch so maßlos zu erzürnen?«

»Tu nicht so, als hättest du keine Ahnung!«

»Er hat mich nicht ins Vertrauen gezogen – denn er ist schrecklich böse auf mich, weil ich das Geheimnis Eurer Herkunft so lange für mich behielt.«

»Dann kommt wohl mir die Ehre zu, dir mitzuteilen, daß wir bald Schwäger sein werden«, sagte Jamie sarkastisch.

»Ich glaube Euch nicht!« rief Niall erschrocken. »Er würde sie Euch niemals geben! Sie ist seine Lieblingstochter!«

Jamie runzelte nachdenklich die Stirn. »Stört es dich, daß ich deine Schwester heiraten werde?«

»Was könnte Euch dazu veranlassen?«

»Wenn ich mich weigere, läßt mich dein Vater nicht frei.«

Niall hielt den Atem an. »Aber – Euer Clan wird Tower Esk stürmen...«

»Fergusson will meine Leute mit der Drohung fernhalten, er würde mich im Falle eines Angriffs töten. Also bleibt mir nichts anderes übrig, als deine Schwester zu heiraten.«

»Lieber würde sie sterben!« stöhnte Niall.

Jamie lachte. Offenbar liebten Vater und Sohn jenes Mädchen gleichermaßen. Nun, Niall sollte ruhig glauben, daß es seine Lieblingsschwester war, die den Laird von MacKinnion heiraten mußte. Diese Qual – die ohnehin nur von kurzer Dauer sein würde – hatte er verdient.

»Ja – sobald sie mir gehört, wird sie den Tod herbeisehnen«, prophezeite Jamie mit düsterer Stimme. »Aber ich werde dafür sorgen, daß sie am Leben bleibt.«

»Ihr werdet ihr doch nicht weh tun?«

»Oh, doch! Denn ich heirate sie nur gezwungenermaßen, und ich lasse mich nicht gern zwingen.«

»Es ist nicht ihre Schuld!« stieß Niall hervor. »Auch sie hat keine andere Wahl!«

»Darauf werde ich ebensowenig Rücksicht nehmen wie dein Vater.«

Niall begriff nicht, wie ein Mensch so rachsüchtig sein konnte, und sein Entsetzen wuchs. »Ihr habt sie noch nicht gesehen, MacKinnion. Sie ist wunderschön, und Ihr werdet Euch sicher freuen, wenn Ihr eine solche Frau bekommt.«

»Mein Junge, du verstehst das nicht«, erwiderte Jamie kühl. »Es spielt keine Rolle, ob sie das hübscheste Mädchen von Schottland ist oder nicht. Sie ist die Tochter deines Vaters, und dafür muß sie leiden. Nachdem ich sie in mein Schloß heimgeführt habe, wird sie es nie mehr verlassen. Ich werde sie in einen Turm sperren und zweimal am Tag besuchen – einmal, um sie zu schlagen, und das zweitemal, um sie zu vergewaltigen. So wird ihr Leben aussehen.« Über der Falltür herrschte Schweigen, und nach einer Weile fragte Jamie: »Hast du nichts mehr zu sagen, Niall Fergusson?«

»Wenn ich glaubte, daß Ihr meine Schwester wirklich so behandeln würdet, müßte ich Euch töten.«

Jamie lachte. »Versuch's doch! Aber damit würdest du dir nur selber die Kehle durchschneiden – ebenso wie deiner Schwester und deiner ganzen Familie. Du könntest den Laird von MacKinnion nicht töten und lange genug leben, um davon zu erzählen.« Die Falltür fiel zu, und Jamie ballte die Hände. Die Angst, die er dem Jungen gemacht hatte, milderte seinen Zorn keineswegs.

Nach einer knappen Stunde ging die Falltür wieder auf, und Nialls Kopf erschien in der Öffnung.

»Nun, hast du deinen Vater zur Rede gestellt?« fragte Jamie höhnisch.

»Nein. Jeder Versuch, ihn umzustimmen, wäre sinnlos. Außerdem ist er so wütend auf mich, daß er mir gar nicht zuhören würde.«

Jamie atmete auf. Der Junge war nicht zurückgekommen, um ihn einen Lügner zu nennen. Also wußte er noch nicht, daß seine Lieblingsschwester sicher vor dem wilden MacKinnion war. »Wenn du nicht mit Fergusson gesprochen hast – was führt dich dann zu mir?«

»Ich kann meiner Schwester morgen nicht gegenübertreten – nachdem ich weiß, was ich weiß«, gestand Niall unglücklich. »Wie soll ich es ertragen, sie leiden zu sehen? Ihr habt bestätigt, was sie Euch zutraut. Deshalb wird sie lieber sterben, als mit Euch zu gehen.«

»Glaubst du, ich lasse es zu, daß auch meine zweite Frau Selbstmord verübt?«

»Vielleicht wäre der Tod dem Leben vorzuziehen, das sie an Eurer Seite führen wird.«

»Du mußt noch eine Menge lernen, mein Junge«, spottete Jamie. »Solange sie am Leben ist, brauchst du die Hoffnung nicht fahrenzulassen.«

»Ihr macht mir nicht viel Hoffnung, Laird, und ich habe solche Angst um meine Schwester. Deshalb bin ich gekommen – weil ich Euch um Gnade bitten will. Verschont sie – denn sie hat Euch nichts getan. Bitte!«

Jamie war gerührt. Niall hatte zweifellos Mut, und er liebte das Mädchen aufrichtig.

»Hör mir jetzt gut zu, mein Junge. Ich habe kein Mitleid mit deiner Schwester. Du mußt dich an deinen Vater wenden – nicht an mich. Mir sind in dieser Angelegenheit die Hände gebunden.«

»Da irrt Ihr Euch! Ihr könntet sie anständig behandeln, wenn Ihr nur wolltet.«

»Aber das will ich nicht. Warum sollte ich auch? Ich bin ein bösartiger Barbar – oder hast du das vergessen?«

»Dann muß ich diese Hochzeit verhindern.«

»Dafür wäre ich dir sehr dankbar – aber wie willst du das anfangen?«

»Ich lasse Euch frei«, antwortete Niall nach einer kleinen Pause. »Das ist die einzige Möglichkeit. Wenn Ihr nicht mehr da seid, ist meine Schwester sicher vor Euch.«

Jamie sprang auf. Er konnte seine Erregung kaum verbergen. »Meinst du das ernst, Junge?«

»O ja!«

»Wann?«

»Jetzt – solange alle anderen schlafen.«

Die Strickleiter glitt herunter und näherte sich Jamies ausgestreckten Händen, doch bevor er danach greifen konnte, wurde sie wieder ein Stück nach oben gerissen. Jamie seufzte tief enttäuscht auf. »Was für ein grausames Spiel treibst du mit mir?«

»Es ist kein Spiel«, beteuerte Niall. »Aber soviel ich mich erinnere, wolltet Ihr Eure Hände um meinen Hals legen. Werdet Ihr mich töten, wenn Ihr frei seid?«

Jamie lachte. »Du hast nichts zu befürchten, mein Junge. Wenn du mir zur Flucht verhilfst, bin ich dein Freund bis an mein Lebensende.«

Die Strickleiter wurde herabgelassen, und Jamie kletterte schnell hinauf.

»Ihr seid ja noch größer, als ich dachte«, sagte Niall ehrfürchtig, als der Laird von MacKinnion neben ihm stand.

»Und du bist genauso ein Winzling, wie ich's mir vorgestellt habe«, entgegnete Jamie. »Zeig mir jetzt, wo der Stall ist, und dann...«

»Nein, da dürft Ihr nicht hingehen!« unterbrach ihn Niall erschrocken. »Dort schlafen mehrere Leute. Man würde Euch erwischen, und ich hätte dieses Wagnis umsonst auf mich genommen.«

»Ohne mein Pferd gehe ich nicht. Keine Angst, mein Junge. Ich werde niemanden töten, solange es sich vermeiden läßt. Aber wenn man mich wieder in dieses dunkle Loch sperren will, muß ich mich natürlich wehren.«

»Man wird Alarm schlagen.«

»Das spielt keine Rolle. Sobald ich mein Pferd habe, können sie mich nicht mehr einfangen. Mach dir keine Sorgen.«

Niall führte den Laird von MacKinnion widerstrebend durch die Vorratskammern in die Richtung des Hofs. »Ich sorge mich meinetwegen, MacKinnion«, gab er zu, »Ihr werdet bald über alle Berge sein – aber ich bleibe hier und muß die Schuld auf mich nehmen.«

»Du kannst mich begleiten, Junge.«

»Ich bin kein Verräter!« protestierte Niall entsetzt. »Und ich lasse Euch nur laufen, um meine Schwester zu retten. Sonst würde ich es nicht tun.«

»Das weiß ich«, entgegnete Jamie zögernd. »Und – um ehrlich zu sein – deine älteste Schwester ist gar nicht...«

Er fand keine Gelegenheit mehr, sein Geständnis zu beenden, denn in diesem Augenblick erschien ein Licht auf der Kellertreppe, und Niall zog ihn rasch zwischen zwei große Mehlfässer.

»Niall!« rief eine Mädchenstimme. »Niall, wenn du da unten bist, antworte mir! Niall!«

»Wer ist das?« wisperte Jamie.

»Meine Schwester. Wahrscheinlich war sie in meinem Zimmer und hat gesehen, daß ich nicht im Bett liege. Deshalb sucht sie mich.«

Jamie richtete sich ein wenig aus seiner geduckten Haltung auf. »Das Mädchen, dem du solch ein Opfer bringst, möchte ich mal sehen.«

»Nein!« In panischer Angst griff Niall nach seinem Arm und zerrte ihn wieder nach unten. »Sie wird schreien, wenn sie Euch sieht, und Euch verraten, bevor Ihr den Hof erreicht! Man wird Euch hier unten umzingeln, und Ihr habt nicht einmal eine Waffe.«

Widerwillig gab Jamie nach. »Ja, du hast wohl recht. Übrigens, da du gerade davon sprichst – ich brauche eine Waffe.«

»Ich kann Euch nicht helfen, meine Clansleute zu töten, MacKinnion.«

»Sicher, du hast bereits genug für mich getan. Ich werde mich schon zu wehren wissen.« Jamie hatte ein Brett entdeckt, das er an sich nehmen wollte, sobald der Weg über die Treppe nach oben frei war.

Aber das Licht erlosch nicht. Erst nach einer ganzen Weile wurde es etwas schwächer, und eine zweite Stimme klang auf.

»Was machst du hier mitten in der Nacht?«

Jamie hörte den Jungen an seiner Seite leise stöhnen.

»Wer ist denn das?«

»Mein Vetter William.«

»Wird er herunterkommen?«

»Keine Ahnung... Pst!«

»Nun, liebe Kusine?« fragte der Mann.

»Ich wollte nur...«, begann das Mädchen, um dann ärgerlich zu fauchen: »Das geht dich nichts an, Willie!«

»Wolltest du dir deinen künftigen Gatten anschauen?« erkundigte sich William kichernd.

»Du weißt sehr gut, daß ich mich niemals in seine Nähe wagen würde.«

»Nun, du wirst ihn ohnehin bald sehen – wenn du ihn heiratest.«

»Du bist ein widerlicher Bastard, William MacAfee!« zischte das Mädchen. »Laß mich jetzt vorbei!«

»Du hast meine Frage noch nicht beantwortet. Was machst du hier unten?«

»Ich konnte nicht schlafen, und deshalb ging ich spazieren.«

»Hast du dich ein letztesmal mit MacDonough getroffen – bevor die Verlobung gelöst wird?«

»Wenn es so wäre, würde ich's dir nicht auf die Nase binden. Kümmere dich doch um deinen eigenen Kram und laß mich endlich in Ruhe!«

Das Licht entfernte sich, doch es dauerte einige Minuten, bis die Schritte des Mannes aufklangen und schließlich verhallten.

»Deine Schwester mag ihren Vetter nicht, was?« bemerkte Jamie.

»Ich auch nicht«, stieß Niall hervor. »*Er* war es, der meinem Vater vorschlug, sie mit Euch zu verheiraten – und das aus reiner Bosheit! Er wollte sie für sich selber haben, versteht Ihr? Und sie wies ihn ab. Und nun will er sie aus purer Rachsucht in Eure Arme treiben!«

»Und was ist mit MacDonough? Dein Vetter meinte, sie könnte sich mit diesem Mann getroffen haben. Würde sie das tun?«

»Niemals! Sie kennt ihren Verlobten so gut wie gar nicht. Aber er ist hier – seit heute abend.«

Jamie lachte leise. »Du weißt sicher, daß ich ein Abkommen mit Sir Alasdair habe. Da er im Haus ist, wird man ihn für meine Flucht verantwortlich machen.«

»Glaubt Ihr das?« fragte Niall hoffnungsvoll.

»Natürlich. Dein Vater würde eher einen MacDonough verdächtigen als einen Fergusson.«

»Aber der Laird von MacDonough weiß gar nicht, daß Ihr hier seid.«

»Er könnte immerhin ein Gespräch belauscht haben. Kopf hoch, Junge! Nimm die Schuld nur auf dich, wenn es sich nicht vermeiden läßt.«

Jamie griff nach dem Brett, und Niall führte ihn in den Hof hinauf. »Da drüben seht Ihr den Stall und das Torhaus«, wisperte er. »Jetzt müßten sie alle schon schlafen.«

»Auch du solltest jetzt ins Bett gehen, Junge. Wenn Alarm gegeben wird, darfst du dich nicht außerhalb deines Zimmers blicken lassen. Damit würdest du Mißtrauen erregen. Doch wir wollen guten Mutes sein und lieber glauben, daß man meine Flucht erst morgen früh entdecken wird.«

»Wir werden uns wohl kaum wiedersehen«, meinte Niall bedauernd.

»Wahrscheinlich nicht. Jedenfalls werde ich dich niemals vergessen, Niall Fergusson. Du bist ein tapferer Junge.«

»Und Ihr seid ein wilder, niederträchtiger Kerl, MacKinnion«, erwiderte Niall grinsend. »Ich werde Euch auch nicht vergessen. Ihr wärt kein guter Schwager gewesen – aber Ihr seid ein großartiger Gegner.«

»Oder vielleicht ein Freund...« Jamie zerzauste das rote Haar des Jungen. »Das habe ich ernst gemeint. So, und jetzt will ich gehen. Hoffentlich wirst du meinetwegen keinen Schaden erleiden.«

»Nun, vielleicht habt Ihr recht, und man wird MacDonough verdächtigen. Das würde mir nichts ausmachen, denn meine Schwester will ihn ohnehin nicht heiraten.«

Jamie lachte. »Ständig redest du von deiner Schwester, und ich weiß noch immer nicht, wie sie heißt.«

»Wenn mein Vater Euch das verschwiegen hat, sollt Ihr es auch von mir nicht erfahren. Lebt wohl, MacKinnion, und alles Gute.«

8.

Sheena erwachte später als sonst, was sie der mitternächtlichen Suche nach ihrem Bruder zuschrieb. Hastig zog sie sich an und rannte in sein Zimmer. Er lag immer noch im Bett. Sie mußte ihn mehrmals an den Schultern rütteln, und auch dann öffnete er nur widerwillig die Augen.

»Laß mich in Ruhe, Sheena!« jammerte er. »Ich habe kaum geschlafen.«

»Ich möchte bloß wissen, warum!« entgegnete sie mit scharfer Stimme. »Wo warst du? Ich wollte heute nacht mit dir reden und ging in dein Zimmer – und da war dein Bett leer.«

Er gab keine Antwort, weil er wieder eingeschlafen war. Ungeduldig und nicht allzu sanft schlug sie ihn auf die Kehrseite. »Wo warst du, Niall?«

»Das kann ich dir nicht sagen, Sheena«, erklärte er gähnend. »Und du würdest es auch gar nicht wissen wollen.«

Sie runzelte die Stirn, dann rann ihr ein eisiger Schauer über den Rücken. Wenn er glaubte, daß sie es nicht wissen wollte, mußte er wieder bei MacKinnion gewesen sein. »O Niall, womöglich hat man dich beobachtet«, flüsterte sie, aber er hörte nicht zu.

Sie ließ ihn schlafen und ging in die Halle hinab. Eine Dienerin starrte mißbilligend auf die Tische, die für das Frühstück gedeckt waren. Beim Anblick der kalten Gerstenmehlkuchen, der fast vollen Haferbreischüsseln und leeren Stühle wuchs Sheenas Unbehagen. »Was ist hier los, Alice?« fragte sie die Dienerin. »Wo sind mein Vater und seine Männer?«

»Das würde ich auch gern wissen«, erwiderte Alice ärgerlich. »Plötzlich gab's einen Riesenwirbel im Hof, der Amtmann stürmte in die Halle, um mit Eurem Vater zu reden, und dann rannten sie alle hinaus.«

Sheena wollte in den kleinen Hof gehen, doch bevor sie die Tür erreichte, kamen Margaret und Elspeth herein und versperrten ihr den Weg.

»Ah, da bist du ja!« rief Margaret im gewohnten zänkischen Tonfall. »Wo warst du denn, als der Tumult ausbrach?«

»Ich bin eben erst heruntergekommen«, antwortete Sheena. »Was ist geschehen?«

Elspeth schnappte nach Luft. »Was, das hast du noch nicht gehört? Der Laird von MacKinnion ist geflohen. Natürlich war's MacDonough, der ihm geholfen hat – auch wenn Vater noch nichts dergleichen gesagt hat. Wer sollte es sonst gewesen sein?«

»Wir wollen nur hoffen, daß deine Verlobung deshalb nicht gelöst wird, Sheena«, fügte Margaret eisig hinzu. »Jedenfalls bin ich nicht bereit, noch länger auf meine Hochzeit zu warten. Und Gilbert wird sich auch nicht mehr hinhalten lassen.«

Sie wandten sich ab, ohne Sheenas Reaktion zu bemerken. Wie erstarrt stand sie vor der Tür. Alasdair hatte nichts von MacKinnions Gefangennahme gewußt, also konnte er ihn auch nicht freigelassen haben. »O Niall, Niall, was hast du getan?« flüsterte sie.

Sie brauchte ihn nicht zu fragen. Eine innere Stimme sagte ihr, daß er MacKinnion zur Flucht verholfen hatte. Aber – warum? Sie holte tief Atem und lehnte sich an den Türpfosten. Es gab nur eine Antwort auf diese Frage. Williams Drohung – und der Beschluß ihres Vaters... Um zu verhindern, daß sie den grausamen Feind heiraten mußte, hatte Niall ihm die Freiheit geschenkt.

Maßlose Erleichterung verdrängte ihre Angst. Sie beschloß, hinaufzulaufen und ihren Bruder mit dankbaren Küssen zu überschütten, sobald die Luft rein war. Nun brauchte sie den wilden Hochländer nicht mehr zu fürchten. Wahrscheinlich blieb ihr auch eine Ehe mit MacDonough erspart, weil man ihm die Schuld an MacKinnions Flucht geben würde.

Sie lächelte strahlend, als die Männer in die Halle zurückkehrten, und begegnete Dugalds kühlem Blick. »Warum freust du dich, Sheena? Dafür gibt es keinen Grund.«

»Ich bin froh, daß er weg ist.« Dieses Geständnis kam ihr

leicht über die Lippen. »Wäre er nicht entkommen, hätte ich ihn heiraten müssen – und dir niemals verzeihen können.«

William trat neben ihren Vater. »Du wolltest wissen, warum er freigelassen wurde, Dugald. Nun hast du es endlich herausgefunden.«

Sheenas Augen verengten sich. »Wie meinst du das, Vetter?«

»Willst du bestreiten, daß du letzte Nacht im Hof warst?« fragte Dugald tonlos.

»Ich konnte nicht schlafen, Vater, und ging ein wenig an die frische Luft! Ist das ein Verbrechen?«

»Eine billige Ausrede«, bemerkte William trocken.

Sheena schaute ihn verächtlich an. »Und womit willst du begründen, daß du im Hof warst? Soviel ich mich erinnere, bist du um die gleiche Zeit dort aufgetaucht. Offenbar hast du vergessen, das zu erwähnen.«

»Ich brauche keine Entschuldigung«, erwiderte er herausfordernd, »denn ich freue mich keineswegs über MacKinnions Flucht – im Gegensatz zu dir.«

Sheenas Atem stockte. »Glaubst du etwa, ich hätte ihn freigelassen?«

»Du oder dein Bruder – einer von euch beiden war es.«

»Wie kannst du es wagen, Niall zu beschuldigen?« rief Sheena. »Er wußte doch, daß er nicht mehr zum Verlies gehen durfte. Ein solches Verbot würde er niemals mißachten.«

Dugald nickte mit ernster Miene. »Sie hat recht. Der Junge ist unschuldig.«

»Und ich?« Sheena wandte sich zu ihrem Vater und wartete mit angehaltenem Atem.

Als er sie keiner Antwort würdigte, stieg panische Angst in ihr auf. Sein Schweigen war eine unmißverständliche Anklage.

Inzwischen hatten sich mehrere Männer in der Halle versammelt, um den Wortwechsel mitanzuhören, und ihre abweisenden Mienen verrieten Sheena, daß sie bereits verurteilt war. Auch ihr Verlobter stand da und starrte sie entsetzt an. Wie konnte er es wagen? Und warum hatte ihr Vater nicht *ihn* beschuldigt. Wütend zeigte sie auf MacDonough. »Ich will wissen, warum man mich bezichtigt und nicht ihn! Er hätte triftigere Gründe gehabt als ich, MacKinnion freizulassen.«

Alasdairs graue Augen schienen Sheena zu durchbohren. »Eine solche Verleumdung würdige ich keiner Antwort. Und ich werde auch keine Dirne heiraten, die ihren Verlobten solcher Missetaten zeiht und ihre eigene Familie verrät.«

Als er mit hocherhobenem Haupt aus der Halle schritt, kreischte Margaret. »O Gott, er hat die Verlobung gelöst! Genau das wollte sie!«

Sheena konnte nicht verhindern, daß Dugald eine gewisse Befriedigung in ihren Augen las. »Stimmt das, Sheena?« stieß er hervor.

»Ich wollte ihn nicht heiraten, wie du sehr wohl weißt – aber ich hätte niemals zu so verwerflichen Mitteln gegriffen, um ihn loszuwerden«, verteidigte sie sich. »Und jetzt sag mir, warum du ihn gehen läßt, ohne ihn zu verhören!«

»Glaubst du, ich hätte einem Verbündeten meines bedeutsamen Gefangenen erlaubt, sich frei im Haus zu bewegen?« entgegnete er in scharfem Ton. »MacDonoughs Zimmer war bewacht, und ich bin überzeugt, daß er es während der ganzen Nacht nicht verlassen hat.«

Sheena schwieg bedrückt. Nun waren nur noch zwei Menschen übrig, die ein Motiv gehabt hätten, den Hochländer zu befreien – sie selbst und Niall. Aber Niall wurde nicht verdächtigt, und dabei wollte sie es belassen. Er hatte die Gesetze nur ihr zuliebe verletzt, und deshalb mußte sie ihn vor Dugalds Zorn schützen. Ein Glück, daß er nicht hier war, denn er hätte sich sofort zu seinem Verrat bekannt...

Dugald holte tief Atem. »Hast du es getan, Sheena?«

»Es ist zu spät für diese Frage, Vater«, erwiderte sie mit halberstickter Stimme. »Du hast mich bereits für schuldig befunden. Das lese ich in deinen Augen. Daß du mir so etwas zutraust...«

»Nun, jedenfalls kann sie es nicht leugnen!« mischte sich

William hastig ein. »Man müßte diese Verräterin aufhängen!« Seine Gedanken überschlugen sich. Er wußte, daß er Dugald keine Zeit zum Überlegen geben durfte.

»Ich werde meine Tochter nicht wegen eines Vergehens aufhängen, das sie aus reiner Verzweiflung verübt hat«, widersprach Dugald empört. »Sie glaubte, daß sie MacKinnion heiraten müßte, und nachdem ich ihr nichts dergleichen gesagt habe, kannst es nur du gewesen sein. Also hast du dich ebenso schuldig gemacht wie sie, und ich wäre dir dankbar, wenn du dich von nun an aus der Sache heraushalten würdest.«

William war klug genug, um sich eine Antwort zu verkneifen.

»Willst du einfach so tun, als wäre nichts gewesen, Vater?« rief Margaret erbost. »Du hast sie deinen anderen Töchtern immer vorgezogen. Nun siehst du, wie sie dir deine Liebe lohnt!«

»Sie still, Mädchen.«

»Nein – ich lasse mir nicht den Mund verbieten! Und ich bin nicht bereit, ihretwegen noch länger auf meine Hochzeit zu warten. Du hast mir untersagt, vor ihr zu heiraten, weil sie nicht beschämt werden sollte. Nun hat sie uns alle beschämt. Kein Mann wird sie nehmen, weil sie ihre Familie verraten hat und nicht zögern würde, auch ihren Gatten zu hintergehen. Man kann ihr nie wieder trauen!«

»Du kannst heiraten, so wie es geplant ist, Margaret«, sagte Dugald müde und traurig. »Sie wird Tower Esk verlassen.«

Sheena starrte ihren Vater an, ungläubig und entsetzt. Er wollte seine Lieblingstochter verbannen?

Unglücklich wich er ihrem Blick aus. »Schau mich nicht so an, Sheena! Du verdienst nichts Besseres.«

Ihre Kehle war wie zugeschnürt. »Wohin willst du mich schicken?« würgte sie mühsam hervor.

»Zu deiner Tante, nach Aberdeen. Dort kannst du in Ruhe über das Unrecht nachdenken, das du deiner Familie zugefügt hast. Dafür ist ein Kloster genau der rechte Ort. Geh jetzt in dein Zimmer und bleib oben, bis man dich morgen früh in den Norden bringen wird.«

Sheena rannte aus der Halle, so schnell sie konnte, um ihre Tränen zu verbergen. Glücklicherweise folgte ihr niemand. Bevor sie Nialls Tür öffnete, wischte sie sich die Augen aus.

Er schlief immer noch. Sie versuchte ihre Gedanken zu ordnen, dann setzte sie sich auf den Bettrand. »Niall, du mußt aufwachen und mir zuhören. Wir haben nicht viel Zeit. Wenn man mich bei dir findet... Niall, bitte!«

Ihre Stimme klang so ernst und eindringlich, daß er sofort die Augen öffnete und sich ruckartig aufsetzte. Ein Blick in ihr Gesicht genügte ihm, um zu wissen, was geschehen war. »Man hat schon Alarm geschlagen, nicht wahr? Sie wissen, daß er verschwunden ist.«

»Ja, sie wissen es«, bestätigte sie und fühlte sich elend.

Er mißverstand ihre Verzweiflung, hielt sie für Mißfallen und sah sie flehend an. »Ich mußte es doch tun, Sheena! MacKinnion sagte, er würde dich schlagen und vergewaltigen – und dich dein Leben lang dafür büßen lassen, wenn er dich notgedrungen heiraten müßte.«

»Mein Gott!« flüsterte sie entsetzt.

»Verstehst du nun, warum ich ihn befreien mußte? Er war schrecklich wütend und keiner Vernunft zugänglich. Daß du an alldem schuldlos bist, spielte keine Rolle für ihn. Er erklärte, niemand dürfte einem MacKinnion ungestraft seinen Willen aufzwingen. Und deshalb hättest du leiden müssen – nur weil du die Tochter deines Vaters bist.«

»Dann bin ich dir doppelt dankbar, Niall.«

»Dankbar? Du bist nicht böse?«

»Ich weiß, daß du es nur für mich getan hast, und ich will meine Dankbarkeit beweisen. Bitte, nimm's nicht so schwer, was ich dir jetzt erzählen muß. Man hat mich angeklagt – und ich nehme die Schuld auf mich.«

»Du? Aber MacDonough...«

»Er wurde die ganze Nacht bewacht, Niall, deshalb ist er über jeden Verdacht erhaben. Und William hat es geschafft, unseren Vater gegen mich einzunehmen.«

»Sheena...«, begann er unglücklich.

Sie hob eine Hand, um ihn zum Schweigen zu bringen. »Hör mir zu! Ich bin viel besser dran, als du glaubst. MacDonough hat die Verlobung gelöst aus Empörung über meinen angeblichen Verrat, und du hast mich vor MacKinnion gerettet. Zur Strafe will mich Vater zu Tante Erminia nach Aberdeen schicken, und das ist viel besser als eine Ehe mit MacKinnion oder Sir Alasdair.«

»Du sollst Nonne werden?« fragte Niall bestürzt.

»Davon hat Vater nichts gesagt, also mach dir keine Sorgen. Ich habe unsere Tante jahrelang nicht gesehen, und der Aufenthalt in ihrem Kloster wird eine angenehme Abwechslung sein. Vor allem muß ich dort nicht befürchten, daß man mir irgendwelche Ehemänner aufnötigen wird. Glaub mir, Niall, ich bin nicht unglücklich.«

»Du wirst doch zurückkommen?«

»Keine Ahnung. Vater war jedenfalls sehr wütend. Vielleicht zwingt er mich, Nonne zu werden. Nun, das wäre mir immer noch angenehmer als eine Ehe ohne Liebe.«

»Das meinst du nicht ernst, Sheena.«

»Sogar sehr ernst! Unsere Eltern haben sich nicht geliebt. Du hast sie nicht zusammen gesehen, Niall, aber ich kann mich noch gut an das alles erinnern. Ich will keinen Mann heiraten, den ich nicht liebe.«

»Ich werde mit Vater reden.«

»Untersteh dich! Wenn ich hierbleibe, wird er einen anderen Mann für mich suchen. Ich gehe, Niall, und du kannst mich nicht zurückhalten. Du wirst niemals verlauten lassen, was du getan hast. Schwörst du mir das?«

Er nickte widerstrebend. So hatte er sich die Folgen seines eigenmächtigen Handelns nicht vorgestellt. Doch jetzt konnte er den Lauf der Ereignisse nicht mehr beeinflussen. »Ich werde dich bald besuchen, Sheena.«

Sie lächelte. »Darüber würde ich mich sehr freuen – wenn Vater es erlaubt.«

Plötzlich schlang er die Arme um ihren Hals, Tränen rollten über seine Wangen. »Es tut mir ja so leid...«

»Beruhige dich, mein Lieber. Du brauchst dir nichts vorzuwerfen und mich nicht zu bedauern. Ich war noch nie in Aberdeen, und ich freue mich auf diese Reise – wirklich. Außerdem ist es besser, wenn ich mich von Vater trenne, wenigstens für eine Weile. So, wie die Dinge liegen, kann ich nicht mit ihm unter einem Dach leben.«

9.

HERBST 1541, ABERDEENSHIRE, SCHOTTLAND

In den nächsten Wochen sollte sich Sheena noch oft an ihr letztes vertrautes Gespräch mit Niall erinnern. Aberdeen, fast fünfzig Meilen von zu Hause entfernt, war wie ein fremdes, fernes Land, überfüllt und schmutzig. Man konnte nicht durch die Straßen gehen, ohne fürchten zu müssen, daß einem der Inhalt eines Nachttopfs oder Mülleimers auf den Kopf geschüttet wurde. Andererseits war Aberdeen ein bedeutendes Handelszentrum mit einem großen Hafen, wo ein reges Leben und Treiben herrschte.

In den ersten Tagen ihres Aufenthalts unternahm Sheena lange Wanderungen, um die Stadt zu besichtigen, was sie sehr bald aufgab. Sicher, die Universität, die Abteien und Läden boten einen großartigen Anblick – aber hier gab es viel zuviele Hochländer. An den nackten Beinen zwischen Kilt und Stiefeln waren sie leicht zu erkennen. Die Tiefländer trugen Strumpf- oder Kniehosen.

Als hätten die furchterregenden Hochländer nicht schon genügt, um ihr die Stadt zu verleiden, wurde sie auch noch an jeder Straßenecke von Bettlern belästigt. In Aberdeen lebten unzählige arme Leute, die Arbeit suchten oder die Bettelei berufsmäßig betrieben.

Wenn Sheena allmorgendlich die schmucklose Unterkunft ihrer Tante verließ, ging sie zum Armenhaus, einem halbverfallenen Steingebäude, das in der Nähe des Klosters lag. Ursprünglich war es als Herberge für müde, arbeitssuchende

Reisende errichtet worden, die dort eine warme Mahlzeit und ein sauberes Bett für ein oder zwei Nächte bekommen hatten. Später war es zu einem Elendsquartier für Bettler und Landstreicher herabgesunken. Der Schlafsaal enthielt nur zehn Betten, doch die Regel, daß man nach spätestens zwei Nächten ausziehen mußte, galt immer noch, und so tauchten ständig neue Gesichter auf.

Sheenas Tante war keineswegs verpflichtet, jeden Tag hinzugehen. Trotzdem ließ sie sich das nicht nehmen. Ein Priester wohnte im Armenhaus, um die Mahlzeiten zu verteilen, war jedoch zu alt, um auch die übrige Arbeit zu leisten. Die Gäste wurden angehalten, ihr Bettzeug selbst zu waschen und ihr Eßgeschirr für die Neuankömmlinge zu reinigen. Aber diese Regel wurde nicht beherzigt, und nur die tägliche Fürsorge der Nonnen konnte verhindern, daß sich das Haus zu einer Pesthöhle entwickelte.

Als Sheena sah, wie erschöpft ihre Tante Erminia war, bestand sie darauf, ihr zu helfen. Die bedauernswerte Frau verbrachte jeden Vormittag im Armenhaus, um zu waschen und sauberzumachen, dann arbeitete sie ein paar Stunden lang im Hospital und später wieder im Armenhaus, bevor sie am Abend ins Kloster zurückkehrte. Ihre Nichte war erschüttert.

Immerhin näherte sich Erminia schon ihrem fünfzigsten Lebensjahr, und Sheena sah keinen Grund, warum sie ihr nicht helfen sollte. Sie war jung und kräftig, deshalb schaffte sie die Arbeit in der halben Zeit, die ihre Tante dazu brauchte. So konnten sie die Nachmittage in der Stille des Klosters verbringen, miteinander reden oder nähen. Wenn Sheena ihr Zuhause und ihr früheres Leben vermißte, so zeigte sie es vorerst nicht.

Ein Monat war seit ihrer Reise nach Aberdeen verstrichen, und sie hatte noch nichts von daheim gehört, weder von Niall noch von ihrem Vater. Sie flickte die Wämser und Tartans der Armen, lernte zahllose neue Stiche von ihrer Tante, besserte ihre eigene Garderobe aus – und hatte diese Nähstunden gründlich satt. Wie gern wäre sie geritten, auf die

Jagd gegangen und geschwommen, bevor der erste Schnee fiel... Und wie schmerzlich sie Niall vermißte...

Jetzt würde er zum erstenmal an Überfällen teilnehmen. Der Herbst war traditionsgemäß die Zeit, wo man aufbrach, um Vieh zu stehlen. Was immer die Fergussons in diesem Jahr erbeuteten – sie würden es nicht verkaufen, sondern behalten, denn sie hatten zu viele Tiere an die MacKinnions verloren.

An einem dunklen Morgen gegen Ende September schob Sheena einen Karren mit Bettwäsche zum Fluß. Die schweren Wolken kündigten ein Gewitter an, und Sheena machte sich Sorgen um ihre Wäsche. Sie hängte die Bettücher lieber am Ufer auf, um sie in der steifen Brise trocknen zu lassen, statt im Hof des Armenhauses, wo die umliegenden Gebäude den Wind abhielten. Wenn es zu regnen begann, mußte sie die Laken im Haus aufhängen, und dann würde es den ganzen Tag dauern, bis sie trocken waren. Dieses Mißgeschick war ihr schon einmal widerfahren, und sie hatte bis zum späten Nachmittag im Armenhaus bleiben müssen – bis zur Ankunft der Insassen. Sie wollte die verhärmten, eingefallenen Gesichter, die schmutzigen Kleider nicht mehr sehen, und so hoffte sie inständig, daß es nicht regnen würde.

In aller Eile schrubbte sie ihre Wäsche, und als sie fertig war, hatte sie sich die Hände wundgerieben. Ihre armen Hände – noch vor wenigen Wochen so weiß und glatt... Jetzt waren sie rauh und stark gerötet.

»Braucht Ihr Hilfe, Fräulein?«

Sheena hielt den Atem an und drehte sich hastig um. Sie hatte den jungen Reiter nicht herankommen hören, weil der Wind so heftig blies und raschelnd ihren grünen Rock bauschte.

Der Mann war ein Hochländer, ungefähr in ihrem Alter, und die Farben seines Tartans, der ihm um die Schultern flatterte, glichen ihren eigenen. Sein hübsches Gesicht erschein ihr so freundlich und offenherzig, daß ihre Befangenheit verflog. »Danke für das Angebot«, entgegnete sie mit einem belustigten Lächeln. »Aber ich kann mir nicht vorstellen, daß sich ein Hochlandkrieger um die Armenhauswäsche kümmern will.«

»Ihr seid eine Bettlerin?« Seine Stimme klang so verblüfft und bestürzt, daß sie in schallendes Gelächter ausbrach.

»Natürlich! Glaubt Ihr, ich würde mich hier abplagen, wenn ich es nicht müßte?«

»Ihr seht nicht aus wie eine Bettlerin.«

»Nun ja – ich bin erst vor kurzem in Not geraten.«

»Habt Ihr keine Familie?«

»Ihr stellt zu viele Fragen, mein Herr, und Ihr verschwendet Eure Zeit«, erwiderte sie in strengem Ton, aber ihre Augen funkelten fröhlich. Es war so lange her, seit sie zum letztenmal mit einem gleichaltrigen Menschen gesprochen hatte, und es machte ihr großen Spaß, vor allem, weil er so gut aussah. Sie wünschte, er würde noch ein wenig bei ihr bleiben. Doch dazu war er sicher nicht bereit. »Es wird bald regnen«, fügte sie seufzend hinzu, »und dann wird meine Wäsche naß.« Sie bückte sich, um das letzte Laken auszuwringen, und hängte es zu den anderen an die Bäume am Flußufer. Als sie sich wieder umdrehte, stand der Mann hinter ihr. Jetzt sah sie, daß er viel größer war als sie.

»Ihr seid eine seltene Schönheit«, sagte er und musterte sie mit unverhohlener Bewunderung. »Ich sah Euch am Rinderhof vorbeigehen.«

»Und da habt Ihr beschlossen, mir zu folgen?«

»Ja. Darf ich Euch küssen?«

»Wenn Ihr das wagt, ziehe ich Euch die Ohren lang!« rief sie empört.

Er lachte. »Was für ein dreistes Mädchen Ihr seid! Es ist offensichtlich, daß ihr keinen Mann habt, der Euch in die Schranken weist...«

»Und Ihr seid viel zu kühn für meinen Geschmack...« Unbehaglich wich sie seinem Blick aus, der voller Verlangen über ihren Körper wanderte. Jetzt verstand sie nicht mehr, warum sie sich gewünscht hatte, er würde noch ein bißchen bei ihr bleiben. Wie hatte sie nur so dumm sein können?

Sie versuchte an ihm vorbeizugehen, aber er streckte einen

Arm aus, um sie aufzuhalten. »Ihr werdet mir doch nicht davonlaufen – wo ich Euch eben erst gefunden habe? Wenn Ihr auch ein Trugbild sein mögt – ich werde nicht zulassen, daß Ihr Euch in Luft auflöst.«

»Was wollt Ihr von mir?« fauchte sie ihn an.

»Ihr seid viel zu hübsch, um Euer Brot mit so mühsamer Arbeit zu verdienen. Würdet Ihr mit mir kommen? Ich möchte für Euch sorgen.«

»Was für ein verrückter Einfall!« rief sie verächtlich. »Ihr seid noch ein halbes Kind. Wie könnt Ihr da für eine Frau sorgen?«

Der Junge preßte die Lippen zusammen, und Sheena konnte das leidenschaftliche Wesen des Mannes erahnen, zu dem er sich einmal entwickeln würde. Zu spät erkannte sie, welch ein Fehler es gewesen war, ihn zu verspotten. Die Hochländer ertrugen es nicht, wenn man sich über sie lustig machte, und dieser hier schien besonders stolz zu sein.

»Ich hätte Euch nicht danach fragen sollen«, erwiderte er kühl.

»Wie schön, daß Ihr das einseht!«

»Statt dessen hätte ich mir an meinem Bruder ein Beispiel nehmen sollen...«

Der unheilvolle Klang seiner Stimme jagte einen Schauer über Sheenas Rücken.

»Er hätte Euch einfach gepackt«, fuhr er fort. »Und genau das werde ich jetzt tun.«

Blitzschnell hob er sie hoch. Ihr wütendes Geschrei und ihre verzweifelte Gegenwehr schienen ihn nicht zu beeindrucken, sondern eher zu erheitern.

Er verschwendete keine Zeit, setzte sie auf sein Pferd, und im nächsten Augenblick sprang er hinter ihr in den Sattel und umschlang sie mit beiden Armen, so daß sie sich nicht rühren konnte. Eisern hielt er sie fest, während das Tier durch den seichten Fluß zum Südufer watete. Sheenas Stiefel und der lange Rock wurden völlig durchnäßt, aber sie hatte ganz andere Sorgen. Wie würde Tante Erminia das plötzliche Verschwinden ihrer Nichte aufnehmen? Natürlich würde sie die

Familie Fergusson verständigen. Der arme Niall... Würde er glauben, seine Schwester wäre davongerannt? Und ihr Vater? Er hatte ihr seinen Schutz verweigert und sie in die Verbannung geschickt. Nur deshalb war sie entführt worden. Er würde sich schreckliche Vorwürfe machen. Doch seltsamerweise empfand sie keine Genugtuung bei diesem Gedanken.

»Wohin bringt Ihr mich?« überschrie sie den Wind.

»Zu mir nach Hause.«

»Für wie lange?«

»Natürlich für immer.«

Wie absurd! Glaubte der Hochländer, er könnte sie einfach behalten – wie eine streunende Hündin, die er von der Straße aufgelesen hatte? Doch da machte er sich falsche Hoffnungen. Sie würde Mittel und Wege finden, um nach Aberdeen zurückzukehren – oder ihre Familie würde sie aufspüren. Und dann konnte er sich auf einiges gefaßt machen!

10.

Sie waren erst eine knappe Meile geritten, als es in Strömen zu regnen begann. Das Gewitter kam Sheena wie ein böses Omen vor, und dieser Gedanke ließ sie nicht mehr los.

Der Hochländer gab ihr seinen Tartan, den sie sich über den Kopf zog. Danach sah sie nicht mehr, wohin sie galoppierten. Der Junge hatte es offenbar sehr eilig, denn er schien ein Wettrennen mit dem Sturm zu veranstalten. Die Meilen schmolzen unter den Hufen dahin, und Sheena nahm an, daß sie mindestens zwanzig zurückgelegt hatten, bevor das Gewitter aufhörte und der Hochländer die Geschwindigkeit seines Pferdes drosselte.

Sie legte den Tartan ab, der ihr keinen Schutz vor dem starken Regen geboten hatte. Sie war naß bis auf die Haut. Die Mittagsstunde mußte längst überschritten sein, doch der Himmel war mit dunklen Wolken verhangen, und sie konnte nicht schätzen, wie spät es war. Sie ritten durch eine Schlucht zwischen hohen grauen Bergketten, am Ufer eines Flusses. Sheena erschauerte, als ihr bewußt wurde, daß sie sich mitten im Hochland befand. Tränen brannten in ihren Augen, aber sie unterdrückte das Schluchzen, das in ihrer Kehle aufstieg. Sie wollte ihrem jungen Entführer nicht zeigen, wie hilflos sie sich fühlte.

Jetzt trabte das Pferd langsam dahin, erschöpft von der langen Reise. Sheena warf einen kurzen Blick über die Schulter, dann schaute sie wieder geradeaus. »Ihr habt kein Recht, mich festzuhalten. Meine Familie wird wütend sein.«

»Ihr habt doch zugegeben, daß Ihr allein auf der Welt seid«, erwiderte er seelenruhig.

»Ich habe nichts dergleichen gesagt.«

»Nun, das spielt auch gar keine Rolle. Die Familie einer Bettlerin kann mir nichts anhaben. Von jetzt an gehört Ihr mir und dürft Euch glücklich schätzen.«

»Was?« rief sie fassungslos.

»Ich werde Euch schöne Kleider schenken und Juwelen, die zu Euren Augen passen. Ihr werdet nie mehr betteln müssen. Seht Ihr nicht ein, daß Ihr Euch freuen könnt?«

Sheena seufzte tief auf. »Ist Euch eigentlich klar, daß Ihr mich *gestohlen* habt?«

»Dafür werdet Ihr noch dankbar sein, wenn wir erst verheiratet sind«, entgegnete er lachend.

»Ihr wollt mich heiraten?« stieß sie entsetzt hervor und drehte sich wieder zu ihm um.

»Natürlich. Glaubt Ihr, ich würde Euch beschämen und Euch etwas Geringeres zumuten?«

»Aber Ihr kennt mich gar nicht...«

»Doch. Ihr seid etwas ganz Besonderes, das habe ich sofort gemerkt.«

»Nun, ich heirate Euch jedenfalls nicht, und damit basta!«

»Ihr werdet Euch schon noch anders besinnen.«

Hilfloser Zorn hatte ihre Angst vorübergehend verdrängt, doch als sie ein großes Schloß vor sich aufragen sah, dessen Türme in düsteren Abendwolken verschwanden, wurde ihr wieder bang ums Herz. »Ist das Euer Zuhause?« fragte sie mit zitternder Stimme.

»Ja«, bestätigte er stolz. »Es sieht nicht besonders einladend aus, aber drinnen ist es sehr gemütlich.«

»Was für eine riesengroße Festung... Seid Ihr mit dem Laird verwandt?«

»Ich bin sein Bruder.«

Sheena wußte nicht, ob sie aus dieser Neuigkeit Hoffnung schöpfen sollte oder nicht. Der Laird könnte sicher veranlassen, daß sie nach Aberdeen zurückgebracht würde. Aber vielleicht verwöhnte er seinen jüngeren Bruder und erfüllte ihm alle Wünsche.

»Leider muß ich Euch für eine kleine Weile verstecken«, sagte ihr Entführer, während sie sich einer langen, zu beiden Seiten von Türmen begrenzten Mauer näherten. Zum erstenmal, seit Sheena ihn kannte, klang seine Stimme unsicher. »Mein Bruder darf nichts von Eurer Anwesenheit erfahren, bevor er meine Pläne gebilligt hat.«

»Fürchtet Ihr Euch vor ihm?«

»Unsinn!« Er lachte ohne Überzeugungskraft.

»Ihr braucht seine Erlaubnis, um mich heiraten zu können, nicht wahr?«

»Ja.«

»Würde er gestatten, daß Ihr eine Bettlerin zur Frau nehmt?«

»Wenn ich ihm klarmache, wie sehr ich Euch begehre, wird er zustimmen.«

Doch sein Selbstbewußtsein hatte merklich nachgelassen, und Sheena begann, ihre Lage in etwas rosigerem Licht zu sehen.

Das Tor stand offen, und sie ritten in einen großen Hof. Vor ihnen erstreckte sich die Halle mit zwei Türen an beiden Enden, zur Linken mit einem zweistöckigen, quaderförmigen Bau verbunden, an dem zwei Außentreppen zum zweiten Stockwerk führten. Rechts lag der Stall. Entlang der Außenmauer erhoben sich mehrere Rundtürme, zwischen kleineren Gebäuden.

»Willkommen in meinem Heim!« sagte der Junge höflich. Sheena würdigte ihn keiner Antwort.

Ein rothaariger Bursche rannte herbei, um das Pferd zu übernehmen. »Du kommst aber früh zurück, Colen.«

»Ist mein Bruder da?«

»Er sitzt in der Halle. Und wo sind die anderen?«

»Die wollten noch in Aberdeen bleiben.«

»Wen hast du denn da bei dir, Colen?« fragte eine tiefere Stimme, und Sheena wandte den Kopf, um festzustellen, wer da gesprochen hatte. Aber der Entführer versperrte ihr die Sicht mit seinem Tartan, und sie spürte, wie aufgeregt er war.

»Das geht dich nichts an, Black Gawain.«

»Ein Geheimnis, was?« Der Mann lachte leise. »Weiß dein Bruder, daß du jemanden mitgebracht hast?«

»Nein, und ich wäre dir dankbar, wenn du's ihm nicht verraten würdest. Ich sag's ihm selber.« Der junge Mann hob Sheena vom Pferd und trug sie rasch davon, bevor sie einen Blick auf Gawain werfen konnte. Seine Heimlichtuerei mißfiel ihr immer mehr.

»Ihr heißt also Colen«, sagte sie und wünschte, er würde sie auf die Beine stellen.

»Ja.«

»Wohin bringt Ihr mich?«

»In mein Zimmer. Dort müßt Ihr erst mal bleiben.«

»O nein!« erwiderte sie entschieden. »Glaubt Ihr allen Ernstes, ich würde mit Euch in einem Raum schlafen?«

»Keine Angst – ich werde Euch nicht anrühren, bevor wir verheiratet sind.«

Zweifelnd sah sie zu ihm auf. »Selbst wenn ich Euch glauben würde – es wäre trotzdem unschicklich.«

»Ich kann Euch kein eigenes Zimmer geben, ohne daß mein Bruder davon erfährt«, entgegnete er verärgert.

»Dann sagt es ihm doch!« Mit aller Kraft versuchte sie sich loszureißen, und schließlich blieb ihm nichts anderes übrig, als sie auf den Boden zu stellen.

Er schlang einen Arm um ihren Nacken, und als sie zu

schreien versuchte, preßte er eine Hand auf ihren Mund. So schnell er konnte, zerrte er sie zu den Außentreppen des quaderförmigen Gebäudes.

Black Gawain beobachtete die beiden, bis sie aus seinem Blickfeld verschwunden waren, dann schüttelte er den Kopf und schlenderte zur Halle. Es ging ihn nichts an, daß sich Colen eine Geliebte halten wollte – auch wenn sie ihm nur gezwungenermaßen folgte. Aber warum wollte er es seinem Bruder verheimlichen? Dem Laird würde es nichts ausmachen. Der hatte selber genug Frauen. Gawain grinste und überlegte, wie lange man ein solches Geheimnis vor dem Clansführer verbergen konnte.

11.

Es dauerte sechs Tage, bis Sheena erfuhr, wo sie sich befand. Sechs Tage, in Colens Zimmer eingesperrt... Bis jetzt hatte er ihr nur entlockt, wie ihr Vorname lautete – sonst nichts. Sheena konnte sehr hartnäckig sein.

»Soll das ein Witz sein, Colen? Oder wollt Ihr mir wirklich einreden, Euer Bruder hätte den ganzen Tag in seinem Zimmer verbracht – mit seiner Geliebten? Ist er nicht einmal zu den Mahlzeiten herausgekommen?«

»Das macht er oft, wenn er eine neue Frau hat«, versuchte Colen zu erklären.

»Wie lange soll ich das noch ertragen? Erst hat er zuviel zu tun, dann ist er unauffindbar oder schlecht gelaunt oder sonstwas! Und Ihr haltet mich die ganze Zeit in diesen vier Wänden gefangen? Nein, das dulde ich nicht mehr!«

»Sheena, bitte...«

»Ich will keine Ausreden mehr hören. Anfangs war ich bereit, Euch einen gewissen Spielraum zu gewähren, weil ich in Frieden und ohne großes Aufhebens von hier fortgehen wollte. Leider vertröstet Ihr mich immer wieder, und jetzt sitze ich schon sechs Tage hier fest.«

»Ich habe ihm bereits gesagt, daß ich heiraten will«, verteidigte sich Colen.

»Aber von mir und meiner Anwesenheit weiß er nichts. Als er Euch nach den Abmachungen fragte, habt Ihr geschwiegen.«

»Er war nicht in der rechten Stimmung, um zu verdauen, daß es keine Abmachungen geben wird. Wenn ich ihm das mitteile, muß er guter Dinge sein.«

»Ich soll also warten, bis sich seine Laune bessert? Gesteht doch endlich die Wahrheit, Colen! Ihr habt Angst vor seiner Antwort.«

»Ich könnte es nicht ertragen, wenn er mir verbietet, Euch zu heiraten«, erwiderte er niedergeschlagen.

»Und wie werdet Ihr es ertragen, wenn Ihr *meine* Gesinnung nicht ändern könnt?« fragte Sheena sanft.

»Die Frauen sind wankelmütig. Sie wollen mal dies, mal das. Um Euch mache ich mir keine Sorgen – nur um meinen Bruder.«

»Wankelmütig? Wer hat Euch denn diesen Unsinn erzählt? Nein, Ihr braucht nicht zu antworten. Es war Euer lieber, guter Bruder.«

Colen lachte. »So hat ihn noch niemand genannt.«

»Ist er denn so schrecklich?«

»Hin und wieder. Die MacKinnions sind bekannt für ihr wildes Temperament, und Jamie treibt's manchmal besonders schlimm.«

»MacKinnion?!«

»Was ist denn los?«

Sie war leichenblaß geworden. »Ihr seid ein – MacKinnion? Und Jamie – James MacKinnion – der Laird...«

»Warum regt Ihr Euch so auf?« rief Colen erschrocken. »Hatte ich vergessen, Euch das zu sagen?«

»Allerdings... Oh, es ist unglaublich!« Sie begann hysterisch zu lachen, und der arme Colen wußte nicht, was er von ihrem Benehmen halten sollte. Doch als sie zur Tür stürmte, sprang er ihr nach und packte sie am Arm. »Rührt mich nicht an!« kreischte sie.

Er gab ihr eine schallende Ohrfeige. Sekundenlang war sie wie betäubt, dann blitzten ihre Augen auf, und sie schlug zurück, genauso fest wie er.

Fassungslos hielt er sich die Wange. »Ihr habt Euch an mir vergriffen!«

Sheena hätte beinahe gelacht.

»Damit habt *Ihr* angefangen. Und so etwas lasse ich mir von niemandem bieten.«

»Aber – Ihr habt mich geschlagen!«

»Ja, und mit gutem Grund. Warum habt *Ihr* mich denn geschlagen?«

»Weil Ihr Euch so verrückt aufgeführt habt. Ich wollte Euch nur beruhigen.«

»Also gut, vielleicht habe ich die Beherrschung verloren«, sagte sie seufzend. Ihr Verstand begann wieder klarer zu arbeiten, die Panik ließ nach. »Trotzdem hättet Ihr Eure Hand nicht gegen mich erheben dürfen – wo Ihr doch doppelt so stark seid wie ich. Nun, das alles spielt keine Rolle. Ich kann nicht mehr hierbleiben.«

Zu ihrer Überraschung gab er klein bei. »Ihr habt recht, es war nicht richtig, daß ich Euch so lange gefangengehalten habe. Es tut mir leid. Heute abend werde ich die Sache regeln.«

»Warum nicht jetzt gleich?«

»Ich muß aufbrechen, um die Pferde zurückzuholen, die uns heute nacht gestohlen wurden.«

»Ihr plant einen Überfall? Heute?«

»Ja. Aber sobald ich zurückkomme, werde ich mit meinem Bruder sprechen.«

»Schwört Ihr mir das, Colen?«

Er nickte und wandte sich zum Gehen. An der Tür blieb er noch einmal stehen und rieb sich verstört die Wange. »Ich wurde noch nie von einem Mädchen geschlagen.«

»Dann war es höchste Zeit, weil Ihr nämlich ein sturer, brutaler Kerl seid!«

»Und Ihr seid ein verdammt mutiges Mädchen«, erwiderte Colen grinsend. »Eine MacKinnion würde niemals zurückschlagen, weil sie genau weiß, daß sie dann windelweich geprügelt wird.«

»Und darauf muß sich auch Eure Frau gefaßt machen?«

»Oh, Sheena, ich würde Euch niemals weh tun.«

»Natürlich nicht«, bestätigte sie sarkastisch. »Solange alles nach Eurem Willen geht...«

»Werdet Ihr mir noch diesen einen Tag Zeit geben, ohne Ärger zu machen?«

Sheena zögerte, aber nur, um Colen zu beruhigen. In den letzten Tagen hatte sie oft überlegt, ob sie Lärm schlagen sollte. Doch jetzt wußte sie nur zu gut, daß sie das nicht wagen durfte – nicht, wenn ein MacKinnion auftauchen könnte, um nach der Ursache des Geschreis in Colens Zimmer zu forschen. Womöglich sogar der Laird höchstselbst... »Ich warte nur noch diesen einen Tag ab«, antwortete sie schließlich. »Und keine Minute länger.«

Er lächelte erleichtert. »Wenn ich vor Einbruch der Dunkelheit nicht zurückkomme, wird Euch ein Mädchen was zu essen bringen. Und macht Euch keine Sorgen.«

Mit diesen Worten verließ er das Zimmer. Der Riegel wurde vorgeschoben, und dann fand sie endlich Zeit und Muße, um im vollen Ausmaß zu erfassen, was sie an diesem Morgen erfahren hatte. Sechs Tage hatte sie in der Mitte des MacKinnion-Clans verbracht. Die schlimmsten Feinde ihrer Familie trieben sich da draußen vor der Tür herum – im Nebenraum – im ganzen Schloß... Und auch der Laird, der niederträchtige Laird von MacKinnion ging hier aus und ein... Sie setzte sich auf das Bett, überwältigt von dieser Erkenntnis. Was sie hier erlebte, mußte ein Alptraum sein.

12.

Der Laird war in die Halle zurückgekehrt, nachdem er mit dem Türhüter gesprochen und gehört hatte, daß sich sein Bruder noch immer nicht blicken ließ. Über den Jungen und die anderen Männer machte er sich keine Gedanken – nur über den Erfolg des Überfalls. Einer seiner besten Hengste war gestohlen worden, und den wollte er wiederhaben. Er hätte den Trupp selber anführen sollen, das wußte er, aber Colen war die ganze Woche so rastlos gewesen, und er hatte ihm eine Abwechslung gönnen wollen.

An diesem Abend wurden keine Gäste erwartet. Nur die Schloßbewohner saßen an einem der langen Tische. Dienstboten eilten umher, füllten die Schneidebretter mit neuen Fleischgerichten und gossen Bier nach.

Der Tisch auf dem Podest des Lairds war noch leer. Es galt als Verbrechen, das Essen für den Laird aufzutragen, bevor er erkennen ließ, daß er zu speisen wünschte. Nichts konnte James MacKinnion heftiger erzürnen als eine kalte Mahlzeit. Unerfahrene Dienstboten, die eben erst ins Schloß gekommen waren, lernten das auf unsanfte Weise. Solange man James Wut nicht am eigenen Leib zu spüren bekam, konnte sie recht unterhaltsam sein, und deshalb war niemand bereit, die Neuankömmlinge einzuweihen.

Nur eine einzige Person saß mit mürrischer Miene an Jamies Tisch – Jessie Martin, eine Kusine seines Schwagers Dobbin. Er hatte sie warten lassen, und das mißfiel ihr. Vor drei Wochen hatten Dobbin und seine Frau Daphne, Jamies Schwester, das Schloß Kinnion besucht und Jessie mitgebracht. Aber sie war nicht mit ihnen abgereist und hatte Jamie tagelang zu verstehen gegeben, daß sie zu seiner Verfügung stünde. Schließlich war er auf ihr Angebot eingegangen.

Gestern hatte er dann endgültig genug von ihr gehabt – zumindest glaubte er das. Doch als er sie jetzt in ihrem tief ausgeschnittenen burgunderroten Samtkleid sah, mußte er sich eingestehen, daß er noch niemals eine bessere Geliebte besessen hatte. Wenn Tante Lydia ihr nur etwas freundlicher gesonnen wäre... Sie konnte Jessie nicht ausstehen. Seit deren Ankunft verkroch sie sich in ihrem Zimmer im Nordturm und kam nur selten heraus. Tante Lydia verachtete schamlose Frauen.

Nun, manchmal brauchte ein Mann so eine Frau, vor allem, wenn er nicht heiraten wollte. Und man mußte Jessie zugestehen, daß sie einen Mann zu erfreuen wußte. Nach vier gescheiterten Verlobungen behauptete sie, keinen Gedanken mehr an eine Ehe zu verschwenden. Jamie hegte da gewisse Zweifel. Alle Frauen, die er bisher kennengelernt hatte, waren ganz versessen aufs Heiraten gewesen. Nun, falls Jessie solche Ziele verfolgte, würde sie eine herbe Enttäuschung erleben.

»Können wir endlich zu essen anfangen?« fragte sie verdrossen, sobald er sich zu ihr gesetzt hatte.

Ihr Tonfall ärgerte ihn. »Jetzt, wo ich da bin, wird man uns bedienen. Aber du hättest nicht auf mich warten müssen, Mädchen.«

»An diesem Tisch wird nicht serviert, bevor du Platz genommen hast«, erinnerte sie ihn bissig.

»Da drüben am langen Tisch ist genug Platz – und dort gibt's auch eine Menge zu essen.«

Es war ein Privileg, am Tisch des Lairds zu speisen, und Jessie wußte, daß er ihr das klarmachen wollte. Er konnte sehr herzlos sein. Aber sie wollte ihn mit aller Macht für sich gewinnen. Nie zuvor war ihr ein so begehrenswerter Mann begegnet. James MacKinnion – hübsch, reich und noch dazu ein Laird – verkörperte alles, was sie je erträumt hatte. Das war ihr schon bewußt geworden, als sie ihn bei der Hochzeit ihres Vetters zum erstenmal gesehen hatte. Seither hatte sie Dobbin unentwegt in den Ohren gelegen und ihn angefleht, sie doch mitzunehmen, wenn er Schloß Kinnion besuchte. Dazu hatte er sich erst nach drei Jahren bereit gefunden. Und nun war sie endlich hier – fest entschlossen, das Feld nie wieder zu räumen.

»O Jamie, du darfst mich nicht so ernst nehmen.« Sie lächelte ihn liebreizend an. »Wenn ich Hunger habe, bin ich immer schlecht gelaunt. Aber damit werde ich dich in Zukunft nicht mehr behelligen.«

Er ließ sich nicht ins Bockshorn jagen. »Das will ich hoffen, Jessie. Ich muß dir nämlich sagen, daß ich nichts für zänkische Frauen übrig habe, die ständig an einem herumnörgeln. So was brauche ich nicht zu dulden, und ich will es auch gar nicht. Du bist ein nettes Mädchen, das leugne ich nicht, und ich werde für dich sorgen, so lange du mein Bett teilst. Aber ansonsten kannst du keine Ansprüche an mich stellen.«

»Das weiß ich, und es tut mir wirklich leid, daß ich dich geärgert habe«, beteuerte sie hastig und bemühte sich verzweifelt das Thema zu wechseln. »Schau doch, da kommt das Mädchen mit unserem Essen...«

Jessie unterbrach sich, denn die Küchenmagd trug ihr Servierbrett zum Ende der Halle, in die Richtung der Treppe, die nach oben führte. Der Tisch des Lairds war nicht ihr Ziel. Als sie durch den Torbogen ging, erwachte Jamies Neugier, und er stand auf.

»Wo gehst du denn jetzt schon wieder hin?« rief Jessie und vergaß ihre guten Vorsätze.

Er gab keine Antwort und verließ den Tisch. In diesem Augenblick kam eine andere Magd aus der Küche, um ihm sein Essen zu bringen. Lächelnd wandte er sich zu ihr. »Geh nur, Gertie, und bediene Mistress Martin – auch wenn ich nicht bei ihr sitze. Ich fürchte, sie wird sonst vor Hunger in Ohnmacht fallen.«

Die alte Frau zwinkerte ihm zu. »Sicher, Sir Jamie, das wollen wir auf gar keinen Fall.«

»Wohin ist denn die kleine Doris gegangen?«

»Doris? Keine Ahnung. Sie sagte, Euer Bruder hätte ihr für den Fall, daß er vor der Abenddämmerung nicht zurückkäme, einen Auftrag erteilt.«

»So? Hat er das?«

Jamie folgte Doris die steinernen Stufen zum ersten Stock hinauf. Sein Schlafgemach lag auf der einen Seite des Stiegenhauses, auf der anderen befanden sich zwei kleinere Gästezimmer. Doch davor war Doris nicht stehengeblieben. Er sah sie am Ende des Korridors, bevor sie nach rechts bog, um weiter nach oben zu gehen – zu dem Stockwerk, wo Colen eines von vier Zimmern bewohnte.

»Doris!«

Sie spähte um die Ecke, dann kam sie zurück und trat in den Lichtschein der Fackel, die neben dem Aufgang steckte.

»Wohin bringst du das Essen?« fragte er, als er sie eingeholt hatte. »Ich hoffe, man hat mir nicht verschwiegen, daß jemand krank ist?«

»Nein, ich glaube, sie ist nicht krank.«

»Sie?«

Doris zögerte, aber sie wußte, daß man dem Laird nichts verheimlichen durfte. »Das Mädchen, mit dem der junge Herr Colen sein Zimmer teilt.«

»Ah, er hat ein Mädchen bei sich? Wer ist es denn?«

»Das weiß ich nicht, Sir Jamie, ich habe sie noch nie gesehen. Aber das alles ist so merkwürdig. Er schärfte mir ein, den Riegel gleich wieder vorzuschieben, wenn ich ihr das Abendessen gebracht hätte. Warum sperrt er das arme Ding ein? Ich finde das nicht richtig.«

Lächelnd hob er die Brauen. »Ja, warum tut er das? Gib mir die Platte! Ich werde für ihr leibliches Wohl sorgen und herausfinden, was da los ist.«

Jamie grinste belustigt, während er das Servierbrett zum zweiten Stock hinauftrug. Sein Bruder hatte also eine Geliebte bei sich aufgenommen – eine, die er für sich allein haben wollte. Kein Wunder, daß er sich so sonderbar benahm... Wahrscheinlich war der Junge zum erstenmal verliebt. In Colens Alter hatte Jamie die gleichen Gefühle verspürt und konnte sich noch gut daran erinnern. Doch diese schwärmerischen Zeiten waren schnell vorbeigegangen, und er hatte nie wieder so empfunden. Fast hätte er Colen um dieses herzbewegende Erlebnis beneidet. Nun, der Junge wird noch früh genug merken, daß es nicht die wahre Liebe ist, dachte Jamie. Und bevor die bittere Enttäuschung kommt, soll er sein Glück in vollen Zügen genießen.

Colens Schlafkammer war tatsächlich versperrt. Jamie schob den Riegel zurück und die Tür auf. Dahinter lag tiefe Finsternis. Das Fackellicht vom Korridor fiel nur ein paar Schritte weit in den Raum.

Er blinzelte. »Wo seid Ihr, Fräulein?«

»Hier.«

Er wandte sich in die Richtung, aus der die Stimme gekommen war, doch er konnte das Mädchen noch immer nicht sehen. »Wir haben eine Menge Kerzen im Schloß. Seid Ihr so häßlich, daß Colen Euch im Dunkeln verbergen muß?«

»Auf dem Tisch steht eine Kerze.«

»Warum zündet Ihr sie denn nicht an?«

»Wozu?« fragte sie tonlos. »In diesem Zimmer gibt es nichts für mich zu tun, wofür ich Licht bräuchte.«

Jamie lachte leise. Da hatte Colen wirklich ein seltenes Exemplar gefunden, eine Geliebte, die sich ausschließlich damit befaßte, auf ihn zu warten und seine Wünsche zu erfüllen.

Jamie entdeckte das Bett und ging darauf zu. Jetzt nahm er die Umrisse einer Gestalt wahr, die dort saß. Er stellte das Tablett auf den Tisch.

»Ihr seid nicht das Mädchen, daß mir mein Essen bringen sollte«, bemerkte sie unsicher.

Jamie gab keine Antwort. Er fand die Kerze, und wenige Sekunden später war der Raum in flackerndes Licht getaucht. »So mein Fräulein, wer...«

Die Worte blieben ihm in der Kehle stecken, als er sich umdrehte und das Mädchen anschaute. Was er da sah, konnte nicht Wirklichkeit sein! Das feingezeichnete ovale Gesicht, die leuchtenden tiefblauen Augen, das dunkelrote Haar... Wann hatte er davon geträumt?

Mit unverhohlener Neugier starrte sie ihn an, und er wagte nicht zu sprechen, aus Angst, sie würde sich in Luft auflösen. Und plötzlich wußte er, warum ihm das Atmen so schwerfiel. Das war seine Wassernixe aus dem Teich in jenem kleinen, bewaldeten Tal. Ihr Bild war im Lauf der Zeit ein wenig verblaßt, aber seine Gefühle hatten sich nicht geändert.

Während sich das Schweigen in die Länge zog, lächelte sie, und beim Anblick dieses strahlenden Lächelns glaubte Jamie, sein Herz würde stehenbleiben. Und dann kicherte sie glucksend.

»Soviel ich weiß, habe ich schon einigen Männern den Kopf verdreht«, sagte sie belustigt. »Aber einer, dem ich die

Sprache verschlagen habe, ist mir noch nie begegnet. Irgendwie gefällt mir das.«

Jamie wäre zutiefst beleidigt gewesen, hätte jemand anderer als seine Nixe gewagt, ihn so zu necken. Doch ihr Gelächter entzückte ihn, und ihr Spott störte ihn kein bißchen.

»Ich – ich habe noch nie zuvor die Stimme verloren. Und jetzt, wo sie mir wieder gehorcht, möchte ich Euch fragen, wer Ihr seid.«

»Das will ich Euch nicht sagen.«

»Warum nicht?«

Anmutig zuckte sie mit den Schultern und senkte den Blick. »Das weiß nicht einmal Colen. Warum sollte ich es ausgerechnet Euch anvertrauen?« Sie stand auf, ging zum Tisch und nahm ein Zuckerbrötchen von der Servierplatte.

»Ihr seid keine MacKinnion?«

»Gott bewahre!«

Jamie runzelte die Stirn. »Woher kommt Ihr dann?«

»Der Junge hat mich in Aberdeen aufgelesen«, lautete Sheenas ausweichende Antwort.

»Seid Ihr dort zu Hause?«

Ihre Augen verengten sich. »Ich habe kein Zuhause mehr. Aber – wer seid Ihr? Warum stellt Ihr mir so viele Fragen?«

»Hat Colen Euch nichts von mir erzählt?«

»Er hat nur von einem Bruder gesprochen – sonst von niemandem.«

»Ich bin sein Bruder«, erklärte Jamie.

»Ihr – Ihr seid...«, begann sie zu stammeln.

Verblüfft beobachtete er, wie sie über das Bett kroch und sich dahinter an die Mauer preßte. Sie duckte sich, als wollte sie versuchen, in die Steinmauer zu kriechen.

»Was soll der Unsinn?« wollte er wissen.

Sie schwieg, und er sah nacktes Entsetzen in ihren Augen. »Antwortet mir!« befahl er streng, und dann klang eine Stimme hinter ihm auf.

»Was machst du denn hier?«

Jamie wandte den Kopf und sah Colen hereinkommen.

Das Mädchen rannte schnell wie der Blitz zu Colen und warf sich in seine Arme.

Eine unerwartet heftige Eifersucht stieg in Jamie auf. Da war sie, seine schöne Nixe, die er gesucht, von der er unzählige Male geträumt hatte. Und sie lag in den Armen seines Bruders. Was ihm nicht gelungen war – Colen hatte es geschafft und sie gefunden.

»Was hast du ihr getan?« stieß der Junge erbost hervor.

»Was ich ihr getan habe?« schrie Jamie wütend. »Gar nichts! Ich stand hier und sprach mit ihr – und kaum hatte sie erfahren, wer ich bin, gebärdete sie sich, als wäre ich der Teufel persönlich. Vielleicht würde sie mir mal sagen, warum.«

Colen zog verwirrt die Stirn in Falten. »Nun, Sheena?«

Doch sie schüttelte stumm den Kopf und klammerte sich an ihn.

»Also, was hat das zu bedeuten?« fragte der Laird.

»Hör auf, Jamie!« entgegnete sein Bruder. »Siehst du nicht, daß sie völlig verstört ist?«

»Wie ich gestehen muß, bin ich auch ein bißchen durcheinander. Jetzt möchte ich endlich wissen, wer sie ist und warum du es für nötig hältst, sie in deinem Zimmer einzusperren.«

»Sie ist ein armes Mädchen, Jamie, ohne Zuhause und ohne nennenswerte Familie. Sie hat in Aberdeen im Armenhaus gewohnt.«

»Eine Bettlerin. Ich verstehe. Und was hast du mir sonst mitzuteilen?«

»Dies ist nicht der rechte Zeitpunkt... Autsch!«

Sheena hatte ihn mit aller Kraft in den Arm gekniffen. Nun schob sie ihn von sich. »Ihr werdet ihm *alles* sagen, Colen! Sofort!«

»Ah, das Fräulein kann endlich wieder reden«, bemerkte Jamie spöttisch.

Sheena fuhr zu ihm herum, doch dann wich sie zurück. Sie brachte es immer noch nicht fertig, mit James MacKinnion zu reden, nachdem sie so viele schreckliche Geschichten über ihn gehört hatte.

Wäre sie nicht so verängstigt gewesen, hätte sie die Ähnlichkeit zwischen den beiden Brüdern bemerkt, obwohl Colen kupferrotes und Jamie goldblondes Haar hatte. Nur eins fiel ihr auf – wie jung der Laird von MacKinnion wirkte und wie gut er aussah. War das wirklich ihr gefürchteter Feind? So hatte sie sich den wilden MacKinnion ganz sicher nicht vorgestellt.

Jamie seufzte und setzte sich auf das Bett. »Colen, mein Junge, allmählich verliere ich die Geduld mit euch beiden. Ich frage dich jetzt zum letztenmal, was hier vorgeht.«

Colen schluckte mühsam, dann platzte er heraus: »Ich will sie heiraten.«

»Heiraten?« Jamie lachte schallend. »Du hast sie doch schon. Wozu willst du sie noch heiraten?«

Die Selbstverständlichkeit, mit der er die Situation verkannte, trieb Sheena das Blut in die Wangen. Diese überhebliche Art war typisch für die Hochländer – und für diesen da ganz besonders.

Colen runzelte die Stirn. »Du darfst sie nicht beleidigen, Jamie. Es ist nicht so, wie du glaubst.«

»Zweifellos hat sie dir diese Heirat vorgeschlagen.«

»Sie hat sich noch nicht entschlossen. Es – es war meine Idee.«

»Colen!« rief Sheena warnend.

»Also gut!« stieß der Junge zornig hervor. »Sie will mich nicht heiraten.«

»Aber sie ist doch mit dir hierhergekommen«, wandte Jamie ein.

Colen senkte den Kopf. »Ich habe sie entführt – gewaltsam.«

Jamie ließ sich nach hinten auf das Bett fallen und lachte herzhaft. »O Colen, was soll ich nur mit dir machen? Weißt du denn nicht, daß es genug Mädchen gibt, die sich einem Mann an den Hals werfen? Warum suchst du dir eine aus, die gar nicht will?«

»Es gibt keine, die so ist wie Sheena.«

Da verging Jamie das Lachen. In der Tat, es gab keine,

die sich mit diesem Mädchen vergleichen konnte. Und daß sie seinen Bruder nicht heiraten wollte, erleichterte ihn maßlos.

»Ein schönes Durcheinander haben wir da«, sagte er nachdenklich. »Offenbar meinst du es ernst, Colen, aber ich muß auch die Wünsche des Fräuleins berücksichtigen – nicht nur deine. Immerhin hast du sie gegen ihren Willen hierhergebracht.«

»Aber falls sie mich doch noch heiraten möchte – würdest du uns deinen Segen geben?« fragte Colen.

Jamie sah seine Nixe unglücklich an. Sie war sein Traumbild, das Wirklichkeit geworden war. Würde er es ertragen, sie als Frau seines Bruders zu sehen? Aber durfte er sein eigenes Verlangen über den Willen dieser beiden jungen Menschen stellen?

Widerstrebend entgegnete er: »Wenn sie dich heiraten will, habt ihr meinen Segen. Doch ich will zuerst hören, was sie zu sagen hat. Ihr heißt Sheena, nicht wahr, Fräulein?« Sie nickte, und er fuhr fort: »Wollt Ihr die Frau meines Bruders werden?«

Heftig schüttelte sie den Kopf. Sie wußte, daß ihr Schweigen ihn ärgerte. Trotzdem brachte sie es nicht fertig, mit diesem Mann zu sprechen.

»Ich weiß, daß Ihr eine Stimme habt, Fräulein«, bemerkte Jamie mit einer Engelsgeduld, die ihn selber überraschte. »Wenn Ihr meinen Bruder nicht heiraten wollt, braucht Ihr das nur zu sagen. Sonst kann ich Euch nicht helfen.«

Es gab keinen Ausweg. Sheena räusperte sich, aber ihre Stimme war nur ein heiseres Flüstern. »Ich – ich möchte fort von hier.«

»Wohin wollt Ihr gehen?«

»Zurück nach Aberdeen.«

»Hör nicht auf sie, Jamie!« mischte sich Colen hastig ein. »Sie hat dort niemanden und müßte wieder für sich selber sorgen.«

»Was schlägst du vor, lieber Bruder? Du kannst sie nicht zwingen, dich zu heiraten.«

»Ja, das weiß ich. Aber sie könnte hier wohnen. Dann wäre sie besser dran.«

»Vielleicht«, wandte Jamie skeptisch ein.

Sheena hielt den Atem an. Colen hatte also die Absicht, sie auf Schloß Kinnion festzuhalten, um sie für sich zu gewinnen. Würde man sie tatsächlich an der Abreise hindern – obwohl sie fest entschlossen war, diesen Ort so schnell wie möglich zu verlassen? Mit dem Mut der Verzweiflung stieß sie hervor: »Verratet ihm doch, warum Ihr unbedingt wollt, daß ich hierbleibe, Colen! Sagt ihm die Wahrheit!«

Der Junge wandte sich ihr zu. »Ihr wärt ganz allein in dieser überfüllten Stadt, Sheena, ohne Beschützer. Das ertrage ich nicht. Bedenkt doch, was Euch alles zustoßen könnte!«

»Das ist meine Sache – nicht Eure«, wandte sie ein. Jamies Blick, der unverwandt auf sie gerichtet war, machte sie verlegen, und sie begann zu stottern. »Er – er glaubt, daß ich mich anders besinnen werde, wenn – wenn ich länger mit ihm beisammen bin. Das – das ist der eigentliche Grund, warum er mich nicht gehenlassen will.«

»Es wäre immerhin möglich, daß Ihr's Euch anders überlegt«, meinte Jamie.

»Niemals! Ich heirate keinen Mann, der jünger ist als ich – und schon gar keinen Hochländer!« Zu spät erkannte Sheena, daß sie die beiden beleidigt hatte.

Aber Jamie lachte nur. »Da hast du dir eine Tiefländerin eingefangen, mein Junge.«

»Das ist mir gleichgültig.«

»Ihr offenbar nicht. Die Tiefländer mögen uns nicht, Colen. Weißt du nicht, daß sie uns alle als Barbaren betrachten?«

»Wenn sie hierbleibt, wird sie schon merken, daß das nicht stimmt.«

»Oh ja, ganz sicher.«

»Ich bleibe nicht hier, und Ihr könnt mich nicht dazu zwingen!« rief Sheena und stemmte rebellisch die Hände in die Hüften.

Jamie ließ sich nicht gern sagen, was er tun konnte und was

ihm unmöglich war – nicht einmal von diesem Mädchen, das ihn so faszinierte.

»Ich werde nicht mit Euch streiten, Fräulein«, entgegnete er mit scharfer Stimme, dann sah er, daß sie mit großen, furchtsamen Augen vor ihm zurückwich, und wandte sich ärgerlich zu seinem Bruder: »Ich bin mit meiner Geduld am Ende, Colen. Wenn sie bereit ist, ihre lächerliche Angst zu überwinden und wie ein vernünftiger Mensch mit mir zu reden, werde ich die Sache regeln.«

Ohne sich noch einmal umzudrehen, ging er aus dem Zimmer, und Sheena sank kraftlos auf einen Stuhl. »Wie hat er das gemeint?«

Colen grinste, denn er hatte erreicht, was er wollte. »Ihr werdet hierbleiben, Sheena.«

»Oh, nein!«

»Oh, doch! Niemand wird Euch nach Aberdeen zurückbringen, bevor er den Befehl dazu gibt. Und das wird er nicht tun, bevor Ihr ihm triftige Gründe nennen könnt, warum er diese Entscheidung treffen sollte.«

»Dann gehe ich eben allein.«

Colen schüttelte den Kopf, immer noch grinsend. »Das werde ich zu verhindern wissen.« Sie warf ihm einen vernichtenden Blick zu, der ihn nicht im mindesten beeindruckte. »O Sheena, Ihr habt Euch das alles selber zuzuschreiben. Warum hattet Ihr solche Angst vor ihm? Das hat ihm gründlich mißfallen.«

»Ihr habt doch gehört, wie er mich angeschrien hat!«

»Ja, und das war auch kein Wunder. Man darf Jamie nicht sagen, was er tun und lassen soll, Sheena. Er ist der Laird von MacKinnion und handelt so, wie es ihm beliebt.«

»Nicht, was mich betrifft!«

»Sagt ihm das doch – wenn Ihr es wagt! Aber ich werde euch nicht helfen können, wenn Ihr Euch seinen Zorn zuzieht.«

Irgendwie muß ich von hier wegkommen, dachte sie. Aber wenn ich erreichen will, daß James MacKinnion die entsprechenden Anweisungen gibt, habe ich keine andere Wahl, als ihm erneut gegenüberzutreten. Um dem Teufel zu entrinnen, werde ich dem Teufel ins Auge schauen... O Gott, gib mir Mut und Kraft, betete sie.

»Ich möchte noch einmal mit Eurem Bruder sprechen – sofort.«

Colen zögerte, dann senkte er den Blick. »Davon rate ich Euch dringend ab, Sheena – obwohl es für mich sicher vorteilhaft wäre. Jamie hätte die Angelegenheit hier und jetzt bereinigt, wäre er nicht so wütend, daß er fürchten muß, einen falschen Entschluß zu fassen. So ist er nun mal. Aus irgendeinem Grund habt Ihr mit Eurer unsinnigen Angst seinen Zorn erregt. Wenn Ihr ihn jetzt zu einer Entscheidung zwingt, wird sie nicht zu Euren Gunsten ausfallen.«

»Ihr meint – er würde mich aus reiner Bosheit hier festhalten?«

»Das ist sogar sehr wahrscheinlich. Aber wenn Ihr Euer Glück versuchen wollt, werde ich Euch nicht aufhalten.«

»Das würde Euch so passen!« fauchte Sheena. »O Gott, was soll ich nur machen?«

»Nehmt es nicht so schwer. Hier wird Euch ganz sicher kein Leid geschehen. Und da ich Euch jetzt nicht mehr verstecken muß, will ich Euch morgen Euer neues Heim zeigen.«

13.

Am späten Morgen saß Jamie noch immer in der Halle. Die meisten seiner Gefolgsleute hatten sich bereits auf den Weg gemacht, um ihrem Tagewerk nachzugehen. Und die wenigen, die noch anwesend waren, würden ihn begleiten, wenn er das Schloß verließ. Sie schlenderten umher, warteten auf Jamie, scherzten mit den Dienstboten, die an den hinteren Tischen frühstückten. Die unverhoffte Ruhepause war ihnen hochwillkommen, und sie fragten nicht, warum ihr Laird den Aufbruch hinauszögerte.

Aber Jamie stellte sich diese Frage. Es war ungewöhnlich, daß er sich so spät am Morgen immer noch in der Halle aufhielt – auch wenn er keine dringlichen Geschäfte zu erledigen hatte. Die Zeit verstrich ungenutzt, und er saß immer noch da und wartete. Jetzt müßte er über seine Ländereien reiten. Obwohl seine Leute die Pachtzinsen schon eingesammelt hatten, pflegte Jamie alle seine Pächter, Häusler und Hirten um diese Zeit zu besuchen, denn er wollte sich vergewissern, daß niemand unzumutbare Opfer hatte bringen müssen, um seinen Zinsverpflichtungen nachzukommen. Und nun tat er nichts von dem, was er tun sollte.

Jamie war nur in der Halle geblieben, weil er hoffte, die schöne Sheena wiederzusehen. Das gestand er sich zwar selber ein, war aber nicht bereit, es irgend jemandem zu verraten. Glücklicherweise stand Jessie immer erst gegen Mittag auf.

Jamie verschwendete allerdings kaum einen Gedanken an Jessie. Es war jenes andere Mädchen, das ihm nicht mehr aus dem Kopf ging, seit er es am vergangenen Abend verlassen hatte. Sheenas wegen hatte er in der letzten Nacht kein Verlangen nach Jessie verspürt, ihretwegen hatte er stundenlang wach gelegen, sich grenzenlos einsam gefühlt und überlegt, was, zum Teufel, er getan hatte, um ihr solche Angst einzujagen.

Er wünschte sich ebenso wie sein Bruder, daß sie weiterhin im Schloß wohnte. Irgendwie mußte er sie dazu bringen. Natürlich könnte er sie zwingen. Doch dafür würde sie ihn hassen, und er erkannte zu seiner eigenen Überraschung, welch großen Wert er auf ihr Wohlwollen legte.

Immer wieder schaute er zum Ende der Halle, zum Torbogen, der zur Treppe führte. Wo blieb sie nur? Er war sicher gewesen, daß sie mit ihm sprechen wollte, um herauszufinden, was er mit ihr vorhatte. Seufzend runzelte er die Stirn. Nachdem Colen sie entführt hatte, konnte sie mit Fug und Recht fordern, sofort nach Aberdeen zurückgebracht zu werden.

Allmählich kam er sich lächerlich vor. Da saß er und wußte

ganz genau, daß sich seine Männer und Dienstboten darüber wunderten. Endlich machte sich das Warten bezahlt. Colen tauchte am Ende der Halle auf, hinter ihm flatterte ein grüner Rock, und dann kam Sheena in Sicht. Ihr Anblick beschleunigte Jamies Pulsschlag. Colen hielt ihre Hand fest und schien sie mit sich zu zerren, aber nur mit sanfter Gewalt. Sie sah sich um, und Jamie war plötzlich stolz auf seine kostbar ausgestattete Halle, betrachtete sie mit den Augen eines Fremden. Die holzgetäfelten Wände, die bemalten Deckenbohlen stellten einen Luxus dar, der in Turmhäusern üblich war, aber nicht in Schlössern. An den hinteren Tischen standen Polsterbänke, an der Tafel des Lairds englische, mit Damast bezogene Stühle. Holländisches Leinen bedeckte die Tischplatte aus rohem Holz. Darauf stand Silber- und Zinngeschirr. Auf dem Steinboden lag sogar ein dicker persischer Teppich, und vor dem großen Kamin, wo Jamie mit Vorliebe seine Abende zubrachte, gruppierten sich mehrere Lehnstühle. Im großen und ganzen wirkte die Halle sehr eindrucksvoll, und darüber freute er sich in diesem Augenblick mehr denn je.

Doch sein Vergnügen war nur von kurzer Dauer, denn als Sheena ihn erblickte, blieb sie abrupt stehen, entzog Colen ihre Hand und rannte den Weg zurück, den sie gekommen war. Der Junge folgte ihr auf dem Fuß, hielt sie am Arm fest, und sie begannen mit gedämpften Stimmen zu diskutieren. Colen versuchte wieder nach ihrer Hand zu greifen, aber sie stieß ihn von sich und rief so laut, daß es alle hören konnten: »Nein!«

Jamie ahnte nur zu gut, wie verlegen sein Bruder jetzt war, wo er ebenso wie das Mädchen die Aufmerksamkeit sämtlicher Anwesender erregt hatte. Grabesstille erfüllte die Halle, was Jamie nicht weiter verwunderte, weil Sheenas Schönheit allen Leuten den Atem raubte.

Sie schien die staunenden, interessierten Blicke nicht zu bemerken, nutzte Colens Unbehagen und eilte zum nächstbesten Tisch. Dort setzte sie sich und begann zu essen, was vom Frühstück irgendwelcher Vorgänger übriggeblieben war.

Ärgerlich stieg Colen die Stufen des Podests hinauf, wo der Tisch des Lairds stand, und nahm neben seinem Bruder Platz.

Mißmutig starrte er vor sich hin. Die Frühstückstafel des Lairds war noch gedeckt, aber der Junge rührte nichts von den reichhaltigen Speisen an. Zögernd wurden die unterbrochenen Gespräche wieder aufgenommen. Colen hüllte sich weiterhin in Schweigen.

Schließlich seufzte Jamie tief auf. »Willst du mir nicht sagen, was das zu bedeuten hat?«

»Sie glaubt, daß ich sie belogen habe.« Colen wich dem Blick seines Bruders aus.

»Und? Hast du das getan?«

»Nein.«

»Aber sie glaubt dir nicht?«

»Wie könnte sie – wenn du hier bist?«

»Was habe ich denn damit zu tun?«

Colen gab keine Antwort und brachte es offenbar noch immer nicht fertig, in Jamies Augen zu schauen. Dessen Neugier wuchs.

»Also? Was ist los?«

»Nun ja – sie wollte nicht mit mir herunterkommen, bevor ich ihr versichert hatte, daß du nicht hier sein würdest. Sie hatte sich im Südturm eingeschlossen und weigerte sich, die Tür zu öffnen, bis ich...«

Jamie runzelte die Stirn. »Du hast sie in den Südturm gebracht?«

»Ja.«

»Warum?«

Endlich wandte sich Colen seinem Bruder zu, und seine Augen, braun wie die seines Bruders, verdunkelten sich. »Deine Gedankengänge mißfallen mir. Ich habe dir doch gesagt, ich hätte das Mädchen nicht angerührt. Und das werde ich auch nicht tun, ehe sie meine Frau ist. Ob sie noch Jungfrau ist, weiß ich nicht. Danach habe ich sie nicht gefragt, und es spielt auch keine Rolle für mich.«

Jamie verbarg seine Erleichterung. »Was hätte ich denn

denken sollen, nachdem du sie in deinem Zimmer eingesperrt hast?«

»Ich habe woanders geschlafen.«

»Also gut. Warum hast du sie woanders einquartiert?«

»Sie wollte nicht in meinem Schlafzimmer bleiben, weil sie das unschicklich fand, und damit hatte sie völlig recht.«

»Aber warum der Südturm? Es gibt doch genug andere Räume.«

»Sie bestand darauf, in ein Zimmer zu ziehen, das man von innen abschließen kann, und Mutters Turmgemach ist das einzige.«

Jamie unterdrückte ein belustigtes Lächeln. Der Raum im obersten Geschoß des Südturms war tatsächlich der einzige, wo man sich einsperren konnte. Nach einem Streit mit Robbie, seinem Vater, war sie oft hinaufgegangen. Sie hatte befohlen, innen einen Riegel anzubringen, um ihren Mann zu ärgern. Diese Maßnahme war zu einer Quelle allgemeiner Heiterkeit geworden, wann immer sich herumgesprochen hatte, daß der Südturm wieder einmal okkupiert war. Und nun schloß sich eine andere Frau da oben ein.

»Warum macht sie dir nicht die Tür auf?« fragte Jamie. »Wenn sie dich auch nicht heiraten will – irgendwie scheint sie dich zu mögen.«

Colen blickte wieder zur Seite. »Ich wollte sie in die Halle herunterführen, aber sie hatte Angst, sie könnte dir begegnen.«

Jamies Augen verengten sich. »Warum?«

»Keine Ahnung. Sie ist das mutigste, selbstbewußteste Mädchen, das ich kenne. Trotzdem wird sie von dieser verrückten Angst befallen, sobald sie dich sieht. Heute morgen dauerte es stundenlang, bis ich sie endlich aus dem Turmzimmer locken konnte. Und sie kam erst heraus, als ich ihr hoch und heilig schwor, du wärst nicht mehr im Schloß. Und jetzt sitzt du immer noch da. Warum?«

»Das braucht dich nicht zu kümmern«, entgegnete Jamie kurz angebunden. »Will das Mädchen abreisen?«

»Ja«, gestand Colen unglücklich.

»Das dachte ich mir. Und ich begreife nicht, warum sie mir aus dem Weg geht. Wenn sie die Sache bereinigen will, muß sie mit mir reden.«

»Das weiß sie. Hast du schon eine Entscheidung getroffen?«

»Bring sie her.«

Colen schluckte mühsam. »Jetzt?«

»Ja – jetzt.«

»O Jamie, du bist doch so wütend«, protestierte der Junge. »Schick sie nicht weg, nur weil sie dein Mißfallen erregt hat.«

Der Laird lehnte sich seufzend zurück. »Es stimmt, ich ärgere mich über ihre alberne Angst – weil ich ihr kein Haar gekrümmt habe. Aber deshalb werde ich sie nicht hinauswerfen. Ich habe mir deine Argumente angehört, Colen, und jetzt möchte ich ihre hören.«

»Sie hat keine – zumindest keine, die einen Sinn ergeben, Jamie, du darfst es nicht auf dein Gewissen laden, sie nach Aberdeen zurückzuschicken. Dort würde sie wieder das elende Leben einer Bettlerin führen.«

»Selbst wenn sie hierbliebe, hättest du nicht die Gewißheit, daß sie dich heiraten wird«, gab Jamie zu bedenken.

»Das weiß ich. Trotzdem möchte ich sie hier in Sicherheit wissen, sogar als Frau eines anderen. In Aberdeen wäre sie eine leichte Beute für die Schurken, die sich dort herumtreiben, und dafür ist sie zu schön.«

»Es freut mich, daß du so denkst, mein Junge«, erwiderte Jamie nachdenklich, »denn ich möchte nicht, daß dir das Herz bricht. Wenn sie im Schloß bleibt, wirst du nicht der einzige sein, der sich um sie bemüht. Viele Männer werden dem Zauber ihrer Schönheit verfallen, genauso wie du.«

Colen zuckte sorglos mit den Schultern. »Daran zweifle ich nicht.«

Jamie überlegte kurz, dann beschloß er, kein Blatt vor den Mund zu nehmen. »Ich muß dich warnen, mein Junge – sie hat auch mich beeindruckt.«

Sein Bruder hob grinsend die Brauen. »Warum sollte mich

das überraschen? Ich verstehe nur zu gut, daß dich ihre Angst reizt.«

»Ich finde es keineswegs amüsant, daß wir beide dieselbe Frau begehren«, erwiderte Jamie ungehalten.

»Da bin ich anderer Meinung. Da das noch nie zuvor geschehen ist, liegt eine gewisse Komik darin.«

Jamies Ärger wuchs, denn ihm erschien diese Situation ziemlich beunruhigend. Immerhin waren sie Brüder. »Und wenn ich alles daransetze, um sie zu erobern? Das würde dich wohl kaum erheitern.«

»Versuch es doch – wenn du eine Ehe im Sinn hast«, antwortete Colen ernsthaft. »Aber wenn du dir nur eine weitere Geliebte zulegen willst, werde ich dich mit allen Mitteln bekämpfen. Sheena sagt, daß sie nur aus Liebe heiraten möchte. Sollte sie sich für dich entscheiden, werde ich euch nicht im Weg stehen. Und falls sie mich wählt, hast du uns deinen Segen bereits gegeben. Das ist doch fair, nicht wahr?«

»Du erstaunst mich, mein Junge.«

Colen lächelte. »Übrigens – du hast etwas vergessen, lieber Bruder. Sheena zittert vor Angst, wann immer sie dich sieht. Deshalb wirst du nicht viel Glück bei ihr haben.«

Wenn er versucht hatte, Jamies Zorn auf die Spitze zu treiben, so war ihm das gelungen. »Hol sie her!« stieß der Laird hervor. »Vielleicht ist sie morgen früh schon wieder in Aberdeen und braucht sich weder mit dem einen noch mit dem anderen MacKinnion herumzuschlagen!«

»Jamie, du darfst keine unbesonnene Entscheidung fällen.«

»Unbesonnen? Heilige Maria! Ich werde fair sein, das verspreche ich dir. Bring sie endlich her!«

Colen schüttelte den Kopf. »Sie wird sich nicht in deine Nähe wagen, wenn du so wütend dreinschaust.«

Jamie zwang sich zu einem verzerrten Lächeln. »Ist es so besser?« fragte er sarkastisch.

»Nicht viel. Wenn dich das Mädchen ansieht und sofort die Flucht ergreift, weißt du wenigstens, warum.«

Sheena beobachtete, wie Colen den Tisch des Lairds verließ. Sie wußte, daß sein Weg zu ihr führen würde. Am liebsten wäre sie aufgestanden und davongelaufen. Aber sie hatte dem Jungen schon eine Szene gemacht – vor James MacKinnions Augen, und das würde sie kein zweitesmal wagen.

Doch als Colens Stimme hinter ihr aufklang, ließen sie ihre Nerven erneut im Stich. »Sheena, mein Bruder will mit Euch reden.«

»Dazu bin ich nicht bereit«, flüsterte sie.

»Er wünscht es trotzdem.«

Sie drehte sich zu ihm um. Sein Blick war unergründlich, und sie brachte es nicht fertig, zum Tisch des Lairds zu schauen und abzuschätzen, was sie dort erwarten mochte. In der vergangenen Nacht hatte sie kaum Schlaf gefunden und sich an jede einzelne der grausigen Geschichten über James MacKinnion erinnert, die ihr jemals zu Ohren gekommen waren. »Ich – ich würde lieber noch etwas warten, Colen«, stammelte sie. »Wirklich – ich...«

»Es ist an der Zeit, Sheena«, unterbrach er sie.

Sie wußte, daß sie keine andere Wahl hatte, stand auf und ließ sich von Colen, der ihren Ellbogen eisern umklammerte, zum Podest führen, auf dem der Laird wartete. Je näher sie dem Tisch kam, je klarer sie James MacKinnions harte, dunkle Augen sah, die alle ihre Bewegungen verfolgten, desto energischer mußte Colen sie hinter sich herziehen. Als sie den Tisch erreicht hatte, erhob sich Jamie.

Sie stand vor ihm und zwang sich, seinem Blick zu begegnen. Seine Kinnmuskeln zuckten, und sie fragte sich, was *er* wohl für einen Grund haben mochte, um so erregt zu sein. Daß sie selbst die Schuld daran trug, daß ihre Augen übergroß waren vor Angst, wußte sie nicht. Sie merkte nicht einmal, daß sie zurückwich und vom Podest gefallen wäre, hätte Colen ihren Arm nicht festgehalten.

»Sie soll sich vors Feuer setzen, Colen«, befahl Jamie, und einen Augenblick später drückte der Junge sie in einen der gepolsterten Stühle. Der Laird trat vor den Kamin und wandte ihr den Rücken zu. Colen nahm auf einer Bank neben Sheena Platz und lächelte ihr aufmunternd zu.

James MacKinnion drehte sich um und musterte sie mit seinen durchdringenden braunen Augen. »Nun, Sheena, wie gefällt es Euch auf Schloß Kinnion?«

Diese Frage hatte er gestellt, um sie ein wenig zu beruhigen, und das gelang ihm. Sie hätte nicht gedacht, daß dieser wilde, grausame Laird das Gespräch mit so höflichen Worten eröffnen würde. »Das Schloß ist sehr schön«, entgegnete sie.

»Möchtet Ihr hier leben?«

Sie hätte es besser wissen und vorsichtiger sein müssen. War er bereits entschlossen, sie hierzubehalten, ohne ihre Wünsche zu berücksichtigen? »Nein, das möchte ich nicht«, erwiderte sie mit fester Stimme.

Jamie grinste und ließ sich ihr gegenüber nieder. »Nun, dann wollen wir das in Ruhe besprechen. Wie Ihr zweifellos wißt, bereut es mein Bruder keine Sekunde lang, daß er Euch hierher entführt hat. Also könnt Ihr keine Entschuldigung von ihm erwarten.«

»Die erwarte ich auch nicht. Ich will nur weg von hier.«

»Das habt Ihr mir bereits gesagt. Aber ich hoffe, Ihr versteht meine Lage. Ihr seid hier, nicht freiwillig, aber immerhin. Und da Ihr hier seid, bin ich für Euch verantwortlich.«

»Ich will Euch die Verantwortung für mich nicht aufbürden«, beteuerte sie hastig.

»Ich übernehme sie aus eigenem Antrieb«, erklärte er gelassen. »Doch darauf kommt es gar nicht an, sondern vielmehr auf die Tatsache, daß Euch mein Bruder unmißverständlich mitgeteilt hat, warum Ihr hier ein neues Zuhause finden sollt.«

Die Wendung, die das Gespräch zu nehmen drohte, brachte Sheena in Wut. »Er will, daß ich ihn heirate!«

»Damit haben seine Wünsche nichts zu tun. Es geht ihm nur um Euer Wohlergehen, Fräulein.«

»Ich habe nicht um seine Fürsorge gebeten – und auch nicht um die Eure.«

»Euer Verhalten ist wirklich seltsam«, meinte Jamie nachdenklich. »Jede andere in Eurer Lage, jedes alleinstehende, mittellose Mädchen würde mit beiden Händen zugreifen, wenn es die Möglichkeit hätte, ein gesichertes Leben zu führen. Warum lehnt Ihr dieses Angebot ab?«

»Ich lasse mich nicht zur Ehe zwingen.«

»Ihr mißversteht mich, Sheena«, erwiderte Jamie geduldig. »Ich biete Euch ein Heim, einen Clan, dem Ihr angehören sollt – ob Ihr meinen Bruder nun heiratet oder nicht.«

Unbehaglich senkte sie den Kopf. Da er sie als heimatlose Bettlerin betrachtete, war sein Angebot sehr großzügig. Andererseits – wenn er die Wahrheit wüßte, würde er ihre Weigerung zweifellos verstehen. Wie könnte sie jemals bei den Feinden ihres Clans leben? Doch er war freundlich zu ihr, womit sie nie gerechnet hätte, und es bedrückte sie, daß sie nun in seinen Augen undankbar erscheinen mußte.

»Ich – ich bin Tiefländerin«, antwortete sie nach einer langen Pause und suchte Zuflucht bei der ersten besten Ausrede, die ihr einfiel. »Und ich bringe es einfach nicht über mich, hierzubleiben – wenn ich Euch auch für diese liebenswürdige Einladung danke.«

»Sind wir wirklich so furchtbar, wie man es Euch von Kindesbeinen an eingebleut hat?« fragte Jamie lächelnd. »Seht Ihr ungeschlachte Barbaren in dieser Halle?«

»Ich kenne kaum jemanden von Euren Leuten, und deshalb kann ich das nicht beurteilen«, entgegnete sie ausweichend.

»Ihr enttäuscht mich, Mädchen. Wollt Ihr nicht über mein Angebot nachdenken?«

»Nein. Ich passe nicht hierher, und darum ist es am besten, wenn ich sofort abreise.«

Jamie verbarg seinen Ärger nicht. »Wohin wollt Ihr zurückkehren? In die Straßen von Aberdeen? Um zu betteln? Um mühsam für Euren Unterhalt zu sorgen? Ihr müßt mir triftige Gründe nennen, wenn Ihr mir die Verantwortung für Euer Wohl abnehmen wollt.«

Sheena biß sich auf die Lippen. Welch ein Recht hatte er, sie nach ihren Gründen zu fragen?

»Ich möchte dorthin zurückkehren, wo ich mich zu Hause fühle«, sagte sie kühl, »dieser Grund dürfte genügen.«

»Ihr zieht es also vor, Bettlerin zu bleiben. Anscheinend wißt Ihr nicht, was für Euch gut ist.«

Angesichts seines harten Blicks fiel es ihr immer schwerer, ihr Temperament zu bezähmen.

»Das bildet Ihr Euch ein, was? In Wirklichkeit bin ich keine Bettlerin und war niemals eine! Das hat sich Colen nur zusammengereimt.«

»Tatsächlich?« entgegnete er gedehnt. »Warum habt Ihr das die ganze Zeit über verschwiegen?«

»Ich hielt es nicht für nötig, Euch aufzuklären.«

»Nun, jetzt habt Ihr Euch trotzdem dazu durchgerungen.« Jamies Augen verengten sich. »Aus welchem Clan stammt Ihr?«

Sheena wurde blaß und überlegte verzweifelt, welchen Namen sie angeben sollte – einen Namen, der ihn beeindrukken würde. »Ich – ich bin eine MacEwen.«

»Aus dem Clan MacEwen, der über keinerlei Grundbesitz verfügt«, ergänzte er verächtlich.

Sie zuckte zusammen, aber sie nickte tapfer. »Ja.«

Jamie lachte. »Und da behauptet Ihr, daß Ihr keine Bettlerin wärt? Doch genau das sind die MacEwens, nachdem sie enteignet wurden – Bettler und Diebe. Kein Wunder, daß Ihr nicht gestehen wolltet, wer Ihr seid!«

Sein Hohn brachte sie um den letzten Rest ihrer Beherrschung. Wütend sprang sie auf. »Und was sind die MacKinnions? Diebe und Mörder! Ich glaube nicht, daß Ihr darauf stolz sein könnt!«

Jamie erhob sich ebenfalls, und Sheena geriet in Panik. Seine Augen glühten vor Zorn, seine Hände ballten sich, und sie bezweifelte nicht, daß ihre letzte Stunde geschlagen hatte. Auch Colen war aufgestanden, was den Ernst ihrer Lage noch verdeutlichte.

»Was wißt Ihr von den MacKinnions?« stieß Jamie hervor. »Mit welchem Recht klagt Ihr uns an?«

Kalte Angst schnürte ihr die Kehle zu. Sie versuchte zu

sprechen, doch sie konnte es nicht, und so ergriff sie die Flucht.

Sie warf keinen Blick zurück, sah nicht, ob sie verfolgt wurde, und kannte nur einen Gedanken – weg von hier. Durch die nächstbeste Tür rannte sie in den Hof hinaus, und erst im hellen Tageslicht faßte sie den Entschluß, ihr Heil in der Freiheit zu suchen, um diesen Mann nie wieder sehen zu müssen. Sie lief zum Torhaus.

Das Fallgatter war hochgezogen. Sheena durfte sich nur ein paar Sekunden lang an dieser Gunst ihres Schicksals freuen, dann hörte sie den Ruf des Torhüters. Sie ignorierte ihn und stürmte weiter, doch jene andere Stimme, die Stimme, vor der sie floh, konnte sie nicht ignorieren. Die Stimme schrie ihren Namen, dicht hinter ihr, viel zu dicht...

Eine Hand umklammerte ihren Arm wie eine Stahlklammer, riß sie nach hinten, und sie spürte, wie ihr Herzschlag aussetzte. Überwältigt von Angst, sank sie in einen schwarzen Abgrund und tat, was sie nie zuvor getan hatte – sie fiel in Ohnmacht.

14.

»Ich glaube, sie kommt zu sich.«

Eine weibliche Stimme rief Sheena ins Bewußtsein zurück. Die Worte klangen freundlich, und sie öffnete die Augen, um die Sprecherin zu sehen. Die Frau saß neben ihr auf dem Bett, und ihr Gesicht paßte ebenso zu der Stimme wie ihr warmherziges Lächeln, die Besorgnis in ihren braunen Augen. So braun wie seine...

»Ah, jetzt geht es Euch besser, nicht wahr, Fräulein? Ihr habt meinem Neffen einen ganz schönen Schrecken eingejagt.«

Sheena gab keine Antwort. Die Frau nahm einen feuchten Lappen von der Stirn ihrer Patientin. Trotz ihres vorgeschrittenen Alters schimmerte ihr Haar immer noch kupferrot.

»Wer seid Ihr?« fragte Sheena.

»Lydia MacKinnion. Und der Junge hat mir erzählt, Ihr wärt Sheena MacEwen. Ach, was für ein hübsches Mädchen Ihr seid, Sheena! Hoffentlich ist unser Jamie nicht zu grob mit Euch umgegangen, als er Euch hierherbrachte. Ihr seid ohnmächtig geworden, wißt Ihr das?«

Der Gedanke, daß sie in seinen Armen gelegen hatte, wenn auch besinnungslos, jagte einen Schauer über Sheenas Rücken. »Er – er hat mich hierhergetragen?«

»Allerdings, und dann ließ er mich in aller Eile rufen«, berichtete Lydia kichernd. »Der Junge hat noch keine Frau kennengelernt, die bei seinem Anblick in Ohnmacht gefallen wäre.«

»Und mir ist das noch nie passiert«, versuchte Sheena zu erklären. »Ich – ich weiß nicht, was über mich gekommen ist.«

»Das spielt keine Rolle. Jetzt fühlt Ihr Euch wieder besser, und nur das ist wichtig.«

»Ist James MacKinnion Euer Neffe?«

»Ja, ich bin die Schwester seines Vaters – das heißt, ich war es«, verbesserte Lydia, und ein seltsam abwesender Ausdruck erschien in ihren Augen. »Mein lieber Bruder ist von uns gegangen. Er war ein guter Laird, der Rote Robbie, nicht so wie unser Vater, der – der...«

»Bring meine Tante wieder in den Nordturm, Gertie.«

Beim Klang dieser Stimme stockte Sheenas Atem. Sie hatte geglaubt, sie wäre allein mit der netten Dame. Aber nun traten James MacKinnion und Colen neben das Bett, während eine Dienerin herbeieilte, um Lydia auf die Beine zu helfen und sie aus dem Zimmer zu führen. Nachdem Sheena den leeren Blick der alten Frau gesehen hatte, vergaß sie ihre eigene mißliche Lage. »Was fehlt ihr denn, Colen?«

Es war Jamie, der ihre Frage beantwortete. »Sie leidet an Anfällen, die sie ganz plötzlich übermannen – immer, wenn sie an unseren Vater denkt. Sie mußte mitansehen, wie ihre Eltern ermordet wurden.«

»Wie schrecklich!« flüsterte Sheena.

Jamie nickte. »Damals war sie noch ein Kind – und seither ist sie geistesgestört.«

»Sie war der einzige Mensch, der Zeuge jenes Verbrechens wurde«, fügte Colen hinzu, »der einzige, der erzählen konnte, was damals geschah und warum. Aber sie hat nie davon gesprochen. Wann immer man danach fragt, bekommt sie diesen sonderbaren abwesenden Blick und zieht sich in eine andere Welt zurück.«

»Und die Mörder wurden nie gefaßt?«

»Es war nur einer, Sheena – der alte Laird des Fergusson-Clans. Mein Großonkel übte Vergeltung, so wie es recht und billig war. Ihr seid Tiefländerin. Kennt Ihr den Clan Fergusson in Angusshire?«

Sheena schluckte mühsam. Ein Hustenanfall enthob sie einer Antwort. Colen klopfte sie auf den Rücken, dann sank sie in die Kissen zurück. Sie schaute den Brüdern nicht in die Augen, denn wäre sie ihren Blicken begegnet, hätte sie diese Behauptungen bestreiten und die beiden Lügner nennen müssen. Es war MacKinnion gewesen, offenbar James' und Colens Großonkel, der Niall Fergusson, Dugalds Vater, gefesselt und geknebelt vor das Tor von Tower Esk geschleppt und gnadenlos vor aller Augen getötet hatte. Das erzählte man sich in Angusshire. Sheena hatte die Geschichte oft genug gehört – seit sie denken konnte. Von jenem anderen Mord hatte sie erst jetzt erfahren. Aber – es war ein MacKinnion gewesen, der die Fehde begonnen hatte – das wußte jeder. Und die zwei Brüder gaben einem Fergusson die Schuld... Das wollte sie nicht glauben, andererseits – es war vor so vielen Jahren geschehen – lange vor ihrer Geburt. Wie könnte sie entscheiden, wie es sich in Wahrheit verhielt? Sie war nicht dabeigewesen. James und Colen MacKinnion auch nicht – nur Lydia...

Colen beobachtete sie aufmerksam. »Geht es Euch wieder gut, Sheena?«

»Ja.«

»Dann sagt mir, warum Ihr davongerannt seid«, verlangte Jamie.

Da sie zu beiden Seiten ihres Bettes standen, beschloß sie, an die Decke zu starren. »Weil Ihr sonst über mich hergefallen wärt, Sir James.«

»Heilige Maria, nichts hätte mir ferner gelegen!« verteidigte er sich erbost.

Zweifelnd sah sie zu ihm auf. »Ihr habt mich angeschrien – so wie jetzt.«

»Und das mit gutem Grund! Ihr habt eine schwere Anklage gegen meinen Clan erhoben, und ich wollte wissen, warum.«

»Seid Ihr vielleicht kein Dieb?«

»Wer wäre das nicht? Aber ein Mörder? Mein Clan tötet niemals zu seinem Vergnügen.«

Sheena wußte es besser, doch da sie von lauter Feinden umgeben war, wagte sie nicht zu widersprechen. »Tut mir leid«, sagte sie leise. »Anscheinend habe ich mich geirrt und Euch unbedacht beschuldigt. Doch Euer Urteil war ebenso voreilig. Ihr glaubt, alle MacEwens wären Bettler und Räuber, aber meine Familie braucht sich nichts dergleichen vorzuwerfen.«

Jamie runzelte die Stirn. »Ihr habt eine Familie? Leben Eure Eltern noch?«

»Mein Vater.«

»Wo ist er?«

Sheena wagte sich erneut in gefährliche Bereiche. Wenn dieser Mann herausfand, daß sie eine Fergusson war, würde er sie zweifellos töten, so wie sein Großonkel ihren Großvater umgebracht hatte.

»Das – weiß ich nicht«, log sie, während sich ihre Gedanken überschlugen. »Er zieht von einem Ort zum anderen.«

»Wie kann ich Euch nach Aberdeen zurückschicken, wenn Ihr dort keinen Beschützer habt?«

Ihre Angst wuchs, und es fiel ihr immer schwerer, klar zu denken. »Ich habe eine Tante in Aberdeen, und ich habe bei ihr gewohnt.«

»Im Armenhaus?« spottete Colen. Er glaubte Sheena kein Wort – weil er ihr nicht glauben wollte.

Mit schmalen Augen starrte sie ihn an. »Meine Tante Erminia ist Nonne. Sie wohnt nicht im Armenhaus, aber sie arbeitet dort – wie die meisten Klosterschwestern. Dieses Haus wäre schon längst zugrunde gegangen, wenn es die Nonnen nicht in Ordnung halten würden. Ich habe Tante Erminia geholfen, um ihr dieses schwere Tagewerk zu erleichtern.«

Jamie stieß einen tiefen Seufzer aus. »Offensichtlich ist dir ein Irrtum unterlaufen, Colen.«

»Nein – *du* irrst dich, wenn du diesen Unsinn glaubst!« verteidigte sich der Junge empört. »Wenn das die Wahrheit ist – warum hat sie es nicht von Anfang an gesagt?«

»Ich hatte viel zu große Angst«, erklärte Sheena, doch die beiden hörten nicht auf sie.

»Jedenfalls klingt ihre Geschichte plausibel«, meinte Jamie widerstrebend. »Schau sie doch an! Sieht sie verhungert aus? Sie hat runde Wangen, einen kräftigen Körper... Für eine Bettlerin ist sie viel zu gesund.«

»Kein Wunder! Könntest du ihr ein Almosen verweigern, wenn sie dich drum bäte? Wenn sie auf der Straße stünde und um eine Münze bettelte – wer würde ihr bloß eine geben? Wer würde sie ignorieren? Mit einem solchen Gesicht heimst sogar die elendeste Bettlerin wahre Reichtümer ein. Und genau das ist der Grund, warum sie in die Stadt zurückkehren will.«

»Das stimmt nicht!« rief Sheena. »Ich bin niemals betteln gegangen! Das hatte ich nicht nötig! Meine Familie sorgt gut für mich! Sie ist nicht arm.«

»Wenn sie so gut für Euch sorgt – warum hat sie dann noch keinen Mann für Euch gefunden?« erkundigte sich Colen.

»Ich habe genug Fragen beantwortet«, erwiderte sie tonlos. »Woher nehmt Ihr das Recht, Euch in meine Angelegenheiten einzumischen?«

»Schluß mit dem Gezänk!« mischte sich Jamie ein. »Colen, das Mädchen bedarf unserer Hilfe nicht. Deshalb kann ich sie nicht hier festhalten, um ihr Wohltaten zu erweisen. Du mußt sie nach Aberdeen zurückbringen.«

Colen machte auf dem Absatz kehrt und stürmte hinaus.

Sheena war überglücklich, und so dauerte es eine Weile, bis ihr bewußt wurde, daß sie mit James MacKinnion allein war – in ihrem Schlafzimmer.

Beklommen schaute sie ihn an. Er starrte auf die offene Tür, durch die Colen soeben gelaufen war. Plötzlich erkannte sie, daß sie keine Angst vor ihm hätte, wenn sie nicht wüßte, wer er war. Sie erinnerte sich an den vergangenen Abend, als sie ihn zum erstenmal gesehen und alles andere als Furcht empfunden hatte. Er war ihr sogar sehr liebenswert erschienen, und sie fand immer noch, daß sie noch nie zuvor einen hübscheren Mann kennengelernt hatte. Und jetzt, wo sie ihn betrachtete, ohne von seinem durchdringenden Blick verunsichert zu werden, faszinierte er sie von neuem.

»Was für ein halsstarriger Bursche!« beklagte sich Jamie. »Anscheinend muß ich Euch selber nach Aberdeen geleiten, Sheena, Colen wird sich wohl kaum dazu bereit finden.«

»Ihr wollt mich in die Stadt bringen?« Ihr Herz begann heftig und schmerzhaft zu schlagen. Wie sollte sie dieser neuen Gefahr entrinnen? »Ihr wart sehr freundlich, aber – das kann ich nicht annehmen. Ich werde meinen Weg allein finden – vielen Dank.«

»Wie Ihr bereits wißt, fühle ich mich für Euch verantwortlich, und deshalb werde ich Euch persönlich bei Eurer Tante abliefern und ein ernstes Wort mit ihr reden. Ich muß ihr klarmachen, daß sie Euch nicht mehr erlauben darf, ohne Begleitung auszugehen.«

Sheena hielt den Atem an. Er wollte mit Tante Erminia sprechen? Dann würde er erfahren, welchem Clan sie angehörten, und sie alle beide ermorden.

»Ihr habt doch so viele Gefolgsleute«, sagte sie hastig, »und Ihr könntet jemanden beauftragen, mich nach Aberdeen zurückzubringen. Es ist nicht nötig, daß Ihr das selber übernehmt.«

Unverhüllte Angst lag in ihren Augen, was ihm nicht entging. Wütend stieß er hervor: »Entweder ich begleite Euch – oder Ihr bleibt hier. Also, wie entscheidet Ihr Euch?«

Sheena gab keine Antwort. Lieber wollte sie hierbleiben

und ihn täglich sehen, als auch nur eine einzige Minute allein mit ihm zu verbringen, in einem einsamen Moor. Sie würde einen anderen Weg finden müssen, um von hier wegzukommen.

»Nun, Sheena?«

»Ich – ich gehe nicht mit Euch.«

»Und warum nicht?« fragte er leise.

Sie nahm ihren ganzen Mut zusammen und erwiderte wahrheitsgemäß: »Ich fürchte, Ihr könntet mir etwas antun.«

Verwirrung verdrängte seinen Zorn. »Warum sollte ich, Sheena? Ihr seid ein reizendes Mädchen, und ich würde mich niemals an Euch vergreifen.« Als sie schwieg, fügte er bestürzt hinzu: »Glaubt Ihr mir nicht?«

»Ich wünschte, ich könnte es – aber ich kann es nicht.«

Jamie schaute sie nachdenklich an. Ihre Angst vor ihm ärgerte ihn maßlos, denn er hatte ihr nichts zuleide getan. Trotzdem würde sie sein Schloß nicht verlassen – nicht ohne ihn. Diese Entscheidung hatte sie selbst getroffen.

»Es freut mich, daß Ihr hierbleiben werdet, Sheena«, bemerkte er.

Verwundert hob sie die Brauen. »Warum?« fragte sie vorsichtig. »Ich werde Euren Bruder trotzdem nicht heiraten.«

»Auch das freut mich«, sagte Jamie grinsend. Seine düstere Stimmung war völlig verflogen.

»Ihr seid froh?« Sheena schüttelte verwirrt den Kopf. »Ihr habt ihm doch Euren Segen gegeben.«

»Mit dem größten Widerwillen.«

»Das ist mir unbegreiflich. Wenn Ihr mich nicht mögt...«

Sein Gelächter unterbrach sie. »Da irrt Ihr Euch, Mädchen! Doch das ist kein Wunder – nachdem ich Euch ständig angeschrien habe.« Nach einer kleinen Pause fügte er hinzu: »Ich will Euch für mich selber haben – deshalb freue ich mich über Euren Entschluß, bei uns zu bleiben. Ich werde Euch beweisen, daß Ihr nichts von mir zu befürchten habt.«

Er ging hinaus und ließ Sheena allein mit ihrem Entsetzen. Sie hatte nichts von ihm zu befürchten? Soeben hatte er ihr größere Angst eingeflößt denn je.

15.

In wildem Galopp ritt Colen zum Mackintosh-Gut und machte seinem Zorn Luft, indem er Pächter belästigte, Herden auseinanderscheuchte und Unfug trieb, wo er nur konnte.

Es war schon dunkel, als er ins Schloß zurückkehrte und erfuhr, daß seine hochgeschätzte Sheena nun doch bleiben würde. »Aber ich bezweifle, daß wir viel von ihr sehen werden«, fügte Jamie mißmutig hinzu, nachdem er seinem Bruder die Neuigkeit erzählt hatte.

»Warum nicht?«

»Ich glaube, sie will sich im Turm verkriechen. Jedenfalls hat sie das heute den ganzen Tag getan.«

»Ist sie nicht zum Abendessen heruntergekommen?«

»Nein.«

»Sie hat gehungert?« rief Colen empört.

»Reg dich nicht auf, mein Junge«, beschwichtigte ihn Jamie. »Unsere Tante kann sie anscheinend ganz gut leiden. Vorhin hat sie ihr was zu essen gebracht.« Mit einem abgrundtiefen Seufzer fuhr er fort: »Es war gar nicht so einfach, Jessie klarzumachen, was das ganze Getue soll.«

Colen grinste. »Das kann ich mir vorstellen. Hast du ihr erzählt, daß sie eine Rivalin hat?«

Jamie runzelte die Stirn. »Warum sollte ich? Ich habe schon Ärger genug!«

»Natürlich«, neckte Colen seinen älteren Bruder, »es ist ja auch nicht nötig, in einem leeren Bett zu liegen. Besser ein Spatz in der Hand als eine Taube auf dem Dach...«

Jamie antwortete nicht sofort. Vielleicht stimmte das. Er hatte Jessie so wenig wie möglich über Sheena erzählt, ohne zu ahnen, warum. Nun entdeckte er ein Körnchen Wahrheit in Colens Worten, und das störte ihn. Diese Selbstsucht war seiner unwürdig, wobei es keine Rolle spielte, daß ihm diese dunkle Seite seines Wesens bisher nicht bewußt geworden war. »Du hast recht, mein Junge. Ich werde das morgen in Ordnung bringen.«

Colen war überrascht und merkte, daß er sich mit seiner Witzelei nur selber geschadet hatte. Wenn Jamie seine Geliebte wegschickte, würde er mehr Zeit und Lust haben, um Sheena zu umwerben. »Augenblick mal, Jamie«, wandte er hastig ein, »das war nur ein Scherz. Wegen meines dummen Geredes solltest du dir nichts versagen – und Jessie auch nicht.«

»Nein, es war ganz richtig, was du da gesagt hast. Es wäre Jessie gegenüber unfair, wenn ich so täte, als würde sie mich weiterhin interessieren. Nein, es ist besser, jetzt gleich Schluß zu machen – nach nur einer Begegnung.«

»Was – ihr habt nur einmal...«

Jamie lachte. »Schau nicht so entsetzt drein! Ich bin nicht der Platzhirsch, für den sie mich alle halten.«

»Hm...«

Jamie zuckte mit den Schultern. »In Wirklichkeit reizt mich Jessie nicht mehr, seit ich die schöne Sheena kenne.«

»Es sieht dir gar nicht ähnlich, daß du dich auf ein einziges Mädchen beschränken wirst«, entgegnete Colen, sichtlich mißvergnügt.

Jamie ignorierte die Stichelei. »Dieses rothaarige, blauäugige Mädchen da oben im Turm ist ein Edelstein, der alle anderen überstrahlt. Entweder wird sie mir gehören – oder ich werde nie mehr eine Frau in den Armen halten.«

Colen merkte, wie entschlossen sein Bruder und wie besessen er von Sheena war – vielleicht noch mehr als er selbst. Diese Erkenntnis machte ihm das Herz schwer. »Du wirst sie nicht bekommen, wenn sie's nicht will«, warnte er seinen Bruder. »Das meine ich ernst, Jamie.«

»Habe ich jemals eine Frau genommen, die mich nicht wollte?«

»Ich kenne keine, die dich zurückgewiesen hätte, und so weiß ich nicht, was du mit Sheena tun würdest, wenn sie nein sagt.«

»Ich werde sie nicht zwingen.«

»Es ist sehr schwer, ihr zu widerstehen«, gab Colen zu bedenken.

»Immerhin hast du sie noch nicht angerührt«, erinnerte ihn sein Bruder.

»Ja, aber das war gar nicht so leicht. Ich mußte mich sehr beherrschen. Und nun frage ich dich – willst du ihre Gefühle über deine eigenen stellen? Würdest du sie in Ruhe lassen, wenn sie dich nicht will?«

Jamies Augen verengten sich. »Ich habe dir doch schon gesagt, daß ich sie zu nichts zwingen werde.«

»Ja – aber du bist es gewöhnt, alle deine Wünsche erfüllt zu sehen und nicht darauf zu warten. Ich überlege mir, ob du warten oder auf etwas verzichten kannst, wonach du dich sehnst?«

»Du stellst zu viele Fragen, mein Junge«, erwiderte Jamie gereizt.

»Würdest du eine Niederlage ertragen?«

»Jedenfalls weiß ich, daß ich deine taktlose Neugier nicht mehr ertrage. Falls ich mich Sheena gegenüber schlecht benehme, erlaube ich dir, mich darauf hinzuweisen – nur dann! Und bis dahin laß mich in Frieden. Jetzt kann ich noch nicht sagen, was ich tun werde – genausowenig wie du.«

Colens Unbehagen wuchs. Er kannte das leidenschaftliche Temperament und die Ungeduld seines Bruders. Was würde Sheena widerfahren?

»Sie bleibt also lieber hier, wo sie gar nicht sein möchte – statt allein mit dir zu jenem Ort zu reiten, nach dem sie sich sehnt?« fragte er.

»Sie fürchtet sich vor mir, und ich muß ihr beweisen, daß sie keinen Grund dazu hat«, erklärte Jamie seufzend.

»Wenn du deine Gefühle im Zaum halten kannst, wird ihre Angst vielleicht nachlassen«, entgegnete Colen. »Um ehrlich zu sein – ich hoffe, daß dir das nicht gelingen wird.«

16.

Sheena sank in die Kissen zurück, dankbar für die weichen Daunen, die ihren schmerzenden Kopf einhüllten, und für Lydias Fürsorge. Die Tante der beiden MacKinnions war soeben hinausgegangen, nachdem sie ihr das Abendessen gebracht hatte. Es war tröstlich zu wissen, daß eine freundliche Seele in diesem Schloß lebte – jemand, der sich ernsthaft um ihr Wohlergehen bemühte. Trotzdem wünschte sie, Lydia wäre nicht gekommen, denn die alte Frau hatte sie – ohne es zu wollen – in Angst und Schrecken versetzt.

Ihre Beobachtungsgabe war viel zu stark ausgeprägt. Zunächst hatte sie über belanglose Dinge geschwatzt und Sheena in Sicherheit gewiegt, um sie dann aufmerksam zu betrachten. »Ihr habt das Haar und die Augen einer Fergusson! Irgendwie seid Ihr mir von Anfang an bekannt vorgekommen – aber ich weiß erst jetzt, woran das liegt. Niall Fergusson hatte genauso dunkelrotes Haar wie Ihr. Seid Ihr eine Fergusson?«

Sheena schluckte mühsam. »Ich – ich habe doch gesagt, wer ich bin«, stammelte sie.

»Ja, natürlich. Ihr müßt mir verzeihen, aber – ich habe gesehen, wie unser Jamie Euch anschaut. Er fühlt sich zu Euch hingezogen, daran gibt es gar keinen Zweifel, nur... Ich habe mir so gewünscht, daß er ein Fergusson-Mädchen zur Frau nimmt, um die grauenvolle Fehde ein für allemal zu beenden. Und da sitze ich nun und versuche, eine Fergusson aus Euch zu machen – obwohl ich in meinem Herzen weiß, daß er niemals heiraten würde, nur um mir einen Gefallen zu tun. Und deshalb ist es gut, daß Ihr keine Fergusson seid. Andererseits – wenn Ihr eine wärt, würdet Ihr es wohl kaum zugeben, nicht wahr?«

Danach hatte sie da Zimmer verlassen, ohne eine Antwort abzuwarten, und lautlos die Tür hinter sich geschlossen. Offensichtlich hatte sie die Wahrheit erraten. Wenn sie es James MacKinnion verriet... Die alte Frau hatte seit siebenundvierzig Jahren keinen Fergusson mehr gesehen – und doch war ihr die Ähnlichkeit zwischen Sheena und deren Großvater aufgefallen. Jamie war Dugald Fergusson und dem jungen Niall erst kürzlich begegnet. Trotzdem hatte er die Familienähnlichkeit nicht bemerkt. Und wenn Lydia ihn darauf hinwies? Dann würde es ihm wie Schuppen von den Augen fallen...

Rastlos warf sich Sheena im Bett umher, und ihre Kopfschmerzen wurden immer heftiger. Was sollte sie tun? Wenn der Laird von MacKinnion herausfand, wer sie war, würde er sie töten. Daß er sie begehrte, würde keinen Unterschied machen. Wäre es besser gewesen, mit ihm nach Aberdeen zu reiten? Nein – das hätte ihre Qualen nur verdoppelt. Sie wäre unterwegs vergewaltigt und später ermordet worden, wenn er Tante Erminia getroffen und erfahren hätte, daß Sheena dem Clan Fergusson angehörte.

Als sie endlich Schlaf fand, beherrschte die Angst vor James MacKinnion ihre Träume. Sie ritt auf einem starken Hengst durch die Straßen von Aberdeen. Der Laird saß hinter ihr, die Arme um sie geschlungen, so daß sie weder abstürzen noch fliehen konnte. Sie näherten sich dem Kloster, und Tante Erminia stand vor der Tür, winkte aufgeregt und freute sich, weil ihre Nichte wohlbehalten zurückkehrte. Die Nonne ahnte nichts von der Gefahr, und Sheena konnte sie nicht warnen. Jamie zügelte das Pferd, erlaubte ihr aber nicht, abzusteigen. Die starken Arme hielten sie immer noch fest, immer fester, preßten ihr die Luft aus den Lungen, so daß sie kein Wort hervorbrachte. Er stellte die Frage, die sie gefürchtet hatte – ob ihre Tante Erminia MacEwen wäre. Mit aller Kraft riß sie sich von ihm los und schrie gellend, um die Antwort zu übertönen, doch er hörte sie trotzdem und warf sie zu Boden. Sie blickte auf, sah ihren Feind mit dem Schwert in der Hand, das Gesicht in schrecklichem Zorn verzerrt. Sie schrie wieder auf, als er die Waffe hob und niedersausen ließ, schrie immer weiter und wartete auf den tödlichen Schlag, der sie im nächsten Sekundenbruchteil treffen mußte. Statt dessen legte sich eine Hand auf ihre Lippen und brachte sie zum Schweigen.

Der Feind war verschwunden, mitsamt dem Schwert. Jemand hatte sie gerettet und tröstete sie, wisperte ihr beruhigende Worte ins Ohr. Als sie vor Erleichterung zu weinen begann, entfernte sich die Hand von ihrem zitternden Mund, und der Retter hielt sie in den Armen, um den letzten Rest ihrer Angst zu verscheuchen.

Nun merkte sie, daß sie nicht mehr träumte. Sie befand sich im Turmzimmer, in dem dichtes Dunkel herrschte, weil die Kerze herabgebrannt war. Ein Mann saß auf ihrem Bett und drückte sie an seine Brust, eine nackte, breite, muskulöse Brust. Und was für starke Arme er hatte...

»Colen?«

»Was hat Euch so erschreckt, Sheena?«

Er preßte die Lippen in ihr Haar und dämpfte seine Stimme, doch sie hörte die echte Besorgnis heraus und antwortete unter Tränen: »Ich träumte, daß mich Euer Bruder töten wollte.«

Bildete sie sich das nur ein, oder spannten sich seine Muskeln wirklich an? Sie hätte es ihm verschweigen sollen. Der arme Junge – wie sollte er es ertragen, daß sie seinen Bruder verabscheute? Er war dem Laird treu ergeben, und sie konnte ihm ihre Gefühle nicht erklären.

»Es tut mir leid, Colen. Ich weiß – Ihr versteht nicht, warum ich ihn so fürchte.«

»Dann sagt es mir.« Seine Stimme war immer noch ein sanftes Flüstern.

»Das kann ich nicht.«

»Er hat Euch nichts getan.«

»Nein – bis jetzt nicht.«

Er nahm ihren Kopf zwischen beide Hände, und sein Gesicht war so nahe, daß sie seinen Atem spürte. »Er wäre unfähig, Euch weh zu tun, Sheena. Wie soll ich Euch das nur begreiflich machen?«

Bevor sie Zeit fand, um zu antworten, küßte er sie. Es war weniger die erste Berührung männlicher Lippen, die sie so verblüffte, sondern die unvermutete Zärtlichkeit dieser Liebkosung. Colen war doch sonst so grob. Trotzdem konnte er so behutsam küssen – so sanft. Seine Finger strichen langsam über ihren Rücken, und sie mußte sich zwingen, an seine Jugend zu denken. Er war ja noch ein halbes Kind...

Halbherzig versuchte sie ihn wegzustoßen und setzte sich etwas energischer zur Wehr, als er sie unbeirrt festhielt. Er lachte leise, und da wußte sie, daß es nicht Colen war. Dieser Mann strahlte zuviel Kraft, zuviel Autorität aus.

»Laßt mich – geht doch weg...«, stammelte sie. Panisches Entsetzen erfaßte sie, nachdem sie erkannt hatte, in wessen Armen sie lag.

James MacKinnion Wange streifte ihre Stirn. »Habe ich Euch weh getan, meine Liebe?«

»Nein...«

»War dieser Kuß so schrecklich?«

Er wartete keine Antwort ab, seine Lippen suchten wieder die ihren. Diesmal war der Kuß anders – immer noch sanft, aber so überwältigend, daß ihre Sinne zu schwinden drohten. Und danach glaubte Sheena, über den Wolken zu schweben, als wäre sie federleicht und körperlos... Es dauerte eine Weile, bis sie wieder klar denken konnte, und dann kehrte ihre Angst zurück.

Beglückt sagte sich Jamie, daß er seinem Ziel um einen Schritt nähergekommen war. Sie hatte so nachgiebig und anschmiegsam in seinen Armen gelegen, und das bestärkte ihn in seiner Hoffnung. Vielleicht fand sie ihn jetzt nicht mehr ganz so abstoßend wie zuvor – obwohl sie jetzt die Hände gegen seine Brust stemmte.

Er preßte sie noch fester an sich. »Anfangs habt Ihr Euch nicht gewehrt, Sheena. Ihr habt meinen Kuß genossen. Das könnt Ihr nicht bestreiten. Warum stoßt Ihr mich weg?«

»Laßt mich endlich los!«

Seufzend gab er sie frei und stand auf. »Da seht Ihr, wie fügsam ich bin.«

Sie spürte seinen unterdrückten Ärger und wußte, daß sie ihn noch mehr erzürnen würde, wenn sie ihre Furcht zeigte. »Würdet Ihr jetzt gehen?« fragte sie mit schwacher Stimme.

»Mißfällt Euch meine Gesellschaft?«

Sie holte tief Atem. Wie leicht ein Mann doch störrisch werden konnte, wenn man sich gegen ihn auflehnte...

»Wenn Ihr mir böse seid, so tut es mir leid, Sir Jamie. Allerdings muß ich betonen, daß ich Euch nicht gebeten habe, mich zu küssen.«

»Es hat Euch aber auch nichts ausgemacht. Ob es Euch nun paßt oder nicht – dieser Kuß hat Euch gefallen. Für einen Augenblick habt Ihr mir gehört. Wäre mir nur an Eurer Leidenschaft gelegen, so hätte ich sie erwecken können. Ich glaube, das wißt Ihr nur zu gut.«

Sheena schlang ihre bebenden Finger ineinander. Hatte er recht? »Was hat Euch dann zurückgehalten?«

»Ich will mehr von Euch als ein kurzes Schäferstündchen.«

Diese unverschämte Bemerkung verschlug ihr zunächst die Sprache, dann zischte sie: »Nicht einmal das hätte ich Euch gewährt!«

Jamie lachte entzückt. Immerhin hatte er ihre Furcht so weit besiegt, daß ihr Temperament die Oberhand gewann.

»Ich werde niemals Eure Geliebte!« fuhr sie ihn an, wütend über sein Gelächter.

»Das würde ich Euch auch gar nicht zumuten.«

Sheena runzelte die Stirn. »Ich verstehe nicht... Ihr sagt, Ihr würdet mich begehren, dann leugnet Ihr es... Amüsiert Ihr Euch auf meine Kosten, James MacKinnion?«

»O nein! Ich sehne mich unsagbar nach Euch, und das will ich Euch auch gar nicht verhehlen. Aus dieser Warnung könntet Ihr Vorteile ziehen, die ich bisher noch keinem Mädchen gegönnt habe.«

»Wenn Ihr glaubt, daß ich dafür dankbar bin, irrt Ihr Euch.«

»Freut es Euch nicht, daß Ihr mein Wohlgefallen erregt habt?«

»Ihr bildet Euch eine ganze Menge ein, Sir Jamie, und das ist verständlich. Immerhin besitzt Ihr ein großartiges Schloß, das sicher vielen Frauen in die Augen sticht. Außerdem seht Ihr gut aus, das gebe ich gern zu. Aber Euer Interesse schmeichelt mir keineswegs.«

»Erklärt mir doch endlich, warum Ihr mich nicht mögt!« stieß er hervor.

Wie konnte sie ihm sagen, was sie von ihm wußte – daß er brutal, rachsüchtig und mordlustig war? Außerdem mußte sie doppelt vorsichtig sein, nachdem Lydia bereits Verdacht geschöpft hatte. Und so beschloß sie, seine Forderung zu ignorieren. »Ich möchte jetzt allein sein. Habe ich nicht das Recht, Euch zurückzuweisen – so wie Euren Bruder?«

»Ja, dieses Recht habt Ihr – obwohl Ihr nicht einmal ahnt, was Ihr ablehnt.«

»Das kümmert mich nicht.«

»Ihr seid grausam, Sheena, wenn Ihr mir nicht einmal Gelegenheit gebt, Euch umzustimmen. Das hätte ich nicht von Euch gedacht.«

Sie biß sich auf die Lippen. Das stimmte – ihre unbeugsame, hartherzige Haltung war verwerflich und gewiß nicht die richtige Art, einen James MacKinnion zu behandeln – vor allem, weil er ihre wahren Beweggründe nicht kannte. »Verzeiht mir, Sir Jamie, Ihr habt mich überzeugt. Ich sollte Euch zumindest anhören.«

»Bei allen Heiligen, Ihr könnt einen Mann wirklich zum Wahnsinn treiben!« fuhr er sie wütend an.

»Was habe ich denn gesagt?«

»Dieses herablassende Getue werde ich nicht dulden, Sheena MacEwen! Ich ertrage Eure Angst, Euren Zorn, Euren Abscheu – aber zum Narren dürft Ihr mich nicht halten.«

»Euch kann man wohl gar nichts recht machen.«

»Oh, doch. En bißchen mehr Ehrlichkeit wüßte ich sehr zu schätzen.«

»Ich war ehrlich – und dafür habt Ihr mich grausam genannt.«

»Das wart Ihr auch.« Zu Sheenas Überraschung brach er plötzlich in Gelächter aus. »Ihr habt wirklich Mumm in den Knochen, und das gefällt mir. Und Ihr könnt mir Euer Temperament unbesorgt zeigen, da braucht Ihr gar keine Angst zu haben.«

»Ach, Ihr seid unmöglich.«

»Nicht unmöglicher als Ihr«, erwiderte Jamie leichthin, und sie mußte lächeln. Wie einfach wäre es doch, ihn zu mögen, wenn er kein MacKinnion wäre...

»Ich hoffe, jetzt habe ich den Gewittersturm umschifft«, bemerkte sie ironisch.

»Tatsächlich?« entgegnete er, erfreut über ihren Stimmungswechsel. »War es ein schlimmes Gewitter?«

»Nein, ich glaube nicht...«

»Daran solltet Ihr in Zukunft denken.«

»Vielleicht.«

Jamie schüttelte lachend den Kopf. »Ihr seid unbezahlbar, Sheena. Kein Wunder, daß ich mich mit Euch verloben möchte...«

Darauf war sie nicht gefaßt gewesen. »Verloben? Macht Ihr Witze?«

»Keineswegs. Eigentlich denke ich eher an eine Ehe auf Probe. Doch ich bin gewillt, mich in gewisser Weise zu verpflichten.«

Offensichtlich war ihre Lage viel ernster, als sie vermutet hatte. »Ich fühle mich sehr geehrt, Sir Jamie, aber ich muß Euren Antrag ablehnen«, erwiderte sie unbehaglich und versuchte, ihrer Stimme einen möglichst sanften Klang zu geben.

»Das nehme ich nicht hin.«

»Es wird Euch nichts anderes übrigbleiben; weder mit Euch noch mit irgendeinem anderen Mann – schon gar nicht, wenn er nur eine Probeehe im Sinn hat. Von solch losen Bindungen halte ich nichts.«

»Und ich heirate keine Frau, mit der ich vorher nicht geschlafen habe.«

»Das freut mich zu hören, denn ich will Euch ohnehin nicht heiraten.«

Jamie schwieg und kämpfte gegen seinen aufsteigenden Ärger an. Er schluckte, dann gelang es ihm mit einigermaßen ruhiger Stimme zu fragen: »Würdet Ihr so freundlich sein, über mein Angebot nachzudenken?«

»Einverstanden.«

Da er eine weitere schroffe Zurückweisung erwartet hatte, war er angenehm überrascht. Allzuviel hatte er nicht erreicht, doch er wollte sich vorläufig damit zufriedengeben. »Ich habe Euch falsch beurteilt, Sheena. Anscheinend seid Ihr trotz allem ein vernünftiges Mädchen.« Dazu hatte sie nichts zu sagen, und er fuhr grinsend fort: »Ich lasse Euch jetzt allein – aber vorher will ich Euch noch einen Kuß stehlen.«

Sein Kuß ließ ihren Widerspruch verstummen, noch ehe sie ein Wort äußern konnte. Seine ersten sanften Küsse hatten sie nicht auf die zügellose Leidenschaft vorbereitet, der sich Jamie für einen kurzen Augenblick hingab, und Sheena staunte über sich selbst. Sie hätte sich wehren und ihn wegstoßen können. Statt dessen bot sie ihm hilflos ihre Lippen, war die Gefangene eines Willens, der ihren eigenen brach.

»Ihr solltet gründlich über alles nachdenken, was wir besprochen haben – und was hier geschehen ist, meine Liebe«, sagte er, während er sich zur Tür wandte. »Und Ihr werdet Euch nicht mehr in diesem Turm verstecken. Morgen früh möchte ich Euch in der Halle sehen. Gute Nacht, Sheena – hoffentlich träumt Ihr jetzt was Schöneres.«

Sie hörte, wie er die Tür hinter sich schloß, und Stille erfüllte das Zimmer. Welche Träume wünschte er ihr? Eine Fortsetzung des Alptraums, aus dem er sie geweckt und den sie ihm erzählt hatte? Oder vielleicht war sie gar nicht erwacht. Was sich im nächtlichen Dunkel ereignet hatte, erschien ihr so unwirklich. Sie wollte lieber glauben, daß sie immer noch schlief, daß James MacKinnion nicht hereingekommen war, daß er nichts gesagt und nichts getan hatte...

17.

Am nächsten Morgen fuhr sie aus einem unruhigen Schlummer auf. Es klopfte, immer lauter und lauter. Ärgerlich über die Störung, die sie so unsanft geweckt hatte, sprang sie aus dem Bett und öffnete die Tür. Colens grinsendes Gesicht brachte sie noch mehr in Wut. »Müßt Ihr solchen Lärm machen?« fauchte sie.

»Müßt Ihr mich so lange warten lassen?«

»Ich habe geschlafen.«

»So spät am Morgen?«

»Es ist mir völlig gleichgültig, wie spät es ist. Jedenfalls gehe ich jetzt wieder ins Bett.«

Colen schüttelte den Kopf. »Ihr habt den Befehl, in der Halle zu erscheinen, und das werdet Ihr auch tun.«

Sheena hatte den Mund geöffnet, um herzhaft zu gähnen, doch jetzt schnappte sie statt dessen empört nach Luft. »Ich habe den Befehl? Wer wagt es, mir Befehle zu erteilen? *Er?*«

Colen kicherte zufrieden. Sie war genauso wütend, wie er es erwartet hatte. »Er behauptet, er hätte Euch heute klar und deutlich gesagt, daß Ihr Euch nicht mehr hier oben verstekken dürft.«

»Aber – ich hatte gehofft...« Sie verstummte. Was für eine Närrin war sie doch... Warum hatte sie sich eingebildet, man könnte etwas ungeschehen machen, indem man den kindischen Wunsch hegte, es wäre nur ein Traum gewesen? »Was hat er Euch sonst noch erzählt?«

»Mehr, als er eigentlich zugeben wollte.«

»Dann wißt Ihr also, daß er eine Probeehe mit mir führen will?«

»Ja.«

Er grinste wieder und Sheena runzelte die Stirn. »Was findet Ihr denn so komisch?«

»Daß Ihr ihm einen Korb geben werdet. Er will Eure Antwort hören, und zwar jetzt. Mein Bruder ist furchtbar ungeduldig. Er erträgt es einfach nicht, auf etwas zu warten –

schon gar nicht, wenn er am Erfolg seiner Pläne zweifeln muß.«

»Ich soll mich entscheiden – jetzt gleich?« rief sie erschrokken. »Er sagte doch, daß ich darüber nachdenken soll.« Sie begann, im Zimmer auf und ab zu gehen.« Was wird er tun, wenn ich ihn abweise?«

»Er wird sich nicht geschlagen geben – ebensowenig wie ich. Ihr seid die erste, der er eine Probeehe vorschlägt, also meint er es ernst mit Euch, Sheena.«

»Auf ein solches Verlöbnis lasse ich mich nicht ein, weil es nur den Interessen des Mannes zugute kommt.«

»Trotzdem gilt es als ehrenwert, besonders im Hochland.«

»Vielleicht – aber wie oft führt es zu einer richtigen Ehe? Ein Mann und eine Frau leben für einen vorher vereinbarten Zeitraum zusammen. Wenn diese Frist abgelaufen ist, darf sich der Mann in aller Öffentlichkeit von der Frau lossagen, und die beiden gehen wieder getrennte Wege.«

»Sicher – aber im Leben des Mannes ändert sich nichts. Man wird kein schlechtes Wort über ihn hören, während die Frau keine Jungfrau mehr ist und in Verruf gerät, weil sie einen Fehlschlag erlitten hat. Und falls sie trotzdem das Interesse eines anderen Mannes erregen sollte, wird er gründlich nachdenken, bevor er sie nimmt.«

Colen zuckte mit den Schultern. »So habe ich das noch nie gesehen. Immerhin ist die Tradition der zeitlich begrenzten Ehe älter als wir beide zusammen, und ich will jetzt nicht darüber streiten. Ich bin es nicht, der Euch einen solchen Vorschlag gemacht hat. Denn ich brauche nicht lange zu überlegen und zu erproben, ob wir miteinander glücklich sein können – das weiß ich schon jetzt. Es ist Jamie, mit dem Ihr Euch auseinandersetzen müßt, weil er sich nach dem tragischen Ende seiner ersten Ehe geschworen hat, nie wieder zu heiraten, ohne die Braut vorher zu prüfen.«

»Darauf kommt es nicht an, Colen. Ich werde Euren Bruder weder zur Probe noch gesetzmäßig heiraten. Ich habe Euch gefragt, was er tun wird, wenn ich ihn abweise – und

Ihr meint, er würde sich nicht geschlagen geben. Was bedeutet das?«

»Ich weiß nicht, was er tun will, Sheena – ehrlich nicht. Wahrscheinlich wird er Euch nur immer wieder fragen, bis Ihr ja sagt. Jamie war noch nie in einer solchen Situation, und deshalb läßt sich nicht vorhersehen, welche Maßnahmen er ergreifen wird.« Nach einer kleinen Pause fügte er lächelnd hinzu: »Am besten erklärt Ihr ihm, daß Ihr mich heiraten wollt, dann wird er Euch sicher nicht mehr belästigen.«

Sheena setzte sich auf den Bettrand und starrte ihn vorwurfsvoll an. »Ihr findet es wahnsinnig komisch, daß Ihr mich in diese Klemme gebracht habt, nicht wahr? Immerhin ist das alles Eure Schuld. Es würde Euch nur recht geschehen, wenn ich Euren Bruder heirate.«

»Wollt Ihr das?«

»Ob ich das will?« Wütend sprang sie wieder auf. »Du lieber Himmel, Ihr wißt doch, was ich will! Bringt mich weg von hier! Er würde Euch nicht aufhalten! Bringt mich weg, bevor er mich ermordet!«

»Redet nicht solchen Unsinn!« rief Colen entsetzt. Wie konnte sie so etwas von seinem Bruder behaupten?

Sheenas blaue Augen funkelten wie scharfgeschliffene Edelsteine. »Sagt dies nicht, tut jenes nicht – das ist alles, was ich zu hören bekomme, seit ich hier bin! Nicht einmal mein Vater hat mich so herumkommandiert. Und wenn Ihr meinem Bruder nicht so ähnlich wärt, würde ich Euch genauso hassen wie den Laird von MacKinnion!«

»Ihr habt einen Bruder?«

Sie preßte die Lippen zusammen und rannte an ihm vorbei durch die Tür. Als sie die schmalen Stufen zum ersten Stock hinabstieg, holte er sie ein.

»Sheena!«

»Laßt mich gehen, Colen! Der allmächtige Schloßherr erwartet mich.«

»Habt Ihr einen Bruder?«

»Ja – einen Bruder, einen Vater, Schwestern, Vettern und

Kusinen. Ich habe meine Familie bereits erwähnt. Ihr wolltet nicht auf mich hören.«

Sie eilte den Korridor im ersten Stock entlang, zu der Treppe, die in die Halle hinabführte. Colen blieb an ihrer Seite, und sein Zorn wuchs im selben Maß wie der ihre. »Das alles haben wir schon oft genug besprochen.«

»Ja, aber wir sind nie bis zur Wahrheit vorgedrungen. Ihr seid selbstsüchtig und störrisch, Colen. Wenn Ihr nur ein bißchen was für mich übrig hättet, würdet Ihr merken, wie unglücklich ich hier bin und mich dorthin zurückbringen, wo Ihr mich gefunden habt.«

»Warum sollte ich?«

Sheena war so wütend, daß sie gellend zu kreischen begann: »Weil ich es will!«

Inzwischen hatte sie den Torbogen am Ende der Halle erreicht und hielt zögernd inne. Ein Mann stand davor, ein gutaussehender, schlanker Mann. Ob er den Raum betreten oder verlassen wollte, konnte Sheena nicht feststellen. Ihre schrille Stimme hatte seine Aufmerksamkeit erregt. Er wandte sich ihr zu, und beim Anblick ihrer zerzausten dunkelroten Haare und ihrer zornig funkelnden Augen wandelte sich seine unverhohlene Neugier in ebenso offenherzige Bewunderung.

Verlegen senkte sie den Kopf. Dieser Mann hatte ihr Geschrei gehört. Was mußte er von ihr denken? Oh, dieser überhebliche James MacKinnion, der sie so selbstherrlich in die Halle beordert hatte! Was für ein Spaß mußte es für die Hochländer sein, hier herumzustehen und mitzuerleben, wie ihr Laird eine Tiefländerin demütigte... Sie durfte ihm niemals einen Grund geben, sie in aller Öffentlichkeit zu schelten.

Colen war ihr auf dem Fuß gefolgt, doch der Mann beachtete ihn nicht. Er versperrte ihnen den Weg in die Halle, und im Gegensatz zu Sheena war der Junge keineswegs zu verwirrt, um ihn darauf hinzuweisen. »Verzeih, Black Gawain...«, sagte er kurz angebunden.

Gawain lächelte ihn liebenswürdig an. »Wo bleiben deine

Manieren, Colen? Ich habe dieses schöne Fräulein noch nicht kennengelernt.«

»Das ist auch gar nicht nötig!« fuhr ihn der Junge an.

»Hab doch ein Herz mit mir!«

»Nein«, entgegnete Colen erbost. »Sie ist schon verlobt.«

»Tatsächlich? Mit dir?«

»Das ist ein Irrtum«, mischte sie sich hastig ein. »Ich bin Sheena, mein Herr, und ich habe zuletzt in Aberdeen gelebt.«

»Und Ihr wollt dorthin zurückkehren?«

Sie wurde rot. »Das habt Ihr gehört?«

»Ganz unabsichtlich – das müßt Ihr mir glauben.«

Colen ärgerte sich über Sheenas Benehmen und Gawains offensichtliches Interesse an dem Mädchen. Was für Chancen hatte er schon, wenn ältere, erfahrenere Männer um sie warben? Von Jamie fühlte er sich nicht ernsthaft gefährdet, da Sheena ihn haßte. Aber Black Gawain stellte eine unerwartete Herausforderung dar. »Du hast uns lange genug aufgehalten, Black Gawain«, sagte er kühl. »Mein Bruder erwartet uns.«

»Ich habe auch etwas mit Jamie zu besprechen«, erwiderte Gawain friedlich.

»Handelt es sich um eine Sache, die keinen Aufschub duldet? Das will ich nicht hoffen.«

»Tut mir leid, daß ich dich enttäuschen muß, mein Junge, wo du dich doch so eifrig bemühst, mich loszuwerden. Nicht, daß ich dir das übelnehmen könnte...« Gawain grinste und warf Sheena einen schmachtenden Blick zu. »Aber nach den starken Regenfällen steht unser Kornspeicher unter Wasser, und darüber will ich mit Jamie reden – jetzt gleich. Wenn Ihr gestattet, mein Fräulein...«

Er bot Sheena den Arm, und sie nahm ihn, ohne zu zögern. In der Nähe dieses Mannes fühlte sie sich erstaunlich wohl. Er wirkte sehr anziehend mit seinem dichten dunklen Haar – und für einen Hochländer war er bemerkenswert höflich. Finde ich ihn nur deshalb so nett, fragte sie sich. Ja, vermutlich. Sie hatte die Gesellschaft der ungebärdigen, anmaßenden MacKinnion-Brüder viel zu oft ertragen müssen. Kein Wunder, daß ihr Black Gawain gefiel. Sie wußte seine Manieren zu schätzen, ein zuvorkommendes Benehmen, das sie daheim als selbstverständlich betrachtet hatte und auf Schloß Kinnion schmerzlich vermißte.

Sie zwang sich zur Ruhe, während sie sich dem Tisch des Lairds näherten, und hielt seinem Blick stand. Seine braunen Augen waren unergründlich, denn James MacKinnion verbarg seine Gefühle ebenso wie sie.

Er stand auf, bewunderte erneut ihre Schönheit, ihre makellose Haut, die leuchtenden blauen Augen, das üppige Haar, das ihr auf den Rücken fiel.

Förmlich ergriff er ihre Hand. »Ich dachte schon, unser Gast würde sich weigern, uns die Ehre zu geben. Ihr seid doch nicht krank?«

»Nur müde«, entgegnete Sheena tonlos. »Ich habe schlecht geschlafen.«

»Nun, dann haben wir immerhin etwas gemeinsam«, murmelte Jamie vielsagend, wies auf den Stuhl an seiner Seite und drückte sie mit sanfter Gewalt darauf.

Das Blut stieg ihr in die Wangen. Warum mußte er sie an die vergangene Nacht erinnern – an seine Begierde, die er so offen gezeigt hatte? Black Gawain stand dicht hinter ihr, ebenso irritiert von dieser Bemerkung wie sie.

Sheena wünschte, sie könnte ihm alles erklären und seine Hilfe erbitten. Doch er war Jamies Gefolgsmann. Würde er noch ein einziges Wort mit ihr sprechen, nachdem der Laird sein Interesse an ihr klar zum Ausdruck gebracht hatte?

Als Colen vortrat, um links von Sheena Platz zu nehmen, schob ihn Gawain schnell beiseite und setzte sich auf den Stuhl. Der Junge war wütend genug, um seinen Vetter zur Rede zu stellen, doch das verhinderte Jamie mit einem scharfen, mißbilligenden Blick. Colen lief feuerrot an, machte auf dem Absatz kehrt und verließ die Halle. Der Laird wandte sich zu Gawain. »Was führt dich zu mir, Vetter?« fragte er kühl.

Gawain grinste. »Brauche ich einen Grund, um diese Halle zu betreten?«

»Du hast meinen Bruder beleidigt.«

»Wirklich! Nun, der Bursche muß noch einiges lernen, bevor er sich in den Kampf um ein schönes Mädchen stürzen kann.«

»Und du willst es ihm beibringen?«

Sheena preßte wütend die Lippen zusammen. Die beiden redeten über sie, als wäre sie gar nicht anwesend – obwohl es bei dem erwähnten Kampf um sie ging. Der Mann, den sie fürchtete, hielt ihre Hand immer noch fest. Seine Finger waren erstaunlich warm – und so stark.

Gawain seufzte. »Was bedeutet das alles, Jamie? Der Junge sagt, sie wäre verlobt, und sie behauptet das Gegenteil.«

»In der Tat?« Jamies Stimme klang seidenweich. »Wie dem auch sei – ich wäre dir dankbar, wenn du deine Wünsche bezähmen würdest, bis sie sowohl mir als auch Colen einen Korb gegeben hat.«

»Ich werde niemals...« Sheena wurde von einem warnenden Druck seiner Finger unterbrochen, und sie war klug genug, um in Gawains Gegenwart keinen Streit heraufzubeschwören. Wenn Jamie ihre Antwort erst hören wollte, wenn sie allein waren, so würde sie ihm diesen Gefallen tun.

»Was wolltet Ihr sagen, Fräulein?« fragte Black Gawain, doch als sie den Kopf schüttelte, bedrängte er sie nicht weiter.

»Ihr habt Euch also noch nicht entschieden...« Nachdenklich lehnte er sich zurück. »Seltsam – ich hätte nie gedacht, daß du dich für dieselbe Frau interessieren könntest wie dein Bruder, Jamie.«

»So etwas kommt in den besten Familien vor.« Jamies beiläufiger Tonfall klang ein wenig gezwungen.

»Das stimmt«, bestätigte Gawain. »Und Jessie Martin? Ich hatte den Eindruck...«

»Das ist vorbei«, erwiderte Jamie kurz angebunden.

»Oh – weiß sie es schon?«

»Du stellst zu viele Fragen, Gawain. Das alles geht dich nichts an.«

Gawain grinste. In diesem Augenblick kam Jessie in die Halle. Sie wirkte sehr aufreizend in ihrem blauen Seidenkleid und lächelte Jamie, der einen ärgerlichen Fluch unterdrückte, strahlend an. Er hatte noch keine Zeit gefunden, um mit ihr zu sprechen, und jetzt saß Sheena neben ihm. Heilige Maria...

»Bleibt hier, Sheena!« Er drückte ihre Hand, bevor er sie losließ. »Ich will mit Euch reden, wenn diese Sache erledigt ist.«

Flehend sah sie ihn an. Sie ahnte, in welcher Beziehung diese Frau zu ihm stand. »Ich glaube zu wissen, was Ihr vorhabt, Sir Jamie, und ich bitte Euch, davon abzusehen – falls Ihr es meinetwegen tun wollt. Ihr würdet es bereuen.«

Er gab keine Antwort und stand auf, um Jessie in den Weg zu treten und sie zum Kamin zu führen. Sheena seufzte tief auf. Jamies Geliebte war bildschön, und sie verdiente es nicht, so schnöde behandelt zu werden. Sheenas Schuldgefühle wuchsen, als sie erhobene Stimmen hörte.

»Das kannst du nicht ernst meinen, Jamie! Dazu ist es doch noch viel zu früh!«

»Nicht so laut, Jessie!«

»Nein! Ich gehe nicht!«

»Doch – heute noch!«

»O Gott!« Sheena schlug die Hände vor Gesicht. »Warum ist er so grausam?«

»Ihr solltet Euer Mitleid nicht an eine Schlampe verschwenden, Fräulein«, bemerkte Gawain.

»Von Euch hätte ich mehr Zartgefühl erwartet«, entgegnete sie kühl.

»Schaut mich nicht so anklagend an! Jessie Martin ist eine berechnende, hinterlistige Frau. Sie bekommt nur, was sie verdient.«

»Wie meint Ihr das?«

»Unser Jamie wollte nichts mit ihr zu tun haben«, erklärte Gawain. »Er durchschaute ihr Spiel und wußte von Anfang an, was sie bezweckte. Das weiß jeder, der Jessie kennt. Aber sie hat sich nun mal vorgenommen, ihn zu erobern, und ein Mann kann solchen Verlockungen nicht immer widerstehen.«

»Ich will das lieber nicht hören.«

»Nun, ich dachte, es würde Euch interessieren, da Ihr Jessies Platz einnehmen werdet.«

Sheenas Augen verengten sich. »Er hat mich nicht gebeten, seine Geliebte zu werden!« fauchte sie.

Gawain setzte pflichtschuldigst eine erschrockene Miene auf. »Oh, verzeiht mir. Ich nahm an – ich meine – Jamie hat geschworen, nie wieder zu heiraten, ohne seine Braut vorher zu erproben.«

»Das habe ich bereits erfahren.«

»Also hat er Euch eine befristete Ehe vorgeschlagen?« Als sie widerstrebend nickte, lachte er leise. »Das hätte ich nicht erwartet. Auf so was hat er sich noch nie eingelassen – weil ihm bis jetzt kein Mädchen begegnet ist, dem er sich verpflichten wollte.«

»Für mich ist eine Probeehe keine Verpflichtung«, wandte sie mit scharfer Stimme ein, »sondern ein verwerflicher Brauch, der unmoralische Beziehungen fördert. Ich glaube nicht an...«

Sheena verstummte, denn in diesem Augenblck griff eine Hand in ihr Haar und riß sie so heftig nach hinten, daß ihr Stuhl umstürzte. Unsanft landete sie auf dem Boden.

Sie konnte sich nicht rühren. Der harte Aufprall hatte ihr die Luft aus den Lungen gepreßt. Sie starrte in das Gesicht ihrer Angreiferin, das sich über sie neigte, vor Wut verzerrt. Die häßliche Fratze verriet nichts von Jessie Martins Schönheit, die sie eben noch bewundert hatte. Eine Hand mit klauenartig gebogenen Fingern und langen Fingernägeln näherte sich Sheenas Wange, doch sie war wie gelähmt, konnte nicht einmal schreien, starrte nur diese Krallenfinger an, die sie schon fast berührten...

Die Hand verschwand, Jessie taumelte nach hinten und

hielt sich den schmerzenden Arm, den Jamies harte Finger verdreht hatten.

»Hör auf!« brüllte er, während sein Vetter der immer noch leicht benommenen Sheena auf die Beine half. »Sonst werf ich dich auf der Stelle hinaus!«

»Das ist mir gleichgültig!« kreischte Jessie. »Du willst mich loswerden – nur wegen dieser Dirne, die dein Bruder ins Haus gebracht hat – warum?«

»Ich habe nicht die Absicht, dir das zu erklären, Jessie. Mit uns beiden ist es aus, sonst brauchst du nichts zu wissen.«

»Das dulde ich nicht! Du hast mich ausgenutzt...«

»Nicht mehr als du mich«, erklärte er ungerührt. »Ich werde dich für deine Bemühungen entlohnen – falls es *das* ist, was dich beunruhigt.«

»Zum Teufel mit dir, Jamie MacKinnion!« schrie Jessie, und ihre grünen Augen schienen Funken zu sprühen. »Das wirst du bereuen – und sie auch!« Ihr mörderischer Blick richtete sich auf Sheena. »Ihr könnt ihn haben, denn er wird Euch genauso wegwerfen wie mich, sobald ihm ein neues Mädchen in die Augen sticht! Dieser treulose Bastard!«

Jamie packte sie wieder am Arm und stieß sie von sich. »Gawain, bring sie bitte hinaus. Und such irgendeinen tauben Menschen, der sie nach Hause begleiten könnte. Diese böse Zunge will ich niemandem zumuten, der gesunde Ohren hat.«

Gawain amüsierte sich königlich. »Sie braucht nur eine kleine Aufmunterung, und die will ich ihr gern gewähren – falls du einen oder zwei Tage ohne mich auskommst.«

Jamie nickte. »Wie du willst. Solange du weißt, was du tust...«

Sein Vetter führte Jessie lachend zur Treppe. Sie folgte ihm bereitwillig, nachdem ein neuer Bewunderer ihr Selbstvertrauen gestärkt hatte. Gawain hörte ihr nur mit halbem Ohr zu, während sie ihrer Wut auf Jamie Luft machte. »Grausam, eigensüchtig, wankelmütig«, lauteten die Worte, die zu Sheena drangen, bevor es still in der Halle wurde. Der unwürdige Auftritt, den sie miterlebt hatte, erschütterte sie zutiefst. Vor allem, weil er völlig überflüssig gewesen wäre...

»Sheena?«

Ihre Gefühle, die sie zu beherrschen suchte, sprachen deutlich aus ihren Augen, als sie sich zu Jamie wandte. »Daß Ihr es wagt, sie so zu erniedrigen – und mich dazu!« Ihre Stimme war nur ein Flüstern – aber von so heftigem Zorn erfüllt, daß er zurückwich.

»Ich konnte nicht ahnen, wie schrecklich sie sich aufführen würde. Hat sie Euch weh getan?«

»Darauf besinnt Ihr Euch zu spät! Ihr hattet kein Recht, mich in die Halle zu beordern und dieser Szene auszusetzen.«

»Deshalb habe ich Euch nicht zu mir gebeten.« Er schien die Geduld zu verlieren, und sie senkte rasch den Blick. Sie durfte ihn nicht reizen, durfte seinen Zorn nicht erregen, den sie so fürchtete.

Sie lächelte gezwungen. »Ich glaube, für heute ist genug Porzellan zertrümmert worden.«

»So schnell ist Euer Ärger verflogen? Wenn Ihr mich anschreien wollt, dann tut es doch! Versteckt Euer Temperament nicht hinter einer sanftmütigen Fassade! Das will ich nicht, Sheena! Ihr sollt mir nichts vormachen.«

»Also gut, Sir Jamie«, entgegnete sie kühl. »Ich finde Euer Verhalten abscheulich. Und ich unterschreibe jedes Wort, das diese Frau gesagt hat. Ich bat Euch eindringlich, sie zu schonen, doch Ihr wolltet nicht hören. Nun müßt Ihr auf weibliche Gesellschaft verzichten, denn mich bekommt Ihr ganz sicher nicht.«

Zu ihrer Überraschung grinste Jamie. »Das werden wir noch sehen.«

Angesichts seiner Gelassenheit stieg neuer Zorn in ihr auf. »Ich weigere mich, eine Probeehe einzugehen!«

»Auch das werden wir noch sehen. Und jetzt kommt! Ihr habt noch nicht gefrühstückt.«

Sie ignorierte seine ausgestreckte Hand. »Mir ist der Appetit vergangen. Wenn Ihr mich entschuldigen würdet...«

Jamie seufzte. »Wie Ihr wollt... Aber Ihr werdet heute mit mir ausreiten. In einer Stunde.«

»Nein!« fuhr sie ihn an.

»In einer Stunde, Sheena.«

Wortlos ging sie davon. Noch ein Befehl, den sie befolgen mußte... Sie wußte, daß sie sich seinen Wünschen nicht allzu oft widersetzen durfte. Wie grausam dieser Mann seine Macht mißbrauchte...

Doch was konnte sie dagegen tun?

18.

Mit zusammengepreßten Lippen starrte Sheena auf den breiten Rücken des Mannes, der vor ihr dahinritt. Beharrlich hatte sie geschwiegen, als er gegen Mittag zu ihr gekommen war, um sie zum Stall zu führen und ihr auf eine Stute zu helfen. Auch jetzt ging sie weder auf seine Komplimente ein noch auf seine Bemühungen, ein Gespräch zu beginnen. Seine Selbstherrlichkeit war einfach unerträglich.

Trotzdem sah sie sich gezwungen, zumindest seine Wohltaten zu ertragen. Das schöne Kleid, das er ihr gegeben hatte, paßte wie angegossen. Sie war genauso groß wie Lydia, nur am Busen saß das Gewand ein wenig zu eng und ließ erkennen, daß es nicht für Sheena gemacht war. Es war hellblau, mit weiten Ärmeln und weißen Pelzmanschetten und wurde durch einen pelzbesetzten Umhang in der gleichen Farbe ergänzt, den eine Perlenschließe am Hals zusammenhielt. Unter anderen Umständen hätte sie das Kleid zu würdigen gewußt.

Sie hatte nicht auf den Weg geachtet, aber nun merkte sie plötzlich, daß Jamie nicht die Richtung zum Tal einschlug, wo man am flachen Flußufer bequem reiten konnte. Während sie um eine steile Klippe bogen, blickte Sheena über die Schulter. Das Schloß war nicht mehr zu sehen. Sie folgten einem schmalen Pfad, weit und breit tauchte keine Hütte auf;

außer Bäumen und Beerensträuchern entdeckte sie nirgends ein Lebenszeichen.

Sie erschauerte vor Angst. Hier draußen würde niemand ihre Schreie hören. Sie war allein mit James MacKinnion – war ihm hilflos ausgeliefert. Er führte sogar ihr Pferd am Zügel. »Wohin bringt Ihr mich?« rief sie, doch er gab ihr keine Antwort, drehte sich nicht einmal zu ihr um. Mühsam versuchte sie, ihre aufsteigende Panik zu bekämpfen. »Sir Jamie, bitte! Ich möchte umkehren!«

»Regt Euch nicht auf, Sheena, Ihr habt nichts zu befürchten«, entgegnete er, ohne den Kopf zu wenden.

Hätte er ihr verzweifeltes Gesicht gesehen, wäre er vielleicht bereit gewesen, ihre Bitte zu erfüllen – oder auch nicht. Er ritt aus einem ganz bestimmten Grund mit ihr in die Einsamkeit – um ihr zu beweisen, daß sie ihm vertrauen konnte. Außerdem wollte er ihr eine Freude machen. Er wußte, wie gern sie schwimmen ging. Natürlich wollte er ihr nicht verraten, daß er sie damals in jenem kleinen Teich baden gesehen hatte.

Jamie grinste und gestand sich ein, daß seine Beweggründe nicht ganz uneigennützig waren. Er hoffte auf ihre Dankbarkeit, auf ein Lächeln – vielleicht würde sich wenigstens ihre Laune bessern.

Sheena schickte ein stummes Gebet zum Himmel. Sie setzte ihre Hoffnung auf andere Dinge – auf ein Wunder, das sie retten würde, wenn...

Plötzlch zügelte Jamie sein Pferd, auch die Stute blieb stehen. Sheena hielt den Atem an, bis er sich endlch umwandte und sie anschaute. Erleichtert seufzte sie auf, denn sein Blick verriet keine bösen Absichten. Noch nie in ihrem Leben hatte sie ein netteres Lächeln gesehen, Ihre Angst verflog ebenso schnell wie ihr Zorn, und sie empfand eine seltsame Scheu, die gar nicht zu ihr paßte.

Er stieg ab und hob sie aus dem Sattel. »Als kleiner Junge kam ich oft hierher.«

Sie sah funkelndes Wasser, einen idyllischen Teich, der von einem schmalen Bach gespeist wurde, zur Talseite hin war er abgeschirmt von hoch aufeinandergetürmten Felsblöcken.

»Habt Ihr diesen Wall gebaut?« fragte Sheena.

»Nein, er war schon immer hier – zumindest, seit ich denken kann. Dieser Ort ist so friedlich. Ich habe oft auf den Felsen gesessen und beobachtet, wie sich die Spiegelungen auf der Wasserfläche im Lauf eines Tages verändern. Übrigens, man kann von diesem Wall auch in den Teich springen – falls Ihr gern taucht.«

»Ist das Wasser so tief?«

»Ja – weil der Hang da drüben so steil ist.«

Sehnsüchtig blickte Sheena in den Teich. Wie schön mußte es sein, hier zu schwimmen... Sie versuchte sich vorzustellen, wie James MacKinnion als kleiner Junge in diesem kalten Wasser herumgetobt hatte, doch das gelang ihr nicht. Es erschien ihr unmöglich, daß dieser Mann einmal ein Kind gewesen war. »Kommt Ihr immer noch hierher, Sir Jamie?«

»Ich erinnere mich nicht, wann ich diesen Teich zum letztenmal gesehen habe. Sicher ist es schon einige Jahre her. Ich habe einfach zu wenig Zeit. Außerdem schwimme ich nur in den warmen Monaten. Jetzt ist es schon zu kalt dazu.«

Sheena hätte beinahe gelacht. Wie oft war sie im Vorfrühling und im Spätherbst schwimmen gegangen, bei wesentlich niedrigeren Temperaturen... Sie würde so gern schwimmen! Wenn sie doch bloß allein wäre... Welch ein herrliches Gefühl mußte es sein, im kalten Wasser zu versinken, die Haut von sanften Wellen liebkosen zu lassen... Seit sie auf Schloß Kinnion wohnte, hatte sie kein einziges Mal richtig gebadet und sich immer nur mit Wasser übergossen. Zu schade, daß sie nicht allein war...

»Warum habt Ihr mich hierhergebracht?« fragte sie leise.

Jamie wandte sich ab. »Ich dachte, Ihr würdet die Stille und Beschaulichkeit an diesem schönen Ort genießen. Offenbar habe ich mich getäuscht.«

»Es gefällt mir sehr gut hier«, beteuerte sie hastig, weil sie nicht undankbar erscheinen wollte.

Er sah sie wieder an und lächelte. »Das freut mich. Leider können wir nicht bleiben.«

»Warum nicht?«

»Nun, es gibt noch einige andere Leute, die meine Zeit beanspruchen, Sheena. Aber ich werde bald wieder mit Euch hierherreiten, wenn das Euer Wunsch ist.«

»Heute?«

»Vielleicht«, erwiderte er schmunzelnd.

»Dann erlaubt mir doch, hierzubleiben!« schlug sie hoffnungsvoll vor. »Ich wäre so gern ein bißchen allein – für eine kleine Weile.«

Forschend blickte er ihr in die Augen. »Wenn ich mich darauf verlassen könnte, da Ihr keinen Fluchtversuch unternehmt, würde ich Eure Bitte erfüllen.«

»Nehmt die Stute mit! Ohne Pferd käme ich nicht weit.«

»Und wenn Ihr davonlauft? Weiß der Teufel, wie lange ich dann nach Euch suchen müßte!«

»Ich würde Euch schwören, bis zu Eurer Rückkehr hierzubleiben.«

»Wirklich?«

»O ja.« Atemlos wartete sie auf seine Antwort.

Er musterte sie mit ausdruckslosen Augen, dann seufzte er. »Ich müßte auf Euer Wort bauen. Und da ich hoffe, Euer Vertrauen zu gewinnen, sollte ich Euch das meine schenken.«

Sheenas Augen begannen zu strahlen. »Ich darf also hierbleiben?«

»Ja.«

»Wie lange? Ich meine – wann wollt Ihr zurückkommen?«

Jamie lächelte. »Ich gebe Euch mindestens eine Stunde Zeit – gleichgültig, ob ich meine Geschäfte schon früher erledigt habe oder nicht.«

Sie wandte sich ab, damit er ihr nicht ansah, wie viel ihr diese kleine Geste bedeutete. »Danke«, sagte sie leise.

»Es freut mich, wenn ich Euch glücklich machen kann, Sheena.«

Seine Stimme klang so ernsthaft, daß sie sich wieder umdrehte und ihn verwundert anschaute. Doch er lächelte immer noch, und sie wußte nicht recht, was sie von seinen Worten halten sollte.

Er stieg auf seinen Hengst und griff nach den Zügeln der Stute. »Ich nehme das Pferd lieber mit, so wie Ihr's mir geraten habt – nur damit Ihr nicht in Versuchung geführt werdet.«

Nachdenklich beobachtete sie ihn, als er davonritt. Ist dieser nette, umgängliche Mann wirklich mein Feind, überlegte sie. Dann ärgerte sie sich über ihre Zweifel. Natürlich war er ihr Gegner – immer noch, und sie würde sich vor seinen liebenswürdigen Anwandlungen in acht nehmen müssen. Es spielte keine Rolle, daß er verteufelt gut aussah und mit einem einzigen Lächeln ihre Ängste zerstreuen konnte – er hieß trotz allem James MacKinnion und war der Todfeind ihres Clans. Er mochte sich auf ihre Wort verlassen – sie würde ihm niemals trauen.

19.

Sheena lag auf einem glatten Felsen und genoß die Sonnenstrahlen, die zwischen den tiefhängenden Wolken hindurchschienen. Das Wasser war eiskalt gewesen, doch das hatte ihr keineswegs die Freude an diesem wundervollen Bad verdorben. Nun wärmte sie ihren durchfrorenen Körper. Dieses Vergnügen war ihr viel zu lange versagt worden.

Die Stunde, die James MacKinnion ihr zugebilligt hatte, näherte sich dem Ende. Sie ließ ihre bloße Haut noch ein paar Minuten lang von der Sonne streicheln, dann schlüpfte sie hastig in ihre Kleider. Wie verblüfft er wäre, wenn er sie so hier anträfe – splitterfasernackt, dachte sie belustigt. Wahrscheinlich wäre er viel zu schockiert, um die Situation auszunutzen.

Sie stand auf der Felsplatte und sah, wie er um das steile Riff bog, das ihr die Sicht zum Schloß versperrte. Er galoppierte zum Teich und führte die Stute am Zügel hinter sich her. Sheena runzelte die Stirn. Warum hatte er es so eilig? »Was ist denn geschehen?« rief sie.

Grinsend sprang Jamie vom Pferd und ließ beide Tiere im Heidekraut weiden, dann lief er zum Ufer und kletterte zu ihr auf den Felsen. Er breitete seinen Tartan aus, setzte sich darauf und bedeutete ihr, neben ihm Platz zu nehmen – was sie nach kurzem Zögern tat. »Wenn ein Mann mit einem schönen Mädchen verabredet ist, kann er seine Ungeduld kaum bezähmen«, erklärte er. »Findet Ihr das so erstaunlich?« Er drückte ihr einen Beutel in die Hände.

»Was ist das?«

»Ihr habt heute morgen nicht gefrühstückt, und ich will nicht, daß Ihr verhungert. Deshalb habe ich Euch eine Kleinigkeit mitgebracht.«

Sheena öffnete den Beutel. »Eine Kleinigkeit? Damit kann man ein ganzes Heer satt kriegen.«

»Nun, es ist auch nicht für Euch allein bestimmt.«

Sie sah ihn mißtrauisch an. Er schien in bester Laune zu sein. Und er war aus irgendeinem Grund sehr zufrieden mit sich. Warum nur?

Sie wandte sich zu ihm, während er den Inhalt des Beutels begutachtete. Wahllos warf er ihr einen Weinschlauch, Hafermehlkuchen, ein halbes Brathuhn und Ingwertörtchen in den Schoß. »Genug, Jamie, genug!« rief sie lachend.

Er lehnte sich an einen Felsblock und streckte die langen Beine aus. Belustigt sah sie zu, wie er in seinem Beutel wühlte und noch ein halbes Huhn zum Vorschein brachte. Sie aßen, und Sheena beobachtete das Spiel der Wolken am blauen Himmel. Sie beobachtete auch Jamie. Obwohl sie es nicht wollte, schaute sie immer wieder zu ihm hinüber, begegnete seinem Blick und schaute verlegen wieder weg. Es war einfach lächerlich, daß ihre Augen alle paar Sekunden zu ihm schweiften – fast so, als hätten sie einen eigenen Willen.

Was hier geschah, erschien ihr so seltsam und unwirklich, und die Stille, die ringsum herrschte, steigerte dieses Gefühl. Ihr Pulsschlag ging schneller, wann immer Jamie sie betrachtete, und ihr wurde ein bißchen schwindlig. Das lag zweifellos am Wein. Sie hätte nicht so viel trinken sollen. Der Alkohol hatte ihre Wangen erhitzt. Nein, das war es nicht... Sie errötete, weil diese durchdringenden braunen Augen viel zu oft auf ihr ruhten.

Schließlich brach sie widerstrebend das Schweigen. »Sollten wir nicht zurückreiten?«

»Das hat keine Eile.«

Jamie hatte beschlossen, ihr diesen ganzen Tag zu widmen. Und er hatte seine ganze Willenskraft aufbieten müssen, um sie am Teich allein zu lassen. Da er keinerlei wichtigen Geschäften nachgehen mußte, war es ihm ziemlich schwergefallen, eine volle Stunde fernzubleiben. Aber er hatte ihr das erfrischende Bad gönnen wollen. Und das brauchte er nicht zu bereuen, denn diese einsame Stunde hatte sie völlig verändert.

Seit seiner Rückkehr war kein einziges böses Wort über ihre Lippen gekommen. Und wenn sie ihn anschaute, lag keine Furcht in ihren Augen. Statt dessen errötete sie und sah dabei zauberhafter aus denn je.

Sie stand auf, um sich die Hände zu waschen, und kniete am Ufer nieder. Der Felsen lag hoch über dem Teich, und sie mußte sich hinlegen, damit sie das Wasser erreichte. Als sie ihre Finger hineintauchte, streckte Jamie sich neben ihr aus, und sein Körper berührte den ihren. Eine innere Stimme riet ihr, sofort aufzuspringen, doch sie tat es nicht. Aus irgendeinem Grund konnte sie sich nicht bewegen.

Er griff nach ihren Händen, zog sie aus dem Wasser und hob sie an die Lippen. Und während er ihr unverwandt in die Augen blickte, saugte er die Wassertropfen von ihren Fingerspitzen. Ein Prickeln lief durch Sheenas Arme, Jamie rückte immer näher, beugte sich über sie und küßte sie zärtlich. Seine Zunge strich über ihre Unterlippe, dann schob sie sich langsam in ihren Mund.

Wäre ihr bewußt gewesen, was nun geschah, hätte sie es verhindert. Aber ihr Verstand ließ sie im Stich. Sie empfand keine Angst mehr, nur ein merkwürdiges Gefühl von

Wärme, das durch ihre Adern strömte – und das sie rückhaltlos genoß. Was einem so guttat, konnte doch nicht schlecht sein...

Jamie schob sie behutsam vom Wasserrand weg und bettete sie auf seinen Tartan. Dann küßte er sie wieder, seine Zunge erforschte ihren Mund, und sie spürte wieder diese wunderbare Wärme, die ihren ganzen Körper erfüllte. Seine großen starken Hände liebkosten ihre Wangen, den Hals, die Arme, und seine Lippen ließen die ihren nicht los.

Sie nahm es kaum wahr, als die Schließe ihres Umhangs geöffnet und das Oberteil ihres Kleides aufgeschnürt wurde. Jamies Finger streichelten den Ansatz iher Brüste. Ein erschreckender Gedanke kämpfte gegen die heftigen Gefühle an, die Sheena zu überwältigen drohten. Wollte er sie ausziehen?

Sie versuchte, ihn wegzustoßen, doch er hielt ihre Hand fest und legte sie an seine Wange.

»Oh, Sir Jamie, Ihr müßt aufhören...«

Ihre Stimme war nur ein heiseres Flüstern, und er sah sie an, mit einem wissenden Lächeln. Seine Augen wanderten über ihr Gesicht, um alle Einzelheiten ihrer Züge zu bewundern, dann folgten seine Lippen der Spur seiner Blicke. Sein warmer Atem mischte sich mit dem ihren, während seine Zungenspitze wieder über ihre Lippen glitt. »Du schmeckst wie Ingwer«, sagte er, »und ich hatte heute noch keinen Nachtisch.«

Nachtisch? Wollte er sie mit Haut und Haaren verschlingen? Sie begann zu protestieren, aber er fiel ihr ins Wort. »Still, Sheena, laß mich kosten, wie süß du bist!« Seine Stimme klang so betörend... »Laß mich!«

Sein Mund preßte sich wieder auf den ihren, und da verlor sie den letzten Rest ihrer Beherrschung. Jamie besiegte sie, raubte ihr den Atem und den Willen.

Er ließ ihre Hand los, die instinktiv über seinen Nacken wanderte, und als die Verschnürung ihres Leibchens noch weiter auseinandergezogen wurde, unternahm sie nichts mehr, um die Magie dieses Augenblicks zu stören.

Jamie schob ihr Kleid nach unten, und sie spürte zitternd seine Finger auf ihren nackten Brüsten. Zärtlich liebkoste er sie, an Körperstellen, die kein Mann zuvor berührt hatte. Halbherzig versuchte sie, ihn noch einmal abzuwehren, aber ihr Widerstand war längst geschmolzen.

Er spürte, daß sie ihm gehörte – er wußte es, und ein unbändiges Glücksgeühl ergriff ihn. Sein Verlangen wuchs, steigerte sich ins Unerträgliche, und sie schmiegte sich an ihn, machte alles noch schlimmer. Hätte eine andere in seinen Armen gelegen, wäre er niemals auf den Gedanken gekommen, sich zurückzuhalten. Doch dies war Sheena, die er sehnlicher zu besitzen wünschte als alle anderen Frauen. Er wollte, daß sie das ganze Ausmaß ihrer Erregung zu spüren bekam und ihn ebenso begehrte wie er sie.

Seine Lippen wanderten über ihren Hals, und als er die empfindsame Stelle unter ihrem Ohr küßte, erschauerte sie stöhnend. Er schob die Arme unter ihren Rücken, hob sie hoch, seine Lippen näherten sich einer ihrer Brüste und umschlossen die Knospe. Keuchend umfaßte sie seinen Kopf, mit beiden Händen, grub die Finger in sein Haar. Ein wildes Feuer schien in ihr zu lodern, die Hitze breitete sich in ihrem ganzen Körper aus.

»Jamie! He, Jamie!«

Sie hörten den Ruf, und Jamie blickte auf. Seine Augen verengten sich, als er seinen Bruder um den steilen Felsvorsprung reiten sah.

»Verdammt, ich werde diesen Burschen erwürgen!« stieß er zwischen zusammengebissenen Zähnen hervor. Er schaute auf Sheena hinab. Sie runzelte die Stirn, ließ ihn hastig los, und alle Farbe wich aus ihrem Gesicht. Mit großen, anklagenden Augen starrte sie Jamie an.

»Schau mich nicht so an, Mädchen«, sagte er leise. »Du hast nichts Falsches getan, und ich habe nichts verbrochen, wofür ich mich entschuldigen müßte. Was hier geschah, war unsere Bestimmung, und wir werden es ein andermal zu Ende bringen. Schnür dein Kleid zu! Ich möchte nicht, daß mein Bruder dich so sieht.«

Ihre Wangen, eben noch leichenblaß, liefen dunkelrot an. Beschämt wandte sie sich von ihm ab. O Gott, was hatte sie getan?

Mit bebenden Fingern verschnürte sie ihr Leibchen und wollte nach ihrem Umhang greifen, dann sah sie, daß Jamie ihn bereits aufgehoben hatte. Sie nahm ihn aus seinen Händen – unfähig, seinem Blick zu begegnen. Nie wieder wollte sie in diese Augen schauen...

»Alles in Ordnung, Sheena?« Colen zügelte sein Pferd auf der anderen Seite des Bachs.

»Ja, Colen«, erwiderte sie mit unsicherer Stimme. »Wir sind ausgeritten.«

Colen hob die Brauen. »Wart Ihr auch schwimmen? Findet Ihr nicht, daß das Wasser schon zu kalt ist?«

»Wieso wißt Ihr...« Sie unterbrach sich. Natürlich,ihre Zöpfe waren noch naß. Sie holte tief Atem. Plötzlich hatte sie von allen beiden MacKinnions genug. Mit schnellen Schritten ging sie um den Teich herum, zu ihrer Stute.

»Wohin, Sheena?« rief Jamie ihr nach.

»Zum Schloß!« entgegnete sie wütend. »Ich finde meinen Weg allein!«

»Sheena!«

Sie blickte nicht zurück, schwang sich im Reitersitz auf das Pferd. Daß ihr Rock dabei bis zu den Knien hochrutschte, kümmerte sie nicht. Sie grub die Fersen in die Flanken der Stute, sprengte zum Erstaunen der zwei Männer über den Bach und galoppierte davon.

Colen beobachtete sie mit schmalen Augen. »Wie gut das Mädchen reiten kann... Man sollte nicht glauben, daß die MacEwens genügend Pferde besitzen, um ihren Frauen Reitunterricht zu geben.«

Er wandte sich zu Jamie und wich erschrocken zurück, als er dessen mörderischem Blick begegnete.

»Wenn du nicht mein Bruder wärst, würde ich dich auf der Stelle umbringen«, sagte der Laird ein eisigem Ton, »und zwar mit dem größten Vergnügen. Was führt dich hierher, verdammt noch mal?«

»Wir haben Gäste«, erklärte Colen hastig. »Will Jameson möchte sich deine Pferde anschauen. Er hat eine pralle Börse mitgebracht, und ich dachte, das würde dich interessieren.«

»Er hätte bis zu meiner Rückkehr warten können, Colen. Zweifellos wird er über Nacht bleiben.«

Der Junge nickte. »Wie sollte ich ahnen, daß ich dich stören würde, Jamie? Aber es tut mir kein bißchen leid, daß ich's getan habe«, fügte er hinzu und lachte über die unheilvolle Miene seines Bruders. »Spring doch in den Teich und kühl dich ein wenig ab! Um Sheena brauchst du dich nicht zu sorgen. Ich werde mich vergewissern, daß sie heimgekehrt ist.«

Er sprang auf sein Pferd und ritt davon, bevor Jamie den Bach überqueren und ihm an die Kehle fahren konnte.

20.

Sheena betrat das Schloß durch den Dienstboteneingang, damit sie nicht durch die Halle gehen mußte. Sie lief zu ihrem Zimmer hinauf, und als sie die Tür öffnete, sah sie zwei zusammengefaltete Kleider auf der Fensterbank liegen, neben Stoffballen, aus denen offenbar weitere Gewänder entstehen sollten. Dieser Anblick trieb ihr die Tränen in die Augen. Daß James MacKinnion sie mit einer neuen Garderobe ausstatten wollte, konnte nur eine einzige Bedeutung haben – sie sollte sein Haus nie mehr verlassen.

Schluchzend warf sie sich auf das Bett, dann richtete sie sich rasch wieder auf. Ihre Brüste waren so empfindsam, ihre Nerven überreizt.

»O Gott, was hat er mir angetan?« füsterte sie. »Ich kann mich nicht einmal selber berühren, ohne daran zu denken…«

Wie war es dzu gekommen? Sie wußte keine Antwort auf diese Frage, wußte nur, daß sie verführt worden war von einem schwindelerregenden Zauber, und sie konnte sich ganz genau daran erinnern, an jeden einzelnen Augenblick. Das Blut stieg ihr in die Wangen.

»Er ist ein Teufel, und er verfügt über teuflische Kräfte, die mich in einen bösen Bann ziehen. Ich muß von hier fliehen – weit weg von James MacKinnion.«

Der Mann, der die Schuld an Sheenas Tränen trug, kam einige Stunden später in ihr Zimmer. Sie hatte ein wenig geschlafen, erschöpft von ihrem Kummer. Nun saß sie auf der Fensterbank, bürstete ihr langes Haar und versuchte sich zu beruhigen. Aber Jamies Anblick beschleunigte ihren Pulsschlag von neuem, und als er zu sprechen begann, sprang sie auf.

»Dieses Zimmer muß dir sehr gut gefallen«, meinte er mit einem sanften Lächeln. »Sonst würdest du dich nicht so oft darin aufhalten.«

»Hier bin ich wenigstens allein – zumindest war ich das.« Sheena wich vor ihm zurück. »Warum seid Ihr gekommen, Sir Jamie?« Sie weigerte sich, seinem Beispiel zu folgen und zum vertrauten Du überzugehen, trotz der intimen Augenblicke am Teich.

»Ich will dich in die Halle begleiten. Wir haben Gäste, und es ist schon spät.«

»Kümmert Euch doch selber um Eure Gäste!« fuhr sie ihn an. »Warum braucht Ihr mich dazu?«

»Ich möchte dich an meiner Seite haben.«

»Und ich will hierbleiben.«

»Was glaubst du wohl, wer seinen Willen durchsetzen wird?« fragte er grinsend.

»Ist das ein Befehl?«

»Ja.«

»Was bildet Ihr Euch eigentlich en, wer Ihr seid?« schrie Sheena wütend.

»Der Laird von MacKinnion«, entgegnete er gelassen.

»Aber *ich* bin keine MacKinnion, und ich lasse mich von Euch nicht herumkommandieren. Dazu habt Ihr kein Recht...«

»Jetzt reicht's mir, Sheena«, unterbrach er sie. »Ich möchte nicht mit dir streiten. Außerdem – so oft gebe ich keine Befehle...«

»Oh, doch!«

Er runzelte die Stirn. »Und wenn ich es tue, werden meine Anweisungen befolgt.«

»Das ist unfair! Ihr nutzt Eure Vormachtsstellung aus!«

»Keineswegs, Mädchen. Wenn ich das täte, hätte ich dich schon längst da, wo ich dich haben will.«

Sie wurde rot, wandte den Kopf ab, und er fuhr in sanfterem Ton fort: »Ich bestehe nur auf belangloseren Dingen, und auch das wäre überflüssig, wenn du dich nicht hier oben verkriechen würdest.«

»Mir geht es vor allem um meine Freiheit, Sir Jamie, und die habt Ihr mir genommen.«

Er lachte leise. »Wenn ich dich freiließe, würdest du wie eine Einsiedlerin leben. Hast du noch nicht gemerkt, daß der Mann einen stärkeren Willen besitzt als die Frau?«

»Nur wenn die Frau das zuläßt.«

Jamie seufzte. »Ich weiß wirklich nicht, warum ich mir diesen Unsinn anhöre. Zwing mich nicht, Gewalt anzuwenden, Sheena, und komm jetzt mit mir!«

Mühsam unterdrückte sie ihren Zorn. Was würde sie schon erreichen, wenn sie sich gegen ihn auflehnte? Sie war hilflos, und das wußte er ebenso gut wie sie.

Doch sie hatte immer noch ihren Stolz. »Geht von der Tür weg, Sir Jamie!«

»Warum?«

»Damit ich vorbei kann.«

Grinsend trat er beiseite und verneigte sich. »Dein Wunsch ist mir Befehl.«

»Wenn es so wäre, säße ich nicht mehr hier fest!« erwiderte sie mit scharfer Stimme und ging an ihm vorbei. So schnell sie konnte, eilte sie nach unten und blieb stets einen Schritt vor ihm, bis sie den Torbogen erreichte. Die große Halle war voller Menschen und von Lärm erfüllt. Eine fröhliche Stimmung lag in der Luft.

»Wir geben ein Fest zu Ehren unserer Gäste«, flüsterte Jamie hinter ihr. »Da wir nur selten Besuch haben, nutzen wir jede Gelegenheit, um zu feiern.«

»Sind Eure Gäste wichtige Leute?«

»Nein – nur Will Jameson und ein paar von seinen Gefolgsmännern. Will lebt im Osten, auf der anderen Seite des Flusses.«

»Freund oder Feind?«

Jamie lachte. »Nun, beim alten Will kann man nie sicher sein. Er behauptet zwar, er wäre mir freundlich gesinnt, trotzdem versucht er, mich immer wieder zu ärgern. Ich glaube, er liebt die Gefahr.«

Sheena zuckte leicht zusammen. »Höre ich eine versteckte Warnung aus Euren Worten heraus, Sir Jamie?«

»Unsinn, Sheena! Muß ich jedes Wort, das über meine Lippen kommt, sorgfältig abwägen? Wenn ich etwas sage, braucht niemand nach einem verborgenen Sinn zu forschen.«

»Was Ihr zum Ausdruck bringen wolltet, war eindeutig und keineswegs verborgen«, erwiderte sie kühl. »Man lebt gefährlich, wenn man Euren Zorn erregt.«

»Du nicht, Sheena.«

Sein warmer Atem streifte ihren Nacken und jagte ihr einen Schauer über den Rücken.

»Eure – Eure Gäste warten, Sir Jamie«, stammelte sie.

»Die können ruhig noch ein bißchen länger warten.« Er legte ihr die Hände auf die Schultern und drehte sie zu sich herum, doch sie wich seinem Blick aus. »Sieh mich an, Sheena! Gib mir die Antwort, auf die ich schon den ganzen Tag warte.«

Ihr Kopf war noch immer gesenkt. »Ich weiß nicht, was Ihr meint.«

»Doch, das weißt du ganz genau«, entgegnete er leise, »und ich war wirklich sehr geduldig.«

»Geduldig?« Jetzt schaute sie ihn an – ungläubig, mit großen Augen. »Findet Ihr, daß Ihr Geduld bewiesen habt – nur weil Ihr ein paar Stunden warten mußtet?«

»O ja! Ich hatte gehofft, wir würden unsere Schwierigkeiten ein für allemal beseitigen, bevor wir von unserem Ausritt zurückkämen. Natürlich konnte ich nicht wissen, daß man unser – Liebesspiel stören würde.«

Sheena wurde feuerrot. Wie gern hätte sie diesen Nachmittag vergessen... Nun sonnte er sich im Vollgefühl seines Sieges, nur weil sie für ein paar Minuten seinem Zauber erlegen war. Merkte er denn nicht, daß seine Anziehungskraft nur wirkte, wenn er sie berührte. Wie gern hätte sie ihm seinen Hochmut ausgetrieben...

Bei diesem Gedanken mußte sie lächeln, und Jamie schöpfte neue Hoffnung. »Willst du mir sagen, was ich hören will, Mädchen?«

»Dies ist nicht der rechte Zeitpunkt, Sir Jamie.«

Er hob die Brauen. »Warum nicht?«

»Ich fürchte, meine Antwort wird Euch mißfallen.«

Er musterte sie mit schmalen Augen, und sie sah, wie sich seine Kinnmuskeln anspannten. Dann holte er tief Luft, und in der beängstigenden Stille, die nun folgte, hörte sie ihr eigenes Herz überlaut schlagen. Ihre Brust begann zu schmerzen, weil sie krampfhaft den Atem anhielt.

Er wird mich töten, dachte sie verzweifelt, weil ich ihn zurückweise...

»Du hast recht, Sheena«, sagte er schließlich. »Dies ist nicht der richtige Zeitpunkt.«

»Wie, bitte?«

Ihre Verblüffung erleichterte ihn ein wenig. »Ich habe dir heute zu erklären versucht, daß wir einander Vertrauen entgegenbringen sollten. Aber dazu bist du noch nicht bereit, und deshalb will ich dir noch etwas Zeit geben. Ich werde warten.«

»Aber...«

»Ich werde warten, Sheena.«

Damit war das Thema für ihn beendet. Er nahm ihren Arm und führte sie in die Halle. Dieser anmaßende, selbstgefällige Mensch... Er würde also warten. Nun, dann sollte er warten, bis die Sterne vom Himmel fielen!

»Sir William, darf ich Euch Sheena MacEwen vorstellen? Sie hat bis vor kurzem in Aberdeen gelebt.«

»Ich bin...« William Jameson wandte sich zu Sheena, und sein Atem stockte. »Ich bin entzückt!«

Sie nickte ihm zu, und Jamie rückte ihr den Stuhl neben dem seinen zurecht. Dann setzte er sich zwischen Sheena und den Fremden, der ihr nett und umgänglich erschien. Sie beugte sich ein wenig vor, um den Mann, der den Laird von MacKinnion zu ärgern wagte, genauer zu betrachten. Doch Jamie stützte seine Ellbogen auf den Tisch und versperrte ihr die Sicht.

Sie sah sich in der Halle um, begegnete neugierigen Augenpaaren, wohin immer ihr Blick wanderte, und schaute schließlich ins Leere. Es war ihr unangenehm, daß sie so viel Aufmerksamkeit erregte.

Bald darauf wurde das Essen aufgetragen. Es gab Moorhühner, mit wilden, in Butter gedünsteten Preiselbeeren gefüllt, gebratenes Wildbret mit gekochten Möhren, dann Zukkerbrötchen, die in süßen Heidehonig getunkt wurden. Sheena konnte die köstliche Mahlzeit nicht genießen, weil man sie unablässig beobachtete. Was mußten diese Leute von dem Mädchen denken, das nun den Platz einnahm, wo am Vortag noch Jessie Martin gesessen hatte? Waren wirklich erst zwei Tage vergangen, seit sie James MacKinnion kennengelernt hatte?

»Es kommt mir wie ein ganzes Leben vor.«

»Habt Ihr etwas gesagt, meine Liebe?« fragte Lydia MacKinnion, die links von ihr saß.

»Oh, verzeiht – ich habe Euch nicht gesehen«, entschuldigte sich Sheena.

»Ich bin eben erst gekommen. Wie ich hore, habt Ihr heute einen erholsamen Ausritt unternommen.«

Sheenas Wangen färbten sich rosa. »Wer hat Euch das erzählt?«

»Jamie. Er sagte, Ihr hättet Euch großartig amüsiert, und das freut mich. Sheena, Ihr habt den Jungen völlig in Euren Bann gezogen. Und es macht mich so glücklich, daß er endlich mit diesen albernen Tändeleien aufhören und sich auf ein Mädchen beschränken will.«

Sheenas Kehle war wie zugeschnürt. »Aber – ich will das nicht«, würgte sie mühsam hervor.

Lydia tätschelte ihre Hand. »Ich kann verstehen, daß Ihr zögert, meine Liebe. Jamie ist ein furchterregender Mann, genau wie sein Vater. Robbie führte sich manchmal grauenvoll auf – doch die Menschen, die er liebte, trug er auf Händen. Auch er fand eine Frau, die zu ihm paßte, und er vergötterte sie bis zu ihrem Todestag – vielleicht sogar noch länger.«

»Er vergötterte sie? Colen behauptete, seine Eltern hätten andauernd gestritten. Und wenn seine Mutter dem Laird böse war, hat sie sich in den Turm zurückgezogen, wo ich jetzt wohne.«

»O ja, sie haben sich schrecklich gezankt.« Lydia lächelte versonnen. »Trotzdem waren sie einander von ganzem Herzen zugetan. So ist das nun mal, wenn man in wahrer Liebe verbunden ist.«

Sheena schüttelte entsetzt den Kopf. »Da muß ich Euch ganz entschieden widersprechen, Lady Lydia. Für mich bedeutet die echte eheliche Liebe Einigkeit, Gleichklang der Seelen und...«

»Ihr wißt eine ganze Menge darüber, nicht wahr?« fiel ihr die alte Frau lächelnd ins Wort.

»Nun, so sollte es zumindest sein.«

»So ist es auch – zwischen temperamentlosen Leuten. Aber wenn sich zwei willensstarke Menschen lieben, kommt es immer wieder zu Zusammenstößen. Das läßt sich gar nicht vermeiden.«

»Ja, da habt Ihr wohl recht.«

»Unser Jamie hat ein geradezu teuflisches Temperament und kann sich manchmal unerträglich benehmen. Wenn seine künftige Ehefrau keinen Mumm hat, wird er sie völlig unterjochen. Aber falls sie einen ebenso starken, unbeugsamen Willen besitzt wie er, wird sie mehr Schlachten gewinnen als verlieren.«

Nun war Sheenas Neugier erwacht. »Und warum ist das so?«

»Weil er sie lieben wird – nur deswegen. Warum sollte Jamie sonst heiraten? Nach dem Tod seines Vaters ist niemand mehr da, der ihm befehlen könnte, eine Frau heimzuführen. Er braucht kein Bündnis, das ihm eine Ehe verschaffen würde, denn er hat genug mächtige Verbündete. Ein Vermögen könnte ihn nicht locken, er ist selber reich genug. Warum sollte er sich also mit einer einzigen Frau begnügen, wenn so viele nur darauf warten, in seine Arme zu sinken? Glaubt mir, mein gutes Mädchen – Jamie würde nur aus Liebe heiraten.«

Lydia begann ihren Teller zu füllen, und Sheena wandte sich ab. Sie war froh, daß dieses verwirrende Gespräch ein Ende gefunden hatte. Liebe? In einer Probeehe? In einer solchen Verbindung spielte die Liebe keine Rolle – und die Ehre auch nicht. Und eine Probeehe war alles, was ihr Sir Jamie bot. Natürlich, für ihn war das eine sehr angenehme Möglichkeit, sein Vergnügen zu finden und sich dann zurückzuziehen, wenn der Zeitpunkt heranrückte, wo die eigentliche Hochzeit stattfinden sollte. Aber sie würde sich nicht so demütigen und mißbrauchen lassen. Sie würde die Flucht ergreifen, und es war höchste Zeit, die nötigen Vorbereitungen zu treffen.

Colen war ihre einzige Hoffnung. Sie hob den Kopf und sah ihn am anderen Ende der Tafel sitzen, mit mürrischer Miene. Seine schlechte Laune hing zweifellos mit der Tatsache zusammen, daß er sich bis jetzt vergeblich bemüht hatte, sie zu erobern. Wenn sie sein Mißvergnügen doch nutzen könnte, um sich seiner Hilfe zu versichern... Aber vielleicht würde sich sein Ärger gegen sie richten. Wer blieb dann noch übrig? Black Gawain war unterwegs, Lydia schien auf Jamies Seite zu stehen. Und William Jameson? Er war Jamie nicht verpflichtet und hatte offenbar Gefallen an ihr gefunden.

Sie beugte sich wieder vor, um ihn zu mustern, und sah überrascht, daß er sich fast bis zur Unkenntlichkeit verändert hatte. Sein Gesicht war blaß vor Zorn, die eben noch so sanften dunklen Augen glitzerten hart und böse, seine Stimme klang messerscharf. Ein erbitterter Streit war entbrannt und drohte außer Kontrolle zu geraten.

»Ihr hättet meine Schwester heiraten müssen, Jamie!« stieß William erbost hervor. »Immerhin habt Ihr sie bei Euch aufgenommen und als Eure Geliebte zur Schau gestellt! Ich mischte mich nicht ein. Denn sie schwor mir, Ihr hättet versprochen, sie zu heiraten.«

»Libby hat gelogen«, erwiderte Jamie gelassen. »Es war von Anfang an klar, daß eine Ehe nicht in Frage kam. Das wußte sie und beschloß trotzdem hierzubleiben.«

»Ihr habt sie ausgenutzt und gedemütigt, Jamie – so wie alle anderen Frauen, die Eurem Vergnügen dienten, um dann davongejagt zu werden.«

»Meine Gefährtinnen sind niemals gezwungenermaßen zu mir gekommen.« Nun erhob auch Jamie seine Stimme. »Eure Schwester zog aus eigenem Antrieb zu mir, und sie ging ebenso freiwillig – reicher als zuvor, mit einer Börse voller Gold.«

»Und wo ist diese Börse?« wollte William wissen.

Jamie lachte lauthals. »Also könnt Ihr Libby nicht finden? Regt Ihr Euch deshalb so auf?«

»Womöglich ist sie schon tot...«

»Nein, Will, sie führt ein königliches Leben – an einem Ort, der ihr gefällt. Sie wußte nämlich, daß ich großzügig für sie sorgen würde. Das war alles, was sie von mir verlangte – ich sollte ihr helfen, Euch zu entrinnen.«

»Das ist ein Lüge!«

»So? Ich frage mich, was Euch am allermeisten ärgert, Will – daß sie zu mir kam oder daß sie nicht zu Euch zurückkehrte.«

»Bastard!«

Jamie stand abrupt auf, und William Jameson wurde noch bleicher. Er erkannte, daß er zu weit gegangen war. Drükkende Stille trat ein, als sich der Laird erhob und auf den unglücklichen Mann hinabschaute. Sheena konnte sein wütendes Gesicht nicht sehen – aber seine geballte Hand.

Seine Stimme war eisig. »Ich möchte mich nun zurückziehen, bevor ich mir Eure Beleidigungen zu Herzen nehme und vergesse, daß Ihr ein Gast in meinem Haus seid. Morgen früh werdet Ihr abreisen, Jameson – und mir in Zukunft nicht mehr willkommen sein.«

Mit hocherhobenem Kopf ging Jamie davon. Sheena seufzte erleichtert auf und wandte sich zu Lydia. »Was hat das zu bedeuten?« Sie sprach im Flüsterton, weil William Jameson immer noch neben ihr saß, nur um einen Stuhl entfernt.

»Will ist ein verbitterter Mann. Seine Eltern sind vor langer Zeit gestorben, und danach mußte er seine Schwester aufziehen, die damals noch ein kleines Kind war. Er hat sehr an ihr gehangen und sie mit seiner Liebe nahezu erstickt. Natürlich versteht er nicht, daß sie unbedingt von ihm weg wollte. Um bei der Wahrheit zu bleiben – sie ist ein verwöhntes, wankelmütiges Mädchen, das seine Zuneigung nie erwidert hat. Ich lernte sie kennen, während sie hier war, und konnte sie von Anfang an nicht leiden. Sie stellte ihren Bruder als armen Narren hin, der seine einzige Schwester anbetete, machte ihn vor uns allen lächerlich und dachte sich nichts dabei. Will müßte froh sein, daß er sie los ist – aber so wird er das wohl niemals sehen.«

»Wird Sir William jetzt abreisen?«

Lydia lachte leise, neigte sich noch näher zu Sheena und wisperte: »Er ist ziemlich feige, meine Liebe, und ich möchte wetten, daß er sofort verschwinden wird.«

Sheena konnte das kaum glauben, doch dann wandte sie sich zu ihm und sah ihn aufstehen. Er rief seine Männer zusammen, und eine Minute später eilten sie alle wütend aus der Halle.

Sheena geriet in Panik. Ihre letzte Hoffnung drohte zu entschwinden. Hastig entschuldigte sie sich bei Lydia, verließ den Tisch und durchquerte die Halle, scheinbar auf dem Weg zum Südturm. Doch sobald sie den Torbogen passiert hatte, stieg sie nicht die Treppe hinauf, sondern rannte nach links, in den Hof hinaus.

William Jameson stand mit vier Gefolgsleuten vor dem Stall und wartete ungeduldig auf die Pferde. Sheena bedachte nicht, wie leichtsinnig es war, einen Fremden um Hilfe zu bitten. Sie sah in Jameson den ersehnten Retter, der sie in die Freiheit führen würde.

»Auf ein Wort, Sir William – wenn Ihr es gestattet!« rief sie.

»Was ist los?« entgegnete er ungehalten und drehte sich um. Bei ihrem Anblick hob er verblüfft die Brauen. »Oh – Sir Jamies neue Hure!«

Sheena zuckte zusammen, als hätte er sie geschlagen. »Nein! Doch dazu wollte er mich machen... Ich flehe Euch an, Sir William, helft mir! Ich muß auf der Stelle abreisen!«

»Wer hindert Euch daran?«

»James MacKinnion. Er erlaubt mir nicht, allein abzureisen.«

Williams Augen verengten sich. »Ihr seid also seine Gefangene?«

Sie schlang die Hände ineinander und überlegte verzweifelt, wie sie ihm die Situation erklären sollte. »Die – die Sache ist ziemlich verwickelt, Sir William. Der Laird würde mich selbst nach Aberdeen zurückbringen – aber er gestattet es keinem anderen. Wenn ich also von hier weg will, muß ich mit ihm gehen – und ich möchte nicht mit ihm allein sein. Versteht Ihr? Ich fürchte mich vor ihm – und ich ertrage es nicht mehr, in diesem Schloß zu wohnen.«

»Und deshalb habt Ihr beschlossen davonzulaufen?«

»Ich will nach Aberdeen zurückkehren, zu meiner Tante. MacKinnion hat mir eine Probeehe vorgeschlagen, aber darauf lasse ich mich nicht ein. Trotzdem hält er mich hier fest. Werdet Ihr mir helfen, Sir William?«

»Eine Probeehe...« William runzelte nachdenklich die Stirn, dann lachte er freudlos. »Ja, ich helfe Euch, Fräulein. Es wird mir ein Vergnügen sein.«

Sein Gelächter mißfiel ihr, doch sie schob ihre Bedenken beiseite. Wenn sie nicht mit Jameson ging, mußte sie in James MacKinnions Haus bleiben.

21.

Colen hämmerte an die Tür zu Jamies Schlafzimer, dann stürmte er hinein. Sein Zorn war im Lauf des Tages stetig gewachsen und nun am Höhepunkt angelangt – nachdem er festgestellt hatte, daß der Südturm leer war. Das konnte und wollte er sich nicht bieten lassen.

»Ich habe dich gewarnt, Jamie...«

Colen verstummte, als er seinen Bruder auf dem Bett liegen sah – vollständig angekleidet und allein. Verwirrt schaute er sich um, ohne die Person zu entdecken, die er suchte.

Jamie setzte sich auf. »Willst du mir nicht sagen, was das soll?«

»Ich – ich dachte, ich würde Sheena hier finden«, stammelte Colen verlegen.

»So sehr ich mir auch gewünscht hätte, sie in meinem Zimmer anzutreffen – sie ist nicht da, wie du mit eigenen Augen feststellen kannst. Wieso dachtest du denn, daß sie bei mir wäre?«

»Ich habe euch beide heute am Teich beobachtet...«

»Also hast du mehr gesehen, als du mir verraten wolltest«, sagte Jamie nachdenklich. »Nun, wenn du nicht im ungeeigneten Augenblick aufgetaucht wärst, läge sie jetzt in meinen Armen.«

»Du hast geschworen, du würdest ihre Ehre wahren.«

»Diese Absicht hege ich immer noch. Ich möchte eine Probeehe mit ihr eingehen, und sobald ich mich vergewissert habe, daß sie nicht so ist wie meine erste Frau, werde ich sie heiraten.«

»Wenn sie dich will.«

»Immerhin hat sie mich heute nicht abgewehrt.«

Colen spürte, wie ihm die Kehle eng wurde. Nein, das hatte sie nicht getan, und deshalb war er den ganzen Tag so wütend gewesen. Ein schmerzhaftes Gefühl quälte ihn, das er bis jetzt nicht gekannt hatte – Eifersucht. Jamie würde siegen, obwohl Sheena ihn fürchtete. Und Colen war so sicher gewesen, daß sie seinen Bruder zurückweisen würde.

»Wo ist sie denn dann, Jamie?« fragte er niedergeschlagen.

»Wie meinst du das? Es ist schon spät. Sie müßte im Südturm sein.«

»Nein. Ich war dort – aber sie ist nicht da.«

»Sitzt sie noch in der Halle?«

Colen schüttelte den Kopf. »Bevor ich zu dir gekommen bin, habe ich überall nachgesehen. Sie ist nicht mehr im Schloß, Jamie. Das kann nur bedeuten...«

»Jameson«, fiel ihm Jamie ins Wort. Ein Instinkt hatte ihm den Schuldigen sofort verraten. Doch er blieb auf dem Bett sitzen, starrte vor sich hin, mit leerem Blick.

Colen verstand das Verhalten seines Bruders nicht. »Nun?« fragte er mit scharfer Stimme. »Willst du ihm nicht nachreiten?«

»Wir dürfen keinen Anspruch auf sie geltend machen, mein Junge«, entgegnete Jamie tonlos. »Und ich habe nicht das Recht, sie zurückzuholen.«

»Wie ich mich erinnere, hast du erklärt, du würdest dich für sie verantwortlich fühlen.«

»Nur, solange sie hier war.«

»Und wenn Jameson ihr etwas antut?« schrie Colen.

»Schluß mit diesem Unsinn! Glaubst du, ich *will* sie nicht zurückholen? Ich würde nichts lieber tun – aber mir sind die Hände gebunden. Wäre sie mit den MacKinnions befreundet oder verfeindet, könnte ich etwas unternehmen, doch die MacEwens sind weder das eine noch das andere. Das weiß Jameson. Womöglich würde er sich beim König beschweren, wenn ich ihm das Mädchen grundlos wegnähme. Das bräuchte ich, Junge – einen stichhaltigen Grund. Nenne mir einen – und ich bringe sie zurück, wem immer er sie übergeben wird.«

Es war gefährlich, den Fluß um diese späte Stunde zu durchqueren. Aber die Pferde hatten diese Furt schon oft bewältigt. Nur eines schreckte vor dem kalten Wasser zurück, scheute und warf seinen Reiter in die Fluten. Glücklicherweise war dies nicht Sir Williams Hengst, auf dem Sheena saß und vergeblich versuchte, sich entspannt an den fremden Körper zu lehnen.

Sie ritten nicht nach Osten, in die Richtung von Aberdeen, sondern in den Westen, zu Sir Williams Heim. Damit fand sich Sheena ab. Es war schon spät, und sie konnte nicht erwarten, daß ihr Retter bei Nacht den langen Weg auf sich nahm, um sie in die Stadt zu bringen. Außerdem zählte nur eines – sie hatte Schloß Kinnion den Rücken gekehrt und entfernte sich Meile um Meile von der Quelle ihrer Ängste.

Und wo blieb der innere Friede, den sie zu spüren erhofft hatte?

22.

»Sir Jamie!«

Der Laird saß vor dem Kamin. Nachdenklich hatte er in die Flammen geschaut. Nun drehte er sich um und sah einen seiner Gefolgsmänner durch die Halle laufen. Der arme Alwyn war in dem Gewittersturm, der draußen tobte, völlig durchnäßt worden. Seine Kappe saß schief auf dem Kopf, Wasserperlen hingen an seinem roten Bart und den buschigen Brauen, seine nackten Knie zitterten vor Kälte.

»Es ist ein bißchen kühl draußen, was?« fragte Jamie grinsend.

»Das kann man wohl sagen«, stimmte Alwyn zu.

Jamie ließ Decken bringen, und Alwyn trat näher ans Feuer. Kurz nach Sheenas Flucht vor fünf Tagen hatte sich das Wetter verschlechtert. Jamie hatte zwei Tage in Aberdeen verbracht, um nach ihrer Tante zu suchen, und sich sogar für ein paar Stunden zu den Bettlern ins Armenhaus gesetzt. Reine Zeitverschwendung... Niemand kannte eine Nonne namens Erminia MacEwen. Lügen – nichts als Lügen! Er hätte es wissen müssen.

Schwarze Gedanken gingen ihm durch den Kopf, so düster wie der Himmel draußen. Er war bereit gewesen, sich zu erniedrigen, sie anzuflehen, sie möge doch bei ihm bleiben – wenn er sie gefunden hätte. Doch was sollte er tun, wenn sie unauffindbar blieb?

Er riß sich zusammen, schenkte Alwyn seine volle Aufmerksamkeit. »Wo war die Reisegruppe, als du sie entdeckt hast?«

»Bei diesem strömenden Regen kann man nicht weit sehen, aber ich würde sagen, daß sie bald dasein muß.«

»Und welche meiner Schwestern hat sich bei diesem elenden Wetter hinausgewagt?«

»Mistreß Daphne.«

Jamie runzelte die Stirn. »Das hätte ich mir denken können. Jessie Martin hat zweifellos wilde Geschichten über die Demütigungen erzählt, die ihr auf Schloß Kinnion widerfahren sind, und nun will Dobbin wissen, was sich in Wahrheit zugetragen hat.«

»Dobbin Martin habe ich nicht gesehen.«

»Wen denn sonst?«

»Ich glaube, der Laird von MacDonough begleitet Eure Schwester.«

»Tod und Teufel!« stieß Jamie hervor. »Wie kann er sich denn hierher wagen, nachdem er eine Fergusson geheiratet hat!«

»Wißt Ihr das so genau?«

»Nun, in letzter Zeit habe ich nichts mehr darüber gehört – aber was hätte ihn hindern sollen? Wenn er zu mir kommt, um im Namen seiner neuen Verwandtschaft Friedensverhandlungen vorzuschlagen, wird er eine herbe Enttäuschung erleben.« Jamie ballte die Hände, in wachsendem Ärger. »Dieser verfluchte Kerl! Hat er seine Braut mitgebracht?«

»Keine Ahnung, Sir Jamie«, antwortete Alwyn, der sich in der Nähe des zornigen Lairds immer unbehaglicher fühlte.

»Jedenfalls wird sie nicht durch die Pforte gelassen. Geh hinaus und gib die entsprechenden Befehle!«

»Ihr wollt das arme Mädchen bei diesem Wetter davonjagen?« rief Alwyn entsetzt.

Jamie starrte ihn mit schmalen Augen an, dann seufzte er. »Das wäre nicht besonders gastfreundlich, was? Du hast recht. Und wenn ich's mir recht überlege – ich würde mir diese Fergusson ganz gern ansehen. Sie ist die Lieblingstochter des alten Dugald.«

»In der Tat?«

Jamie lachte verächtlich. »O ja! Und wenn sie sich in die Höhle des Löwen traut – soll sie doch! Ob sie die Höhle wieder verlassen wird – nun, das ist eine andere Frage. Gut, führ sie alle zu mir in die Halle.«

»Vielleicht ist das Fergusson-Mädchen gar nicht dabei, Sir Jamie«, bemerkte Alwyn.

Aber der Laird hatte sich wieder zum Kaminfeuer gewandt und dachte an die Stunden, die er im Verlies von Tower Esk zugebracht hatte, an die heiße Rachsucht, die damals in ihm aufgestiegen war. Er hatte die ganze Familie strafen wollen. Beinahe wäre er gezwungen worden, eine von Dugalds Töchtern zu heiraten. Nur beinahe... Und dann erinnerte er sich an den Jungen, der ihn vor dieser Ehe bewahrt hatte, und seine boshaften Pläne erfüllten ihn mit Unbehagen. Es wäre ein schlechter Dank, würde er Nialls Schwester ein Leid antun, nachdem der Junge so viel aufs Spiel gesetzt und ihn befreit hatte, um sie zu schützen.

Fluch über MacDonough – falls er sie wirklich hierherschleppte und ihn in eine so absurde Situation brachte! Eine Fergusson in seinem Schloß aufzunehmen – noch dazu als Gast! Er durfte ihr keine Angst einjagen, konnte nicht einmal Lösegeld für sie verlangen – und das alles nur, weil er in der Schuld eines kleinen Jungen stand.

Trotzdem war Jamies Neugier erwacht. Zumindest würde er endlich sehen, was ihm seinerzeit erspart geblieben war. Nun – nicht die Frau, die man ihm aufgezwungen hätte, aber eine ihrer Schwestern. So groß konnte der Unterschied zwischen den Mädchen nicht sein. Wenigstens würde ihn die Begegnung von seiner Sehnsucht nach dem Mädchen ablenken, das sich in seinem Herzen eingenistet hatte und dessen Bild ihn bis in alle Ewigkeit zu verfolgen drohte.

Ein Ruf erklang, und Jamie drehte sich zu einer schmutzigen, tropfnassen Schar um, die auf den Kamin zuging. Außer MacDonough und seinen vier Gefolgsleuten hatte Daphne noch drei Dienstboten mitgebracht, zwei Männer und eine Frau. Jamie erkannte die Dienerin, die seine Schwester schon einmal ins Schloß Kinnion begleitet hatte. Eine Fergusson war nicht mit von der Partie.

Er gab Daphne einen Begrüßungskuß. »Seid ihr alle vollzählig eingetroffen?«

»Falls du nach Dobbin Ausschau hältst – er ist nicht mitgekommen.« Sie erwiderte seinen Kuß, dann wärmte sie ihre Hände am Feuer. »Er will am Wochenende an den Hof reisen, ohne mich. Deshalb hat er mir erlaubt, hierherzukommen – für längere Zeit.«

»So bald nach deinem letzten Besuch?«

»Damals sind wir nur ganz kurz geblieben – wie du sehr wohl weißt, Jamie«, entgegnete sie ungehalten. »Bin ich nicht willkommen?«

»Das muß ich mir noch überlegen«, sagte er unfreundlich. »Falls du mich Jessies wegen sprechen möchtest...«

»Warum sollte ich?« fragte Daphne überrascht. »Du weißt doch, wie wenig mir die Kusine meines Mannes bedeutet. Und falls du fürchtest, ich könnte sie mit nach Hause nehmen – deshalb brauchst du dich nicht zu sorgen. Es ist mir viel lieber, wenn sie hier ist, und ich hoffe nur, daß ich sie während meines Aufenthalts in deinem Schloß möglichst selten zu sehen bekomme.«

»Aber – ich habe sie nach Hause geschickt, Daphne. Sie müßte schon vor deiner Abreise angekommen sein.«

»Zweifellos hat sie unterwegs einen anderen Mann gefunden. Irgendwann wird sie schon wieder auftauchen. O Jamie, ich bin wirklich froh, daß du nicht auf sie hereingefallen bist.«

Jamie zuckte angewidert mit den Schultern, dann verengten sich seine Augen, als er Daphne genauer betrachtete. Ihr blondes Haar war naß und strähnig, ihre Wangen bläulich verfärbt, und sie zitterte am ganzen Körper. Warum sollte er noch einen Gedanken an Jessie verschwenden? Vermutlich hatte sie Black Gawain umgarnt und war bei ihm geblieben. Das kümmerte Jamie nicht im geringsten.

»Geh in dein altes Zimmer, Daphne, und wärm dich auf, bevor du mir noch krank wirst.«

»Dann bin ich also willkommen?«

»Ja«, erwiderte Jamie, immer noch in unliebenswürdigem Ton. »Wir sprechen später darüber. Denn ich glaube nicht, daß es deine Idee war, mich zu besuchen.«

Darauf gab Daphne keine Antwort. Er ist mir nicht allzu böse, überlegte sie, während sie davoneilte, ihre Dienstboten im Schlepptau. Natürlich ärgert er sich, weil ich trotz des schlechten Wetters diese Reise unternommen habe – doch das ist gar nichts im Vergleich zu Jamies Zorn, der sich gegen Alasdair richten wird. Kein Wunder, daß der arme Mann zu feige war, um allein hierherzukommen...

Sie hatte Alasdair den Gefallen getan und ihm erlaubt, sie ins Schloß Kinnion zu begleiten. Doch sie hatte ihn gewarnt und erklärt, ihre Anwesenheit würde keinen Unterschied für Jamie machen. Nun, das würde er bald genug merken.

Jamie ließ MacDonough warten, während er Speisen und trockene Kleider für seine Gäste bringen ließ. Das wollte er ihnen nicht verweigern, um der Freundschaft willen, die zu Lebzeiten seines Vaters zwischen den beiden Clans bestanden hatte. Schließlich fragte er: »Versteckst du dich neuerdings hinter Weiberröcken?«

Alasdair MacDonough lief dunkelrot an. Sie standen immer noch vor dem Kamin, während seine Männer an einem entfernten Tisch saßen und aßen. Darüber war er froh, denn man konnte eine Beleidigung ignorieren, wenn sie von niemandem mit angehört wurde. Und er war hier, um sein Bündnis mit den MacKinnions zu erneuern – und nicht, um es endgültig zu lösen. Deshalb beschloß er, die Sache von der komischen Seite zu nehmen.

»Das wäre ein angenehmes Versteck – falls man sich verstecken muß«, entgegnete er leichthin.

Dieser Scherz erheiterte Jamie nicht im mindesten. »Es

mißfällt mir, daß du meine Schwester hierhergelotst hast, Alasdair – genauso, wie mir deine übrigen Unternehmungen in letzter Zeit mißfallen. Außerdem muß ich dir sagen, daß du einen schlechten Zeitpunkt für unsere Aussprache gewählt hast, denn ich bin in miserabler Stimmung. Wenigstens warst du nicht so geschmacklos, deine Frau mitzubringen.«

»Ich habe gar nicht geheiratet.«

Das einzige Anzeichen von Jamies Überraschung war ein leichtes Stirnrunzeln. »Oh – wurde die Hochzeit verschoben?«

Alasdair schüttelte den Kopf. »Ich habe die Verlobung aufgelöst.«

Jamie brach in Gelächter aus. »Tatsächlich?« Seine Laune hob sich ganz beträchtlich. »Wenn du also nicht gekommen bist, um mich für deine Frau einzunehmen – warum dann?«

»Um unser Bündnis zu stärken. Ich hatte schon lange vor der Verlobung nichts mehr von dir gehört oder gesehen. Und ich war mir nicht sicher, wie du darüber dachtest.«

»Ich habe mich ganz schrecklich über deine Hochzeitspläne geärgert, das will ich dir nicht verhehlen. Doch da du zur Vernunft gekommen bist, trage ich dir nichts nach.«

»Und wenn ich das Mädchen geheiratet hätte?«

»Dann wären wir zweifellos Feinde geworden.«

»O Jamie...«, begann MacDonough zu protestieren.

»Versteh mich nicht falsch, Alasdair«, unterbrach ihn der Laird von MacKinnion. »Ich hätte dir unser Bündnis nicht wegen deiner Frau aufgekündigt. Aber dein Bündnis mit den Fergussons wäre nicht das meine gewesen. Verstehst du? Die Fehde wäre weitergegangen wie bisher, und du hättest in der Mitte gestanden. Irgendwann hättest du dich für die eine oder die andere Seite entscheiden müssen.«

»Vielleicht wäre die Fehde beendet worden.«

»Niemals – nachdem die Fergussons wieder damit angefangen haben!« stieß Jamie hervor. »Weißt du, daß ich ins Verlies von Tower Esk geworfen wurde?«

»Ob ich das weiß?« entgegnete Alasdair bitter. »Deine Gefangenschaft hat zu meinem Bruch mit den Fergussons geführt.«

»Nun, dann habe ich dich falsch beurteilt – was ich sehr bedaure. Ich hätte nicht gedacht, daß du schon vor der Hochzeit beschließen würdest, auf wessen Seite du dich stellen willst.«

»Du mißverstehst mich, Jamie – darum ging es nicht, obwohl ich vermutlich deine Partei ergriffen hätte, wäre ich über deine Gefangennahme informiert worden. Aber ich erfuhr erst davon, als du verschwunden warst.«

»Hat man dich für meine Flucht verantwortlich gemacht?«

»Das Mädchen gab mir die Schuld«, berichtete Alasdair mit kühler Stimme.

»Kein Wunder, daß du die Verlobung gelöst hast.«

»Ich war natürlich wütend – aber du weißt ja selbst, wer dich freigelassen hat, Jamie. Nimm es mir bitte nicht übel, daß ich in dieser Situation nicht so sehr an dich dachte – sondern vielmehr an das Vergehen meiner Braut. Eine Frau, die ihre Familie verrät, indem sie einem Gefangenen ihres Vaters zur Flucht verhilft, könnte sich eines Tages auch gegen ihren Ehemann wenden. Nach diesem Vorfall konnte ich sie unmöglich heiraten – findest du nicht auch?«

»Oh – wurde deine Verlobte beschuldigt?«

»Wer sonst? Ihr Vetter hatte sie in der Nähe des Verlieses gesehen und zögerte nicht, das in aller Öffentlichkeit zu erzählen.«

Jamie konnte sich das Lachen nicht verkneifen. Das war einfach großartig. Also hatte Niall nicht für seine Tat büßen müssen, und die Lieblingstochter war sicher glimpflich davongekommen. Eigentlich hätte er es lieber gesehen, wenn zumindest ein Mitglied des Fergusson-Clans für die Demütigung des Lairds von MacKinnion bezahlt hätte – solange es nicht der Junge gewesen wäre.

»Ich finde das gar nicht komisch, Jamie«, sagte Alasdair gereizt, »denn ich bereue es zutiefst, daß ich die Verlobung gelöst habe. Dieses Mädchen ist begehrenswerter als alle, die ich jemals kannte.«

»Nun ja – es gibt in der Tat manche Frauen, die einem Mann den Kopf verdrehen können«, bemerkte Jamie, dem das Lachen sofort wieder vergangen war.

»Keine ist so schön wie sie«, seufzte Alasdair wehmütig.

»So? Findest du sie so schön?« fragte Jamie grinsend. Alasdair glaubte natürlich, daß er wußte, wie das Mädchen aussah.

»Du machst Witze, Jamie!« rief der ältere Mann fassungslos. »Zeig mir doch eine andere, die so herrliches dunkelrotes Haar hat, so kristallklare blaue Augen, eine so makellose weiße Haut! Man nennt sie das Juwel von Tower Esk, und das mit gutem Grund.«

Jamies Magen krampfte sich zusammen. Diese Beschreibung spiegelte das Bild wider, das er unablässig in seinem Herzen trug. Zwei Mädchen konnten sich doch nicht so ähnlich sehen, oder? Das war einfach unmöglich...

»Ich nehme an, ihr Name ist genauso schön?« fragte er.

Alasdair biß sich auf die Lippen. »Warum quälst du mich, Jamie? Siehst du nicht, wie ich leide – nachdem ich diese Frau verloren habe?«

»Natürlich, verzeih mir, Alasdair. Aber ich habe dir ja gesagt, daß ich nicht in der allerbesten Stimmung bin. So geht es mir schon seit dem Tag, wo ich Sheena begegnet bin. Vielleicht hat sie mich genauso verzaubert wie dich...« Jamie wartete atemlos. Würde Alasdair nun erklären: ›Das Mädchen, das ich meine, heißt nicht Sheena‹?

Der Laird von MacDonough grinste, womit er Jamies Vermutung bestätigte. »Dann ist dein Dilemma noch schlimmer als meines. Daß du ausgerechnet die Tochter deines Feindes begehren mußt! Auch wenn der Alte sie dir geben wollte, um die Fehde zu beenden – sie hätte eine ganze Menge dagegen einzuwenden. Sheena ist furchtbar eigensinnig und will sich ihren Mann selber aussuchen. Könnte ich auf ihre Liebe hoffen, würde ich sofort nach Aberdeen reiten und wieder um sie werben. Aber sie war mir niemals zugetan. Ihr Vater hat die Verlobung in die Wege geleitet. Du kannst dir denken, warum seine Wahl auf mich gefallen ist...«

Jamie setzte sich und schloß die Augen. Er hörte seinem Gast nicht mehr zu. Eine Flut von Erinnerungen bedrängte ihn. Sheena in jenem Teich auf Dugald Fergussons Land, wo er sie zum erstenmal gesehen hatte... Nialls Haar, das dem ihren glich... Die leuchtend blauen Augen, die sie von ihrem Vater geerbt hatte... Die Frage des Jungen, was Jamie wohl mit dem Mädchen in dem bewaldeten Tal gemacht hätte, sein Zorn über die Antwort... Sheenas Anklage gegen die MacKinnions, ihre Angst, ihr Mißtrauen, ihr verzweifelter Wunsch zu fliehen... Und schließlich die Tatsache, daß in Aberdeen keine ›Erminia MacEwen‹ wohnte... Er hätte sein Leben darauf verwettet, daß es dort eine Erminia Fergusson gab.

Jamie schüttelte den Kopf. Er hätte schon vor langer Zeit zwei und zwei zusammenzählen sollen, doch das war ihm niemals in den Sinn gekommen. Vielleicht hatte er es – im Hintergrund seines Bewußtseins – absichtlich vermieden, die logischen Schlüsse zu ziehen, weil er nicht wollte, daß Sheena eine Fergusson war. Nun erkannte er, daß das keine Rolle spielte und nichts an seinen Gefühlen ändern würde.

»Hörst du nicht, Jamie?«

Er schlug die Augen auf und sah Alasdair an. »Was?«

»Ich sagte, der alte Dugald hätte dich wahrscheinlich sehr gern als Schwiegersohn – falls du solche Absichten hegst.«

»Er hat mir seine Lieblingstochter bereits verweigert«, antwortete Jamie geistesabwesend.

»Du hast um ihre Hand angehalten?«

»Er wollte mich nur unter der Bedingung aus der Gefangenschaft entlassen, daß ich eine seiner Töchter heirate«, erklärte Jamie. »Ich hatte die Wahl zwischen dreien – nur Sheena wurde mir nicht angeboten.«

Alasdair lachte verächtlich. »Die anderen können sich nicht mit ihr messen.«

»Das dachte ich mir.«

»Nun, aus dieser Klemme wurdest du befreit – von Sheena selbst. Ich verstehe noch immer nicht, warum sie dir geholfen hat.«

Jamies Gedanken überschlugen sich. Er wollte Niall keinesfalls verraten. »Weil sie Angst vor mir hatte. Sie glaubte, ihr Vater würde sie mit mir vermählen.«

»Du wußtest doch, daß das nicht stimmte.«

Jamie nickte. »Mir war jedes Mittel recht, um aus Fergussons Verlies zu entkommen, und es tut mir auch nicht leid. Eine kleine Notlüge erschien mir immer noch besser, als gezwungenermaßen ein Mädchen zu heiraten, das sich ganz schrecklich vor mir fürchtet. Du kennst meinen Ruf, Alasdair.«

»Das mag sein, aber – letzten Endes ist Sheena die Verliererin. Sie wurde verbannt, weil sie einem Feind ihrer Familie geholfen hatte.«

Jamie setzte sich kerzengerade auf. »Verbannt?«

»Das hat mich auch überrascht. Andererseits konnte ich verstehen, wie tief sich der alte Mann getroffen fühlte, nachdem ihn seine Lieblingstochter so schmählich hintergangen hatte.«

»Deshalb war sie also in Aberdeen«, murmelte Jamie vor sich hin.

»Soviel ich weiß, ist sie immer noch dort.«

Jamie versank in nachdenkliches Schweigen. Sheena mußte freiwillig die Schuld auf sich genommen haben, um Niall zu schützen. Und der Junge hatte den Gefangenen freigelassen, um seine Schwester zu retten. Sicher wäre er niemals bereit gewesen, sie für seine Tat büßen zu lassen, wenn sie nicht darauf bestanden hätte. Was für eine Ironie! Die Verkettung der Ereignisse hatte Sheena nach Aberdeen geführt – wo sie dem Bruder des Mannes in die Arme gelaufen war, vor dem Niall sie bewahren wollte.

»An deiner Stelle würde ich mir keine Sorgen machen, Alasdair«, sagte Jamie leichthin. »Immerhin ist Sheena der erklärte Liebling des alten Fergusson, und deshalb wird er ihr bald verzeihen.«

»Vermutlich. Aber ich weiß nicht, ob *ich* mir jemals den Gefühlsausbruch verzeihen kann, der mich an jenem Tag bewogen hat, die Verlobung zu lösen.«

»Du mußt das mal so betrachten, Alasdair: Wahrscheinlich bist du nicht der einzige, der sie begehrt. Sie hat schon viele Männer entzückt und wird noch eine ganze Menge betören – aber nur einer kann sie erringen.«

Alasdair seufzte tief auf. »Wie glücklich wird er sein...«

»Oh, ja.« Jamie grinste, und in diesem Augenblick erschien es ihm durchaus möglich, daß er jener Glückliche sein würde. »Und jetzt muß ich dich verlassen, obwohl ich dir herzlich für deinen Besuch danke«, fuhr er fort und erhob sich. »Natürlich kannst du bleiben, solange du willst. Du bist mir hochwillkommen. In ein paar Tagen bin ich wieder da.«

»Wohin willst du bei diesem grauenhaften Wetter reiten?« fragte Alasdair verblüfft.

Jamie lächelte strahlend – unfähig, seine überschäumende Freude noch länger zu verbergen. »Nach Aberdeen – um ein schönes Mädchen zu erringen.«

Alasdairs Verwirrung wuchs. »Sheena?«

»Wen sonst?«

»Aber sie ist deine Feindin, Jamie. Zumindest sieht sie es so.«

»Genau – meine Feindin und eine leichte Beute.«

Jamie lächelte immer noch, als er hinausging, aber sich selber machte er nichts vor. Es würde nicht einfach sein, eine lebenslange Feindschaft zu besiegen. Trotzdem würde er Sheenas Herz erobern. Daran zweifelte er nicht. Und während sie von Anfang an den Vorteil genossen hatte zu wissen, wer er war, konnte er nun den gleichen Vorteil nutzen. Wie er seine neugewonnenen Erkenntnisse einsetzen würde – das war eine andere Frage.

23.

William Jameson wohnte weder in einem Schloß noch in einem Turmhaus, sondern in einem schlichten, befestigten Turm in der Nähe des Flusses Dee. Er stand auf dem Gipfel eines kleinen Hügels, ein düsteres Bauwerk, unwirklich, kalt und ungemütlich.

Sheena wurde in ein kleines Zimmer geführt und eingesperrt. Dafür fand sie einleuchtende Gründe – die späte Stunde, eine Vorsichtsmaßnahme, um sie zu schützen. Morgen würde sie nicht mehr hier sein, also spielte es keine Rolle, wie sie die Nacht verbrachte.

Sie merkte zu spät, wie naiv und dumm sie gewesen war, als sie sich einem Fremden anvertraut hatte – noch dazu einem Hochländer.

Am nächsten Morgen stattete ihr Jameson einen kurzen Besuch ab und erklärte unmißverständlich, daß er nicht beabsichtigte, sie in absehbarer Zeit nach Aberdeen zu bringen. Sie würde sein Gast bleiben, solange er sie bei sich behalten wollte, und sie hätte in dieser Angelegenheit nichts zu sagen.

Beinahe wäre sie in Tränen ausgebrochen. Sie war einem luxuriösen Gefängnis entronnen, wo sie gute Mahlzeiten, Wärme, Bequemlichkeit und sogar ein bißchen Freiheit genossen hatte – nur um in einem schmutzigen, kalten, einsamen Zimmer zu sitzen, wo sie kaum etwas zu essen bekam und jeglicher Freiheit beraubt wurde.

Ihre Furcht ließ nach, als Jameson am Abend erneut auftauchte. Er hatte sich Mut angetrunken und verkündete lallend, er würde sie nun ebenso mißbrauchen wie Jamie seine Schwester. Aber sein Versuch, Sheena zu vergewaltigen, war nicht beängstigend, sondern eher lächerlich. Glücklicherweise hatte ihm der Alkohol die männliche Kraft genommen, und er stolperte schamrot aus dem Zimmer.

Sie hoffte, Jameson würde zu verlegen sein, um ihr wieder gegenüberzutreten, und es verstrichen tatsächlich mehrere Tage, bis sie ihn wiedersah. Sie saß allein in ihrem Gefängnis, und ihre Verzweiflung wuchs.

Alles wäre besser als dieses Elend, sagte sie sich, sogar Jamies Annäherungsversuche...

Wann hatte sie begonnen, ihn in Gedanken ›Jamie‹ zu nennen? Sie wußte es nicht – sie wußte nur, daß sie immer wieder an ihn dachte und sich an jedes Wort erinnerte, das sie miteinander gesprochen hatten, an jeden gemeinsamen Augenblick, seine Berührungen, den Zauber, den er ausstrahlte.

Wie verrückt... Sie hatte geglaubt, sie wäre ihm entkommen. Und nun drängte er sich andauernd in ihre Gedanken...

»Ich ertrage das nicht«, flüsterte sie. »Sein Bild verfolgt mich nur, weil ich diese vier leeren Wände anstarren muß und niemanden habe, mit dem ich reden kann. Kein Feuer, schlechtes Essen, das mir eine schweigsame Dienstmagd bringt... Noch ein Tag in diesem elenden Loch, und ich verliere den Verstand!«

Rastlos ging William Jameson vor seinem Kamin in der kleinen Halle auf und ab, dem einzigen Raum im Turm, der geheizt wurde. Es war schon spät, und er hatte bereits geschlafen. Doch man hatte ihn geweckt, um ihm beunruhigende Neuigkeiten mitzuteilen. Ein Reiter war vorausgeschickt worden, um William auf James MacKinnions unmittelbar bevorstehende Ankunft vorzubereiten.

Was hatte den Laird bisher ferngehalten? William hatte ihn viel früher erwartet. Über eine Woche war vergangen, seit er das Mädchen hierhergebracht hatte. Er war bereits zu der Überzeugung gelangt, Sheena hätte gelogen und James MacKinnion wäre gar nicht an ihr interessiert. Aber warum immer er gezögert hatte – nun würde er bald hier sein. Der Augenblick, den Jameson gefürchtet hatte, war gekommen. Er mußte sich beherrschen, durfte nicht zeigen, welche Freude es ihm machte, diesem blonden Bastard die Daumenschrauben anzusetzen.

Stiefel dröhnten auf der Treppe, viele Stiefel, dann erschien Jamie in der Tür am anderen Ende der schmalen Halle, begleitet von sechs Gefolgsleuten. Er bedeutete ihnen, draußen zu warten, und durchquerte den Raum allein, in seinen Tartan gehüllt, der ihn fast doppelt so groß und breit wirken ließ, wie es der Wirklichkeit entsprach. Als er aus dem Schatten trat, bot er einen furchteinflößenden Anblick. Unter dem Tartan ragte ein grünes Wams hervor, doch er trug keine Strümpfe, die ihn vor der Kälte geschützt hätten. Die Knie zwischen dem Kilt und den hohen Stiefeln waren nackt. An seiner Seite hing ein Schwert. William Jameson prägte sich alle diese Einzelheiten ein, als dürfte er sie bis an sein Lebensende nicht vergessen.

Doch es war vor allem Jamies Gesicht, das ihm den Atem raubte – die umschatteten, von Erschöpfung gezeichneten Lider, die fest zusammengepreßten Lippen, die vom Wind geröteten Wangen. Und die Augen, die den Feuerschein widerspiegelten, schimmerten grünlich. Jameson begann zu zittern.

»Ich habe zwei Tage nicht geschlafen, Jameson«, sagte der Laird von MacKinnion. »Ich bin todmüde, denn ich habe zwei vergebliche Reisen nach Aberdeen hinter mir. Vielleicht würdet Ihr mir verraten, welcher Teufel Euch geritten hat! Wie konntet Ihr es wagen, das Mädchen hier festzuhalten?«

William lächelte gezwungen und zuckte mit den Schultern. »Sie wollte bei mir bleiben.«

»Das glaube ich nicht.«

»Natürlich könnt Ihr sie wiederhaben«, versicherte William hastig. »Ich bin sogar froh, wenn ich sie loswerde, denn ich muß gestehen, daß sie mich bereits langweilt.«

»Sie langweilt Euch?« Jamie strich sich das Haar aus der Stirn. O Gott, wenn er bloß nicht so müde wäre ... »Das müßt Ihr mir näher erklären.«

»Was gibt es da zu erklären, mein Freund? Normalerweise ist eine Hure so gut wie die andere, aber diese da sieht nur hübsch aus und hat sonst nichts zu bieten. Ich war überrascht, denn ich dachte, ein Mann von Eurem Temperament würde etwas – lebhaftere Mädchen bevorzugen, so wie ich ...«

Jamie hob blitzschnell die Hand, packte Jameson am Tartan und zog ihn heran, so daß sich ihre Gesichter fast berührten. »Soll das heißen, daß Ihr mit Sheena geschlafen habt?«

»Ich müßte ein Narr sein, wenn ich das zugäbe – wo Ihr doch drauf und dran seid, mich zu verprügeln.«

»Sagt es mir! Oder ich bringe Euch um!«

William versuchte erfolglos, sich von Jamies hartem Griff zu befreien. Sein Selbstvertrauen schwand rasch dahin. Trotzdem beschloß er, die Nerven zu behalten, denn sonst war er verloren.

»Ihr seid so unvernünftig, MacKinnion. Wenn Ihr einen Anspruch auf das Mädchen hattet, wäre es besser gewesen, das eindeutig klarzustellen. Ich habe nur genommen, was mir geboten wurde. Sie war es, die mich anflehte, sie hierherzubringen und in meinem Haus zu beherbergen.«

»Ich nehme an, Sie hat Euch auch in ihr Bett gebeten?«

Jamie bekam keine Antwort, aber Williams Schweigen genügte ihm. Gequält stöhnte er auf und stieß den älteren Mann von sich. Am liebsten hätte er ihn verprügelt, bis nichts mehr übrig gewesen wäre, auf das man einschlagen konnte. Leider mußte er sich diese Genugtuung versagen, denn der verdammte Schurke sagte die Wahrheit. Jamie hatte keinen Anspruch auf Sheena. Von zu Hause verbannt, ohne den Schutz ihrer Familie, durfte sie mit ihrem Leben anfangen, was sie wollte. Doch das würde sich von nun an ändern.

»Holt sie herunter, Jameson – schnell, bevor ich vergesse, was vernünftig ist und was nicht!«

Jamie blieb allein in der Halle zurück und starrte ins Kaminfeuer, dessen Hitze sich nicht mit seiner brennenden Eifersucht messen konnte. Er versuchte sich klarzumachen, daß er kein Recht auf Sheena hatte, aber das linderte seinen Seelenschmerz nicht. Warum wurden ihm solche Qualen auferlegt? Lieber hätte er in einem mannhaften Kampf hundert Wunden davongetragen.

»Sir Jamie?«

Er fuhr herum. Da stand sie, ein schüchternes Lächeln auf den Lippen, das sofort verschwand, als sie seinem wütenden

Blick begegnete. Er verfluchte sich selber, denn er wußte, daß er ihr nicht übelnehmen konnte, was geschehen war. Sie hatte das Recht, ihre eigenen Entscheidungen zu treffen, nur – warum war ihre Wahl ausgerechnet auf William Jameson gefallen, diesen elenden Schwächling? Gepeinigt schloß er die Augen. Heilige Maria, das würde er nie begreifen. Trotzdem wollte er ihr keine Vorwürfe machen. Zumindest würde er es versuchen.

Er öffnete die Augen wieder und schaute Sheena nicht mehr ganz so zornig an wie zuvor. Aber sie wagte sich noch immer nicht näher. Sie hatte ihm danken wollen, weil er gekommen war, um sie zu retten. Jetzt wußte sie nicht mehr, ob sie von ihm gerettet werden wollte. Wie böse er aussah...

Ihr Unsicherheit entging ihm nicht. Mittlerweile hätte er sich an die Angst gewöhnen müssen, die er ihr einjagte, doch damit würde er sich niemals abfinden können.

Offensichtlich war sie nicht in bester Verfassung. Sie trug immer noch dasselbe blaue Kleid wie an dem Abend, wo sie sein Schloß verlassen hatte. Jetzt hing es schmutzig, zerknittert und formlos an ihr herab. Dunkle Schatten lagen unter ihren Augen, ihre blassen Wangen wirkten schmaler als zuvor. Vielleicht war sie unglücklich mit Jameson. Oder vielleicht...

»Du wirst mit mir kommen – keine Widerrede!« befahl er tonlos. »Wo ist Jameson?«

Sheena warf einen kurzen Blick zur Tür und hob die Schultern. »Das weiß ich nicht. Er hat mich heruntergeführt, dann ist er anscheinend verschwunden. Ich glaube, er wagt es nicht, Euch gegenüberzutreten, nachdem...«

»Das ist mir nur recht«, fiel ihr Jamie mißmutig ins Wort. »Wenn ich den Mann noch einmal sehe, könnte ich mich vergessen und ihn umbringen...« Plötzlich schaute er nach oben und schrie die Deckenbalken an: »Habt Ihr gehört, Jameson? Laßt Euch nie mehr in meiner Nähe blicken, sonst seid Ihr ein toter Mann!«

Sheena blinzelte verwirrt. Als er sie am Arm packte und unsanft aus der Halle zerrte, wehrte sie sich nicht. Wußte er, daß man sie in diesem Haus gefangengehalten hatte? Vielleicht war er gar nicht auf sie böse, sondern auf Jameson.

Jamies Gefolgsmänner holten die Pferde, und Sheena sah, daß er für sie kein Tier mitgebracht hatte. Sie ließ sich auf seinen grauen Hengst heben, und als er hinter ihr aufstieg, schlug ihr Herz schneller. Die anderen ritten voraus, und sie folgten ihnen in langsamerem Trab.

In den Armen des Lairds wurde ihr warm, trotz des kalten Windes. Sie wandte den Kopf zur Seite, damit er ihre Frage hören konnte. »Bringt Ihr mich nach Aberdeen, Sir Jamie?«

»Nein«, entgegnete er kurz angebunden.

Sheena ignorierte seinen schroffen Ton. »Ich würde aber lieber nach Aberdeen zurückkehren.«

»So?«

»Das wißt Ihr doch! Und Ihr habt versprochen, Ihr würdet mich in die Stadt begleiten. Jetzt bitte ich Euch darum.«

»Wenn du dich so nach Aberdeen sehnst, hättest du Jameson bitten sollen, dich hinzubringen. Jetzt gilt mein Angebot nicht mehr.«

»Warum denn nicht?« rief sie erschrocken.

»Man hat mir klargemacht, wie nachlässig es von mir war, meinen Anspruch auf dich nicht in aller Öffentlichkeit anzumelden. Deshalb werde ich sofort nach unserer Heimkehr verkünden, daß ich eine Probeehe mit dir eingehe.«

»Das lehne ich ganz entschieden ab!«

»Ich brauche dein Einverständnis nicht, da ich meine Absichten nur innerhalb meines Clans bekanntgeben werde. Das hätte ich schon längst tun sollen.«

»So etwas ist barbarisch – und unfair! Ihr könnt mich nicht zwingen, Jamie! Nur mein Vater hätte die Macht, mich einem Mann zu übergeben, den ich nicht haben will.«

»Und wenn er das täte?«

»Einem Tölpel wie Euch würde er mich niemals anvertrauen!« Sie war so wütend, daß sie alle Vorsicht vergaß. »Ich weigere mich, Euer Bett zu teilen, und das werde ich auch Euren Leuten sagen! Wenn Ihr mich trotzdem zu nehmen versucht, wäre das eine Vergewaltigung, und das wißt Ihr ganz genau!«

»Verdammt, Sheena! Ich müßte dich vergewaltigen – und gegen Jameson hast du dich nicht gewehrt. Wie konntest du!«

»Wie konnte ich was?« fragte sie fassungslos. »Was werft Ihr mir vor?«

Abrupt zügelte er den Hengst, packte Sheena schmerzhaft an den Schultern und drehte sie zu sich herum. Trotz der Dunkelheit las sie den wilden Zorn in seinen Augen und hielt angstvoll den Atem an.

»Er hat dir nichts geboten – und du bist bereitwillig in sein Bett gestiegen. Ich wollte mich dir verpflichten – und du hast mich abgelehnt. Gut – ich weiß, warum du mich zurückweist. Ich kenne den Grund, und ich werde dieses Hindernis aus dem Weg räumen, aber... Bei allen Heiligen, Sheena – ich werde nie verstehen, was dich in seine Arme getrieben hat.«

Ihre Augen waren immer größer geworden, und als er zu Ende gesprochen hatte, schlug sie nach ihm, in blinder Wut. Er hielt ihre Hand fest und dreht ihr den Arm auf den Rükken, so daß er sie noch enger an sich zog.

»Wie könnt Ihr es wagen, mich so zu beschuldigen?« fauchte sie. »Ich bin immer noch Jungfrau – auch wenn ich nicht die Absicht habe, Euch das jemals zu beweisen! Und falls ich nicht mehr unbefleckt wäre, würde Euch das gar nichts angehen! Oh, denkt doch von mir, was Euch beliebt! Hoffentlich das Allerschlechteste! Dann werdet Ihr mich nicht mehr begehren!«

Er küßte sie, weil er sie zum Schweigen bringen wollte – und weil er sich nicht mehr beherrschen konnte. O Gott, was tat sie ihm nur an? Kein anderes Mädchen hatte eine so heiße Sehnsucht in ihm geweckt und ihm soviel Kummer bereitet.

Widerstrebend ließ er sie los, und seine Stimme war wie eine sanfte Liebkosung. »Täusch dich nicht, Sheena, ich begehre dich immer noch – und ich werde dich bald erobern. Und wenn das geschieht, wirst du dich fragen, welchen Sinn all diese Kämpfe hatten.«

Jamie setzte das Pferd wieder in Bewegung und ritt nun schneller, um seine Gefolgsmänner einzuholen. Verwundert runzelte Sheena die Stirn. Er hatte ihr keine Gelegenheit zu einer Antwort gegeben.

24.

»Du bist noch auf, Junge?«

Colen schreckte aus dem Schlaf hoch und sah seinen Bruder vor sich stehen – erschöpft, aber unverletzt. »Ich war noch nicht müde«, erwiderte er mißmutig und sank in seinen Stuhl vor dem Kamin zurück. »Während deiner Abwesenheit habe ich immer bis in die späten Morgenstunden geschlafen und bin abends länger aufgeblieben.«

Jamie grinste. »Tatsächlich?«

»Wohin bist du überhaupt geritten – ohne irgend jemandem Bescheid zu sagen?« fragte Colen ärgerlich. »Nun hast du schon zum zweitenmal in zwei Monaten das Weite gesucht, ohne Erklärung. Heilige Maria – glaubst du, hier würde sich niemand Sorgen machen, wenn du einfach verschwindest?«

»Hast du dich um mich gesorgt?« Colen gab keine Antwort, und sein Bruder fügte seufzend hinzu: »Also gut, ich sehe ein, daß du dich aufregst, und es tut mir leid – wirklich, Junge. Es wird nicht mehr vorkommen.«

»Willst du mir nicht erzählen, was das alles zu bedeuten hat? Diesmal hast du wenigstens ein paar Männer mitgenommen. Seid ihr in Schwierigkeiten geraten?«

»Nein, wir waren nur in Aberdeen.«

Colen blinzelte überrascht. »Schon wieder? Wieso dachtest du, daß du diesmal mehr Erfolg haben würdest?«

»Hast du nicht mit MacDonough gesprochen, als er hier war?«

»Nein, er hat uns bald nach deiner Abreise verlassen. Und während seines Besuchs war ich bei Black Gawain. Wußtest du, daß er jetzt mit Jessie Martin zusammenlebt?«

Jamie zuckte gleichmütig mit den Schultern. »Meinetwegen soll er mit ihr glücklich werden.«

»Deine Einstellung ist wirklich großartig!« murrte Colen.

»Warum sollte ich mich in rasender Eifersucht verzehren? Wenn ein Verhältnis vorbei ist, dann ist es nun mal vorbei. Außerdem habe ich mich von Anfang an nicht sonderlich für Jessie interessiert.«

»Ich finde es einfach nicht richtig, daß sie zu Black Gawain geht, nachdem sie mit dir zusammen war. Immerhin ist sie keine Dienerin, sondern Daphnes angeheiratete Kusine.«

»Ihr Stand macht keinen Unterschied. Wenn ich mich nicht darüber aufrege, hast du erst recht keinen Grund dazu – es sei denn, du willst sie für dich selber haben.«

Colen wurde rot. »Unsinn! Für meinen Geschmack ist sie viel zu rundlich.«

Lachend weidete sich Jamie am Unbehagen seines Bruders. »Oh – du magst also schlankere Mädchen?«

Aber es gelang ihm nicht, Colen vom wesentlichen Thema abzulenken.

»Hast du Sheena diesmal gefunden?«

»Sie war nicht in Aberdeen.« Bevor der Junge eine weitere Frage stellen konnte, fuhr Jamie in kühlem Ton fort: »Ob du es glaubst oder nicht – sie war immer noch bei Jameson.«

»Warum denn?«

»Soll ich dir das wirklich erzählen? Es wird dir nicht sonderlich gefallen.«

»Ich verstehe das nicht.«

»Ich auch nicht«, stieß Jamie mit scharfer Stimme hervor. »Jedenfalls war sie dort.«

»Hast du sie nicht mitgebracht?« Voller Angst wartete Colen auf die Antwort.

»Sie ist hier im Schloß, und sie wird es nicht mehr verlassen.«

Colen richtete sich auf und starrte seinen Bruder ungläubig an. »Ist sie wirklich bereit hierzubleiben?«

»Ich habe sie nicht gefragt, und sie fand auch keine Gelegenheit, meinen Plänen zuzustimmen.«

»Du sagtest doch, du würdest sie zu nichts zwingen – und du bräuchtest einen stichhaltigen Grund, um sie hierherzubringen.«

»Diesen Grund hat mir MacDonough geliefert.«

Colen stand auf. »Wirst du's mir sagen – oder muß ich sie fragen?«

»Sie weiß es noch nicht.«

»Bei allen Heiligen, Jamie, mußt du immerfort in Rätseln sprechen?«

Jamie grinste. »Tut mir leid, Junge. Warum sollte ich es dir verheimlichen? Aber vorerst darf es niemand erfahren – und Sheena schon gar nicht. Habe ich dein Wort?«

»Ja! Und jetzt sag's mir schon, bevor ich den Verstand verliere! Welchen Grund hat dir MacDonough genannt?«

»Er hat seine Fergusson-Braut nicht geheiratet. Sie wurde nach Aberdeen verbannt – wo du sie gefunden hast.«

»Die Fergusson-Braut? *Sheena?* Unmöglich!«

»Es ist wahr, Colen. Ich habe es dir ebenso verschwiegen wie ihr, daß ich sie wiedererkannte, als du sie hierherbrachtest – denn ich hatte sie schon einmal gesehen, im Frühling, auf Fergussons Grund und Boden. Du meintest, sie wäre eine Bettlerin, und das glaubte ich auch. Sie badete nämlich in einem Teich, am frühen Morgen. Und das würde eine Fergusson niemals tun – zumindest nicht so kurz nach einem Überfall.«

»Genau. Also kann sie keine Fergusson sein.«

»Sheena ist sehr eigenwillig. Ist sie nicht von hier verschwunden, bei der ersten besten Gelegenheit, die sich ihr bot? Hat sie nicht an jenem Vormittag in unserem Teich gebadet, obwohl ich ihr sagte, das Wasser wäre zu kalt? Sie tut, was ihr beliebt. Zweifellos hat sie sich zu Hause auch so benommen.«

»Aber – eine *Fergusson*...«

Jamie nickte. »Noch dazu die Lieblingstochter des alten Dugald. MacDonough hat sie beschrieben, und da war ich endgültig überzeugt. Überleg doch mal, Junge! Ist das nicht eine einleuchtende Erklärung für ihre Furcht, für die wir beide keinen Grund finden konnten? Als ich sie ein paar Tage nach ihrer Ankunft in deinem Zimmer antraf, war sie freundlich und nett. Sie neckte mich sogar und hatte überhaupt keine Angst vor mir. Sie fürchtete sich erst, nachdem sie meinen Namen gehört hatte.«

»Jetzt, wo du das erwähnst, fällt es mir wieder ein. Sheena geriet außer Rand und Band, als sie erfuhr, wer ich bin. Sie schrie und kreischte und wollte auf der Stelle fliehen. Ich mußte sie schlagen, um sie zu beruhigen.«

»Was hast du getan?« brüllte Jamie.

Colen wich seinem Blick aus. »Reg dich nicht auf, sie hat zurückgeschlagen.«

Jamie begann zu lächeln, dann lachte er lauthals. »Tatsächlich?«

»Vielleicht kommt dir das schrecklich lustig vor. Damals war ich jedenfalls anderer Meinung, das kann ich dir versichern. Großer Gott, nachdem Sheena eine Fergusson ist, ändert sich die Lage von Grund auf. Was wirst du unternehmen?«

»Ich habe sie hierher zurückgebracht, und es wird sich überhaupt nichts ändern, da ich nach wie vor beabsichtige, eine Probeehe mit ihr einzugehen. Ob sie will oder nicht.«

»Es wäre reiner Hohn, wenn du sie dazu zwingen würdest. Sie hält nämlich nichts von Probeehen. Eine richtige Heirat – das wäre was anderes – obwohl du sie dazu ebensowenig zwingen kannst.«

Jamie runzelte die Stirn. Das stimmte – wenn es ihm auch gründlich mißfiel. Zuvor war er bereit gewesen, auf ihre Einwilligung zu warten. Er hatte großen Wert auf ihre Zustimmung gelegt. Natürlich, alle Bräute gaben letzten Endes nach, ob ihnen die geplante Heirat nun paßte oder nicht. Aber er hatte diese Ehe nicht mit einem Mißton beginnen wollen. Andererseits weigerte er sich, Sheena rechtmäßig zu heiraten, bevor er sie auf die Probe gestellt hatte. Diesen Fehler würde er kein zweites Mal begehen. Und andere hatten sie ausprobiert! Jameson fand sie langweilig! Verdammt! Und Fluch über Jameson!

»Ich bin jetzt zu müde, um darüber zu diskutieren«, sagte Jamie unvermittelt.

»Erklär mir wenigstens, warum du ihr nicht verraten willst, daß du über ihre Herkunft Bescheid weißt«, bat Colen.

»Wenn ich ihr mitteilte, daß ihr Täuschungsmanöver beendet ist, würde ich ihr ein Schwert in die Hand geben. Sie würde mich bei jeder Gelegenheit wegen vergangener Ereignisse angreifen, die nichts mit ihr und mir zu tun haben, sondern ausschließlich auf die Familienfehde zurückzuführen sind. Glaubst du, das könnte ich ertragen, ohne Vergeltung zu üben?«

»Und ihre Angst vor dir, Jamie? Sie fürchtet dich vor allem deshalb, weil du herausfinden könntest, wer sie ist – und weil sie sich ausmalt, was du dann mit ihr machen würdest. Nun, du kennst die Wahrheit, und du willst ihr nichts zuleide tun. Sie sollte wissen, daß ihre Herkunft keine Rolle spielt. Dann würde sie erkennen, daß sie sich völlig grundlos aufregt.«

»Das werde ich ihr so oder so beweisen«, erwiderte Jamie zuversichtlich. »Und ich möchte keinesfalls, daß sie den Haß ihres Clans als weitere Ausrede benutzt, um mich abzuweisen.«

»Ich wette, das *ist* ihr Beweggrund.«

»Ja, aber sie kann es mir nicht sagen, oder?« Jamie lachte, doch es klang nicht sehr überzeugend.

25.

Am nächsten Morgen verließ Sheena ihr Turmzimmer, um zu erkunden, inwieweit man ihre Freiheit eingeschränkt hatte. Sie trug ihr grünes Kleid, das immer noch schäbig aussah, aber sauber und zumindest ihr Eigentum war. Ihr langes Haar fiel lose auf die Schultern.

Sie ging nicht auf dem kürzesten Weg zur Halle hinab, da sie annahm, daß Jamie immer noch dort saß. Statt dessen schlenderte sie die Galerie entlang, von wo aus sie das Leben und Treiben im Hof beobachten oder zu den Bergen blicken konnte, zum Fluß Dee, der zwischen den Bäumen hindurchschimmerte. Ein Sonnenstrahl brach durch die dunklen Wolken, um ihr Gesicht zu küssen – vielleicht zum letztenmal vor dem nächsten Frühling.

Viele Leute sahen sie, aber niemand hielt sie auf. Offensichtlich durfte sie sich innerhalb des Hauses frei bewegen, was sie zufrieden zur Kenntnis nahm. Sie beschloß, ihr Glück an der Pforte zu versuchen, und stieg die schmale Wendeltreppe im Ostturm hinab. Auf dem Weg nach unten kam sie nur an zwei Räumen vorbei, die sie für Wachstuben hielt, da dieser Turm an der Vorderseite des Schlosses lag. Wie konnten die großen, kräftigen Bewohner von Kinnion mit ihren schweren Waffen so schmale Stufen bewältigen? Auf diese Frage fand Sheena eine Antwort, bevor sie den Fuß der Treppe erreichte. Ein Mann trat ihr entgegen.

Allerdings war er kein Schloßbewohner. Im schwachen Licht, das durch die offene Turmtür hereinfiel, erkannte sie Jamies Vetter. Ihr Anblick schien Black Gawain zu überraschen. »Sieh mal an – Ihr seid also wieder da«, sagte er gedehnt. Offenbar war er nicht gewillt, sie vorbeizulassen.

»Ja«, bestätigte sie kurz angebunden. Sein verächtlicher Tonfall ärgerte sie.

»Wie ich sehe, seid Ihr allein. Hat Euer Wachhund alle Hoffnung fahrenlassen?«

»Wenn Ihr Colen meint – er ist nicht mein Wachhund, wie Ihr Euch auszudrücken beliebt.«

»Ihr braucht aber einen, das werdet Ihr wohl nicht leugnen.«

»Wozu?«

»Nun, wenn Ihr meint, daß Ihr keinen Beschützer braucht, um Schurken von meiner Sorte zu entrinnen – wie könnte ich Euch widersprechen?« Er grinste sie an.

Sheena war keineswegs belustigt. »Gebt mir den Weg frei, Black Gawain.«

»Wir hatten noch gar keine Gelegenheit, uns näher kennenzulernen. Und es ist unwahrscheinlich, daß ich Euch bald wieder allein begegnen werde – in einer so günstigen Situation.«

Er kam einen Schritt näher, und sie wich zurück. Dann machte er noch einen Schritt auf sie zu, ganz langsam, als wollte er sich an ein scheues Wild heranpirschen. Sheena wußte nicht recht, ob sie ihn ernst nehmen sollte, fand sein Verhalten aber keineswegs erfreulich.

Ungehalten hob sie eine Hand, während er sie immer weiter in den Schatten unter der Treppe zurücktrieb. »Was bildet Ihr Euch eigentlich ein, mein Herr?«

Er griff nach ihrer Hand, hielt sie fest und schlang seinen anderen Arm um ihre Taille. »Ich gehe ein großes Wagnis ein, meine Teure«, flüsterte er lächelnd. »Aber es lohnt sich.«

Sein Mund berührte den ihren. Es war ein sanfter Kuß, bis Sheena anfing, Widerstand zu leisten. Da preßte er sie fest an seine Brust, und sie konnte sich nicht mehr bewegen. Er küßte sie mit brutaler Leidenschaft, drückte ihr schmerzhaft die Lippen gegen die Zähne. Sie bekam keine Luft mehr und glaubte, ihr Genick müßte jeden Augenblick brechen. Wenn sie doch nur einen Dolch hätte! Erst als ihre Lungen zu bersten drohten, ließ er sie los.

»O Sheena, Ihr bringt einen Mann um den Verstand – so daß er Dinge tut, die er nicht tun dürfte. Andererseits – was kann ein Kuß schon schaden?«

Sekundenlang war sie versucht, um Hilfe zu rufen. Dann erlag sie dem Irrtum, daß sie jetzt nichts mehr zu fürchten hatte, und sagte mit beherrschter Stimme: »Laßt mich vorbei, Black Gawain. Es fehlt mir keineswegs an Mut, und ich hätte gute Lust, Euch zu töten für das, was Ihr getan habt.«

Er lachte, trat aber bereitwillig zur Seite. »Ich fürchte nicht Euch, Fräulein, sondern Euren Laird.«

»Jamie? Der ist nicht mein Laird.«

Gawain hob die Brauen. »Nein? Dann war mein Wagnis nicht allzu groß. Vielleicht sollte ich Euch noch mehr rauben als nur einen Kuß.«

Seine Lippen erstickten den Schrei, der in ihrer Kehle aufstieg. Er riß sie wieder an sich, tastete nach ihren Brüsten, und sie erkannte angeekelt, in welcher Gefahr sie schwebte.

Schritte polterten auf der Wendeltreppe. Stimmen klangen auf, und Gawain ließ sie fluchend los. Sie schob sich an ihm vorbei und rannte in den Hof hinaus. Nach einigen Schritten blieb sie stehen, um Atem zu holen und ihrem rettenden Schicksal zu danken – wen immer es auch die Treppe hinabgeschickt hatte.

Sie war gerade noch einmal davongekommen, mit knapper Not. Mußte sie nun befürchten, in jeder finsteren Ecke überfallen zu werden? Nun, immerhin gab es noch eine Hoffnung. Sie ging zum Torhaus, aber der Wächter schüttelte wortlos den Kopf.

Welche Möglichkeit blieb ihr jetzt noch? Wo sollte sie Zuflucht suchen? Sie war nicht bereit, sich dem Laird auszuliefern, nur um vor seinen Gefolgsmännern sicher zu sein. Es mußte noch einen anderen, besseren Weg geben.

Nur Colen saß am Tisch des Lairds, als sie die Halle betrat. Ärgerlich ging sie auf ihn zu. »Ihr müßt mich beschützen, Colen. Das seid Ihr mir schuldig.«

»So? Erwartet Ihr, daß ich Euretwegen mit meinem Bruder kämpfe?«

»Nein. Jamies wegen mache ich mir auch keine Sorgen – wenigstens jetzt noch nicht.«

Er schaute auf ihre Lippen, und sie hob unwillkürlich eine Hand, um sie zu berühren. Sie waren geschwollen. Dieser verdammte Black Gawain! »Ich bitte Euch um Hilfe«, fügte sie tonlos hinzu.

»Warum geht Ihr nicht zu meinem Bruder? Er wird Euch nur zu gern Schutz gewähren.«

»Und um welchen Preis?« stieß Sheena hervor. »Ich habe nicht die Absicht, mich zu opfern.«

»Ihr meint, Ihr müßtet Euch opfern?« Colen kicherte. »Ja, so würdet Ihr es wohl betrachten.«

Sie runzelte die Stirn. Auf diese Weise kam sie nicht weiter. Warum benahm er sich so seltsam? »Es ist Euch also gleichgültig, was aus mir wird?« fragte sie.

»Ich bezweifle, daß Euch die Aufmerksamkeiten meines Bruders mißfallen werden«, entgegnete er bitter.

»Wie meint Ihr das?«

»Ich sah Euch mit Jamie am Teich liegen. Und Ihr habt Euch nicht gegen ihn gewehrt, Sheena.«

Das Blut stieg ihr in die Wangen, doch sie war nicht bereit, ihm zu gestehen, wie schwach sie an jenem Tag geworden war. »Er hat sich auf mich gestürzt, Colen, und er ist stärker als ich. Aber ich begehre ihn nicht – falls Ihr das glaubt, Colen.«

»Dann heiratet mich – wenn Ihr ihn nicht mögt. Denn sonst wird er Euch einfach nehmen.«

»Es muß einen anderen Ausweg geben.«

Colen schüttelte den Kopf. »Ich habe keine Geduld mehr mit Euch, Sheena. Wie mein Bruder Eure ständige Weigerung erträgt, weiß ich nicht. Ich bin es jedenfalls leid. Meinetwegen soll er Euch haben.«

Das hatte sie nicht erwartet. Aus irgendeinem Grund war sie überzeugt gewesen, sie könnte mit Colens Beistand rechnen. Und nun ließ er sie im Stich?

»Ihr wollt mir also nicht helfen?«

Colen seufzte. »Ihr habt weder Jamie noch mir gestattet, Anspruch auf Euch zu erheben. Und was Euren Schutz betrifft – nun, da müßt Ihr Euch an meinen Bruder wenden. Ich habe Euch in dieses Schloß gebracht, was ich jetzt bereue. Ihr seid geflohen, und Jamie hat Euch zurückgeholt. Jetzt gehört Ihr ihm.«

»Warum hat er mich wieder hierhergeschleppt, Colen? Und wer gibt ihm das Recht, mich in seinem Haus festzuhalten?«

Er stand auf und ging davon. Seine Antwort war fast unverständlich. »Das müßt Ihr ihn selber fragen.«

26.

Nun blieb ihr nichts anderes übrig, als sich wieder im Südturm einzusperren. Sie war fest entschlossen, dort zu bleiben, bis Jamie ihr erlauben würde, sein Haus zu verlassen. Dies schien die einzige Lösung ihres Problems zu sein. Wenn ihre Tür verriegelt war, würde man sie nicht verpflegen können. Sie hatte sich genügend Lebensmittel von den Frühstückstischen in der Halle mitgenommen, um ein paar Tage lang durchzuhalten. Das wußte Jamie natürlich nicht. Er würde glauben, der Hunger müßte sie letzten Endes zwingen, sein Verlangen zu erfüllen.

Abends kehrte er nach Hause zurück und ging sofort in den Südturm. Nachdem er Sheena vergeblich aufgefordert hatte, die Tür zu öffnen, brach er das Schloß auf. Wehrlos stand sie ihm gegenüber. »Was soll das?« rief er ärgerlich. »Willst du vielleicht behaupten, du hättest meinen Ruf nicht gehört? Warum hast du nicht geantwortet?«

Sheena nahm ihren ganzen Mut zusammen. »Ihr hattet kein Recht, gewaltsam in mein Zimmer einzudringen, Sir Jamie. Wenn Ihr mir willkommen wärt, hätte ich Euch hereingelassen.«

»Dein Schweigen hat mir nichts dergleichen verraten.«

»Ihr habt so laut gebrüllt und gegen die Tür gehämmert, daß Ihr meine Antwort ohnehin nicht vernommen hättet.« Wütend runzelte er die Stirn, doch sie fuhr tapfer fort: »Es ist mein gutes Recht, allein und ungestört in diesem Zimmer zu bleiben. Sicher hat Euer Vater niemals die Tür Eurer Mutter eingetreten. Er hat ihren Willen geachtet und...«

»Ich bin nicht mein Vater«, fiel er ihr ins Wort. »Zwischen mir und dem Ziel meiner Wünsche gibt es keine verschlossenen Türen. Und sobald wir zusammenleben, wirst du das auch gar nicht mehr wollen.«

Sheena schnappte empört nach Luft. »Euer Selbstvertrauen ist unglaublich. Und völlig fehl am Platz. Ich werde stets bestrebt sein, möglichst viele Barrieren zwischen Euch und mir zu errichten.«

Sie stemmte die Hände in die Hüften, hob herausfordernd das Kinn, und Jamies Ärger verflog. Er grinste belustigt.

»Wie schön du bist, wenn dieses wilde Feuer in deinen Augen leuchtet! Kein Wunder, daß ich dir niemals zürnen kann – zumindest nicht für lange.«

Diese Worte kamen aus James MacKinnions Mund, des Mannes, der in seinem Zorn vor nichts zurückschreckte? Sheena traute ihren Ohren nicht.

»Ich mag es nicht, wenn man sich auf meine Kosten amüsiert.«

»Du magst dies nicht, du magst jenes nicht«, spottete er. »Was magst du eigentlich?«

»Meine Freiheit.«

»Wann warst du jemals frei? Du standest unter der Herrschaft deines Vaters, bevor ich dich in meine Gewalt bekam.«

»Er hat mich niemals in meiner Freiheit eingeschränkt.«

»So? Oder hast du dir deine Freiheit einfach genommen?«

Sheena konnte Jamies Blick nicht mehr standhalten. Dieser Mann durchschaute sie viel zu leicht.

»Darauf kommt es nicht an«, entgegnete sie unbehaglich. »Tatsache ist, daß ich immer noch ihm untergeordnet bin – und nicht Euch. Deshalb werde ich mich nach seinen Wünschen richten – und nicht nach Euren.«

»Wirklich?« Jamie lachte leise. »Nun, vielleicht sollte ich ihn aufsuchen und ihm die Entscheidung überlassen. Ein MacEwen wäre hocherfreut, wenn er sich mit einem MacKinnion verbünden könnte.«

»Nein!« flüsterte sie entsetzt.

»Damit würden wir dieser sinnlosen Streiterei ein Ende setzen.«

»Nein!« wiederholte sie mit festerer Stimme.

Er ließ nicht locker. »Nun – wenn ich ihn finden wollte, würde mir das sicher gelingen.«

Sheena zuckte siegessicher mit den Schultern. »Niemals! Aber Ihr könnt es ja versuchen. Verschwendet nur Eure Zeit – das kümmert mich nicht.«

Jamie wußte genau, warum sie so zuversichtlich lächelte.

»Deine Tante in Aberdeen wird mir sicher die nötigen Hinweise geben.«

Nun sah sie sich in die Enge getrieben. »Ich hasse Euch, James MacKinnion!«

»Tatsächlich?« Er seufzte müde auf. »Das bezweifle ich keineswegs. Aber du haßt nur meinen Namen, nicht mich, und das habe ich allmählich satt.« Sie hielt den Atem an, und er fügte schnell hinzu: »Als wir uns zum erstenmal sahen, hattest du nichts gegen mich einzuwenden. Du fürchtest mich erst, seit du weißt, wer ich bin. Erkläre mir das – wenn du es kannst.«

»Ich habe Euch nichts zu erklären«, entgegnete sie unsicher.

»Nein, natürlich nicht«, bestätigte er ironisch. »Du willst deine Schwierigkeiten beseitigen, indem du sie einfach nicht zur Kenntnis nimmst. Deshalb werde *ich* es dir erklären: Du hast gräßliche Geschichten gehört, und deshalb hattest du Angst vor mir, bevor wir uns trafen. Widersprich mir doch, wenn ich mich irre, Sheena.« Sie schwieg, und er fuhr fort: »Ich frage dich nicht, was du gehört hast, und ich leugne nicht einmal, daß manche Gerüchte der Wahrheit nahekommen. Aber du mußt mir zugestehen, daß einige Leute zu Übertreibungen neigen, wenn sie Dinge weitererzählen, die sie nicht mit eigenen Augen beobachtet haben.«

»Ich fürchte, daß diese Berichte der Wahrheit entsprechen«, erwiderte Sheena kühl.

»Nur in gewissen Fällen, Sheena«, antwortete er ernsthaft. »Und die reichen nicht aus, um mich zu verdammen.«

»Was ich erfahren habe, genügt mir. Ich weiß, daß man Euch nicht über den Weg trauen darf.«

Jamies Augen wurden schmal. »Schau mich an, Sheena. Denk nicht an meinen Namen – betrachte mich so, wie ich vor dir stehe. Habe ich dir jemals Grund gegeben, mich zu fürchten. Habe ich jemals dein Leben bedroht oder dir Schaden zugefügt?«

»Oh, ja! Ihr kommandiert mich herum, Ihr redet von einer Probeehe, obwohl Ihr wißt, was ich davon halte. Und

Ihr versucht bei jeder Gelegenheit, meinen Willen zu brechen.«

»Du verfluchtes halsstarriges Biest!« schrie Jamie. »Daß ich dich begehre, ist mein einziges Verbrechen. Und das ist kein Verbrechen. Wenn du ehrlich wärst, müßtest du das zugeben. Du bist meinen Wünschen gar nicht so abgeneigt, wie du es immer behauptest.«

»Doch!« rief sie wütend. »Ich schwöre...«

»Sheena, es ist an der Zeit, diesen dummen Kampf zu beenden.« Plötzlich ging Jamie auf sie zu und blieb dicht vor ihr stehen. »Komm zu mir, Sheena«, bat er mit sanfter Stimme. »Folge deinem Herzen – nur ein einziges Mal.«

Dazu war sie nicht bereit. Aber sie wich auch nicht zurück. Sie wußte, daß sie sich nicht zu rühren brauchte, denn er würde ohnehin seine Arme um sie legen. Und sie erinnerte sich sehr gut, wie es war, diese Arme zu spüren. Sie schloß die Augen. Und da entsann sie sich ganz deutlich der Gefühle, die in ihr aufgestiegen waren, als er sie geküßt hatte.

Seine Hand strich über ihren Rücken, und sie schlug hastig die Augen auf. Behutsam zog er sie an sich. Sonst tat er nichts. Er schaute sie nur durchdringend an. Versuchte er, die Wahrheit zu erkennen?

»Sheena«, flüstert er, »ich weiß, was geschieht, wenn ich dich küsse. Aber vielleicht hast du es vergessen, und ich muß dein Gedächtnis auffrischen.«

»Nein, ich habe es nicht vergessen. Es ist ein teuflischer Zauber, der Euch soviel Macht über mich gibt und mich zwingt, Eure Küsse zu genießen. Nur das ist es!«

»Ein teuflischer Zauber? Da irrst du dich. Der einzige Zauber ist das Glück, das zwei Menschen empfinden, wenn sie einander begehren. Der Teufel hat nichts damit zu tun.«

»Warum tut ihr mir das an?« rief sie verzweifelt.

»Ich brauche dich, Sheena. Ich muß einfach in deiner Nähe sein, dich umarmen, dich berühren. Und jetzt sage mir – tue ich dir weh? Nein, unmöglich. Ich drücke dich nur ganz sanft an mich. Und ein Kuß kann dir auch nichts anhaben.«

Jamie neigte sich zu ihr herab, und sie schrie gepeinigt auf.

Jetzt sah er die leichte Schwellung an ihren Lippen. »Du bist verletzt? Wieso?«

»Ich – ich bin gestürzt«, log Sheena erfolglos.

Er starrte sie an, dann geriet er plötzlich in Wut. »Bei Gott, das ist nicht wahr!« Er ließ sie los und trat zurück, voller Angst, er könnte sich vergessen und sie ohrfeigen. »Erst gestern bist du hierher zurückgekommen und hast dich bereits einem anderen hingegeben! Alle dürfen dich haben – nur ich nicht, was? Daß du dich mit Jameson eingelassen hast, war schon schlimm genug. Und jetzt bist du auch noch einem meiner Clansmänner in die Arme gefallen!«

»Wie könnt Ihr es wagen, mich derart zu beschuldigen?« schrie sie empört und schlug ihn mit aller Kraft ins Gesicht. »Erst Jameson – und jetzt das! Vielleicht wollt Ihr mich als Hure hinstellen, um Euer Gewissen zu betäuben. Aber ich muß Euch enttäuschen. Ich werde mich nur meinem Ehemann freiwillig hingeben. Ich und einer Eurer Männer! Welch ein Hohn! Ich hasse alle, die diesem verdammten Clan angehören, denn sie sind grausame Barbaren!«

»Aber warum...«

»Ich wurde überfallen. Was macht es schon aus, wer sich auf mich stürzt – Ihr selber oder einer von Euren Verwandten? Unter Eurer Obhut bin ich schutzlos. Deshalb habe ich mich eingesperrt und bin trotzdem nicht sicher – vor Euch!«

Jamie strich über seine rote, brennende Wange und warf Sheena einen wütenden Blick zu. Erschrocken wich sie zurück. Erst jetzt wurde ihr bewußt, was sie getan hatte. Doch die Ohrfeige war nicht der Grund seines Zorns.

»Wurdest du vergewaltigt?« fragte er ausdruckslos.

»Nein, dazu ist es nicht gekommen – diesmal noch nicht. Aber die Tatsache bleibt bestehen, daß Ihr mich hierher zurückgebracht und erklärt habt, ich dürfte nicht abreisen. Und Ihr habt nichts unternommen, um mich zu schützen. Soll ich Tag für Tag in Angst vor allen Männern leben, die hier herumlaufen – Euch mit eingeschlossen?«

Ihre Anklage traf ihn bis ins Mark, weil sie recht hatte. Er trug die Schuld an diesem Zwischenfall. Sie war von seinem

Bruder hierher entführt worden, nach ihrer Flucht hatte er sie selber zurückgeholt. Und sie hatten es beide versäumt, den anderen zu erklären, warum sie auf Schloß Kinnion wohnte.

»Du mußt mir mitteilen, wer dich angegriffen hat, Sheena«, sagte er mit trügerisch sanfter Stimme.

»Warum?«

»Ich werde ein Exempel statuieren, um deine künftige Sicherheit zu gewährleisten.«

»Natürlich – eine großartige Idee!« meinte sie sarkastisch. »Ihr wollt einen Mann bestrafen, nur weil er ebenso grausam ist wie Ihr – weil Ihr der Laird seid und er Euer Untergebener ist. Seid Ihr vielleicht weniger schuldig als er?«

»Ich habe von Anfang an keinen Zweifel an meinen Absichten gelassen.«

»Glaubt Ihr, das würde Euch von jeder Schuld reinwaschen?« rief Sheena verächtlich. »Nun, er gab seine Absichten ebensodeutlich zu erkennen wie Ihr, und deshalb müßt Ihr auch ihn entschuldigen...«

»Sheena...«

»Nein, Ihr werdet mich ausreden lassen. Ich sage Euch nicht, wer der Mann war, denn er wußte, daß ich hier zu niemandem gehöre. Das habe ich ihm verraten.«

»Dann hättest du den Angriff verhindern können?«

Seine Mißbilligung kam klar zum Ausdruck, und sie hob ärgerlich das Kinn. »Ich werde mich niemals auf eine Beziehung zu Euch berufen, die es nicht gibt – nicht einmal, um mich vor solchen Überfällen zu retten. Und ich sehe nur einen einzigen Ausweg, Sir Jamie.«

»Ich soll dich nach Aberdeen schicken? Da wäre noch eine andere Möglichkeit.«

Sein Zorn schien mit jeder Minute zu wachsen. Er begann im Zimmer auf und ab zu gehen, und Sheena beobachtete ihn ängstlich. Nach einer halben Ewigkeit brach er das Schweigen. »Wir werden heiraten – und zwar rechtmäßig.«

Er wandte sich zu ihr, las Verwirrung in ihren Augen und dann helle Empörung. Sie konnte nicht ahnen, wie schwer es ihm gefallen war, diese Worte auszusprechen.

»Wir werden heiraten?« stieß sie ungläubig hervor. Kannte seine Anmaßung keine Grenzen? »Wie wollt Ihr das anfangen? Damit bin ich nämlich nicht einverstanden!«

»Wir werden heiraten«, wiederholte er kühl.

Unsicherheit verdrängte ihren Ärger. Besaß er eine Handhabe, um sie zu zwingen? Würde er irgendwelche Mittel und Wege finden, die sie nicht bedacht hatte?

»Ihr habt erst gestern erwähnt, daß ihr mich nur probeweise heiraten wollt. Warum besinnt Ihr Euch nun anders?«

»Eine Probeehe würde dich nicht umstimmen. Oder hast *du* dich anders besonnen?«

»Ihr sagtet doch, Ihr würdet kein Mädchen für immer an Euch binden, das Ihr nicht erprobt habt.«

Als sie Jamie daran erinnerte, goß sie noch mehr Öl ins Feuer seines Zorns. Mit einem grausamen Lächeln entgegnete er: »Ja, das hatte ich vor – solange ich dich für eine zimperliche Jungfrau hielt. Aber wir wissen beide, daß du bereits erprobt wurdest. Und da du deshalb nicht aus dem Leben gegangen bist, muß es dir gefallen haben. Ich wollte keine gefühlskalte Frau heiraten, verstehst du? Nun, ich glaube, in dieser Hinsicht brauche ich nichts zu befürchten. Du willst mich doch nicht enttäuschen? Ich hoffe, du wirst eine fügsame Ehefrau sein – und stets bereit, mich zu erfreuen.«

»Niemals!« schrie Sheena, außer sich vor Wut. »Ihr könnt mich nicht zwingen, hört Ihr?«

Aber er hatte ihr bereits den Rücken gekehrt und das Zimmer verlassen.

Zitternd sank sie auf ihr Bett und schlug die Hände vors Gesicht. Nun war sie wieder dort angelangt, wo ihr Weg ins Verderben begonnen hatte. Wie vor ihrer Verbannung aus dem Vaterhaus mußte sie nun fürchten, im Ehebett eines wilden Hochländers zu landen. Sie erinnerte sich nur zu gut an die Worte ihres Bruders, der behauptet hatte, James MacKinnion würde sie mißhandeln und vergewaltigen und sie ihr Leben lang quälen. Und sie wußte auch, daß Jamie nichts anderes beabsichtigte. Das hatte ihr der kalte Zorn in seinen

Augen bewiesen. Es war nicht Liebe gewesen, die ihn veranlaßt hatte, Heiratspläne zu schmieden, nicht einmal Zuneigung – nur Begierde. Und diese Begierde würde sie letzten Endes alle beide ins Unglück stürzen.

27.

Bald nachdem Jamie gegangen war, erschienen zwei Männer, um Sheena in ein Zimmer in der Nähe des herrschaftlichen Schlafgemachs zu geleiten. Sie weigerte sich nicht, denn sie hätte keinen Schlaf im Südturm gefunden, nachdem der Laird die Tür aufgebrochen hatte.

Ihre neue Kammer konnte nicht von innen verriegelt werden und wurde auch nicht von außen zugesperrt. Die zwei Männer blieben die ganze Nacht bei ihr, folgten ihr am nächsten Morgen in die Halle und bewachten sie auch während der nächsten beiden Tage. Als sie am dritten Tag mit Jamie und Colen am Frühstückstisch saß und Haferbrei mit Sahne aß, wuchs ihre Sorge. Der Laird wirkte so ruhig und gleichmütig. Was hatte das zu bedeuten? Zuvor war er unfähig gewesen, den Blick von ihr zu wenden. Jetzt beachtete er sie gar nicht. Durfte sie hoffen, daß er nicht mehr an ihr interessiert war? Oder wollte er sie im Ungewissen lassen? Wenn er irgendwas im Schilde führte – worauf wartete er?

Der Mann, der in die Halle stürmte, bevor die Mahlzeit beendet war, lenkte die allgemeine Aufmerksamkeit auf sich. Aufgeregt blieb er vor dem Tisch des Lairds stehen. »Auf ein Wort, Sir Jamie! Schnell!«

Jamie seufzte. »Du darfst reden, Alwyn, frei von der Leber weg. Da ich dich zur Genüge kenne, weiß ich, daß du meistens völlig grundlos aus dem Häuschen gerätst. Warum mußt du immer soviel Lärm um nichts machen?«

»Ihr werdet es nicht glauben, Sir Jamie«, keuchte Alwyn, »aber ich schwöre Euch – alle männlichen Fergussons sind vor Eurem Tor versammelt!«

Sheena wurde blaß und schluckte hastig, bevor sie würgen mußte. Entsetzt starrte sie Alwyn an. Ihre Verwandten waren da draußen? Und sie saß hier in der Halle. Sie würden das Schloß angreifen, denn sie konnten nicht wissen, daß sie darin festgehalten wurde.

»So willst du die Sache regeln, Jamie? Das ist verdammt hinterlistig, wenn du mich fragst.« Colens mißbilligende Stimme unterbrach Sheenas angstvolle Gedanken. Die Bedeutung dieser Worte wurde ihr erst klar, als sie Jamies selbstgefälliges Lächeln sah.

Ihr Atem stockte. Und da es keinen Sinn mehr hatte, die Täuschung aufrechtzuerhalten, fragte sie leise: »Wie lange wißt Ihr es schon?«

»Nicht besonders lange, meine Liebe«, erwiderte Jamie. »Ich bekam Besuch, während du Jameson beglückt hast. Ich nehme an, du kennst Alasdair MacDonough? Er wußte einiges zu erzählen – vor allem von dem Verrat, den seine ehemalige Braut begangen hat.«

»Aber – wie konntet Ihr wissen, daß ich...«

»Darüber können wir uns später unterhalten.« Jamie stand auf, immer noch lächelnd. »Jetzt möchte ich deinen Vater nicht länger warten lassen.« Er winkte Sheenas Bewacher zu sich und befahl: »Bringt die Dame in ihr Zimmer und seht zu, daß sie dort bleibt. Sie darf ihr Zimmer unter keinen Umständen verlassen. Habt ihr verstanden?«

Die beiden griffen mit sanfter Gewalt nach Sheenas Armen, doch sie weigerte sich, ihnen zu folgen. Gräßliche Bilder zogen an ihrem geistigen Auge vorbei. Ihre Familie – grausam niedergemetzelt – ihr Vater, ihr Bruder...

»Jamie!« schrie sie, als er sich abwandte, um hinauszugehen. »Ihr müßt mir sagen, was Ihr vorhabt! Bitte!«

Er drehte sich zu ihr um und strich mit einem Finger über ihre Wange. »Weißt du, daß du mich soeben zum erstenmal beim Namen genannt hast – ohne förmlich Anrede?«

»Jamie! Bitte!«

»Sei ganz ruhig, Mädchen. Ich habe deinen Vater nicht hierhergebeten, um ihn zu töten.«

»Ihr habt nach ihm geschickt?«

Jamie grinste. »Warum überrascht dich das so? Hast du vergessen, daß wir bald heiraten werden?«

Er ließ sie stehen, und plötzlich fiel es ihr wie Schuppen von den Augen. Er hatte seine Pläne keineswegs geändert, sondern auf die einzige Person gewartet, die sie zwingen konnte, ihn zu heiraten – ihren Vater.

Jamie beugte sich über die Brustwehr und blickte auf die Pferde hinab, die vor seinem Tor standen. Auf manchen saßen zwei oder sogar drei Mann. Es sah in der Tat so aus, als hätte sich der gesamte männliche Fergusson-Clan vor Schloß Kinnion eingefunden. Er lächelte belustigt. Seine Botschaft an Dugald war eindeutig gewesen – daß er das Juwel von Tower Esk in seiner Gewalt hatte. Falls es sich der alte Mann leisten konnte, Sheena freizukaufen, wäre er allein hierhergekommen.

Nun, allein war er ganz sicher nicht. Aber Jamie sah weit und breit nur Fergusson-Tartans. Andere Clans waren offenbar nicht in die Sache verwickelt – zumindest vorerst nicht. Was natürlich keineswegs bedeuten mußte, daß weder die MacAfees noch die MacGuires und Sibbalds ihre Grenzen überquert hatten, um ins Hochland zu reiten... Doch daran zweifelte Jamie. Müßte er befürchten, daß Blut vergossen würde, hätte er Dugald niemals jene Nachricht geschickt.

Er beobachtete, wie der alte Mann seinen Hengst zum Tor lenkte, gefolgt von seinem Sohn. Nialls Anblick beruhigte Jamie. Falls Sheena beschlossen hatte, ihrem Vater den Gehorsam zu verweigern, konnte der Junge sie vielleicht umstimmen.

»James MacKinnion!«

»Hier bin ich!« Jamie beugte sich noch weiter über die Brustwehr, damit Dugald ihn sehen konnte. »So trifft man sich also wieder. Ich muß sagen, diese Begegnung gefällt mir besser als unsere letzte.«

Dugald starrte zu ihm herauf, und Jamie grinste. Colens Stimme klang hinter ihm auf. »Du kennst ihn? Wieso?«

»Verschone mich mit deinen Fragen, Junge! Dafür habe ich jetzt keine Zeit. Ich muß meine Zukunft regeln.«

»Hoffentlich macht sie dir das Leben zur Hölle!« stieß Colen bitter hervor.

Jamie warf einen kurzen Blick über seine Schulter. »Ich hätte nie gedacht, daß du so ein schlechter Verlierer bist, Colen. Immerhin wußtest du von Anfang an, wie sehr ich sie begehre. Und du hast keine Einwände erhoben.«

»Ich glaubte, du würdest die Entscheidung Sheena überlassen. Und nun holst du ihren Vater hierher, damit er sie in deine Arme treibt.«

»Vergiß nicht, daß ich keine Probeehe mit ihr eingehen werde. Ich möchte sie rechtmäßig heiraten.«

Colen runzelte verblüfft die Stirn, dann wandte er sich ab und ging davon. Jamie seufzte. Der Junge hatte sein Gewissen wachgerüttelt, und er überlegte, ob er seine Pläne aufgeben sollte. Aber Sheena fühlte sich zu ihm hingezogen, davon war er fest überzeugt. In solchen Dingen konnte sich ein Mann nicht irren. Wenn er daran zweifelte, wäre er nicht so zielstrebig vorgegangen. Er bedauerte die Enttäuschung seines Bruders, doch das würde ihn nicht von seinem Entschluß abbringen. »Wollen wir uns den ganzen Tag anschreien, Sir Dugald?« rief er. »Oder möchtet Ihr hereinkommen?«

»Damit Ihr mich gefangennehmen könnt?«

»Die einzige Gefangene, die mich interessiert, habe ich bereits. Und sie ist mir wichtiger als Ihr, das schwöre ich.«

»Wer sagt mir, daß das keine Falle ist?« fragte Dugald.

»Ich. Kommt doch endlich! Wenn ich es wollte, könnte ich Euch auf der Stelle töten.« Jamie gab seinen Männern ein Zeichen, worauf sich über ein Dutzend Waffen über die Brustwehr schob, um seinen Worten Nachdruck zu verleihen. Auf ein weiteres Zeichen hin wurde das Tor geöffnet. Der Laird bat den alten Mann nicht mehr, in den Hof zu reiten – er ließ ihm keine andere Wahl.

»Ich werde dich begleiten«, sagte Niall zu seinem Vater.

»Soll alles, was mir lieb und teuer ist, in seiner Gewalt stehen? Nein, du bleibst außerhalb dieser Mauern.«

»Immerhin ist es meine Schwester, die er gefangenhält«, entgegnete Niall ärgerlich.

»Und ich werde sie herausholen!« fuhr ihn Dugald an. »Widersprich mir nicht andauernd! Ach, du bist genauso schlimm wie Sheena! Ihr beide habt einfach keine Achtung vor mir, darin liegt das Problem.«

Er ritt durch das Tor. Nur sein heller Zorn gab ihm den Mut, ins feindliche Lager vorzudringen. Jamie hatte die Brustwehr verlassen und erwartete ihn im Hof. Dugald stieg vom Pferd. Der Laird von MacKinnion stand allein vor ihm, kein Gefolgsmann war zu sehen. Der alte Fergusson hätte sein Schwert ziehen können. Doch das wäre ehrlos gewesen.

»Kommt in die Halle!« forderte Jamie ihn auf. »Ein Krug Bier wird uns die Verhandlung erleichtern.«

Dugald folgte ihm. Die Gefolgsleute von Kinnion ließen sich noch immer nicht blicken. Die beiden Lairds setzten sich an den Herrschaftstisch, und Dugald atmete auf. Anscheinend hatte man ihm keine Falle gestellt.

»Ich darf Euch zum erstenmal unter meinem Dach begrüßen, Sir Dugald, und ich heiße Euch willkommen«, sagte Jamie freundlich. Eine Dienstmagd hatte das Bier serviert, und sie waren wieder allein.

»Daß ich jemals einen Fuß in dieses Schloß setzen würde, hätte ich nie gedacht«, erwiderte Dugald mürrisch.

»Trotzdem habt Ihr keine Zeit verschwendet und seid auf dem schnellsten Weg hierhergeritten.«

»Was blieb mir anderes übrig?« Die Augen des alten Mannes verengten sich. »Wieviel, MacKinnion?«

Jamie lehnte sich zurück und sah ihn nachdenklich an. »Den Preis, den ich für das Mädchen verlangen würde, könntet Ihr niemals zahlen.«

»Es war also doch eine Falle!« Fergusson stand wütend auf. »Was hätte man auch anderes erwarten sollen – von einem MacKinnion?«

»Setzt Euch, Sir Dugald, und hört mir zu. Immerhin feilscht Ihr um die Ehre Eurer Tochter.«

Das Blut stieg in Dugalds Wangen. Langsam ließ er sich

wieder auf seinem Stuhl nieder. »Ich möchte Sheena sofort sehen.«

»Das dürft Ihr – nachdem wir ihre Zukunft besprochen haben.«

»*Wir?* Wie könnt Ihr es wagen...«

»Augenblick mal, Fergusson! Wart Ihr nicht entschlossen, *meine* Zukunft zu regeln, als ich im Tower Esk gefangensaß? Nun ist die Situation umgekehrt. *Ihr* habt kein Lösegeld verlangt und wolltet mich nur freilassen, wenn ich eine Eurer Töchter heirate.«

»Und welche Bedingung stellt Ihr jetzt, MacKinnion?«

»Ich möchte Sheena haben«, antwortete Jamie ohne Umschweife.

Dugalds Gesicht färbte sich noch dunkler. »Unmöglich!«

»Nun, ich habe sie bereits«, entgegnete Jamie gelassen.

Der alte Mann senkte den Kopf. Er konnte seinem Gastgeber nicht widersprechen. »Habt Ihr – Sheena etwas angetan?«

»Sie wurde weder verletzt noch entehrt, Sir Dugald. Falls sie keine Jungfrau mehr ist, habe ich absolut nichts damit zu tun.«

»Da kennt Ihr meine Sheena aber schlecht!«

»Das ist die Frage«, erwiderte Jamie kühl. »Sie hat ihr Vaterhaus vor einiger Zeit verlassen. Ihr könnt nicht wissen, wie sie sich seither verhalten hat.«

»Das sagt Ihr – und wollt sie trotzdem haben?«

»Ja.«

»Warum habt Ihr mich herbeigeholt?« fragte Dugald unvermittelt. »Sheena ist bereits in Eurer Gewalt. Wollt Ihr mich quälen und mir erzählen, was Ihr alles tun wollt, um sie ins Unglück zu stürzen?«

Jamie grinste. »Verzeiht mir, Sir Dugald. Vielleicht wollte ich mich ein bißchen an Euch rächen – und deshalb habe ich bis jetzt verschwiegen, daß ich Sheena rechtmäßig heiraten möchte.«

Es dauerte eine Weile, bis Dugald den Sinn dieser Worte begriffen hatte. »Sie soll Eure Frau werden?« fragte er und blinzelte verdutzt. »Ihr sagtet doch, daß Ihr keine meiner Töchter heiraten würdet.«

»Ich weiß, was ich sagte«, unterbrach ihn Jamie. »Aber Ihr habt mir diese eine Tochter nicht angeboten.«

»Weil ich einen besonderen Mann für sie suchen wollte – einen, auf den ich mich verlassen könnte, der sie niemals mißhandeln würde...«

»Und Ihr dachtet, ich würde das tun? Ihr überrascht mich, Fergusson. Ich mag seit dem Tag meiner Geburt Euer Feind sein, aber ich bin trotzdem ein Mann, der eine schöne Frau zu schätzen weiß. Und Eure Tochter ist wunderschön. Ich sollte sie mißhandeln? Ich will sie doch nur glücklich machen.«

Dugald starrte Jamie an und bemühte sich verzweifelt, die Wahrheit in den Augen des jungen Mannes zu erkennen. »Möchte sie Euch heiraten?«

»Nein.«

»Wie könnt Ihr sie dann glücklich machen?«

»Sie lehnt mich wegen unserer Familienfehde ab. Doch wenn wir heiraten, wären wir keine Feinde mehr – oder?«

»Natürlich nicht«, bestätigte Dugald.

»Außerdem fürchtet sie sich ein bißchen vor mir – aber nur, weil sie diese übertriebenen Schauergeschichten von meinen Untaten gehört hat. Sie wird ihre Angst bald überwinden, dafür will ich sorgen.«

»Ich soll ihr also *befehlen*, Euch zu heiraten?«

»Bittet sie, befehlt es ihr, fleht sie an – tut alles, was in Eurer Macht steht, um ihre Einwilligung zu erwirken. Und vergeßt nicht – Ihr wart es, der eine Verbindung zwischen unseren Familien wollte, um die Fehde zu beenden. Nun kann Sheena einen dauerhaften Frieden gewährleisten.«

»Und wenn sie sich weigert?«

»Ich weiß, daß Ihr eine eigensinnige Tochter großgezogen habt, Sir Dugald. Aber ich will sie haben und werde mein Ziel erreichen – so oder so. Mein Entschluß ist unabänderlich. Sie wird dieses Schloß nur als meine Frau verlassen. Darauf könnt Ihr Gift nehmen. Sagt ihr das, wenn sie sich sträubt.«

28.

Niall saß Jamie am Kamin gegenüber. Nach der Unterredung zwischen den beiden Lairds war der ganze Fergusson-Clan in die warme Halle gebeten und bewirtet worden. Der Junge wußte, was sein Vater mit Jamie vereinbart hatte, denn Dugald war vor einer Weile die Treppe herabgelaufen, um über Sheenas Starrsinn zu schimpfen. Ein Blick in James MacKinnions Gesicht hatte ihn bewogen, wieder nach oben zu gehen und sein Glück noch einmal zu versuchen.

Niall war keineswegs erstaunt, weil MacKinnon seine Schwester heiraten wollte. Er fragte sich, ob Sheena wußte, daß Jamie sie damals bei ihrem Bad in dem kleinen Teich beobachtet hatte und später – bei dem Versuch, sie wiederzusehen – in Gefangenschaft geraten war.

Er mußte beinahe lachen, während er den Hochländer musterte. Jamie war so nervös wie jeder andere künftige Bräutigam und sorgte sich sichtlich um die Vorgänge in jenem Teil des Schlosses, wo Sheena ihrem Vater die Hölle heiß machte. Er hatte noch kein Wort mit Niall gesprochen, schien dessen Anwesenheit nicht einmal wahrzunehmen und starrte unentwegt zum Ende der Halle, wo Dugald verschwunden war. Das war gut so. Niall hatte kein Bedürfnis, mit dem großen Mann zu reden, der ihm immer noch Furcht einflößte.

»Ein Glück, daß unser Vater unter der Erde liegt und nicht mit ansehen muß, wie unsere Halle von Fergussons wimmelt«, meinte Colen.

Jamie wandte den Kopf und warf seinem Bruder, der sich zu ihm gesetzt hatte, einen kühlen Blick zu. »Falls du gekommen bist, um mit mir zu streiten – ich habe keine Lust, dir zuzuhören.«

»Ich will nicht streiten, Jamie. Aber ich kann meine Neugier nicht mehr bezähmen. Ist alles geregelt?«

»Ihr Vater bemüht sich gerade, sie zur Vernunft zu bringen.«

»Und wer ist das?«

Erst jetzt bemerkte Jamie den Jungen, der bei ihm saß,

und lächelte ihn an. »Das ist Niall, Sheenas Bruder«, erklärte er, dann sagte er zu seinem Gast: »Das ist mein Bruder Colen.«

Nialls hellblaue Augen wurden groß und rund: »Oh! Ihr seid genauso groß wie er, mein Herr.«

Colen lachte. »Nur fast so groß. Hat er dir gesagt, daß wir alle beide deine Schwester haben wollten?« fragte er leichthin.

Niall schaute von einem zum anderen. »Ihr seid viel jünger als sie, Colen«, platzte er in aller Unschuld heraus, ohne zu ahnen, welch wunden Punkt er da berührte.

»Das hat man mir bereits mitgeteilt – oft genug«, entgegnete Colen kurz angebunden.

»Ihr meint – es würde Euch nichts ausmachen, nach Sheenas Pfeife zu tanzen? Meine Schwester setzt immer ihren Willen durch. Nicht einmal unser Vater wird mit ihr fertig, wenn sie in Wut gerät.«

Jamie grinste, und Niall fuhr unbeirrt fort: »An Eurer Stelle würde ich nicht lachen, MacKinnion. Ihr geht schweren Zeiten entgegen.«

Jamie verzog die Lippen, was Colen seinerseits zu einem Heiterkeitsausbruch veranlaßte. »Wahrscheinlich muß ich froh sein, daß ich sie an dich verloren habe, lieber Bruder. Ich glaube, ich suche mir besser eine Ehefrau, mit der ich zurechtkomme.«

Jamie betastete seine Wange und erinnerte sich an die Ohrfeige, die ihm Sheena gegeben hatte. Sie war in der Tat kein umgängliches Mädchen. Aber sie würde sich zähmen lassen, daran zweifelte er nicht.

Sie unterhielten sich zu dritt, erzählten Geschichten über das Mädchen, bis Colen aufstand, um Daphne zu besuchen. Seine Schwester war seit ihrer Ankunft krank und ans Bett gefesselt. »Ich werde Daphne über die Neuigkeiten informieren, falls Tante Lydia noch nichts ausgeplaudert hat. Unsere Tante kennt nur noch einen Gesprächsstoff – wie überglücklich sie ist, weil Sheena den Namen Fergusson trägt.« Er lächelte, dann wurde er plötzlich ernst. »Tu ihr bloß nicht weh,

Jamie – das ist alles, worum ich dich bitte.« Abrupt wandte er sich ab und ging davon.

Jamie starrte ihm mit gerunzelter Stirn nach. »Heilige Maria, mein leiblicher Bruder hält mich für einen Barbaren!« flüsterte er fast unhörbar, aber Niall hatte scharfe Ohren.

»Habt Ihr sie wirklich nicht angerührt? Ich meine...«

»Tut mir leid, daß ich dich enttäuschen muß, mein Junge – leider bin ich nicht der Frauenschänder, für den du mich hältst.«

»Der Eindruck, den Ihr bei unserer letzten Begegnung auf mich machtet, war nicht gerade ermutigend, denn Ihr sagtet...«

»Daran mußt du mich nicht erinnern«, fiel Jamie dem Jungen ins Wort. »Aber ich war damals wütend, Niall, auf dich und deinen Vater. In Wirklichkeit hat mir Dugald seine älteste Tochter niemals angeboten. Hättest du das gewußt, wärst du nicht bereit gewesen, mich zu befreien. Deshalb mußte ich dich in dem Glauben lassen, ich würde Sheena heiraten.«

»Wenn man sie nicht verbannt hätte, wäre sie jetzt nicht hier«, meinte Niall nachdenklich. »Sie hatte schreckliche Angst vor Euch, James MacKinnion. Fürchtet sie Euch immer noch? Ist das der Grund, warum mein Vater so lange braucht, um ihr diese Heirat schmackhaft zu machen?«

»Ja, sie hatte Angst vor mir, das leugne ich nicht. Deshalb hat sie mir verschwiegen, wer sie ist. Natürlich merkte sie, wie sehr ich sie begehre. Trotzdem dachte sie, ich würde ihr etwas antun, sobald ich erfahren hätte, woher sie stammt. Inzwischen ist ihr klargeworden, daß das keinen Unterschied für mich macht. Ich würde sie niemals verletzen. Das weiß sie, tief in ihrem Herzen. Leider ist sie zu halsstarrig, um das zuzugeben.«

»Was wollt Ihr damit sagen, MacKinnion?«

»Ich glaube, sie erwidert meine Gefühle.«

Sheena brach in Tränen aus, als ihr Vater aus dem Zimmer stürmte. Keine fünf Minuten später klopfte Niall an die Tür, um fortzusetzen, was Dugald begonnen hatte. Was sollte sie denn tun, wenn ihr die beiden Menschen, die sie am allermeisten liebte, mit aller Macht einreden wollten, sie müßte MacKinnion heiraten?

Ihr Vater war unnachgiebig gewesen. »Die Fehde muß beendet werden. Du wirst deine Familie retten.«

Als ob das Schicksal aller Fergussons in ihren Händen läge! Genau das hatte er behauptet und in den schrecklichsten Farben geschildert, was geschehen würde, wenn sie sich James MacKinnions Wünschen widersetzte.

»Sollen wir alle sterben?« hatte er geschrien. »Er sagte, du würdest dieses Haus nur als seine Ehefrau verlassen. Kann ich nach Hause reiten, mit diesem Wissen? Nein. Du wirst den blutigsten aller Kriege heraufbeschwören. Willst du das? Bist du wirklich so selbstsüchtig, Sheena?«

Er hatte sie mit den schlimmsten Vorwürfen überhäuft und die gräßlichsten Drohungen ausgestoßen. »Du wirst ihn heiraten!« hatten seine letzten Worte gelautet.

Und jetzt Niall! Sie war so glücklich, als er in ihr Zimmer kam, aber er verdarb ihr die Wiedersehensfreude. »Du mußt ihn heiraten, Sheena. Und du kannst dich glücklich schätzen.«

Glücklich! Wieso wollte er ihren Standpunkt nicht verstehen? »Und seine grausamen, mörderischen Plünderzüge?« stieß sie hervor, wütend auf ihren Bruder, ihren Vater und den ganzen Fergusson-Clan. »Was glaubst du wohl, warum seine erste Frau in den Tod gegangen ist – warum sie es nicht ertrug, an seiner Seite zu leben? Außerdem – ich möchte einen Mann heiraten, der mich liebt. Und MacKinnion hat nie von Liebe gesprochen.«

»Und wenn er das getan hätte?« fragte Niall leise.

Sheena gab keine Antwort. Sie wußte nicht, was sie bewogen hatte, dieses Thema anzuschneiden. Verzweifelt suchte sie nach einem letzten Rettungsanker. Aber wann immer sie die Hand danach ausstreckte, griff sie ins Leere. Würde ihr niemand helfen? Wollte man ihr ganzes Leben zerstören?

29.

Sie heirateten noch am selben Nachmittag. Ein Geistlicher, den Jamie am Vortag ins Haus beordert hatte, schloß den Lebensbund. Vor Gott und in Anwesenheit beider Clans wurde Sheena die Frau MacKinnions.

Auch die Clans wurden durch diese Ehe in Frieden vereint. Die meisten Fergussons und MacKinnions bejubelten das große Fest und das Ende einer bitteren Fehde.

Andere sahen keinen Grund zur Freude – zum Beispiel jene, deren Angehörige im Lauf der Fehde erst neulich ihr Leben verloren hatten und zu denen Black Gawain zählte. Er weigerte sich, die Hochzeitsfeier zu besuchen, und seine derzeitige Geliebte schmollte. In der stillen Hoffnung, Jamie doch noch zu erobern, sobald er die rothaarige Tiefländerin satt hätte, war sie auf Schloß Kinnion geblieben. Nur deshalb hatte sie sich mit Black Gawain eingelassen. Nun zerstörte die Vermählung des Lairds ihre schönsten Zukunftsträume.

Und Sheena war am unglücklichsten von allen. Für sie kam die Hochzeit einer Hinrichtung gleich. Jetzt gehörte sie dem wilden MacKinnion, und er konnte mit ihr machen, was er wollte. Was würde geschehen, wenn seine Lustgefühle erkalteten – wenn er sie nicht mehr begehrte? Dann würde er sich wieder daran erinnern, daß sie eine Fergusson war, seine Todfeindin – und das würde er sie nie vergessen lassen. Sie hätte Schwarz tragen müssen – nicht das schöne Kleid, das Lydia in wenigen Tagen für sie genäht hatte. Es war aus hellgrüner Seide mit einem V-förmigen weißen Spitzeneinsatz am Oberteil und weißen Pelzborten an den weiten Ärmeln. Solche Kleider wurden nur für besondere Anlässe geschneidert. Also hatte Lydia es schon die ganze Zeit gewußt.

Während sie ihren selbstzufriedenen Vater und ihren gutgelaunten Bruder beobachtete, wuchs ihre Verzweiflung. Begriffen sie denn nicht, was sie ihr angetan hatten? Warum ignorierten sie ihren Kummer?

Und ihr Ehemann? Als sie zum letztenmal gewagt hatte, in seine Richtung zu schauen, war er ihr nicht besonders glücklich erschienen. Bereute er schon, daß er sich für immer an sie gebunden hatte?

Zu ihrer Verwirrung erhob er sich plötzlich und kehrte dem festlich gedeckten Tisch den Rücken. Erleichtert atmete Sheena auf und überlegte, ob sie etwas essen sollte – vielleicht von dem gebratenen Wildbret, das so köstlich aussah, oder von den Hochland-Moorhühnern, gefüllt mit Preiselbeeren. Es gab auch Räucherfisch, Hammelpastete, Eintopf mit Rindfleisch, Zickleins, Tauben und Kapaune. Und erst die Süßigkeiten! Haferbrei mit Sahne, Ingwer und Muskatnußkuchen... Ja, sie würde essen, bis sie kugelrund wurde, und dann würde er sie nicht mehr begehren...

Doch sie kam nicht dazu, ihren Teller zu füllen. Jamie entfernte sich nicht weit genug. Er blieb neben Dugald stehen, wechselte ein paar Worte mit ihm und lachte. Es tat ihr in der Seele weh, mit ansehen zu müssen, wie gut sich ihr Vater mit seinem Schwiegersohn verstand.

Jamie kam zurück, griff nach ihrer Hand und zog sie auf die Beine. Fragend schaute sie ihn an, aber seine Miene verriet nicht, was er vorhatte. Er wollte sie davonführen, doch sie wehrte sich. »Ihr solltet mir sagen, wohin wir gehen, Sir Jamie.«

Er drehte sich zu ihr um und zerrte ungeduldig an ihrem Arm. »Willst du mich schon an unserem Hochzeitstag ärgern?«

»Wenn Ihr mir wenigstens erklären würdet, was...«

»Ich brauche dir nichts zu erklären«, fiel er Sheena ins Wort. »Du bist meine Frau, oder?« fragte er kühl. »Bist du nicht auch dieser Meinung? Sag es!«

Sie wich dem harten Blick seiner braunen Augen aus. »Ja, ich bin Eure Frau«, flüsterte sie.

»Ich habe dich nicht gehört.«

»Ich bin Eure Frau!«

»Dann siehst du also ein, daß ich dir nicht erklären muß, warum du mich begleiten sollst?«

Ihre blauen Augen funkelten vor Zorn. »So ist das also! Nun, wo Ihr am Ziel Eurer Wünsche seid, nehmt Ihr keine

Rücksicht auf meine Gefühle? Aber das habt Ihr ja noch nie getan!«

Nun ging eine erstaunliche Veränderung mit ihm vor. Er sah sie fast zärtlich an und grinste beschämt. »Es tut mir leid, Sheena. Es gibt keine Entschuldigung für mein Benehmen, nur... Ach, lassen wir das. Ich führe dich aus dieser Halle, weil ich es gut mit dir meine. Du scheinst dich nicht sonderlich zu amüsieren.«

»Habt Ihr etwas anderes erwartet?«

Jamie seufzte tief auf. »Wollen wir nicht Frieden schließen, oder wenigstens die Waffen niederlegen? Deinem Vater zuliebe? Soll sich der Ärmste Vorwürfe machen, weil er dich mit mir vermählt hat?«

»Als ob er jemals auf diesen Gedanken käme!« entgegnete sie bitter. »Was habt Ihr ihm vorhin gesagt?«

»Daß er nicht erschrecken soll, wenn wir das Fest für eine Weile verlassen.«

»Für eine Weile?« Wie beängstigend das klang...

Sie starrten sich an, und jetzt verschleierten Jamies Augen nicht mehr, was er dachte. Langsam schüttelte Sheena den Kopf. Sie fühlte sich so seltsam... Irgendwie gelang es ihr, die passenden Worte zu finden und sogar mit ruhiger Stimme zu sprechen. »Wir müssen uns um die Gäste kümmern. Außerdem haben wir noch nichts gegessen...«

Jamie hob eine Hand, um sie zum Schweigen zu bringen. »Du brauchst dich nicht zu fürchten, das werde ich dir beweisen. Danach kannst du mit den anderen weiterfeiern – und vielleicht wirst du zur Abwechslung endlich einmal lächeln. Heilige Maria, Sheena! Heute ist unser Hochzeitstag – ein Tag, an den man stets zurückdenken sollte.«

»Wie könnte ich einen solchen Schreckenstag jemals vergessen?« fauchte sie. »Und falls Ihr wissen wollt, warum ich nicht lächeln kann – weil ich keinen Grund dazu habe, seit ich mit Euch verheiratet bin.«

Er war tief verletzt, doch das zeigte er nicht. »Komm jetzt«, sagte er in gleichmütigem Ton.

»Aber – ich habe noch nicht einmal Eure Schwester kennengelernt«, protestierte Sheena. »Was wird sie von mir denken, wenn ich einfach verschwinde, ohne mich zu verabschieden?«

»Du hast sie bereits kennengelernt und kaum mit ihr geredet, obwohl sie ihr Krankenbett verlassen hat, um an diesem Fest teilzunehmen. Und ich will dir auch sagen, was sie denkt – daß ich den gleichen Fehler zum zweitenmal begehe, denn du hast genauso trübsinnig am Tisch gesessen wie meine erste Frau an ihrem Hochzeitstag. So etwas werde ich nicht mehr dulden.«

Sheena sah ihn überrascht an. Bedrückte ihn die Erinnerung an seine erste Frau immer noch? Darüber hatte sie sich nie den Kopf zerbrochen. Nachdenklich folgte sie ihm die Treppe hinauf, zu einer Tür, die er öffnete, um ihr den Vortritt zu lassen. »Unser Zimmer«, erklärte er leise.

Zögernd ging sie hinein und wandte ihren Blick hastig von dem großen französischen Bett mit den aufgeschlagenen Leintüchern und dicken Kissen ab. Statt dessen betrachtete sie den hohen Kleiderschrank und den Tisch, der von Papieren übersät war. In einer Ecke stand ein Leuchter mit brennenden Kerzen, vor dem Kamin ein bequemer Sessel. Eine Vitrine enthielt faszinierende Ziergegenstände aus Glas, große und kleine – Tiere, ein Boot, eine Glocke und viele andere Dinge, wie Sheena sie noch nie gesehen hatte.

»Das hat mir alles meine Mutter hinterlassen«, sagte Jamie. »Ein Erbe ihrer normannischen Ahnen.«

Sie schämte sich ein wenig, weil sie die hübschen Sachen so neugierig angestarrt hatte. Um ihre Verlegenheit zu überspielen, schlenderte sie zum Kamin und hielt die zitternden Hände über die Flammen.

»Möchtest du ein Glas Wein, Sheena?«

Verwirrt zuckte sie zusammen und warf Jamie einen kurzen Seitenblick zu. Er wartete auf ihre Antwort. Sie nickte widerstrebend und sah zu, wie er einen großen Kelch mit dunkelrotem Wein füllte. Er brachte ihr das schwere Gefäß, sie hielt es mit beiden Händen fest und leerte es in einem Zug.

Jamie beobachtete sie lächelnd. Amüsierte er sich auf ihre

Kosten? Der Wein erwärmte sie, ein angenehmes, träges Gefühl breitete sich in ihrem Körper aus – oder ein Schwächegefühl, ausgerechnet jetzt, so sie ihrem Feind gegenübertreten mußte? Sie umklammerte den Kelch noch fester und überlegte, ob sie ihn noch um etwas Wein bitten sollte. Würde ihr das Getränk Kraft geben – oder würde es sie zur Unterwerfung zwingen? Sie mußte sich zusammenreißen...

Jamie stand hinter ihr und litt Höllenqualen. Noch nie in seinem Leben war er so unsicher gewesen. Er starrte auf ihren kerzengeraden, unnachgiebigen Rücken und wartete. Von den nächsten Stunden hing so viel ab, und er wünschte sich so sehr, mit Sheena ein vollkommenes Glück zu teilen. Seit er sie damals im Morgennebel zum erstenmal gesehen hatte, sehnte er sich nach ihr. Und nun gehörte sie ihm – die schönste, begehrenswerteste aller Frauen. Und er hatte Angst davor, sie zu berühren, sie zu erschrecken.

»Bitte, Sir Jamie, ich hätte gern noch einen Schluck Wein.«

Ihre Blicke trafen sich, während sie ihm den leeren Kelch reichte. Und was er in ihren dunkelblauen Augen sah, krampfte ihm das Herz zusammen. »Fürchtest du dich immer noch vor mir, Mädchen? Ich schwöre dir – ich werde sanfter mit dir umgehen als alle Liebhaber, die du vor mir hattest.«

Sie wandte sich wieder ab. »Ich hatte noch keine...«

Ihre Stimme klang weder gekränkt noch wütend, sie stellte nur eine schlichte Tatsache fest. Jamie hielt den Atem an, und eine unbändige Freude stieg in ihm auf. »Wenn du das jetzt noch sagst, wo du weißt, daß ich die Wahrheit herausfinden werde, bevor wir dieses Zimmer verlassen – dann muß es wirklich so sein. O Sheena, du kannst nicht ermessen, wie glücklich ich bin. Und du ahnst nicht, was in mir vorging, als ich dachte, Jameson...«

»Warum sollte das einen Unterschied für Euch machen?« unterbrach sie ihn verächtlich.

»Warum?« wiederholte er bestürzt.

»Ja – warum? Ihr haltet doch so viel von Probeehen und seid stets bereit, unschuldige Mädchen zu verführen. Wie viele junge Frauen habt Ihr schon entehrt und dann sitzenlassen, ohne zu überlegen, was ihre künftigen Ehemänner denken würden?«

»Das reicht jetzt, Sheena. Ich habe dich geheiratet, obwohl ich glauben mußte, du wärst schon mit einem anderen zusammengewesen. Also siehst du, wie wenig mir das im Grunde bedeutet. Trotzdem leugne ich nicht, wie sehr es mich freut, daß ich der erste Mann in deinem Leben bin. Wenn du mich deshalb für selbstgefällig hältst, kann ich es nicht ändern. Hier...«, fügte er in sanfterem Ton hinzu und goß ihr noch ein bißchen Wein ein. »Trink, wenn dir das hilft.«

Sie schaute auf den Kelch in seiner Hand und schüttelte mutlos den Kopf. »Nichts wird mir helfen – es sei denn, Ihr habt Mitleid mit mir und laßt mich gehen.«

»Damit du dich weiterhin vor Angst verzehrst? So grausam bin ich nicht.«

Natürlich – wie hätte sie auch hoffen können, daß er sich anders besinnen würde? Sie holte tief Atem und wappnete sich, um der Gefahr ins Auge zu schauen. Jamie stellte den Kelch beiseite, dann legte er die Hände auf ihre Schultern, bevor sie sich zu ihm wenden konnte. Sie spürte seine Brust an ihrem Rücken. Ihr Haar war an den Seiten hochgesteckt, so daß er es nicht beiseite schieben mußte, um mit den Daumen über ihren Hals zu streichen. »Ich will dir alle deine Ängste nehmen, Sheena«, flüsterte er, »für immer.«

Seine Lippen berührten ihre zarte Haut, dicht unter ihrem Ohr, ein seltsames Prickeln durchströmte ihren Nacken und die Schultern. Ihre Widerstandskraft erlahmte, und sie neigte unwillkürlich den Kopf zur Seite, um seinen Lippen eine größere Angriffsfläche zu bieten – wovon sie sofort Gebrauch machten.

Wenn er ihr weh tat – nun, das würde sich nicht ändern lassen. Aber wenn er es nicht tat? Welch ein schöner Gedanke, daß sie sich vielleicht in ihm getäuscht hatte und ihm andere Gefühle entgegenbringen könnte als Haß und Furcht...

Sheena fand keine Zeit mehr, diese Möglichkeit zu erwägen, denn Jamie drehte sie zu sich herum und nahm sie fest in die Arme. Sanft berührte sein Mund den ihren, genauso wie an jenem Tag auf dem Felsen, über dem Teich. Da war sie nicht mehr fähig, klar zu denken, ihre Gefühle gewannen die Oberhand. Sie glaubte zu schweben, federleicht, nur getragen von seinen Armen. Ihr Körper schien durch den Himmel zu fliegen, atemberaubend schnell.

Wie lange sie vor dem Kamin gestanden hatten, wußte Sheena später nicht mehr. Halb benommen merkte sie, wie sich Jamies Küsse änderten, wie seine Leidenschaft wuchs. Es war nur der warme Hauch des Feuers auf ihrer Haut, den sie ganz deutlich wahrnahm. Ihr Kleid und ihre Unterröcke lagen zerknüllt zu ihren Füßen.

Sie war nackt, vor den Augen eines Mannes – nein, nicht irgendeines Mannes... Das Blut stieg ihr in die Wangen, hastig versuchte sie sich zu bedecken, aber Jamie schob ihre Hände beiseite, schlang die Arme um ihre Taille und zog sie wieder an sich. Und dann küßte er sie von neuem. Sollte sie sich der köstlichen Wärme überlassen, die ihre Adern durchströmte – oder sollte sie gegen ihn ankämpfen und fliehen?

Sie war immer noch unentschlossen, als er sie hochhob, zum Bett trug und behutsam auf die weißen Laken legte. Er begann sich auszuziehen, und sie war für wenige Sekunden von seinen Händen befreit, hatte die Möglichkeit davonzulaufen. Aber Jamie erriet ihre Gedanken, und während er sie mit seinen Augen liebkoste, versuchte er sie mit zärtlichen Worten zu beschwichtigen. »Du hast nichts zu fürchten, Sheena. Ich würde dir niemals weh tun. Du bist mir wertvoller als alles, was ich je erträumt habe. Spürst du das nicht, meine Süße? Merkst du nicht, daß ich dich nur glücklich machen will? Und ich schwöre dir – du wirst glücklich sein und nie bereuen, was heute geschieht.«

Er kniete auf dem Bett, beugte sich über sie und umfaßte ihr Gesicht mit beiden Händen. »Ich habe so lange auf diesen Augenblick gewartet und dich schon viel zu lange begehrt. Hab nur ein kleines bißchen Vertauen zu mir, Sheena. Das ist alles, worum ich dich bitte.«

Warum auch nicht? Er würde sie so oder so besitzen. Warum sollte sie nicht das Beste daraus machen?

Doch die Entscheidung lag nicht mehr bei ihr. Ihr Körper besiegte ihren Verstand und ihre Willenskraft. Jamies Lippen waren so warm, wurden immer heißer. Ihre Finger gruben sich in sein dichtes Haar und zogen seinen Kopf ein wenig nach oben, denn das Feuer sines Verlangens beunruhigte sie. Doch als seine Zunge in spielerischen Kreisen um die harten Knospen ihrer Brüste glitt, wurde sie von einem unbeschreiblichen Gefühl überwältigt und drückte ihn an sich.

Seine Lippen kehrten zu den ihren zurück, und da erwiderte sie seinen Kuß so leidenschaftlich, daß er sich aufrichtete, um sie anzuschauen. Seine Augen strahlten, und sie lächelte ihn an, zum erstenmal, seit sie erfahren hatte, daß er MacKinnion hieß. Würde sie ihm alles verzeihen? Das war mehr, als er zu hoffen wagte.

Sheenas Blut schien zu brennen. Eine Sehnsucht erfüllte sie, die sie nicht verstand, der Wunsch, noch näher bei ihm zu sein. Plötzlich glitten seine Finger zwischen ihre Beine. Sie zuckte zusammen und schrie verwirrt auf. Doch er hielt nicht inne, und nachdem sie sich von ihrem ersten Schreck erholt hatte, wollte sie auch gar nicht mehr, daß er aufhörte. Seine Finger erforschten sie, erzeugten ein namenloses Entzücken. Diese süßen Qualen hätte sie bis in alle Ewigkeiten erdulden können, und Jamie wußte genau, wie lange er sie auf diese Weise liebkosen mußte.

Jetzt war sie bereit, sich ganz mit ihm zu vereinen, das spürte er. Rasch veränderte er seine Lage, und bevor sie merkte, was er vorhatte, drang er in sie ein.

Sheenas Atem stockte, dann stöhnte sie leise. Sie hatte erwartet, viel heftigere Schmerzen zu erleiden, nicht nur dieses winzige stechende Gefühl, das bald vergessen war. Wie lieb von ihm, daß er sie so schnell entjungfert hatte, um es ihr leichterzumachen... Jetzt spürte sie nur etwas Großes in sich, tief drinnen. Er rührte sich nicht, und sie konnte nicht erraten, warum er so still auf ihr lag.

Schweigend wartete Jamie auf ihre Klage. Es war so furchtbar für ihn gewesen, ihr weh zu tun. Wenn sie doch endlich etwas sagen und ihn verfluchen würde…

Und da begann sie zu sprechen, mit ihrem Körper. Instinktiv erkannte sie, was sie nun brauchte. Sie bewegte sich unter ihm, zwang ihn, sich aus ihr zurückzuziehen, hob die Hüften, um ihn wieder aufzunehmen.

Jamie seufzte auf, froh und erleichtert. Er umfaßte ihren Kopf und küßte sie. Während seine Lippen ihren süßen Mund kosteten, erkundete er mit seinem harten Glied die Wärme, die es umfing. Nie zuvor hatte er sich so stark gefühlt, nie zuvor war er so verzaubert gewesen. Er verlor sich in jenem Nebel, wo er Sheena zuerst gesehen hatte, schien ganz mit ihr zu verschmelzen, berauscht von der Hitze ihres Körpers, vom Duft ihrer Haut.

Und was ihn beglückte, drohte sie zu überwältigen. Mit jeder Bewegung seiner kraftvollen Muskeln trug er sie zu einer noch höheren Ebene empor. Sie wußte bereits, wie es war, wenn einem das Blut immer schneller durch die Adern floß. Und jetzt füllte eine einzige gewaltige Welle alle Fasern ihres Seins aus und strömte zu jener kleinen Stelle, die zu brennen schien. Aber die Welle löschte das Feuer nicht – nein, sie nährte die Flammen, ließ sie immer heller lodern und wirbelte Sheena in wilden Kreisen um die gleißende Glut herum.

Wie sollte sie das ertragen? Das Gefühl, das sie erfaßte, war zu groß, war übermächtig. Es würde sie töten, in Stücke reißen… Wie konnte sie so etwas überleben?

Der Augenblick war gekommen, Sheena spürte es. Doch es waren nicht die einzelnen Phasen ihres Daseins, die in der Sekunde des Todes vor ihrem inneren Auge vorbeizogen. Statt dessen tauchte Jamies Gesicht auf – lächelnd, mit einem geheimen Wissen in den Augen, das sie erst jetzt verstand. Die gewaltige Welle durchbrach das Schleusentor, Sheena bäumte sich auf, und Jamies Lippen erstickten ihren Schrei. Die Wogen, die sie nun überfluteten, schienen kein Ende zu nehmen, pulsierten in allen Nerven. Sie hörte ihn stöhnen und ahnte, daß er den gleichen süßen Tod starb wie sie. Gemeinsam versanken sie in einem bodenlosen Abgrund.

Er war so still, so schwer. Und Sheena schwebte hoch über ihm, glitt langsam und träumerisch durch ihre neue Welt, eine Welt voller Frieden und Wärme und himmlischer Gefühle... Was war das? Ein Kuß?

Sie hob die Lider und sah geradewegs in Jamies braune Augen. Er hielt ihren Kopf immer noch mit beiden Händen fest, streichelte mit den Daumen sanft über ihre Wangen und hauchte Küsse auf ihren Mund, so federleicht, daß sie nicht wußte, ob sie tatsächlich etwas davon spürte. Er küßte ihre Stirn, ihre Nase, ihr Kinn, dann richtete er sich auf, um ihre Gesichtszüge eingehend zu betrachten. Ein zufriedenes Lächeln umspielte seine Lippen. Wenn er ein Kater wäre, würde er jetzt schnurren, dachte sie, dann hob sie verwundert die Brauen.

»Ich sehe dich, James MacKinnion! Du bist also Wirklichkeit. Bin ich nicht tot?«

Er grinste belustigt. »Das bezweifle ich, meine Süße.«

»Ich – ich dachte...« Sheena wurde rot. »Wie dumm von mir...« Sie überlegte kurz und sprach rasch weiter, ohne seinem Blick zu begegnen. »Es ist nur... Ich hatte keine Ahnung, wie es sein würde, Jamie. Natürlich habe ich erwartet, daß es weh tun würde, am Anfang. Aber das andere...« Sie unterbrach sich – bereit, alles einzugestehen, und doch verlegen angesichts dieser neuen Vertrautheit. »Darauf war ich nicht gefaßt. Ich hatte Angst vor diesen heftigen Gefühlen, weil ich nicht wußte, wohin sie mich führen würden. Und als sie immer stärker wurden, glaubte ich, sie würden mich vernichten. Ich befürchtete das Schlimmste – und daß ich sterben müßte. Trotzdem wollte ich um nichts in der Welt aufhören...«

Zögernd schaute sie ihm wieder in die Augen und las keinen Triumph darin. Stolz, das schon – aber es war nicht der Stolz eines selbstbewußten Eroberers. Sein Blick entfachte eine seltsame Wärme in ihrem Herzen – Zärtlichkeit? Oder sogar Liebe?

»Du bist nicht allein mit diesen Gefühlen, Sheena«, erwiderte er leise. »Ich will nicht behaupten, daß ich die Liebe nie zuvor genießen konnte, nur – so war es noch nie. In all den Jahren, seit ich ein Mann bin, habe ich nichts dergleichen empfunden. Irgendwie wußte ich, daß es mit dir so sein würde. Ich wußte es von Anfang an.«

»Das hättest du mir sagen können«, beschwerte sie sich.

»Hättest du mir geglaubt?«

»Nein«, gab sie zu. »Wird es immer so sein, Jamie?«

»Für uns beide schon – das verspreche ich dir.«

Kichernd schmiegte sie sich an ihn. Sie war glücklich – unsagbar glücklich. Wer hätte das je für möglich gehalten? »Nein, Jamie...« Seufzend schüttelte sie den Kopf. »Es kann nie wieder so sein wie beim erstenmal. Aber wir könnten uns bemühen, damit es wenigstens fast so schön wird – oft. Ja? Immer wieder?«

Er lachte schallend und gab ihr einen liebevollen Kuß. »Bei allen Heiligen, Sheena, du bist tatsächlich ein Juwel! Wenn ich mir vorstelle, daß ich Angst hatte, du könntest so sein wie meine erste Frau... Was für ein Narr ich war! Ich hätte es besser wissen müssen.«

»Als dieses Feuer in mir brannte, gingen mir die verrücktesten Gedanken durch den Kopf. Oh, nein, ich glaubte nicht nur zu sterben, ich hielt dich auch für den Teufel, und ich dachte...« Sie verstummte abrupt.

»Was?«

»Nein, ich kann es dir unmöglich sagen.«

»Doch ich bestehe darauf – nachdem du mich so neugierig gemacht hast.«

»Du wirst böse sein, Jamie, und ich möchte diesen Tag nicht verderben...«

»Als ob du das schaffen könntest«, fiel er ihr lächelnd ins Wort. »Es gibt nichts, womit du mich in diesem Augenblick ärgern könntest. Und wenn es dir ein andermal gelingen sollte – du brauchst meinen Zorn niemals zu fürchten. Wie du sicher bestätigen kannst, besitze ich ein lebhaftes Temperament, und das wirst du zweifellos zu spüren bekommen – hin und wieder. Aber ich werde dir niemals weh tun, das schwöre ich.« Sie zögerte immer noch, und er fügte ungeduldig hinzu: »Sag's mir endlich! Du mußt lernen, mir zu vertrauen.«

»Also gut.« Sheena holte tief Atem. »Als ich zu sterben glaubte, dachte ich an deine erste Frau. Ich malte mir aus, daß sie vielleicht auf diese Weise den Tod gefunden hat, in deinen Armen – glücklich...« Sie spürte, wie sich seine Muskeln anspannten, und fuhr rasch fort: »Ich weiß – es ist lächerlich, was ich mir da einbilde. Wahrscheinlich hast du sie gar nicht angerührt. Denn dann hätte sie sich bestimmt nicht umgebracht.«

Sein Blick war unergründlich. Er preßte die Lippen zusammen und schien sich mühsam zu beherrschen.

»O Jamie, es tut mir so leid! Bitte, versuch mich doch zu verstehen. Vor dem heutigen Tag war ich überzeugt, du würdest vor nichts zurückschrecken. Ich traute dir die gräßlichsten Untaten zu – weil ich diese wilden Gerüchte glaubte... Vielleicht sollte ich dir alles erzählen.«

»Ja, mein Liebes, sprich weiter«, bat er tonlos.

»Angeblich hat sich deine erste Frau das Leben genommen, weil du in der Hochzeitsnacht brutal über sie hergefallen bist. Und das glaubte ich, weil ich nichts Gegenteiliges hörte – nur grausige Geschichten von Vergewaltigungen, Mord und schlimmen Wunden. Überrascht es dich, daß ich dir nicht sagen konnte, wer ich bin – daß ich glauben mußte, du würdest mich umbringen, wenn du es wüßtest? Ich habe mich in dir getäuscht – nicht wahr?«

Wütend starrte er sie an. Warum stellte sie diese Frage? Sah sie denn nicht, was für ein Mensch er war? »Vielleicht hast du dich geirrt – vielleicht auch nicht«, antwortete er sarkastisch.

Ihre Augen füllten sich mit Tränen, und Jamie bereute seine schroffen Worte. Er hätte nicht gekränkt sein dürfen, weil sie Ailis Mackintosh erwähnt hatte. Sie war vertrauensselig genug gewesen, um ihm von ihren Gedanken zu erzählen. Und er war in Zorn geraten, obwohl er versichert hatte, das würde nicht geschehen.

»O Sheena, ich bin ein Dummkopf. Verzeih, daß ich mich so albern benommen habe. Natürlich stimmen diese Gerüchte nicht. Ich habe mir niemals eine Frau genommen, die mich nicht wollte. Was die Wunden betrifft, die ich meinen Gegnern zufüge – das läßt sich manchmal nicht vermeiden. Und wenn die Leute behaupten, ich sei ein Mörder... Nun, ich leugne nicht, daß ich mehrere Männer im Kampf getötet habe. Einmal mußte ich sogar einen Verwandten zum Tode verurteilen, der es nicht anders verdient hatte. Aber ich habe niemanden aus reiner Lust am Töten umgebracht. Es ist mir viel lieber, wenn kein Blut vergossen wird. Allerdings solltest du dich fragen, welcher Schotte im Laufe seines Lebens keinen einzigen Menschen umgebracht oder verletzt hat. Kann dein Vater behaupten, er hätte niemals gekämpft oder getötet? Wird dein Bruder niemals eine solche Schuld auf sich laden? Willst du mir Dinge vorwerfen, die ich nicht ändern kann? Daß ich tue, was ich tun muß?«

Er wartete, und er mußte sehr lange warten. Endlich flüsterte Sheena: »Nein.«

Jamie lächelte erleichtert. »Dann will ich dir zu deiner Beruhigung noch etwas sagen, mein Schatz. Du hast recht – ich bin meiner ersten Frau kein einziges Mal zu nahe getreten. Die Hochzeit wurde von unseren Vätern beschlossen, und ich hatte Ailis Mackintosh nie zuvor gesehen. Niemand warnte mich – niemand sagte mir, was für ein verschüchtertes, schrulliges Mädchen sie war und wie sehr sie sich vor den Männern fürchtete. Nicht nur vor mir, Sheena – vor allen, auch vor ihrem Vater. Sie war schon tot, bevor ich in jener schrecklichen Nacht zu ihr ging. Später gestand ihre Dienerin, die arme junge Frau hätte sich schluchzend beklagt, weil sie zu dieser Ehe gezwungen worden wäre, und geschworen, lieber zu sterben, als sich von einem Mann berühren zu lassen. Offenbar glaubte Ailis' Vater nicht, daß sie sich tatsächlich umbringen würde. Er hatte mir nichts von ihrer Drohung erzählt und nahm sie auch nachher nicht zur Kenntnis. Er gab meiner Familie und mir die Schuld an ihrem Tod, und seither sind wir mit dem Mackintosh-Clan verfeindet.«

»Deshalb hast du dir also gelobt, nie wieder ein Mädchen zu heiraten, das du vorher nicht erprobt hast?«

»Kannst du mir das verdenken? Ailis' Selbstmord hat mich tief getroffen. Von jener Stunde an bin ich allen Mädchen aus dem Weg gegangen, die mich entsetzt anschauten. Wundert es dich, daß mich deine Angst so in Wut brachte? Ausgerechnet du hast mich gefürchtet – die Frau, die mich bezauberte, obwohl ich manchmal gegen meine Gefühle ankämpfte. Und daß du nur vor mir Angst hattest, nicht vor den Männern im allgemeinen, konnte mich keineswegs aufmuntern.«

»Jetzt kennst du den Grund.«

»Ja – ein sehr dummer Grund...«

»Da war ich anderer Meinung.«

Jamie grinste belustigt. »Obwohl du meine Küsse genossen hast?«

»Das ist nicht wahr!« protestierte Sheena.

»Was für eine unverbesserliche Lügnerin du bist!« neckte er sie. »Dann wollen wir mal sehen, ob du wenigstens jetzt zugeben wirst, wie sehr du meine Küsse genießt.«

Seine Lippen berührten die ihren, und sie verbarg ihre Gefühle nicht. Zärtlich umarmten sie sich und verschwendeten noch immer keinen Gedanken an die wartenden Hochzeitsgäste.

30.

Jamie schloß die Tür seines Zimmers und legte besitzergreifend einen Arm um Sheenas Taille. Ihre Blicke trafen sich, sie erwiderte sein warmherziges Lächeln und lächelte noch immer, während sie den Flur hinabgingen.

Sie war glücklich, zum erstenmal seit langer Zeit. Und Jamie? Er war in lautes Gelächter ausgebrochen, als sie ihr schönes Kleid wieder angezogen und verlegen versucht hatte, die Knitterfalten zu glätten. Die Leute würden wissen, was sie getan hatte. Wie konnte sie es wagen, in die Halle zurückzukehren?

Doch die Komik der Situation war auch ihr nicht entgangen. Und was spielte es schon für eine Rolle? Sie waren so lange weggewesen, daß es ohnehin jeder merken mußte. Entweder jetzt oder morgen früh würde sie in anzüglich grinsende Gesichter blicken müssen. Vor allem weil Jamie so stolz dahinschritt, wie ein Hahn, der gerade aus dem Hühnerstall kam...

Sie gingen an dem Zimmer vorbei, wo Sheena die letzten Tage verbracht hatte, unter strenger Bewachung. Nicht einmal diese Erinnerung trübte ihr Glück. Wie sinnlos war ihre Angst gewesen! Jamie würde ihr niemals weh tun. Und jetzt konnte sie endlich wieder sie selbst sein – ohne ihre Umgebung täuschen zu müssen. Sie fragte sich, was Jamie von der echten Sheena Fergusson halten würde.

Bevor sie die Halle erreichten, verlangsamte Jamie plötzlich seine Schritte. Verwundert wandte sie sich zu ihm und sah, daß er die Stirn runzelte. Und dann wußte sie warum. Eine tiefe, unheimliche Stille erfüllte den großen Raum. Waren sie alle gegangen?

»Jamie...«, begann sie, doch er legte warnend einen Finger an die Lippen und führte sie die restlichen Stufen hinab.

Ihre Verwirrung wuchs, als sie die Halle betraten, die keineswegs leer und verlassen war. Trotzdem herrschte ringsum tiefes, beklemmendes Schweigen. Die meisten Leute standen, und ihre ernsten Mienen jagten einen unerklärlichen Angstschauer über Sheenas Rücken.

Sie wollte nicht weitergehen, aber Jamie zog sie mit sanfter Gewalt zu den beiden Tischen, auf die sich die allgemeine Aufmerksamkeit richtete. Dazwischen standen Dugald und seine Gefolgsmänner, auch Black Gawain und Colen – und mehr MacKinnions als Fergussons.

Heilige Maria, sie werden kämpfen, dachte Sheena entsetzt. Nein – Jamie wird es verhindern. Wie gut, daß wir gerade noch zur rechten Zeit gekommen sind...

Aber – was war geschehen? Was hatte die beiden Clans erneut gegeneinander aufgebracht?

Die Ursache lag zu Black Gawains Füßen, und Sheena

wurde blaß, als sie Iain Fergusson erkannte, ihren Vetter. Blut bedeckte seine Brust, so daß sie nicht genau erkennen konnte, wo man ihn getroffen hatte. Jedenfalls war er verwundet und bewußtlos – oder tot. Lieber Gott, nicht Iain – dieser gute, feinfühlige Mann... Kämpfe und Raubzüge bedeuteten ihm nichts – er liebte nur seine Tiere. Wie oft hatten Sheena und Niall ganze Tage bei Iain verbracht, die Gewohnheiten wilder Kreaturen beobachtet, über die Possen eines Bibers gelacht und voller Ehrfurcht seine großen, zotteligen Auerochsen bestaunt...

Plötzlich brach ein Tumult aus, alles schrie durcheinander, wütende Beschuldigungen wurden vorgebracht und ebenso heftig zurückgewiesen. Kein einziges Wort ergab einen Sinn, und der Lärm schwoll an, bis Sheenas Ohren zu schmerzen begannen. Das Gebrüll verstummte erst, als sich Jamie über Iain beugte, um ihn zu untersuchen. Wahrscheinlich war er der erste, der feststellen würde, ob der Verwundete noch lebte.

Nach einer Weile richtete sich Jamie auf und blickte angewidert in die Runde. »Welch ein Wahnsinn! Da steht ihr herum und beschimpft euch, während ein Mann reglos daliegt und verblutet!«

»Ist er tot?« fragte Colen.

»Das wird er bald sein – wenn man ihn nicht verarztet.«

Colen nickte und bedeutete einigen Männern, Iain zum Kamin zu tragen. Dann befahl er, Wasser zu erhitzen, damit die Wunde gesäubert werden konnte. Dies wurde von Dugald verzögert, der eigensinnig erklärte, Iain müßte von seinen eigenen Leuten versorgt werden.

Sobald man den Schwerverletzten weggebracht hatte, trat Jamie vor, dessen Ärger mit jeder Sekunde wuchs. Was für ein kindisches Getue; einzig und allein veranstaltet, um die MacKinnions zu kränken! Ein Zweck, der prompt erfüllt wurde... »Ich lasse mich auf keinen Streit mit Euch ein, bevor ich nicht weiß, was hier geschehen ist, Sir Dugald«, sagte er betont gleichmütig.

»Fragt doch Euren Mann, MacKinnion! Wir wollen mal sehen, ob er es wagt, die Wahrheit zu gestehen.« Dugalds ausgestreckter Zeigefinger wies auf Black Gawain, und Jamie starrte seinen Vetter verblüfft an.

»Du? Was hast du damit zu tun? Du warst nicht einmal bei der Hochzeit.«

»Ich kam erst, nachdem du dich mit deiner neuen Braut zurückgezogen hattest – um deinem Vergnügen zu frönen.«

Es war nicht der Hohn dieser Worte, der Jamie bestürzte, sondern die unverkennbare Bitterkeit in der Stimme seines Vetters. Er erinnerte sich nur zu gut an den Überfall im Frühling, an die Verzweiflung Gawains, der beim Anblick seiner toten Schwester blutige Rache geschworen hatte. War sein Zorn von neuem aufgeflammt? Hatte er sich deshalb auf Iain gestürzt – um Vergeltung zu üben?

»Hast du den Mann erstochen?« fragte Jamie ohne Umschweife.

»Ja.«

»War es ein Unfall?«

»Nein.«

Jamie holte tief Atem und bezähmte mühsam seine Erregung. Gawain zeigte keine Reue, sein Kampfgeist schien ungebrochen.

»Du wirst mir sagen warum.«

Der scharfe Tonfall des Lairds ließ keinen Zweifel an seiner Mißstimmung aufkommen, und Gawain war klug genug, um sich zu mäßigen. »Du brauchst nicht zu befürchten, daß ich es grundlos tat, Jamie«, antwortete er, etwas sanfter als zuvor. »Der Mann stand auf und wollte sich auf mich stürzen. Wenn er langsam und ungeschickt war und mein Dolch ihn zuerst traf – wer trägt die Schuld daran? Immerhin hat er mich herausgefordert.«

»Er hätte Euch niemals angegriffen!« rief Sheena. »Ich kenne Iain. Er war kein Kämpfer...«

Jamie brachte sie mit einem kühlen Blick zum Schweigen. Eine Frau durfte sich nicht in Männergespräche einmischen. »Wer kann mir sonst noch berichten, was geschehen ist?« fragte er und schaute sich um.

»Zweifelst du an mir, Jamie?« fragte Black Gawain.

Der Laird starrte ihn durchdringend an. »Seit wann ist es fair, nur die eine Seite zu hören?«

»Ich will Euch erzählen, wie es war«, meldete sich ein Fergusson zu Wort. »Er lügt!«

»Habt Ihr alles genau beobachtet?« erkundigte sich Jamie vorsichtig.

»Ich saß neben Iain am Tisch«, erklärte der Mann. »Also mußte ich es mit ansehen – ob ich wollte oder nicht.«

»In welcher Hinsicht hat mein Vetter gelogen?«

»In jeder!« erwiderte der Mann, ohne zu zögern. »Dieser MacKinnion kam herein, und kaum hatte er sich gesetzt, als er auch schon anfing, den armen Iain zu ärgern. Grinsend brüstete er sich mit seinen Überfällen auf unseren Clan und rechnete ihm vor, wie viele Fergussons er schon getötet hätte. Mit aller Macht versuchte er Iain in Wut zu bringen. Er hätte sich an mich wenden sollen, dann wäre ihm das Lachen vergangen. Aber Iain war nicht wütend. Das dumme Geschwätz ekelte ihn an, und er stand auf, um sich zu entfernen – nicht, um den MacKinnion anzugreifen. Er wäre einfach davongegangen, hätte ihn dieser Mann nicht niedergestochen.«

Wieder trat eine dumpfe Stille ein. Sheena blickte entsetzt von einem zum anderen. Sie glaubte ihrem Clansmann vorbehaltlos, denn sie wußte, was für ein Mensch Black Gawain war. Hatte er nicht auch sie angegriffen, ohne herausgefordert zu werden?

Jamie befand sich in einer schwierigen Lage. Konnte er seinem Vetter eine solche Tat zutrauen? Sie waren im gleichen Alter und zusammen aufgewachsen, und deshalb glaubte Jamie ihn gut zu kennen. Würde Gawain absichtlich einen Kampf heraufbeschwören? Hatte er sich in den Monaten seit dem Tod seiner Schwester so drastisch verändert? Nein, da mußte mehr dahinterstecken.

Was soll ich tun, fragte sich Jamie. Soll ich die Behauptung eines Mannes, den ich nicht kenne, höher bewerten als das Wort meines Vetters? Er mußte eine Entscheidung treffen.

Die angespannte Atmosphäre, die den Raum erfüllte, schien sich mit jeder Sekunde zu verdichten. Offensichtlich schlug sich der ganze MacKinnion-Clan auf Black Gawains Seite, während alle Fergussons ihrem Verwandten glaubten. Der junge Niall stand auf seinem Stuhl und beobachtete die Szene, eine Hand am Schwertgriff. Würde es dem Laird von MacKinnion gelingen, eine Schlacht zu verhindern?

»Wolltest du einen Kampf vom Zaun brechen, Black Gawain?« Jamie mußte diese Frage stellen.

»Nicht unbedingt – aber ich habe mich keineswegs davor gescheut. Wäre ich von Anfang an an einem Kampf interessiert gewesen, hätte ich den Tiefländer ohne Umschweife herausgefordert, statt ihn zu verspotten.«

Jamie seufzte. Sheenas Clan würde seine Entscheidung nicht begrüßen. »Ich glaube, das alles war ein Mißverständnis. Und was hier geschehen ist, kann ich nur als Unfall bezeichnen, so bedauerlich es auch sein mag.«

»So? Meint Ihr!« Dugalds Gesicht lief dunkelrot an. »Und ich glaube, daß es auf Schloß Kinnion keine Gerechtigkeit gibt!«

»Seid doch vernünftig!« ermahnte Jamie den alten Mann. »Es war ein Unfall, und es gibt zuwenig Zeugen, die das Gegenteil beweisen könnten.«

»Ich brauche nur einen einzigen Zeugen!« schrie Dugald.

»Ich brauche mehr!« schrie Jamie zurück. »Der Fall liegt keineswegs klar auf der Hand!«

»Wartet doch, bis Iain zu sich kommt!« rief Sheena, bevor ihr Vater eine passende Antwort fand. Sie fühlte sich hin und her gerissen zwischen beiden Clans, und der Gedanke, wozu das alles führen würde, war grauenhaft – zu einem neuen Krieg, ausgelöst durch den guten, friedliebenden Iain...

»Was hätte das für einen Sinn, Tochter?« stieß Dugald hervor. »Der Laird von MacKinnion würde nur neue Ausflüchte suchen, um die Gerechtigkeit zu verhöhnen, selbst wenn die Wahrheit ans Licht käme.«

»Ich flehe dich an...«, begann Sheena verzweifelt.

»Nein«, unterbrach er sie ungeduldig. »Aber du brauchst

nicht zu fürchten, daß ich dir diesen Tag mit meiner Rache verderben werde. Wir brechen sofort auf, und du begleitest uns. Beeilen wir uns – bevor weitere Unfälle geschehen.«

»Sie wird nicht mit Euch gehen, Sir Dugald.« Jamies Stimme klang trügerisch sanft.

Die Augen des alten Mannes verengten sich. »Sie ist mit Euch verheiratet, MacKinnion. Aber Ihr habt ausdrücklich betont, daß Ihr sie nicht einsperren werdet.«

»Sie kann gehen – wenn ich es sage. Vorerst bleibt sie hier.«

Sheena hielt den Atem an. Ihr Vater und ihr Ehemann starrten sich schweigend in die Augen. Eine Ewigkeit schien zu verstreichen. Würde sich der Kampf nicht mehr vermeiden lassen? Sie wußte, in was für eine unerträgliche Lage ihr Vater geraten war. Er mußte kämpfen oder klein beigeben. Ein Fergusson, der sich geschlagen gab – wenn sein ganzer Clan hinter ihm stand? Andererseits waren die Fergussons in der Unterzahl – wie immer, wenn sie gegen die MacKinnions antraten.

Mit zornroten Wangen machte Dugald Fergusson auf dem Absatz kehrt und verließ die Halle, ohne ein weiteres Wort. Sheena mußte untätig mit anschauen, wie ihm ihre Verwandten nachrannten. Dann wurde der immer noch bewußtlose Iain hinausgetragen. Er war nicht imstande, auf einem Pferd zu sitzen. Trotzdem würde er mit den anderen reiten und vermutlich auf dem langen Heimweg sterben.

Nicht einmal Niall gönnte ihr einen Blick, als er hinauslief. Sheena wollte ihrem Bruder folgen, um sich wenigstens von ihm zu verabschieden. Aber Jamie legte eine Hand auf ihre Schulter, hielt sie fest, und sie konnte nur dastehen – unfähig, die Fergussons zurückzuhalten. Würde sie ihre Familie jemals wiedersehen?

Das Herz wurde ihr schwer, und sie wäre in Tränen ausgebrochen, hätte nicht diese schwere Hand auf ihrer Schulter gelegen und ihr bewußt gemacht, daß sie sich inmitten der verhaßten MacKinnions befand. Ihre Feinde durften nicht merken, wie sehr sie litt.

»Sheena?«

Jamies Stimme klang so sanft und erinnerte sie an zärtliche Stunden. Glaubte er, daß sich nichts geändert hatte? Wußte er nicht, daß alles zerstört war?

Plötzlich schüttelte sie seine Hand ab und wandte sich zu ihm, die Augen voller Schmerz und Verachtung. »Rühr mich nie wieder an, Jamie«, flüsterte sie.

»Sheena...«

»Nein!« stieß sie hervor. Nichts, was er sagen könnte, würde sie umstimmen. Sie lief die Treppe hinauf, um ihn nicht vor seinem Clan beschämen zu müssen. Jamie starrte ihr nach, und es drängte ihn mit aller Macht, ihr zu folgen und ihr seinen Standpunkt zu erklären. Doch er fürchtete sein eigenes Temperament, und so blieb er reglos stehen und beobachtete sie, bis sie aus seinem Blickfeld verschwunden war.

31.

Als er sein Zimmer betrat, schlief sie in dem Lehnstuhl am Kamin, immer noch angezogen. Ihr Haar fiel in dunkelroten Wellen an der Seite des Sessels hinab, bis zum Boden. Ihre Arme lagen gekreuzt über den Brüsten, der Rocksaum verbarg ihre Füße. War sie nur zufällig am Kaminfeuer eingeschlafen – oder hatte sie das Ehebett mit Absicht verschmäht?

Jamie warf ein paar Holzscheite in die ersterbenden Flammen, dann ließ er sich zu Sheenas Füßen nieder und betrachtete sie. Wie friedlich sie aussah, ohne Tränenspuren unter den Augen... Doch er hatte ihre unvergossenen Tränen gesehen, auch den Schmerz in ihrem Blick. Wie sollte er das alles wiedergutmachen?

Er griff nach einer der dunklen Haarsträhnen, die am Boden lagen, und ließ sie langsam durch die Finger gleiten. Ihr Hochzeitstag! Welch ein Mißerfolg, abgesehen von den kurzen Stunden, wo sie allein gewesen waren... Wie konnte sie jenes unbeschreibliche Glück vergessen? Hatte es ihr nichts bedeutet?

Er wollte sie nicht wecken und weitere Anklagen hören. An diesem Abend hatte man ihm schon genug böse Worte ins Gesicht geschleudert. Colen hatte ihn als Narren beschimpft, und Tante Lydia war außer sich gewesen, weil er es zuließ, daß die Fehde von neuem begann. Aber keiner von beiden konnte ihn zu dem Eingeständnis bewegen, daß er einen Fehler begangen hatte.

Black Gawains Benehmen veranlaßte ihn, diese Möglichkeit zu erwägen. Sein Vetter zeigte keine Spur von Reue. Was geschehen war, schien ihn nicht im mindesten zu berühren. Ausgelassen amüsierte er sich am Hochzeitstag des Lairds, wozu Jamie selbst nicht mehr fähig war. Schließlich gewann Jamies Temperament die Oberhand, und er schickte Gawain aus der Halle – angewidert vom Anblick dieses Unglücksraben und einem gnadenlosen Schicksal, das ihn erneut mit Sheena entzweit hatte.

Sie erwachte und sah Jamie vor sich auf dem Boden sitzen, die dunkelrote Strähne zwischen den Fingern. Ruckartig riß sie ihm ihr Haar aus der Hand.

Er sah sie an, der Feuerschein spiegelte sich hell in seinen Augen. Langsam stand er auf und reichte ihr die Hand. Sie rührte sich nicht. »Komm, geh mit mir ins Bett«, bat er seufzend. »Es war ein anstrengender Tag, und wir brauchen unseren Schlaf.« Als sie reglos sitzen blieb, fügte er hinzu: »Ich werde dich nicht belästigen – falls du dir deshalb Sorgen machst.«

Sheena hob den Kopf, und der Zorn in ihren Augen entmutigte ihn. Würde sie sich jemals wieder mit ihm versöhnen?

»Ich habe nur auf dich gewartet, um dir mitzuteilen, daß ich nicht mit dir in einem Zimmer schlafen werde«, sagte sie kühl.

»Doch, du wirst hierbleiben.«

»Laß die Tür zu meinem Turmzimmer in Ordnung bringen!«

»Sheena, ich warne dich. Ich werde mich nicht dem Gespött meiner Leute preisgeben – so wie mein Vater, wenn sich meine Mutter in ihrem Schmollwinkel verkrochen hatte. Und ich habe dir schon einmal erklärt, daß ich keine Türen zwischen uns dulde.«

»Dann wirst du auf dem Boden schlafen.«

»Nein – im Bett.«

»Gut, dann werde ich...«

»Schluß mit diesem albernen Geschwätz!« fuhr er sie an. »Ich habe bereits versichert, daß ich dich nicht belästigen werde, und das muß dir genügen.« Kampfeslustig schaute sie ihn an und holte tief Atem, um den Streit fortzusetzen, aber er winkte nur müde ab. »Geh jetzt schlafen, Mädchen.«

Er begann seine Kleider abzulegen, und Sheena blickte ins Feuer. Beide hatten es sorgsam vermieden, den wahren Grund ihres Zwistes zu erwähnen. Sollte Jamie es wagen, seine Handlungsweise zu rechtfertigen, würde Sheena Dinge sagen, die sie später bereuen könnte – das wußte sie, und deshalb schwieg sie. Außerdem hatte sie gar kein Recht, ihm Fragen zu stellen.

Dieser Meinung war auch Jamie. Er hatte seine Entscheidung getroffen und brauchte keine Erklärung abzugeben. Wenn er sich jetzt auf eine Diskussion mit Sheena einließ, würde sie seine Beschlüsse auch künftig in Zweifel ziehen. Das durfte er nicht zulassen. Sie war nur eine Frau, wenn auch eine wunderschöne und sehr verführerische... Oh, verdammt!

Er legte sich auf das Bett und fand keine Ruhe.

»Sheena, ich ertrage das nicht.«

»Was?« Sie wandte ihm den Kopf zu, und er richtete sich auf.

»Die Feindschaft zwischen uns... In diesem Zimmer ist kein Platz dafür.«

Ihre Augen wurden schmal. »Nur hier ist Platz dafür!« zischte sie. »Oder soll ich dir vor deinen Verwandten sagen, was ich von dir halte?«

Jamie erkannte, wie sinnlos es wäre, einem klärenden Gespräch auszuweichen. Er mußte sich damit abfinden, daß Sheena nicht so war wie andere Frauen. »Sag es mir jetzt – damit wir es hinter uns bringen.«

»Du bist ein Feigling!« schrie sie. »Weil du mit einer Fergusson verheiratet bist und befürchten mußtest, dein Clan würde dir Günstlingswirtschaft vorwerfen, hast du nicht gewagt, ein gerechtes Urteil zu sprechen. Du hättest es nicht verkraftet, angegriffen zu werden, weil du auf der Seite deiner Frau stehst. Und um dir das zu ersparen, hast du ein Unrecht begangen.«

»Es war kein Unrecht, Sheena, und Parteilichkeit hatte nichts damit zu tun.«

»Für mich hast du keine Partei ergriffen – aber für Black Gawain. Das kannst du nicht leugnen.«

»Wäre es dir lieber gewesen, wenn ich deinen Clan gezwungen hätte, zu den Waffen zu greifen? Der bedauerliche Zwischenfall schlug viel zu hohe Wellen. Meine Leute hätten einen Urteilsspruch gegen Black Gawain nicht geduldet. Warum sollten sie auch? Sie vertrauen ihm, und sie würden dem Wort eines Fergusson, zweier Fergussons oder eines ganzen Dutzends niemals mehr Gewicht beimessen als der Aussage eines MacKinnion. Sie haben Gawain geglaubt. Nach so vielen haßerfüllten Jahren gab es keine andere Möglichkeit.«

»Oh, doch!« entgegnete Sheena. »Wäre Iain rechtzeitig zu sich gekommen, hätte er dieselbe Geschichte erzählt wie mein Clansmann – eine Geschichte, die er nicht hören konnte, weil er besinnungslos war. Das wäre ein schlagender Beweis gewesen. Du hättest warten müssen, Jamie. Und wenn Iain das Bewußtsein wiedererlangt hätte...«

»Was geschehen ist, ist nun mal geschehen«, unterbrach er sie. »Jetzt kann ich es nicht mehr beklagen.«

»Du könntest es«, widersprach sie bitter. »Aber du willst nicht, weil es dir gleichgültig ist.«

»O Sheena, selbst wenn du mich überzeugen könntest – das würde keinen Unterschied machen. Verstehst du das nicht? Ich mußte einen blutigen Kampf verhindern – das allein war wichtig.«

»Und für mich zählt nur die Tatsache, daß dir mein Vater nie verzeihen wird, wie ungerecht du seinen Clan behandelt hast.«

»Ich habe ihm ein neues Blutvergießen erspart«, erwiderte Jamie mit scharfer Stimme. »Ist das vielleicht ungerecht?«

»Es ist also nicht nötig, einem Fergusson Gerechtigkeit widerfahren zu lassen? Willst du das damit sagen, Jamie?«

»Sheena, das alles braucht seine Zeit. Die Fehde ist vorbei, sie wurde beendet, als wir geheiratet haben. Und ich will sie nicht von neuem beginnen, unter keinen Umständen. Allmählich wird man den alten Groll vergessen. Wir können deinen Vater sogar besuchen, und dann will ich mich mit ihm aussöhnen. Die Zeit heilt alle Wunden.«

»Und Black Gawain? Soll er ungestraft davonkommen?«

Er runzelte die Stirn. »Ich habe nicht gesagt, daß ich ihn für schuldig halte.«

»Er ist aber schuldig!«

Jamie seufzte ungeduldig. »Wenn das stimmt, werde ich auf meine Weise mit ihm verfahren.«

»Wirklich? Oder wirst du es vergessen – sobald du glaubst, ich würde nicht mehr daran denken?«

Er zwang sich mühsam zur Ruhe. »Du mußt versuchen, Verständnis für ihn aufzubringen. Seine Schwester kam im Frühling ums Leben, weil dein Vater beschlossen hatte, die Fehde wiederaufzunehmen. Gawain war...«

»Was?« fiel sie ihm bestürzt ins Wort. »Wir haben nicht damit angefangen. Das warst *du*!«

»O Sheena, ich will keinen Lügen mehr hören!«

»Ich lüge nicht!«

Jamie beobachtete ihr Mienenspiel. Ihre Erschütterung ging sehr schnell in kalten Zorn über, und er ärgerte sich ebenso. Warum hielt sie an ihrer lächerlichen Behauptung fest? Wußte sie wirklich nicht, daß ihr verräterischer Vater den Frieden gebrochen hatte?

Ihre Hände ballten sich, und sie öffnete den Mund, um ihm neue Anklagen ins Gesicht zu schleudern. Doch er ließ sie nicht zu Wort kommen. »Ich habe jetzt endgültig genug, Sheena.«

»So? Und ich habe von dir genug!« Sie sprang auf, doch er schwang die Beine über den Bettrand und griff nach ihr. Ihre helle Empörung gab ihr genügend Kraft, um sich sofort wieder loszureißen. Er versuchte sie erneut festzuhalten, und da ging ihr Temperament mit ihr durch. Sie wußte, daß sie letzten Endes zu schwach sein würde, um ihn abzuwehren. Und so schlug sie ihn mitten ins Gesicht, solange sie noch die Gelegenheit dazu hatte. Selbst wenn er die Hand heben sollte, um zurückzuschlagen, würde sie nichts bereuen.

Aber er rührte sich nicht. Ihre Augen schienen saphirblaue Funken zu sprühen, forderten ihn heraus. Trotzdem war er unfähig, sich an ihr zu vergreifen.

»Worauf wartest du?« fauchte sie. »Ich fürchte dich nicht mehr, Jamie. Du kannst mich nicht noch mehr verletzen, als du es schon getan hast.«

»Ich bringe es nicht fertig, dich zu schlagen.«

»Warum nicht?«

Sein Herz krampfte sich schmerzhaft zusammen. »Weil ich mich selber viel mehr verletzen würde als dich«, erwiderte er und haßte sich für diese Gefühle. »Warum wohl?«

Sie wußte es nicht. Ihre Kehle wurde eng. Das verstand sie auch nicht. Und dann küßte er sie, drückte sie an sich, und plötzlich war ihr alles klar. Der Kuß dauerte nicht lange, denn es klopfte laut an der Tür.

Jamie schob seine Frau beiseite, wickelte sich in seinen Tartan und brüllte: »Herein!« Nach dieser unfreundlichen Aufforderung wurde die Tür nur zögernd geöffnet.

Sheena sank wie betäubt auf das Bett. Staunend erkannte sie, wie schnell ihr Ärger verflogen war – nur weil Jamies Lippen die ihren berührt hatten. Wie konnte das möglich sein?

»Ich wollte dich nicht stören, aber es war unvermeidlich«, erklärte Colen seinem Bruder. Seine Stimme klang so merkwürdig, daß er Sheenas ungeteilte Aufmerksamkeit erregte.

Der Laird bemerkte sein Zaudern. »Sprich doch endlich, Colen!«

»Hamishs und Jocks Hütten wurden überfallen. Beide sind verwundet – und es sieht nicht so aus, als würde Hamish überleben.«

Jamies Gesicht schien zu versteinern. »Wieviel Vieh wurde gestohlen?«

»Kein einziges Tier. Alle wurden getötet, und die Hütten brennen.«

Jamies Blick richtete sich auf Sheena. Ihr Atem stockte, denn sie wußte, was er dachte.

Sie stand auf und ging zu ihm. »Nein! Das hat er nicht getan.«

»Doch«, erwiderte er leise. »Im Frühling war es genauso – kein gewöhnlicher Raubzug, sondern ein sinnloses, grausames Gemetzel, in blinder Zerstörungswut... Und ich ließ es geschehen. Ich konnte doch nicht ahnen, daß er sich erdreisten würde, Rache zu üben für das, was heute geschah. Deshalb habe ich keine Wachen aufgestellt.«

»O Jamie, du irrst dich!«

Er wandte sich wieder zu Colen. »Wie viele Männer haben die Hütten angegriffen?«

»Jock schwört, es wäre mindestens ein halbes Dutzend gewesen.«

»Hat er sie deutlich gesehen?«

Ein langes Schweigen entstand, bevor Colen tonlos entgegnete: »Deutlich genug.«

»Dann sei bitte so freundlich und beschreibe meiner Frau die Tartans der Angreifer.«

Sheena sah den jungen Mann flehend an, aber er wollte nicht lügen. »Es tut mir leid, Mädchen – aber es waren die Farben deines Vaters. Ich wünschte, ich könnte dir etwas anderes sagen.«

Fassungslos starrte sie auf die beiden Männer – den unglücklichen Colen und Jamie, der seine Gefühle nur mühsam verbarg.

»Euer Clansmann hat sich geirrt!« stieß sie hervor. »Und

ihr seid beide verachtenswert, wenn ihr etwas anderes glaubt.«

»Geh jetzt und hol mein Pferd aus dem Stall«, befahl Jamie seinem Bruder.

»Das ist unmöglich, Jamie!« schrie Sheena. »Du kannst nicht gegen meinen Clan kämpfen!«

Er kehrte ihr den Rücken, um sich anzuziehen. »Maßt du dir an, meine Absichten zu kennen?« fragte er. Und nach einer kleinen Pause fügte er hinzu: »Sicher findest du die Handlungsweise deines Vaters gerechtfertigt.«

»Das habe ich nicht behauptet. Aber versetz dich einmal in seine Lage. Wäre dir von seiten meines Vaters ein Unrecht widerfahren – hättest du nicht versucht, dich zu rächen?« Er wandte sich wütend zu ihr, doch sie fuhr unbeirrt fort: »Du hättest es getan, das weißt du. Aber mein Vater kann es sich nicht leisten – auch das weißt du. Er wollte diese schreckliche Fehde beenden, und er tat alles, was in seiner Macht stand, um den Fergusson-Clan zu schützen.«

»Du vergißt die Bündnisse, die er durch die Ehen deiner Schwestern geschlosssen hat. Wie ich erfahren habe, wurden sie alle kurz nach deiner Verbannung verheiratet. Vermutlich bildet sich dein Vater nun ein, er wäre jetzt stark genug, um die Fehde gegen mich fortzusetzen.«

»Warum hat er mich dann mit dir vermählt?«

»Dazu habe ich ihn gezwungen.«

»Tatsächlich?« rief Sheena erbost. »Wenn er so stark ist, wie du behauptest, hätte er dich bekämpft. Statt dessen hat er deine Forderung erfüllt. Und um meinen Widerstand zu brechen, hat er auf mich eingeredet, bis er blau im Gesicht war. Ich wünschte bei Gott, ich hätte ihm den Gehorsam verweigert.«

»Das wünsche ich mir allmählich auch!« erwiderte Jamie, bevor er aus dem Zimmer stürmte.

32.

Als Sheena am nächsten Morgen erwachte, lag sie allein im Bett. Sie richtete sich auf, mehr konnte und wollte sie nicht tun. Sie saß einfach nur da. Ihre Augen schmerzten, denn sie hatte sich in den Schlaf geweint.

Aber ihre Tränen waren sinnlos. Sie änderten nichts. Und sie hatten ihren Kummer keineswegs erleichtert.

Sie starrte durch das Fenster auf den trüben Wolkenhimmel. Der Tag hatte begonnen, und Jamie war nicht zurückgekehrt. Also war er nach Angusshire geritten. Die MacKinnions griffen immer bei Tageslicht an. Stand er mit seinen Leuten in diesem Augenblick vor Tower Esk?

Gräßliche Bilder von gnadenlosen Kämpfen tauchten vor ihrem geistigen Auge auf, und sie schüttelte den Kopf, um sie zu verscheuchen. Doch die Bilder verschwanden nicht, und nun glaubte sie auch noch gellende Schreie zu hören. Die Stimmen ihres Vaters und ihres Bruders...

Sie preßte die Hände auf die Ohren, sprang vom Bett auf und begann im Zimmer hin und her zu laufen, aber sie konnte die schrecklichen Visionen noch immer nicht vertreiben. Die bange Frage, was daheim geschehen mochte, war einfach unerträglich. Und nicht genug mit dieser schmerzlichen Ungewißheit – sie mußte auch noch warten, bis Jamie mit blutigen Händen zurückkehrte. Dann würde sie endgültig wissen, was er ihrer Familie angetan hatte.

Nein! Plötzlich beschloß sie, während seiner Abwesenheit die Flucht zu ergreifen. Diesmal würde es niemand wagen, sie aufzuhalten, denn sie war die Frau des Lairds von MacKinnion. Sie würde sich ein Pferd nehmen und über alle Berge sein, bevor er nach Hause kam.

Aber wohin sollte sie sich wenden? Sie durfte nicht geradewegs nach Tower Esk reiten und das Wagnis eingehen, Jamie unterwegs zu begegnen. Es wäre besser, nach Aberdeen zu reiten, zu ihrer Tante Erminia. Mit ihrer Hilfe würde sie dann herausfinden, ob sie immer noch ein Heim besaß, wo sie Zuflucht suchen konnte.

Sie öffnete die Tür und wich verwirrt zurück, als sie sich der Dienstmagd Gertie gegenübersah, die gerade anklopfen wollte.

»Ich bringe Euch Kleider, Mistreß Sheena«, erklärte die alte Frau und trat ein. »Ihr wollt Euch doch sicher umziehen, bevor Ihr nach unten geht und die Gäste begrüßt.«

»Gäste?«

»Ja, sie sind heute morgen eingetroffen.« Gertie legte die Kleider auf das immer noch zerwühlte Bett und schüttelte verwundert den Kopf. »Seid Ihr gerade erst aufgewacht, Mistreß Sheena? So spät?«

Sheena runzelte die Stirn. »Wie spät ist es denn?«

»Schon fast Mittag. Wir wußten nicht so recht, ob Ihr hinuntergehen wollt oder nicht. Doris meinte, Ihr würdet Euch nicht getrauen – nach allem, was geschehen ist. Doch ich sagte, Ihr hättet genug Mumm in den Knochen, und außerdem seid Ihr auch nicht schuld an jenem Zwischenfall.«

Wirklich nicht, fragte sich Sheena wehmütig. Hätte Jamie sie auf Schloß Kinnion festgehalten, wenn er nicht so verrückt nach ihr gewesen wäre? Hätte er sie geheiratet? Ohne die Hochzeit wäre es nicht zu dem ›Unfall‹ gekommen, wie Jamie es nannte. Ihr Vater würde ungefährdet im Tower Esk leben, und sie wäre nach Aberdeen zurückgebracht worden. Und wenn sie nicht so gut aussähe, hätte Colen sie gar nicht erst aus Aberdeen entführt. Sie allein trug die Schuld an diesem ganzen Unglück. Ihre Schönheit war schon immer ein Fluch gewesen. Würde es auch in Zukunft so sein?

Doch hier war eine freundliche Seele, die ihr nichts übelnahm, obwohl sie sich selbst die schlimmsten Vorwürfe machte.

»Wollt Ihr dieses schöne blaue KLeid tragen, Mistreß Sheena? Das würde die Farbe Eures Haars betonen und es schimmern lassen, als stünde es in Flammen.«

Sheena betrachtete Lydias schöne Gewänder, die neben ihrem eigenen lagen – dem schäbigen grünen Kleid, auf das sie nun zeigte. »Ich trage das da.«

Gertie verhehlte ihre Mißbilligung nicht. »Wie Ihr

wünscht«, sagte sie mit gerunzelter Stirn. »Aber falls ich mir diese Bemerkung erlauben darf – es wäre höchste Zeit, daß der Laird mal für Eure Garderobe sorgt. Das solltet Ihr ihm mal klarmachen. Immerhin besitzt er genug Kleider, die er Euch mit Freuden geben würde.«

»Es steht mir nicht zu, darum zu bitten.«

»Ach, Unsinn – wer hätte ein größeres Anrecht darauf als Ihr?« Gertie schnalzte empört mit der Zunge. »Ihr seid doch seine Frau – oder habt Ihr das schon wieder vergessen?«

»Nein.«

Gertie überhörte den bitteren Unterton in Sheenas Stimme – vielleicht mit Absicht. »Nun, dann müßt Ihr Euch auch so anziehen, wie es der Frau eines Hochland-Lairds zukommt. Er ist wirklich ein großartiger Herr, unser Sir Jamie, aber er hat keine Ahnung, was eine Ehefrau so braucht. Ihr könntet doch fürs erste drauf bestehen, daß er Eure eigenen schönen Sachen holen läßt – nur für den Anfang. Euer Vater würde Euch die Kleider sicher nicht verweigern, nach allem, was geschehen ist.«

»Ich möchte jetzt nicht darüber reden, Gertie, wenn ich dich darum bitten dürfte...«

»Natürlich, ich gehe schon.«

»Warte, Gertie! Du hast gesagt, daß Gäste hier sind?«

»Allerdings! Die Keiths und die MacDonoughs sind bereits da, und die Gregorys und Martins werden zweifellos im Laufe des Tages ankommen.«

Sheena wurde leichenblaß. Diese Clans waren mit den MacKinnions verbündet, und Jamie konnte sie zu den Waffen rufen. Also hatte er die Fergussons noch nicht angegriffen. Statt dessen plante er einen großen Krieg, einen Massenmord. Warum hätte er sonst die vier Clans in sein Schloß gebeten?

»Was fehlt Euch denn, Mistreß Sheena?« fragte Gertie besorgt.

»Er – er hat sie alle eingeladen, damit...« Hastig biß sich Sheena auf die Lippen. Sie wollte nicht zuviel sagen.

Gertie mißverstand den Kummer ihrer Herrin. »Vor Sir Jamies Freunden braucht Ihr Euch wirklich nicht zu fürchten. Und Mistreß Thais kann es kaum erwarten, Euch kennenzulerne. Sie war es nämlich, die mich heraufgeschickt hat. Ich soll Euch fragen, wann Ihr endlich nach unten kommen würdet.«

»Thais?«

»Sir Jamies jüngere Schwester«, erklärte Gertie. »Sie war richtig böse auf ihn, weil er nicht warten wollte, bis sie mit ihrem Mann im Schloß angekommen ist.«

Sheena preßte stöhnend eine Hand auf ihre Brust. Er hatte nicht gewartet? Also war der Angriff bereits erfolgt.

»Oh, was habe ich denn gesagt, Mistreß Sheena?« Gertie war sofort an ihrer Seite. »Bleibt hier – ich hole Sir Jamie!«

»Er ist *hier*?«

»Wo soll er denn sonst sein – wenn er sich um die Hochzeitsgäste kümmern muß?«

»Hochzeitsgäste...« Sheena war so erleichtert, daß ihre Knie zu wanken begannen. »Warum hast du mir das nicht gleich erzählt, Gertie? Ich dachte, die Gäste wären...«

»Oh, das Fest wird noch viele Tage dauern, und Sir Jamie hat alle die Leute eingeladen, damit er sie mit seiner jungen Frau bekannt machen kann. Hat er Euch das nicht mitgeteilt?«

»Nein. Nach dem gestrigen Vorfall...«, begann Sheena.

»Denkt nicht mehr an gestern«, fiel ihr Gertie energisch ins Wort. »Davon läßt sich Sir Jamie die Hochzeit nicht verderben, und Ihr solltet Euch ein Beispiel an ihm nehmen.«

»Wann ist Jamie zurückgekommen?«

»Er hat das Schloß gar nicht verlassen – das heißt, er war nur mal kurz weg, um nach Hamish und Jock zu sehen.«

»Ist – Hamish...?«

Die alte Diensstmagd tätschelte Sheenas Schulter. »Er lebt noch, Gott segne ihn, und er wird's vielleicht überstehen. Wollt Ihr wirklich das grüne Kleid anziehen?«

»Nein – lieber das blaue«, erwiderte Sheena geistesabwesend.

Sie beschloß, mit Jamie zu sprechen. Er gönnte ihr eine

Galgenfrist – vielleicht nur, weil so viele Gäste im Haus waren, die er nicht gut wegschicken konnte. Und wenn sie abreisten? Sie mußte unbedingt wissen, was er vorhatte.

33.

Jamie trank einen großen Schluck Bier und wappnete sich gegen die Wendung, die das Gespräch zu seiner Rechten nahm. Sein Bruder und Alasdair MacDonough hatten sich für ihr Thema erwärmt, und Jamie versuchte viel zu spät, die beiden zu unterbrechen. Auf Colens Drängen hin erklärte Alasdair, warum er seine Verlobung mit Sheena gelöst hatte. Das Gesicht des Jungen spiegelte Zweifel wider, dann ein jähes Begreifen und schließlich Belustigung. Als er auch noch in lautes Gelächter ausbrach, konnte Jamie es nicht mehr ertragen.

»Ich glaube, du hast genug gesagt, MacDonough«, bemerkte er mit scharfer Stimme und verblüffte den älteren Mann.

»Aber Jamie – soll das heißen, daß du es all deinen Leuten verschwiegen hast – sogar deinem Bruder?«

»Schon gut«, warf Colen ein. »Ich will noch mehr von Jamies Aufenthalt im Tower Esk hören.«

»Nein, mein Lieber, danach mußt du deinen Bruder fragen«, entgegnete Alasdair unbehaglich.

»Nun, Jamie?«

Der Laird biß sich auf die Lippen. Als gäbe es nicht schon genug Schwierigkeiten in seinem Leben, mußte er auch noch die Heiterkeitsausbrüche seines Bruders ertragen. »Da gibt es nichts zu erzählen, Colen. Ich habe Fergussons Gastfreundschaft genossen, das ist alles. Und dabei wollen wir es auch belassen.«

Der Junge grinste. »Du warst also zu Gast in seinem Verlies? Und du hast die Hilfe eines Mädchens gebraucht, um zu fliehen?«

Jamies Stimmung verschlechterte sich zusehends. »Es war nur recht und billig, daß sie mich laufenließ. Immerhin war ich ihretwegen in den Tower Esk geraten.«

»Daß du ausgerechnet in einem Fergusson-Verlies gelandet bist...« Colen schüttelte spöttisch den Kopf. »Anscheinend hat's dich ganz schön erwischt – sonst hättest du dich nicht so zum Narren machen lassen.«

Jamie war nahe daran, die Beherrschung zu verlieren, doch da klopfte ihm sein Schwager Ranald Keith, der das Gespräch belauscht hatte, auf die Schulter. »Was höre ich da? Du hast deine junge Frau in einem Fergusson-Verlies kennengelernt?«

Der Laird starrte seinen Bruder wütend an und schilderte in knappen Worten die demütigenden Ereignisse, abgesehen von der Rolle, die Niall dabei gespielt hatte, denn er fühlte sich immer noch verpflichtet, den Jungen zu schützen. Nun amüsierten sich noch mehr Leute auf seine Kosten, was Colen sichtlich genoß.

»Also ist sie ein großes Wagnis eingegangen, um einer Zukunft an deiner Seite zu entrinnen, Jamie«, meinte Ranald nachdenklich. »Trotzdem ist sie jetzt mit dir verheiratet. Kein Wunder, daß das arme Mädchen nicht herunterkommen will, um seine Hochzeit zu feiern...«

»Ich würde sie nicht als armes Mädchen bezeichnen, Ranald Keith«, verteidigte Thais ihren Bruder. »Nachdem sie einen so guten Mann wie Jamie bekommen hat, muß sie sich glücklich schätzen.«

Ranald warf seiner Frau einen skeptischen Blick zu. »So denkst *du*. Aber was meint sie?«

Plötzlich wurde Colen ernst. »Ja, Jamie – wie fühlt sie sich jetzt?«

Jamie seufzte. »Ich hätte schwören können, du würdest keinen Groll mehr gegen mich hegen, Colen. Bist du immer noch so verbittert, weil du sie verloren hast?«

»Ich bin nicht verbittert. Aber ich habe dich gebeten, sie nicht zu verletzen.«

»Glaubst du, das hätte ich getan?«

»Und welches Glück war ihr beschieden, seit sie dich geheiratet hat?«

Jamie lächelte schmerzlich. »Ich glaube, sie war glücklich – wenn auch nur für eine kleine Weile.«

Colen wurde rot, denn er verstand nur zu gut, worauf sein Bruder anspielte. »Damit ist ihr Glück noch nicht gewährleistet. Sie braucht auch ihren Seelenfrieden. Kannst du ihr den schenken – nach allem, was vorgefallen ist?«

»Hört euch doch diese beiden an!« Daphne war hinter Jamie getreten und schlang die Arme um seinen Hals. »Meine Brüder streiten an einem so schönen Festtag, und um diese frühe Stunde kann man das nicht einmal ihrem Alkoholgenuß zuschreiben. Worum geht es denn?«

»Ich glaube, das Diskussionsthema hat beschlossen, uns zu beehren«, sagte Ranald.

Sheena durchquerte die Halle und kam auf sie zu. Sie sah bezaubernd aus in ihrem königsblauen Seidenkleid, die Haare nach hinten gesteckt, so daß ihr die langen Locken über den Rücken bis zur Taille fielen. Ihr Ehemann strahlte vor Stolz.

Ranald hielt den Atem an. »O Jamie – du sagtest, sie wäre ein hübsches Mädchen – aber du hast uns verschwiegen, daß sie die Schönste von ganz Schottland ist.«

Daphne lächelte ihre Schwester an. »Jetzt schau dir doch diesen unverschämten Kerl an, den du geheiratet hast! Ein Glück, daß mein Dobbin nicht da ist, sonst würde er seine neue Schwägerin genauso anhimmeln.«

»Oh, der meine kann sie anhimmeln, solange er will.« Thais lachte und weidete sich an der verlegenen Miene ihres Mannes. »Jamie wird schon dafür sorgen, daß es beim Anhimmeln bleibt.«

Der arme Ranald Keith hatte die Hänseleien, die zwischen den Abkömmlingen des Roten Robbie MacKinnion gang und gäbe waren, noch nie verstanden. Und er wußte niemals, wann er Thais ernst nehmen mußte. Er wandte sich ihr zu, und sein Blick wurde weicher, wie immer bei ihrem Anblick. Er liebte seine schöne Frau über alles. Nach seiner voreingenommenen Meinung war sie die schönere der beiden Schwestern mit ihrem schimmernden kupferroten Haar und den braunen Augen, die necken oder schmeicheln, in feuriger Erregung oder Liebe leuchten konnten. Ja, er liebte sie mit einer Leidenschaft, die ihn selbst überraschte. Doch nach fünf Ehejahren hatte er noch immer keine Ahnung, wann sie scherzte und wann sie es ernst meinte.

Er drückte ihre Hand unter dem Tisch und hoffte, daß es kein Neid auf die außergewöhnliche Schwägerin war, der ihre Augen funkeln ließ. ›Außergewöhnlich‹ – dieses Wort reichte nicht aus, um die Schönheit des Fergusson-Mädchens zu beschreiben. Diese zarte Haut, die großen, kristallklaren blauen Augen, das herrliche dunkle Haar, das einen so lebhaften Kontrast zum perlenweißen Schimmer ihrer Wangen bildete... Jamie war in der Tat ein glücklicher Mann.

Nach Thais' Ansicht konnte man Jamie nicht so glücklich nennen, wie er es verdiente. Sie vergötterte ihren älteren Bruder und wünschte ihm nur das Allerbeste. Daß er einen Mann aus dem Keith-Clan für sie ausgesucht hatte, würde sie ihm stets zugute halten. Während Daphne mit ihrem Dobbin, den ihr der Vater aufgezwungen hatte, unzufrieden war, führte Thais mit Ranald eine gute Ehe, und das hatte sie Jamie zu verdanken.

Es schmerzte sie, beobachten zu müssen, daß er nicht so glücklich war, wie sie es ihm vergönnte, und sie erinnerte sich an seine erste tragische Hochzeit. Aber er schien nicht zu glauben, daß er die falsche Wahl getroffen hatte. Das verriet sein Blick, der unverwandt auf Sheena gerichtet war.

Thais beschloß, ihre Schwägerin zu lieben, ganz einfach, weil es keine Zweifel an den tiefen Gefühlen gab, die Jamie seiner Frau entgegenbrachte. Was immer die Probleme zwischen den beiden verursacht hatte, konnte aus der Welt geschafft werden. Nichts war unmöglich.

Auch Daphne wünschte ihrem Bruder eine glückliche Zukunft. Doch da sie hinter ihm stand, sah sie nicht die Zärtlichkeit in seinen Augen, die der jungen Herrin von Schloß Kinnion entgegen schauten. Sie wußte nur, daß er am Vorabend und während des ganzen Morgens schlechter Laune gewesen war, und nach ihrer Meinung hatte er sich für die falsche Frau entschieden. Was mochte nur in ihn gefahren sein? Warum hatte er ausgerechnet die Tochter seines langjährigen Todfeindes geheiratet? Diese Ehe war zum Scheitern verurteilt. Eine andere Möglichkeit gab es gar nicht. Colen wußte es – und Jamie wußte es wahrscheinlich auch, sonst wäre er jetzt, wo er sich für immer an Sheena gebunden hatte, nicht so kühl und zurückhaltend. Die Ereignisse am Hochzeitstag bewiesen deutlich genug, daß es niemals Frieden zwischen den beiden geben würde.

Daphne sah keinen Ausweg. Sie selbst konnte jedenfalls nichts unternehmen, um ihrem Bruder zu helfen, und deshalb fand sie es sinnlos, sich einzumischen. Sie wagte nicht einmal zu hoffen, daß sich ihre Schwägerin eines Tages für Jamie erwärmen würde. Es war ihr nicht entgangen, wie verzweifelt die junge Frau gestern an ihrer Hochzeitstafel gesessen hatte. Und heute sah Sheena keineswegs glücklicher aus. Offensichtlich haßte sie Jamie ebenso wie dieses Haus, in dem sie jetzt leben mußte, und deshalb stand die Ehe von vornherein unter einem bösen Stern.

Daphne konnte die Gefühle des Fergusson-Mädchens nur zu gut nachempfinden. Sie wußte, was es hieß, an einen ungeliebten Mann gefesselt zu sein. Nun, wenigstens haßte sie Dobbin nicht. Sie kamen sogar recht gut miteinander aus – hauptsächlich, weil sie kaum ein Wort wechselten. Und im Laufe langer Jahre hatte sie sich auch an die schmerzhaften Aufmerksamkeiten gewöhnt, die er ihr im Ehebett schenkte und die zumeist ebenso schnell vorbei waren, wie sie begonnen hatten. Dobbin Martin war ein herzloser Rohling. Trotzdem begrüßte Daphne seine Pflichtbesuche, weil sie sich verzweifelt nach einem Kind sehnte, das die Leere ihres Lebens ausfüllen könnte.

Im Gegensatz zu Alasdair, der bei Sheenas Ankunft reumütig aufseufzte, knirschte Colen mit den Zähnen. Seit der Hochzeit hatte er noch keine Gelegenheit gefunden, allein mit ihr zu sprechen. Sie hatte ihm noch nicht bestätigt, wie elend ihr zumute war. Doch ein Blick in ihr Gesicht sagte ihm alles, und sein Herz zog sich schmerzhaft zusammen. Wenn er sie auch nicht mehr begehrte, so erinnerte er sich doch an ihr Gelöbnis, nur einen Mann zu heiraten, den sie liebte. Und jetzt hatte er tiefes Mitleid mit ihr.

Es fiel ihm schwer, für die eine oder die andere Seite Partei zu ergreifen. Hin und her gerissen zwischen seiner Zuneigung zu Sheena und der Liebe zu seinem Bruder, richtete er seinen Zorn gegen den Mann, der die ohnehin geringen Hoffnungen auf ein Eheglück zwischen den beiden zerstört hatte. Dafür machte er Black Gawain verantwortlich, und er war wütend, weil Jamie diesem Beispiel nicht folgte. Die Hochzeit, die das Ende der Fehde bewirken sollte, hatte ihr neue Nahrung gegeben. Und das Schlimmste war noch nicht vorbei. Vielleicht beschloß Jamie doch noch, den Überfall der vergangenen Nacht mit einem Vergeltungsschlag zu ahnden – den Überfall, der Sheenas Clan zugeschrieben wurde.

Es war unmöglich, Jamie zu entlocken, was er vorhatte. Er weigerte sich strikt, über seine Pläne zu sprechen. Eins stand jedenfalls fest, und Colen war noch nie in seinem Leben einer Sache so sicher gewesen: Sollte Jamie die Fergussons angreifen, würde er niemals in Frieden mit Sheena leben können und niemals ihre Liebe erringen, um die er so verbissen gekämpft hatte und die er so heiß ersehnte.

Langsam ging Sheena auf ihren Mann zu, der zwischen seinen Freunden und Verwandten saß, und fühlte sich grenzenlos allein und verachtet.

Sie fürchtete diese Menschen, doch sie wollte sich nicht einschüchtern lassen. Mit hoch erhobenem Kopf blickte sie einen nach dem anderen an.

Als sie den Tisch erreichte, stand Jamie auf. Sie trat nicht näher zu ihm, und er streckte ihr auch nicht die Hand entgegen. Sein Blick war ein wenig streng, aber ansonsten ausdruckslos.

Alasdair MacDonough, der sich zusammen mit den anderen Männern erhoben hatte, brach das Schweigen: »Ihr seid so sündhaft schön wie eh und je, meine Liebe.«

Sheena hob verwirrt die Brauen. »Seid Ihr mir nicht mehr böse?«

»Ich fühle nur ein tiefes Bedauern, das mit jeder Sekunde wächst – jetzt, wo ich Euch wiedersehe.«

Was sollte sie darauf antworten? Das war nicht der überhebliche, selbstgefällige Alasdair, an den sie sich erinnerte. Auch sie begann das Schicksal zu beklagen, das sie gehindert hatte, diesen Mann anstelle des Laird von MacKinnion zu heiraten. »Es tut mir leid, Sir Alasdair«, erwiderte sie leise. »Wahrlich, ich wünschte...«

»Ihr dürft sie nicht so mit Beschlag belegen, Sir Alasdair«, fiel Thais ihr ins Wort, denn sie fürchtete, ihre Schwägerin könnte Dinge sagen, die besser unausgesprochen blieben. »Und du bist ein grober Klotz, Jamie MacKinnion! Was stehst du untätig herum, statt uns mit deiner jungen Frau bekannt zu machen?«

Jamie warf seiner jüngeren Schwester einen dankbaren Seitenblick zu. »Sheena, das ist meine Schwester Thais – und dies ihr Mann, Ranald Keith. Meine Schwester Daphne hast du schon kennengelernt.«

Sheenas Wangen röteten sich, und sie lächelte Daphne zögernd an. »Ich fürchte, als wir uns gestern trafen, war ich ein wenig durcheinander.«

»Du brauchst mir nichts zu erklären, Sheena«, versuchte Daphne die arme junge Frau zu beschwichtigen. »Ich kann mich kaum noch an meinen eigenen Hochzeitstag erinnern und weiß nur mehr, daß ich schrecklich aufgeregt war. So geht es wohl allen Mädchen.«

Thais nahm Sheenas Arm, führte sie zum Kamin und erklärte, sie müßten einander besser kennenlernen, während sich die Männer amüsierten. Daphne folgte den beiden, und Jamie schaute ihnen mißtrauisch nach. Was würde Sheena seinen Schwestern erzählen, wenn sie allein mit ihnen war?

Ranald beglückwünschte ihn zu seiner schönen jungen Frau, und dann traf ein halbes Dutzend Gregorys ein. Die nächste Stunde wurde dem Alkohol gewidmet, trotz der frühen Stunde, und Jamie war beschäftigt. Tante Lydia kam herunter und klagte über ihre quälenden Kopfschmerzen, eine Folge des vergangenen Abends. Sie setzte sich zu den Frauen am Kamin. Der Laird schaute alle paar Minuten zu ihnen hinüber, und bald sah er Sheena mit seinen Schwestern lachen. Ihre gute Laune brachte ihn in Wut. Wie konnte sie so sorglos über alles hinweggehen, was geschehen war?

Er mußte mit ihr reden und sie zur Vernunft bringen. Sie war seine Frau, daran änderten auch die Dinge nichts, die sich außerhalb des Schlosses ereigneten.

34.

Die fröhhliche Feier dauerte den ganzen Tag. Sheena unterhielt sich zu ihrer eigenen Verblüffung ausnehmend gut, gut vor allem während der Abwesenheit ihres Mannes. Er hatte die Halle verlassen, ohne einen Blick in ihre Richtung zu werfen, und kam einige Stunden später zurück, mit der gleichen finsteren Miene wie zuvor. Wie unzugänglich er war – wo sie doch so dringend mit ihm sprechen mußte... Seufzend zwang sie sich, ihn vorerst zu vergessen, und wandte ihre Aufmerksamkeit wieder ihren Gefährtinnen zu.

Sie mochte Jamies Schwestern ebenso wie Tante Lydia, zu der sie von Anfang an eine tiefe Zuneigung gefaßt hatte. Woran lag es nur, daß sie sich so stark zu diesen netten MacKinnion-Frauen hingezogen fühlte? Lydia war so warmherzig und einfühlsam, Daphne etwas zurückhaltender, aber liebenswürdig und verständnisvoll. Und Thais, nicht älter als sie selbst, erschien ihr so munter und lebensfroh. Sheena beneidete sie, vor allem um ihre Verwandten. An eine so liebevolle Familie war sie nicht gewöhnt. Sie hatte zwar die Liebe ihres Vaters und Nialls besessen, aber ihre Schwestern waren ihr stets mit kühler Ablehnung begegnet. Der Unterschied zwischen den MacKinnion-Schwestern und ihren eigenen war erschreckend und erfüllte ihr Herz mit einer schmerzlichen Sehnsucht. Kein Wunder, daß Jamie manchmal so zärtlich zu ihr war... Darin hatte er sich von Kindheit an geübt, im Zusammenleben mit diesen beiden reizenden Mädchen.

»Oh, mein Dobbin ist endlich da!« rief Daphne.

Sheena drehte sich zum Eingang um und sah einen großen, vierschrötigen Mann hereinkommen. Sein Haar leuchtete ebenso brandrot wie sein Bart und die buschigen Brauen. Fast sein ganzes Gesicht war beharrt. Sheena konnte ihre Überraschung nicht verhehlen. »Das ist dein Gemahl, Daphne?«

Ihre Schwägerin lächelte gutmütig. Sie hatte es schon oft genug erlebt, welchen Eindruck Dobbin auf seine Mitmenschen machte. »Nicht alle Frauen können sich mit hübschen Männern brüsten. Und meiner ist gar nicht so schlecht. Immerhin erspart er mir übertriebene Temperamentsausbrüche, und sein einziger Fehler ist die lächerliche Nachsicht, die er mit seinen Kusinen übt – vor allem mit dieser da. Sie muß draußen auf Dobbin gewartet haben, denn sie weiß zu gut, daß sie hier nur willkommen ist, wenn er sie begleitet.«

Sheena sah, daß Jessie Martin hinter ihm stehengeblieben war, und runzelte die Stirn. Sie hatte gehofft, diese Schlange nie wiedersehen zu müssen.

Und als hätte das nicht genügt, erschien nun auch Black Gawain, mit einem noch mißmutigeren Gesicht als Jamie, falls das überhaupt möglich war. Sein Anblick jagte einen Schauer über Sheenas Rücken. War er gekommen, um Schwierigkeiten zu machen? Seine Augen, die sie düster anstarrten, verhießen nichts Gutes.

Sheena verließ die drei Frauen am Kamin und eilte zu Jamie, ohne zu bedenken, daß sie mit einer Abfuhr rechnen mußte. Sie unterbrach sein Gespräch mit mehreren Freunden, zog ihn weg von den Tischen und neugierigen Lauschern. »Weißt du, daß Black Gawain hier ist?« stieß sie hervor und ignorierte seine ärgerlich gerunzelte Stirn.

»Tatsächlich?«

Seine beiläufige Antwort irritierte sie noch mehr. »Sind diese Gäste anläßlich unserer Hochzeit gekommen?«

»Allerdings.«

»Dann darf ich also nicht mitbestimmen, wer an der Feier teilnehmen darf und wer nicht?«

»Was für eine Heuchlerin du bist, Sheena!« entgegnete Jamie mit eisiger Stimme. »Wie du angedeutet hast, siehst du keinen Grund zum Feiern, also spielt es keine Rolle, wenn jemand hier ist, der deine Gefühle teilt.«

»Ich will ihn nicht hier haben. Und das spielt sehr wohl eine Rolle. Ich ertrage ihn einfach nicht, Jamie. Wenn er nicht wäre...«

Sie zögerte, und er fragte: »Ja?«

Doch sie sagte ihm nicht, daß es anders zwischen ihnen stünde, wenn es keinen Gawain gäbe. Sie hätte die Nacht mit Jamie verbracht und glückselig in seinen Armen gelegen, statt sich die Augen aus dem Kopf zu weinen. Das wollte sie um nichts auf der Welt zugeben, und so antwortete sie: »Black Gawain hat meinen Vetter skrupellos niedergestochen. Glaubst du, Iain könnte den langen Heimritt überleben? Wahrscheinlich ist er schon tot.«

»Das wäre nur recht und billig, wenn man bedenkt, daß zwei von meinen Clansleuten schwer verwundet sind«, erwiderte Jamie, bevor ihm bewußt wurde, wie grausam diese Worte klangen.

Sheena schluckte krampfhaft. Das war nicht ihr Ehemann, den sie kannte – schlimmer noch, er war der Mann, den sie jahrelang fürchten gelernt hatte. Mühsam bekämpfte sie ihre Angst und fragte so demütig wie möglich: »Was wirst du tun, Jamie?«

Er hatte den ganzen Tag in trüber Stimmung verbracht, und nun ließ er sich nicht von ihrer plötzlichen Sanfmut beschwichtigen. Außerdem hatte er noch keine Entscheidung getroffen, aber das wollte er ihr nicht gestehen. »Was immer ich tun werde – du bist nach wie vor meine Frau. Falls du nicht begreifst, was das heißt, will ich dich aufklären. Ich beabsichtige nicht, mich von dir fernzuhalten, so wie in der letzten Nacht. Wir werden unser Zimmer teilen – und noch mehr. Habe ich mich deutlich genug ausgedrückt?«

Herausfordernd hob sie das Kinn. Wenn Jamie glaubte, er

könnte ihr Befehle erteilen, nur weil er ihr Mann war, mußte er sich eines Besseren belehren lassen. »Ja, das hast du. Und jetzt wirst du *mir* zuhören. Du glaubst, du hättest ein Recht auf mich, doch da bin ich anderer Meinung. Ich wurde gegen meinen Willen mit dir verheiratet, doch in meinen Augen ist dieser Bund schon wieder gelöst. Erwarte nicht, daß ich dich jemals als meinen Mann ansehen werde, denn unsere Ehe ist eine Farce.«

Jamies Ärger war verflogen. Das einzige, was er jetzt empfand, war ein tiefer Schmerz, der ihm das Herz aus der Brust zu reißen drohte. Er hatte sie verloren, und er wußte, daß es vermutlich zu spät war, um das zu ändern. Und daran trug er allein die Schuld. »Sheena, ich...«

Sie wandte sich ab, unfähig, ihm noch länger zuzuhören. Was sie soeben gesagt hatte, erschreckte sie. Ihre Kehle war wie zugeschnürt. So hatte sie es nicht gemeint – nicht so endgültig... Aber die Worte waren ausgesprochen und ließen sich nicht mehr zurücknehmen.

Sie schaute ihn wieder an, betrachtete sein blondes Haar, das sich im Nacken kräuselte, sein schmales, gutgeschnittenes Gesicht. Seine braunen Augen spiegelten unverhohlene Verzweiflung wider. Verrieten die ihren ebenso deutlich, was sie fühlte?

Sie verrieten sogar noch mehr, denn sie füllten sich mit Tränen, die sich nicht unterdrücken konnte. »Es tut mir leid, Jamie. Ich fürchte, wir waren beide viel zu verbohrt...« Mehr brachte sie nicht über die Lippen. Ein Schluchzen erstickte ihre Stimme, hastig kehrte sie ihm den Rücken und floh zur Treppe.

35.

Wenn Jamie seinen Gästen weiszumachen versucht hatte, daß alles zum Besten stünde, so war ihm das gründlich mißlungen. Sheena kam nicht mehr in die Halle zurück. Und die meisten hatten beobachtet, wie sie tränenüberströmt davongelaufen war.

Wie gern wäre er ihr gefolgt... Doch er brachte es nicht über sich. Das verbot ihm sein Stolz, und wenn es um seinen Stolz ging, war Jamie sehr verletzlich. Daß sie ihren Streit in aller Öffentlichkeit ausgetragen hatten, lastete schwer auf seiner Seele.

Also mußte er wohl oder übel warten, bis er sich unbemerkt zurückziehen konnte. Trotz der späten Stunde saßen noch viele Gäste in der Halle. Die Gregorys und die Martins waren ungemein trinkfest und beabsichtigten vermutlich, bis zum Morgengrauen zu feiern. Schließlich stand Jamie auf, in der festen Überzeugung, daß er sich nun entfernen durfte, ohne unhöflich zu wirken. Er hatte zwar mehrere Krüge Bier geleert, aber mit Maßen getrunken, um bei klarem Verstand zu bleiben.

Er öffnete die Tür zu seinem Zimmer, wo ihn dichte, kalte Dunkelheit empfing. Die Flammen im Kamin waren erloschen. Sheena lag nicht in seinem Bett. Nach wenigen Minuten hatte er ein neues Feuer entfacht. Aber der Raum war immer noch kalt. Und leer.

Seufzend setzte er sich auf den Bettrand. Sollte er sie suchen? Verdammt, hatte er das nötig? Es gab genug Mädchen, die sein Bett mit Freuden wärmen würden. Jessie hatte ihm bereits bedeutet, daß sie wieder zur Verfügung stünde. Sie hatte Black Gawain den ganzen Abend ignoriert und sich an ihren Vetter Dobbin gehalten, um so nahe an Jamie heranzukommen, wie es unter den Umständen möglich war. Er erinnerte sich noch gut an Jessies Körper, so weich und nachgiebig, sie würde ihn niemals über Gebühr ärgern und ihm stets ihre heiße Leidenschaft schenken...

»Wen halte ich eigentlich zum Narren?« fragte Jamie laut, lauschte in die Stille des kalten Zimmers, dann sprang er auf und ging hinaus.

Er versuchte sein Glück in dem Turmzimmer, das Sheena vor der Hochzeit bewohnt hatte. Und da fand er sie, zusammengerollt auf dem schmalen Lager, in tiefen Schlaf versunken. Was bildete sie sich ein? So fest zu schlafen – und dabei so zufrieden auszusehen... Dazu hatte sie kein Recht.

Jamie weckte sie nicht, schlug nur vorsichtig die Decke zurück und nahm sie auf die Arme. Sie protestierte mit einem leisen Stöhnen, schlief aber weiter und schmiegte sich an seine Schulter, während er sie in sein Zimmer trug, wohin sie gehörte.

Er legte sie auf sein Bett und trat zurück – bereit, den Kampf von neuem zu beginnen. Doch sie streckte sich nur, ohne die Augen zu öffnen. Jamie grinste. Sie machte es ihm sehr leicht. Bevor sie erwachte, würde sie ihm auf Gnade oder Ungnade ausgeliefert sein. Von diesem reizvollen Gedanken beflügelt, entledigte er sich rasch seiner Kleider.

Langsam schob er das dünne Wollhemd über ihre Beine nach oben, ließ seine Finger über ihre seidige Haut wandern und hielt inne, wann immer sie einen Laut von sich gab. Und wenn sie wieder still war, setzte er sein heimliches Werk fort, bewunderte ihre wohlgeformten Schenkel, so fest und doch so nachgiebig.

Als er das Hemd nicht mehr weiter hochziehen konnte, ohne sie im Schlaf zu stören, schlug er es behutsam über ihrer Taille nach oben und schenkte seine Aufmerksamkeit dem warmen Nest zwischen ihren Beinen. Er berührte sie ganz zart, mit aufreizenden Fingern.

Es dauerte lange, bis sie auf seine Liebkosungen zu reagieren begann, und dann glitten seine Finger mühelos über die zarte, feuchte Haut. Sie war bereit für ihn, aber er hielt sich noch zurück.

Während er neben ihr kniete, zerrte er das Hemd unter ihren Hüften hinauf. Sie erwachte immer noch nicht, und er legte sich zwischen ihre Beine.

Sheena war sofort hellwach. Bevor sie sich wehren konnte, zog er ihr das Hemd mit einem Ruck über den Kopf. Sein Kuß erstickte ihren Wutschrei. Vergeblich versuchte sie sich zur Seite zu drehen. Er hielt sie fest, erforschte mit seiner warmen Zunge ihren zitternden Mund, und seine pulsierende Männlichkeit glitt in ihren Körper.

Entsetzt spürte sie, wie mühelos er in sie eindrang, und was noch schlimmer war – ihr Körper hieß ihn willkommen, hob sich ihm entgegen.

Das darfst du nicht, befahl ihr eine innere Stimme. Du darfst dich nicht von ihm beherrschen lassen...

Aber genau das tat er, mit vollendeter Meisterschaft. Sheenas Widerstand schmolz schnell dahin. Sie begehrte ihn, trotz allem. Ein heißes Verlangen besiegte ihre Bedenken, alles war unwichtig – alles außer der Leidenschaft, die sie ebenso entflammte wie Jamie.

Die Erlösung erschien ihr unerreichbar, ihre wilden Wünsche wurden immer unerträglicher. Jamie beschleunigte seine Bewegungen nicht, und sie glaubte den Verstand zu verlieren, während er sie mehrmals zum Gipfel emportrug und dann plötzlich innehielt. Ihr Körper sehnte sich verzweifelt nach der letzten Erfüllung. Stöhnend grub sie die Fingernägel in seinen Rücken, doch Jamie war fest entschlossen, die süßen Qualen zu verlängern.

Plötzlich hörte er auf, sie zu küssen. Sie öffnete die Augen, begegnete seinem Blick und erkannte, daß er ebenso litt wie sie.

Warum tat er ihr das an – und sich selbst? Sie mußte nicht lange auf die Erklärung warten. »Ich bin dein Mann.« Seine Stimme klang flehend und hatte gleichzeitig einen harten, entschiedenen Unterton. »Sag es!«

Sheena war zu verwirrt, um zu begreifen, was er da von ihr forderte, und sie sprach nur zu gern die Worte aus, die er hören wollte. »Du bist mein Mann.«

»Du wirst es nie wieder abstreiten.«

»Nie wieder.«

Da liebte er sie leidenschaftlicher denn je, und Sheena beantwortete den heftigen Ausbruch seiner Gefühle mit ebensolcher Glut. Sie hungerte, und er war ihre Nahrung, und sie konnte nie genug von ihm bekommen – niemals...

So bedauerlich sie es auch fand, daß Gedanken dieses unbeschreibliche Entzücken störten – es ließ sich nicht vermeiden, sobald die Glut erloschen war. Jamie lag neben ihr und hielt sie im Arm, streichelte sie mit sanften Fingern, als hätte die körperliche Vereinigung alle Probleme gelöst. Da konnte sie sich nicht mehr zurückhalten. »Du hast mich übervorteilt.«

»Ich habe nichts getan, was du nicht wolltest, meine Süße.«

»Da irrst du dich, Jamie. Ich weiß nicht, was dir die Macht gibt, ein solches Feuer in mir zu wecken. Aber jetzt empfinde ich ganz anders als vorhin. Du kannst meinen Willen nur für kurze Zeit lähmen. Jetzt ist er wieder stark und entschlossen. Nichts hat sich geändert.«

»Doch, mein Mädchen«, flüsterte Jamie dicht an ihrem Ohr. »Du hast gelernt, daß du mich nicht zurückweisen kannst, auch wenn du dich noch so sehr darum bemühst. Was immer die Zukunft bringt – dieses Verlangen wird uns aneinanderbinden. Und ich werde dich immer begehren, Sheena«, fügte er ernsthaft hinzu. Es klang beinahe wie eine Drohung. »Und du wirst immer wieder schwach werden – sosehr du auch dagegen ankämpfen magst.«

36.

Es war wunderbar, in weichen Wolken gebadet zu werden, als flöge man hoch über der Wirklichkeit dieser Welt in einem geheimnisvollen Himmel. Dieses Gefühl erfaßte Sheena, als sie am späten Nachmittag an der Zinnenmauer entlangging. Während des ganzen Tages waren dicke Wolken aufgezogen, um das Schloß einzuhüllen. Manchmal mußte sie stehenbleiben, weil sie kaum noch die Hand vor den Augen sah, und jenseits der Mauern war überhaupt nichts zu sehen – nur im Hof, denn dort sammelten sich die Wolken nicht. Sie lagen darüber, wie eine Decke.

Sheena beobachtete, wie mehrere Gäste aufbrachen, vermutlich die letzten, mit Ausnahme der Martins, die noch einige Tage bleiben wollten. Jamie würde sich ärgern, denn er hatte seine Hochzeit über eine Woche lang feiern wollen. Doch die angespannte Atmosphäre im Schloß Kinnion hatte keine festliche Stimmung aufkommen lassen. Da sich Braut und Bräutigam so schlecht vertrugen, war das Unbehagen der Gäste zusehends gewachsen.

Sie wußte, daß es ihre Schuld war. An diesem Tag hatte Jamie eifrig versucht, eine fröhliche Stimmung zu verbreiten. Vielleicht freute er sich wirklich seines Lebens, nach seinem Sieg in der letzten Nacht. Aber Sheena war nicht bereit gewesen, vor den Gästen die glückliche Ehefrau zu spielen.

Sie weigerte sich zu glauben, daß sie Jamie immer begehren würde. Das war einfach absurd. Trotzdem hatte die vergangene Nach gewisse Dinge bewiesen, und diese Tatsache bedrückte sie.

Natürlich haßte sie Jamie – oder doch nicht? Was sie empfand, kam ihr wie Haß vor. Und wenn es kein Haß war – was mochte es dann sein? Warum schmolz sie dahin, wann immer er sie berührte? Dafür fand sie keine Erklärung.

Sheena wünschte, sie könnte mit den Wolken davonfliegen und alles vergessen: ihre Heirat, Jamies eheliche Rechte – alles. Statt dessen würde sie in die Halle zurückkehren und eine weitere qualvolle Mahlzeit ertragen müssen. Und später? Wo konnte sie sich verstecken, um vor ihm sicher zu sein? Zu ihrem nicht geringen Ärger wurde sie von einer leisen inneren Stimme gefragt, ob sie sich wirklich verstecken wollte.

Sie erschauerte in der Kälte und wickelte ihren Umhang fester um sich, während sie beobachtete, wie die Keiths durch das Schloßtor ritten. Würden sie in den dichten Wolken genug sehen, um ihren Weg den Hang hinab zu finden? Sie würde Thais und deren fröhliches Geplauder vermissen. Nun, vielleicht war es gut, daß die Gäste abreisten. Jetzt würde Jamie Zeit haben, um die Angelegenheit, die einen so düsteren Schatten auf die Hochzeitsfeier geworfen hatte, zu regeln – auf die eine oder andere Weise. Sie ertrug diese Ungewißheit nicht mehr, diese ständige Sorge um ihre Familie.

»Auch Ihr solltet das Weite suchen – bevor noch mehr Menschen um Euretwillen sterben müssen.«

Sheenas Atem stockte. Sie mußte sich nicht umdrehen, denn sie kannte die bittere Stimme, die hinter ihr erklungen war. So schnell sie konnte, rannte sie davon, um Black Gawain zu entrinnen. Legte er so großen Wert auf ihr Verschwinden, daß er womöglich nachgeholfen hätte? Wie leicht könnte er behaupten, daß sie in der dicken Wolkenschicht gestolpert und über die Zinnenmauer gefallen war... Ein Unfall. Wer sollte das Gegenteil beweisen?

Als sie in die warme Halle trat, zitterte sie immer noch. Doch hier fühlte sie sich sicher, und ihre Erregung ließ allmählich nach. Jamies Anwesenheit hatte zumindest einen Vorteil. In seiner Nähe brauchte sie nichts zu befürchten.

Sie nahm an seiner Seite Platz, und er sagte kein einziges Wort zu ihr. Seine Stimmung war tatsächlich noch tiefer gesunken, nachdem sich fast alle Gäste verabschiedet hatten. Er bemerkte Sheenas Blässe nicht, nahm ihre Ankunft nur mit einem kurzen Seitenblick zur Kenntnis und setzte dann sein Gespräch mit Dobbin fort. Wenigstens würden ihr Daphne und Lydia Gesellschaft leisten und ihr helfen, die Anwesenheit Jessies zu übersehen, die neben ihrem Vetter saß.

Die Mahlzeit, bei der sich der Laird und seine Frau tunlichst ignorierten, hätte einen einigermaßen angenehmen Verlauf genommen, wäre Black Gawain nicht aufgetaucht. Sheena spürte, daß er nicht nur wegen des Abendessens in die Halle kam. Sie starrte ihn an, wider Willen fasziniert von dem abgrundtiefen Haß in seinem Blick. Daphne sprach mit ihr, doch sie hörte nicht mehr zu. Gawain blieb hinter Jamies Stuhl stehen und verkündete mit durchdringender Stimme: »Hamish ist seinen Wunden erlegen.«

Jamie drehte sich um. »Bist du sicher?« fragte er leise.

Gawain nickte. »Das Problem ist nun – was willst du tun?«

Es bedurfte einer gewissen Unverfrorenheit, James MacKinnion eine solche Frage zu stellen. Entweder war Black Gawain ein Narr, oder seine Rachsucht trieb ihn über jene Grenzen hinaus, die er in kluger Vorsicht hätte wahren müssen.

Es war Colen, der ihm ärgerlich antwortete. »Ist das alles, woran du denken kannst, nachdem einer unserer Clanmänner gestorben ist? Man sollte ihn erst einmal begraben.«

»Hätte dein Bruder an den Clan gedacht, statt an seine neue Frau, müßte man niemanden begraben«, lautete Gawains scharfe Entgegnung.

Entsetztes Gemurmel klang auf. Wollte sich dieser Verrückte selber unter die Erde bringen? Wie durfte er es wagen, solche Anklagen gegen Jamie zu erheben?

Langsam stand der Laird auf. Gawain mußte den Kopf heben, um dem Blick dieser kalten braunen Augen zu begegnen.

»Wenn man bedenkt, daß du nur ein Pachteinnehmer bist, erlaubst du dir eine ganze Menge, lieber Vetter«, sagte Jamie gelassen. »Du scheinst zu vergessen, wessen Dolch einen Fergusson durchbohrt hat – während sein ganzer Clan unter meinem Schutz stand.«

»Und du vergißt, daß ich herausgefordert wurde!« verteidigte sich Gawain wütend.

Jamies Stimme sank zu einem Flüstern herab. Nur Gawain hörte ihn erwidern: »Ich habe es nicht vergessen – aber ich zweifle heute wie damals, daß du herausgefordert wurdest. Muß ich mich noch klarer ausdrücken, Gawain – oder siehst du ein, wen ich in dieser Sache zur Rechenschaft ziehen müßte?«

Gawains Mut schwand. Das Blut wich aus seinen Wangen, und Sheena hätte viel darum gegeben, hätte sie gewußt, was in ihm vorging. Doch sie hatte Jamies Worte nicht verstanden.

»Nimm dich in acht, Gawain«, fügte der Laird mit lauter Stimme hinzu. »Du tätest gut daran zu verschwinden – solange ich dich noch gehen lasse.«

Gawain erkannte, wie weise dieser Rat war, doch bevor er ihn befolgte, konnte er sich einen letzten Warnschuß nicht verkneifen. »Sie hat dich verhext, Jamie. Seit sie hier ist, siehst du die Dinge nicht mehr im richtigen Blickwinkel. Statt

Vergeltung zu üben, läßt du dich von ihr beeinflussen. Sie hat dich verweichlicht, Mann! Eine andere Erklärung gibt es nicht.«

Jamie starrte ihm mit schmalen Augen nach. Er hatte sich mühsam beherrscht und diesen Angriff schweigend erduldet, weil er sich immer noch nicht sicher war, was die Ereignisse an seinem Hochzeitstag betraf. Nun war es an der Zeit, Stellung zu beziehen. Er durfte nicht mehr zögern, er mußte etwas unternehmen. Black Gawains Anklage hatte ihn tief getroffen, weil sie der Wahrheit nahe kam. Vielleicht hatte er sich in seinen Entscheidungen tatsächlich von Sheena beeinflussen lassen. Dafür gab es keine Entschuldigung, auch wenn es ihm nicht bewußt geworden war.

»Jamie?«

Er sah Sheena an, aber er ertrug die Angst in ihren Augen nicht. Außerdem brauchte er Luft zum Atmen, mußte Abstand von ihr gewinnen, um nachzudenken. Dazu war er unfähig, wenn sie Fragen stellte, die er nicht beantworten konnte. Ohne ein weiteres Wort verließ er die Halle.

Gegen Mitternacht betrat er sein Zimmer. Sie wartete auf ihn, um herauszufinden, was er beschlossen hatte. Das erkannte sie müheloser, als es ihr lieb war. Schweren Herzens beobachtete sie, wie er seine Waffen zusammensuchte, und sie wußte, gegen wen sie sich richten würden.

»Du hast dich also von ihm überzeugen lassen?« fragte sie mit halberstickter Stimme.

Jamie sah sie nicht an. »Ich habe lange genug gewartet. Nun ist es soweit.«

Sie fühlte sich wie eine lebende Leiche, abgesehen von dem brennenden Schmerz in ihrer Brust, der nicht weichen wollte. »Ich werde nicht mehr hier sein, wenn du zurückkommst.« Die Worte kamen ihr wie von selbst über die Lippen.

Er wandte sich zu ihr, mit kalten Augen. »Du wirst hier sein, Sheena, oder du wirst Gott anflehen, dich sterben zu lassen, wenn ich dich finde. Und ich werde dich finden!«

Ein Schrei blieb ihr in der Kehle stecken. Nun wagte er es auch noch, sie zu bedrohen. Ihre Lebensgeister erwachten wieder, und sie sprang empört von dem Stuhl auf, wo sie stundenlang gesessen und auf ihn gewartet hatte. »Ich wünschte, ich wäre jetzt schon tot – statt deine Frau zu sein!«

»Ich warne dich, Sheena...«

»Wovor?« fuhr sie ihn an. »Willst du mich umbringen? Lieber mich als meine Familie!«

Jamie kehrte ihr den Rücken. Er hatte nicht die Absicht, ihre Verwandten zu töten, wollte nur mit Dugald reden, war jedoch zu wütend, um ihr das zu verraten. »Ich lasse mich nicht mehr von dir um den Finger wickeln«, sagte er leise, mehr zu sich selbst als zu ihr.

Hilflos preßte Sheena die Hände an ihre Schläfen. »Was für ein Narr du bist, James MacKinnion! Ich bin das erstgeborene Kind meines Vaters. Du weißt, was er für mich empfindet. Wie kannst du dann glauben, er würde deinen Clan angreifen – während ich hier bin und dafür leiden müßte? Begreifst du das nicht?«

»Du hast nicht gelitten.«

»Das weiß er nicht. Und er würde nichts tun, was mich gefährden könnte. Siehst du das wirklich nicht ein?«

Wäre Sheena in Tränen der Verzweiflung ausgebrochen, hätte Jamie nachgegeben und sie beschwichtigt. Aber sie war zu zornig, um zu weinen, und er war zu verärgert, um sich einzugestehen, wie vernünftig ihre Argumente klangen. Trotzdem konnte er sie nicht so verlassen. Er riß sie an sich, und sein Kuß war ebenso leidenschaftlich wie seine Wut.

Dann hielt er sie auf Armeslänge von sich. »Ich werde erst einmal mit Dugald reden«, erklärte er kurz angebunden. »Darüber hinaus mache ich keine Versprechungen.«

Er nahm seine Waffen und ging aus dem Zimmer. Sheena sank kraftlos in den Sessel. Endlich kamen die Tränen. Ein heftiges Schluchzen schüttelte ihren Körper, und sie fühlte sich so einsam wie nie zuvor.

37.

Nicht einmal Daphne konnte sie am nächsten Morgen aufheitern. Sie saß in der Halle vor dem großen Kamin, sah und hörte nicht, was ringsum geschah, sah nur die qualvollen Visionen, die an ihrem inneren Auge vorbeizogen, Bilder von blutigen, verstümmelten Gestalten.

Gegen Mittag drang eine Stimme zu ihr durch – eine Stimme, die sie verachtete. Jessie Martin saß ihr gegenüber und lächelte selbstgefällig.

Sheena hatte keinen Grund, diese Frau zu hassen. Sie war sogar voller Mitleid gewesen, als Jamie seine ehemalige Geliebte so grausam behandelt hatte. Trotzdem war ihr Jessie in tiefster Seele zuwider.

»Habt Ihr etwas gesagt?« fragte Sheena höflich.

»Ich habe Euch gefragt, ob Ihr Schloß Kinnion noch immer nicht verlassen wollt«, erwiderte Jessie.

»Warum sollte ich? Habe ich hier nicht alles, was ich mir wünschen kann – ein schönes Heim, einen begehrenswerten Ehemann?«

Jessies Augen verengten sich. »Ich hätte gedacht, Euer Fergusson-Stolz müßte Euch aus diesem Haus treiben, wo Ihr unwillkommen seid.«

»Wer will mich denn nicht hier haben?« fragte Sheena mit einem unschuldigen Lächeln. »Soviel ich weiß, legt Jamie großen Wert darauf, daß ich bleibe – sehr großen Wert.«

»Aber sonst niemand!« zischte Jessie. »Die Leute sprechen es nicht aus – aber sie denken es. Ihr habt Jamie verändert. Er ist nicht mehr der Mann, der er einmal war, und deshalb hassen Euch alle.«

»Lügnerin!«

»Sie sagt die Wahrheit, Sheena.«

Sie drehte sich um. Black Gawain stand hinter ihr. Das Gefühl, von den beiden in die Enge getrieben zu werden, war so stark, daß sie daran zu ersticken glaubte.

»Das stört Jamie vorerst nicht«, fuhr Gawain fort. »Noch ist er dem Reiz der Neuheit verfallen, den Ihr auf ihn ausübt.

Aber wenn die Leidenschaft nachläßt, wird er Euch hassen für alles, was Ihr getan habt. Und dann könnte es zu spät sein. Seine Verwandten werden sich gegen ihn wenden. Nur Euretwegen. Und das ist es, was Ihr anstrebt, nicht wahr, Sheena Fergusson? Daß sein Herz hin und her gerissen wird – zwischen Euch und seinem Clan.«

Vergebens suchte Sheena nach einer Antwort, und die beiden warteten auch gar nicht darauf. Jessie stand auf und folgte Black Gawain, der sich abrupt abgewandt hatte und davoneilte.

Sheena blieb allein mit ihrem Zorn. Was für bösartige Lügen! Aber – hatten sie wirklich gelogen? Es schien ihr durchaus möglich, daß man sie in diesem Haus ablehnte. Immerhin war sie eine Fergusson, eine Feindin. Und wenn man bedachte, was seit ihrer Hochzeit geschehen war – hatte sie sich nicht die bittersten Vorwürfe gemacht, weil die alte Fehde ihretwegen neu entfacht wurde? Zweifellos gaben ihr auch die anderen die Schuld daran.

Sie saß noch ein paar Minuten wie betäubt vor dem Feuer, dann erhob sie sich langsam und ging in ihr Zimmer hinauf, wo sie ihr altes grünes Kleid anzog. Ohne Hast, fast wie eine Puppe, an deren Fäden ein Spielmann zog, traf sie ihre Vorbereitungen.

Im Hof angekommen, bat sie um ein Pferd, das man ihr unverzüglich übergab. Auch am Torhaus wurde sie nicht aufgehalten, der Wächter winkte ihr nur zu.

Wie mühelos ich fliehen konnte, dachte sie verwundert, während sie ihre Stute den Berg hinablenkte. Hätte sie das früher gewußt, wäre sie schon gestern davongeritten. Dann hätte Jamie keine Gelegenheit mehr gefunden, ihr seine Liebeskünste zu beweisen. Und sie hätte nicht erkennen müssen, daß weder Zorn noch Kränkungen ihr Verlangen nach ihm minderten. Wäre ihr diese Erfahrung nur erspart geblieben!

Blindlings galoppierte sie dahin, in wirre Gedanken versunken, bis sie merkte, in welche Gefahr sie sich durch ihren Leichtsinn begab. Inmitten eines abgeernteten Feldes zügelte sie das Pferd, um sich zu orientieren, und blickte in das Gesicht eines Pächters.

»Ihr seht nicht gut aus, Mistreß«, meinte der Mann in ehrlicher Besorgnis.

»Ich fühle mich wohl – ganz bestimmt«, log Sheena.

»Ihr seid Sir Jamies neue Frau, nicht wahr?«

Warum sollte sie es leugnen? »Ja, das bin ich.«

Der Mann nickte. »Er wird bald zurückkommen. Sicher wollt Ihr ihm entgegenreiten.«

»Ich – ich...«

»Hört doch, Mistreß, Ihr seht wirklich schlecht aus. Kommt doch mit mir! Meine Frau Jannet gibt Euch was zu trinken.«

Sie erlaubte ihm, das Pferd zu einer kleinen Hütte zu führen. Er half ihr aus dem Sattel und bat sie hinein. In dem kleinen Raum war es dunkel, dicke Vorhänge verschlossen die Fenster. In der Mitte glühte ein Feuer. Als die Tür aus Weidengeflecht zufiel, wurde Sheena von angenehmer Wärme umfangen.

Jannet, eine kleine Frau mit roten Backen, stellte rasch die Schüssel beiseite, in der sie Gerstenkörner zermahlen hatte. »Oh, Sir Jamies Frau! Ich habe Euch bei der Hochzeit bewundert – aber ich dachte nicht, daß ich Euch so bald wiedersehen würde.«

»Es geht ihr nicht gut, Jannet«, erklärte der Pächter, »und deshalb könnte sie was von deinem Stärkungstrank vertragen.«

»Oh, das arme Ding!« rief die Frau mitfühlend. »Ein kräftiges Schluck wird Eure Lebensgeister wieder wecken, Mistreß. Kommt, setzt Euch ans Feuer! Kein Wunder, daß Euch übel ist – bei dieser Kälte!«

Sheena ließ sich auf einen Stuhl neben dem Feuer nieder und nahm dankbar einen Becher mit Wisky entgegen. Der Pächter und seine Frau standen lächelnd vor ihr. Das Zimmer, der einzige Raum in der Hütte, war spärlich eingerichtet, mit nur zwei Stühlen und einem Tisch, einem Bettschrank, Mehlkisten und ein paar Geräten. Die Eheleute, beide in mittleren Jahren, schienen ein kümmerliches Dasein zu fristen und trotzdem glücklich zu sein.

Sie fragte sich, ob ihr die beiden so feindlich gesinnt waren, wie es Black Gawain von seinem ganzen Clan behauptet hatte. Sie wirkten keineswegs unfreundlich, aber vielleicht waren sie nur entfernte Verwandte von Hamish MacKinnion.

»Warum seid Ihr so nett zu mir?« fragte Sheena unvermittelt.

Der Mann blinzelte überrascht. »Warum sollen wir denn nicht nett sein?«

»Ich bin eine Fergusson!« stieß sie mit scharfer Stimme hervor. »Ihr braucht mir nicht vorzumachen, daß Ihr das nicht wüßtet!«

Er grinste. »Glaubt Ihr wirklich, ich mache Euch was vor?«

»Ihr müßt mich doch hassen – genauso wie die anderen.«

»Von den anderen weiß ich nichts. Ich weiß nur, daß ich jeden Menschen nach seinen eigenen Verdiensten beurteile. Warum sollte ich Euch übelnehmen, woher Ihr stammt! Jetzt seid Ihr sowieso eine MacKinnion. Ihr werdet dem Laird einen Sohn schenken, und der wird eines Tages unser Laird sein. Ihr seid eine von uns, Mistreß – oder zweifelt Ihr daran?«

Sheena bezweifelte es tatsächlich. Würde sie jemals anders darüber denken? Wohl kaum... Sie fühlte sich unendlich einsam, eine Ausgestoßene, die weder den MacKinnions noch den Fergussons angehörte. Und plötzlich wußte sie, daß sie nicht nach Hause zurückkehren konnte, solange die Fehde andauerte – nicht, wenn sie den Namen MacKinnion trug. Sie würde in ihrem Clan auf die gleiche Ablehnung stoßen wie hier inmitten der MacKinnions. Und wohin sollte sie sich jetzt wenden?

Jamie war eben erst von seinem Hengst gestiegen und hatte ihn dem Stallknecht übergeben, als Jessie Martin heranschlenderte und ihm den Weg versperrte. Er war nicht bereit, sich aufhalten zu lassen, und er hatte auch keine Lust, vor seinen Leuten ein Gespräch mit Jessie anzufangen. Da er ohne Rast nach Angusshire und zurück geritten war, wollte er nur noch schlafen.

Was für eine Zeitverschwendung war diese Reise gewesen... Er wußte nicht genau, was er von der Unterredung mit Dugald erwartet hatte – jedenfalls mehr, als dabei herausgekommen war. Nach einem unfreundlichen Empfang von seiten der Fergussons hatte er einen Zornesausbruch des alten Laird über sich ergehen lassen und war dann unverrichteter Dinge wieder aufgebrochen. Er kannte Dugald nicht gut genug, um zu wissen, ob der Mann ein begabter Lügner war oder die Wahrheit sagte. Obwohl seine Wut durchaus echt gewirkt hatte, war es möglich, daß sie nur als Mittel zum Zweck dienen sollte.

Jamie zweifelte nicht an Dugalds Verbitterung. Anscheinend war Iain auf dem Heimweg gestorben, so wie Sheena es befürchtet hatte. Jamie hatte eine großzügige Regelung mit dem Laird von Fergusson getroffen, um ihn zu entschädigen – so wie er es bei allen tödlichen Unfällen zu handhaben pflegte. Doch das konnte weder Dugald noch dessen Vetter MacAfee besänftigen, der darauf bestanden hatte, an dem Gespräch teilzunehmen.

Jamie erinnerte sich, daß Niall höchst abfällig über MacAfee gesprochen und erklärt hatte, Sheena könne ihn nicht ausstehen. Und Jamie mochte diesen William MacAfee ebensowenig. Wäre dieser große, dürre Mann nicht zugegen gewesen, hätte er Dugald vielleicht geglaubt, der steif und fest behauptete, die Fergussons hätten das MacKinnion-Pachtgut in jener Nacht nicht überfallen. Aber als Jamie den Angriff erwähnte, spielte ein höchst verdächtiges, selbstzufriedenes Lächeln um Sir William MacAfees Lippen. Jamie wünschte, er hätte mit Niall sprechen können, doch der Junge ließ sich nicht blicken.

Eine Zusicherung, die Sheenas Ansicht bestätigte, durfte er allerdings mit nach Hause nehmen. Dugald versprach, daß er nichts unternehmen würde, solange sich seine Tochter in James MacKinnions Händen befand. Wahrheit – oder

Lüge? Heilige Maria, wenn doch nur Verlaß darauf wäre! Hätte Jock doch bloß nicht geschworen, die Tartans der Angreifer wären grün, goldgelb und grau gewesen! Und zu allem Überfluß hatte er auch noch den Kriegsruf der Fergussons wiedererkannt.

Was er nun tun sollte, wußte Jamie ebenso wenig wie zuvor. Und er freute sich keineswegs auf das Wiedersehen mit Sheena, der er nichts weiter sagen konnte, als daß er bis jetzt nichts unternommen hätte. Sie würde ihn nach seinen Plänen fragen, und darauf wußte er noch immer keine Antwort.

Und nun stand er Jessie Martin gegenüber, was ihm entschieden mißfiel. »Du scheinst dich wieder einmal sehr wohl in meinem Schloß zu fühlen«, bemerkte er kühl.

Sie zog einen niedlichen Schmollmund und trat einen Schritt näher. »Du willst mich doch nicht hinauswerfen – solange mein Vetter noch hier ist?«

»Ich weiß – du verschanzt dich hinter Dobbin. Sieh nur zu, daß du in derselben Sekunde abreist wie er.«

»Und wer soll dir Gesellschaft leisten, nachdem dich deine Frau so schroff zurückgewiesen hat?«

Jamie packte ihren Arm und schob sie von sich. »Eine Ehefrau kann ihren Mann nicht zurückweisen. Außerdem mischt du dich in Dinge ein, die dich nichts angehen.«

Jessie rieb sich gekränkt ihren schmerzenden Arm. »Ich glaube, da ist sie anderer Meinung. Eine Frau kann ihren Mann sehr wohl abblitzen lassen, wenn es ihr beliebt.«

Er zuckte mit den Schultern. »Sie wird schon zur Vernunft kommen, wenn sie sich an die Ehe gewöhnt hat.«

»Tatsächlich?« rief sie herausfordernd. »Wie sollte sie – wenn sie nicht einmal da ist?«

Jamie holte tief Atem. Die widersprüchlichsten Gefühle kämpften in seinem Herzen, bevor er sich abrupt abwandte und zur Halle ging. Er kam nicht weit. Jessies boshaftes Gelächter hielt ihn zurück.

»Du verschwendest nur deine Zeit, wenn du sie suchst, Jamie! Ich bin nicht die einzige, die deine kostbare Sheena davonreiten sah. Sie hat ihre Weigerung, dein Bett zu teilen, in aller Öffentlichkeit bekräftigt und allen erklärt, daß sie nichts mit dir zu tun haben will!«

Er drehte sich um, stürmte zum Stall zurück, und Jessie schrie ihm wütend nach: »Willst du sie immer noch haben? Hast du kein Ehrgefühl mehr? Keinen Stolz?«

Jamie ignorierte sie, und Jessie lief zornbebend in die andere Richtung. Nun mußte sie Black Gawain ihren Mißerfolg gestehen. Jamie wollte seiner närrischen Sheena trotz allem nachreiten.

Was für ein unmöglicher, verstockter Mann! Begriff er denn nicht, daß die kleine Tiefländerin keine gute Ehefrau für ihn war? Sah er nicht, was Jessie ihm zu bieten hatte? Er war mit Blindheit geschlagen – und deshalb rannte er in sein Unglück.

Nun bereute sie, daß sie im Schloß Kinnion geblieben war und Black Gawain, diesen grobschlächtigen Liebhaber, so lange ertragen hatte, nur um in Jamies Nähe zu sein. Sie hatte nur ihre Zeit und ihr Talent verschwendet. Und Gawain mochte sie nicht einmal. Es war Sheena, die er seit ihrer Ankunft begehrt hatte – bis die Wahrheit über ihre Herkunft ans Licht gekommen war.

Sheena, immer nur Sheena! Jessie steigerte sich in hemmungslose Wut hinein, während sie durch das Schloß eilte, um Gawain zu suchen. Und die Leute, die ihr begegneten, machten einen weiten Bogen um sie.

38.

Sheena wollte gerade ihr Pferd besteigen, um zum Schloß zurückzukehren, als Jamie in wildem Galopp heransprengte und große Mühe hatte, seinen Hengst in dem kleinen Hof zu zügeln. Der Pächter und seine Frau hatten die Hufschläge gehört und kamen aus der Hütte gelaufen. Stumm vor Schreck starrten sie in das wütende Gesicht ihres Lairds.

Auch Sheena brachte vor Angst kein Wort hervor. Sie hatte

Jannet gestanden, daß sie das Hochland verlassen wollte, und diesen Plan hatte ihr die freundliche Frau geduldig ausgeredet. Das konnte Jamie natürlich nicht wissen, und er war auch nicht in der Stimmung, um sich Erklärungen anzuhören.

»Oh, hast du auf deinem Heimweg Rast gemacht?« rief er anklagend. »Das war sehr gut – denn dadurch habe ich dich gefunden, bevor du die Grenzen meiner Ländereien überqueren konntest.«

»Und für wen war das gut?« wagte Sheena zu fragen.

Seine Lippen verzerrten sich vor unbändigem Zorn. »Du hast meine Warnung mißachtet – und jetzt bist du auch noch unverschämt?«

»Jamie, ich...«

»Du forderst mich heraus – du verspottest mich, und du glaubst, das würde ich hinnehmen, ohne mit der Wimper zu zucken?« schrie er unbeherrscht.

»Jamie!«

»Nein!«

Er lenkte sein Pferd zu ihr und umklammerte ihren Arm mit eisenharten Fingern. Ihr schmerzliches Stöhnen konnte seinen Zorn nicht mildern und verschaffte ihm auch keine Genugtuung. »Du mißbrauchst die Gefühle, die ich für dich hege, Sheena. Weil ich so nachsichtig zu dir war, bildest du dir ein, du dürftest tun und lassen, was dir gefällt. Und diesmal wird es dir nicht gelingen, mich mit irgendwelchen fadenscheinigen Entschuldigungen zu beschwichtigen.«

Mit aller Kraft riß sie sich los. »Dann will ich es auch gar nicht versuchen!« schrie sie zurück.

In Wirklichkeit hätte sie ihm gern erklärt, daß sie sich anders besonnen hatte und ihn nicht mehr verlassen wollte. Doch das hatte er ihr mit seinem Wutanfall unmöglich gemacht. Nun weigerte sie sich, klein beizugeben, weil sie in ihrem Stolz verletzt war.

»Ich gehe nicht mit dir zurück!« fuhr sie ihn an. »Mit so einem überheblichen, flegelhaften Kerl will ich nicht zusammenleben!«

Jamie ballte die Hände. Eine halbe Ewigkeit schien zu verstreichen, während er sie mit gerunzelter Stirn anstarrte. Sie spürte, wieviel Mühe es ihn kostete, die Beherrschung nicht vollends zu verlieren. Als er endlich sprach, war seine Stimme ganz ruhig – zu ruhig. »Ich bin nicht gekommen, um dich zurückzuholen, Sheena.«

Sie blinzelte verwirrt. »Ich verstehe nicht...«

»Du bist meine Frau, daran hat sich nichts geändert. Aber ich will die Schande nicht mehr ertragen, die du mir antust. Jetzt hast du mich zum letztenmal beleidigt, Sheena. Ich möchte dich nicht mehr haben.« Er lächelte bitter. »Das müßte dich doch beglücken. *Ich* habe es jedenfalls nicht geschafft, dich glücklich zu machen, das weiß Gott.«

Ihr Herz krampfte sich schmerzhaft zusammen, Jamies Gesicht verschwamm vor ihren Augen. »Du – du läßt mich gehen?« flüsterte sie und glaubte, an diesen Worten zu erstikken.

»Nein, Sheena«, erwiderte er mit gepreßter Stimme. »Ich verbiete dir, meine Grenzen zu überqueren. Du bist jetzt eine MacKinnion und wirst auf dem Land der MacKinnions leben. Ich werde ein Haus für dich bauen lassen, dort wirst du wohnen – allein, so wie du es wünscht. Du kannst das Land bebauen oder auch nicht. Was immer du tust, ich werde dafür sorgen, daß du nicht verhungerst.«

»Jamie – das meinst du nicht ernst«, stammelte sie fassungslos.

»Ich hätte nie gedacht, daß ich jemals einen solchen Entschluß fassen würde. Aber du sagtest von Anfang an, daß du nichts mit mir zu tun haben möchtest. Und jetzt habe ich endlich gelernt, dir zu glauben.«

Verzweifelt bekämpfte Sheena ihre Tränen und ihren Zorn. Würde er es tatsächlich wagen, ihr das anzutun? »Du behältst mich als deine Frau – aber du verweigerst mir alles, was zu einer Ehe gehört? Glaubst du, daß du das kannst?«

»Ich weiß, daß ich es kann.«

»Nein! Das lasse ich mir nicht gefallen!« schrie sie. »Ich gehe zu meinem Vater zurück!«

»Du bleibst hier! Ich warne dich nur ein einziges Mal. Wenn du zu deinem Vater zurückkehrst, reiße ich seinen Turm ab, Stein für Stein – bis ich dich gefunden habe. Nimm dich vor mir in acht, Sheena MacKinnion, denn das ist wahrlich keine leere Drohung.«

Jamie hatte alles gesagt, was zu sagen war. Er griff nach den Zügeln ihrer Stute, zerrte sie mit sich und galoppierte davon. Der blonde Glanz seiner Haare und der grüngelbe Tartan flossen ineinander, als sich Sheenas Augen mit Tränen füllten.

»Oh, Ihr braucht nicht zu weinen, meine Liebe.« Mitleidig legte ihr Jannet einen Arm um die Schultern und führte sie in die Hütte zurück. »Sir Jamie wird sich bald anders besinnen. Er hat nur so dahergeredet, weil er wütend ist. Das hat er vom alten Laird geerbt, der war genauso. Aber er wird sich bald beruhigen.«

Sheena schüttelte mutlos den Kopf. »In dieser Stimmung ist er schon, seit er mich zum erstenmal gesehen hat, und das ist wohl lange genug.«

»Hatte er einen Grund dazu?« fragte Jannet leise. Der heftige, gefühlsbetonte Streit zwischen den beiden hatte ihre Vermutung bestätigt.

Sheena gab keine Antwort. Unglücklich versuchte sie sich einzureden, daß ihr nur so schwer ums Herz war, weil Jamie die Macht besaß, ihre Heimkehr zu verhindern. Doch das war nicht die ganze Wahrheit, wie sie sehr wohl wußte.

Jannet versuchte, sie zu trösten und erklärte, die junge Mistreß müßte in der Hütte bleiben, bis Sir Jamie zur Vernunft käme. Sheena hörte ihr kaum zu. Ihre Gedanken kreisten immer nur um die unbegreifliche Tatsache, daß Jamie sie verlassen hatte. Er war einfach davongeritten... Und sie wußte nicht einmal, was in Angusshire zwischen den beiden Clans geschehen war.

39.

Sheena lag zusammengerollt am Feuer, in ihren Umhang und einen Tartan gewickelt, den Jannet ihr geliehen hatte. Draußen blies kein allzu heftiger Wind. Trotzdem wehte eine unangenehme Zugluft über den Boden, wo sie die Nacht verbrachte. Wenigstens würde sie nicht auf dem kalten, festgestampften Erdreich schlafen, sondern auf der hölzernen Falltür eines Lagerkellers.

Sie war überrascht gewesen, denn einen solchen Keller hatte sie noch in keiner Pachthütte gesehen. Roy, ihr Gastgeber, hatte erklärt, er hätte ihn für seine Frau ausgehoben. Jannet stammte aus dem Süden, wo man in den heißen Sommermonaten einen kühlen Platz für Milch, Butter und frisches Wild brauchte. Sie hatte Roy dazu überredet, diese Grube zu graben, bevor sie ihren ersten Sommer im Hochland erlebt hatte, der nicht so warm war wie in ihrer Heimat.

Sheena war froh, daß sie auf einer glatten Fläche liegen konnte, wenn sie auch keinen Schlaf fand.

Das Ehepaar war längst zu Bett gegangen und in tiefen Schlummer gesunken, nachdem Roy seine Schafe und Ziegen versorgt und Jannet das Mehl für den nächsten Tag gemahlen hatte.

Sie waren sehr nett zu ihr gewesen und hatten beteuert, Jamie wäre nicht so furchterregend wie es den Anschein hätte, und es würde sich alles zum Guten wenden.

Sheena wußte nicht, was die ersten Rauchwölkchen zu bedeuten hatten, die durch das Hüttendach hereindrangen. Verständnislos starrte sie nach oben. Unmöglich... Trotzdem mußte sie glauben, was sie da sah, als züngelnde Flammen ein Loch in das Dachstroh fraßen.

Sollte sie fliehen? Das war ihr erster instinktiver Gedanke, der rasch verdrängt wurde, als sie sich an den Überfall auf Jocks und Hamishs Hütten erinnerte. Offensichtlich sollte sie nun Zeugin eines zweiten Überfalls werden. Wütend verfluchte sie die Bastarde, die sich auf lautlosen Sohlen herangeschlichen hatten, um Roy und seine Frau im Schlaf zu überraschen. Was für ehrlose, niederträchtige Menschen mußten das sein...

Verzweifelt bemühte sie sich, ihre panische Angst zu bekämpfen. Das Loch im Dach wurde immer größer. Sie konnte nicht wagen, die Hütte zu verlassen und ihren Feinden in die Arme zu laufen – oder doch? Hatten sie das Feuer nur entzündet, um dann davonzureiten? Oder waren sie immer noch draußen?

Eine Fackel fiel durch das Dach herab. hastig erstickte sie die Flammen mit dem Tartan. Eine Fackel! Es war also tatsächlich ein Überfall. Mit einem gellenden Schrei fuhr Jannet aus dem Schlaf auf, wurde in die alptraumhafte Wirklichkeit gerissen. Sheena wandte den Kopf und sah, wie Roy zu seinen Waffen griff. Krampfhaft schluckte sie. Wollte der gute, freundliche Roy hinauslaufen und den Tod finden? Und wenn er nichts unternahm? Dann würden sie alle sterben...

Sie sprang auf, lief zum Fenster und hoffte zu Gott, daß die Angreifer inzwischen verschwunden wären. Aber sie entdeckte im Feuerschein fünf berittene Männer. Reglos saßen sie auf ihren Pferden und warteten, bis die Hüttenbewohner bei lebendigem Leibe verbrennen würden.

Zuerst sah sie die Gesichter nur verschwommen, doch die Farben der Tartans waren deutlich zu erkennen. *Ihre eigenen Farben...* Ihr Verstand wollte nicht wahrhaben, was ihre Augen erblickten. Und nun konnte sie auch die Gesichtszüge der Männer deutlich erkennen. Was für eine Närrin war sie gewesen! Sie hätte es längst wissen müssen. William! Das war William Jamesons Gesicht.

Ein Teil des Daches stürzte ein. Entsetzt schrie Sheena auf, als Roy die Tür öffnen wollte. Sie rannte zu ihm und zog ihn mit aller Kraft zurück. »Ihr dürft nicht hinauslaufen! Es sind zu viele! Und sie warten nur auf Euch!«

Mit sanfter Gewalt löste er ihre Finger von seinem Ärmel. »Geht weg von der Tür, Mistreß! Kriecht mit meiner Jannet unter das Bett! Ich halte diese Teufel zurück, bis wir Hilfe bekommen. Das Schloß ist nicht so weit entfernt.«

»Es sind fünf Mann!« stieß Sheena verzweifelt hervor.

Wollte er das nicht begreifen? »Jannet – sagt ihm doch, daß er hierbleiben muß! Habt Ihr kein Wasser? Wir können gegen das Feuer ankämpfen.«

Jannet schleppte einen vollen Wassereimer heran. Sheenas Rock hatte bereits Flammen gefangen, und die Frau löschte hastig die winzigen Flämmchen. Sie wirkte erstaunlich ruhig, als sie sich zu ihrem Mann wandte. »Sie hat recht Roy. Bitte, setz dein Leben nicht aufs Spiel!«

»Wir haben nicht genug Wasser, Jannet.«

»Das weiß ich. Aber es gibt eine andere Möglichkeit. Wir haben unseren Lagerkeller, und darin können wir auch überleben, wenn du nicht hinausläufst und dich in Stücke hacken läßt. Tu, was ich dir sage, Mann!«

»Das Feuer wird uns erreichen«, wandte er ein. Trotzdem ließ er sich von seiner Frau zu der Falltür ziehen.

»Vielleicht«, stimmte sie zu und bemühte sich, Sheena und ihrem Mann zuliebe in ruhigem Ton zu sprechen. »Aber nicht so schnell wie hier oben. Mach die Falltür auf und steig hinunter!« befahl sie, während sie das restliche Wasser auf die Holzplanken goß. »Ihr auch, Mistreß! Rasch!«

Der Keller war winzig klein. Zwischen den Regalen an den Wänden fand nur eine Person Platz. Dafür war er sehr tief. Stufen aus festgestampfter Erde führten hinab. Roy ging als erster nach unten, Sheena folgte ihm, und Jannet kam zuletzt herein. Sie schloß die Falltür über sich, und die Endgültigkeit dieses dumpfen Geräusches jagte einen Schauer über Sheenas Rücken.

Dicht aneinandergedrängt warteten sie auf ihre Rettung. Roy preßte sich gegen das Regal an der hinteren Wand. Jannet kauerte auf der Treppe, und Sheena war zwischen den beiden eingepfercht. Sie konnten kaum atmen.

»Ich habe dir doch gesagt, du sollst einen größeren Keller graben«, scherzte Jannet, um ihren Gefährten die Angst ein wenig zu nehmen.

»Was hätte uns das genützt?« entgegnete Roy. »Wir sind so oder so in einem Grab gefangen.«

Das Feuer verzehrte die Hütte viel zu schnell. Sie hörten

die Flammen knistern. Sheena konnte nicht glauben, daß der Rettungstrupp rechtzeitig eintreffen würde. Doch sie mußte es glauben.

Roys Erregung wuchs mit jeder Minute. Schließlich keuchte er: »Jetzt ist es genug, Jannet! Sie müssen längst davongeritten sein. Gehen wir hinauf!«

»Vielleicht sind sie weg, aber es brennt immer noch. Wir müssen warten, bis das Feuer erlischt oder zumindest nachläßt – sonst sind wir verloren.«

Dieser Plan scheiterte, denn ein Teil des Dachs stürzte auf die Falltür. Der laute Krach bewog Jannet, sich mit allen Kräften gegen das Holz zu stemmen. Die Mühe war vergebens, die Tür ließ sich nicht öffnen. Durch die Ritzen zwischen den Planken zuckten weißglühende Flammen. Den Rauch sahen sie nicht, doch sie rochen und schmeckten ihn, er stieg ihnen ätzend in die Augen, und sie konnten kaum noch atmen.

Wie lange würde das bißchen Wasser auf der Falltür das Feuer noch abhalten? Wann würden die Bretter herabsinken?

Sheena fragte sich, warum Jamie sie dieser Hölle ausgeliefert hatte. Und sie trauerte um Roy und Jannet, diese armen Seelen, die keine Schuld an der grausamen Fehde trugen.

Jamie galoppierte blindlings den Hang hinab. Er hatte es nicht glauben können, als er erfahren hatte, wessen Hütte brannte. Und er wollte es noch immer nicht wahrhaben, obwohl er es nun mit eigenen Augen sah. Das Feuer war schwächer geworden, aber die Flammen fraßen immer noch gierig an allem, was sie noch nicht verschlungen hatten. Er sprang vom Pferd und stürzte sich bedenkenlos in das lodernde Inferno, warf brennendes Holz beiseite und verbrannte sich die Hände. Ohne seine Schmerzen zu beachten, betete er inbrünstig darum, Sheena noch lebend anzutreffen – wider alle Vernunft, die ihm sagte, daß sie tot sein mußte.

»Vielleicht weißt du nun, was in mir vorging, als meine Schwester auf diese Art den Tod fand.« Gawains ruhige Stimme durchdrang seine dumpfe Verzweiflung.

»Sie ist nicht tot!« stieß er hervor. »Und wenn du mir nicht helfen willst, sie zu suchen, solltest du verschwinden!«

Gawain stolperte hinaus und prallte mit Colen zusammen, der soeben eingetroffen war. »Dein Bruder hat den Verstand verloren! Versuch ihn herauszuholen, bevor die Wände einstürzen! Dann wäre er verloren!«

Colen ignorierte Black Gawain. Er befahl den Männern, die er mitgebracht hatte, bei der Suche nach Sheena und den anderen zu helfen, und folgte ihnen in die brennende Hütte. Gawain schüttelte den Kopf und ging davon. Sosehr er Sheena auch haßte, diesen Tod hatte er ihr nicht gewünscht, nicht einmal, um seine Schwester zu rächen.

Jedes verkohlte Stück Holz wurde umgedreht. Jetzt suchte man nur noch nach Leichen, denn dieses gewaltige Feuer konnte niemand lebend überstanden haben. Jamie war fast von Sinnen. Aber der letzte Rest seiner Vernunft, der ihn noch nicht im Stich gelassen hatte, verlangte einen Beweis. Er würde erst an Sheenas Tod glauben, wenn kein Zweifel mehr möglich war.

Ein aufgeregter Schrei erklang, als die Falltür gefunden wurde, verkohlt, aber ansonsten unversehrt. Hastig schob Jamie die Männer beiseite und öffnete sie. Drei verkrümmte Gestalten kauerten darunter, mit Kleidern über den Gesichtern. Bewegungslos... Jamie konnte sich nicht rühren, konnte nicht atmen. Da hustete eine der Gestalten, und seine Lebensgeister erwachte von neuem. Er hob Jannet aus dem Keller und legte sie in Colens Arme, dann trug er Sheena aus der Hütte und überließ es den anderen, nach Roy zu sehen. Tränen rollten über seine Wangen, als er sie in der kühlen Luft auf den Boden legte. Niemand kam ihm in die Nähe. Und die Männer, die ihn beobachteten, wandten sich ab, als er neben seiner Frau niederkniete und sie zu schütteln begann, auf ihre Wangen schlug und abwechselnd Gebete und Flüche in die Nacht hinausschrie.

Das Feuer hat den Keller erreicht, war Sheenas erster Gedanke, nachdem sie das Bewußtsein wiedererlangt hatte, denn ihre Lungen schienen zu brennen. Plötzlich wurde sie von einem heftigen Husten geschüttelt und konnte kaum mehr atmen. Doch dann sog sie ein wenig kühle Luft ein, die wohltuend durch ihren rauhen Hals in die schmerzende Lunge drang.

Im nächsten Augenblick wurde sie von starken Armen umfangen und so fest gedrückt, daß ihr der Atem wieder ausging. Sie stemmte beide Hände gegen eine harte Brust, und die Umklammerung lockerte sich ein wenig.

Colen kam angelaufen, fast schwindlig vor Erleichterung. Er konnte sich nur zu gut vorstellen, was sein Bruder jetzt empfand. »Jannet und Roy sind am Leben«, teilte er Jamie mit, bevor er die schlechten Neuigkeiten erzählte. »Die Leute in der anderen Hütte konnten sich nicht gegen das Feuer wehren. Auch Sheena, Roy und Jannet wären jetzt tot, wenn sie sich nicht in diesem Keller versteckt hätten. Weißt du das?«

»Ja.«

»Was ist nur in dich gefahren?« fragte Colen vorwurfsvoll. »Wie konntest du Sheena schutzlos hier zurücklassen?«

Jamie warf ihm über Sheenas Kopf hinweg einen gequälten Blick zu. »Glaubst du, ich werde mir das jemals verzeihen? Ich war so wütend, und deshalb vergaß ich, einen Wachposten hierherzuschicken. Das ist natürlich keine Entschuldigung. Wegen meines verdammten Temperaments wäre sie beinahe gestorben.«

Colen schüttelte seufzend den Kopf. »Darf ich hoffen, daß du dein verdammtes Temperament beim nächsten Mal besser bezähmen wirst?«

»Ein nächstes Mal wird es nicht geben«, erwiderte Jamie tonlos.

»Wollen wir sofort losreiten? Sie können noch nicht weit gekommen sein.«

»Ja, wir brechen auf, sobald ich Sheena ins Schloß gebracht habe.«

Sheenas Gehör hatte keinen Schaden genommen. Ihre Freude über die Rettung in letzter Minute kämpfte mit ihrer Bitterkeit. Energisch schob sie Jamie von sich. »Du hast mich nicht gefragt, ob ich in dein Schloß zurückkehren will.« Ihre

Stimme war nur ein heiseres Flüstern. Um ihren Mann nicht anschauen zu müssen, rieb sie sich die brennenden Augen.

»Nein, ich habe dich nicht gefragt und werde es auch nicht tun«, lautete seine Antwort, und sein Tonfall ließ keinen Widerspruch zu. »O Sheena, verzeih mir. Ich weiß, daß du mir die Schuld an all dem gibst, und ich will mich auch gar nicht davon reinwaschen. Merkst du denn nicht, wie leid es mir tut?«

»Doch – aber was hilft mir das?« Weinend schlug sie die Hände vors Gesicht. »Du hättest mich nicht hierlassen dürfen.«

Er nahm sie wieder in die Arme, und Colen zog sich diskret zurück. »Beruhige dich doch, Sheena.« Jamie wiegte sie sanft hin und her. »Glaubst du, ich hätte dich wirklich verlassen wollen? Und was ich heute abend sagte, war nicht so gemeint. Du hast mich gekränkt, verstehst du? Ich bin es nicht gewöhnt, daß sich andere Menschen in mein Leben einmischen. Aber das tust du. Du besitzt die unheimliche Macht, mich tief zu verletzen oder mir das höchste Glück zu schenken. Und wenn du mir weh tust, verliere ich die Beherrschung. Doch das wird von nun an nie mehr geschehen. Meine Süße, ich schwöre es dir – ich will dich nie wieder von mir stoßen.«

Er befürchtete, daß sie solche Worte nicht hören wollte. Hätte sie lieber gehört, daß er sie freigeben würde? Dazu könnte er sich niemals durchringen – nicht einmal, um wiedergutzumachen, was er ihr zugemutet hatte. Sheena war ein Teil von ihm, ob sie das zur Kenntnis nahm oder nicht, und er würde sie nicht gehen lassen.

Aber Jamies Sorge war grundlos. Ihr Kampfgeist war besiegt – von seinem Versprechen oder ihrer Erschöpfung. Sie schlang die Arme um seinen Hals, lehnte sich an ihn, und er atmete erleichtert auf.

»Ich bringe dich jetzt nach Hause, mein Mädchen, und gebe dich bis zu meiner Rückkehr in die Obhut meiner Tante«, sagte er sanft.

Er trug sie zu seinem Hengst und hielt sie eng umschlungen, während sie zum Schloß ritten. Verwundert fragte er sich, warum sie so beharrlich schwieg.

Sheena war sprachlos, weil er behauptete, sie hätte so große Macht über ihn. Macht? Natürlich hatte sie gewußt, wie leicht sie seinen Zorn erregen konnte. Aber daß es ihr gegeben war, ihn zu beglücken oder schwer zu kränken... Stand er so sehr unter ihrem Einfluß? Wäre das möglich?

Im Schloßhof schwang er sich vom Pferd und hob sie herunter. Er wollte nicht lange bleiben und gleich davonreiten, bevor sie ihn anflehen würde, keine Rache für den Überfall zu nehmen. Und so winkte er einen Diener heran und beauftragte ihn, Tante Lydia zu holen. Seine Gefolgsmänner rannten herbei, bis an die Zähne bewaffnet, und bereiteten sich auf den Aufbruch vor.

Black Gawain blinzelte verblüfft, als er sah, daß Sheena noch am Leben war. Sie wartete, denn sie nahm an, daß Jamie sie in sein Zimmer bringen würde. Nachdem sie das Leben und Treiben ringsum eine Zeitlang beobachtet hatte, erkannte sie plötzlich, was ihr Mann plante. Er wollte die Angreifer verfolgen. Sie wurde blaß. Noch wußte er nicht, wer die Hütte angezündet hatte. Er machte immer noch ihren Vater verantwortlich.

»Jamie...«

»Sei still, Sheena«, unterbrach er sie. »Begreife doch, daß ich diesmal keine andere Wahl habe! Du kannst mich nicht zurückhalten.«

»Das will ich gar nicht, Jamie.«

Er starrte sie mißtrauisch an. »Warum nicht? Deine Verwandten hatten keine Ahnung, daß du in der brennenden Hütte warst. Willst du ihnen trotzdem übelnehmen, was sie getan haben?«

»Das würde ich gewiß nicht tun – wenn meine Verwandten den Überfall begangen hätten. Aber es waren keine Fergussons. Ich habe sie gesehen, Jamie.«

Black Gawain mischte sich wütend ein. »Du wirst doch nicht auf sie hören? Sie würde dir die verrücktesten Dinge einreden, nur um ihre Familie zu retten.«

Sheena warf ihm einen verächtlichen Blick zu. »Ja, das würde ich – aber zufällig habe ich das nicht nötig, denn meine Leute sind unschuldig. Ich weiß ganz genau, wer die Hütte in Brand gesteckt hat, denn ich stand am Fenster, bevor uns das Feuer zwang, in den Keller hinabzusteigen. Diese Teufel trugen meine Tartanfarben – doch es waren keine Fergussons, sondern Jamesons. Sir William wartete vor der Tür, um alle abzuschlachten, die möglicherweise versucht hätten, dem Flammentod zu entkommen.«

Gawain lachte spöttisch. »Ihr werdet Euch einen anderen Sündenbock suchen müssen, Sheena. Jameson ist ein elender Feigling, das wird hier niemand bezweifeln. Er hätte es niemals gewagt, einen MacKinnion anzufgreifen.«

»Und wie führt ein Feigling einen Angriff durch, wenn er sich dazu gezwungen fühlt?« entgegnete sie und sah voller Genugtuung, daß ihre Frage Black Gawain zu verwirren schien. »Ein Feigling würde grausam zuschlagen und dann die Flucht ergreifen – so wie es in diesem Fall geschehen ist. Meint Ihr nicht auch?«

»Und wer könnte uns beweisen, daß Euer Vater kein Feigling ist?« stieß Gawain hervor.

»Ich!» stieß sie empört hervor. »Wir haben Euch im Sommer angegriffen, nach Eurem Friedensbruch im Frühling. Und wir hatten viele Tote zu beklagen, weil wir den Kampf nicht scheuten. Und nun sagt mir – wurde bei diesen Überfällen eine einzige Hütte angezündet oder ein einziges Tier mutwillig getötet? Nein, weil mein Vater solche Methoden verabscheut!«

»Warum wurde dann ein Fergusson-Tartan gefunden?« beharrte Black Gawain. »Und warum hat man den Kriegsruf Eurer Sippschaft erkannt?«

»Ihr hört mir nicht zu, Mann!« schrie Sheena. »Ich sagte doch, daß Jameson meine Tartanfarben trug – nicht seine eigenen. Er wollte die Schuld einem anderen Clan zuschieben, und dafür hat er sich meinen ausgesucht. Auf diese Weise konnte er die MacKinnions im Lauf der letzten Monate mehrmals angreifen, ohne ein einziges Mal dafür büßen zu müssen. Heilige Maria, glaubt Ihr, ich wäre in den Keller einer brennenden Hütte gekrochen, wenn ich meine Leute vor der Tür gesehen hätte? Ihr haßt den falschen Clan für den Mord an Eurer Schwester, Black Gawain, und das ist die reine Wahrheit.«

»Aber – warum sollte Jameson so etwas getan haben?« stammelte Gawain.

»Wegen seiner Schwester Libby«, warf Jamie mit heiserer Stimme ein.

»Ja – genau deshalb!« Sheena seufzte erleichtert. Was für ein Glück, daß er richtig geraten hatte. »Er wußte, wie hart es dich treffen würde, als er mich in seinem Turm einsperrte, Jamie.«

»Er hat dich eingesperrt?«

Sie lächelte. »Du hast mich befreit – wenn du das auch nicht wußtest, als du mich damals zurückgeholt hast. Sir William mag dich auf den Tod nicht leiden. Er versuchte, mich zu vergewaltigen. Und als ihm das mißlungen war, tischte er dir gräßliche Lügen über mich auf. Er schrak vor nichts zurück, um dich zu verletzen – und das alles wegen seiner Schwester.«

»Warum hast du mir das nicht schon früher gesagt?«

»Du wolltest mir nicht glauben, daß er gelogen hat. Wie hätte ich dir den Rest der Geschichte erzählen können?«

Sie hatte recht, und er wußte nicht, was er darauf antworten sollte. Und so nahm er sie in die Arme und küßte sie liebevoll. »Wirst du hier sein, wenn ich zurückkomme?«

»Ja, Jamie.«

Black Gawain rannte bereits zu seinem Pferd.

40.

Black Gawain konnte es nicht erwarten, Rache an William Jameson zu üben, und ritt den anderen voraus. Jamie verstand die Gefühle seines Vetters, aber er wußte, daß der sichere

Tod auf den Hitzkopf wartete, wenn er Jamesons Turm allein erreichte. Er versuchte ihn einzuholen und ließ Colen und die anderen weit hinter sich zurück. Fast hätte er Gawains Vorsprung wettgemacht, als sie den Fluß in der Nähe von Sir Williams Landgut durchquerten. Die beiden Männer sprengten hintereinander die Uferböschung hinauf und näherten sich einem Grenzbaum. Dort wurden sie von einem Armbrustschützen aufgehalten. Ein Pfeil durchbohrte Gawains Pferd, und es warf den Reiter ab, der den Hang hinabrollte, zum Fluß.

Jamies Hengst hätte ihn beinahe zertrampelt, während er an ihm vorbeisprengte. Bevor der Laird feststellen konnte, woher der Pfeil gekommen war, traf ihn selbst ein zweites Geschoß in die Brust. Er fiel aus dem Sattel, rutschte ein Stück über das Gras und blieb dann reglos liegen.

Der Mann, der auf einem Ast des Grenzbaums saß, sprang herab und ging zögernd auf die stille Gestalt zu, die Armbrust schußbereit in der Hand. Ein Teil der Angriffstruppe war eben erst zurückgekehrt, und der Mann war am Fluß postiert worden, um Wache zu halten – eine Vorsichtsmaßnahme, die niemand ernstgenommen hatte. Er selbst hatte sie für überflüssig gehalten. Die MacKinnions hatten niemals Verdacht geschöpft, und es war ihm als reine Zeitverschwendung erschienen, nach etwaigen Verfolgern Ausschau zu halten.

Und nun lag der große blonde Bursche höchstpersönlich vor ihm, der Laird von MacKinnion, von *seinem* Pfeil zu Fall gebracht. Er rührte sich nicht, kein Atemzug bewegte die Brust. Der Schütze wagte es nicht, James MacKinnion zu berühren und sich zu vergewissern, daß kein Leben mehr in ihm war. Das tat seinem Triumph keinen Abbruch. Der Pfeil mußte sein Ziel gefunden und MacKinnions Herz durchdrungen haben, denn das Wams und der Tartan färbten sich rot.

Um den anderen, der halb im Wasser lag, brauchte er sich nicht zu kümmern. Jetzt wollte er seinem Laird so schnell wie möglich erzählen, wen er getötet hatte. Um völlig sicherzugehen, schoß er noch einen weiteren Pfeil in MacKinnions Brust, bevor er zum Turm rannte.

Niemand hielt es für nötig, Sheena zu wecken und schonend vorzubereiten. Jamie wurde ohne große Umstände in sein Zimmer gebracht, und so sah sie – noch im Halbschlaf – das viele Blut, während man ihn neben sie legte. Schreiend sprang sie vom Bett auf, schrie immer wieder und riß sich in den Haaren, bis Daphne zu ihr lief und sie kräftig schüttelte.

»Er ist nicht tot, Sheena! Hör doch auf mich! Er ist nicht tot!«

Sie versuchte, ihre Schwägerin vom Bett wegzuziehen, aber Sheena wehrte sich, starrte entsetzt auf das Blut, auf Jamies wachsbleiches Gesicht. »Aber...«

»Er ist nur verwundet. Komm jetzt, damit sie ihn verarzten können. Du bist ihnen nur im Weg.«

Sheena riß sich zusammen. »Ich werde ihn pflegen.«

»In dieser Verfassung bist du nicht imstande...«, begann Daphne einzuwenden.

»Ich habe gesagt, daß ich ihn pflegen werde«, fiel Sheena ihr mit harter Stimme ins Wort. »Er ist mein Mann.«

Daphne schwieg. In diesem Augenblick kam Tante Lydia ins Zimmer, und als sie Jamie sah, fing sie noch lauter zu schreien an als Sheena. Sie machte auf der Stelle kehrt und rannte wieder hinaus. Gellend hallten ihre Wehklagen von den Steinwänden des Flurs wider.

Sheena wandte sich zu ihrer Schwägerin. »Du hast es geschafft, mich zu beruhigen. Geh jetzt und beschwichtige auch deine Tante. Ich komme hier ganz sicher zurecht – wenn man mir ein wenig hilft.«

Und sie war tatsächlich Herrin der Lage. Trotz der Übelkeit, die immer wieder in ihrer Kehle aufstieg, trotz ihres Entsetzens gelang es ihr, unterstützt von einigen Dienerinnen, Jamie die Kleider auszuziehen, die Wunden zu waschen und zu verbinden. Die Pfeile waren bereits fachmännisch entfernt worden. Beim Anblick der einen Wunde fragte sich Sheena, warum Jamie noch lebte. Hatte die Pfeilspitze eine Rippe gestreift? Offensichtlich. Sie hatte das Herz nur um Haaresbreite verfehlt.

Er atmete immer noch, lebte immer noch – gerade noch ... Die beiden anderen Wunden befanden sich über Jamies Hüften, wo ihn der zweite Pfeil durchbohrt hatte.

Daphne kehrte zurück. Da die Schloßherrin ihre Fragen nicht beantwortete und da es nichts für sie zu tun gab, ging sie bald wieder und scheuchte auch die Dienerinnen hinaus.

Allein mit Jamie, legte sich Sheena neben ihn, ganz vorsichtig, damit sie das Bett nicht bewegte. Sie betrachtete sein Gesicht und strich behutsam über seine heiße Stirn. Seine Augen blieben geschlossen, sein Atem ging stoßweise. Sie berührte seine Lippen mit einer Fingerspitze, dann legte sie ihre Wange an seine Schulter. Von Gefühlen überwältigt, ließ sie ihren Tränen freien Lauf.

»Du wirst nicht sterben, MacKinnion. Hörst du mich?« Sie kniff ihn in den Arm und war plötzlich wütend, weil er ihr solche Angst machte. »Hörst du, Jamie? Du bist mein Mann. Und – ich brauche dich!« Wie von selbst rangen sich die Worte aus ihrer Kehle, und sie stieß schluchzend hervor: »Ich liebe dich, Jamie! Du darfst nicht sterben – du darfst nicht ...«

Erst viele Stunden später weinte sie sich in den Schlaf.

Im Morgengrauen saß sie auf einem Stuhl neben dem Bett und beobachtete Jamie. Von der glühenden Hitze seines Körpers war sie bald wieder erwacht. Während der restlichen Nacht hatte sie ihn mehrmals mit Quellwasser gewaschen. Nun fühlte er sich etwas kühler an.

»Du brauchst ihn nicht zu bemitleiden.«

Sheena drehte sich verblüfft um. Lydia war lautlos eingetreten und stand am Fußende des Bettes, in ihrem Nachthemd, über das sie einen wollenen Umhang geworfen hatte. Sie sah erschreckend aus mit ihren dunkel umschatteten Augen und dem ungekämmten Haar. Tante Lydia, die sonst immer so großen Wert auf ihr Äußeres legte ...

Ohne Sheena anzuschauen, wiederholte sie: »Du brauchst ihn nicht zu bemitleiden. Das verdient er nicht.«

»Aber – ich bemitleide ihn doch gar nicht«, stammelte die junge Schloßherrin verwirrt.

»Gut. Er hat es nämlich selbst getan.«

»Was?«

»Er hat sich selber umgebracht.«

»Wer?« rief Sheena, von plötzlichem Grauen erfaßt.

Lydia wies mit einem anklagenden Zeigefinger auf Jamie. »Mein Vater!«

»Was hast du denn?« fragte Sheena mit scharfer Stimme. »Kennst du deinen Neffen nicht mehr?«

»Neffen? Ich habe keinen Neffen. Mein Bruder hat keine Söhne. Vater würde ihn verprügeln, wenn es so wäre, denn dazu ist Robbi noch viel zu jung.« Lydia runzelte unsicher die Stirn. »Aber – Vater kann ich nicht mehr verprügeln. Er ist doch tot, oder? Ist Vater denn nicht tot?«

O Gott...

»Wie alt bist du, Lydia?«

»Acht«, antwortete die alte Frau, die Augen immer noch unverwandt auf Jamie gerichtet.

Sheena umklammerte die Armstützen ihres Stuhls. Träumte oder wachte sie? Andererseits – Jamie hatte ihr erzählt, Lydia wäre nicht mehr ganz richtig im Kopf, seit sie als Kind Niall Fergussons Mord an ihren Eltern mit angesehen hätte.

»Warst du dabei, als dein Vater starb, Lydia?« fragte sie sanft und vorsichtig. »Erinnerst du dich daran?«

»Wie könnte ich das vergessen? Er hätte es nicht tun dürfen. Und Fergusson hätte nicht kommen sollen. Er war ein Narr, wenn er sich einbildete, er könnte sie haben.«

»Deine Mutter.«

Langsam rollte eine Träne über Lydias Wange. Anscheinend hatte sie die Frage nicht gehört, und sie sah so verzweifelt aus, daß es Sheena nicht übers Herz brachte, in sie zu dringen. Doch die alte Frau bedurfte ohnehin keiner Aufforderung, um weiterzusprechen.

»Fergusson war so ein hübscher Mann mit seinem dunkelroten Haar und den strahlend blauen Augen. Mein Onkel

Donald war so wütend, als er ihn wegbrachte. Er hat ihm doch nichts angetan? Fergusson hat sich nichts zuschulden kommen lassen. Daß er sie liebte, war sein einziges Verbrechen.«

Wußte Lydia nicht, wie grausam ihr Onkel Donald den Laird von Fergusson getötet hatte – damals, vor vielen Jahren? Anscheinend hatte Sheenas Großvater Niall Lydias Mutter geliebt und war hierhergekommen, um sie zu sehen. Hatte sie ihm ein Stelldichein gewährt? Aber nach Jamies Aussage war Niall der Mörder seiner Großeltern. Wieso hatte jenes heimliche Treffen ein so furchtbares Ende gefunden? überlegte Sheena bestürzt.

Lydia schien ihre Gedanken zu lesen. »Meine Mutter sagte mir, daß sie abreisen würde. Ich wünschte, sie hätte es mir verschwiegen – denn dann wäre ich ihr nicht gefolgt. Aber sie wollte nicht, daß ich mir Sorgen machte, und sie versprach, mich bald in ihr neues Heim zu holen. Sie erklärte, sie würde ihn nach Frankreich begleiten. Auch er hätte eine Familie, die er verlassen müßte. Nachdem das alles geschehen wäre, könnten sie nicht mehr in Schottland bleiben. Ich weinte bitterlich. Doch das konnte sie nicht umstimmen – obwohl ich mit aller Macht versuchte, sie zurückzuhalten. Ich wußte, wie wütend mein Vater sein würde – und ich sollte recht behalten. Mitten im Hof trat er den beiden in den Weg. Es war eine helle Vollmondnacht, und ich sah von meinem Versteck aus, wie es geschah. Da standen sie und stritten. Vater war außer sich – und ganz anders als sonst. Ich glaube, er hat den Verstand verloren. Und dann – dann...«

Tränenüberströmt schloß Lydia die Augen. Sie kreuzte die Arme über der Brust und wiegte sich wimmernd hin und her, während sie in ihrem armen, wirren Geist noch einmal erlebte, was sie vor so vielen Jahren beobachtet hatte. Auch Sheena stellte sich die Szene vor, die sich damals abgespielt haben mußte. Der Ehemann war seiner Frau und ihrem Liebhaber entgegengetreten, von schmerzlichem Zorn verzehrt – wenn er sie geliebt hatte. Was es wirklich Liebe gewesen? Oder hatte er sie nur als seinen Besitz betrachtet, von dem er sich nicht trennen wollte? War nur sein Stolz verletzt worden?

Sie durfte Lydia nicht erlauben, das Ende der Geschichte zu erzählen. Die alte Frau war so unglücklich, und Sheena befürchtete, die bösen Erinnerungen könnte ihr einen ernsthaften Schaden zufügen.

Hastig stand sie auf und legte einen Arm um Lydias Schultern. »Ich bringe dich jetzt in dein Zimmer zurück.«

»O nein, ich kann nicht gehen. Ich muß hier warten. Mutter wird zurückkommen – nachdem er sie mit Fergusson ertappt hat. Ich will ihr sagen, daß sie sich nicht ängstigen soll. Vater liebt sie. Er wird ihr verzeihen.«

»Natürlich«, bestätigte Sheena, die nicht wußte, was sie sonst sagen sollte. »Aber du mußt dich jetzt ausruhen.«

»Nein!« Lydia stieß sie von sich, mit erstaunlich starken Händen. Ihr flackernder Blick irrte ziellos umher. »Er zieht sein Schwert – und da greift auch Fergusson zu seiner Waffe. Meine Mutter schreit auf, und sie kämpfen. Fergusson läßt sein Schwert fallen... Mein Vater hebt es auf – wirft sein eigenes weg – hält Fergussons Waffe fest und starrt sie an... Nun blickt er auf meine Mutter... Nein! Er stürzt sich auf sie und ersticht sie. Fergusson kann ihn nicht daran hindern, und Vater schiebt ihn beiseite. Sie bricht zusammen... O Gott, das Blut – überall Blut! Ich höre Vaters wilden Kriegsruf... Aber Fergusson läuft nicht davon. Er schaut auf meine Mutter hinab – und Vater auch und... Nein! Jetzt durchbohrt er mit der Klinge seine eigene Brust, zieht sie wieder heraus – und das Blut strömt hervor – so viel Blut! Das Schwert landet vor Fergussons Füßen, er sieht es nicht. Er muß doch fliehen... Da kommt mein Onkel...«

Sheena fühlte sich elend. Daß ein Kind das alles miterlebt hatte...!

»Lydia, jetzt ist alles gut – es ist vorbei...«

»Noch lange nicht... Mein Onkel glaubt, Fergusson hätte die beiden ermordet. Ich sagte ihm die Wahrheit, aber er schlug mich und nannte mich eine Lügnerin. Er wird Fergusson doch nichts zuleide tun? Den anderen darf ich kein Wort verraten, denn sonst wird Mutter nicht zurückkommen. Ich muß hier auf sie warten...«

Lydia schluchzte hemmungslos. Sheena führte sie hinaus und tröstete sie, wie eine Mutter ihr Kind. Würde die alte Frau jemals wieder sie selbst sein? Würde das Grauen jener Nacht sie nun für immer verfolgen, oder konnte sie wieder vergessen?

Sheena begleitete die bedauernswerte Geistesgestörte in deren Zimmer, brachte sie zu Bett und rief dann nach einem Dienstmädchen, das sich zu ihr setzen sollte. Lydia schien zwischen tiefer Verzweiflung und beglückenden Bildern aus einer fernen Vergangenheit zu schwanken, die nur sie sehen konnte. Die Schloßherrin verließ sie ungern, aber Jamie stand an erster Stelle. Und Colleen, die nun die Krankenwache übernahm, war eher eine Freundin als eine Dienstmagd, und eine vertrauenswürdige Beschützerin. Bei ihr würde die Patientin in guten Händen sein.

Auf dem Rückweg in das Zimmer, das Sheena mit Jamie teilte, beschäftigte Lydia immer noch ihre Gedanken. Und so dauerte es eine Weile, bis sie die drastische Veränderung bemerkte, die inzwischen eingetreten war. Er sah sie mit großen Augen an. Hatte er den Bericht seiner Tante gehört – von Anfang an oder nur den letzten Teil? Würde er nun nach Einzelheiten fragen, oder verstand er alles? Mit angehaltenem Atem und heftig klopfendem Herzen erwiderte sie seinen Blick, dann begann sie sich langsam zu entspannen. Offenbar wollte er nicht davon sprechen, noch nicht, und sie würde ebenfalls schweigen.

Unverwandt schauten sie sich an, und Sheena hatte das Gefühl, daß Jamie das gleiche dachte wie sie. Die entfesselten Leidenschaften eines einzelnen Mannes hatten verbissene Kämpfe entfacht, jahrelang hatten Haß und Mordlust regiert. Und was am allertraurigsten war – die Wahrheit würde nun keinen Unterschied machen. Die Toten konnte nicht mehr erwachen, die Schlachten hatten stattgefunden, daran ließ sich nichts ändern. Es gab nichts, was das Grauen dieser Fehde mildern würde.

Sie hätte niemals beginnen dürfen – gleichgültig, wer die Schuld daran trug. Und nach siebenundvierzieg Jahren war es an der Zeit, ein Ende herbeizuführen.

41.

Unter Sheenas Obhut erholte sich Jamie erstaunlich schnell. Nachdem er erfahren hatte, daß sie ihn schon seit jener schlimmen Nacht pflegte, bestand er auch weiterhin auf ihrer Gesellschaft. Das störte sie natürlich nicht, und sie saß von morgens bis abends an seinem Bett, das er im Grunde gar nicht mehr hüten mußte, weil er längst genesen war.
Als sie eines Tages das Zimmer betrat, sah sie ihn zu ihrer Überraschung am Feuer stehen, vollständig angezogen.

»Du weißt sicher, daß eine neue Fehde begonnen hat – mit den Jamesons?« fragte er.

Sie nickte. Colen hatte ihr erzählt, was geschehen war. Man hatte Jamie und Black Gawain ins Schloß Kinnion zurückgebracht, und dann hatte Colen den Jameson-Turm angegriffen, ohne ihn stürmen zu können. Er hätte eine größere Streitkraft benötigt.

Zur allgemeinen Verblüffung beschloß Jamie, den Turm nicht einzunehmen. Sicher, Sir Williams feige Anschläge hatten einige Menschen das Leben gekostet, und dafür hätte er büßen müssen. Aber es widerstrebte Jamie, einen ganzen Clan zu vernichten. Der Feind war nun bekannt und würde auf die übliche Weise im Zaum gehalten werden, mit regelmäßigen Überfällen. Außerdem, war er jetzt ohnehin im Nachteil, weil er nicht mehr im Verborgenen operieren konnte.

Black Gawain mißbilligte die Entscheidung des Lairds. Er hatte seinen Alleingang in der Angriffsnacht mit einem gebrochenen Arm bezahlt und war eine Zeitlang kampfunfähig gewesen. Doch er hatte sich geschworen, Jameson zu töten. Zwischen Jamie und seinem Vetter war ein erbitterter Streit ausgebrochen. Schließlich hatte Gawain wutentbrannt das Schloß verlassen. Er war noch nicht zurückgekehrt.

»Du siehst doch ein, daß wir diese neue Fehde mit gutem Grund begonnen haben?« fragte Jamie seine Frau.

Sie lächelte ihn an. Anscheinend brauchte er ihre Einwilligung, und sie stimmte zu, weil sie wußte, daß er nichts von blutiger Rache hielt. »Die Schotten werden einander immer bekämpfen und berauben – gleichgültig, ob sie Freunde oder Feinde treffen«, erwiderte sie leichthin.

Er runzelte die Stirn, denn Dugald hatte ihm neulich ein paar kostbare Pferde entwendet, für die er nun Lösegeld verlangte – einen beträchtlichen Preis.

»Du findest es wohl komisch, daß mich dein Vater überrumpelt hat, was?«

»Er will sich nur für die Verluste entschädigen, die er in diesem Sommer erlitten hat, und das ist sein gutes Recht. Immerhin trägt er keine Schuld an eurem Friedensbruch.«

Jamie seufzte. »Du willst mich sicher begleiten, wenn ich ihm das Lösegeld bringe.«

Sheenas Augen leuchteten auf. »Darf ich?« fragte sie hoffnungsvoll.

Er zögerte nur kurz. »Ja – wenn du dafür sorgst, daß so was nie mehr vorkommt.«

»Das schaffe ich ganz bestimmt. Und Black Gawain? Gibst du jetzt zu, daß er Iain absichtlich niedergestochen hat?«

»Er hat das Land verlassen, Sheena. Diese Nachricht wurde mir soeben überbracht.«

Sie war nicht überrascht. »Vermutlich dachte er, du würdest ihn früher oder später für seine Missetat zur Rechenschaft ziehen.«

»Ja, das glaube ich auch. Übrigens, er hat dir etwas ausrichten lassen. Er bittet dich um Verzeihung –›für alles‹. Was meint er damit?«

»Wir haben uns ein paarmal gezankt«, antwortete Sheena ausweichend und hielt es für überflüssig, Einzelheiten zu schildern. »Er haßte mich, als er erfuhr, wer ich bin, und das war zu erwarten. Immerhin mußte er damals glauben, daß meine Familie den Tod seiner Schwester auf dem Gewissen hat.«

Jamie gab sich mit dieser Erklärung zufrieden. »Willst du mich bitten, ihn suchen zu lassen?« fragte er unbehaglich.

»Ich denke nicht. Er hat sich selber verbannt, und damit ist er hinreichend bestraft.«

»Wird dein Vater das auch so sehen?«

»Er ist ein gerechter Mann, Jamie, und wird mir wohl kaum widersprechen. Außerdem«, fügte sie lächelnd hinzu, »wird er sich unbändig über das Lösegeld freuen und gar nicht nach Black Gawain fragen.«

Jamie warf ihr einen vernichtenden Blick zu, brach aber wider Willen in lautes Gelächter aus.

Und dann entstand ein beklemmendes Schweigen. Seit Jamie so schwer verwundet worden war, hatten sie kein einziges Mal über ihre Ehe geprochen. Dazu war Sheena auch jetzt noch nicht bereit. Sie mußte sich erst an die verwirrende Tatsache gewöhnen, daß sie diesen Mann liebte. Damit hatte sie nie gerechnet, und es war trotzdem geschehen. Aber Jamie hatte nie von ähnlichen Gefühlen gesprochen und ihr nur gestanden, wie sehr er sie begehrte. Sheena wußte nur zu gut, daß sie sich damit auf die Dauer nicht zufriedengeben konnte.

Als Daphne hereinkam, lockerte sich die angespannte Atmosphäre ein wenig auf. Sie war überglücklich, ihren Burder wieder auf den Beinen zu sehen und hänselte ihn: »Wie schön, daß dieser Riesenklotz von einem Mann nun doch nicht verwest ist!« Sie lachte über seine drohend gefurchte Stirn und fügte hinzu: »Nun habe ich keine Ausrede mehr, um noch länger zu bleiben. Ich werde mit Dobbin abreisen.«

»Schon so bald?« fragte Sheena.

»Weißt du, ich habe selber ein Schloß, um das ich mich hin und wieder kümmern muß. Natürlich kann ich nicht behaupten, der Besuch auf Kinnion wäre uninteressant gewesen. Immerhin kommt es nicht alle Tage vor, daß mein Bruder eine Frau heiratet, mit der er nichts anzufangen weiß.«

Jamie wurde tatsächlich rot. Sheena und Daphne zwinkerten einander zu, worauf sich seine Wangen noch dunkler färbten. »Wann willst du uns verlassen, liebste Schwester?« fragte er betont eifrig.

»Heute. Übrigens nehmen wir Jessie mit, was dich sicher freuen wird. Ich glaube, sie hat deine Gastfreundschaft über Gebühr beansprucht.«

»Allerdings«, bestätigte Sheena.

Daphne lächelte sie an, dann wurde ihr Gesicht ernst. »Jamie, Tante Lydia hat mir gesagt, daß sie uns besuchen möchte. Wenn es dir nichts ausmacht, nehmen wir sie heute mit.«

Jamies Augen verengten sich. War seine Schwester wahnsinnig geworden? »Lydia – soll Schloß Kinnion verlassen? Sie war immer hier – in all den Jahren...«

»Ich weiß. Aber sie meinte, ich würde viel öfter Einladungen geben als du, und es wäre an der Zeit, daß sie neue Leute kennenlernt – und einen Ehemann findet.«

»Was?«

Daphne kicherte. »Kannst du dir vorstellen, daß unsere Tante in ihrem Alter den Hafen der Ehe ansteuern könnte? Nun, ich finde, sie dürfte nicht mehr lange damit warten. Es ist wirklich allerhöchste Zeit.«

»So was Verrücktes!« murmelte Jamie.

»Ich werde ihr einen passenden Mann beschaffen, wenn ich auch glaube, daß sie sehr gut allein zurechtkäme. In letzter Zeit strahlt sie eine erstaunliche innere Ruhe aus.«

Sheena wechselte einen verständnisvollen Blick mit ihrem Mann. Seine Tante wußte nichts mehr von ihrem Geständnis. Aber sie war seither merklich verändert. Anscheinend hatte sie – befreit von der quälenden Last jener Tragödie – ihren lange vermißten seelischen Frieden wiedergefunden; auch wenn sie die bösen Erinnerungen erneut verdrängte.

»Nun, ich habe nichts dagegen«, sagte Jamie. »Aber es wird seltsam sein – wenn sie nicht mehr da ist.«

»Sie wird dir nicht allzusehr fehlen«, versicherte Daphne und sah Sheena lächelnd an. »Außerdem hast du eine Menge zu tun – nachdem du endlich aus den Federn gefunden hast. Ich wußte gar nicht, daß mein Bruder so ein Faulpelz ist.«

»Oh, es war sehr schön im Bett«, entgegnete Jamie in beiläufigem Ton, »Vor allem, seit ich diesen merkwürdigen Traum hatte.«

»Tatsächlich?« fragte Daphne neugierig.

»Ich träumte, meine Frau würde mir ihre Liebe gestehen. Vielleicht bin ich deshalb so lange liegengeblieben – weil ich hoffte, der Traum könnte sich wiederholen.«

Das Blut stieg in Sheenas Wangen, als Jamie ihren Blick festhielt. Hatte er wirklich gehört, was sie in jener Nacht gesagt hatte – trotz seines hohen Fiebers?

Daphne verdrehte die Augen. »Du brauchst mich nicht hinauszuwerfen, Jamie, ich weiß es immer, wenn ich unerwünscht bin. Paß gut auf dein kostbares Juwel auf!« ermahnte sie ihn mit erhobenem Zeigefinger, dann küßte sie ihren Bruder und ihre Schwägerin und eilte hinaus.

Unbehaglich senkte Sheena den Kopf, nachdem sich die Tür geschlossen hatte.

»Es war ein schöner Traum«, bemerkte Jamie.

»So?« Sie wußte nicht, was sie sonst entgegnen sollte.

Er biß sich auf die Lippen. Wollte sie ihm neue Schwierigkeiten machen? Wie konnte er sie fragen, was er wissen mußte, wenn sie seinem Blick auswich? Er hätte nicht so lange warten sollen.

Er machte nicht gern große Worte, und es fiel ihm schwer, über seine Gefühle zu reden. Was in seinem Herzen vorging, hatte er schon vor langer Zeit erkannt. Aber es war ihm unmöglich gewesen, das alles auszusprechen, wann immer sich eine Gelegenheit ergeben hatte. Jetzt durfte er nicht mehr warten. Er mußte sich Klarheit verschaffen.

»Kannst du mich lieben, Sheena?« So. Jetzt war es gesagt.

Sheena zögerte. Sollte sie ihm die Wahrheit verraten – daß sie ihn bereits liebte? Wie verletzlich würde sie sein, wenn er es wüßte ... Dieses übermächtige Gefühl war ihr noch fremd, und es jagte ihr Angst ein. Statt einer Antwort stellte sie die gleiche Frage. »Kannst du mich lieben?«

Er ging zu ihr und nahm ihr Gesicht in beide Hände. Sein Kuß war zart und doch voller Liebe. Atemlos schmiegte sie sich an ihn. »Muß ich es in Worte fassen? Wäre das jemals nötig gewesen?«

»O ja!«

Jamie seufzte tief. »Heilige Maria! Also gut – ich liebe dich! Aber erwarte nicht von mir, daß ich es dir Tag für Tag von neuem schwöre...« Er unterbrach sich nervös. »Und du?«

Sheena lächelte ihn strahlend an. »Ich liebe dich, Jamie – von ganzem Herzen.«

Da lachte er erleichtert auf und drückte sie fest an sich. »Oh, meine Süße, du ahnst nicht, wie glücklich du mich machst!«

»Eigentlich geht's mir auch nicht schlecht«, neckte sie ihn.

42.

Sie saßen am Tisch des Lairds in der großen Halle von Tower Esk. Die Mahlzeit näherte sich dem Ende. Es war ein schöner Abend gewesen, und Sheena hatte mit Genugtuung beobachtet, wie gut sich ihr Vater und Jamie verstanden. Nun konnte sie es kaum erwarten, das Gästezimmer aufzusuchen, das sie mit ihrem Mann teilen sollte.

Am nächsten Morgen wollten sie abreisen. Sheena hatte Jamie während des Besuchs in Tower Esk nur selten zu Gesicht bekommen und war ein bißchen eifersüchtig auf ihre Verwandten. Seltsam – nachdem sie so lange unter schrecklichem Heimweh gelitten hatte, sehnte sie nun die Rückkehr in ihr neues Zuhause herbei.

Sie überlegte, ob dieses Gefühl jemals nachlassen würde – dieser brennende Wunsch, jeden Augenblick ihres Lebens mit ihm zu verbringen. Sie berührte sein nacktes Knie unter dem Kilt, und er grinste sie an, beugte sich zu ihr und flüsterte: »Ist dir klar, was du da anrichtest?«

»Natürlich.« Langsam wanderten ihre Finger über seinen Schenkel nach oben.

Jamie hielt ihre Hand fest und drückte sie, dann stand er unvermittelt auf, entschuldigte sich bei seinen Tischgefährten und führte Sheena aus der Halle.

Sobald sie aus dem Blickfeld der Leute verschwunden waren, rannten sie, lachend wie übermütige Kinder, in ihr Zimmer hinauf. Die Tür fiel hinter ihnen ins Schloß, und Jamie warf seine Frau ohne Umschweife auf das Bett. Die Leidenschaft, die sie miteinander teilten, war wild und zärtlich zugleich – und wie immer wundervoll.

»Wenn es nicht so kalt wäre, würde ich morgen mit dir zu deinem kleinen Teich gehen«, flüsterte Jamie zwischen zwei Küssen.

Sheena setzte sich abrupt auf. »Wer hat dir davon erzählt? Niall?«

»Nein. Dein Bruder hat mir eine Menge anvertraut, aber davon brauchte er mir nichts zu sagen. Ich habe dich selber dort gesehen, im Frühling.«

Sie schnappte nach Luft und wurde rot. »Du – du hast mich gesehen?«

»O ja – und es war ein zauberhafter Anblick. Zuerst dachte ich, du wärst gar nicht wirklich. Ich hielt dich für eine Nixe.«

»Aber – du hast mich gesehen ...«

Belustigt angesichts ihrer Verwirrung küßte er ihre nackten Brüste. »Genauso, wie ich dich jetzt sehe. Es war ein hinreißendes Bild – wie du da in dem kleinen Teich gestanden hast – ein Bild, das mich nie mehr losließ. Weißt du jetzt, warum ich so überrascht war, als ich dich damals in Colens Zimmer fand? Ich hatte vergeblich nach dir gesucht – und auf einmal warst du da, bei meinem Bruder.«

»Du hast mich gesucht?«

Jamie nickte lächelnd. »Ich ritt noch oft zu diesem Teich und hoffte, dich wiederzusehen. Hast du dich nie gefragt, warum ich ganz allein war, als die Männer deines Vaters über mich herfielen?«

Sheena hob verblüfft die Brauen. »Dann bist du meinetwegen in Gefangenschaft geraten?«

»Allerdings.«

Sie überlegte eine Weile, dann erwiderte sie: »Geschieht dir ganz recht! Immerhin hast du mir nachspioniert.«

»Damit hätte ich mich nicht zufriedengegeben, wenn ich dir ein zweitesmal begegnet wäre – in jenem stillen Wäldchen ...«

Sie kicherte, denn sie konnte ihm niemals lange böse sein. Schon gar nicht, wenn er sie überall küßte, so wie jetzt. »Du bist ein Teufel, Jamie, aber daran habe ich nie gezweifelt. Ich wünschte, du hättest mich noch ein zweitesmal in meinem Teich angetroffen ... Dann hätte keiner von uns gewußt, wer der andere ist, und wir wären uns vielleicht schon viel früher in die Arme gesunken.«

»Oh, meine Süße, wie sehr ich dich liebe!« flüsterte er lächelnd.

»Ich dachte, du willst das nie mehr sagen.«

»Oh, ich sag's gern. Aber es ist mir noch lieber, wenn ich's dir zeigen kann. Darf ich's dir noch einmal zeigen?«

Glücklich schlang sie die Arme um seinen Hals. »Tu das, Jamie MacKinnion, sonst wäre ich tief enttäuscht.«

WILD
WIE DER WIND

PROLOG

1863, Wyoming Territory

Thomas Blair blieb auf einem Hügel stehen, von dem aus man das Tal sehen konnte, in dem zwischen Wacholdersträuchern und Pinien seine Ranch lag. Seine Augen strahlten vor Stolz. Das Haus hatte nur drei Zimmer, ein Blockhaus, doch es würde den Schneestürmen des Winters standhalten. Rachel behauptete, es mache ihr nichts aus, daß er sie in dieses karge Heim gebracht hatte. Schließlich hatten sie erst vor zwei Jahren damit begonnen, die Ranch aufzubauen. Er hatte noch Zeit, Rachel ein großes Haus zu bauen, ein Haus, auf das sie stolz sein konnte.

Wie geduldig sie war, seine schöne junge Frau. Und wie sehr er sie bewunderte. Sie war der Inbegriff von Güte, Schönheit und Tugend. Rachel und die Ranch, von der er inzwischen wußte, daß sie gedeihen würde, waren die Gründe, aus denen Thomas behaupten konnte, alles zu haben, was er vom Leben wollte. Alles. Nun... vielleicht doch nicht ganz. Was immer noch ausstand, war ein Sohn, um den ihn eine Tochter und zwei Fehlgeburten gebracht hatten. Dennoch warf er Rachel nichts vor. Sie hatte es immer wieder versucht, ohne je zu klagen. Jessica war es, die er ablehnte, weil sie nicht der Sohn war, um den er gebetet hatte, und noch schlimmer wurde alles dadurch, daß er sie während der ganzen ersten Woche ihres Lebens für einen Jungen gehalten hatte. Er hatte sie sogar auf den Namen Kenneth getauft, Kenneth Jesse Blair. Die Witwe Johnson, die bei der Geburt geholfen hatte, weil der Arzt nicht aufzufinden war, hatte sich zu sehr vor Thomas gefürchtet, um ihm die Wahrheit zu sagen, nachdem er erst einmal angenommen hatte, daß es sich bei dem Baby um einen Jungen handelte. Und Rachel, die beinah gestorben wäre und so schwach war, daß sie das Baby kaum stillen konnte, nahm ebenfalls an, sie habe ihm einen Sohn geschenkt.

Es war ein Schock für sie beide, als Mrs. Johnson diese Situation nicht länger ertragen konnte und die Wahrheit bekannte. Wie erbittert er gewesen war! Er hatte das Baby nie mehr ansehen wollen. Und er wurde auch nie warm mit ihm, verzieh dem Kind nie, daß es ein Mädchen war.

Das war vor acht Jahren gewesen, in St. Louis. Ein Jahr vorher hatte Thomas Rachel geheiratet, und sie hatte ihn überredet, sich dort niederzulassen. Für sie hatte er die Berge und die Steppen des Westens aufgegeben, in denen er den größten Teil seines Lebens zugebracht hatte, als Trapper, Fährtensucher und Lieferant der Forts in der Wildnis.

St. Louis war zu zivilisiert, zu beengend für einen Mann, der die erhabene Pracht der Rocky Mountains gewohnt war, die ehrfurchtgebietende Stille der Steppe. Doch sechs Jahre lang hielt er durch und führte den Kolonialwarenladen, den Rachels Eltern ihr hinterlassen hatten. Sechs Jahre lang versorgte er die Siedler, die nach Westen zogen, in *seinen* Westen, in *seine* weiten, freien Landstriche, mit Gütern. Erst als in Colorado und im Oregon Territory Gold gefunden wurde, kam er auf die Idee, die Goldgräberlager und die Städte, die sich in dem Land ausbreiteten, das er so gut kannte, mit Rindfleisch zu beliefern.

Er hätte diese Ideen vielleicht nicht in die Praxis umgesetzt, wäre nicht Rachels Zuspruch gewesen. Sie kannte keine Unannehmlichkeiten und hatte nie in der Steppe genächtigt, aber Rachel liebte ihn, und sie wußte, daß ihn das Leben in der Stadt unglücklich machte. Die Vorstellung gefiel ihr zwar nicht, doch sie erklärte sich einverstanden, das Geschäft zu verkaufen, und sie war bereit, das Jahr auf Thomas zu warten, das er brauchte, um die Ranch aufzubauen, die wilden Rinder in Texas einzufangen, die man sich dort nur zu holen brauchte, die stämmigeren Rinder aus dem Osten zu erwerben, um eine Kreuzung aus beiden zu züchten und um ihnen ein Haus zu bauen. Schließlich hatte er Rachel geholt, um dort mit ihr zu leben, und sie hatte die Ranch Rocky Valley getauft.

Rachel hatte nur eine Bitte gehabt, ehe sie ein gänzlich anderes Leben begann, das ihr nicht vertraut war, und diese

Bitte hatte darin bestanden, daß ihre Tochter die Ausbildung bekommen sollte, die ihr zuteil geworden wäre, wenn sie in St. Louis geblieben wären. Sie wollte, daß Jessica in der Privatakademie für junge Damen blieb, die sie seit ihrem fünften Lebensjahr besuchte. Thomas erklärte sich bereitwillig einverstanden, da es ihm nichts weiter ausgemacht hätte, seine Tochter nie wiederzusehen.

Seine Tochter nannte sich K. Jessica Blair. Rachel hatte ihr den Namen Jessica gegeben. Jeder, der ihren Namen nicht geschrieben sah, ging davon aus, daß das K kein Buchstabe war, der einen Namen abkürzte, sondern der Name Kay. Den Namen Kenneth zu tragen, war eine entsetzliche Demütigung für das puppenartige Geschöpf, zu dem sie geworden war. Ihr Haar war so schwarz wie die Flügel eines Adlers, und ihre Augen hatten die Farbe von Türkisen, und sie glich Thomas wie aus dem Gesicht geschnitten, was ihn erst recht immer wieder daran erinnerte, wie sehr er sich danach sehnte, einen Sohn zu haben.

Doch all das würde sich jetzt ändern. Rachel war wieder schwanger, und da jetzt die härteste Arbeit, die für dieses neue Leben erforderlich gewesen war, getan war, konnte er ihr mehr Zeit widmen. Seine Herde hatte zwei Winter überlebt und sich vermehrt, und sein erster Viehtrieb nach Virginia City war ein voller Erfolg gewesen, denn er hatte für jedes Stück Vieh das Doppelte dessen eingenommen, wofür er es in St. Louis hätte verkaufen können. Jetzt war er wieder zu Hause, wesentlich eher, als Rachel ihn erwarten konnte, und er konnte es kaum erwarten, ihr von seinem Erfolg zu berichten. Er hatte es sogar so eilig, daß er seine drei Männer in Fort Laramie zurückgelassen hatte.

Er wollte Rachel überraschen, ihr mit seinem Erfolg eine Freude machen und sie für den Rest des Tages ohne jede Unterbrechung lieben. Er war fast einen Monat fortgewesen. Wie sehr er sie vermißt hatte!

Thomas machte sich auf den Weg zu seiner Ranch und malte sich den Ausdruck der Überraschung und der Freude auf Rachels Gesicht aus, wenn sie ihn sah. Draußen war niemand. Will Phengle und sein alter Freund Jeb Hart, die Thomas zurückgelassen hatte, um hier nach dem Rechten zu sehen, waren um diese Tageszeit sicher mit der Herde auf der Weide. Und das Schoschonen-Halbblut, das er Kate nannte, hatte wohl in der Küche zu tun.

Der größte Raum des Hauses war leer. Aus der Küche strömte der verlockende Duft von Bratäpfeln und Zimt, und er sah eine Pastete auf dem Küchentisch, aber keine Kate war zu sehen. Alles war so still, daß er zu dem Schluß kam, Rachel müsse in dem breiten Bett, das sie aus St. Louis mitgebracht hatten, einen Mittagsschlaf halten. Er lehnte seine Waffen an die Eingangstür, damit sie ihm nicht im Weg waren, und ganz langsam und leise öffnete Thomas die Tür zu seinem Schlafzimmer, denn er hoffte, seine bezaubernde Rachel mit dem goldenen Haar nicht gleich aufzuwecken.

Doch sie schlief nicht. Der Anblick, den Thomas vorfand, war so absolut unglaublich, daß er erstarrt in der Tür stehenblieb. Was er sah, war das Ende aller seiner Träume – seine Frau, die mit Will Phengle im Bett lag, ihre Beine unter ihm, ihre Arme um ihn geschlungen. Zum Glück war ihr Gesicht unter Will verborgen.

»Ganz ruhig, Frau.« Wills tiefes Lachen hallte von den Wänden, während sich seine Hüften an ihre Hüften stießen. »Wir haben keine Eile. Mein Gott, du bist ja ganz ausgehungert danach, stimmt's?«

Ein tiefer Laut stieg in Thomas auf, ein dumpfes Grollen, das als ein wildes Knurren aus ihm herauskam, und es klang so erschreckend, daß sich auf dem Bett nichts mehr rührte.

»Ich bing' dich um! Ich bringe euch beide um!«

Will Phengle sprang blitzschnell aus dem Bett und packte seine Kleider, die auf dem Boden verteilt waren. Als er sah, daß niemand mehr in der Tür stand, wußte er, daß Thomas Blair sein Gewehr holte. Er war ein toter Mann.

»Du brauchst nicht wegzulaufen, Will. Er muß nur sehen, daß er...«

»Bist du verrückt, Frau!« schrie Will. »Dieser Mann wird erst schießen und dann schauen. Wenn du sterben willst, kannst du bleiben und es ihm erklären, aber ich haue ab!«

Ehe er den Satz auch nur beendet hatte, stieg er schon aus dem schmalen Fenster.

Durch den roten Nebel vor seinen Augen, der ihn fast blind machte, fand Thomas schließlich den Weg ins Schlafzimmer. Er feuerte augenblicklich zwei Schüsse aus seiner Flinte ab. Als der Dunstschleier sich lichtete, sah er, daß das Bett leer war. Auch das übrige Zimmer war leer. Er hörte ein Pferd davongaloppieren und rannte ins Freie. Er schoß auf den Umriß des nackten Rückens von Will Phengle, der davonritt, bis die Flinte leer war. Mit dem letzten Schuß verfehlte er ihn ebenso wie mit den vorangegangenen.

»Rachel!« brüllte Thomas, während er die Flinte nachlud. »Soviel Glück wie er wirst du nicht haben. Rachel!« Er sah sich im Hof um, dann wieder im Haus, und dann lief er auf den Stall zu. »Du kannst dich nicht vor mir verstecken, Rachel!«

Im Stall war sie auch nicht. Und je länger er nach ihr suchte, desto zorniger wurde er. Kalt und ohne jedes Zögern erschoß er die beiden Pferde, die im Stall standen. Dann ging er wieder zum Haus und erschoß sein eigenes Pferd, das noch vor dem Haus stand.

»Wir werden ja sehen, ob du jetzt noch entkommen kannst, Rachel!« plärrte er zum Himmel hinauf, und seine Stimme hallte durch das ganze Tal. »Ohne ein Pferd kannst du nicht entkommen. Hörst du mich, du Hure? Du wirst durch meine Hand sterben, oder du wirst in dieser Wildnis sterben, aber für mich bist du schon tot.«

Dann ging er wieder ins Haus und machte sich daran, sich vollaufen zu lassen. Als die Wirkung einsetzte, verwandelte sich sein Zorn in Herzensleid, dann wieder in Zorn. Immer wieder stand er auf und sah aus den Fenstern, um nach seiner Frau Ausschau zu halten. Während er immer betrunkener wurde, dachte er, daß er jetzt endlich den Drang der Indianer nach Rache verstehen konnte. Die Cheyenne und die Sioux, mit denen er Handel getrieben und sich angefreundet hatte, hatten manchmal für ihre Rachegelüste gelebt, waren für sie gestorben und hatten nicht geruht, bis sie Rache geübt hatten. Das verstand er jetzt. Die

Trunkenheit ließ ihn die Dinge langsamer verstehen, aber er verstand sie doch.

Als Jeb am Spätnachmittag von der Weide kam und darauf beharrte, zu erfahren, wer die Pferde getötet hatte und wo die Frauen waren, gab ihm Thomas keine Erklärung. Mit gezückter Waffe bestand er darauf, daß Jeb nach Fort Laramie ritt, um Thomas' Männer eine Woche lang dort aufzuhalten. Auch Jeb sollte sich nicht eher blicken lassen. Er warf Jeb das Gold hin, das er für die Herde bekommen hatte, denn ihn interessierte im Moment nichts anderes, als ungestört zu sein.

Jeb wollte nicht mit einem Betrunkenen streiten, am allerwenigsten mit einem Betrunkenen, der eine Flinte in der Hand hielt. Er kannte Thomas Blair seit fast dreißig Jahren, und er wäre nie auf den Gedanken gekommen, daß die Frauen in Gefahr sein könnten, wenn er sie mit Thomas allein ließ. Daher ritt er los.

Thomas wartete und trank weiter. Irgendwann fiel ihm Kate ein, und er fragte sich, wo sie wohl sein mochte, doch er dachte nicht lange darüber nach. Er hatte noch nie viel über das Indianermädchen nachgedacht. Sie war die Tochter von Old Frenchy, und sie war eine Schoschonen-Squaw. Frenchy hatte Thomas gebeten, sich um sie zu kümmern, falls ihm etwas zustoßen sollte. Dazu kam es auch, und Thomas fand das Mädchen im Lager des Forts. Dort hurte sie für die Soldaten. Daher nahm er sie bei sich auf, und das klappte bestens, denn Kate war dankbar, ein Zuhause zu haben, und Rachel konnte Kates Hilfe gut gebrauchen.

Thomas machte sich keine Gedanken über Kate und bemerkte nicht einmal die sehnsüchtigen, hoffnungsvollen Blicke, die sie ihm häufig zuwarf. Er hatte nie auf das geachtet, was deutlich in ihren Augen zu lesen war. Er hatte immer nur Augen für Rachel gehabt, selbst nach all diesen Jahren.

Er wartete und wartete. Er sollte nicht vergebens warten. Sie betrat das Haus bei Sonnenaufgang und Thomas stürzte sich auf sie, ehe sie auch nur ein Wort sagen konnte. Er schlug hemmungslos auf sie ein und wollte nicht aufhören. Er schrie sie an und gab ihr keine Gelegenheit, auf die Beschuldigungen zu reagieren, mit denen er sie gleichzeitig mit seinen Schlägen überhäufte. Nach einer Weile hätte sie auch gar nicht mehr antworten können, weil ihre Zunge zerbissen und ihr Kiefer gebrochen war. Zwei Finger und ihr linkes Handgelenk hatte sie sich bei ihren Versuchen gebrochen, seine Fäuste abzuwehren. Ihre Augen waren trüb und schwollen schnell an, und als sie auf dem Boden zusammenbrach, setzte er seine Füße gegen sie ein. Ehe er aufhörte, brach er ihr eine Rippe. Sie wußte nicht, warum er aufhörte, doch plötzlich war es vorbei.

»Raus«, hörte sie nach der qualvollen Stille. »Wenn du es überlebst, dann komm mir nie wieder unter die Augen! Und wenn du es nicht überlebst, werde ich dich anständig begraben. Aber jetzt raus, ehe ich das beende, was ich begonnen habe.«

Jebs Neugier hatte die Oberhand gewonnen, und er kehrte noch in derselben Nacht auf die Ranch zurück, denn irgend etwas ließ ihn nicht in Ruhe. Er fand Rachel kurz vor dem Gipfel des Hügels im Norden, durch den das kleine Tal entstand. Soweit war sie gekommen, ehe sie das Bewußtsein verloren hatte. Jeb erfuhr erst später, was ihr zugestoßen war und warum. Im Moment wußte er nur, daß sie sterben würde, wenn sie keine Hilfe bekam, und der nächste Arzt war zwei Tagesritte entfernt.

1

1873, Wyoming Territory

Blue Parker sah sie bereits aus einer Meile Entfernung nahen. Der grobknochige Appaloosa, mit dem sie im letzten Jahr nach Hause gekommen war, trabte näher. Ein übellauniges, hinterhältiges Pferd, wie es kaum welche gab. Aber schließlich war auch Jessica Blair recht ruppig. Nein, natürlich nicht immer. Manchmal war sie eine bezaubernde junge Dame, ein gütiger Engel. Sie hatte eine Art, die Beschützerinstinkte eines Mannes anzusprechen und sein Herz zu rühren.

Blue hatte sein Herz verloren, als sie ihn zum allerersten Mal angelächelt hatte und ihre schönen weißen Zähne aufblitzten. Das war jetzt zwei Jahre her, und es war an dem Tag gewesen, an dem er angekommen war, um bei ihrem Vater zu arbeiten. Er hatte sich als zusätzliche Arbeitskraft für den Viehtrieb im Herbst verdingt. Nach dem Viehtrieb war er geblieben, und er hatte Jessie näher kennengelernt, während sie gemeinsam arbeiteten. Er hatte sich in sie verliebt – hatte sie zeitweilig hassen gelernt, nämlich dann, wenn sie sich ihm und allen anderen gegenüber verschloß. Oder wenn sie sich mit ihrem Vater stritt und das auf den Rücken aller, die gerade in der Nähe waren, ausfocht. Dann konnte sie grausam sein, wenngleich Blue auch daran zweifelte, daß ihre Grausamkeiten beabsichtigt waren. In ihrer Erbitterung schlug sie manchmal nach allen Seiten um sich, das war alles. Jessica Blair hatte kein leichtes Leben hinter sich. Er hätte ihr wahrhaft gern das Leben leichtergemacht, doch als er mühsam seinen Mut zusammengenommen und sie um ihre Hand gebeten hatte, hatte sie das für einen Witz gehalten.

Sie kam näher, und als sie Blue bemerkte, winkte sie. Er hielt den Atem an und hoffte, sie würde ihren Ritt unterbrechen. Er hatte sie in letzter Zeit so selten gesehen. Seit dem Tod ihres Vaters hatte sie nicht mehr in den Bergen gearbeitet, bis letzte Woche *sie* eingetroffen waren. Sie war aus dem Haus gestürmt und hatte ihr Pferd mit einem scharfen Galopp fast umgebracht.

Jessie hielt ihr Pferd an, beugte sich im Sattel vor und lehnte sich auf den Knauf. Sie grinste Blue schief an. »Jeb hat gestern an dem Bach im Süden einige Tiere ohne Brandzeichen entdeckt. Wie wäre es, wenn du mir hilfst, sie einzufangen?«

Sie wußte, wie seine Antwort lauten würde, und als er nickte und sein Gesicht sich zu einem Strahlen aufhellte, wurde ihr Grinsen breiter. Sie fühlte sich heute leichtfertig. Sie war etlichen anderen Farmhelfern begegnet, doch sie hatte keinen von ihnen um Hilfe gebeten, weil sie gehofft hatte, statt dessen Blue zu finden.

In ihrer Verwegenheit forderte sie ihn heraus. »Ich reite mit dir um die Wette, und wenn ich gewinne, schuldest du mir einen Kuß.«

»Die Wette ist angenommen, Mädchen!«

Der Bach war nur wenige Meilen entfernt. Natürlich gewann Jessica. Selbst wenn Blues Fuchs so gut gewesen wäre wie Blackstar, hätte Blue ihn nicht gewinnen lassen.

Jessica hatte alles in dieses Wettreiten investiert und einen Teil der Spannung freigelassen, die sie ständig als einen Knoten in sich trug. Erschöpft stieg sie ab und ließ sich in das hohe Gras am Flußbett fallen. Sie lachte. Im nächsten Moment war Blue bei ihr, um seinen Kuß einzulösen, und nichts hätte ihn glücklicher machen können als diese Belohnung für das verlorene Rennen.

Genau das hatte Jessica sich die ganze Zeit über gewünscht; das und noch mehr, sagte sie sich aufrührerisch. Es war angenehm, von Blue geküßt zu werden. Aber sie hatte vorher gewußt, daß es ihr gefallen würde, denn er hatte sie schon einmal geküßt, im Frühling, und das hatte ihr gut gefallen. Es war ihr erster Kuß gewesen. Auch andere Männer hätten sie gern geküßt, und das wußte sie, aber sie war die Tochter des Bosses, und sie fürchteten sich gleichermaßen vor ihrem aufbrausenden Temperament und vor seinem Zorn. Daher wagte es keiner von ihnen. Aber Blue hatte es gewagt. Sie hatte nichts dagegen gehabt.

Er war ein gutaussehender Mann, dieser Blue Parker mit seinem goldenen Haar und den braunen Augen, seinen ausdrucksvollen Augen, die ihr sagten, wie sehr er sie mochte. Die meisten Männer sahen sie so an wie Blue, obwohl ihre Weiblichkeit unter der Männerkleidung verborgen war, die zu tragen ihr Vater angeordnet hatte.

Ihr Vater. Bei dem Gedanken an ihn sank ihre Stimmung.

Vor Monaten war sie fast daran verzweifelt, wie allein sie auf dieser Welt war. Doch jetzt war sie nicht mehr allein, und das war ihr noch verhaßter. Was mochte bloß in ihren Vater gefahren sein, diesen Brief zu schreiben, der *sie* auf die Ranch geholt hatte? Sie hatte den Brief gesehen, und die Handschrift ihres Vaters kannte sie zur Genüge. Aber warum hatte er das bloß getan?

Die Unfaßbarkeit, daß Thomas Blair ausgerechnet den Menschen um Hilfe bat, den er mehr als alle anderen haßte! Kannte Jessie diesen Haß nicht seit zehn Jahren?

Doch ihr Vater *hatte* diesen Brief geschrieben. Und dann war er gestorben, und der Brief war entsprechend seinem letzten Willen zugestellt worden. Dann waren *sie* gekommen und hatten Jessies Freiheit, die sie gerade erst wiedergefunden hatte, ein Ende gesetzt. Und sie konnte nichts daran ändern, da ihr Vater es so arrangiert hatte.

Es war eine große Ungerechtigkeit! Jessie brauchte keinen Vormund. Schließlich hatte ihr Vater dafür gesorgt, daß sie auf sich selbst aufpassen konnte. Sie hatte das Jagen gelernt, das Reiten, und sie schoß besser als die meisten Männer. Sie kannte sich in allen Bereichen der Viehzucht aus und konnte die Ranch ebenso gut leiten, wie es ihr Vater getan hatte.

Blue saß jetzt ein paar Meter weiter weg, denn er wußte, daß sie nachdenken mußte. Sie dachte an die ersten acht Jahre ihres Lebens, ehe ihr Vater sie aus dem Pensionat geholt und sie auf seine Ranch gebracht hatte. Er hatte sie gezwungen, die Wahrheit über ihre Mutter zu verstehen, doch sie hatte ihn trotz alledem geliebt. Vielleicht hörte sie nie auf, ihn zu lieben, selbst dann nicht, wenn sie ihn haßte. Hatte sie sich nicht schrecklich gegrämt, als er gestorben war? Hatte sie nicht den Mann töten wollen, der ihn erschossen hatte? Dennoch war ihr klargeworden, daß sein Tod für sie die Freiheit bedeutete. Sie hatte nicht gehofft, auf diese Weise ihre

Freiheit zu erlangen, aber das änderte nichts daran, daß sie jetzt die Chance hatte, das zu sein, was sie in Wirklichkeit war – nicht das, was Thomas Blair aus ihr gemacht hatte. Und jetzt wurde ihr die Freiheit wieder untersagt.

Sie mußte sich eingestehen, daß das, was sie immer gewollt hatte, jetzt plötzlich an die zweite Stelle gerückt war, denn an erster Stelle stand ihr Wunsch, sie zu schockieren, ihnen zu zeigen, was Thomas Blair aus ihr gemacht hatte. Sie wollte, daß *sie* sich Vorwürfe machte, sich schuldig fühlte und Jessica für wild und unmoralisch hielt. Zu dem Zweck hatte Jessica die vielen schönen Kleider versteckt, die sie gerade erst nach Hause gebracht hatte, die Parfums und die Bänder und den Schmuck – all die Dinge, die sie sich endlich hatte selbst kaufen können. Und sie hatte sich Blue auserkoren und wollte, daß er mit ihr schlief, damit *sie* es herausfand und schockiert war. Bei dem Gedanken daran fiel ihr Blue wieder ein. Er war dichter zu ihr gekrochen, und als sie sich zu ihm umdrehte, küßte er sie wieder, diesmal drängend. Ihr blaues Leinenhemd schien sich ganz von allein zu öffnen, und sie war verblüfft, als sie seine Hand auf ihren Brüsten spürte. Sollte sie ihn davon abhalten?

Das Geräusch eines männlichen Räusperns ersparte es Jessica, Blue von weiteren Schritten abhalten zu müssen. Sie war dankbar, doch ihr wurde auch bewußt, wie das für den Farmarbeiter aussehen mußte, der auf sie gestoßen war. Sie betete, es möge Jeb sein, denn er würde es verstehen.

Vorsichtig blickte sie über Blues Schulter, und dann spürte sie die Hitze, die in ihr Gesicht strömte. Der Mann, der auf dem wunderbaren Falben saß, war ein Fremder. In seinen dunklen Zügen spiegelte sich große Belustigung wider, als er auf sie herunterblickte. Er war jung und, *verdammt noch mal,* der bestaussehende Mann, den sie je gesehen hatte. Aus unerfindlichen Gründen erstarrte sie. Warum nur konnte er seinen Blick nicht abwenden?

Blue war entsetzlich verlegen. Er wollte aufstehen, doch Jessie hielt ihn am Hemd fest und warf ihm einen wütenden Blick zu. Beinah hätte er dem fremden Eindringling das Stadium ihres Unbekleidetseins enthüllt. Blue schoß das Blut ins

Gesicht, und er grinste dämlich. Jessie funkelte ihn weiterhin böse an und zog gleichzeitig ihr Hemd vor ihre Brüste. Als das getan war, stieß sie ihn an, damit er aufstand, und beide rappelten sich auf die Füße. Blue wandte sich dem Mann zu, während Jessie sich hinter ihm verbarg.

»Es tut mir leid, daß ich störe«, sagte der Mann mit einer tiefen Stimme, aus der deutlich herauszuhören war, daß es ihm keineswegs leid tat, sondern daß ihm die Situation großes Vergnügen bereitete. »Ich bräuchte allerdings wirklich ein bißchen Hilfe, und daher habe ich mein Pferd angehalten, um mit Ihnen zu sprechen.«

»Hilfe in welcher Form?« fragte Blue.

»Ich suche das Rocky Valley und eine gewisse Mrs. Ewing. In Cheyenne hat man mir gesagt, ich würde die Ranch nach einem Tagesritt in Richtung Norden finden, aber ich hatte gestern und heute kein Glück. Könnten Sie mir sagen, ob ich in die richtige Richtung reite?«

»Sie... aua...!«

»...befinden sich widerrechtlich auf diesem Gebiet«, beendete Jessie den Satz für Blue, nachdem sie ihn derart gekniffen hatte, daß er verstummt war. Sie kam hinter seinem Rücken hervor. »Und von Rocky Valley sind Sie weit entfernt.«

Chase Summers musterte das Mädchen, das so kriegerisch vor ihm stand. Ihre plötzliche Feindseligkeit entgeisterte ihn. Angesichts der Situation, in der er sie vorgefunden hatte, hatte er nicht damit gerechnet, daß sie ganz so jung sein könnte. Sie sah aus wie vierzehn oder fünfzehn, noch ein Kind und jung genug, um Hosen tragen zu dürfen. Der Mann schien Anfang Zwanzig zu sein und war entschieden zu alt, um ein Kind auszunutzen.

Doch das ging Chase nichts an. Sein Gesichtsausdruck veränderte sich nicht, nicht einmal dann, als die blaugrünen Augen des Mädchens Pfeile auf ihn abschossen. Verflucht hübsch sah sie aus, und diese ungewöhnlichen Augen waren umwerfend.

»Aber...«, setzte Blue an, doch sie sprang wieder hinter seinen Rücken und kniff ihn.

»Ich wußte nicht, daß ich mich unbefugt auf Privatgrund bewege«, sagte Chase entgegenkommend. »Wenn Sie mir nur die Richtung angeben würden, bin ich auch schon fort.«

»Halten Sie sich weiterhin nach Norden, Mister«, antwortete Jessie. Dann verwarnte sie ihn mit scharfer Stimme: »Und reiten Sie nicht auf diesem Weg zurück. Wir mögen es nicht, wenn Fremde unser Land durchqueren.«

»Ich werde es mir merken«, erwiderte Chase. Dann nickte er zum Dank, überquerte den Bach und ritt weiter.

Jessie starrte ihm nach und funkelte eine ganze Weile böse seinen Rücken an, bis sie spürte, daß Blue sie auf dieselbe Weise beäugte. Sein Gesichtsausdruck war eine Mischung aus Verwirrung und Zorn, und sie blickte schnell wieder weg. Sie bückte sich, hob ihren Pistolengürtel auf, schnallte ihn um und mied seine Augen.

»Einen Moment mal, Kleines.« Blue griff nach ihrem Arm, als sie ihren Hut aufhob und auf ihr Pferd zugehen wollte. »Was zum Teufel soll das alles heißen?«

Sie versuchte, seinen Arm abzuschütteln. »Ich kann Fremde nicht leiden.«

»Was hat das mit Lügen zu tun?« bohrte er weiter.

Jessica riß ihren Arm aus seinem Griff los und sah ihm ins Gesicht. Die ganze Wut, die sich in ihr aufgestaut hatte, blitzte in ihren Augen auf. Blue hätte beinah seinen eigenen Zorn vergessen, denn sie war eine bemerkenswerte Erscheinung. In ihren Augen loderte blaugrünes Feuer auf, ihre Brüste wogten, ihr langes Haar war über ihre Schulter geworfen, und das Ende des Zopfes berührte ihre schmalen Hüften. Ihre rechte Hand lag auf ihrer Waffe, und wenn er auch bezweifelte, daß sie wirklich auf ihn schießen würde, so war es doch deutlich eine Drohung.

»Jessica, ich verstehe das nicht. Wenn du mir einfach nur sagen könntest, was dich so wütend gemacht hat?«

»Alles!« fachte sie. »Du! Er!«

»Ich weiß, was ich getan habe, aber...«

»Das, was du getan hast, solltest du lieber nie wieder probieren, Blue Parker!«

Er runzelte die Stirn. Sie meinte es nicht so. Er hätte sie ohnehin nicht aufgegeben. Aber es schien ihm eine gute Idee zu sein, ihre Gedanken für eine Weile abzulenken.

»Was hat er dir denn getan? Warum hast du ihn belogen?«

»Du hast doch gehört, wen er sucht.«

»Ja, und?«

»Glaubst du etwa, ich kann mir nicht denken, warum er sie sucht?«

Jetzt konnte Blue ihren Überlegungen folgen. »Du kannst es nicht mit Gewißheit sagen.«

Jessie richtete sich zu ihrer vollen Größe auf. »So, kann ich das nicht? Er hat zu gut ausgesehen. Er muß einer ihrer Liebhaber sein, und ich will verdammt sein, wenn ich zulasse, daß er auf meine Ranch kommt und es unter meinem Dach mit ihr treibt.«

»Und was hast du vor, wenn er herausfindet, daß du ihn angelogen hast, und wenn er zurückkommt?«

Jessie war zu sehr außer sich, um sich damit zu befassen. »Wer sagt denn, daß er zurückkommt? Wahrscheinlich kommt er aus der Stadt wie sie. Wahrscheinlich würde er den Weg nicht einmal aus einer Höhle heraus finden«, fügte sie verächtlich hinzu. »Hast du denn nicht gesehen, wie voll bepackt seine Satteltaschen waren? Er gehört zu der Sorte, die nicht ohne die Sachen leben kann, die man im Laden kauft. Wenn er Fort Laramie erreicht oder wieder nach Cheyenne kommt, wird er nicht darauf versessen sein, sich noch einmal in die Berge zu wagen, in eine Gegend, die Tage entfernt vom nächsten Geschäft ist. Er wird wieder dorthin gehen, woher er gekommen ist, und er wird warten, bis sie zu ihm kommt – und mir kann das gar nicht schnell genug gehen.«

Blue schüttelte den Kopf. »Du mußt sie wirklich hassen.«

»Ja, ich hasse sie!«

»Das ist unnatürlich, Jessie«, sagte er sachte. »Sie ist deine Mutter.«

»Nein, das ist sie nicht!« Jessie wich zurück, als hätte er sie geschlagen. »Das ist sie nicht! Meine *Mutter* hätte mich nicht im Stich gelassen. Sie hätte nicht zugelassen, daß Thomas Blair aus mir den Sohn macht, den er immer haben wollte.

Meine Mutter ist hier gestorben. Diese Frau ist nichts anderes als eine Hure. Sie hat sich nicht um mich gekümmert.«

»Vielleicht hat sie dich nur verletzt, Jessie«, sagte er liebevoll.

Jessie hätte am liebsten geweint. Verletzt? Wie viele Male hatte sie sich in den Schlaf geweint, weil niemand da war, der die Qualen ihres Lebens hätte lindern können, eines Lebens, das sie haßte. Lag das nicht alles an ihrer Mutter? Alles, aber auch alles, was ihr Vater tat, diente nur dazu, diese Hure, als die er ihre Mutter bezeichnet hatte, zu kränken. Er hatte Jessie die Schule untersagt, weil ihre Mutter gewünscht hatte, daß sie eine Schulbildung bekam. Er hatte ihr alles abgeschlagen, was weiblich war, weil ihre Mutter gewollt hatte, daß eine Dame aus ihr würde. Er hatte sie zu dem gemacht, was sie war, weil er wußte, daß ihre Mutter sie hassen würde. Unlogischerweise hatte er sich in Schulden gestürzt, um ein Haus zu bauen, das einer Königin angemessen wäre, und er hatte das ausschließlich getan, weil es das war, was ihre Mutter gern gehabt hätte und nie bekommen würde.

»Ich bin schon längst über den Punkt hinaus, an dem es weh tut, Blue«, sagte Jessie mit ruhiger Stimme. »Ich habe sie lange Zeit nicht gebraucht, und jetzt brauche ich sie ganz bestimmt nicht.«

Ehe ihr die Tränen aus den Augen schossen, rannte Jessie zu ihrem Pferd und ritt los. Sie hatte nichts dagegen zu weinen, aber sie wollte nicht, daß jemand sie dabei sah. Sie ritt nach Süden, fort von dem Grund ihrer Tränen.

2

Als Jessie auf den Hof ritt, ging die Sonne gerade unter, und im Westen zeigten sich jenseits der Berge dunkelrote und violette Streifen am Himmel. Auf die Veranda vor dem weitschweifigen Gutshaus fiel das Licht, und daher ritt sie um das Haus herum, um ungesehen durch die Küche das Haus betreten zu können. Sie stieg ab und schickte Blackstar mit einem leisen Wort und einem Klaps auf den Rücken in den Stall. Er würde direkt in seine Box laufen und dort darauf warten, daß sie kam und ihn abrieb. Sie war völlig ausgehungert, und das schon seit Stunden, und sie wollte nur eine Kleinigkeit zu sich nehmen, um den schlimmsten Hunger loszuwerden, ehe sie ihr Pferd für die Nacht versorgte.

Blackstar würde es nichts ausmachen, wenn er ein paar Minuten warten mußte. Blackstar hatte nie Einwände gegen irgend etwas, was Jessie tat. Bei anderen Leuten konnte es vorkommen, daß er sie zwickte, und ab und zu versuchte er sogar, jemanden mit seinen Hufen zu treffen, aber Jessie gegenüber war er sanft wie ein Lamm. Weißer Donner hatte gewußt, daß er zart mit ihr umgehen würde, als er ihr den Hengst gab. Weißer Donner war im Umgang mit Pferden unschlagbar, und er hatte Blackstar aufgezogen, seit er ein Füllen war, und er hatte ihn nur für Jessie aufgezogen. Von diesem Geheimnis hatte sie jedoch nie etwas geahnt. Sie hatte während der ganzen Zeit geglaubt, daß sie ihrem Freund dabei half, ein Pferd zuzureiten.

Es war ein sehr großzügiges Geschenk. Unter den Indianern galten Pferde als Zeichen für Reichtum, und man konnte nicht behaupten, daß Weißer Donner allzu viele Pferde hatte. Aber so war Weißer Donner nun einmal. Blackstar war nicht das einzige Geschenk, das er ihr in den Jahren ihrer Freundschaft gemacht hatte. Neben dem alten Jeb war er wirklich ihr engster Freund. Blackstar bedeutete ihr alles, und zwar wegen dieser Freundschaft. Schon bei dem Gedanken daran vergaß sie fast, daß sie etwas essen wollte, während sie dem Pferd nachblickte, das sich in seinen Stall begab. Doch ihr Magen brachte sich in Erinnerung, und sie trat in die dunkle Küche und schloß leise die Tür hinter sich.

Die Gerüche des Abendessens hingen noch in dem großen Raum, und Jessie freute sich schon jetzt darauf, nachher zurückzukommen und einen großen Teller von Kates Stew zu essen. Sie sah sich auf den Regalen nach etwas um, was sie sich schnell in den Mund stecken konnte, und als sie eine Platte mit frischgebackenem Sauerteigbrot entdeckte, strahlte sie. Doch dann hörte sie die Stimme ihrer Mutter aus dem Wohnzimmer am anderen Ende des Ganges, und ihr Lächeln schwand. Dann hörte sie eine andere Stimme.

Sie blieb auf der Stelle stehen und starrte durch die offene Tür, die zur Eingangshalle führte. Sie mußte sich verhört haben. Das war doch *diese* Stimme, oder? Sie schlich sich näher zur Tür und ein Stück weit durch den Gang bis zu ihrem Schlafzimmer. Dort blieb sie stehen. Sie konnte die Stimme deutlich hören, und ihr Gesicht wurde glühend rot, als sie sich an diesen Vorfall erinnerte. Verdammt noch mal, bei einer Lüge ertappt zu werden! Zentimeterweise näherte sie sich dem großen Wohnzimmer. Sie ging auf den Zehenspitzen, weil sie noch ihre Reitstiefel mit den fünf Zentimeter hohen Absätzen trug. Gott sei Dank, daß sie nie Sporen trug, wenn sie Blackstar ritt! Sie streckte ihren Kopf vor, bis sie das ganze Zimmer sehen konnte, das Zimmer, das mit all den Schätzen angefüllt war, die Thomas Blair in Schulden gestürzt hatten, Schulden, die Jessie geerbt hatte.

Auf dem dick gepolsterten Sofa saßen Seite an Seite mit dem Rücken zu Jessie ihre Mutter und der Fremde. Jessie starrte die beiden einen Moment lang an. Er hatte seinen Hut abgesetzt, und dunkles, kastanienbraunes Haar fiel gelockt in seinen Nacken. »Ich kann mir nicht vorstellen, wer das Mädchen gewesen sein könnte, Chase«, sagte Rachel. »Aber ich bin erst seit einer Woche hier, und ich habe noch keinen von Jessicas Nachbarn kennengelernt.«

»Wenn sie alle so feindselig sind wie dieses leichtsinnige junge Ding, dann solltest du dir die Mühe gar nicht machen. Wenn ich nicht auf einen der Arbeiter getroffen wäre, der mich wieder in die richtige Richtung geschickt hat, hätte ich heute nacht wieder im Freien schlafen müssen. *Eine* solche Nacht hat mir gereicht, vielen Dank!«

Rachel lachte. »Du scheinst dich ganz schön an die Zivilisation gehalten zu haben, seit ich dich das letzte Mal gesehen habe.«

»Falls man die Farmersiedlungen von Kansas als Zivilisation bezeichnen kann.« Chase schüttelte den Kopf. »Aber jedes Hotelzimmer und jede warme Mahlzeit sind besser als täglich ein einsames Lagerfeuer.«

»Ich bin jedenfalls froh, daß du da bist. Als ich diese Telegramme abgeschickt habe, war ich nicht sicher, daß du sie bekommst. Du warst immer viel unterwegs. Und außerdem war ich gar nicht sicher, ob du kommen würdest.«

»Habe ich dir nicht gesagt, daß du mich nur benachrichtigen mußt, wenn du mich jemals brauchst?«

»Ich weiß. Aber keiner von uns hätte geglaubt, daß ich darauf zurückkommen könnte. Ich bin auch nicht darauf zurückgekommen. So waren meine Telegramme nicht gemeint.«

»Du bittest nicht gern um Hilfe.« Das war eine Aussage.

»Wie gut du mich doch kennst!« Rachel lachte ein liebevolles Lachen, und dieser Laut ließ die Enden von Jessies Nerven schmerzen.

»Wo liegt denn das Problem, Rachel?« fragte Chase.

Jessie zuckte zusammen. Der zärtliche Tonfall, in dem er sprach, behagte ihr nicht.

»Ich bin nicht ganz sicher, Chase«, sagte Rachel zögernd. »Jedenfalls... ist es bisher nichts Bestimmtes. Was ich damit sagen will, ist, daß ich dich vielleicht überflüssigerweise um Hilfe gebeten habe. Ich meine...«

»Jetzt hör aber auf«, sagte Chase abrupt. »Es sieht dir gar nicht ähnlich, um den heißen Brei herumzuschleichen, Rachel.«

»Nein, ich meine nur, es wäre mir ein entsetzliches Gefühl, dich wegen nichts und wieder nichts hierhergeholt zu haben.«

»Das kannst du augenblicklich vergessen. Ganz gleich, ob an dem, was dir Sorgen macht, etwas dran ist oder nicht – es war mir ein Vergnügen, herzukommen. Es gibt nichts, was mich in Abilene gehalten hätte, und es war ohnehin an der Zeit für mich weiterzuziehen. Sehen wir es doch einfach als einen Besuch, der längst überfällig war, und wenn es etwas gibt, was ich für dich tun kann, solange ich hier bin, dann ist es auch gut.«

»Ich kann dir gar nicht sagen, wie froh ich darüber bin.«

»Schon gut. Aber jetzt sag mir, was dir Sorgen bereitet.«

»Es hat mit dem Mann zu tun, der Thomas Blair umgebracht hat.«

»Blair war dein erster Mann?«
»Ja.«
»Wer hat ihn getötet?«
»Der Mann nennt sich Laton Bowdre. Ich habe ihn vor ein paar Wochen in Cheyenne getroffen, ehe ich hierhergekommen bin, auf die Ranch. Ich ging zur Bank, um Mr. Crawley aufzusuchen, den Mann, der mir den Brief von Thomas zugeschickt hat. Ich dachte, er könnte mir vielleicht erklären, warum Thomas nach all den Jahren seine Meinung geändert hat.«
»Hat er dir in dem Brief keine Erklärung dafür gegeben?«
»Nicht wirklich.«
»Konnte dir der Bankier mehr sagen?«
»Nein. Er hat mir allerdings erzählt, daß Thomas beträchtliche Schulden bei der Bank hatte.«
»Du glaubst, er hat dich deshalb zu Jessicas Vormund ernannt? Weil er glaubte, sie käme nicht allein damit zurecht?«
»Das kann sein«, sagte Rachel nachdenklich. »Ich weiß ganz sicher, daß er nicht wollen würde, daß sie die Ranch verliert. Das ist aber auch schon alles, dessen ich mir sicher bin.«
»Jesus«, stöhnte Chase. »Wie sollst du ihr denn helfen? Du hast keine Ahnung, wie man eine Ranch leitet.«
»O nein, Thomas hat nicht von mir erwartet, daß ich die Ranch leite, nur, daß Jessica nichts zustößt, ehe sie zwanzig Jahre alt oder verheiratet ist, je nachdem, was eher der Fall ist. Er hatte das Gefühl, sie sei noch nicht soweit, die Zügel selbst in die Hand zu nehmen, wie er es ausgedrückt hat. Er hatte den Eindruck, daß sie für die nächsten Jahre noch eine gewisse Führung braucht, jemanden, der ihr notfalls in die Zügel greift. Ich bin ziemlich sicher, daß ich diesen Brief nicht bekommen hätte, wenn er zwei Jahre später gestorben wäre. Mr. Crawley sagte, daß der Brief seit vier Jahren bei der Bank gelegen hat. Thomas hat sich Sorgen um Jessica gemacht, weil sie noch so jung ist. Und was die Ranch angeht, so wird sie von Jessica geführt, und nach allem, was ich sehe, weiß sie, was sie tut.«
»Das ist doch wohl nicht dein Ernst!«

»Ich wünschte, es wäre nicht so.« In Rachels Stimme schwang Erbitterung mit. »Aber Thomas hatte zehn Jahre Zeit, mit ihr zu arbeiten, ihr alles beizubringen, was man auf einer Ranch braucht. Und Schlimmeres.«

»Schlimmeres?«

»Wenn du sie siehst, wirst du verstehen, was ich meine. Aber, wie ich schon sagte, traf ich Mr. Bowdre in der Bank. Mr. Crawley stellte uns einander vor. Natürlich drückte er sein Beileid aus – höchst unaufrichtig, um das noch hinzuzufügen – und erklärte, was vorgefallen war. Es scheint als sei es in einem der Salons zu einem Kartenspiel gekommen, und Thomas muß eine unglaubliche Summe gesetzt haben, weil er sicher war, das beste Blatt zu haben. Das hatte er aber nicht, und er warf Bowdre vor, zu betrügen. Thomas zog seine Waffe, aber Bowdre war schneller und hat Thomas erschossen.«

»Was sagt der Sheriff dazu?«

»Er sagt, daß es die Wahrheit ist. Es gab ein Dutzend Zeugen, und ich habe mit mehreren von ihnen gesprochen. Alle sagen dasselbe – daß es ein fairer Kampf war. Die Frage, ob Laton Bowdre beim Spiel betrogen hat, ist allerdings nie wirklich beantwortet worden, und jetzt ist es dafür zu spät. Das Problem besteht darin, daß er nach wie vor Thomas' Schuldschein in der Hand hat. Spielschulden sind in dieser Gegend soviel wert wie Gold.«

»Ich als As im Kartenspiel«, sagte er mit einem zynischen Grinsen, »kann nicht sagen, daß ich das ungern höre.«

»Ja, und das ist eben das Gräßliche. Er will sein Geld haben, und Jessica besitzt das Geld nicht. Ich glaube wirklich, daß er die Ranch von ihr gefordert hätte, wenn sie ihn nicht vor Zeugen mit dieser Angelegenheit konfrontiert hätte, und somit ist es ihr gelungen, ihn zu zwingen, daß er ihr mit dem Abzahlen der Schulden Zeit läßt.«

»Wieviel Zeit?«

»Drei Monate.«

»Und was sagt Jessica dazu?«

»Sie ist ganz unbesorgt. Sie sagt, daß sie sich nach dem Viehtrieb im Herbst um Bowdre kümmert. Sie hat mit etlichen der Goldgräberlager im Norden Verträge. Sie nehmen ihr das Rindfleisch ab.«

»Worin liegt dann das Problem, Rachel?«

»Mir geht es um diesen Laton Bowdre. Er scheint ein verschlagener Kerl zu sein, oder zumindest ist das der Eindruck, den ich von ihm habe.« Rachel gestand nach einigem Zögern: »Ich glaube, daß er das Geld gar nicht haben will, Chase. Ich glaube, er will die Ranch.«

»Du glaubst also, er könnte etwas unternehmen, um Jessica daran zu hindern, ihn auszuzahlen?«

»Ja. Ich habe keine Vorstellung davon, wie er das anstellen könnte. Vielleicht bilde ich mir das alles auch nur ein. Aber ich würde mich wesentlich wohler fühlen, wenn du ihn dir einmal ansiehst und mir sagst, was für einen Eindruck du von ihm hast.«

»Selbstverständlich«, erklärte sich Chase sofort bereit. »Aber warum nimmst du dich nicht einfach der Schulden an und schaffst sie aus der Welt? Das kannst du dir doch sicher leisten.«

»Glaubst du, das wollte ich nicht? Ich habe versucht, Jessica das Geld zu geben, aber sie hat es mir ins Gesicht geworfen. Sie nimmt nichts von mir.«

»Wieso denn das?«

Rachel lachte bitter. »Ihr Vater hat mich gehaßt, und er hat sie gelehrt, mich auch zu hassen. Sie war eine ausgezeichnete Schülerin.«

Einen Moment lang herrschte Schweigen. Dann sagte Chase: »Wann werde ich dieses halsstarrige Mädchen kennenlernen?«

Jessie wartete die Antwort nicht ab. Sie zog sich durch den Gang zurück und schlüpfte in ihr Schlafzimmer. Sie packte ein paar Sachen zusammen, ging dann wieder in die Küche, nahm den ganzen Brotlaib mit und verließ leise das Haus.

Sie war wutentbrannt. Wie konnten sie es wagen, über sie zu sprechen? Wie konnte Rachel es wagen, einen Fremden heranzuziehen, damit er sich in ihre Geschäfte einmischte? Halsstarriges Mädchen? Dieser Schuft! Sollte er doch ruhig nach Cheyenne reiten und herumschnüffeln! Sollte er doch zurückkommen und Rachel seinen Bericht vorlegen! Und dann, zum Teufel, sollte er aus Jessicas Leben verschwinden. Doch sie würde nicht dasein, um ihn kennenzulernen. Sie würde nicht zurückkommen, ehe er fort war.

3

Am späten Abend dieses Tages sorgte sich Rachel um Jessica, die sie immer noch nicht gesehen hatte. Sie hatte Chase bereits gebeten, in den Nebengebäuden nach ihr zu suchen, doch er war allein zurückgekommen und hatte den Kopf geschüttelt. Jessica lebte nach eigenwilligen Tageszeiten, aber so spät war sie noch nie zurückgekommen. Ihre Mutter fing an, sich entsetzliche Dinge aller Art auszumalen.

Sie machte sich auf die Suche nach Jeb, und Chase folgte ihr. Allmählich ärgerte er sich über diese nicht auffindbare Tochter, die sich anscheinend kein bißchen um die Gefühle anderer kümmerte.

Sie fanden Jeb im Stall. Er pflegte ein krankes Füllen. Es war deutlich zu erkennen, daß er nicht von ihnen belästigt werden wollte. Chase war sicher, daß Rachel nur ihre Zeit vergeudete, denn er hatte den alten Mann schon vor einer Weile gefragt, ob das Mädchen zurückgekehrt war. Jeb hatte barsch geantwortet, man könne doch sehen, daß sie nicht dasei.

»Jeb, bitte, wenn Jessica hier ist...«, setzte Rachel an.

»Ist sie nicht. Sie ist heimgekommen, hat gesehen, daß du Gesellschaft hast, und ist wieder fortgeritten.«

»Fortgeritten? Für wie lange?«

»Kann ich nicht sagen.«

»Gut. Aber wann ist sie losgeritten?«

»Vor zwei Stunden.«

»Dann kommt sie doch sicher bald zurück, meinst du nicht?« fragte Rachel ihn voller Hoffnung.

Jeb sah sie kein einziges Mal an. »Rechne nicht mit ihr.«

»Warum nicht?«

»Sie war reichlich hitzig, als sie losgeritten ist – wie früher, wenn sie sich mit ihrem Pa gestritten hat. Ich rechne nicht damit, daß wir die Kleine in den nächsten ein bis zwei Wochen wiedersehen, kann aber auch länger sein.«

»Was?«

Endlich sah Jeb zu Rachel auf. Sie wirkte so entsetzt, daß er sich erbarmte. »Wenn es im letzten Jahr gewesen wäre, wäre sie wahrscheinlich nur für ein paar Tage fort, weil sie häufig zu den Andersons gegangen ist, etwa zehn Meilen von hier. Früher ist sie gegen den Willen ihres Vaters hingeritten, weil er sich geweigert hat, sie etwas lernen zu lassen. Mr. Anderson war früher im Osten Lehrer.«

Rachel war überrascht. »Sie hat ihre Ausbildung also doch fortgesetzt?«

»Das kann man wohl sagen.« Jeb kicherte in sich hinein. »Aber, wie ich schon sagte, letztes Jahr wäre sie vielleicht dort gewesen, aber die Andersons sind wieder in den Osten gezogen.«

»Was hat es dann für einen Sinn, diese Leute zu erwähnen, Mr. Hart?« fragte Chase erbost.

Rachel legte ihre Hand auf seinen Arm, um ihn zurückzuhalten, denn sie hatte im Lauf der Zeit gelernt, daß Jeb Hart die Dinge auf seine eigene Weise ausdrückte. Er gab niemals freiwillig Informationen preis, und wenn er einmal zum Reden gebracht wurde, war das eine langwierige, verzwickte Angelegenheit.

»Mach dir nichts daraus, Jeb«, sagte sie eilig. »Wenn du mir bloß sagen könntest, wo sie deiner Meinung nach vielleicht sein könnte.«

»Das hat sie mir nicht gesagt«, antwortete er barsch. Dann wandte er seine Aufmerksamkeit wieder dem Füllen zu.

»Hast du irgendeine Ahnung, wohin sie geritten sein könnte, Jeb? Ich ängstige mich zu Tode.«

»Wenn du es wüßtest, würde das auch keinen Stein von deiner Seele nehmen«, bemerkte er.

»Bitte, Jeb!«

Er zögerte und zuckte dann die Achseln. »Vermutlich besucht sie ihre indianischen Freunde. Und sie kommt nicht eher zurück, als sie es für richtig hält.«

»Indianer? Aber sind sie nicht... ist sie bei ihnen in Sicherheit?«

»Schätze, sie ist dort so sicher wie sonstwo.«

»Ich wußte gar nicht, daß es hier in der Nähe Indianer gibt«, murmelte Rachel geistesabwesend vor sich hin. Sie war äußerst verwirrt.

»Es gibt keine. Sie sind gut drei bis vier Tagesritte von hier entfernt, je nachdem, wie eilig sie es hat.«

»Das ist doch nicht dein Ernst«, keuchte Rachel mit weitaufgerissenen Augen. »Willst du damit sagen, daß sie drei oder vier Tage allein durch diese Wildnis reitet und allein im Freien übernachtet?«

»Das hat sie immer getan.«

»Wieso hast du sie gehen lassen?« fauchte Rachel, und ihre Angst gab ihrer Stimme mehr Schärfe, als sie beabsichtigt hatte.

Doch Jeb sagte ganz schlicht: »Man kann die Kleine nicht davon abhalten, etwas zu tun, wenn sie sich dazu entschlossen hat. Hast du das noch nicht gemerkt?«

Rachel drehte sich zu Chase um, und in ihren blauen Augen stand eine flehentliche Bitte.

»Würdest du hinter ihr her reiten? Mir ist die Vorstellung unerträglich, daß sie allein dort draußen ist. Sie ist erst seit ein paar Stunden weg, Chase. Du könntest sie heute nacht noch finden.«

»Rachel...«

»Bitte, Chase.«

Ein Blick in diese riesengroßen blauen Augen machte es ihm unmöglich, ihr diesen Wunsch abzuschlagen. Er seufzte. »Ich bin nicht gerade der beste Fährtensucher, aber irgendwie finde ich sie schon. Also, wo liegt dieses Indianerreservat, in das sie aufgebrochen ist?«

»Das müßte das Schoschonen-Reservat sein, das stimmt doch, Jeb, oder nicht?« sagte Rachel. Sie wartete seine Antwort nicht ab. »Es liegt nordwestlich von hier. Aber allzuweit wirst du wohl ohnehin nicht reiten müssen. Sie würde doch nicht die ganze Nacht reiten, oder was meinst du, Jeb?«

Diesmal wartete sie Jebs Antwort ab. Er sah die beiden an, als seien sie übergeschnappt. »Schätze, sie wird sich irgendwo hinlegen heute nacht.«

»Da, hast du es gehört«, sagte Rachel zu Chase. »Wenn du nur immer den Bergen nach Norden folgst, sollte es dir ein leichtes sein, sie zu finden.«

»Erwarte uns lieber nicht vor morgen früh zurück, Rachel. Sie hat zwei Stunden Vorsprung vor mir.«

»Ganz gleich, wie lange es dauert. Ich fühle mich schon viel wohler, wenn ich nur weiß, daß du ihr nachreitest und sie suchst.«

Jeb sah zu, wie der Fremde sein Pferd sattelte und losritt. Gar nicht so übel, der Gaul, gestand er sich mürrisch ein. Nur ein Jammer, daß dieses arme Tier ohne jeden Grund einen Tagesritt nach dem anderen vor sich hatte. Völlig sinnlos, das Ganze. Aber schließlich war es nicht Jebs Schuld, wenn sie davon ausgingen, daß Jessies Indianer die Indianer eines Reservats waren. Er hatte sich nicht verpflichtet gefühlt, sie eines Besseren zu belehren. Er hielt zu Jessie und zu niemandem sonst. Er wußte, daß Jessie gar nicht mögen würde, daß ihr jemand folgte. Hatte denn nicht gerade dieser Mann sie dazu veranlaßt, fortzureiten? War sie etwa nicht seinetwegen außer sich?

Es war wohl nur gut, daß Jeb den beiden nicht erklärt hatte, wohin Jessie ritt – zum Powder River, an dem ein Gebiet lag, das die amerikanische Armee den Indianern 1868 abgetreten hatte. Dort lagen die Jagdgründe der Cheyenne des Nordens und ihrer furchteinflößenden Verbündeten, der Sioux. Wenn Chase Summers in etwa einer Woche mit leeren Händen zurückkehrte, dann war das der rechte Zeitpunkt, ihn darüber aufzuklären. Er würde Jeb zweifellos dankbar dafür sein, daß er ihn davor bewahrt hatte, sich auf feindliches Indianergebiet zu wagen.

Was soll's, wahrscheinlich habe ich ihm das Leben gerettet, indem ich meinen Mund gehalten habe, sagte sich Jeb. Danach verschwendete er keinen Gedanken mehr an diese Angelegenheit.

4

Es war nach Mitternacht, als Jessie das kleine Häuschen erreichte, das von den Männern benutzt wurde, die in den nördlichen Bergen arbeiteten. In den wärmeren Monaten schlief hier niemand, und daher hatte sie das kleine Lagerhaus, das aus nur einem Raum bestand, ganz für sich. Sogar eine Pritsche stand dort. Am nächsten Morgen packte sie in der Dämmerung ein paar Vorräte zusammen und machte sich wieder auf den Weg. Ihr Schnitt war ausgezeichnet, und daher ereicht sie ihr Ziel am Abend des dritten Tages.

Dann stellte sie fest, daß sie den Weg umsonst zurückgelegt hatte. Sie starrte über den gewundenen Wasserlauf auf das Gebiet, auf dem sich im Winter fünfzig Indianerzelte unter den Bäumen zusammendrängten. Sie war entweder zu früh gekommen, oder die Indianer kehrten später als sonst von ihrer Verfolgung der Büffel zurück. Der kleine Stamm, dessen Häuptling Weißer Donner war, war noch nicht eingetroffen.

Sie sah einem Eichhörnchen zu, das durch das hohe Gras huschte. Das Gras war im Frühjahr und im Sommer gut gewachsen. Es würde die Pferde des Stammes für den größten Teil des Winters ernähren können, und dann zog der Stamm ohnehin weiter. Jessie stand da und sah sich versonnen um. Sie hatte sich darauf gefreut, mit Weißer Donner zu sprechen, und sie war schrecklich enttäuscht. Sie hatte ihn seit dem Frühling nicht mehr gesehen, und daher wußte er noch nicht, daß ihr Vater gestorben war. Jetzt würde sie Weißer Donner wahrscheinlich nicht vor dem Spätherbst wiedersehen. Es war ihr wohl kaum möglich, noch einmal hierherzureiten, erst nach dem herbstlichen Viehtrieb.

Jessie überquerte den Fluß und entschloß sich, hier ihr Lager für die Nacht aufzuschlagen. Sie ging direkt zu der Stelle, an der sie so viele Nächte verbracht hatte, dem Ort, an dem die Mutter von Weißer Donner, Breiter Fluß, immer ihren Wigwam errichtet hatte. Doch sie fühlte sich einsam hier ohne ihren Freund und seine Familie, ohne die Laute der Kinder, ohne die Frauen, die Geschichten erzählten, während sie arbeiteten, und die Männer, die nach einer Jagd triumphierende Schreie ausstießen. Hier erschien es ihr einsamer als an irgendeiner anderen Stelle während ihres langen Ritts.

Während sie ihren leichten Schlafsack ausbreitete und Feuerholz sammelte, dachte Jessie daran, wie sie vor acht Jahren zum ersten Mal in diese Gegend gekommen war. Sie war ihrem Vater ohne dessen Wissen gefolgt, und sie war ihm gefolgt, weil er ein neugeborenes Baby bei sich hatte und sie fürchtete, daß er das Baby irgendwo aussetzen wollte, damit es starb. Er war wütend gewesen, weil es ein Mädchen war. Jessie war nicht so dumm, daß sie nicht gewußt hätte, wer dieses Baby war. Es war ihre Stiefschwester.

Ihr Vater hatte das Baby hierhergebracht, und sie war erleichtert gewesen. Ihr war allerdings nicht klargewesen, daß er das Baby der Pflege seiner Großmutter übergeben hatte. Die indianische Mätresse, die ein Jahr lang mit Thomas zusammengelebt hatte, war bei der Geburt gestorben. Es war die ältere Stiefschwester von Weißer Donner. All das erfuhr Jessie erst wesentlich später.

Da sie sich vergewissern wollte, daß das Baby hier in Sicherheit war, ging Jessie zu den Indianern, nachdem ihr Vater das Lager verlassen hatte, und sie gestand ihnen, daß sie Zeuge der Vorgänge gewesen war. Die Mutter von Weißer Donner schloß aus Jessies Ähnlichkeit mit ihrem Vater, wer das Mädchen war, und da sie Englisch sprach, freundeten Jessie und sie sich miteinander an. Selbst der gestrenge Stiefvater von Weißer Donner, Rennt Mit Dem Wolf, duldete Jessies Anwesenheit. Er kannte Thomas Blair aus seinen früheren Zeiten als Trapper – Ende der dreißiger Jahre –, und sie hatten über lange Zeit hinweg freundschaftlichen Handel miteinander betrieben.

In jenem Jahr kam Jessie einmal im Monat, um nach dem Baby zu sehen, bis das Wetter zu rauh für den Ritt wurde. Sie freundete sich enger mit Weißer Donner und seiner jüngeren Schwester, Kleiner Grauer Vogel, an, und sie genoß es, zum ersten Mal in ihrem Leben Freunde zu haben. Ihr Vater war kein warmherziger Mensch, und die Indianer füllten eine

Lücke, die bis dahin schmerzlich in Jessies Leben geklafft hatte.

Im folgenden Jahr, als das Wetter es Jessie endlich ermöglichte, wieder in den Norden zu reisen, mußte sie herausfinden, daß ihre kleine Schwester in diesem harten Winter gestorben war. Jessie hätte jetzt keinen Grund mehr gehabt, weiterhin das Lager aufzusuchen, doch sie hatte festgestellt, daß dieses Indianerlager der einzige Ort war, an dem sie sie selbst sein konnte. Sie durfte sich sogar wie ein Mädchen kleiden, was ihr Vater nie zugelassen hätte. Die Freundschaften, die sich gebildet hatten, vertieften sich, insbesondere ihre Freundschaft mit Weißer Donner.

Wenn sie bei den Indianern war, genoß sie die Vorteile beider Welten. Sie konnte sich im Zelt aufhalten, wie es von jungen Mädchen erwartet wurde, dort das Nähen und die Fertigung von Perlenschmuck erlernen, das Kochen, das Schneidern und das Färben von Büffelhäuten. Aber es sah sie auch niemand schief an, wenn sie mit Weißer Donner jagen gehen wollte, bei einem Wettreiten teilnahm oder bei den Spielen der Jungen mitmachte. All das duldete man freundlich, weil sie nicht eine der ihren war und auch deshalb weil sie in Männerkleidung zu ihnen gekommen war und die männlichen Fertigkeiten oft ausgezeichnet beherrschte.

Sie akzeptierten sie. Sie nannten sie Sieht Wie Frau Aus. Mit ihrem mitternachtsschwarzen Haar und ihrer sonnengebräunten Haut sah sie wie eine Indianerin aus. Jessica liebte ihren indianischen Namen.

Der Gedanke an die Menschen, die sie mehr als alle anderen auf Erden liebte, rief ihr wieder den Mann in Erinnerung, den sie mehr als jeden anderen haßte – Laton Bowdre. Er war in seinen mittleren Jahren und wurde bereits kahl, und er hatte braune Augen, die deutlich die Gaunereien kundtaten, die ihm unablässig durch den Kopf gingen. Es gab nicht viel, was für diesen Mann sprach, bestimmt nicht seine prunkvolle Aufmachung und noch weniger seine finstere Gestalt. Er war häßlich. Er erinnerte Jessie an ein Wiesel, das nichts als sein eigenes Vergnügen im Sinn hat.

Als sie zum ersten Mal mit ihm zusammengetroffen war,

weil er die Einlösung des Schuldscheins forderte, den er von ihrem Vater besaß, waren seine Augen währenddessen dreist über Jessies Körper gestreift. Sie hatte das Gefühl, wenn nicht andere dabeigewesen wären, wären seine Hände seinen Augen gefolgt.

Wie recht sie gehabt hatte! Als sie diesem Mann das zweite Mal über den Weg gelaufen war, war es nicht so einfach gewesen. Bowdre hatte sie auf dem Weg zur Bahnstation abgefangen, als sie nach Denver fahren wollte, um dort einen Einkaufsbummel zu machen. Niemand war in der Nähe, der ihr zur Hilfe hätte kommen können.

Sie konnte sich nur zu genau an diese schnarrende Stimme erinnern.

»Toll, daß wir uns treffen, Miß Blair. Ich hätte Sie kaum erkannt, meine Liebe – in einem Kleid.«

»Wenn Sie mich jetzt entschuldigen.« Jessie wollte weiterreiten, doch Laton Bowdre versperrte ihr den Weg.

»Haben Sie nicht vielleicht etwas für mich?« fragte Bowdre in seiner schmierigen Art.

Jessie wurde wütend. »Wir haben uns darauf geeinigt, daß Sie Ihr verfluchtes Geld in drei Monaten bekommen.«

Der Mann zuckte die Achseln. »Ich dachte ja nur, daß Sie vielleicht doch eher zahlen wollen. Aber das können Sie sich natürlich nicht leisten, oder etwa doch? Nein, natürlich nicht, wie konnte ich das bloß vergessen?« Er grinste. »Es war recht großzügig von mir, Ihnen Zeit zu lassen, finden Sie nicht? Meine Freundlichkeit ist mir nie angemessen gedankt worden.«

Jessie fletschte die Zähne. »Das war anständig von Ihnen«, sagte sie steif.

»Es freut mich, daß Sie das zur Kenntnis nehmen. Natürlich könnte ein wenig Interesse auch nicht schaden.« Ehe sie antworten konnte, fuhr er fort. »Meine Liebe, ich könnte mich sogar beschwatzen lassen, einen Teil Ihrer Schulden zu streichen, wenn Sie...«

»Das können Sie glatt vergessen!« fauchte Jessie. »Ich werde diese Schulden abzahlen – in Form von Geld!«

Bowdre kicherte über ihre Entrüstung und streckte eine

knochige Hand aus, um ihr Gesicht zu berühren. »Denken Sie noch mal darüber nach. Ein Mädchen braucht einen Mann. Vielleicht würde ich sogar eine Heirat in Betracht ziehen. Schließlich kann man nicht erwarten, daß Sie ganz allein eine Ranch führen. Ja, eine Heirat könnte durchaus in Frage kommen.« Er ließ seine Hand auf ihre Schulter fallen und wollte sich weiter nach unten tasten.

Jessie reagierte instinktiv. Sie ballte eine Faust und holte aus. Das Ergebnis war, daß ihr die Hand noch in Denver weh tat. Weder seine Überraschung noch das Blut, das ihm aus einem Mundwinkel rann, konnten ihren Zorn mildern.

»Legen Sie nie mehr Hand an mich, Mr. Bowdre«, verwarnte sie ihn eisig.

»Das wirst du noch bereuen, kleines Mädchen«, sagte Bowdre ebenso kalt. Jegliche Heuchelei war von ihm abgefallen.

»Das möchte ich bezweifeln«, gab Jessica hitzig zurück. »Ich könnte eine gewisse Reue empfinden, wenn ich meine Waffe bei mir hätte, denn dann müßte ich dem Sheriff erklären, warum ich Ihnen eine Kugel durch den Kopf gejagt habe. Guten Tag, Mr. Bowdre.«

Allein der Gedanke an diesen Zwischenfall ließ ihr einen Schauer über den Rücken laufen, und sie schob diese Erinnerung weit von sich.

Jessie setzte sich an das Feuer, das sie angezündet hatte, und rupfte das große Waldhuhn, das sie im Laufe des Tages geschossen hatte. Sie zerlegte es und warf es in einen Topf mit Wasser. Dazu warf sie getrocknete Erbsen, Kräuter und ein bißchen Mehl, und dann knetete sie den festen Teig, der unter ihren Vorräten war, formte ihn zu Klößen und warf auch diese in den Topf. Sie hatte schon vor langem gelernt, daß man nie an einer Mahlzeit sparen sollte, wenn man ganz allein war. Eine üppige Mahlzeit reichte lange. Endlose, ermüdende Tage im Sattel erforderten deftiges Essen.

Als das Essen über dem Feuer kochte, ging sie zu Blackstar und rieb ihn gründlich trocken. Dann warf sie ihm für die Nacht eine Decke über. Ihre Lederjacke mit den Fransen behielt sie an, um nicht zu frieren. Ihr wurde bewußt, daß der

Sommer vorübergegangen war. Sie wickelte sich die einzige andere Decke, die sie bei sich hatte, um die Beine und setzte sich ans Feuer, um zu essen.

Sie war gerade beim Essen, als Blackstar anfing, zu schnauben und mit seinen Hufen zu stampfen. Sie wußte, daß sie nicht mehr allein war. Jessie kannte sich zu gut mit den Indianern aus, um erschreckt aufzuspringen. Genau das erwarteten die Indianer von den Weißen, und diese Dummheit hätte ihr einen Pfeil im Rücken einbringen können. Sie blieb einfach sitzen.

Nachdem sie noch einen Moment gewartet hatte, sprach sie mit lauter, deutlicher Stimme. Ihr Tonfall war freundlich. »Ich hätte gern Gesellschaft, und ich habe noch genug Essen, um etwas abzugeben, wenn du ans Feuer kämst, damit ich dich sehen kann.«

Niemand antwortete. Sollte sie dasselbe noch einmal in der Sprache der Cheyenne sagen?

Sie rührte sich weiterhin nicht von der Stelle, doch sie probierte es mit Cheyenne. »Ich bin Sieht Wie Frau Aus, eine Freundin der Cheyenne. Ich kann mein Feuer und mein Essen mit dir teilen, wenn du dich mit mir bekannt machst.«

Immer noch keine Antwort. Sie schwankte zwischen Angst und Erleichterung, als zehn Minuten vergingen, ohne daß ein Laut zu hören war. Blackstar hatte sich ebenfalls beruhigt. Und doch sah es Blackstar gar nicht ähnlich, einen Wirbel um nichts zu machen.

Dann war er plötzlich da, stand direkt neben ihr. Jessie war so schockiert, daß ihre Hand sich automatisch an ihre Brust hob. Sie hatte nicht gehört, wie er näher gekommen war. Im einen Moment war sie allein, und im nächsten Moment standen diese Füße in den Mokassins neben ihr, leicht auseinandergespreizt und nur wenige Zentimeter von ihren Beinen entfernt. Sie saß im Schneidersitz da.

Ihre Augen wanderten an seinen langen Beinen nach oben, die in einer Lederhose mit Fransen steckten, höher auf den Beinkleidern, die nur bis auf seine Schenkel reichten, über seine kräftige Brust, die bloß und sehr muskulös war. Narben bezeugten seinen Mut und seine Ausdauer. Weißer

Donner hatte ähnliche Narben, Narben, die von einem Sonnentanz vor etlichen Jahren stammten.

Während ihre Augen immer höher wanderten, stellte sie überrascht fest, daß sie einen Mann vor sich hatte, der nicht älter als fünfundzwanzig Jahre war. Sein Gesicht war faszinierend. Kupferbraune Haut spannte sich über hohen Backenknochen, dazu kamen eine Adlernase und Augen, die die Farbe von Ebenholz hatten. Diese Augen verrieten nichts. Sein schwarzes Haar war lang und fiel ihm lose auf den Rücken. Vorn war es zu zwei dünnen Zöpfen geflochten. In einem der Zöpfe trug er eine einzige blaue Feder. Über die Schulter hatte er sich Pfeil und Bogen geschlungen. Seine Hände waren leer, was bewies, daß er in ihr keine Bedrohung sah.

»Du siehst wirklich gut aus, weißt du das?« sagte Jessie, als sie ihn von Kopf bis Fuß gemustert hatte.

Ihre Blicke trafen sich mit denen des kühnen Kriegers, und sie errötete, als ihr klarwurde, was sie gerade gesagt hatte. Aber sein Gesichtsausdruck veränderte sich nicht. Hatte er verstanden, was sie gesagt hatte? Sie stand langsam auf, um ihn nicht zu erschrecken. Dann ließ er erstmals eine Reaktion erkennen, als die Decke auf den Boden fiel und ihre hautenge Hose und den Waffengürtel freilegte.

Sie hatte keine Zeit, sich etwas zu überlegen, ehe er nach ihrer Jacke griff und sie öffnete. Seine Augen verweilten auf den zarten Rundungen, die sich gegen ihr Hemd preßten, doch Jessie wagte es nicht, sich loszureißen.

Endlich ließ er sie los, und Jessie stieß den Atem aus, den sie angehalten hatte. »So, nachdem wir das geregelt haben, können wir uns jetzt vielleicht verständigen. Sprichst du Englisch? Nein?« Sie ging zu der einzigen Indianersprache über, die sie beherrschte. »Cheyenne? Bist du ein Cheyenne?«

Er überraschte Jessie, indem er mit einer tiefen, klangvollen Stimme einen Wortschwall losließ. Leider war das einzige Wort, das sie verstand, ein Dakota-Wort.

»Du bist Sioux«, schloß sie enttäuscht daraus, denn

wenn sich die Dialekte der Cheyenne und der Sioux auch ähnelten, so war es doch nicht dieselbe Sprache.

Jessie hatte noch nie mit einem Sioux-Krieger geredet und nur einige von ihnen im Laufe der Jahre gesehen, die wenigen, die das Lager von Weißer Donner aufgesucht hatten. Dieser kühne Krieger gehörte zu den Stämmen, die nach wie vor aktive Feindseligkeiten mit den Weißen austrugen, zu den Stämmen, die so mächtig waren, daß sie die Armee gezwungen hatten, dieses Gebiet aufzugeben. Die Sioux und die Cheyenne aus dem Norden hatten sich im Gegensatz zu den meisten anderen Indianern der Prärien nicht von den Weißen unterwerfen lassen. Sie hatten die gesamte Region am Powder River als Jagdgrund für sich gefordert – und sie hatten das gesamte Gebiet bekommen. Da stand sie jetzt, einem Sioux-Krieger gegenüber, und er hatte sie auf seinem Territorium entdeckt.

Die Richtung, die ihre Gedanken einschlugen, war erschreckend, und Jessie gebot ihnen auf der Stelle Einhalt. Es bestand kein Grund, sich vor diesem tapferen Krieger zu fürchten. Bisher jedenfalls nicht. Er hatte sich dazu herabgelassen, mit ihr zu sprechen, und das war ein gutes Zeichen.

»Von den Weißen werde ich Jessica Blair genannt, und die Cheyenne nennen mich Sieht Wie Frau Aus. Ich komme oft hierher, um meinen Freund Weißer Donner und seine Familie zu besuchen, aber dieses Jahr bin ich zu früh gekommen, und daher werde ich morgen früh wieder nach Hause reiten, in den Süden. Kennst du Weißer Donner?«

Sie unterstützte ihre ausgiebigen Erklärungen mit den Gesten der Zeichensprache, die sie kannte, aber er gab ihr mit keinem Zeichen zu erkennen, daß er sie verstand. Sie verstummte, und er wandte seinen Blick von ihr ab und ihrem Pferd zu.

Er trat zu dem Pferd, um Blackstar näher zu mustern, und sie rief: »Weißer Donner hat ihn mir geschenkt.«

Endlich sagte der tapfere Krieger etwas, doch sie konnte es nicht verstehen. Er streckte die Hand aus und ließ sie über die Flanken des Pferdes gleiten. Als Blackstar seinen Kopf wandte und ihn beißen wollte, lachte er.

Jetzt verlor Jessie die Geduld. Sie fauchte: »Verdammt noch mal, du kannst jetzt wirklich aufhören, dir mein Pferd genau anzusehen. Du kriegst es nicht!«

Der Zorn, der in ihrem Tonfall mitschwang, war unverkennbar, auch wenn die Worte unverständlich waren. Es war ihr gelungen, seine Aufmerksamkeit wieder auf sich zu lenken, und er schlenderte zu ihr herüber und baute sich vor ihr auf. Diesmal stand er so dicht vor ihr, daß sie gezwungen war, aufzublicken, um ihm in die Augen zu sehen.

Sein Gesichtsausdruck war jetzt nicht mehr ganz so finster. Er sprach wieder mit ihr und gab ihr mit Zeichen zu verstehen, daß er ihr seinen Namen nannte. Sie bemühte sich, seine Worte zu entziffern, und schließlich grinste sie, weil sie ihm die entsprechende englische Bezeichnung nennen konnte.

»Kleiner Falke!« sagte sie stolz, aber er schüttelte den Kopf. Er hatte sie nicht verstanden.

Jessie lächelte und bedeutete ihm noch einmal, daß er herzlich eingeladen war, Feuer und Essen mit ihr zu teilen. Diesmal nahm er ihr Angebot an und setzte sich ans Feuer. Jessie setzte sich wieder auf den Platz, auf dem sie gesessen hatte, und wickelte sich die Decke wieder um die Beine. Sie hatte nur einen Teller, auf den sie jetzt eine neue Portion häufte. Dann reichte sie ihm den Teller. Als von dem Essen nur noch das übrig war, was sie ihm auf den Teller gehäuft hatte, gab er ihr den Teller zurück. Er sah zu, während sie eilig den Rest aufaß, und als sie gegessen hatte, stand sie auf, um das Kochgeschirr zu reinigen und zu verstauen. Sie konnte spüren, daß seine Augen jeder ihrer Bewegungen folgten.

Als sie zum Feuer zurückkehrte, fand sie ihn ins Gras gestreckt vor. Er lehnte auf einem Ellenbogen und sah auf ihren Platz am Feuer.

Sie hätte sich eine andere Stelle suchen können, aber sie war zu sehr auf der Hut, um irgendwelche Veränderungen zu riskieren. Sie legte sich hin und wandte ihm ihr Gesicht zu. Ihre Blicke trafen sich, und es schien, als starrten sie einander eine Ewigkeit an. Sein Blick wurde kühner. War das nicht der Blick, mit dem Blue sie angesehen hatte? Es war offensichtlich, daß Kleiner Falke sie begehrte, und doch war sie überrascht, als er auf das Gras neben sich klopfte und ihr bedeutete, daß er sie neben sich haben wollte. Sie schüttelte langsam den Kopf, ohne den Blick auch nur eine Sekunde lang von seinen Augen abzuwenden. Kleiner Falke zuckte die Achseln, sah sie lange an und legte sich dann hin und schloß die Augen.

Jessie starrte ihn immer noch an. Sie war erleichtert und zugleich merkwürdig verstört. Was war bloß mit ihr los? Es lag an seinen Augen, entschied sie schließlich, an der Art, wie er sie angesehen hatte, mit diesen dunklen, faszinierenden Augen Liebe mit ihr gemacht hatte.

Doch während Jessie in den Schlaf hinübertrieb, waren es nicht die Augen von Kleiner Falke, die sie vor sich sah, sondern andere Augen, die ebenso dunkel waren – die Augen von Chase Summers.

5

»Du hättest ihn sehen sollen, Jeb«, sagte Jessie, während sie Blackstar den Sattel abnahm. Sie war gerade zurückgekehrt, und seit ihrer Ankunft vor zehn Minuten redete sie ohne Punkt und Komma. »Er war so stolz und arrogant, so unwahrscheinlich indianisch, wenn du verstehst, was ich meine.«

Jeb zog auf einer Seite die Augenbraue herunter. »Und du hast dich nicht vor ihm gefürchtet? Er war doch schließlich ein Sioux.«

»Ja, doch, ein bißchen schon, vor allem, als er deutlich ausgedrückt hat, daß er... mich will.«

»So, hat er das getan?« sagte Jeb. »Also, dafür, daß er dich gehabt hat, siehst du gar nicht schlecht aus.«

»Hat er doch gar nicht«, sagte Jessie ganz schlicht. »Ich habe abgelehnt, und er hat meine Wünsche geachtet.«

»Ist das wahr?«

»Du glaubst mir nicht?« fragte sie. »Tatsache ist, daß er

mich nicht so ohne weiteres angreifen konnte, nachdem ich mein Essen mit ihm geteilt habe. Sie haben ein sehr ausgeprägtes Ehrgefühl, verstehst du. Oder zweifelst du vielleicht daran, daß er mich haben wollte? Manche Männer finden mich anziehend, Jeb Hart, sogar in einer solchen Aufmachung.«

»Jetzt sei bloß nicht sauer, Mädchen.«

Sie war nicht sauer. »Jedenfalls«, fuhr sie fort, »war er am nächsten Morgen schon fort, als ich aufgestanden bin. Ich dachte sogar, ich hätte das alles nur geträumt.«

»Bist du sicher, daß es kein Traum war?«

Sie bedachte ihn mit einem bösen Blick. »Ja, ich bin sicher. Das Gras war an der Stelle, an der er geschlafen hat, noch ganz flach, und das hier hat er zurückgelassen.« Sie zog die blaue Feder heraus, die sie in ihrer Tasche aufbewahrt hatte.

»Was glaubst du – warum hat er die Feder zurückgelassen?«

Jessie zuckte die Achseln. Sie wußte es nicht. »Ich denke, ich werde sie behalten.« Sie grinste. »Als Erinnerung an einen gutaussehenden Mann, der mich begehrt hat.«

Jeb knurrte. »Du entwickelst dich zu einem ungezogenen Mädchen, Jessie Blair. So was habe ich noch nie gehört, dieses ganze Gerede von Begierden, und dabei bist du erst achtzehn.«

»Das liegt nur daran, daß du in mir einen Jungen siehst. Jeb, du hast mich immer als einen Jungen angesehen. Aber viele Mädchen sind in meinem Alter und eher schon verheiratet, und daher sage ich mir, daß es längst überfällig ist, wenn ich von Flirts rede.«

»So, dann laß das Rachel lieber nicht zu Ohren kommen«, brummte er. »In dieser letzten Woche hat sie sich zu Tode um dich gesorgt.«

Bei der Erwähnung ihrer Mutter veränderte sich Jessies gesamtes Verhalten.

»Sie hat uns mit ihrem Kummer verfolgt und uns die Hölle heiß gemacht. Sie hat sogar diesen Kerl noch in der Nacht, in der du losgeritten bist, ausgeschickt, damit er dich sucht.«

»Sie hat was getan?« brauste Jessie auf. »Wie kann sie es wagen...«

»Jetzt aber Schluß. Er hat dich schließlich nicht gefunden, oder? Tatsache ist, daß er bis jetzt noch nicht zurückgekommen ist.«

Jessie mußte diese Neuigkeit erst einsickern lassen. Sie grinste. Dann lachte sie schallend. »Wirklich? Das ist ja wunderbar! Wir sind ihn also doch noch losgeworden.«

Jeb sah sie einen Moment lang an, ehe er fragte: »Du stehst ihm nicht gerade freundlich gegenüber, was?«

»Wie würdest du dich denn fühlen, wenn sich ein Fremder in deine Angelegenheiten einmischt?«

»Ist es das, was er getan hat?«

»Noch nicht«, sagte sie und preßte die Lippen zusammen. »Aber ich habe gehört, daß Rachel ihn darum gebeten hat, und ich habe gehört, daß er sich einverstanden erklärt hat. Also paßt es mir nur zu gut in den Kram, wenn er nie mehr zurückkommt.«

Fünf Tage später kam Chase zurück. Er war erschöpft, die Knochen taten ihm weh, der Sattel hatte ihn aufgescheuert, und er war schmutzig und freute sich nicht gerade darauf, Rachel mitzuteilen, daß er das Mädchen nicht gefunden hatte. Mehr als zweihundert elendigliche, staubige Meilen, um nur endlich dieses Reservat zu erreichen, und wozu das Ganze? Der dortige Agent hatte den Namen Jessica Blair noch nie gehört, und die Indianer, die Englisch sprachen, hatten ihm auch nicht das geringste sagen können. Einen Tag hatte er damit verbracht, das Gebiet abzureiten und Fragen zu stellen, aber er war sicher, daß niemand etwas wußte.

Jeb hielt sich im Geräteschuppen im vorderen Teil des Stalls auf, als Chase Goldenrod in den Stall führte. Chase starrte ihn an, und die gesamte Erschöpfung und der Zorn der vergangenen eineinhalb Wochen waren ihm anzumerken. Aber wenn Jeb in sechzig Jahren irgend etwas gelernt hatte, dann, mit welchen Worten man sich aus der Affäre zog, wenn man es mit miesen Skunks zu tun hatte.

»So, ich muß sagen, Sie sind flott vorwärtsgekommen,

nicht wahr, Sie junger Spund?« lautete Jebs angemessene Äußerung.

»So, finden Sie?« erwiderte Chase barsch. »Überrascht Sie das denn gar nicht?«

»Nicht, daß ich wüßte.«

»Wirklich? Ich als Spieler glaube, ruhigen Gewissens jeden Cent, den ich besitze, darauf wetten zu können, daß Sie damit gerechnet haben, mich nie wiederzusehen.«

Jeb grinste. »Es wäre leicht ergaunertes Geld, aber ein glatter Betrug von mir, wenn ich Sie auf diese Wette festnageln würde. Tatsache ist, daß ich um ziemlich genau diese Zeit mit Ihnen gerechnet habe – und das in einem Stück, denn der Weg, den Sie eingeschlagen haben, ist wahrhaft sicher. Auf dieser Strecke hat es seit ganz schön vielen Jahren keinen Ärger mehr gegeben.«

»Das steht nicht zur Debatte«, sagte Chase kalt. »Es war reine Zeitverschwendung, ins Reservat der Schoschonen zu reiten, und ich nehme an, daß Sie das vorher wußten.«

»Tja, zum Teufel, ich hätte Ihnen sagen können, daß...«

»Warum haben Sie es mir nicht gesagt?«

»Sie haben mich nicht gefragt«, erwiderte Jeb achselzukkend. »Es ist nicht meine Schuld, daß Sie und die Dame sich ausgerechnet haben, daß Jessies Indianer Schoschonen sind. Mister, ich habe Ihnen einen Gefallen damit getan, daß ich meinen Mund gehalten habe, wenn man bedenkt, wie sehr Rachel darauf aus war, daß Sie losreiten. Dorthin, wo das kleine Mädchen war, wären Sie bestimmt nicht geritten. Kein Weißer reitet in diese Gegend, wenn er auch nur einen Funken Verstand hat.«

»Von welcher Gegend sprechen Sie? Wohin, zum Teufel, ist sie denn geritten? Und hören Sie endlich auf, mir diesen Unsinn über Indianer zu erzählen.«

»Ich kann gar nicht verstehen, warum Sie sich so aufregen«, brummte Jeb. »Ich habe Ihnen wahrscheinlich das Leben gerettet, und das ist der Dank, den ich dafür bekomme!«

»Zum Teufel mit dir, du alter Mann!« explodierte Chase. »Wenn du nicht schon in der Nähe des Grabes stündest, würde ich dich ins Grab befördern. Und jetzt will ich anständige Antworten und nicht...«

»Lassen Sie ihn in Ruhe!«

Chase wirbelte zu dieser zornigen Stimme herum und war verblüfft, als er das Mädchen vor sich sah, das ihn in die falsche Richtung geschickt hatte, als er erstmals auf dem Weg hierher gewesen war. »Du schon wieder! Was tust du denn hier?« Als sie nicht antwortete, fragte er Jeb: »Wer ist das?«

Jeb bemühte sich, seine Belustigung nicht zu zeigen, doch ganz gelang es ihm nicht. Er wußte, daß die Funken fliegen würden, und es bestand kaum ein Zweifel daran, wer sich verbrennen würde. Das würde dem Kerl recht geschehen, dachte er sich.

»Aber, aber, das ist doch das Mädchen, das Sie gesucht haben«, erwiderte Jeb mit Unschuldsmiene.

Chase drehte sich wieder zu dem Mädchen um, und der Zorn gewann die Oberhand über seine Vernunft. »Du Miststück!« fluchte er. Er war außer sich vor Wut. »Dir sollte ich das Fell gerben.«

Jessie trat einen Schritt zurück, und ihre Hand legte sich automatisch auf die Waffe an ihrer Hüfte. »Das würde ich an Ihrer Stelle nicht versuchen, Mister«, teilte sie ihm mit kühler, ruhiger Stimme mit. »Ich würde gar nicht erst an so etwas denken, wenn ich Sie wäre.«

Chase musterte sie vorsichtig. Die Waffe hatte er bisher nicht zur Kenntnis genommen, denn er hatte nur das fein geschnittene, ovale Gesicht gesehen, ein Gesicht, das ihm in den letzten eineinhalb Wochen aus irgendwelchen ärgerlichen Gründen immer wieder vor Augen gestanden hatte. In der Zeit, die er damit vergeudet hatte, sie zu suchen, *dieses* Mädchen, nicht Rachels gesichtslose Tochter, sondern diesen kleinen Wildfang, der wie ein Junge angezogen war. Jesus, er wollte Hand an sie legen!

Chase kochte immer noch vor Wut, doch es gelang ihm, seinen Zorn nicht zu deutlich zu zeigen. »Würdest du mich wirklich erschießen, Kind?« fragte er.

»Besser für Sie, wenn Sie es glauben«, steuerte Jeb, der hinter ihm stand, freiwillig bei.

Chase ließ seine Gesichtszüge weicher werden und wiederholte mit seiner trügerischsten, einschmeichelndsten Stimme: »Tätest du das, Jessica?«

Jessie wußte nicht, was sie mit dieser direkten Frage anfangen sollte, aber sie ließ sich nicht einlullen. Ein Teil ihres Zorns diente zu ihrer Verteidigung, weil sie diesen Mann belogen hatte und beide es wußten. Doch ein Großteil ihres Zorns rührte daher, daß es ihm nicht zustand, Jeb anzuschreien.

»Wenn Sie mir nicht in die Nähe kommen, muß sich Ihnen diese Frage nicht stellen.«

»Ich denke, wenn das so ist, halte ich Distanz«, räumte er ein, während er sich an die Wand lehnte. »Aber du bist doch wohl meiner Meinung, daß zwischen dir und mir ein paar offene Worte fällig sind.«

»Nein«, antwortete sie geradeheraus. »Ich bin Ihnen keine Erklärung schuldig, aber das, was ich Ihnen jetzt sage, sollten Sie sich aufmerksam anhören. Wagen Sie es nicht, Jeb noch einmal schlecht zu behandeln. Er arbeitet für mich, und er braucht Ihre Fragen nicht zu beantworten. Er braucht Ihnen nicht einmal die Tageszeit zu sagen, wenn er keine Lust hat. Sie arbeiten hier nicht, und daher ist es nicht Ihre Angelegenheit, ihn bei der Arbeit zu stören. Ist das klar genug, Mister?«

»Absolut«, erwiderte Chase unerschrocken. »Und da du hier diejenige zu sein scheinst, die die Antworten parat hat – warum sagst du mir nicht, warum du mich belogen hast?«

Jessie funkelte ihn böse an. »Weil ich Sie hier nicht haben will!« fauchte sie. »Mehr brauchen Sie nicht zu wissen.«

Sie drehte sich auf dem Absatz um und wollte den Stall verlassen, doch Chase hielt sie durch das unheilvolle Klikken seiner Flinte und seine eisige Warnung auf: »Du bleibst jetzt sofort stehen!«

Sie war keinen Meter von ihm entfernt, und als sie sich umdrehte, starrte sie ihn ungläubig an. Einen Moment lang sah sie auf die Waffe, die er auf sie gerichtet hatte, und dann trat Verachtung in ihr Gesicht. »Das täten Sie nie«, bemerkte sie herablassend. »Wie würden Sie Ihrer teuren Rachel erklären, daß Sie mich erschossen haben?«

Mit diesen Worten ging sie aus der Tür. Chase steckte seine Waffe wütend weg. Jebs krächzendes Kichern brachte ihn noch mehr in Wut. Er konnte sich nicht erinnern, wann eine Frau ihn jemals so rasend gemacht hatte, und er würde den Fall nicht dabei belassen.

Er folgte Jessie und holte sie auf halber Strecke zwischen dem Stall und dem Haus ein. Zu spät hörte sie ihn hinter sich, und ehe sie Zeit hatte, zu reagieren, hatte er sie herumgerissen und ihr Gewehr durch den Hof geschleudert.

»Und jetzt unterhalten wir uns«, sagte Chase barsch.

»Den Teufel tun wir!« schrie Jessie, und ihre Stimme wurde von Wort zu Wort lauter. Noch ehe sie ausgeredet hatte, holte sie zu einem Fausthieb aus.

Chase fing ihr Handgelenk in der Luft ab und bog ihr den Arm auf den Rücken. Dann packte er ihren anderen Arm und bog ihn ihr ebenfalls auf den Rücken. Jetzt konnte sie nur noch mit den Füßen nach ihm treten. »Du hast vorhin nur teilweise recht gehabt«, sagte er mit scharfer Stimme zu ihr. »Es ist nicht so, daß ich es nicht wagen würde, auf dich zu schießen, Kind. Es geht darum, daß ich es nicht will. Aber ich wäre nicht abgeneigt, dir eine wohlverdiente Tracht Prügel zu verpassen, wenn du nicht sofort Ruhe gibst.«

Jessie gab augenblicklich jeden Widerstand auf und ließ sich ermattet gegen ihn fallen. Chase hielt sie fest und wartete darauf, daß sie sich etwas abregen würde. Während des Wartens wurde er sich der Nähe ihres Körpers akut bewußt. Die Verwirrung setzte ein. Was hatte Rachel über das Alter ihrer Tochter gesagt? Achtzehn! Sie war eine ausgewachsene Frau, auch wenn sie sich nicht so benahm und ihre Kleidung diesen Umstand verbarg. Ein zarter, voller Busen schmiegte sich an seine Brust. Kein Wunder, daß er anfing, auf ihre Nähe zu reagieren.

Chase fluchte leise vor sich hin und stieß Jessie von sich. Ihre Handgelenke hielt er auf Armeslänge fest. Er sah sie von Kopf bis Fuß an und bemerkte die verlockenden Rundungen, die ihm bisher entgangen waren; er bemerkte, daß ihre Hose saß wie eine zweite Haut und daß sich ihr Hemd über ihren Brüsten spannte.

»Wirst du dich jetzt benehmen?«

Jessie hatte den Kopf gesenkt und schien gebändigt zu sein.

»Sie tun mir weh«, sagte sie.

Er lockerte seinen Griff. Noch im selben Moment riß sie sich los und lief auf das Haus zu. Als er sie einholte, hatte sie schon die Stufen zur Veranda erreicht. Diesmal hatte er es satt. Jessie schrie, als er sich auf die Stufen setzte und sie quer über seine Knie zog. Sie wand sich mit aller Macht und wollte sich zu ihm umdrehen, doch er stieß sie wieder auf seinen Schoß. Sie hörte nicht auf zu schreien.

Rachel hörte das Gebrüll und eilte auf die Veranda. Der Anblick, den sie vorfand, schockierte sie. »Hör auf, Chase!«

Chase, der mit einer fauchenden, zischenden Wildkatze alle Hände voll zu tun hatte, konnte sich nicht zu ihr umdrehen und sie ansehen. Erbost sagte er: »Sie hat es verdient, Rachel.«

»So kannst du nicht mit Jessica umgehen, Chase.« Sie ging um ihn herum, um ihm ins Gesicht zu sehen. »Und jetzt laß sie los.«

Chase sah sie fest an, und ganz allmählich kam er wieder zur Vernunft. »Du hast recht. Es ist nicht meine Sache, dein Kind zur Disziplin zu erziehen, ganz gleich, wie sehr es das auch bräuchte.«

Er ließ Jessie los, und in dem Moment, in dem sie auf die Füße kam, baute sie sich energisch vor ihm auf, holte aus und versetzte ihm einen Hieb auf die Nase. Er war derart überrascht, daß es ihr möglich war, ins Haus zu laufen, ehe er reagieren konnte. Knurrend stand er auf und wollte ihr nachlaufen.

Rachel griff nach seinem Arm. »Laß sie in Ruhe, Chase.«

»Hast du gesehen, was dieses kleine Miststück mit mir gemacht hat?« schrie er wütend.

»Ja, und das war das mindeste, was *du* verdient hast«, verkündete Rachel nicht ohne Schärfe. Dann sagte sie in einem ruhigeren Tonfall: »Sie ist eine junge Frau, Chase. So kannst du nicht mit ihr umspringen.«

»Zum Teufel, von wegen junge Frau! Sie ist eine verzogene Göre.« Er tastete seine Nase ab, und als er seine Hand zurückzog, war sie blutbeschmiert. »Ist sie gebrochen?«

»Laß mal sehen.« Rachel tastete die Nasenflügel und den Nasenrücken ab und schüttelte den Kopf. »Ich glaube nicht, aber du blutest ziemlich stark. Komm rein, und ich kümmere mich darum.«

Chase trat durch die Haustür, doch er betrat das Haus so wachsam, als rechne er damit, daß Jessie nur darauf wartete, ihm den nächsten Hieb zu verpassen. Rachel merkte, daß er sich umsah, und sie sagte: »Die Tür zu ihrem Zimmer steht offen. Das heißt, daß sie wahrscheinlich durch den Hintereingang aus dem Haus gelaufen ist.«

»Falls ihr von Jessie sprecht«, ergriff Billy Ewing, der ihnen entgegenkam, unaufgefordert das Wort, »dann kann ich nur sagen, daß sie gerade auf Blackstar losgeritten ist.«

»Wahrscheinlich verdrückt sie sich, um zu schmollen«, sagte Rachel.

»Jessie?« fragte Billy höhnisch. »Nee, die hat zu tun. Sie hat mir gesagt, daß sie arbeiten muß, als ich sie gefragt habe, wohin sie reitet. Und was ist dir zugestoßen?«

»Das geht dich nichts an.«

»Mann!« rief Billy, als er sich umdrehte und wieder in die Richtung ging, aus der er gekommen war. »Von Erwachsenen bekommt man aber auch nie eine direkte Antwort.«

Rachel lächelte ihrem Sohn nach. Er war so ganz anders als ihr erstes Kind. Es machte einen solchen Unterschied, ob ein Kind die Liebe von zwei Elternteilen bekam. Billy war so umgänglich, so anders als Jessica. Es war alles ein solcher Jammer.

»Aus frechen jungen Dingern kriegt man auch keine direkten Antworten raus«, knurrte Chase.

»Was?«

»Hat deine Tochter dir zufällig mitgeteilt, wo sie war? Und wann ist sie überhaupt zurückgekommen?«

»Vor fünf Tagen«, erwiderte Rachel. »Nein, sie wollte mir

nicht sagen, wo sie gewesen ist. Ich habe versucht, mit ihr zu reden, aber sie hat mir vorgeworfen, daß ich nur Sorge heuchle, daß ich ihr etwas vormache. Sie hat gesagt, daß es mich nichts angeht, wo sie war, und daß ich nicht das Recht hätte, dich hinter ihr herzuschicken. Ich glaube, das hat sie am allermeisten erbost – der Umstand, daß du ihr nachgeritten bist.«

»Langsam glaube ich, daß deine Jessica als Dauerzustand wütend ist. Willst du wissen, warum sie damals in der Nacht weggeritten ist? Sie hat es getan, weil ich hier war.«

»Hat sie dir das gesagt?«

»Das war nicht nötig«, erwiderte Chase. »Zufällig handelt es sich bei ihr nämlich um das Mädchen, von dem ich dir erzählt habe; das Mädchen, das mich an jenem Tag in die falsche Richtung geschickt hat. Sie hat mich belogen. Deshalb ist sie abgehauen. Ich bin sicher. Sie hatte nicht den Mumm, mir gegenüberzutreten, als sie feststellen mußte, daß ich doch noch hier angekommen bin.«

»Aber, Chase, du hast doch gesagt, daß dieses Mädchen mit einem Mann zusammen war, daß die beiden...«

»Ich weiß, was ich gesagt habe. Aber es war Jessica, ein und dieselbe.« Dann fügte er noch gehässig hinzu, ob er nun daran glaubte oder nicht: »Es würde mich nicht wundern, wenn es das war, womit sie diese Woche verbracht hat. Irgendwo zusammen mit einem Mann.«

»Du gehst zu weit, Chase Summers«, sagte Rachel abwehrend.

»Okay, aber wie soll das weitergehen? Schließlich bist du ihr Vormund, Rachel. Ihr Vater hat sie deiner Obhut anvertraut. Willst du sie einfach wüst ins Kraut schießen lassen?«

»Was soll ich denn tun, wenn sie sich weigert, mit mir zu reden? Sie glaubt mir nicht, daß ich mir etwas aus ihr mache. Wie kann ich sie erreichen, wenn sie mich haßt?«

»Ich kann dir sagen, was ich täte.«

»Was du tätest, habe ich bereits gesehen«, sagte Rachel finster. »Und darin liegt die Antwort bestimmt nicht. Es muß eine andere Möglichkeit geben.«

»Du solltest ganz einfach einen Mann für sie suchen, damit

du sie los bist. Soll sich doch jemand anders Sorgen um sie machen.«

Rachel antwortete nicht, aber sie sah ihn nachdenklich an. Eine Idee begann in ihrer Vorstellung Gestalt anzunehmen, eine Idee, die Jessica ganz und gar nicht gefallen hätte.

6

»Hast du meine Schwester gesehen?« fragte Billy, als Chase zu ihm auf die Veranda trat.

»Seit gestern nicht mehr«, knurrte Chase. »Wenigstens hat deine Mutter mich diesmal nicht gebeten, ihr nachzureiten, als sie gestern nacht nicht nach Hause gekommen ist.«

»Aber sie ist doch nach Hause gekommen«, sagte Billy. »Es war schon spät, aber ich habe gehört, daß sie zurückgekommen und in ihr Zimmer gegangen ist. Heute morgen habe ich sie verpaßt. Ich habe nämlich gehofft, daß ich heute mit ihr ausreiten darf.«

Chase lächelte über Billys Begeisterung. »Ich habe ganz den Eindruck, daß es dir hier besser gefällt als in der Stadt, stimmt's?«

»Ja, klar. Hier muß es doch jedem besser gefallen.«

»Ich persönlich mag das Stadtleben recht gern.«

»Aber du warst lange Zeit draußen im Westen. Jedenfalls hat meine Mutter das gesagt. Für mich ist das alles ganz neu hier.«

»Und was ist mit deiner Schule? Wenn ich mich recht erinnere, war es eine der goldenen Regeln im Haushalt der Ewings, daß du eine Ausbildung bekommst oder die Folgen selbst zu tragen hast. Oder sollte sich daran etwas geändert haben, nachdem Jonathan Ewing...« Chase unterbrach sich. Er verfluchte sich für seine dumme Plumpheit. Warum hatte er das gesagt?

»Das stimmt schon«, kam ihm Billy zur Rettung. »Vater ist jetzt seit drei Jahren tot. Es tut nicht mehr weh, darüber zu reden. Aber was die Schule betrifft, wünschte ich, du hättest nicht davon angefangen. Ich wollte nicht daran erinnert werden. Mutter hat gesagt, daß sie mich wahrscheinlich bald nach Chicago zurückschickt, weil hier die nächste Schule einen Tagesritt entfernt ist.«

»Du willst nicht nach Chicago gehen?«

»Nicht allein«, gab Billy zu. »Aber Mutter sagt, daß sie Jessie auch nicht allein lassen kann und daß es für Jessie nicht in Frage kommt, mit uns zu gehen. Das kann man Jessie allerdings nicht vorwerfen. Ich würde diese Ranch auch nicht aufgeben, wenn es meine wäre. Ich wünschte nur, ich könnte auch hierbleiben.«

»Also ich kann mir nicht vorstellen, daß deine Mutter sich gern von dir trennt«, sagte Chase mit einem breiten Grinsen. »Insofern bist du wohl noch eine ganze Weile hier. Genieße es, solange es geht.«

»O ja, das werde ich tun«, erwiderte Billy. Als er merkte, daß Chase sich geistesabwesend den Nasenrücken rieb, fragte er: »Was war gestern los?«

Chase warf ihm einen Seitenblick zu und hatte bereits eine bissige Antwort bereit. Dann zuckte er die Achseln. Billy meinte es nicht böse. »Deine Schwester hat mir einen Hieb verpaßt.«

»Hat sie das wirklich getan?« Billy grinste, und seine blauen Augen strahlten.

»Ich weiß gar nicht, was daran so komisch sein soll«, sagte Chase mit gereizter Stimme. Seine Augen zogen sich zusammen.

»Ich finde es gar nicht komisch«, versicherte Billy ihm eilig. »Es ist nur... ja, also, ich meine, sie ist nicht viel größer als ich, und du, du bist doppelt so groß wie sie. Aber so ungewöhnlich ist es nun auch wieder nicht, wenn man bedenkt, daß es Jessie war. Sie kann *alles.*«

Chase schüttelte den Kopf. Hier lag ganz offensichtlich Heldenverehrung vor, und die Heldin, das Idol, das angebetet wurde, war ein Mädchen. Das war doch absurd. Wußte Rachel etwas davon?

»Mir scheint, du kannst sie gut leiden?« sagte Chase trokken.

»Und wie. Ich wußte überhaupt nicht, daß ich eine Schwester habe, bis Mutter diesen Brief bekommen hat, und dann hat sie mir von Jessica erzählt – ich meine: Jessie«, verbesserte er sich. »Verstehst du, sie mag es nicht, wenn man sie Jessica nennt. Und sie ist so ganz anders! Und so schön. Die Jungen zu Hause werden mir niemals glauben, wenn ich ihnen von ihr erzähle.« Er senkte die Stimme. »Ich wünschte nur, daß sie mich auch ein bißchen mag.«

Chase richtete sich auf. »Was soll das heißen? Hat sie ihre Übellaunigkeit etwa auch schon an dir ausgelassen?«

Billy wandte verlegen den Blick ab. »Ich wünschte, sie hätte es getan«, sagte er. »Aber Tatsache ist, daß sie mich völlig übersieht. Ich werde sie aber doch noch für mich gewinnen«, fügte er zuversichtlich hinzu. »Sie versucht doch nur, grob zu sein, weil sie glaubt, sich so verhalten zu müssen. Das kann ich gut verstehen. Schließlich ist sie erst achtzehn, und sie muß Männern Vorschriften machen, die älter sind als sie. Um so was hinzukriegen, muß ein Mädchen hart sein. Hier draußen muß ein Mädchen sowieso schon zäh sein, weil es schwer ist, hier ein Mädchen zu sein.«

Chase lehnte sich versonnen zurück. Diese ganze Logik, die hier aus einem Jungen hervorsprudelte, der nur neun Jahre alt war! Er war erstaunt. Das, was Billy gesagt hatte, war durch und durch vernünftig und richtig. Und es erklärte stimmig das Gesamtverhalten des Mädchens. Chase sah Jessica Blair plötzlich in einem anderen Licht.

Chase wandte sich an Billy. »Was hältst du davon, daß wir beide statt dessen ausreiten? Wie du gerade ganz richtig gesagt hast, muß deine Schwester eine Ranch leiten und ist wahrscheinlich zu beschäftigt, um mit dir auszureiten.«

Jessie war erschöpft, als sie am späten Abend in den Hof ritt. Sie hätte draußen im Gelände bleiben und am nächsten Morgen zeitig mit der Arbeit beginnen können. Das Zusammentreiben der Rinder, die in den Norden gebracht werden sollten, damit sie ihre Verpflichtungen einlösen konnte, hatte begonnen, und im Lauf der nächsten Wochen stand lange, harte Arbeit bevor. Doch Jessies Neugier hatte gesiegt, und daher war sie zur Ranch zurückgeritten. Sie wollte sehen, ob der Freund ihrer Mutter abgereist war.

Ihre Frage beantwortete sich, sobald sie Blackstar in den Stall führte, denn dort stand der wunderbare Falbe neben Jebs altem Rotschimmel. Seltsam war, daß Jessie nicht wußte, was sie wirklich empfand. Doch sie war zu müde, um sich ausgerechnet jetzt damit auseinanderzusetzen.

Die Aussicht, Blackstar in ihrem Zustand der Erschöpfung den Sattel abzunehmen, der dreißig Pfund wog, verlangsamte Jessies Bewegungen. Sie zündete eine Lampe an und führte Blackstar in seine Box. Sie bedauerte, daß Jeb schon zu Bett gegangen war.

Es blieb ihr nichts anderes übrig, als die Sache hinter sich zu bringen und die Vorkehrungen für die Nacht zu treffen. Obwohl sie völlig ausgehungert war, hatte Jessie die Männer in dem Moment zurückgelassen, in dem sich diese zum Essen setzten. Sie dagegen hatte den dreistündigen Ritt zur Ranch zurückgelegt. Sie war zu müde, um sich auch nur noch etwas Eßbares zu organisieren.

»Brauchen Sie Hilfe?«

Jessie fuhr zusammen und drehte sich um. Sie sah Chase Summers, der an Blackstars Box lehnte. Er trug ein blaues Baumwollhemd, das in eine schwarze Hose gesteckt war. Sein offenes Hemd gab den Blick auf seine flächige schwarze Brustbehaarung frei. Seine starke Anziehungskraft brachte Jessie aus der Fassung, und sie spürte ein Aufwallen des Bedauerns darüber, daß sie ihn niemals mögen konnte.

»Ich konnte nicht schlafen, und ich habe zufällig gesehen, daß das Licht angegangen ist«, sagte er mit freundlicher Stimme. »Daher dachte ich mir, ich gehe mal raus und sehe nach, wer so spät noch auf ist.«

Jessie äußerte sich dazu gar nicht. Sie war auf der Hut und mißtraute seinem plötzlichen Entgegenkommen. Sie würde ihm nie verzeihen, was er ihr hatte antun wollen. Warum war er so freundlich, nachdem sie ihm einen Hieb verpaßt hatte? Sie stellte fest, daß seine Nase nicht angeschwollen war, sondern nur eine leichte Verfärbung aufwies, die man kaum wahrnehmen konnte. Unwillig gelobte sie sich, beim nächsten Mal fester zuzuschlagen.

Sie wandte sich von ihm ab und fing an, die Sattelgurte aufzuschnallen. Wenn sie ihn weiterhin ignorierte, konnte sie hoffen, daß er wieder verschwand. Doch als sie den Sattel vom Pferd heben wollte, stand er neben ihr. Er packte den Sattel und warf ihn mit Leichtigkeit über die Einfassung der Box. Jessie bedankte sich nicht für seine Hilfe und sah ihn auch kein einziges Mal an, während sie Blackstar mit kräftigen Bewegungen trockenrieb und sich dann um Futter und Wasser für ihn kümmerte.

Als sie fertig war, ging sie an Chase vorbei, nach wie vor wortlos, und sie löschte das Licht und ging auf das Haus zu. Er fiel an ihrer Seite in ihren Schritt ein.

»Sie wollen es uns wohl nicht gerade leichtmachen, oder?« fragte Chase mit sanfter Stimme. Als sie nicht antwortete, seufzte er. »Sehen Sie, Miß Blair, mir ist klar, daß wir beide einen schlechten Start miteinander hatten, aber sehen Sie einen Grund, so weiterzumachen? Ich würde mich gern entschuldigen, wenn Sie es zulassen.«

Jessie blieb nicht stehen, aber nach einer Weile fragte sie: »Wofür genau entschuldigen Sie sich eigentlich?«

»Ja, also... für alles.«

»Tut es Ihnen wirklich leid, oder hat Rachel Ewing Sie überredet, sich zu entschuldigen?«

Chase zuckte innerlich zusammen, als er hörte, mit welcher Kälte in der Stimme sie den Namen ihrer Mutter aussprach. Rachel hatte nicht übertrieben. Dieses Mädchen haßte sie. Er wollte herausfinden, woran das lag, doch das war jetzt nicht der geeignete Augenblick. Endlich hatte er sie dahin gebracht, mit ihm zu reden, und es war wohl besser, wenn er behutsam vorging.

»Ich entschuldige mich nicht oft, Miß Blair. Wenn es nicht meine eigene Idee wäre, täte ich es nicht, das können Sie mir glauben.«

»Sie reisen also ab?«

Chase blieb die Luft weg. Er war entgeistert. »Können Sie meine Entschuldigung nicht einfach annehmen?«

»Klar kann ich das«, sagte sie leichthin, während sie weiterging. »Aber Sie haben mir meine Frage noch nicht beantwortet.«

Jessie wartete seine Antwort auch gar nicht erst ab. Als sie die Hintertür erreicht hatte, die zur Küche führte, trat sie ein. Rachel hatte eine Lampe brennen lassen, und Jessie stellte sie heller.

Chase folgte ihr ins Haus und fand sie am Küchentisch vor. Sie stand mit dem Rücken zu ihm und machte eine Dose Bohnen auf. Als sie anfing, die Bohnen kalt aus der Dose zu essen, schnitt er eine Grimasse.

»Wir haben Sie beim Abendessen vermißt«, sagte er, während er die Tür hinter sich schloß. »Ich glaube, die Reste stehen noch auf dem Herd, wenn Sie hungrig sind.«

Sie drehte sich um, und ihre Augen schossen Blitze. Ihm wurde klar, daß er an einen wunden Punkt gerührt haben mußte. Es war tatsächlich ein wunder Punkt, denn Jessie hatte sich an keiner einzigen der köstlichen warmen Mahlzeiten beteiligt, die Kate zubereitete, seit Rachel und Billy gekommen waren. Das rief ihr ins Gedächtnis, daß es ihnen gelungen war, sie aus ihrem eigenen Haus zu vertreiben. Auch wenn es ihre eigene Entscheidung war, änderte das nicht viel daran.

»Aber das Abendessen war ohnehin wieder mal nicht besonders gut heute«, fügte Chase eilig hinzu, eine glatte Lüge, doch diese Lüge schien Jessie zu beschwichtigen. Sie hörte auf, ihn böse anzufunkeln, und aß ihre kalten Bohnen auf.

Jessie hatte nicht vorgehabt, überhaupt etwas zu essen, denn sie hatte sich durch nichts davon abhalten lassen wollen, augenblicklich ins Bett zu fallen. Doch aus irgendwelchen Gründen war sie nicht mehr ganz so müde.

»Sie haben meine Frage noch nicht beantwortet, Mr. Summers«, sagte Jessie beiläufig.

»Ich kann mich nicht erinnern, daß Sie sich mit mir unterhalten wollten«, sagte Chase grinsend. Er bemühte sich, einen lockeren Ton beizubehalten.

Jessie runzelte die Stirn. »Ich habe die einzige Frage beantwortet, die zu stellen Ihr Recht war. Ich habe Ihnen gesagt, warum ich Sie belogen habe. Aber meine Frage geht mich etwas an, und daher hätte ich gern eine Antwort von Ihnen.«

»Und wie lautete Ihre Frage?« versuchte es Chase.

Jessie knallte die Konservendose auf den Tisch. »Versuchen Sie bewußt, mich zu provozieren, Summers?«

»Ist Ihnen alles so ernst? Macht Ihnen das Leben denn nie Spaß?« Als sie die Küche verlassen wollte, griff Chase nach ihrem Arm, diesmal jedoch zart. »Würden Sie bitte noch einen Moment bleiben?«

Sie sah nicht ihn an, sondern seine Hand, und er ließ ihren Arm los. »Was ist?« fragte sie barsch.

»Ich weiß einfach nicht, wie ich Ihnen antworten soll. Ich weiß, daß Sie meine Anwesenheit hier nicht wünschen, aber Rachel hat mich um meine Hilfe gebeten, und die kann ich ihr nicht so ohne weiteres abschlagen.«

»Warum nicht?« fragte Jessie.

Er erwiderte mit gepreßter Stimme: »Sie hat sonst niemanden, der ihr hilft. Und *Sie* verhalten sich auch nicht gerade kooperativ.«

»Kann man das etwa von mir erwarten?« fauchte Jessie. »Ich habe sie nicht gebeten herzukommen!«

»Nein, nicht Sie, aber Ihr Vater hat sie darum gebeten.«

In ihren türkisfarbenen Augen wogten Stürme, doch sie behielt ihre Stimme unter Kontrolle, als sie sagte: »Wollen Sie wissen, warum? Ich habe gehört, wie Sie damals nachts mit ihr darüber geredet haben, und ich kann Ihnen einen besseren Grund nennen als den, den sie genannt hat. Er hat sie so sehr gehaßt, daß er sich selbst nach seinem Tod noch an ihr rächen wollte! Er wollte, daß sie sieht, was er aus mir gemacht hat. Er wollte, daß sie dieses schöne Haus sieht und bedauert, daß es nicht ihr gehört.«

»Aber sie ist doch selbst reich, Jessie, oder wußtest du das nicht?« sagte Chase ganz ruhig. »Schließlich ist ihr Haus in Chicago viermal so groß wie dieses hier.«

»Aber das hat *er* nicht gewußt. Alles, was er wollte, war, daß wir zusammenkommen, damit die Funken fliegen. Er wußte, daß es so kommen würde. Er wußte, daß ich sie hasse. Er hat dafür gesorgt, daß es so ist.«

»Warum haßt du sie so sehr, Jessie?«

»Verdammt noch mal, Summers!« zischte sie durch Lippen, die nur noch ein Strich waren. »Stecken Sie Ihre Nase nicht in meine Angelegenheiten. Und außerdem habe ich Ihnen nicht erlaubt, mich Jessie zu nennen!«

»Schon gut, es tut mir leid.«

»Und noch etwas«, fuhr sie fort. »Ich habe auch gehört, worum sie Sie gebeten hat, als sie sich mit Ihnen über mich unterhalten hat – was Sie ohnehin nichts angeht. Es ist eine Tatsache, daß mir durchaus klar ist, mit was für einer Art von Mann ich es bei Laton Bowdre zu tun habe. Ich *glaube* nicht nur, daß er versuchen wird, mich zu begaunern, sondern ich *weiß*, daß er es versuchen wird. Darauf bin ich bereits eingestellt. Sie verschwenden somit nur Ihre Zeit, wenn Sie sich damit befassen.« Dann fügte sie aus reiner Gehässigkeit hinzu: »Aber Sie verschwenden Ihre Zeit wohl öfter, nicht wahr?«

Diese Stichelei war ein Volltreffer. Chases Augen wurden so gut wie schwarz. »Ich frage mich, woran das liegt. Könnte es daran liegen, daß ein gewisses Mädchen, das wir beide kennen, einfach noch nicht erwachsen ist?«

»Sie scheinen einen zweiten Hieb auf Ihre Nase herausfordern zu wollen, Mister!« gab Jessie hitzig zurück.

»Sehen Sie«, erwiderte er, »ich sage damit nur, daß gehässige Lügen und anschließendes Schmollen nicht auf eine reife junge Frau hinweisen.«

»Und nur ein Dummkopf läßt sich dämliche Botengänge aufbrummen!«

Jetzt, da ein Patt erreicht war, standen beide nur noch da und funkelten einander wütend an. Jessie sagte sich, daß sie einfach gehen sollte, doch irgend etwas zwang sie zu bleiben. Es war spannend und reizvoll, sich an ihm zu messen. Sie fragte sich, was er wohl als nächstes tun würde.

Wie üblich gelang es ihm, sie zu erstaunen. Er gestand mit sanfter Stimme ein: »Sie haben natürlich recht. Ich habe mich zu einem dämlichen Ritt ausschicken lassen, und damit hat man mich für dumm verkauft.«

»*Sie* sind derjenige, der sich geirrt hat«, sagte Jessica. »Ich bin nicht losgeritten, um zu schmollen.«

»Warum sind Sie dann eine ganze Woche fortgeblieben?«

»So lange braucht man, um dahin zu kommen, wo ich war, und wieder zurück.«

Chase seufzte. »Und wo waren Sie?«

Jessica runzelte die Stirn. »Warum fragen Sie mich? Jeb hat Ihnen doch schon gesagt, wo ich war.«

»Nein«, sagte er. »Er hat irgendeinen Unsinn über Indianer zusammengesponnen, aber ich weiß ganz sicher, daß Sie nie im Reservat Wind River gewesen sind.«

Jessie lächelte. »Da waren Sie also?«

»Natürlich«, erwiderte er knapp und deutlich. »Aber die Frage ist, wo Sie waren.«

Jessie schüttelte den Kopf. »Sie sollten wirklich mehr über eine Gegend in Erfahrung bringen, ehe Sie sie betreten, Mr. Summers. Ich schließe daraus, daß Sie noch nie so weit nördlich waren, denn sonst wüßten Sie, daß die zahmen Schoschonen nicht die einzigen Indianer sind, die es in unserer Gegend gibt. Es gibt außerdem noch die Cheyenne und die...«

Chase fiel ihr ins Wort. »Ich habe mich lange genug westlich des Mississippi aufgehalten, um zu wissen, daß die Cheyenne schon vor langem geschlagen wurden, und das, was noch von ihnen übrig ist, sitzt in einem Reservat etwa fünfhundert Meilen südlich von hier fest.«

Jessie stemmte die Hände in die Hüften. »So, Sie glauben also, Sie wüßten alles, was? Okay. Die Cheyenne von Schwarzer Kessel, die, von denen Sie eben sprechen, sind auf ein Reservat beschränkt, ja. Sie hatten keine andere Wahl, nachdem die Kavallerie ihr friedliches Dorf angegriffen und die meisten von ihnen massakriert hat. Dieses Gemetzel der Armee war es, was die Stämme im Norden erzürnt und sie zu engeren Verbündeten der Sioux gemacht hat. Nicht alle Cheyenne sind in ihrer Bewegungsfreiheit eingeengt, in Reservaten zusammengepfercht, Mr. Summers. Die Cheyenne des Nordens streifen immer noch durch die Steppen und beschützen das bißchen Land, das ihnen geblieben ist.«

»Und Sie erwarten von mir, daß ich Ihnen glaube, daß Sie diese Indianer besucht haben?« fragte er ungläubig.

»Ich gebe keinen Pfifferling darauf, was Sie glauben«, sagte sie mit ruhiger Stimme. Dann wandte sie sich ab, ging in ihr Zimmer und ließ ihn stehen.

Chase hörte, wie sich die Tür zu ihrem Zimmer schloß. Er fuhr sich matt mit einer Hand durch das Haar. Sie würde nicht zurückkommen, um die Auseinandersetzung zu beenden. Auseinandersetzung? Zum Teufel, er hatte keinesfalls vorgehabt, sich wieder mit ihr zu streiten. Er hatte vorgehabt sich sehr vernünftig zu verhalten, Er hatte sich reumütig zeigen wollen, ja, sogar charmant. Er hatte wirklich den Wunsch gehabt, die feindselige Haltung zu beenden. Verflucht noch mal! Was war danebengegangen?

7

Jessie war gewöhnlich keine Langschläferin, doch als sie erwachte, war es schon recht hell in ihrem Zimmer. Die ersten Morgenstunden waren vorüber. Wieso? Gewöhnlich kam Kate, um sie zu wecken, wenn sie um sieben Uhr noch nicht auf war. Vielleicht war Kate davon ausgegangen, sie sei bereits aufgestanden und losgeritten.

Während sie sich anzog, fragte sich Jessie, was Kate wohl von diesem ganzen Aufruhr in ihrer beider Leben hielt. Kate hätte es ihr wohl kaum gesagt, selbst dann nicht, wenn sie sie danach gefragt hätte. So weit Jessie zurückdenken konnte, war die Indianerin schon hier, wie so vieles andere auf der Ranch. Doch Kate und sie waren einander nie nähergekommen. Die ältere Frau ermutigte sie niemals zu einem offenen oder persönlichen Gespräch. Vor allem in letzter Zeit war sie oft ausgesprochen verdrießlich. War Kate irgendwann einmal die Mätresse ihres Vaters gewesen? Jessie wußte, daß sie nie eine Antwort auf diese Frage bekommen würde. Oft tat es ihr leid für Kate, daß sie ihr Leben hier vergeudete und keine Familie hatte. Doch jedesmal, wenn Jessie Kate gefragt hatte, warum sie hierblieb, hatte Kate unweigerlich erwidert, daß Thomas sie brauchte. Selbst nach seinem Tod, als Jessie Kate angeboten hatte, sie irgendwo anders unterzubringen, wo es ihr gefiel, hatte Kate abgelehnt. Es gab keinen Ort, der sie hätte reizen können. Die Ranch war alles, was Kate jetzt noch geblieben war.

Daraufhin hatte Jessie es beim alten belassen, und sie war froh, daß die Indianerin da war und sich um das Haus kümmerte, denn Jessie hatte bestimmt nicht die Zeit, auch noch das zu übernehmen. Der Haushalt wurde makellos geführt, und wenn Jessie nach einem langen Arbeitstag nach Hause kam, war immer ihr Bett gemacht, ihre Kleider waren gewaschen und hingen in ihrem Kleiderschrank, und eine heiße Mahlzeit erwartete sie.

Sobald sie sich angezogen hatte, eilte Jessie in den Stall. Sie war wütend auf sich, weil sie so spät dran war. Rachels Stimme, die von der Veranda herüberdrang, nahm sie kaum zur Kenntnis, doch sie blieb stehen, als sie hörte, daß Chase Summers seine Stimme gehoben hatte. Endlich einmal ärgerte er sich über einen anderen Menschen, nicht über Jessie.

»Rachel, deine verzogene Göre würde ich nicht einmal heiraten, wenn du mir Geld dafür zahlen würdest! Wie, zum Teufel, bist du auf eine derart dämliche Idee gekommen?«

Jessie erstarrte.

»Du hast mich auf diese Idee gebracht«, erwiderte Rachel ruhig. »Du hast gesagt, ich sollte ihr einen Mann suchen, wenn ich die Verantwortung loswerden will.«

»Das habe ich doch im Zorn gesagt und nicht im Ernst. Sie ist noch ein Kind. Sie braucht keinen Mann, sie braucht einen Vater.«

»Sie *hatte* einen Vater. Du siehst ja selber, wie gut ihr das getan hat«, gab Rachel erbittert zurück. »Und du weißt ganz genau, daß sie alt genug ist, um zu heiraten.«

»Das hat doch nichts mit dem Alter zu tun. Ihr Benehmen ist das eines Kindes. Vergiß es, Rachel. Such dir einen anderen, an den du sie abschieben kannst, wenn es sein muß, aber ich will nichts mit dieser Göre zu tun haben.«

»Willst du es dir nicht wenigstens noch einmal überlegen?«

Rachels Stimme war jetzt zart und flehend. »Du bist jahrelang durch die Gegend gezogen, Chase. Das hier ist ein hübscher Flecken Land, um sich niederzulassen, und die Ranch ist nicht klein und gut eingeführt.«

»Und mit Schulden belastet«, rief er ihr ins Gedächtnis.

»Die Schulden würde ich bezahlen«, sagte sie eilig. »Sie bräuchte nichts davon zu erfahren.«

»Hör dir doch einmal selbst zu, Rachel!« fauchte Chase. »Ich kann nur hoffen, daß du keinem anderen ein solches Angebot machst. Jeder andere Mann würde freudig darauf eingehen, und damit tätest du dem Mädchen keinen Gefallen. Nein, ich will dir wirklich gern helfen, aber nicht bis zu diesem Punkt des Menschenopfers. Auch du bist nicht so kaltblütig, und daher tun wir jetzt am besten so, als wärst du nie auf diese Idee gekommen.«

»Dann sag mir doch, was, um Gottes willen, ich tun soll!« Rachel fing an zu weinen. »Ich halte das nicht mehr lange aus. Eine derartige Feindseligkeit bin ich nicht gewohnt, und das auch noch von meiner eigenen Tochter – es ist einfach unerträglich! Sie will mich hier nicht haben. Wenn ich versuche, mit ihr zu sprechen, läßt sie mich stehen. Sie wäre glücklicher, wenn ich fortginge, aber ich kann sie doch nicht einfach allein lassen. Das geht doch nicht. Sie braucht jemanden, der sich um sie kümmert.«

»Jetzt beruhige dich erst mal, Rachel.« Chase bemühte sich, sie zu beschwichtigen. »Vielleicht ist es jetzt an der Zeit zu überlegen, ob du einen Vormund für sie suchst, den du bezahlst, damit du dich nicht darum kümmern mußt.«

»Aber wem könnte ich diese Verantwortung anvertrauen? Wem könnte ich trauen, wenn ich sicher sein will, daß sie nicht ausgenutzt oder übervorteilt wird?« Plötzlich hellte sich ihr Gesicht auf. »Dir könnte ich trauen, Chase. Würdest du nicht vielleicht...«

»Nein, ganz bestimmt nicht! Ich käme nicht damit zurecht, Rachel. Aus irgendwelchen Gründen platzt mir jedesmal der Kragen, wenn ich mit diesem Mädchen rede. Wenn man sie meiner Obhut anvertrauen würde, würde ich ihr irgendwann den Hals umdrehen.«

Jessie setzte sich in Bewegung. Ihr Entsetzen und ihr Gefühl der Demütigung gingen über alles hinaus, was sie je empfunden hatte. Sie spürte einen Stich in ihrer Brust, und ihre Kehle zog sich schmerzhaft zusammen. Sie litt höllische Qualen, den Schmerz, verachtet und verhöhnt zu werden, den Schmerz, abgelehnt und zurückgewiesen zu werden. Es tat weh, es tat so schrecklich weh, daß sie am liebsten geweint hätte. Doch wegen dieser Menschen würde sie nicht weinen, sagte sie sich. Nein, das würde sie nicht tun.

Als sie den Stall erreichte, war sie tränenblind. Sie stand kurz vor dem Zusammenbruch, als eine Kinderstimme sagte: »Was ist denn los, Jessie?«

Es war ihr unerträglich, daß jemand wissen könnte, was ihr fehlte, am allerwenigsten Rachels Sohn.

»Nichts ist los«, fauchte sie. »Ich habe nur ein Staubkorn im Auge.«

»Kann ich dir helfen?«

»Nein, es ist schon wieder gut. Das Staubkorn ist schon rausgespült.«

Sie ging an ihm vorbei zu Blackstars Box, doch Billy folgte ihr. »Ich wußte gar nicht, daß du noch da bist.«

»Ich bin noch da, das siehst du doch.«

Er ließ sich nicht abwimmeln. »Reitest du jetzt raus?« fragte er, als sie Blackstar sattelte. Als sie ihm keine Antwort gab, blieb er beharrlich. »Darf ich heute mitkommen?«

»Nein!«

»Aber ich bin dir auch nicht im Weg, Jessie, ich verspreche dir, daß ich dir nicht im Weg bin. Bitte!«

Seine Stimme war so eifrig und so flehentlich, daß Jessie sich dem nicht ganz entziehen konnte. Sie ließ sich erweichen.

»Na gut.« Dann fügte sie streng hinzu, damit er nicht auf den Gedanken kommen konnte, sie sei leicht von ihrer Meinung abzubringen: »Aber nur heute. Du kannst den Fuchs da drüben nehmen, wenn du weißt, wie man ihn sattelt.«

Billy stieß einen Freudenschrei aus und lief zu dem Pferd. Leider war es aber so, daß der alte Jeb jedesmal, wenn er ihm gezeigt hatte, wie man ein Pferd sattelt, damit Billy durch das

Tal reiten konnte, das Pferd letztlich doch selbst gesattelt hatte. Billy war in einer üblen Klemme. Er konnte den schweren Sattel gar nicht erst hochheben, ganz zu schweigen davon, daß er nicht allein aufsitzen konnte. Sowohl das Pferd als auch die Einfassung der Box waren höher als er.

Jessie hatte Blackstar gesattelt und führte ihn jetzt zu der Stelle, an der Billy sich abmühte. Belustigt schüttelte sie den Kopf. Der Sattel, mit dem Billy kämpfte, war ein altes Modell, das vierzig Pfund schwer war. Weit und breit war kein anderer Sattel zu sehen. Sie mußte zugeben, daß der Junge Entschlossenheit bewies.

Sie half ihm, den Sattel von der Brüstung zu ziehen. »Und jetzt zusammen... eins, zwei, *drei.*« Sie schwangen den Sattel nach oben und auf den Rücken des Pferdes, und Jessie trat einen Schritt zurück. »Kommst du jetzt wirklich allein zurecht?«

»Klar, und danke auch.«

Jessie wartete ungeduldig, während er sich abmühte, die Gurte zuzuschnallen, die unter dem Sattel steckten. Mit seinen kurzen Armen kam er nicht an den Gurt. Schließlich ging er um das Pferd herum, zog den Gurt unter dem Pferd durch und schnallte den Gurt zu locker.

»Sag mal ehrlich, was kannst du überhaupt?« sagte sie mürrisch, als sie ihm wieder zu Hilfe kam.

Billy besah sich ihren finsteren Gesichtsausdruck, während sie die Sache zu Ende führte, die er begonnen hatte. Er grinste beseligt. Das, was sie hier tat, sagte mehr aus als Worte.

»Du haßt mich doch nicht wirklich, oder, Jessie?«

Sie sah verblüfft auf. Wie kam es, daß er sie derart durchschauen konnte? »Natürlich hasse ich dich.«

Doch Billy blieb beharrlich, und auch das breite Grinsen schwand nicht von seinem Gesicht. »Ich glaube, ein bißchen magst du mich doch.«

»Damit hast du ja wohl selbst gesagt, wieviel du weißt«, sagte sie leichthin. Sie hatte ihn nur necken wollen, doch als sie ihn ansah, glitzerten Tränen in seinen Augen. »Oh, Billy, das war doch nur Spaß. Ganz ehrlich. Natürlich mag ich dich.« Er wirkte erleichtert, und sie fügte hinzu: »Aber wage es nicht, deiner Mutter zu sagen, daß ich dir das gesagt habe, hörst du?«

8

Der alte Jeb war in seinem Element, wenn er Geschichten erzählte, und in Billy Ewing hatte er einen begeisterten Zuhörer gefunden. Jessie lehnte sich belustigt an eine Box und beobachtete die Veränderungen im Gesichtsausdruck ihres Stiefbruders, während er gebannt Jeb lauschte, der gerade erzählte, wie es *so dicht* bevorgestanden hatte, daß man ihn hängte.

Damals, Ende '63, hätte die Freiwillige Bürgerwehr von Montana Jeb beinah aufgehängt. Diese Bürgerwehr hatte sich in Virginia City gebildet, einer Stadt, zu deren Schande es bekannt war, daß sie in nur sechs Monaten der Schauplatz von mehr als zweihundert Morden gewesen war. Jeb war ganz schlicht verwechselt und für ein Mitglied einer großen Bande gehalten worden. In einem Verfahren hatte man ihn zum Tod durch Hängen verurteilt. Der einzige Grund, aus dem er verschont blieb, war der, daß genau das Bandenmitglied, für das man ihn gehalten hatte, sich unter die Menge mischte, um der Hinrichtung zuzuschauen. Man erkannte ihn in der Menschenmenge. Das war ein Erlebnis, von dem Jeb leidenschaftlich gern erzählte.

Jessie hatte diese Geschichte schon sehr oft gehört. Sie verließ den Stall, ohne bemerkt zu werden, da beide Männer, der junge und der alte, zu vertieft waren, um ihr Verschwinden wahrzunehmen.

Langsam ging sie auf das Haus zu. Sie blieb auf der Veranda und streckte sich auf einem der Ledersofas aus. Die Luft war still und nicht zu kühl. Jessie wollte nicht gleich ins Haus gehen. Es war schon spät, aber noch nicht zu spät.

Jessie schloß die Augen, um sich von ihren Gedanken abzulenken, und sie hoffte, die frische Luft würde ihren Kopf so weit freiwehen, daß sie schlafen konnte. Als sie gerade spürte, daß sie sich ruhiger und friedlicher fühlte, hörte sie die Frage: »Wo ist der Junge?«

Jessie öffnete langsam die Augen. Im ersten Moment sah sie Chase nicht. Als sie sich umsah, stellte sie fest, daß er auf den Stufen hockte, an das Geländer gelehnt. Er saß ihr gegenüber und sah sie an.

»Sie finden Billy bei Jeb im Stall.«

»Ich habe ihn nicht gesucht. Ich habe mich nur gefragt, wo er stecken könnte. Ich dachte, nach dem langen Ritt sei er vielleicht schon im Bett.«

Jessie lachte in sich hinein, als sie daran dachte, wie sehr Billy sich bemüht hatte, mit ihr Schritt zu halten. »Morgen früh ist er wahrscheinlich wund gescheuert, aber ich glaube, es hat ihm Spaß gemacht.«

»Das bezweifle ich nicht. Er will schon lange mit dir ausreiten.«

Jessie richtete sich abrupt auf und sah ihn an. »Woher wollen Sie das wissen?«

»Er erzählt mir manches«, erwiderte Chase nicht ohne Stolz. »Wirst du ihn noch mal mitnehmen?«

»Das habe ich mir noch nicht überlegt.« Jessie zuckte die Achseln. »Morgen jedenfalls bestimmt nicht. Ich werde morgen nicht hiersein.«

»Ach?«

Jessie spürte Zorn in sich aufsteigen, und unterschwellig empfand sie wieder einen Teil des Schmerzes, den Chase ihr an jenem Morgen zugefügt hatte.

»Ja, ›Ach‹, und der Grund geht Sie nichts an, Mister.«

»Es würde mich freuen, wenn du mich als Chase sehen würdest«, sagte er liebenswürdig.

»Dazu kenne ich Sie nicht gut genug.«

Er grinste. »Das läßt sich leicht ändern. Was möchtest du über mich wissen?«

»Nichts«, sagte sie halsstarrig, ohne ihre Augen zu öffnen.

»Das ist zu schade, weil ich unendlich neugierig bin, was dich angeht.«

Sie sah ihn scharf an. Machte er sich über sie lustig?

»Wieso?« fragte sie.

»Weil du ganz anders bist als die meisten Mädchen. Mich fasziniert, wie du aufgewachsen bist. Sag mir eins: Ist diese Art von Leben, wie du es lebst, das, was du wolltest?«

»Worin liegt der Unterschied?« sagte sie. »Es ist geschehen und vorbei. Ich bin so, wie ich bin.« Sie bemühte sich sehr, die Bitterkeit, die sie empfand, nicht hörbar werden zu lassen. Niemals würde sie diesem Mann oder Rachel eingestehen, wie sehr sie ihr Leben haßte. Mehr als alles andere auf Erden wollte sie so aussehen und sich so verhalten wie andere Mädchen. Als ihr Vater gestorben war, hatte sich ihr die Gelegenheit geboten, sich zu ändern, die Gelegenheit, endlich ein normales Leben zu führen. Diese Chance würde sie erst dann wieder bekommen, wenn diese beiden Eindringlinge verschwunden waren.

»Ja«, sagte Chase freundlich. »Du bist mit Sicherheit einzigartig. Deshalb kannst du es einem Mann nicht vorwerfen, wenn er neugierig ist, oder?«

Sein Lächeln war ausgesprochen gewinnend. Seine Zähne waren so gerade, gleichmäßig und weiß, seine Lippen so voll und doch nicht zu voll. Und das dunkle Haar fiel ihm in die Stirn wie...

Jessie schüttelte sich. Was war bloß in sie gefahren, ihn so anzustarren?

»Die Männer hier draußen stellen nicht viele Fragen, ob sie nun neugierig sind oder nicht«, sagte sie zu ihm. »Aber ich scheine zu vergessen, daß Sie nicht von hier sind. Ich reite morgen nach Cheyenne, da es Sie interessiert. Ich muß noch ein paar Männer für den Viehtrieb anheuern.«

»Hättest du was dagegen, wenn ich mitreite?«

»Weshalb? Um das zu tun, worum Rachel Sie gebeten hat? Ich sagte Ihnen doch, daß Sie Ihre Zeit vergeuden.«

»Warum läßt du mich das nicht selbst beurteilen? Ich reise nämlich nicht ab, ehe ich das getan habe, worum mich deine Mutter gebeten hat.« Er bemühte sich, es so behutsam wie möglich zu sagen.

»Wenn das so ist, können Sie selbstverständlich unter allen Umständen morgen mitkommen«, erwiderte Jessie.

Chase lachte kurz auf. »Wie eilig du es hast, mich loszuwerden! Du verletzt mich ganz schrecklich, Jessica. Die meisten Frauen finden mich charmant und geistreich. Gewöhnlich haben mich die Frauen gern um sich, ob du es nun glaubst oder nicht.«

»So? Aber schließlich bin ich ja keine Frau, oder doch?« sagte Jessie mit absolut ruhiger Stimme und unverändertem Gesichtsausdruck. »Ich bin nichts weiter als eine verzogene Göre. Und daher macht es so oder so keinen Unterschied, was ich von Ihnen halte, das stimmt doch?«

Chase runzelte die Stirn. Das klang zu verdächtig nach dem, was er am Morgen desselben Tages zu Rachel gesagt hatte. Sie konnte dieses Gespräch unmöglich mit angehört haben, oder etwa doch? Nein. Wenn sie es gehört hätte, würde sie jetzt kein Wort mit ihm reden.

»Wo ist Rachel?« unterbrach Jessie seine Gedanken.

»Sie ist schon ins Bett gegangen«, antwortete er, wobei er sie abschätzend musterte. »Findest du nicht, es wäre angemessener, wenn du sie Mutter nennen würdest?«

»Nein, das finde ich nicht«, erwiderte sie schlicht und einfach. »Und ich glaube, ich lege mich jetzt auch gleich schlafen.«

Jessie richtete sich auf und streckte sich, um zu betonen, daß sie erschöpft war und nicht gewaltsam das Gespräch abbrechen wollte. Seine Augen streiften über ihren Körper, insbesondere in der Höhe, in der sich ihre Brüste durch ihr Hemd abzeichneten.

Das war also alles, was nötig war, damit er sie als eine Frau ansah! Jessie streckte sich noch etwas ausgiebiger, ehe sie aufstand. Sie kostete seinen Gesichtsausdruck aus. Es schien ihm nicht bewußt zu sein, daß er sie unverhohlen anstarrte.

»Ich breche vor der Morgendämmerung auf, falls Sie immer noch entschlossen sind mitzureiten«, äußerte sich Jessie unaufgefordert.

»Ja, gut...«

»Gute Nacht, Mr. Summers.«

Chase sah ihr nach, als sie ins Haus ging. Allein in der Abgeschiedenheit ihres Zimmers würde sie ihre Kleider ausziehen, diese Männerkleider, die ihre Weiblichkeit in Wirklichkeit gar nicht verbergen konnten. Wie mochte das Nachtgewand aussehen, das sie sich überzog? Ein Nachthemd? Gar nichts? Er mußte bemerken, daß er sie sich sehr gut vollkommen nackt vorstellen konnte.

Er fing an, sich zu fragen, ob das Bild, das er sich von ihr machte, der Realität entsprach. Waren ihre Brüste wirklich so voll und rund, wie sie wirkten, ihre Taille so schmal? Ihr Gesicht und ihre Hände waren von der Sonne bestrahlt, doch den Rest ihres Körpers stellte er sich so hell und zart wie eine weiße Rose vor. Ihre Beine dürften das Aufregendste von allem sein. Sie waren wunderbar lang, wenn man sie an ihren übrigen Proportionen maß, doch sie verbrachte viele Stunden täglich auf dem Sattel, und daraus mußten feste, straffe Muskeln entstehen. Diese Beine mußten kraftvoll sein und einen Mann zwischen sich gefangenhalten können, bis sie ihn freiwillig losließ. Ja, in der Liebe war Heftigkeit, wenn nicht Aggressivität von ihr zu erwarten.

Gütiger Himmel, was, zum Teufel, tat er hier? Dazusitzen und sich solche Dinge durch den Kopf gehen zu lassen! Ungeachtet ihres wohlgestalteten Körpers war sie noch ein Kind, nichts weiter als ein Kind. Er hatte sie nicht auszuziehen, nicht einmal in seinen Gedanken. Sie war sehr hübsch, sogar wirklich schön, wenn er sich selbst gegenüber ehrlich war. Sogar absolut umwerfend, wenn sie lächelte.

Aber er konnte sie wirklich nicht leiden. Nein, er mochte sie überhaupt nicht.

9

Es bereitete Jessie keine Schwierigkeiten, früh wach zu werden. Es war noch dunkel, und sie zündete ihre Lampe an, um sich fertig zu machen. Sie kleidete sich mit Sorgfalt und wählte ihre weichste Wildlederhose aus, hellbeige, und dazu eine passende Weste, die beidseits mit silbernen muschelförmigen Nieten versehen war. Die Weste wurde mit Silberschnüren zugebunden. Ein schwarzes Seidenhemd vervollständigte ihre Aufmachung. Ehe sie ihr Zimmer verließ, tat sie etwas, was sie fast noch nie getan hatte. Sie öffnete die Truhe, die unter ihrem Bett stand, holte eine Flasche Jasminparfüm heraus und rieb sich einen Hauch Parfüm hinter beide Ohren. Wie er das wohl finden wird? Sie lächelte vor sich hin.

Kate war in der Küche, und sowie sich Jessie an den Tisch setzte, servierte sie ihr ein Steak und Eier. Kate schnupperte, als sie den blumigen Duft roch, der von Jessie ausging. Sie zog eine Augenbraue hoch, aber sie gab keinen Kommentar dazu ab. Jessie sah ihr mit einem breiten Grinsen nach. Natürlich sagte Kate nichts. Sie sagte nie etwas.

Dann legte sich Jessies Stirn in Falten, als sie sah, wie matt Kates Schultern herunterhingen. »Warum gehst du nicht einfach wieder ins Bett, nachdem du Mr. Summers das Frühstück serviert hast, Kate? Du siehst so müde aus«, sagte Jessie. »Rachel kann selbst für sich sorgen.«

»Mir macht es nichts aus«, sagte Kate leise. »Und Mr. Summers hat schon gefrühstückt.«

Das überraschte Jessie. Sie hatte nicht damit gerechnet, daß er so früh aufstehen würde. Sie aß eilig ihr Frühstück auf und eilte in den Stall. Das kalte Mittagessen, das Kate vorbereitet hatte, nahm sie mit. Chase sprach mit Jeb, und sein Pferd war gesattelt. Sie begrüßte ihn mit einem Lächeln, denn sie war entschlossen, den Tag angenehm beginnen zu lassen, und er entlohnte sie nur allzu großzügig.

Sie freute sich über den bewundernden Blick, mit dem Chase sie musterte. Während sie Blackstar sattelte und aufstieg, ließ er sie nicht aus den Augen. Sie war sich ihrer eigenen Bewegungen noch nie so bewußt gewesen wie jetzt in diesem Moment. Es war aufregend, dieses Spiel. Würde sie sein Interesse so lange fesseln können, daß er zugeben würde, daß sie kein Kind mehr war, keine Göre?

Der Himmel wurde rötlich, als sie losritten. Jessie ritt voraus, um ihm den Weg zu weisen, der aus dem Tal führte. Der Pfad lag noch im Dunkeln. Sobald die Sonne aufgegangen war, ritten sie Seite an Seite, doch sie sprachen nicht miteinander. Es war kein Ritt zum Vergnügen. Jessie mußte die

Stadt am frühen Nachmittag erreichen, und sie sorgte für ein rasches Fortkommen und fiel auf ebenen Strecken manchmal sogar in einen Galopp.

Fünf Stunden später hielten sie ihre Pferde an dem kleinen Bach an, an dem sie immer Rast machte, wenn sie nach Cheyenne ritt. Es war ein hübsches Fleckchen im Schatten der Bäume, das auf einer Höhe mit dem Wasser lag, und das rote und goldene Herbstlaub verlieh dem Ort einen zusätzlichen Zauber. Zudem war man hier sicher, da die gesamte Umgebung Flachland war. Jeden Fremden, der sich näherte, hätte man sofort gesehen.

Als erstes versorgten sie ihre Pferde, und dann setzten sie sich unter die Bäume, um gemeinsam einen Laib Brot, aufgeschnittenes Roastbeef und Käse zu verzehren. Jessie wusch nach dem Essen das Geschirr ab und lehnte sich an ihren Sattel, um sich eine Weile auszuruhen. Chase, der noch nicht mit dem Essen fertig war, saß neben ihr.

Jessie verschränkte die Arme hinter dem Kopf und zog sich die Krempe ihres schwarzen Filzhutes mit einem Ruck über die Augen. Sie zog ein Bein an und bewegte das Knie träge von einer Seite auf die andere, damit er wußte, daß sie nicht schlief. Diese Haltung drückte ihre Brüste heraus und lenkte die Aufmerksamkeit auf ihren flachen Bauch, und genauso hatte sie es beabsichtigt. Seine Blicke ruhten auf ihr, und sie behielt ihren Hut auf dem Gesicht, damit er sie in aller Ruhe ansehen konnte.

Jessies Stimme war verblüffend laut, als sie fragte: »Wie lange kennen Sie Rachel schon, Mr. Summers?«

Er seufzte. »Falls du doch noch anfangen willst, mich kennenzulernen, findest du nicht, daß es dann an der Zeit ist, mich Chase zu nennen?«

»Ich denke schon.«

Sie sah sein Grinsen nicht. »Ich kenne deine Mutter seit etwa zehn Jahren.«

Jessie zuckte zusammen. Vor zehn Jahren hatte Rachel Thomas Blair verlassen. Jessie war damals acht Jahre alt gewesen. Ihr wurde nicht klar, daß Chase zu dem Zeitpunkt nicht älter als fünfzehn oder sechzehn gewesen sein konnte.

Daher ging sie augenblicklich davon aus, daß Chase exakt zu der Zeit, nachdem Rachel Thomas verlassen hatte, Rachels Liebhaber gewesen war.

»Lieben Sie sie immer noch?« fragte Jessie mit gepreßter Stimme.

Es folgte eine Pause.

»Was genau willst du eigentlich wissen?«

Jessies Tonfall veränderte sich, denn sie versuchte, die Sache so leichtfertig hinzustellen, als sei ihr völlig egal, ob es nun so war oder nicht. »Sie sind doch einer ihrer Männer, oder etwa nicht?«

Chase holte tief Atem. »Moment mal, Mädchen. Ist es das, was du geglaubt hast?«

Jessie setzte sich jetzt auf und sah ihn direkt an. »Sie sind doch sofort hergekommen, als sie nach Ihnen geschickt hat, oder?«

Er lachte über ihren harten, anklagenden Blick.

»Du hast eine schmutzige Fantasie, Jessie. Oder liegt es nur daran, daß du von deiner Mutter immer nur das Schlechteste denkst?«

»Du hast meine Frage noch nicht beantwortet«, sagte sie hartnäckig.

Er zuckte die Achseln. »Ich denke schon, daß ich sie liebe, soweit ich eine Frau irgend lieben kann.«

Jetzt brauchte Jessie eine Atempause. Es dauerte eine Weile, bis sie entschieden hatte, was sie als nächstes sagen sollte. »Klingt ganz so, als würdest du Frauen nicht allzusehr mögen.«

»Jetzt hast du mich aber ganz falsch verstanden. Ich mag alle Frauen. Es geht nur darum, daß ich es überflüssig finde, mich für eine bestimmte zu entscheiden.«

»Du teilst dich wohl gern unter den Frauen aus?« sagte sie gehässig.

»So könnte man es sagen.« Er grinste. »Aber das liegt nur daran, daß ich noch nie eine Frau gefunden habe, die ich für längere Zeit in meiner Nähe ertragen könnte. Wenn Frauen erst einmal glauben, einen Mann geködert zu haben, ist es aus mit der Romanze, und die Launenhaftigkeit setzt ein, das

Nörgeln, die Eifersucht. Dann ist der Zeitpunkt gekommen, an dem man besser weiterzieht.«

»Versuchst du, mir weiszumachen, alle Frauen seien so?« fragte Jessie leise.

»Natürlich nicht. Im Osten gibt es alle Arten von Frauen, aber man muß einfach wissen, daß nur ein bestimmter Typ Frau in den Westen kommt. Die, die bereits verheiratet sind und deren Töchter verheiratet werden wollen, Frauen, die sich uninteressiert geben, bis man sie auffordert.«

»Ich nehme an, daß unter diese zweite Gruppe von Frauen auch die Mädchen aus den Saloons und Tanzbars fallen?«

»Mit denen hat man den meisten Spaß«, sagte er. Er wußte, daß er sich auf einem gefährlichen Territorium befand.

»Mit anderen Worten: Huren?«

»Als das würde ich sie nicht bezeichnen«, sagte er entrüstet.

»Hast du so Rachel kennengelernt?« höhnte sie.

Er legte verärgert die Stirn in Falten. »Da es dir offensichtlich niemand erzählt hat, kann ich es dir ebensogut jetzt erzählen. Rachel war allein und am Verhungern und offensichtlich schwanger, als mein Stiefvater Jonathan Ewing sie zu uns nach Hause geholt hat.«

»Dein Stiefvater?«

»Das überrascht dich?«

Jessie war weit mehr als nur überrascht. Sie hatte Ewing für Billys Vater gehalten, doch offensichtlich war Will Phengle Billys Vater. Ob Billy das wußte? Dann ging ihr auf, daß Rachel heute vierunddreißig war. Vor zehn Jahren, mit vierundzwanzig, mußte sie wesentlich älter gewesen sein als Chase. Das hieß, daß sie wahrscheinlich keine Affäre miteinander gehabt hatten.

»Und wo war deine Mutter?« fragte Jessie.

»Sie war schon lange tot.«

»Das tut mir leid.«

»Kein Anlaß«, sagte er hämisch.

Erbitterung war deutlich aus seinem Ton herauszuhören,

doch Jessie wollte nichts darüber wissen. Erbitterung kannte sie selbst gut genug.

»Dein Stiefvater hat Rachel also geheiratet, obwohl sie das Kind eines anderen Mannes austrug?«

»Wegen dieses Kindes«, erwiderte Chase knapp.

Gütiger Himmel, dachte Jessie, was ging hier vor?

»Dieser Schuft hat sie erst geheiratet, nachdem sie einen Sohn geboren hatte. Ich bezweifle nicht, daß er sie vor die Tür gesetzt hätte, wenn das Kind ein Mädchen gewesen wäre.«

Jessie schnappte nach Luft. »Noch so ein Mann wie Thomas Blair! Und ich dachte, das sei nur bei ihm so!«

»In dem Fall gab es einen Grund. Dein Vater konnte Kinder haben. Jonathan Ewing konnte das nicht. Er war ein reicher Mann, und er wollte einen Sohn haben, der sein kleines Reich eines Tages übernimmt. Das war der einzige Grund, aus dem er meine Mutter geheiratet hat. Er hat sie nicht geliebt, er wollte nur einfach mich haben. Und sie machte sich nichts aus ihm, sondern nur aus seinem Reichtum. Aber mir machte das etwas aus. Ich haßte ihn.« Er schwieg, sprach aber dann doch weiter.

»Ich war alt genug, um seine Motive zu verstehen, alt genug, um seine hochfahrende Art abzulehnen. Er glaubte, mit seinem Reichtum könne er sich alles kaufen. Ich war nicht bereit, ihn zu akzeptieren, denn irgendwo hatte ich ja schon einen Vater. So kam es zwischen Ewing und mir zu einem langen, zermürbenden Kampf – der nie endete. Im letzten Jahr, das ich dort verbracht habe, hat Rachel mir die Sache leichter gemacht. Sie war freundlich. Sie mochte mich und hat sich um mich gekümmert, und sie war ein Puffer zwischen uns beiden. Sie hat mir sehr geholfen. Verstehst du jetzt, warum ich ihr gern einen Gefallen tue?«

Jessie blieb stumm. Seine Kindheit mußte grauenhaft gewesen sein, der Kampf gegen einen Vater, der Verlust einer Mutter. Dennoch wiesen ihn seine kurz zuvor gemachten Bekenntnisse auf anderen Gebieten als einen schäkernden Bösewicht aus.

»Du kennst Rachel nicht gut genug«, sagte Jessie.

»Ich glaube, ich kenne sie besser als...« Er unterbrach sich und starrte über ihren Rücken in die Ferne. »Jemand scheint sich ganz furchtbar für uns zu interessieren.«

»Was?«

»Zweifellos einer deiner freundlichen Indianer.«

Jessie wirbelte sofort herum und folgte seinem Blick mit ihren Augen. Ein gutes Stück von ihnen entfernt saß ein Indianer auf einem gescheckten Pony. Er saß ganz einfach da und starrte in ihre Richtung. War das Weißer Donner? Nein, er wäre näher gekommen, um sie zu begrüßen. Jessie stand auf, wühlte in ihren Satteltaschen, holte ihren Feldstecher heraus und richtete ihn auf den Indianer.

Im nächsten Moment senkte sie den Feldstecher und sagte: »Was hat *der* denn hier zu suchen? Was glaubst du?«

»Ein Indianer aus dem Reservat?« fragte Chase.

Sie warf ihm einen flüchtigen Blick zu und schüttelte den Kopf. »Für dich sind wohl alle Indianer Reservats-Indianer, was? Mein Gott, bist du ein Dickschädel. Ich habe mich wirklich bemüht, dir zu erklären... ach, was soll das, es macht ja doch keinen Unterschied.«

Chase kniff die Augen zusammen. »Willst du damit sagen, daß wir in Gefahr sind?«

»Ich bin nicht in Gefahr, aber ich weiß nicht, wie das mit dir ist«, lautete ihre brutale Antwort.

»Hör mal«, sagte er ungeduldig, »könntest du mir das vielleicht erklären?«

»Das da draußen ist ein Sioux-Krieger. Sie verlassen ihr Territorium nicht, wenn sie nicht einen guten Grund dafür haben, und ohne guten Grund sitzen sie auch nicht da und beobachten einen.«

»Hältst du es für möglich, daß es mehrere sind?«

Jessie schüttelte den Kopf. »Nein, das glaube ich nicht. Als ich letzte Woche Kleiner Falke getroffen habe, war er allein.«

»Du hast ihn letzte Woche getroffen?« echote Chase.

Sie wandte sich ab, um ihren Feldstecher wieder einzupacken. Die Verwirrung, in die sie ihn gestürzt hatte, bereitete ihr großes Vergnügen. »Er hat mit mir gegessen und eine Nacht lang das Lagerfeuer mit mir geteilt. Allzu freundlich war er trotzdem nicht. Genaugenommen war er sogar ziemlich arrogant. Aber das findet man oft.« Dann grinste sie Chase an. »Man muß sagen, daß er in einer Hinsicht äußerst freundlich zu mir sein wollte, aber ich habe nein gesagt.«

Chase gelang es mühsam, seinen Unglauben zu verhehlen. »Er wollte dich also? Ich nehme an, dann ist er deshalb hier.«

Jessie sah ihn scharf an, doch sein Gesichtsausdruck zeigte nicht, was er sich wirklich dachte. »Ich kann mir zwar nicht vorstellen, was er hier zu tun hat, aber ich bin nicht so eingebildet zu glauben, daß er meinetwegen hiersein könnte.«

»Und wenn es doch so sein sollte – warum zeigen wir ihm nicht, daß du nicht zu haben bist?«

Ehe sie erfaßt hatte, was Chase meinte, hatte er sie schon in seine Arme gezogen, und sein Mund senkte sich auf ihre Lippen. Sie hätte nicht erstaunter sein können, wenn ein Pferd sie abgeworfen hätte. Diese Berührung war atemberaubend. Jessie war entgeistert. Sie ließ sich in seine Arme sinken und gab sich dem zarten Druck seiner Lippen hin. Selbst, als sie wieder bei Sinnen war, rührte sie sich nicht von der Stelle. Seine Berührung und seine Nähe gefielen ihr, der Taumel, an dem sie sich berauschte. So war sie wahrhaftig noch nie geküßt worden, und das mußte daran liegen, daß er genau wußte, was er tat.

Natürlich, es war eine Frage von Erfahrung! Chase kannte die Frauen schließlich gut, wie sie sich jetzt ins Gedächtnis zurückrief. Jessie gelang es jedoch trotz der Empörung, die jetzt einsetzte, nicht ganz, sich von ihm loszureißen.

Aber alle beide hatten Kleiner Falke vergessen. Chase ließ Jessie los, als er das Pferd hörte, das im Galopp auf sie zukam. Im nächsten Moment sprang der Indianer von seinem Pferd ab. Chase kam nicht dazu, auch nur zu seiner Verteidigung die Hände zu heben, ehe Kleiner Falke, der regelrecht durch die Luft flog, ihn an der Kehle packte und auf den Boden warf.

Jessie sah ihn mit weit aufgerissenen Augen an. Einen derart eleganten Sprung von einem galoppierenden Pferd hatte sie noch nie gesehen. Aber warum stand Chase nicht auf und kämpfte? Er rührte sich nicht. Kleiner Falke zog sein Messer.

»Nein!« rief sie ihm zu. »Kleiner Falke!«

Sie rannte auf ihn zu und stand in dem Moment vor ihm, als er Chase packen wollte. Sie stellte sich zwischen ihn und Chase. Kleiner Falke und sie starrten einander länger an. Endlich steckte er sein Messer ein und richtete seinen Blick auf Chase. Er ließ einen wütenden Wortschwall los und überschüttete sie dann mit schnell aufeinanderfolgenden Zeichen.

In ihrer Verwirrung interpretierte sie die Zeichensprache, so gut es ging. »Du willst wissen, was er mir bedeutet? Aber ich wüßte nicht...«

Sie unterbrach sich, als sie sich erinnerte, daß er sie nicht verstehen konnte. »Vielleicht bist du auch nur verrückt«, murmelte sie. »Ich kann es nicht erklären... er bedeutet mir nichts.«

»Warum hast du ihn dann geküßt?«

Jessie schnappte nach Luft. »Das ist ja die Höhe, du gemeiner Kerl!« schrie sie. »Du hast *von Anfang an* Englisch verstanden. Und ich habe mein Gehirn strapaziert, um mich wieder an die Zeichensprache zu erinnern, damit – oh! Wenn ich nur daran denke, wie sehr ich mich gefürchtet habe, und du hättest mir nur sagen müssen...«

»Du redest zuviel, Frau«, schnaubte Kleiner Falke. »Sag mir, warum du diesen Mann geküßt hast.«

»Ich habe ihn nicht geküßt. Er hat es getan, und er hat es nur getan, damit du weiterreitest. Einen anderen Grund gab es nicht, denn er mag mich nicht, und ich kann ihn nicht ausstehen. Und warum zum Teufel muß ich dir das erklären? Warum hast du ihn angegriffen?«

»Wolltest du seine Aufmerksamkeiten?«

»Nein, aber...«

Kleiner Falke hörte sich das nicht an, sondern ging zu seinem Pferd. Er stieg auf, ritt zu ihr herüber und sah auf sie herab.

»Weißer Donner ist in sein Winterlager zurückgekehrt«, sagte er beiläufig.

»Du kennst ihn also?«

»Ich habe seine Bekanntschaft gemacht, nachdem wir uns

getroffen haben. Er sagt mir, daß du keinen Mann hast, nur deinen Vater.«

»Mein Vater ist vor kurzem gestorben.«

»Dann hast du gar keinen Mann?«

»Ich brauche keinen«, antwortete sie matt.

Kleiner Falke lächelte und versetzte sie in neuerliches Staunen. »Wir werden uns wiedersehen, Sieht Wie Frau Aus.«

»Verdammt noch mal!« fluchte sie. Sie wandte sich zu Chase um, während Kleiner Falke fortritt. Er lag immer noch auf dem Boden, doch sein Atem ging normal. Sie untersuchte seinen Kopf nach eventuellen Verletzungen und fand eine dicke Beule. Sie ging zum Bach, füllte ihren Hut mit Wasser und schüttete ihm das Wasser ins Gesicht.

Spuckend und stöhnend richtete er sich auf, und sie stieß einen Seufzer der Erleichterung aus.

»Hat dieser Mistkerl mich angegriffen?« frage Chase, der seinen Kopf abtastete. Er stieß einen jämmerlichen Laut aus, als er die Beule fand.

»Er hätte dich töten können«, sagte Jessie barsch. »Ein großer Kämpfer bist du nicht gerade.«

Er runzelte die Stirn. »Warum bist du so sauer? Mußtest du ihn erschießen?«

»Nein, ich mußte ihn nicht erschießen. Und ich würde sein Leben ohnehin nicht für dein Leben aufs Spiel setzen.«

Ihre Gehässigkeit versetzte ihm einen Stich. »Du haßt mich wirklich, stimmt's?«

»Merkt man das?«

Sie ging weg, um ihr Pferd zu satteln. Chase fehlte nichts. Um ihn brauchte sie sich nicht mehr zu kümmern.

Mit äußerst vorsichtigen Bewegungen ging Chase zu seinem Pferd, um es ebenfalls zu satteln. »Warum hat er mich angegriffen? Weißt du das?« fragte er.

»Vielleicht kommst du selbst dahinter, du Greenhorn.«

»Verdammt noch mal!« fluchte er. »Ist es zuviel verlangt, daß du ein bißchen freundlicher bist? Schließlich bin ich derjenige, der verletzt worden ist.«

»Und weißt du auch, warum?« höhnte Jessie. »Wegen deiner Aufschneiderei, deshalb.«

Er sah sie nachdenklich an. »Bist du deshalb so wütend? Weil ich dich geküßt habe?«

Sie antwortete nicht. Schweigend stieg sie auf und ritt los. Sie überließ es ihm, ihr zu folgen oder auch nicht. Chase kletterte mit pochendem Schädel auf den Sattel. Er war sich nicht mehr sicher, warum er sie geküßt hatte, aber es war eine Dummheit gewesen. Er würde sich in acht nehmen und sich nicht mehr in Versuchung bringen lassen, es noch einmal zu tun, das nicht, nein, nie mehr!

10

Der Ärger ging los, als sie gerade erst in Cheyenne angekommen waren. Sie ließen ihre Pferde im Mietstall stehen, und Jessie ging ins Hotel, um sich ein Zimmer zu nehmen. Sie hatte Chase nicht von ihren Plänen unterrichtet, und daher war er gezwungen, ihr wortlos zu folgen und zu rätseln, was sie vorhaben mochte. Sie sprachen kaum ein Wort miteinander. Jessie teilte ihm mit, wo er einen Arzt finden konnte, falls er es für nötig halten sollte. Dann ignorierte sie ihn wieder wie bisher. Ihre verbissenen Gesichtszüge und ihr erboster Gang zeigten ihm deutlich, daß ihr seine Gesellschaft unangenehm war, und er wußte verdammt gut, daß es keinen Sinn hatte, sie nach ihren weiteren Plänen zu fragen. Sie hätte darauf nur geantwortet, das ginge ihn nichts an.

Im Hotel trug sich Jessie in das Gästebuch ein, und Chase wollte sich ebenfalls eintragen. Doch ehe er auch nur seinen Namen schreiben konnte, wurde ihm das Buch abrupt aus den Händen gerissen.

»Es ist genauso, wie er gesagt hat, Charlie«, rief der Mann, der neben Chase stand, über seine Schulter. Er kicherte in sich hinein. »Vor ihrem Namen steht ein K.«

»Kann ich das Gästebuch vielleicht wiederhaben?« fragte Chase erbost.

»Ja, klar, Mister.« Der Mann schob ihm das aufgeschlagene Buch wieder hin. Er grinste. »Wollte nur mal schnell was nachschauen.«

Als er weggegangen war, warf Chase einen Blick auf Jessies Namenszug. Ja, vor ihrem Namen stand ein K. Als er sich wieder umdrehte, mußte er feststellen, daß ihnen der Weg zur Eingangstür von einem quadratischen Kerl mit breiter Brust verstellt wurde. Der schlaksige Mann, der eben noch neben Chase gestanden hatte, näherte sich Jessie von hinten und zog ihre Waffe aus ihrem Gurt, ehe sie ihn davon abhalten konnte.

Chase erwartete gespannt ihre Reaktion. Er freute sich darauf, beobachten zu dürfen, daß sie ihre grauenhafte Laune zur Abwechslung an einem anderen ausließ.

Doch Jessie stand nur einfach da, mit steifem Rücken und den Händen auf den Hüften und finsterem Gesicht.

»Laton hat uns also doch nicht auf die Schippe genommen«, lachte Charlie. »Er hat gesagt, daß der Name Kenneth Jesse Blair auf dem Dokument steht. Aber ich habe gesagt nein, der alte Blair muß irgendwo einen Sohn haben. Und dem hat er seine Ranch vermacht. Kann kein Mädchen sein, was Kenneth heißt. Hab' ich's nicht gesagt, Clee?«

»Exakt deine Worte«, stimmte der schlaksige Clee mit einem Nicken zu.

»Aber Laton hat wie üblich recht gehabt«, fuhr Charlie fort. »Da haben wir aber einen schönen Kenneth geschnappt. Sieht sie nicht ganz wie ein Kenneth aus?«

»Mit Reithosen und allem, was dazugehört«, stimmte Clee mit einem meckernden Lachen zu.

»Sie haben Ihren Spaß gehabt, Mister, und mir reicht es jetzt von Ihnen«, sagte Jessie mit gesenkter Stimme. Sie sah Clee an. »Und jetzt hole ich mir meine Waffe zurück.«

»So?« sagte Clee grinsend. »Wozu, wenn du nicht Manns genug bist, sie zu benutzen? Bist du Manns genug?«

Die Männer lachten und freuten sich über den Scherz. Jessie überlegte nicht lange, ehe sie Clee einen Kinnhaken versetzte. Ihre Waffe fiel ihm aus der Hand, und Charlies Gesicht wurde fleckig vor Zorn. Er trat die Waffe aus Jessies Reichweite und hielt ihr die Arme fest.

Chase hatte genug gesehen.

»Jetzt läßt du die Dame los, Freund«, sagte Chase. Er stieß Clee gegen die Wand.

»Sie bezeichnen diese Wildkatze als Dame?« knurrte Charlie.

Aber er ließ Jessie los, und sie holte sich ihre Waffe. »Hat Bowdre euch geschickt, damit ihr mir Ärger macht?« fragte sie. Dabei sah sie Charlie ins Gesicht.

Diese Wendung der Ereignisse gefiel Charlie gar nicht. Laton würde nicht erfreut sein, wenn er davon hörte. Wenn sie zu ihm ging oder in Gegenwart von anderen Wirbel machte, würde er wütend sein. Laton wollte sichergehen, daß niemand mit dem Finger auf ihn zeigte.

»Laton will keinen Ärger mit dir haben, Mädchen. Alles, was er will, ist sein Geld. Es war Clees Idee, daß wir uns einen kleinen Scherz mit dir erlauben. Und es *war* nur ein Scherz. Du hast halt keinen Humor, Mädchen«, brummte Charlie.

»Oh, doch, ich habe durchaus Humor.« Jessies Lächeln war beißend. »Ich stelle mir vor, daß es wirklich ein Spaß wäre, dir eine Kugel in die Eingeweide zu jagen.« Dann sagte sie: »Kommen Sie mir bloß nicht zu nah, Mister!«

»Ist sie nicht angenehm, die Kleine?« höhnte Charlie, während Clee und er ihr nachsahen, als sie das Hotel verließ und auf die Straße stolzierte.

Chase holte sie mitten auf der Straße ein. »Bleib stehen, Mädchen.« Er mußte sie am Arm festhalten, weil sie nicht stehenbleiben wollte.

»Was willst du?« fauchte sie.

Er starrte sie ungläubig an. Sie war wirklich wütend, weil er sich eingemischt hatte!

»Ich schwöre es dir, Kleines, jemand sollte dir den Hintern verhauen. Du kannst doch nicht einfach rumlaufen und nach Lust und Laune mit deinen Fäusten um dich schlagen. Beim nächsten Mal könntest du weniger Glück haben.«

»Wer, zum Teufel, hat dich zu meinem Schutzengel bestimmt, Summers?« fauchte sie.

Schon wieder einmal hatten sie ein Unentschieden erreicht. Und sie hatte recht. Er war nicht ihr Hüter.

Er grinste. »Ich dachte, wir hätten uns darauf geeinigt, daß du mich Chase nennst.«

»Ich habe auch einen Namen, und der ist bestimmt nicht ›Kleines‹«, sagte Jessie unerbittlich.

Er lachte. »Touché.« Sie ging weiter, und er lief neben ihr her. »Wohin gehst du jetzt – falls es dir nichts ausmacht, wenn ich frage?«

»Ins Büro des Sheriffs.«

»Wegen des Vorfalls, zu dem es gerade gekommen ist?«

»Weshalb sollte ich denn den Sheriff damit belästigen?« Sie wirkte ehrlich verblüfft.

»Warum sonst?«

»Wer sonst weiß so genau, wer sich in der Stadt aufhält, wer gerade auf der Durchreise ist und wer Arbeit sucht? Ich hoffe, daß er mir ein paar Leute vorschlagen kann, damit ich die geschäftlichen Dinge heute noch erledigen und morgen früh zur Ranch zurückreiten kann.«

»Wenn das so ist, komme ich einfach mit, wenn du nichts dagegen hast«, sagte er. »Der Sheriff sollte von deinem Zusammenstoß mit diesem Indianer unterrichtet werden.«

Jessie blieb abrupt stehen. »Wieso?«

»Es könnten sich noch mehr Indianer in dieser Gegend aufhalten«, erwiderte Chase. »Findest du nicht, daß er das wissen sollte?«

»Nein«, sagte sie mit Nachdruck. »Sieh mal, der Sheriff würde dich nur auslachen, wenn du etwas über Feindseligkeiten in dieser Gegend faseln würdest. Er weiß es ja besser. Aber wenn andere Leute hören, was du sagst, dann gäbe es ein Tohuwabohu. Und dann ständest du reichlich dumm da, weil Kleiner Falke allein war und ich außerdem sicher bin, daß er bereits wieder nach Norden geritten ist.«

Sie ging weiter, doch Chase folgte ihr nicht mehr. Er starrte ihr mit Augen nach, die wie brennende Kohlen glühten. Sie hatte es wieder getan, ihm das Gefühl gegeben, ein absoluter Trottel zu sein. Verdammt, das tat sie doch absichtlich!

Er fand einen Saloon, ohne länger suchen zu müssen.

Nach mehreren Drinks war er in der Lage, sich abzuregen. Er beteiligte sich sogar an einem Kartenspiel. Zu seiner Überraschung wurde ihm Laton Bowdre vorgestellt, der mit von der Partie war. Der dürre Mann mit dem Schnurrbart, dem dünnen, strähnigen Haar, den hervortretenden Backenknochen, der eine unglaubliche Habgier ausstrahlte, entsprach ganz dem Bild, das sich Chase von ihm gemacht hatte. Somit sollte der Tag doch noch nicht ganz verloren sein.

11

Als es an der Tür klopfte, hatte Jessie gerade ihre Stiefel angezogen. Es war Chase. Sie hatte sich entschlossen, sich wirklich zu bemühen, heute netter zu ihm zu sein, und daher begrüßte sie ihn mit einem »Guten Morgen«, das fast herzlich klang.

Er sah grauenhaft aus. Die Bartstoppeln ließen sein Kinn dunkel wirken, seine Kleider waren verknittert, und seine Augen waren von zu viel Rauch und zu wenig Schlaf gerötet. Vielleicht hatte er überhaupt nicht geschlafen.

Chase war nicht so müde, daß er den Wandel, der sich mit Jessie vollzogen hatte, nicht augenblicklich bemerkt hätte. Ganz abgesehen davon, daß sie frisch und sauber wirkte und hübscher aussah, als es irgendeinem Mädchen erlaubt sein dürfte, am frühen Morgen direkt nach dem Aufstehen auszusehen, lächelte sie ihn tatsächlich an.

Er zog daraus seine eigenen Schlüsse. »Ich nehme an, du hast deine fünf Helfer angeheuert und freust dich darauf, wieder nach Hause zu reiten?«

»In der Tat habe ich nur einen einzigen Mann gefunden, der etwas taugt«, erwiderte Jessie. »Die beiden anderen, mit denen ich gesprochen habe, könnten eine Kuh nicht von einem Ochsen unterscheiden.«

Chase kicherte. »Städter.«

»Städter«, stimmte sie zu, und sie grinste jetzt auch.

»Du wirst die Stadt also heute gar nicht verlassen?«

»Ich glaube kaum, es sei denn, ich habe heute morgen mehr Glück. Ich habe Ramsey, den Kerl, den ich angeheuert habe, schon auf die Ranch vorausgeschickt. Es hat keinen Sinn, seine Arbeitskraft auch nur einen Tag lang zu vergeuden.«

»Bist du sicher, daß du ihm erklärt hast, wie er die Ranch findet?«

Er zog sie auf, um ihr zu zeigen, daß er ihr nicht mehr wegen jenes Tages grollte, an dem sie ihn in die falsche Richtung geschickt hatte.

Sie grinste. »Ich nehme an, er findet den Weg, da er hier aus der Gegend ist.«

Es machte Spaß, sie einmal bei guter Laune zu erleben, und impulsiv sagte er: »Sieh mal, eigentlich ist es Unsinn, daß du noch jemanden anheuerst. Ich bin doch ohnehin auf der Ranch, und solange ich dort bin, könnte ich eigentlich etwas dazu beitragen, mir meinen Unterhalt zu verdienen.«

Jessie nahm das nicht ernst. »Du verstehst doch nichts von Rindern«, sagte sie verblüfft.

»Wer sagt, daß ich nichts davon verstehe? Ich habe Rinder von Texas nach Kansas getrieben.«

»Wie oft?« fragte sie.

»Nur einmal«, gab er zu. »Ich habe mich nur für den Viehtrieb anheuern lassen, um Gesellschaft zu haben, weil ich ohnehin in diese Richtung reiten wollte und es nicht eilig hatte. Einmal hat mir gereicht.«

Sie war erstaunt. »Du verstehst also wirklich etwas von Rindern? Das hätte ich nie gedacht.«

»Ich gebe zu, daß ich nie mit den Brandzeichen zu tun hatte, aber mit einem Lasso kann ich ganz gut umgehen. Außerdem kann ich einen Ochsen und eine Kuh auseinanderhalten.«

Sie lachte. »Wenn das so ist, dann bist du wohl engagiert – Chase.«

Er lächelte. »Gib mir eine Stunde Zeit, um mich frischzumachen, und dann können wir gemeinsam zurückreiten.«

Jessie lächelte wieder. »Wir treffen uns unten zum Frühstück.«

Doch als sie Chase, der das Zimmer verließ, nachblickte, schüttelte sie den Kopf. Das hätte sie nie geglaubt. Er brauchte sich seinen Unterhalt auf der Ranch doch nicht zu verdienen. Rachel hatte ihn eingeladen, und er war ihr Gast. Warum also hatte er ihr seine Hilfe angeboten?

Chase stellte sich exakt dieselbe Frage. Was die ganze Sache noch verwirrender für ihn machte, war der Umstand, daß er Thomas Blairs Schuldschein in der Tasche hatte. Er hatte die ganze Nacht gebraucht, um diesen Schuldschein von Bowdre zu gewinnen, doch es war ihm schließlich gelungen.

Warum war er nicht gleich damit herausgerückt und hatte Jessie erzählt, daß er den Schuldschein zurückgewonnen hatte? Er war nicht sicher, warum er es für sich behielt. Vielleicht hatte er das Gefühl, sie könnte wütend auf ihn sein – wieder einmal.

Er seufzte. Er war sich keineswegs sicher, daß Jessies Sorgen ein Ende hatten, nicht, nachdem er gesehen hatte, wie unwürdig Bowdre den Schuldschein verloren hatte. Chase erkannte, daß er die Lage eventuell nur verschlimmert hatte.

Sie erreichten Rocky Valley am späten Nachmittag. Jeb erzählte ihnen sofort von dem großen Springbock, der vor der Hintertür gelegen hatte, nachdem Jessie nach Cheyenne geritten war. Niemand hatte beobachtet, wer das Tier, das gerade erst getötet worden war, dort hingelegt hatte. Niemand wußte, wer es gewesen sein könnte. Wenn jemand Frischfleisch verschenkte, erwartete er im allgemeinen ein Dankeschön.

Nur Jessie wußte augenblicklich, wer der mysteriöse Besucher war, der dieses Geschenk zurückgelassen hatte. Es konnte nur Kleiner Falke gewesen sein.

Während sie die Pferde versorgten, sagte Jessie zu Jeb: »Du erinnerst dich an den jungen Sioux, von dem ich dir erzählt habe? Kleiner Falke? Wir haben ihn gestern nachmittag im Flachland getroffen.«

»Ist das wahr?« Jeb stieß einen Pfiff aus. »Er war es also?«

»Es sieht ganz danach aus.«

»Schrecklich nett von ihm«, sagte Jeb kichernd.

Jessie warf einen Seitenblick auf Chase. Er rieb das goldene Fell seines Falben und tat so, als hörte er nicht zu.

»Ich nehme an, du bist nicht dieser Meinung?« fragte Jessie betont.

Er blickte nicht auf. »Ich bin sicher, daß ihr beide gute Gründe dafür habt anzunehmen, daß es Kleiner Falke war. Ich sterbe vor Neugier, bis ich weiß, was er damit erreichen wollte, das ist alles.«

»Sie wissen nicht viel über die Indiander, stimmt's, junger Mann?« fragte Jeb spöttisch.

»Allmählich glaube ich selbst, daß ich nicht viel über sie weiß«, antwortete Chase ohne jeden Groll.

»Indianer stehen nicht gern in der Schuld eines anderen, und schon gar nicht, wenn der andere ein Weißer ist. Kleiner Falke hat Jessies Angebot angenommen, ihr Abendessen und ihr Feuer mit ihm zu teilen, ohne ihr etwas dafür zu geben.« Jeb kicherte schon wieder. »Das muß ihn gewurmt haben. Daher hat er seine Schuld jetzt beglichen, und zwar gehörig. Ausgesprochen großzügig sogar. Dieser riesige Springbock hätte für seinen ganzen Stamm gereicht.«

»Jetzt weißt du, warum er so weit im Süden war«, fügte Jessie hinzu. »Er mußte es so anstellen, daß ich ihn sehe, weil ich sonst nie erfahren hätte, daß er seine Schuld bei mir beglichen hat.«

»Ja, aber das erklärt noch lange nicht den Vorfall, zu dem es gestern gekommen ist«, sagte Chase unwillig.

Jessie lachte, als sie sich neben ihn stellte und eine Hand auf seinen Arm legte. »Jetzt komm schon. Ich bin sicher, daß Billy sich mit Begeisterung die Geschichte anhören wird, wie du von einem wilden Sioux angegriffen worden bist und es überlebt hast, damit du es ihm jetzt erzählen kannst. Ich verspreche dir auch, dir nicht ins Wort zu fallen, wenn du die Geschichte ausschmückst.«

Er merkte, daß sie ihn hänselte, aber das störte ihn nicht weiter. Das, worüber sie sprachen, nahm er eigentlich gar nicht mehr wahr, seit sie ihn berührt hatte. Ihre Berührung schien seinen Arm zu versengen, selbst dann noch, als sie ihre Hand weggezogen hatte.

12

Trotz seiner großen Erschöpfung konnte Chase in jener Nacht beim besten Willen keinen Schlaf finden. Seine Gedanken ließen ihn nicht zur Ruhe kommen. Was zum Teufel sollte ein Mann machen, wenn er feststellen mußte, daß er ein Mädchen begehrte, das für ihn verboten war?

Jessie war noch ein Kind. Nun, vielleicht nicht direkt ein Kind. Aber sie war Rachels Tochter. Das hieß, daß er sie selbst dann nicht haben konnte, ohne sie zu heiraten, wenn sie ihn gewollt hätte – nicht Rachels Tochter.

Chase war noch lange nicht soweit, sich seßhaft machen zu wollen. Er war erst sechsundzwanzig, und es gab noch viel zu viele Dinge, die er vorher unternehmen wollte. Dazu gehörte unter anderem, daß er seinen richtigen Vater finden wollte. Er hatte diesen Plan für ein paar Jahre zurückgestellt, nachdem er in Kalifornien kein Glück gehabt hatte, obwohl seine Mutter behauptet hatte, Carlos Silvela dort kennengelernt zu haben. Vielleicht war jetzt der richtige Zeitpunkt gekommen, um die Suche fortzusetzen. Sollte er nach Spanien reisen, der angeblichen Heimat seines Vaters? Auf alle Fälle war es besser, darüber nachzudenken als über ein achtzehnjähriges Kind, an das zu denken ihm nicht zustand.

Doch es klappte nicht lange. Nichts half dagegen. Immer wieder sah er diese strahlenden Türkisaugen vor sich, diese Stubsnase und das vorgereckte Kinn, die zarte Rundung ihres Hinterns.

»Verflucht noch mal!«

Er sprang aus dem Bett, als hätte er sie dort vorgefunden. Er brauchte frische Luft, kühle Nachtluft, und vielleicht würde er sogar ein Bad in dem Fluß nehmen, der hinter dem Haus vorbeifloß.

Er warf sich im Dunkeln etwas zum Anziehen über und

verließ sein Zimmer, doch nur, damit ihm die Ursache seiner inneren Aufgewühltheit direkt in die Arme lief. Im ersten Moment fragte er sich, ob er träumte, doch ihre Wärme und ihr Duft waren wirklich. Dann stellte er fest, daß sie ihm versehentlich in die Arme gelaufen war. Sie stieß sich von ihm ab.

»Es tut mir leid«, flüsterte sie. »Ich habe dich im Dunkeln nicht gesehen.«

»Es ist wirklich sehr dunkel hier«, brachte Chase mühsam heraus. Er wußte selbst nicht, was er sagte.

»Ich konnte nicht schlafen«, erklärte Jessie. »Ich dachte, ich reite aus. Der Mond ist hell genug für einen Ausritt.«

»Das war auch mein Problem. Warum reiten wir nicht gemeinsam aus?«

»Wenn du magst«, sagte sie. Sie ging in die Küche, ohne auf ihn zu warten.

Chase rührte sich nicht von der Stelle. Er hätte sich am liebsten selbst den Hals umgedreht. Wenn es um sein Leben gegangen wäre, hätte er trotzdem nicht erklären können, wie er dazu gekommen war, ihr das Angebot zu machen, gemeinsam auszureiten. Das war das letzte auf Erden, was er wollte. Gerade vor ihr hatte er davonlaufen wollen. Dann riß Chase sich zusammen und schalt sich dafür, sich vor einem kleinen Mädchen zu fürchten. Es ging ohnehin nicht an, daß er sie nachts allein ausreiten ließ.

Jessie ritt voraus auf die kleineren Hügel der Gebirgskette und nicht in die Ebene, wie er erwartet hatte. Sie hielt ihr Pferd an einer Stelle an, von der aus man einen wunderbaren Blick auf das Tal hatte. Es dauerte nicht allzu lange, bis sie diese Stelle erreicht hatten. Auf einem Bergrücken teilten sich die Bäume und gaben einen Blick frei, der vor allem bei Mondschein so atemberaubend schön war, daß beide völlig verzaubert waren.

»Ist es nicht bezaubernd?« sagte er leise, als beide abstiegen.

»Bei diesem Licht sieht der Fluß wie flüssiges Silber aus«, sagte sie, während sie in die Richtung deutete. »Und dort drüben siehst du noch ein paar andere Gebirgsbäche. Weiter oben ist einer, in dem ich gern schwimme, eine schöne, sonnige Stelle, die völlig abgeschieden ist.«

»Du willst doch nicht etwa jetzt schwimmen gehen, oder?« fragte Chase entgeistert.

Jessie lachte leise. »Natürlich nicht. Nachts ist es zu kalt.« Sie sah ihn genauer an und sagte mit strengem Blick: »Sieh dich nur an. Warum hast du keine Jacke angezogen?«

»Daran habe ich nicht gedacht«, sagte er unbeholfen. »Aber das macht nichts, wirklich, mir ist es nicht zu kalt.«

»Unsinn«, sagte sie. Sie holte die Decke, die sie immer in ihrer Satteltasche hatte. »Hier. Du kannst dich auf dem Heimritt in diese Decke wickeln.«

Sie beugte sich vor, um ihm die Decke über die Schultern zu werfen. Diese Nähe war einfach mehr als er ertragen konnte. Sie war nur wenige Zentimeter von ihm entfernt. Seine Arme handelten eigenmächtig, schlangen sich um sie und zogen sie an seinen Körper. Sein Mund suchte ihre Lippen. Es stand nicht in seiner Macht, seinen höheren Instinkten zu gehorchen, und daher überließ er es Jessie. Er flehte sie stumm an, sich gegen ihn zu wehren. Vielleicht konnte sie ihn wieder zu Sinnen bringen.

Doch Jessie dachte gar nicht daran, sich gegen ihn zu wehren. Er hatte sie in einem Moment erwischt, in dem sie nicht auf der Hut war, und sie dachte an nichts anderes mehr als an die Empfindungen, die sie durchzuckten, und an die Wärme, die sie durchflutete. Der Druck seiner Lippen wurde heftiger, und gleichzeitig wuchs ihr Verlangen.

Seine Zunge bahnte sich gewaltsam einen Weg durch ihre Lippen, und sogleich öffnete sie ihren Mund, um ihn in sich aufzunehmen, denn dieser neuerliche Vorstoß war wohltuend. Sie stöhnte leise und preßte sich dichter an seine feste, muskulöse Gestalt. Sie konnte den Beweis seines Verlangens spüren, und das erregte sie außerordentlich. Chase gab seinen stummen Kampf auf und beugte sich. Sie würde die seine sein. Er verschwendete nicht einen Gedanken an die Folgen.

Er zog sie auf den Boden, und die Decke breitete sich von selbst unter ihnen aus. Es gelang ihm, sie so auf sich sinken zu lassen, daß sich wenig an der bisherigen Nähe änderte. Sie lag auf ihm, und ihre Beine lagen zwischen seinen Beinen. Ihr gesamtes Gewicht, das jetzt auf ihm lag, bedeutete einen leichten Schock für ihn. Er rollte sich auf die Seite und plazierte sie unter sich. In jeder einzelnen seiner Bewegungen lag etwas unbändig Drängendes.

Jessie spürte, daß er ihren Gürtel aufschnallte und an ihrem Hemd zog. Seine Hand schlich sich unter ihr Hemd, und als sie auf ihren Brüsten angelangt war, entrang ihr das kleine Laute des Vergnügens, die ihn vollständig wild machten. Er war zu lodernd entflammt, um zart mit ihr umzugehen, doch ihr ging es auch nicht anders. Sie riß einen Knopf von seinem Hemd ab, als sie versuchte, seine bloße Haut zu berühren. Seine Haut war heiß und versengte sie, und die Muskeln auf seinem Rücken waren hart und angespannt. Sie grub ihre Finger in diese Muskeln und krallte sich fest.

Eine winzige Stimme in ihrem Hinterkopf fragte, was zum Teufel sie hier eigentlich tat, doch sie hörte nicht auf diese Stimme. Sie legte beide Hände auf seine Brust, ließ ihre Finger durch seine Brustbehaarung gleiten, griff nach seinen Schultern, umfaßte seinen muskulösen Nacken und strich durch sein Haar.

Inzwischen verschlang sein Mund ihre Lippen, und er tat ihr weh, doch sie drängte ihn, weiterzumachen. Er zerrte an ihrer Hose, und sie half ihm, die Hose bis auf ihre Füße zu ziehen. Doch als er sich bewegte, um mit ihren Stiefeln zu kämpfen, um sie ganz entkleiden zu können, hielt sie ihn davon ab. Sie stand in Flammen. Sie hätte es nicht ertragen, wenn er sich auch nur einen Moment lang von ihr entfernt hätte, um sich mit ihren Stiefeln zu befassen.

Sie packte sein Haar und zog ihn wieder auf sich. »Ich will dich jetzt«, flüsterte sie heiser. »Jetzt gleich.«

Seine Lippen versengten ihre Kehle und wanderten zu ihrem Ohr. »Aber ich will dich ganz spüren...«

»Jetzt sofort, Chase!«

Sein Verlangen, ihre Haut von Kopf bis Fuß an seiner Haut zu spüren, sie im Mondschein von Kopf bis Fuß zu betrachten, konnte nicht gegen ihr dringliches Flehen ankommen.

Er zog sich in Windeseile aus, und sie winkelte beiderseits seines Körpers ihre Knie an. Ihre feuchte Wärme machten ihm das Eindringen leicht, doch Chase hielt sich einen genüßlichen Augenblick lang zurück, weil er diesen ersten Stoß voll auskosten wollte. Und dann wurde ihm der Weg durch etwas versperrt, was das allerletzte war, womit er gerechnet hätte.

»Oh, mein Gott«, keuchte er. Nie in seinem Leben hatte er sich elender gefühlt. »Es tut mir leid, Jessie.«

Sie achtete nicht auf das, was er sagte, und stieß ihm ihre Hüften eindringlich entgegen. Jessie schnappte nach Luft. Niemand hatte ihr je gesagt, daß es weh tun würde. Doch der Schmerz ließ nach und verschwand ganz. Augenblicklich kehrte ihre Begierde zurück und wogte wie eine Flutwelle durch ihren Körper.

Er bewegte sich in ihr, und sie kostete jeden Zentimeter von ihm aus. Er ging sachter mit ihr um, als es ihr lieb war, langsamer auch, aber sie stellte fest, daß diese köstliche Folter belohnt wurde, ihre Lust nur immer stärker werden ließ und ihr Sehnen hinauszögerte. Und als sie erst den Punkt erreichte, an dem diese Welle überschwappte, folgte eine Explosion, die nicht mehr aufzuhören schien.

Wenige Momente später, als Chase bewegungslos auf ihr zusammengebrochen war, drückte Jessie ihn zärtlich an sich. »Wie wunderschön«, murmelte sie träumerisch.

Er hob seinen Kopf. »Noch schöner, als du glaubst«, sagte er zärtlich.

Seine Lippen kosten zart wie Federn ihre Lippen und bewegten sich dann zu ihrem Hals, ihrem Ohr. Mit einem tiefen, zufriedenen Seufzen legte er seinen Kopf auf ihre Schulter. Chase hatte sich nie entspannter, nie seliger gefühlt. Der Schlaf griff nach ihm, doch er kämpfte dagegen an, weil er es auskosten wollte, wie sie sich an ihn schmiegte.

Sie war wie keine andere Frau, mit der er je zusammengewesen war. Eine derart heftige Leidenschaft von seiten einer Frau kannte er nicht. Sie war ebenso wild darauf gewesen, ihn zu haben, wie er wild darauf gewesen war, sie zu haben. Nicht einmal ihre Jungfräulichkeit hatte sie zurückhalten können. Ihre Jungfräulichkeit! Das hatte er zwischendurch vergessen. Verdammt noch mal! Jetzt war es aus mit ihm!

Jessie spürte, daß er sich plötzlich verspannte. »Was ist los mit dir?« fragte sie.

»Nichts«, erwiderte er zu schnell.

Jessie runzele die Stirn. »Es tut dir leid, daß wir das getan haben, oder?«

»Tut es dir nicht leid?« gab er zurück.

»Weshalb sollte es mir leid tun?«

»Du warst noch Jungfrau!« sagte er schmerzlich.

Jessie lächelte. »Natürlich war ich das. Hast du etwa etwas anderes von mir geglaubt?«

Er hatte das Gefühl, in eine Falle gelaufen zu sein. »Du hast dich nicht gerade wie eine Jungfrau benommen, als ich dich zum ersten Mal gesehen habe.«

»Ach, das«, wehrte Jessie ab. »Das war gar nichts. Ich habe nur zu spät gemerkt, was Blue da getan hat.«

»Ich nehme an, das wirst du auch über das sagen, was sich heute nacht hier abgespielt hat.«

Jessie grinste, weil sie glaubte, er sei eifersüchtig. »Ich war mir durchaus bewußt, was *du* getan hast.«

Er blieb stumm, und sein Schweigen fing an, sie zu verwirren.

»Ich verstehe nicht, worüber du dich aufregst«, sagte sie.

»Du warst Jungfrau! Ich hatte nicht das Recht... ich hätte aufgehört.«

»Ich weiß«, sagte sie zart, und sie erinnerte sich an den Moment, in dem er wirklich aufgehört hatte. »Aber ich bin froh, daß du nicht aufgehört hast.«

»Du hast doch dafür gesorgt, daß ich nicht aufhöre, oder etwa nicht?«

Sie kicherte.

»Ich weiß nicht, was daran komisch sein soll, Jessie.«

»Und ich weiß nicht, wo das Problem liegt. Ich wollte dich doch auch. Und wenn ich mich nicht darüber aufrege, was passiert ist, warum solltest du dich dann darüber aufregen?«

»Du erwartest doch nicht... irgend etwas... wegen dieser Geschichte?«

Schon während er diese Frage stellte, rollte er sich von ihr herunter und fing an, sich anzuziehen.

»Was soll das heißen, etwas erwarten?« fragte sie vorsichtig.

»Jetzt hör aber auf, Jessie, du weißt ganz genau, was ich meine. Ich bin sicher, daß du nicht so bist wie die meisten Jungfrauen, die ihre Unschuld nur hergeben, um einen Mann in die Falle zu locken, aber wenn Rachel etwas von diesem Vorfall erführe, würde sie darauf bestehen, daß...«

»Wir heiraten«, beendete Jessie seinen Satz. In ihren Augen war ein plötzliches und volles Verständnis getreten, und sie flammten auf. »Und ich bin natürlich nicht gut genug für eine Heirat mit dir.«

»Das habe ich nicht gesagt.«

Mit der Kraft der gesamten Wut, die in ihr aufstieg, schlug sie ihm ins Gesicht. »Du Schurke!« zischte sie, während sie aufsprang. »Während du bekommen hast, was du wolltest, hat es keine Rolle gespielt, aber hinterher hast du angefangen, dich vor den Folgen zu fürchten, stimmt's?«

»Jessie, ich...«

»Du verfluchter Kerl, ich hasse dich! Du hast mir das Gefühl gegeben, schmutzig und berechnend und hinterlistig zu sein. Aber so bin ich nicht! Dafür hasse ich dich!«

Er hätte sich am liebsten die Zunge herausgeschnitten. »Jessie, es tut mir leid«, setzte er zerknirscht an, aber sie ließ ihn stehen, um sich – ungesehen von ihm – anziehen zu können. Sowie sie angezogen war, packte sie ihre Decke und stieg auf ihr Pferd.

»Du hast das, was geschehen ist, kaputtgemacht, und daran kannst du nichts mehr ändern«, rief sie ihm zu. »Ich würde dich selbst dann nicht heiraten, wenn du mich darum bitten würdest. Du brauchst dir also keine Sorgen zu machen, daß ich Rachel etwas erzählen könnte. Das fehlte mir gerade noch, daß sie mich an etwas erinnert, was ich vergessen will.«

Jessie ritt los. Wenigstens kam er nicht auf die Idee, ihr zu folgen.

13

Chase erwachte in der Morgendämmerung. Auf dem Ritt zur Ranch ließ er sich Zeit, weil er darüber nachzudenken versuchte, was er Jessie sagen sollte. Er hatte ihr den ersten Geschmack an der Liebe verdorben, und es war ihm ein schreckliches Bedürfnis, etwas dazu beizutragen, da sie sich wohler fühlte.

Rachel stand auf der Veranda und sah noch bezaubernder aus als sonst. Sie trug ein frühlingsgrünes Kleid mit weißen Rüschen. Ihr goldblondes Haar war zu einem straffen Knoten in ihrem Nacken frisiert, und einzelne Löckchen fielen auf ihre Schläfen.

Sie sah elegant aus. Rachel wirkte immer elegant, vornehm und ausgeglichen, als könne nichts sie aus der Fassung bringen. Das gehörte zu den Dingen, die Jonathan Ewing an ihr bewundert hatte. Und gleichzeitig war es das einzige, was Chase an Rachel störte – diese natürliche Selbstbeherrschung.

»Du meine Güte, Chase, du siehst aus, als seist du die ganze Nacht im Freien gewesen«, sagte Rachel, als er sein Pferd vor der Veranda anhielt.

Er sah an sich herunter, grinste und rieb sich die Stoppeln auf dem Kinn. »War ich auch. Ich konnte letzte Nacht nicht schlafen und bin ausgeritten. Leider bin ich in der Dunkelheit vom Weg abgekommen, und daher habe ich mich bis zum Einbruch des Tageslichts hingelegt.«

Sie schüttelte den Kopf. »Also wirklich, Chase, das sieht dir gar nicht ähnlich.«

»Ich bin eigentlich nicht mehr ganz der Alte, seit ich hierhergekommen bin, Rachel«, gab er zurück. »Diese Tochter, die du hast, hat eine Art, Leute zu verändern..«

Darauf ging sie nicht ein. »Hättest du nicht heute morgen mit deiner Arbeit beginnen sollen?«

Er schämte sich. Das hatte er ganz vergessen. »Doch, ich denke schon. Ich nehme an, Jessie ist schon losgeritten?«

»Ich weiß es nicht«, seufzte Rachel. »Sie erzählt mir nie etwas.«

»Morgen, junger Mann.« Jeb war um das Haus herum gekommen und hatte Chase entdeckt. »Hab' schon gemerkt, daß Ihr Pferd heute nacht nicht im Stall geschlafen hat. Kommen Sie gerade erst von irgendwo zurück?«

»Ja«, erwiderte Chase, ohne dem etwas Näheres hinzuzufügen.

Jeb brummte, als er merkte, daß er keine weiteren Informationen bekommen würde. Dann wandte er sich an Rachel und tat Chase damit ab, daß er ihm den Rücken zukehrte.

»Hab' mir gedacht, das zeige ich Ihnen lieber, ehe Sie sich wieder so aufregen wie beim letzten Mal«, sagte er mürrisch zu ihr.

Sie riß Jeb den Zettel aus der Hand und überflog ihn eilig. Dann stöhnte sie. »Nicht schon wieder!«

Chase stieg ab und las, was auf dem Blatt Papier stand.

Jeb,
ich muß für eine Weile fort. Kümmere du dich an meiner Stelle um alles. Sag Mitch, daß er ohne mich mit dem Viehtrieb anfängt, wenn ich nicht zurück bin, ehe er alles soweit hat. Er kommt allein zurecht. Du weißt, wo ich zu finden bin, wenn ich gebraucht werde. Jessie

»Wo steckt sie denn diesmal, Jeb?« fragte Chase.

»Da, wo sie letztes Mal auch war«, sagte Jeb nicht allzu freundlich.

»Willst du schon wieder damit anfangen?« schrie Chase. Er explodierte.

»Du weißt, wo du sie findest, Jeb. Du mußt ihr nachreiten«, sagte Rachel.

»Das geht nicht.« Jeb schüttelte hartnäckig den Kopf. »Nur wenn sie gebraucht wird. Das schreibt sie doch selbst.«

Rachel wandte sich an Chase, und in ihren großen Augen stand entsetzliche Angst. »Schon gut, Rachel«, stöhnte er. »Soviel bin ich nicht mehr geritten, seit ich Kalifornien nach meinem Vater durchgekämmt habe.«

Sie legte eine Hand auf seinen Arm. »Ich kann dir gar nicht sagen, wie froh ich bin, daß du das für mich tust, Chase.«

»Ich weiß«, sagte er. »Aber deine Tochter wird sich gar nicht freuen, wenn ich sie einhole.«

Diese zweite Hetzjagd paßte ihm überhaupt nicht in den Kram. Und nach dem, was in der vergangenen Nacht passiert war, bereitete ihm der Umstand, daß Jessie wieder ausgerissen war, ganz entschiedenes Unbehagen. Sie war seinetwegen verschwunden.

14

Es war so wunderschön, wieder bei Weißer Donner und seiner Familie zu sein, so schön, ihre Waffen abzulegen und das indianische Kleid zu tragen, das sie mit Hilfe von Kleiner Grauer Vogel genäht hatte, ihr Haar zu flechten und sich Perlen- und Federschnüre um ihre Zöpfe zu binden. Es war einfach wunderbar. Aber es war nicht dasselbe wie früher, denn diesmal gab es einen Störfaktor, einen Eindringling.

Kleiner Falke war ihr zum Dorf der Cheyenne gefolgt. Er war keineswegs in den Norden zurückgekehrt, sondern hatte sich in ihrer Nähe aufgehalten. Wenn er sich in der Gegend herumgetrieben und sie beobachtet hatte, konnte er sie dann nicht auch in jener Nacht mit Chase gesehen haben? Sie war so verlegen wie in ihrem ganzen bisherigen Leben noch nicht. Warum hatte er darauf beharrt, ihr zu folgen? Weißer Donner konnte ihr das auch nicht erklären. Er sagte nur, daß Kleiner Falke darum gebeten habe, mit ihr sprechen zu dürfen.

In der vergangenen Nacht war es ihr gelungen, Kleiner Falke zu vergessen. Sie und Weißer Donner hatten sich viele Stunden lang unterhalten, und sie hatte ihm ihr Herz ausgeschüttet, insbesondere, was den Tod ihres Vaters betraf. Sein Mitgefühl hatte es ihr erlaubt, sich auszuweinen, und das hatte ihr gutgetan. Dann hatte sie ihm von Rachel erzählt und von den Sorgen, die sie im Moment belasteten, doch er hatte ihr keine Lösung anbieten können. Aus irgendwelchen Gründen sprach sie mit keinem Wort über Chase. Vielleicht schämte sie sich zu sehr.

An jenem Nachmittag saß Jessie mit ihrem Freund in einem Wigwam, und sie erwartete das Eintreffen von Kleiner Falke. Sie hatten einen großen Wigwam ganz für sich. Der kleine Bruder von Weißer Donner war mit seinen Freunden ausgeritten, um mit kleinen Pfeilen und Bögen Steppenhunde und Hasen zu jagen. Rennt Mit Dem Wolf war ausgegangen und spielte mit einigen der älteren Männer. Breiter Fluß und Kleiner Grauer Vogel färbten hinter dem Wigwam eine Büffelhaut, und immer wieder hörte Jessie ihre leisen Stimmen. Die Unterhaltung, die sie hörte, belustigte sie.

»Ich habe gesehen, daß du Grauer Kessel angelächelt hast, Tochter, und dabei habe ich dir schon so oft gesagt, daß du niemals einen Mann anschauen oder anlächeln darfst, und am allerwenigsten einen Mann, der dir den Hof macht.«

»Aber es war doch nur ein kleines Lächeln, Mutter«, protestierte Kleiner Grauer Vogel.

»Mit jedem kleinen Lächeln verlierst du an Wert. Er wird glauben, daß er dich bereits für sich gewonnen hat, und daher wird er nicht so viele Pferde für dich bieten. Willst du eine arme Ehefrau sein?«

»Nein, Mutter.« Die Stimme von Kleiner Grauer Vogel war unterwürfig. »Und ich werde daran denken, nicht so oft zu lächeln.«

»Überhaupt nicht zu lächeln, Tochter«, wurde sie von Breiter Fluß ermahnt. »Und du darfst nicht zulassen, daß Grauer Kessel oder Weißer Hund so lange bleiben, wenn sie zu Besuch kommen.«

»Ja, Mutter.«

»Hat einer von den beiden jungen Männern dich gefragt, ob du ihn heiraten willst?« In der Stimme von Breiter Fluß lag jetzt noch mehr Ernst.

»Nein, bisher noch nicht.«

»Du mußt immer daran denken, daß du ablehnst, wenn du zum ersten Mal gefragt wirst. Lehne freundlich ab, aber laß sie wissen, daß du nicht leicht zu erobern bist.«

»Aber, Mutter...«

»Hör auf mich. Ich sage dir diese Dinge zu deinem eigenen Besten«, sagte Breiter Fluß geduldig. »Laß niemals zu, daß einer der beiden jungen Männer dich sieht, wenn du allein bist, auch nicht, wenn es der Mann ist, den du bevorzugst. Du darfst dich nicht von einem Mann berühren lassen, Tochter, vor allem deine Brüste nicht. Wenn ein Mann deine Brüste berührt, betrachtet er dich als seinen Besitz. Willst du vielleicht, daß es dazu kommt, daß die beiden Männer gegeneinander kämpfen, weil einer von beiden damit prahlt, dich für sich gewonnen zu haben, ehe er die Einwilligung hat? Nein, natürlich willst du das nicht, denn der, den du bevorzugst, könnte verlieren. Hast du deine Wahl schon getroffen? Mein Mann zieht Weißer Hund vor, und ich bin seiner Meinung, aber wenn Grauer Kessel mehr bieten sollte, dann...«

Ihre Stimmen ebbten ab. Jessie war knallrot geworden. Sie hatte zugelassen, daß Chase Summers ihre Brüste berührt und sogar noch weit mehr getan hatte. Aber er war kein Indianer. Er würde sie nicht als seinen Besitz ansehen. Nein, ganz im Gegenteil. Chase hatte sie so intim, wie es nur irgend ging, kennengelernt, und dann hatte er nichts mehr mit ihr zu tun haben wollen!

Weißer Donner hatte Jessie aufmerksam beobachtet, und er kannte sie schon lange.

»Du errötest. Bist du von einem Mann berührt worden, Sieht Wie Frau Aus?«

Jessie blieb die Luft weg. Konnte er ihre Gedanken lesen? Es war unheimlich, und doch war es schon so oft so gewesen.

»Möchtest du darüber reden?« fragte er zögernd.

»Nein, noch nicht.«

»Es war aber nicht Kleiner Falke?«

Sie lachte bitter, und er war schockiert.

»Er würde eine Frau wenigstens nicht im einen Moment wollen und im nächsten Moment beschließen, daß sie seiner unwürdig ist.«

»Wer hat dich so behandelt?« Weißer Donner stand auf. Er war wutentbrannt.

»Setz dich, mein Freund«, sagte Jessie zart. »Wahrscheinlich trifft mich ebensoviel Schuld an dem, was vorgefallen ist, wie ihn. Ich war naiv.«

»Aber es hat dich verletzt.«

»Ich werde darüber hinwegkommen.«

Jessie wandte sich wieder den wilden Kirschen zu, die sie mitsamt den Kernen und allem in einen Steinmörser warf. Später würden sie getrocknet und mit Streifen von Büffelfett und Fleisch vermengt werden, um Pemmikan daraus zu machen, eine Speise, die monatelang haltbar war.

Er stand auf und überließ sie ihren Gedanken. Jessie war froh, daß sie es ihm gesagt hatte. Jetzt würde er verstehen, wenn sie plötzlich trübsinnig wurde.

Weißer Donner war so weise und verständig für einen so jungen Mann. Er war nicht mehr als zwei Jahre älter als sie. Wie sehr sie ihn liebte, diesen teuren Freund! Sie sah ihn von der Seite an und lächelte, als er sie ansah.

Die Cheyenne waren der größte Stamm unter den Prärie-Indianern, und Weißer Donner war einen Meter achtzig groß. Außerdem war er ein fast beunruhigend gut aussehender Mann mit diesen erstaunlich braunen Augen, die er von seinem Vater geerbt hatte. Seine Haut hatte die Farbe von Kupfer, doch das kam von der Sonne. Er war ein junger Krieger, der sich bereits als überdurchschnittlich geschickt und stärker als die meisten anderen erwiesen hatte. Sie war stolz auf ihre Freundschaft mit ihm.

Kleiner Falke kam wenige Minuten später. Schweigend betrat er den Wigwam. Er trug ein Hemd, das besonderen Anlässen vorbehalten war, ein Hemd aus dem Leder der Dickhornschafe. Die langen Ärmel waren ebenso wie die Beinkleider mit Fransen besetzt, und sein Perlenschmuck war sehr schön. Da und dort hingen auch Troddeln und Quasten und Metallstückchen und Muscheln. In seinen Zöpfen waren weiße Fellstreifen geflochten, und er trug eine einzelne blaue Feder im Haar, ganz so wie die, die er ihr zurückgelassen hatte.

Weißer Donner war beeindruckt, aber auch besorgt. Die Kleidung und der Schmuck des Sioux sprachen dafür, daß sein Anliegen von Bedeutung war, und Weißer Donner fürchtete zu wissen, worum es sich handelte. Das gefiel ihm gar nicht.

Kleiner Falke hielt alle förmlichen Anstandsregeln ein und wartete auf eine Aufforderung, sich hinzusetzen. Weißer Donner ließ ihn einen Moment lang warten und sah Jessie an, weil er wissen wollte, ob sie sich über die Bedeutung dieses Besuchs im klaren war. Schließlich seufzte er und hieß Kleiner Falken in der Sprache der Sioux willkommen. Jessie sah die beiden an, während sie miteinander sprachen, und sie wurde ungeduldig, als die Unterhaltung fortgesetzt wurde, ohne sie einzubeziehen, da sie kein Wort verstand. Sie dachte, Kleiner Falke sei gekommen, weil er sich mit ihr unterhalten wollte. Sie fing an, sich zu ärgern.

Endlich drehte sich Kleiner Falke zu ihr um, und Weißer Donner sagte: »Er bittet um die Erlaubnis, mit dir sprechen zu dürfen.«

Jessie erwiderte: »Aber ich habe mich doch längst einverstanden erklärt, mit ihm zu sprechen. Ist er denn nicht deshalb gekommen?«

»Er bittet jetzt förmlich um diese Erlaubnis.«

Jessie unterdrückte ein Grinsen über diese absurde Situation. »Dann willige ich förmlich ein.«

Weißer Donner fuhr feierlich fort: »Er hat außerdem darum gebeten, daß ich für ihn übersetze.«

»Aber wozu denn das? Er spricht Englisch.«

»Er verschmäht den Gebrauch dieser Sprache, wenn es nicht unbedingt notwendig ist«, erklärte Weißer Donner.

Jessie war gereizt. »Warum hat er diese Sprache dann überhaupt gelernt?«

»Willst du, daß ich ihm diese Frage stelle?«

»Ich kann ihn auch selbst fragen«, sagte sie barsch.

»Sprich ihn nicht direkt an«, warnte sie Weißer Donner leise aber eindringlich. »Und sieh ihn auch nicht so kühn an, oder enthülle, was du denkst.«

Sie lachte. »Jetzt klingst du schon genauso wie deine Mutter.«

»Bleib ernst, Frau.« Weißer Donner sah sie finster an. *»Ihm* ist es ernst. Im übrigen ist es bei einem Anliegen wie dem seinen Sitte, daß er durch einen Dritten spricht.« Er zog die Augenbrauen hoch und sah sie fragend an. »Hast du jetzt verstanden?«

Jessie legte ihre Stirn in Falten. Was versuchte er ihr anzudeuten? So mysteriös drückte sich Weißer Donner doch sonst nie aus.

»Wenn wir jetzt vielleicht einfach anfangen würden«, schlug Jessie vor. Sie warf Kleiner Falke einen besorgten Seitenblick zu.

Die beiden Männer sprachen länger miteinander, und Jessies Besorgnis wuchs, als offensichtlich zu erkennen war, daß sie miteinander stritten. Wenn sie doch wenigstens einen Schimmer hätte, worum es bei diesem Besuch eigentlich ging!

Die Männer verstummten, und Jessie stellte fest, daß sie den Atem angehalten hatte. Als keiner der beiden Männer wieder ansetzte, zu sprechen, fragte sie: »Nun?«

»Es ist so, wie ich es mir dachte«, sagte Weißer Donner kurz und bündig zu ihr. »Er will dich zur Frau haben.«

Jessie war sprachlos. Sie sagte sich, daß sie sich gar nicht zu wundern brauchte, doch ihr Erstaunen war grenzenlos.

Dann wandte sie sich an Kleiner Falke, und ihre Blicke trafen sich für einen Moment, ehe sie ihre Augen wieder abwandte. Ja, er wollte sie haben. Plötzlich fühlte sie sich geschmeichelt. Nach der widerwärtigen Behandlung, die sie von Chase erfahren hatte, war das Balsam für ihre Seele.

»Will er mich zur Frau haben oder als seine Ehefrau?« fragte sie geschwind.

»Als seine Ehefrau.«

»Ich verstehe...«, sagte Jessie. Versonnen richtete sie ihren Blick zur Spitze des Wigwams.

Weißer Donner war entgeistert. »Du spielst doch nicht etwa mit dem Gedanken, seinen Antrag anzunehmen?«

»Wieviel hat er für mich geboten?«

»Sieben Pferde«, antwortete er.

»Sieben?« Jessie war beeindruckt. »Warum so viele? Ist er reich?«

»Ich halte ihn eher für fest entschlossen. Ein Pferd wäre für mich, weil ich mich bereit erklärt habe, für ihn zu sprechen, da er hier keinen guten Freund hat, der das für ihn hätte übernehmen können. Zwei Pferde würde Rennt Mit Dem Wolf bekommen, weil es sein Wigwam ist, in dem du untergebracht bist. Die übrigen vier Pferde sind für dich und würden gemeinsam mit deiner eigenen Habe in deinem Besitz bleiben.«

»Und das Wigwam gehört mir«, fügte sie hinzu, da sie wußte, daß ein Wigwam als der Besitz der Ehefrau angesehen wurde.

»Nein, das Wigwam nicht«, gestand Weißer Donner behutsam ein. »Das ist der Hauptgrund, aus dem ich ihm gesagt habe, daß nichts daraus werden wird. Er hat bereits eine erste Ehefrau.«

»Er ist verheiratet?«

»Ja.«

»Ich verstehe«, sagte Jessie steif.

Sie wußte nicht, warum sie plötzlich so erbost war. Vielleicht lag es daran, daß es ihr gutgetan hatte, sich begehrt zu wissen und ihre Sorgen zu Hause auf der Ranch zu vergessen. Auch wenn das hier nichts weiter als ein Märchen war.

»Sag Kleiner Falke, daß ich mich geschmeichelt fühlte«, sagte Jessie, »aber daß ich seinen Antrag unmöglich annehmen kann. Sag ihm, daß weiße Frauen ihre Ehemänner nicht teilen. Ich werde nicht eine zweite Ehefrau sein.«

Zu Jessies Erleichterung nahm Kleiner Falke ihre Ablehnung gelassen hin. Er wechselte noch ein paar Worte mit Weißer Donner, ehe er den Wigwam verließ.

»Er hat gesagt, daß er erwartet hat, daß du seinen Antrag beim ersten Mal ablehnst«, teilte Weißer Donner ihr sehr ernst mit. »Er scheint zu glauben, daß du dich an die Vorstellung gewöhnen wirst und es dir schließlich anders überlegst.«

»Oh!« Jetzt war Jessie wirklich besorgt. »Ich nehme an, daß er in der Nähe bleiben wird, um seinen Antrag zu wiederholen?«

»Ich kann dir garantieren, daß du ihn nicht zum letzten Mal gesehen hast«, erwiderte Weißer Donner.

Jessie schüttelte den Kopf. Noch vor wenigen Tagen war sie ohne einen Mann und so frei gewesen, wie man es sich nur denken konnte. Jetzt gab es mehr Männer in ihrem Leben, als sie bewältigen konnte.

15

Es war am späten Nachmittag des vierten Tages, seitdem Chase ihrer Fährte gefolgt war. Er hätte nie geglaubt, daß er so weit reiten müßte. Im Fort Laramie hatte er Rast gemacht und eine Nacht dort verbracht. Hier hatte man ihm den Weg zum Dorf von Weißer Donner beschrieben. Er wußte, daß das der richtige Ort war. Es mußte der richtige Ort sein. Hier gab es sonst keine Ansiedlungen.

In der späten Nachmittagssonne lag das Dorf friedlich da. Er sah Kinder beim Spielen, Frauen bei der Arbeit und Männer, die in Gruppen zusammenstanden. Viele Pferde waren an den Wigwams angebunden, Fleisch ging zum Trocknen an Schnüren, Büffelhäute waren zum Färben ausgebreitet. Es schien ein wohlhabendes, stilles Dorf zu sein. Er kauerte am Ufer eines Baches und sah sich um. Konnte sie hier sein?

Seine Frage wurde augenblicklich beantwortet, als er sich vorsichtig flußabwärts vortastete und eine Stelle erreichte, an der üppige Sträucher und Bäume den Blick auf das Dorf verstellten. Hier hatte er sich verbergen wollen, doch er rührte sich nicht mehr von der Stelle, als er eine Frau sah, die im Fluß badete. Sie war nackt bis zur Taille und trug einen indianischen Lendenschurz. Chase führte sein Pferd langsam näher zum Ufer. Er war weit genug entfernt, um nicht von der Frau gesehen zu werden.

Er vergaß das ganze Dorf und alles andere auch, während er diese Frau beim Baden beobachtete. Es war Jessie. Er war ganz sicher. Sie hatte ihr Haar gelöst, und es hing naß auf ihrem Körper. Bei allen Himmeln, sie war schön, eine Göttin, die die Sonne geküßt hatte. Ihre Brüste waren wesentlich voller, als er sie in Erinnerung hatte, und sie waren von keinem Hemd bedeckt. Stolz und aufrecht hoben sie sich über ihrer schmalen Taille und den zarten Rundungen ihrer Hüften ab. Chase war von diesem Anblick gebannt. Was war es bloß, das sie so schön machte, sie etwas ganz Besonderes sein ließ?

Seiner Versonnenheit wurde ein jähes Ende gesetzt, als er sah, daß Jessie mit jemandem sprach. Dann sah er den Indianer. Er saß da und lehnte mit dem Rücken an einem knorrigen Baumstamm. Der Indianer saß nicht mit dem Gesicht zu Jessie, doch als sie mit ihm sprach, drehte er sich zu ihr um.

Chase war außer sich vor Wut. Ein Mann beobachtete Jessie beim Bade! Es war eine Schande, daß sein Zorn ihn übermannte, denn dadurch nahm er seine gesamte Umgebung nicht mehr wahr. Schwarzer Bärenjäger, der ältere Bruder von Weißer Donner, bewegte sich langsam auf den fremden Weißen zu. Er kam aus einer Richtung, aus der er weder Jessie noch Weißer Donner sehen konnte, den Mann, mit dem sie sprach. Für ihn entstand der Eindruck, daß der fremde Weiße sein Dorf ausspionierte. Schwarzer Bärenjäger näherte sich Chase mit äußerster Behutsamkeit.

Als sie das kühle Wasser des Gebirgsbaches über ihren Körper rinnen ließ, gelang es Jessie endlich, Kleiner Falke aus ihren Gedanken zu verbannen. Sie und Weißer Donner hatten oft gemeinsam im Fluß gebadet, als sie beide noch jünger waren, doch Breiter Fluß hatte dem Einhalt geboten, als Jessies Körper erste Rundungen zu entwickeln begann. Weißer Donner begleitete sie jedoch weiterhin, um sie beschützen zu können.

Der eigentliche Grund dafür, daß Weißer Donner Jessie begleitete, war Schwarzer Bärenjäger. Er war der einzige im Dorf, der Jessies Besuche nie hatte dulden wollen. Zweimal hatten sich die Brüder ihretwegen zerstritten, und etliche Male hatte Schwarzer Bärenjäger Jessie allein angetroffen und sie ganz schrecklich verängstigt.

Weder im letzten Jahr noch während ihres Besuchs im Dorf in diesem Jahr hatte sie Schwarzer Bärenjäger gesehen. Sie wußte, daß er sich kürzlich eine Frau genommen hatte und jetzt mit ihr in einem eigenen Wigwam wohnte. Sie fragte sich, ob er nun vielleicht weniger bedrohlich war.

Jessie schnitt dieses Thema an, indem sie Weißer Donner über ihre Schulter zurief: »Haßt dein Bruder mich eigentlich immer noch?«

Weißer Donner war so erstaunt über diese Frage, daß er sich vergaß und sich zu ihr umdrehte. »Aber er hat dich doch nie gehaßt.«

»Natürlich hat er mich gehaßt.«

Weißer Donner wandte sich schnell wieder ab. Es war lange her, seit er sie zum letzten Mal unbekleidet gesehen hatte. Ihm wurde heiß. Es war passiert. Er konnte nicht dulden, was er ihr gegenüber manchmal empfand. Sie waren Freunde. Das würde er nicht aufs Spiel setzen.

»Hast du mich gehört, Weißer Donner?«

»Ja«, rief er zurück, ohne sie anzusehen. »Aber du irrst dich, wenn du das, was er für dich empfindet, als Haß auslegst.«

»Du weißt doch selbst, wie er sich mir gegenüber immer verhalten hat«, rief Jessie ihm ins Gedächtnis zurück.

»Ihm war nicht recht, daß du hierherkommst, aber doch nur, weil du weiß bist wie mein Vater, der Mann, der Breiter Fluß von ihrem ersten Ehemann fortgeholt hat, dem Vater von Schwarzer Bärenjäger. Dadurch hat er seinen Vater verloren, und seit damals hegt er einen Groll gegen Weiße, der sich unterschiedslos gegen alle Weiße richtet.«

»Aber ich war doch noch ein Kind. Mir konnte er doch keine Schuld daran geben.«

»Das wußte er selbst. Er hat sogar später bereut, daß er dich so schlecht behandelt hat, aber damals war es zu spät.«

»Wieso? ich hätte das verstanden.«

»Ja, aber hättest du alle Gründe dieser Veränderung verstanden, die sich in ihm vollzogen hat? Siehst du, er wollte dich eines Tages haben.«

Sie war erstaunt und konnte es nicht recht glauben. »Er hatte allerdings eine seltsame Art, mir das zu zeigen«, spottete sie.

»Weil du weiß bist. Weil er es sich nicht gestatten konnte, eine weiße Frau zu wollen. Er hat große Qualen auf sich genommen, um es dich nie ahnen zu lassen. Er war grob zu dir, weil es nicht leicht für ihn war, das zu verbergen, was er für dich empfand.«

»Aber woher weißt du das, Weißer Donner?« fragte Jessie. »Hat er es dir gesagt?«

»Nein. Ich weiß es ganz einfach.«

»Du könntest dich irren, meinst du nicht?«

»Das bezweifle ich. Wäre es dir denn wirklich lieber, weiterhin zu glauben, daß er dich haßt, wenn das gar nicht wahr ist?«

»Ja, es wäre mir lieber.« Sie schien es durchaus ernst zu meinen. »Es ist reichlich verwirrend, plötzlich festzustellen, daß ich von vielen Männern begehrt werde. Das bin ich nicht gewohnt, und ich kann es auch nicht verstehen. Ich bin doch schließlich alles andere als eine Schönheit. Im allgemeinen bin ich staubig und verschwitzt von der Arbeit, und ich trage Hosen. Schau mal, Kleiner Falke hat mich bis heute nie auch nur in einem Kleid gesehen. Und doch wollen er und Chase...«

»Das ist also der Name dieses anderen?« fiel ihr Weißer Donner ins Wort.

»Über *ihn* reden wir jetzt ganz bestimmt nicht«, sagte Jessie eisern. »Aber sag mal, ist Schwarzer Bärenjäger glücklich mit seiner Frau? Kann ich damit rechnen, daß er mir jetzt weniger feindselig begegnet?«

»Er ist glücklich, aber was er dir gegenüber empfinden wird, kann ich dir nicht sagen.«

»Wo ist er?«

»Er ist auf die Jagd gegangen und muß demnächst zurückkommen. In der Tat...« Weißer Donner stand auf, und auf sein Gesicht trat ein wachsamer Ausdruck. »Ich glaube, das ist sein Siegesschrei. Hörst du das?«

»Ja. Geh schon voraus, Weißer Donner. Ich bin gleich soweit.«

»Bist du sicher?«

»Ja. Kleiner Falke wird sich die Beute von Schwarzer Bärenjäger ansehen, und somit wird er mich nicht belästigen, und im übrigen mache ich mir wegen niemandem Sorgen. Geh schon voraus.«

Jessie wusch sich noch die Haare. Sie ließ sich Zeit. Ihr ging soviel durch den Kopf, daß sie nicht neugierig auf die Beute war, die Schwarzer Bärenjäger mitbringen würde. Sie war sicher, daß sie die ganze Geschichte später noch ausführlich hören würde.

Sich vorzustellen, daß auch Schwarzer Bärenjäger sie begehrte...! Sie schüttelte verwirrt den Kopf. Es war alles so seltsam, diese verschiedenen Aspekte des Wollens. Blue hatte sie begehrt. Kleiner Falke begehrte sie. Chase hatte sie begehrt, aber nur für dieses eine Mal. Und Schwarzer Bärenjäger kämpfte gegen sein Begehren an und hatte sie ständig mit Feindseligkeiten verfolgt, weil er sie eigentlich haben wollte. Und ansonsten? Rachel hatte nur so getan, als würde sie Thomas lieben, und das, was Thomas empfunden hatte, konnte man nicht als Liebe bezeichnen, weil es in Haß umgeschlagen war. In Büchern war die wahre Liebe überschwenglich, doch Jessie hatte nie zwei verheiratete Menschen gesehen, die die Art von Liebe zur Schau stellten, von der sie in den Büchern gelesen hatte. Gab es wirklich so etwas wie Liebe?

Eine Weile später war Jessie angezogen. Ihr Haar war noch naß, doch es war in zwei glatte Zöpfe geflochten. Sie bog auf den schmalen Pfad ein, der zum Indianerlager führte. Doch dort stand Kleiner Falke und versperrte ihr den Weg. Seine Beine waren leicht gespreizt, seine Arme über seiner breiten Brust verschränkt. Er hatte sein Hemd für besondere Anlässe und seine Beinkleider abgelegt und trug nur noch seinen Lendenschurz und Mokassins.

Es gelang Jessie, ihre Überraschung zu verbergen. Sie sah ihn fest an.

»Wenn du fertig bist, begleite ich dich zum Dorf zurück«, erbot sich Kleiner Falke.

»Jetzt bist du plötzlich bereit, Englisch zu sprechen?«

»Wenn nur wir beide allein sind, ist es unvermeidlich«, erwiderte er achselzuckend. Dann sagte er abrupt: »Du solltest hier nicht ohne die Waffe herumlaufen, die du sonst an deiner Hüfte trägst.«

»Das war nicht nötig. Ich war bis vor einem Moment nicht allein, kurz bevor du gekommen bist. Du bist doch gerade eben erst gekommen, oder etwa nicht?«

»Wenn ich ja sage, macht dich das glücklich?«

»Was ist denn das für eine Antwort?« fauchte Jessie.

»Willst du lieber hören, daß ich gekommen bin, während du dich noch abgetrocknet hast?«

Jessies Augen flammten auf. »Warum hast du mir nicht zu erkennen gegeben, daß du da bist? Du hattest nicht das Recht... dazustehen und mich zu beobachten!«

»Du hast dir von Weißer Donner beim Baden zusehen lassen.« Diese Feststellung äußerte er ganz ruhig.

»Er hat mir nicht zugesehen«, beharrte sie. »Das täte er nie. Er ist mein Freund. Ich vertraue ihm.«

Kleiner Falke grinste. »Du wirst es lernen, auch mir zu vertrauen.«

»Wie kann ich dir vertrauen, wenn du dich heimlich an mich heranschleichst?«

»Bleib stehen, Sieht Wie Frau Aus.« Er schnitt ihr mit zwei schnellen Schritten den Weg ab und zwang sie, ihm in die Augen zu sehen. »Warum bist du wütend? Mißgönnst du mir den Anblick deines Körpers, nachdem ich meine Absichten deutlich ausgedrückt habe? Ist es nicht verständlich, daß ein Mann die Nähe der Frau sucht, die er gebeten hat, ihn zu heiraten? Ich wußte nicht, daß ich dich so vorfinden würde, aber es tut mir nicht leid. Dein Anblick hat mir viel Vergnügen bereitet.«

Er sagte noch mehr, doch er war zu seiner Sprache übergegangen, und während Jessie noch verwirrt zuhörte, küßte er sie.

Es war ein Schock. Sie spürte seinen Kuß bis in ihre Zehenspitzen. Sein Kuß erschreckte sie, aber sie war machtlos und konnte sich nicht dagegen wehren.

Als er sie schließlich losließ, blieb er vor ihr stehen und sah sie eindringlich und leidenschaftlich an. Er lächelte, denn er war in dem Glauben, diese Runde gewonnen zu haben. »Du hast den Himmel und auch den Wald in deinen Augen, und wenn du wütend bist, leuchten sie auf wie die Sterne. Aber du mußt noch lernen, dein Temperament zu zügeln, Sieht Wie Frau Aus. Meine erste Frau ist ein zartes Wesen – sie würde deine Gefühle nicht verstehen, die wie Stürme wüten.«

»Du brauchst dir darum keine Sorgen zu machen!« sagte sie hitzig. »Ich werde deine Frau nicht kennenlernen – niemals. Und außerdem kann ich allein zum Lager zurückgehen, vielen Dank für das Angebot.«

Sie versuchte, an ihm vorbeizugehen, aber er hielt ihre Arme fest. »Stört es dich so sehr, daß ich schon eine Frau habe?« fragte er sanft.

»Natürlich stört es mich.«

»Aber ich kann euch beide lieben.«

»Ich kenne eure Gebräuche«, sagte sie vorsichtig. »Aber ich komme aus einer anderen Kultur, und mich würde es nicht glücklich machen, einen Mann zu teilen.«

»Dann werde ich meine Frau aufgeben.«

»Wag das bloß nicht!« keuchte Jessie. »Damit würde ich nicht fertig. Mit dieser unerträglichen Vorstellung, daß du das meinetwegen tätest, könnte ich nicht leben. Du mußt dich um sie kümmern.«

»Ja, aber ich will dich, Sieht Wie Frau Aus.«

Jessie hätte am liebsten laut aufgeschrien. »Sieh mal, ich bin nicht einmal mehr eine Jungfrau«, sagte sie leise, und ihre Wangen erröteten. »Also vergiß mich und...«

»Das macht nichts.«

»Das macht nichts?« fragte sie ungläubig.

»Nein.«

Da sie ihm nichts mehr zu sagen hatte, stieß sie ihn von sich und rannte auf dem Pfad zum Dorf.

Er ließ sie laufen, doch er rief ihr nach: »Ein Sioux gibt nicht so leicht auf, Sieht Wie Frau Aus!«

»Um deinetwillen solltest du es lernen!« rief sie zurück, ehe sie sich durch die Büsche zwängte und das Lager vor sich sah.

Sie hörte ihn lachen und lief schneller. Sie rannte, bis sie vor dem Wigwam von Rennt Mit Dem Wolf stand.

16

Chase kam langsam wieder zu sich, doch der Schmerz in seinem Kopf betäubte ihn und nahm ihm jede Orientierung. Seine Schultern taten weh, und seine Hände waren taub. Was zum Teufel hatte das zu bedeuten?

Er schlug die Augen auf. Er lag zwischen Wigwams, und nicht weit von ihnen entfernt saß eine Gruppe von Indianern um ein Feuer herum. Er versuchte, seine Arme zu bewegen, und eine ungegerbte Lederschnur schnitt in seine Handgelenke. Dieser Schmerz brachte ihn vollends wieder zu sich. Chase stöhnte. Er wünschte, er wäre nicht erwacht.

Einer der Indianer hörte das Stöhnen und gab den anderen ein Zeichen. Zwei der Indianer standen auf und näherten sich ihm. Sie sahen auf ihn herunter. Er saß auf dem Boden, und seine Hände waren an einen Pfahl hinter seinem Rücken gebunden. Als er aufblickte, bemühte er sich, nicht verängstigt zu wirken. Beide Indianer waren jung, vermutlich jünger als er, aber das trug auch nicht dazu bei, daß er sich wohler fühlte.

»Du hast unser Abkommen gebrochen, Bleichgesicht«, sagte der größere der beiden Indianer. »Dafür wirst du die Strafe auf dich nehmen müssen. Aber sag uns erst, wer dich hierhergeschickt hat, damit du uns nachspionierst?«

Chase erkannte in dem Mann, der mit ihm sprach, nicht denjenigen wieder, den er mit Jessie am Bach gesehen hatte. Doch er bemerkte die blauen Augen und die ähnlichen Gesichtszüge, und er faßte sich ein Herz.

»Sie sind ein halber Weißer, nicht wahr?«

»Du wirst Fragen beantworten, nicht Fragen stellen«, lautete die rauhe Antwort.

»Das ist doch lächerlich«, sagte Chase ungeduldig. »Ich weiß nicht, wer mich angegriffen hat, aber es war ein Fehler. Ich bin nicht aus dieser Gegend, und ich weiß nichts von eurem Abkommen. Und spionieren tue ich ganz gewiß nicht.«

Chase wartete, während sich die beiden Männer in ihrer eigenen Sprache verständigten. Dann sah ihn der größere der beiden Männer zornig an.

»Schwarzer Bärenjäger sagt, daß du lügst. Er ist derjenige, der dich gefangengenommen hat. Er hat dich gefunden, als du dich am Flußufer versteckt hast, um unser Dorf zu beobachten. Er glaubt, daß die Armee dich zu uns geschickt hat, und er wird die Wahrheit erfahren, selbst wenn er dich zwingen muß, ihm die Wahrheit zu sagen.«

Chase spürte, daß sich seine Eingeweide zusammenzogen. »Darum geht es doch gar nicht. Ich bin hierhergekommen, weil ich Jessica Blair suche. Und ich weiß, daß sie hier ist. Fragt sie doch nach mir.«

Die beiden Indianer sprachen wieder miteinander, und diesmal entfernte sich der kleinere von beiden zornig. Chase wagte es, Hoffnung zu schöpfen, als der andere Indianer sich wieder zu ihm umdrehte und auf sein Gesicht, dessen Ausdruck gelockerte war, langsam ein Lächeln trat.

»Das hättest du gleich sagen sollen«, schalt ihn der tapfere Krieger.

»Das ist mir jetzt auch klar«, erwiderte Chase. »Aber Ihr Freund war nicht allzusehr darüber erfreut, oder?«

»Nein. Er hätte es vorgezogen, dich zu töten.«

Chase erbleichte. »Ist das die Strafe, die darauf steht, das Abkommen zu brechen? Das kann die Armee nicht vereinbart haben.«

»Die Armee hat uns die Ansprüche auf dieses Gebiet abgetreten. Wir haben ihre Forts zerstört und sie vertrieben. Wegen eines Mannes würde die Armee das Abkommen nicht brechen, selbst, wenn sie diesen Mann selbst ausgeschickt hätte. Dieses Gebiet gehört den Cheyenne und den Sioux, und die Armee hat das unbefugte Betreten dieses Gebietes durch Weiße untersagt.«

»Und doch erlauben Sie Jessica Blair, dieses Abkommen zu brechen?«

Der Indianer sah ihn finster an. »Wir betrachten sie als unseren Freund. Wer bist du überhaupt?« fragte er mit strengem Gesicht.

»Jessie kennt mich. Wenn Sie ihr nur sagen würden, daß Chase Summers...«

»Chase!« wiederholte der Indianer. Seine Augen wurden

schmaler. »Ich glaube. Sieht Wie Frau Aus würde es vorziehen, dich meinem Bruder zu überlassen.«

Mit diesen Worten wandte er sich ab. Chase versuchte, ihn zurückzurufen, doch er blieb nicht stehen.

Was zum Teufel hatte dieser Indianer plötzlich so erzürnt? Er hatte nichts weiter gesagt, lediglich seinen Namen genannt. Chase spürte ein wachsendes Unbehagen in sich aufsteigen. Jessie mußte etwas über ihn erzählt haben, und was sie auch gesagt haben mochte – es konnte nichts Gutes gewesen sein.

Die Sonne ging unter. Niemand kam. Die Indianer, die um das Feuer herum gesessen hatten, verschwanden einer nach dem anderen, und noch immer kam niemand zu ihm. Chase versuchte, sich aus seinen Fesseln zu befreien, aber sie saßen zu fest. Allmählich begann er zu verzweifeln. Wo blieb Jessie?

Als Jessie kam, war der blauäugige Indianer in ihrer Begleitung, und Chase erkannte sie im ersten Augenblick kaum. Sie sah aus wie eine Indianerin, und sie trug ein indianisches Kleid und kniehohe Mokassins, und ihr Haar war in zwei Zöpfe geflochten. Es schien ihm unmöglich, in ihrem Gesicht etwas zu lesen. War sie gekommen, um ihm zu helfen, oder kam sie, um sich an seiner mißlichen Lage zu ergötzen?

»Du hättest etwas eher kommen können«, sagte Chase. Er bemühte sich, seinen Tonfall beiläufig klingen zu lassen.

Jessies Gesichtsausdruck änderte sich nicht. »Ich habe geschlafen. Weißer Donner hat keinen Grund gesehen, mich zu wecken, nur um mir mitzuteilen, daß du hier bist. Weggehen konntest du ohnehin nicht.«

»Danke.«

Jessies Augen wurden zu Schlitzen. »Behalte deinen Sarkasmus für dich, Summers. In diese Lage hast nur du selbst dich gebracht.«

»Verdammt noch mal, ich habe nichts weiter getan, als hierherzukommen, um dich zu holen«, fauchte Chase.

Weißer Donner trat einen Schritt näher an Chase heran, und Jessie hielt seinen Arm fest. Sie zog ihn fort, und Chase sah, wie die beiden miteinander stritten. Dann kam Jessie allein zu ihm zurück.

Chase war überrascht. »Du sprichst ihre Sprache.«

»Ja.«

»Worum ist es gegangen?«

»Es hat ihm nicht gefallen, daß du mich angeschrien hast. Ich kann ja verstehen, daß du dich aufregst, aber ich rate dir, einen höflicheren Ton anzuschlagen. Es wäre unsinnig, ihn zu erzürnen, wenn er dich ohnehin hier behalten will.«

»Wieso denn das?« fragte Chase erbost. »Was zum Teufel hast du ihm über mich erzählt?«

»Nur die Wahrheit. Das du mich ausgenutzt hast. Du hattest deinen Spaß, und dann bist du in Panik geraten, ich könnte dich deswegen heiraten wollen. Leugnest du das etwa?«

»Du hast mir nie Gelegenheit gegeben, es dir zu erklären, Jessie.«

»Es gab nichts zu erklären. Der Fall lag reichlich klar«, sagte sie steif.

Bei Gott, wie gern er diese Fassung von ihr abgeschüttelt hätte. »Und was ist mit dir, Jessie? Ich könnte denselben verdammten Mist auch von dir behaupten. Du hattest deinen Spaß. Du hast mich ausgenutzt. Was wäre denn gewesen, wenn ich darauf bestanden hätte, dich deswegen zu heiraten?«

»Erzähl mir bloß keinen Unsinn!« fauchte sie.

»Jetzt stell dir das mal genau vor. Wer wäre denn derjenige gewesen, der einen Rückzieher gemacht hätte?«

»Aber du hättest nicht auf einer Heirat bestanden«, sagte sie. Ihre Stimme war wieder ganz ruhig. »Und du hast mir nie auch nur die Gelegenheit gegeben, herauszufinden, was ich empfunden habe.«

Aus ihrer Stimme war so deutlich herauszuhören, wie verletzt sie war, daß es ihm einen Stich versetzte. »Ich habe dir gesagt, daß es mir leid tut, und das war ernst gemeint. Vielleicht hast du es nicht als eine größere Sache empfunden, deine Jungfräulichkeit zu verlieren, aber ich war so schockiert über diesen Umstand, daß ich nicht mehr wußte, was zum Teufel ich sage, Jessie.«

»Das tut alles nichts zur Sache. Ich habe dir gesagt, daß ich das alles vergessen will.«

»Das tut durchaus etwas zur Sache, wenn dein indianischer Freund mir aufgrund dessen, was du ihm von mir erzählt hast, die Kehle durchschneiden will.«

»Wenn du es unbedingt wissen willst – ich habe ihm so gut wie nichts von dir erzählt. Er hat gesehen, daß ich außer mir war, und er hat seine eigenen Schlüsse daraus gezogen. Er fühlt sich in hohem Maß als mein Beschützer.«

»Was bedeutet er dir, wenn ich fragen darf?«

»Er ist ein sehr guter Freund. Und jetzt hast du es lange genug hinausgeschoben, mir zu sagen, was du hier zu suchen hast.«

»Wie gut?«

»Das geht dich nichts an!« fauchte Jessie. »Was ist auf der Ranch passiert? Weshalb bist du hier?«

»Gar nichts ist auf der Ranch passiert.«

»Nichts?« Ein glühendes Funkeln trat in ihre Augen. »Erzähl mir jetzt bloß nicht, daß Rachel dich wieder hinter mir hergeschickt hat.«

»Sie hat sich Sorgen gemacht.«

»Verdammt noch mal!« explodierte Jessie. »Was bist du denn, ein Schoßhund, daß du ihr aufs Wort folgst? Sie hätte dich damit in den Tod treiben können.«

»Jetzt hör aber auf.« Chase fühlte sich unbehaglich, da Weißer Donner, der sie beide nicht aus den Augen ließ, jetzt die Stirn runzelte.

»Du hörst mir jetzt zu.« Jessie senkte ihre Stimme. »Du hattest kein Recht, mir zu folgen. Ich brauche keinen Wachhund, und wenn ich einen bräuchte, dann ganz bestimmt nicht dich. Dieses Gebiet hier ist für mich ein zweites Zuhause, aber für dich ist es eine Todesfalle. Du hast verfluchtes Glück gehabt, daß Schwarzer Bärenjäger dich nicht auf der Stelle getötet hat, als er dich gefunden hat. Und du solltest lieber hoffen, daß dein Glück noch eine Weile anhält, denn du wirst allein zurückreiten. Ich bin nicht da, um dir beizustehen. Du hast deine Zeit vergeudet – wieder einmal.«

Wenigstens hatte sie gesagt, daß er zurückreiten würde. Doch Chase ließ es nicht lange dabei bewenden. Er starrte Weißer Donner an, der am Feuer stand. Der Indianer hatte sich abgewandt, als Jessie ihre Stimme senkte. Chase konnte nur sein Profil sehen. Das brachte ihm wieder in Erinnerung, welches Schauspiel er am Bach vorgefunden hatte. Ungeheißen übermannte ihn wieder der Zorn.

»Wann werde ich freigelassen, Jessie?« fragte Chase.

»Weißer Donner wird deine Stricke durchschneiden«, teilte sie ihm mit.

»Würdest du mir eine Frage beantworten, ehe du ihn rufst, ja?«

Jessie hätte darauf gefaßt sein müssen, doch die Eiseskälte in seiner Stimme entging ihr. »Was soll ich dir beantworten, Summers?«

»Bin ich dafür verantwortlich, daß du zur Hure geworden bist, oder hattest du schon immer dieses Potential? Ich wüßte nur zu gern, ob ich mir die Schuld daran geben muß.«

Jessie schnappte nach Luft. »Bist du verrückt?«

»Das meintest du doch, als du gesagt hast, daß dein Freund dort ein sehr guter Freund ist, oder?« fragte Chase weiter. Er spürte den Drang, gemein zu sein. »Oder macht es dir nur Spaß, manchmal eine Schau für ihn abzuziehen?«

»Wovon sprichst du?« flüsterte Jessie entgeistert.

»Ich habe ihn mit dir am Fluß gesehen«, schnaubte Chase. »Als dieser andere Indianer mich gefunden hat, habe ich nicht das Lager beobachtet, sondern dich. Und ich war nicht der einzige, der dich beobachtet hat«, höhnte er. »Hatte er bereits das…«

Jessie ließ ihn nicht ausreden. Sie schlug ihm ins Gesicht. »Du Schuft! Wie kannst du es wagen, etwas Derartiges zu unterstellen? Er ist wie ein Bruder zu mir!«

Sie bebte vor Wut. Weißer Donner trat zu ihr und drehte sie an den Schultern zu sich herum. Sie wich seinen Blicken aus.

»Du hast gehört, was er gesagt hat?« fragte sie jämmerlich.

»Ja. Beschämt es dich?«

Sie brauchte nicht zu antworten. Weißer Donner führte

Jessie fort und fragte sie: »Willst du, daß ich ihn für dich töte?«

Chase hörte die Frage, aber er konnte Jessies Antwort nicht hören. Er sah den beiden nach, bis sie hinter den Wigwams am anderen Ende des Lagers verschwunden waren. Dann schloß er die Augen. Es war seltsam, aber er war vollkommen ruhig. Vielleicht war er verrückt. Warum sonst hätte er sich mit einem Menschen angelegt, der sein Leben in der Hand hatte? Er schien sich selbst nicht mehr zu kennen.

17

Jessie kniete neben Chase. Es war noch dunkel. Sie hatte ihm etwas zum Essen gebracht und trug außerdem ein Messer bei sich, um ihm die Fesseln durchzuschneiden. Er schlief, und sie weckte ihn nicht. Nachdenklich sah sie ihn sich genauer an. Wieso besaß er die Macht, sie zum Weinen zu bringen? Thomas Blair war früher der einzige Mann gewesen, der das erreichen konnte.

Weißer Donner hatte Jessie erklärt, daß Chase das, was er gesagt hatte, nicht so meinte. Er hatte Chase sogar tatsächlich verteidigt, und das, nachdem er sich erboten hatte, ihn um Jessies willen zu töten. Sie war schockiert gewesen, doch hinterher, als sie allein war, hatte sie sich das, was er gesagt hatte, noch einmal durch den Kopf gehen lassen, und ihr war klar geworden, daß es wahrscheinlich stimmte.

Weißer Donner hatte Jessie noch ganz andere Gedankengänge nahegelegt, empörende Dinge, und sie war ganz und gar nicht seiner Meinung gewesen. Er hatte gesagt, es könne sein, daß Chase nach allem, was zwischen ihnen passiert war, das Gefühl hätte, sie gehöre ihm, und seine Vorwürfe könnten ausschließlich von seiner Eifersucht herrühren. Jessie wußte es besser. Ein Besitzanspruch auf sie wäre das allerletzte, was Chase angestrebt hätte. Das hatte er wahrhaft klargestellt.

»Wie lange bist du schon hier?«

Jessies Blicke trafen sich mit seinen Blicken, doch sie wandte ihre Augen schnell ab. »Ich bin gerade erst gekommen.«

Sie trat von hinten an ihn heran und durchschnitt die ungegerbte Lederschnur, mit der seine Handgelenke gefesselt waren. Chase bewegte behutsam seine Arme, doch als das Blut wieder in seine Hände strömte, schnappte er nach Luft. Er schüttelte seine Hände, doch das nutzte auch nichts.

Jessie trat wieder neben ihn und steckte ihr Messer in ihre kniehohen Mokassins. »Ich habe dir deine Sachen und etwas zum Essen gebracht.«

Er sah seinen Sattel, seine Waffen und seine übrige Habe auf dem Boden liegen. Er warf Jessie einen Seitenblick zu. »Danke. Ich hatte wirklich meine Zweifel daran, daß du mir helfen wirst.«

»Dir helfen?«

»Hier wieder rauszukommen. Nach allem, was...«

»In dem Glauben sollte ich dich eigentlich lassen.« Sie schnitt die Fesseln an seinen Füßen durch. Verbittert sagte sie: »Es würde dir recht geschehen, dich einer Hure zu Dankbarkeit verpflichtet zu fühlen.«

»Oh, Jessie«, stöhnte er. »Du mußt doch wissen, daß ich es nicht so gemeint habe.«

»Ja, das weiß ich«, sagte sie verdrossen. »Weißer Donner hat mich darauf hingewiesen, daß du heute eine ganze Menge durchgemacht hast. Ein Mann sieht dem Tod tapfer oder gar nicht tapfer ins Angesicht. Du hast deine Sache schlecht gemacht. Aber das war ja nicht anders zu erwarten.«

Diese Erklärung war ihm lieber als die eigentlich zutreffende, und daher stimmte er ihr bereitwillig zu. »Ja. Es stimmt, daß ich in letzter Zeit nichts von dem, was ich getan habe, gut gemacht habe, findest du nicht?«

»Nein, das hast du nicht getan.«

Er stand auf und streckte sich genüßlich. »Danke für das Losschneiden. Ich hatte nicht den Eindruck, daß einer der anderen in näherer Zukunft die Absicht gehabt hätte.«

Sie tat das mit einem Achselzucken ab, denn seine Dankbarkeit bereitete ihr Unbehagen. »Irgend jemand hätte es schon getan, wenn du nur lange genug gewartet hättest. Du hast es hier nämlich nicht mit Wilden zu tun. Du warst bereits von dem Moment an kein Gefangener mehr, als sie wußten, da du meinetwegen gekommen bist.«

»So ist mir die Sache aber gar nicht vorgekommen.«

»Wenn du Unannehmlichkeiten hattest, dann geschieht dir das schon allein deshalb recht, weil du hierher gekommen bist«, hob sie deutlich hervor. »Niemand hat dich gebeten, hierherzukommen.«

»Das ist wahr«, gestand er ein. »Und ich gehe auch nur zu gern wieder. Können wir jetzt losreiten?«

»Du kannst jederzeit gehen. Ich würde dir jedoch raten, bis zum Morgen zu warten. Am Morgen ziehen mehrere der Indianer aus, um zu jagen, und sie werden dich aus dem Gebiet der Indianer sicher hinausbegleiten. Wenn du mit ihnen zusammen reitest, bist du in Sicherheit. Andernfalls...«

Er sah sie einen Moment lang nachdenklich an, ehe er sagte: »Mit dir wäre ich doch auch sicher, oder?«

»Ja, aber ich komme nicht mit.«

»Doch, du kommst mit, Jessie. Ich bin nicht umsonst den ganzen Weg geritten.«

»Komm mir bloß nicht damit, Summers«, warnte sie ihn kühl. »Das steht hier überhaupt nicht zur Debatte. Selbst wenn ich morgen zurückreiten wollte, würde ich nicht mit dir gehen. Deine Gesellschaft ist mir nun einmal nicht erwünscht.«

Chase trat auf sie zu, doch Jessie wich ihm geschickt aus.

»Vielleicht sollte ich mich anders ausdrücken«, sagte Jessie. »Ich brauche nur einmal zu schreien, und sämtliche Wigwams sind innerhalb von Sekunden leer. Dann kannst du selbst sehen, wie du den Zwischenfall erklärst.«

Chase seufzte. »Ein Punkt für dich.«

Jessie geriet jetzt, da sie sich nicht mehr bedroht fühlte, erst richtig in Rage. »Weißt du eigentlich, daß du verrückt bist? Wozu zum Teufel sollte das Ganze überhaupt gut sein?«

Er zuckte die Achseln und sagte kühl: »Ich wollte mich wenigstens ein bißchen für den Ärger entschädigen, den ich gehabt habe. Und dich vielleicht auch dazu bringen, an deinen eigenen Worten zu ersticken, was meine unerwünschte Gesellschaft betrifft.«

Jessie schnappte entgeistert nach Luft. »Du glaubst, du brauchst mich nur zu küssen, und schon vergesse ich alles andere? Mein Gott, bist du eingebildet!«

»Hast du Angst, es könnte stimmen?«

»Eine so dumme Frage beantworte ich nicht. Ich weiß überhaupt nicht, warum ich eigentlich noch dastehe und mit dir rede. Wenn du jetzt losreiten willst, hole ich mein Pferd.«

»Du kommst also doch mit?«

»Nein«, erwiderte Jessie zögernd. »Ich gestatte es dir, mein Pferd auszuleihen.« Sie betete, er möge nicht explodieren.

Er hob die Stimme. »Stimmt irgend etwas nicht mit Goldenrod?«

»Nein, aber...« Er ließ es sich gar nicht erst von ihr erklären, sondern drehte sich um und ließ sie stehen.

»Wohin gehst du?«

»Ich hole mein Pferd.«

Jessie sah das Tier, und sie sah auch, an wessen Wigwam es angebunden war. Sie lief hinter Chase her und hielt ihn am Arm fest.

»Mach dich am Wigwam von Schwarzer Bärenjäger zu schaffen, und du wirst feststellen, daß du einen Haufen Ärger kriegst.«

»Wie sonst soll ich an Goldenrod kommen?«

»Gar nicht. Er behält dein Pferd. Glaubst du, ich würde dir mein Pferd borgen, wenn es nicht unbedingt sein müßte?«

Seine Augen wurden so schwarz wie Kohlen. »Ich hoffe in deinem Interesse, daß das ein Witz ist.«

»Nein, eben nicht«, sagte sie steif.

»Ist das auch einer der hiesigen Bräuche? Wie zum Beispiel, einen Mann grundlos den ganzen Tag lang festzubinden?«

»Nein. Du hast nur einfach das Pech gehabt, daß Schwarzer Bärenjäger derjenige war, der dich gefunden hat. Er haßt Weiße – mich inbegriffen. Wenn er nicht in bezug auf deine Person eine falsche Schlußfolgerung gezogen hätte, lägen die Dinge anders, aber so war es nun einmal, und er war wütend, als er erfahren mußte, daß er sich geirrt hat, insbesondere, da ich auch noch in diese Geschichte verwickelt war. Dadurch hat er sich zum Narren gemacht. Er bewahrt sein Gesicht, indem er dein Pferd behält. Du hast keine andere Wahl.«

»Vergiß es, Jessie. Ich habe dieses Pferd schon zu lange, um mich von ihm zu trennen.«

»Verdammt noch mal, du kannst froh sein, daß er nicht auch deinen Sattel und deine Waffen für sich beansprucht. Er hätte dir alles wegnehmen können. Schließlich hat er dich gefangen genommen, ob Spion oder nicht, ob Irrtum oder nicht.«

»Ohne mein Pferd gehe ich nicht, und mehr ist dazu nicht zu sagen.«

»Sei nicht albern«, zischte sie. »Du müßtest um dein Pferd kämpfen, und...«

»Dann kämpfe ich eben um mein Pferd.«

Ihre Blicke trafen sich, und keiner von beiden schlug die Augen nieder. »Du hast dich zehnfach zum Narren gemacht, indem du hierhergekommen bist«, sagte sie mit einer Stimme, deren Ruhe erzwungen war. »Welche Chance hättest du gegen einen Krieger der Cheyenne? Er würde keine Minute brauchen, um dich zu töten.«

»Dazu muß er erst gewinnen.«

»Verdammt noch mal, wir reden hier nicht von einem sportlichen Wettkampf. Ich habe dir doch gesagt, daß er mich nicht leiden kann. Er würde es dir nicht um meinetwillen leicht machen, wie es die anderen Krieger täten. Er wird ernstlich versuchen, dich zu töten.«

»Du hältst wohl nicht allzu viel von mir, was?«

Sie starrte ihn entgeistert an. »Nein, Summers, das tue ich wahrhaftig nicht.«

»Vereinbare einen Kampf, Jessie.«

»Warum willst du nicht auf mich hören?«

Er zog die Brauen zusammen. »Seit wann interessiert es dich, ob mir etwas zustößt?«

»Oh!« fauchte Jessie erbost. »Dann kämpf doch gegen ihn!«

Sie stolzierte davon. Chase atmete tief ein. Er würde diesen Ort nicht ohne Goldenrod verlassen – und auch nicht ohne Jessie.

18

Jessie und Weißer Donner suchten Schwarzer Bärenjäger auf, um ihm mitzuteilen, daß er eine Kampfansage um das goldene Pferd erhalten hatte. Er erklärte sich eilfertig bereit, nur zu eilfertig. Jessica flehte ihn an, Chase nicht zu töten, im Kampf mit ihm nur seine Kräfte zu messen, doch Schwarzer Bärenjäger starrte sie nur versteinert an. Nichts hatte sich geändert.

Der gesamte Stamm erschien, um sich dieses Schauspiel anzusehen. Wetten wurden abgegeben, denn die Indianer liebten das Spiel. Es gingen nicht allzu viele Wetten ein, bis Chase seinen Oberkörper entblößte. Erst jetzt ging das Wetten ernstlich los. Jessie faßte wieder Mut. Sie hätte sich an diese strammen Muskeln erinnern müssen. Zum Glück waren Chase und Schwarzer Bärenjäger etwa gleich groß und ähnlich muskulös.

»Hör mal, bis jetzt kannst du es dir immer noch anders überlegen«, sagte Jessie zu Chase.

Doch ehe er antworten konnte, traten harte Züge auf sein Gesicht, und er sagte: »Was hat der denn hier zu suchen?«

Sie folgte der Richtung seines Blickes und sah Kleiner Falke, der sich der Menge näherte.

»Ich habe ihn genau gesehen, ehe er mich damals niedergeschlagen hat, Jessie«, sagte Chase erbost.

»Paß auf, was du sagst! Er spricht Englisch«, zischte sie ihm zu.

»Soll das eine Warnung sein?« fragte Chase geringschätzig. »Kann ich damit rechnen, daß er sich wieder auf mich stürzt?«

Jessie zog Chase schnell ein paar Schritte zurück und flüsterte: »Verdammt noch mal, halte deinen vorlauten Mund.«

Besaß er denn keinen Funken Verstand? »Er gehört nicht zu diesem Stamm, aber was du tust, zählt trotzdem. Du bist meinetwegen hergekommen, und daher fällt das, was du hier tust, auf mich zurück.«

»Aber er...«

»Ich spreche nicht nur von ihm. Schwarzer Bärenjäger ist zufällig der Bruder von Weißer Donner. Ich bitte dich, ihn nicht zu töten, Chase.«

»Oh, du erwartest also von mir, daß ich mich ganz einfach von ihm töten lasse?« schrie Chase. Ihm war völlig egal, wer ihn jetzt hören konnte.

»Natürlich nicht«, zischte Jessie ungeduldig. »Aber wenn du ihn tötest, kann ich nie mehr hierherkommen. Ich sage doch nur... tu es nicht, wenn es nicht sein muß. Sei ihm nur überlegen. Verstehst du jetzt?«

»Klar verstehe ich«, sagte Chase sarkastisch. Dann wandte er sich von ihr ab und trat in die Runde. Schwarzer Bärenjäger erwartete ihn bereits, und sobald Chase vor ihm stand, trat Weißer Donner zwischen die beiden. Er sprach ein paar Worte, die Jessie nicht hören konnte, und dann band er ein langes Tuch um die Taillen beider Männer. Somit waren sie für diesen Wettkampf aneinander gefesselt, und es war jedem der beiden unmöglich, einfach vor dem anderen davonzulaufen. Das machte den Kampf natürlich gefährlicher, weil keiner der Männer aus der Reichweite des Messers des anderen entkommen konnte.

Chase schien ausgesprochen ruhig zu sein. Jessie hatte ihn hinsichtlich des Bandes gewarnt, mit dem sie zusammengebunden waren, und sie hatte ihm außerdem gesagt, daß es für diesen Wettkampf keine vorgeschriebenen Regeln gab. Er hatte den Kopf geschüttelt. Keine Regeln?

Schwarzer Bärenjäger begann den Kampf mit einem unerwarteten Sprung, auf den Chase überhaupt nicht gefaßt war, und beide Männer stürzten auf den Boden. Im nächsten Moment standen beide wieder auf den Füßen. Der Indianer holte zu einer Serie von knappen, schnellen Hieben mit seinem Messer aus, während Chase nichts anderes tat, als dem Messer auszuweichen. Dann griff Schwarzer Bärenjäger an und hielt sein Messer über seinen Kopf. Die beiden umklammerten sich an ihren Handgelenken, und jeder hielt die Hand des anderen fest, in der das Messer war. Das Muskelspiel war überwältigend, und die Klingen waren dicht an ihrem Ziel, doch keiner der Männer konnte die Hand mit dem Messer die wenigen Zentimeter von der Stelle rühren, die erforderlich waren, um Blut zu sehen.

Jessie war außer sich vor Entsetzen, als sie sah, daß sich die Klinge in der Hand von Schwarzer Bärenjäger umdrehte und auf Chases Unterarm einstach. Chase ließ das Handgelenk los, und die Klinge fuhr nach unten und schlitzte seinen Oberkörper seitlich auf. Der Indianer holte zu einem weiteren Stich aus, doch Chase hielt ihn mit seinem blutigen Unterarm zurück und stellte ihm dann geschickt ein Bein.

Schwarzer Bärenjäger fiel zu Boden. Das Band zog Chase ebenfalls hinunter, doch es gelang ihm, auf Schwarzer Bärenjäger zu landen. Sie wälzten sich auf dem Boden herum, und jeder von beiden kämpfte darum, die Oberhand zu gewinnen und den anderen am Boden festzuhalten. Chase versuchte aufzustehen, doch Schwarzer Bärenjäger nutzte das Seil, um ihn wieder herunterzuziehen, und mit einem geschickten Beinspiel ließ er Chase auf dem Rücken landen. Er prallte mit einem dumpfen Schlag auf den Boden.

Sie lagen ausgestreckt auf dem Boden, Kopf an Kopf. Schwarzer Bärenjäger zog sich auf einen Ellbogen und ließ heimtückisch seine andere Hand mit dem Messer durch die Luft sausen. Es wäre exakt in Chases Kehle gelandet, doch Chase sah es rechtzeitig und wich im allerletzten Moment aus.

In seinem Gesicht stand Mordlust, und Jessie spürte, wie eine Woge von Furcht über sie hinwegschwemmte. Wenn Chase die Kontrolle über sich verlor, dann gab das Schwarzer Bärenjäger den letzten Biß, der ihm noch fehlte, denn der Zorn ließ einen Mann unvorsichtig werden.

Chase stand auf und wartete darauf, daß sich sein Gegner erheben würde. Jessie hätte ihm am liebsten zugeschrien, daß er seinen Vorteil nutzen sollte, solange Schwarzer Bärenjäger noch am Boden lag, doch sie brachte keinen Ton heraus. In dem Moment, in dem der Indianer auf den Füßen war, hieb ihm Chase mit aller Wucht die Faust mit dem Messer in den Bauch. Schwarzer Bärenjäger überschlug sich, und die Wucht des Schlages riß ihm die Füße vom Boden.

Die Menge blieb stumm. Jessie spürte, daß sich ihr Magen umdrehte. Chase hatte gewonnen, aber sie hatte ihn gebeten, nicht *so* zu gewinnen. Doch er hörte noch gar nicht auf! Sein Zorn trieb ihn an, noch einmal auf Schwarzer Bärenjäger einzuschlagen. Er schlug ihm die andere Faust ins Gesicht und streckte ihn regungslos zu Boden.

Dann schnitt Chase ganz ruhig mit seinem Messer das Band durch, mit dem sie zusammengebunden waren. Doch auf dem Tuch war kein Blut zu sehen... und auch nicht auf der Klinge seines Messers. Ihre Blicke flogen wieder zu Schwarzer Bärenjäger. Kein Tropfen Blut war auf ihm zu sehen! Chase hatte die Klinge abgewandt, ehe er ihm den Hieb versetzt hatte!

Am liebsten hätte sie gelacht. Fast hätte sie es auch getan, denn in dem Moment stieß Chase einen brüllenden Siegesschrei aus, und die Menge fiel in sein Triumphgeheul ein. Diejenigen, die Wetten auf Chase abgeschlossen hatten, eilten zu ihm, um ihm zu gratulieren.

»Das hat er gut gemacht«, gestand Kleiner Falke ein.

Jessie zwang sich, jetzt nicht zu grinsen. »Ja, das hat er«, sagte sie heiter.

Sie wußte nicht, warum sie sich so sehr freute. Lag es nur daran, daß Chase Schwarzer Bärenjäger besiegt hatte, ohne ihn zu verletzen?

»Jessie!« rief Chase ihr fröhlich zu. »Pack deine Sachen, junge Frau. Wir reiten nach Hause!«

Jessie zuckte zusammen. »Ich gehe nicht mit«, sagte sie.

»Ich gehe aber nicht ohne dich«, antwortete er entschlossen. Er kam auf sie zu und blieb regungslos neben ihr stehen.

»Du solltest jetzt lieber losreiten«, sagte Jessie. Ihr war unbehaglich zumute. Er wirkte allzu entschlossen.

»Wenn du nicht freiwillig mitkommst, schnappe ich mir dich und schleppe dich gewaltsam mit«, verkündete Chase.

»Sie würden dich töten!«

»Dann hättest du mein Leben auf dem Gewissen, oder etwa nicht?«

Sie wußten beide, daß sie keine Wahl hatte. Mit weit aufgerissenen Augen starrte sie ihn an. Sie war außer sich vor Wut. »Du verfluchter Kerl, das wirst du mir noch büßen! Du wirst selbst sehen, daß ich es dir heimzahle, Chase Summers!«

Chase sah ihr mit einem breiten Grinsen nach, als sie davonstapfte und das Lager durchquerte. Er wollte seine Sachen und Goldenrod holen, doch dabei kam er an Jessies beiden Favoriten vorbei. Er war zu gut aufgelegt, um sich eingeschüchtert zu fühlen. Einen Moment lang blieb er stehen und lächelte. »Sieht ganz so aus, als käme sie mit mir nach Hause, Jungens. Seht ihr, ihre Mutter hat mich losgeschickt, damit ich sie hole. Sie mag zwar einen großen Wirbel darum gemacht haben, aber sie macht schließlich um alles einen großen Wirbel, ganz gleich, ob dies oder das, stimmt's?«

Er nickte ihnen höflich zu und ging dann weiter. Weißer Donner mußte Kleiner Falke zurückhalten, der sich auf ihn stürzen wollte. Chase kicherte in sich hinein, denn er wußte verflucht gut, was sich hinter seinem Rücken abspielte, und er brauchte sich nicht umzusehen, um es zu wissen. Er machte sich nichts daraus. Er fühlte sich ganz verflucht wohl.

19

Sie waren erst seit drei Stunden unterwegs, als Kleiner Falke sie einholte. Jessie hörte, daß er sie rief, und sie hielt ihr Pferd an. Dann hörte Chase den Namen, der gerufen wurde, und er griff Jessie in die Zügel. Kleiner Falke hielt sein Pferd an und beobachtete die beiden.

»*Du* bist also Sieht Wie Frau Aus?« sagte Chase.

»Die Indianer nennen mich Sieht Wie Frau Aus«, sagte sie ungeschickt.

»Dein Freund hat gesagt, der Sioux sei deinetwegen hier. Ist das wahr?«

»Ja. Er hat sich die ganze Zeit über auf der Ranch aufgehalten und ist mir in das Dorf der Indianer gefolgt. Er hat mich gebeten, seine Frau zu werden.«

Chase starrte sie eine Weile an, ehe er sagte: »Dann hat er mich also damals angegriffen, weil ich dich geküßt habe?«

»Ja, ich nehme an, daß das der Grund war. Aber das wußte ich zu dem Zeitpunkt noch nicht.«

Chase lachte spöttisch. »Aber das ist doch einfach lächerlich. Er und dich heiraten wollen!«

»Was soll daran so lächerlich sein?« fragte sie mit bedrohlich ruhiger Stimme.

»Um Gottes willen, er ist Indianer!«

»Mein bester Freund ist Indianer«, sagte sie. »Ich besuche ihn und seinen Stamm jetzt seit acht Jahren. Ich kenne ihre Kultur ebenso gut wie meine eigene. Du glaubst, ich könnte nicht mit einem Indianer glücklich verheiratet sein? Dann sage ich dir jetzt eins, Summers. Der einzige Ort auf Erden, an dem ich in diesen letzten zehn Jahren jemals überhaupt glücklich war, war bei Weißer Donner und seiner Familie. Erzähl mir also nicht, meine Entscheidung hätte irgend etwas damit zu tun, daß er Indianer ist.«

Chase war absolut sprachlos. Kleiner Falke beobachtete sie, und er konnte seine Blicke spüren. »Was hast du ihm gesagt?«

»Das, Chase Summers, geht dich wirklich nichts an«, sagte Jessie, während sie ihm die Zügel aus der Hand riß. Sie wandte sich um und ritt direkt auf Kleiner Falke zu.

Im ersten Moment sagten beide gar nichts, sondern starrten einander nur an. Kleiner Falke forschte in ihren Augen, und Jessie wünschte, sie wären allein miteinander gewesen.

Endlich sagte Kleiner Falke: »Ich hatte nicht vor, dich gehen zu lassen, ohne vorher noch mit dir zu sprechen, aber ich war zu zornig.«

»Das tut mir leid.«

»Du warst es nicht, die meinen Zorn hervorgerufen hat, sondern der da. Er macht dir Ärger.«

»Mach dir um ihn keine Sorgen. Er ist nichts weiter als ein hartnäckiger Nichtsnutz, der tut, was meine Mutter ihm befiehlt.«

»Es gefällt mir nicht, daß du allein mit ihm reitest. Ich werde mit euch reiten.«

»Nein.« Sie schüttelte nachdrücklich den Kopf. »Damit ihr beide euch bekämpft? Nein.«

»Wenn er dich anrührt...«

»Hör auf«, sagte sie eilig. »Mit dem komme ich zurecht. Ich bin wieder bewaffnet, siehst du?« Sie klopfte auf ihre Waffe, ehe sie zart hinzufügte: »Du mußt aufhören, dich mit mir zu befassen. Ich werde dich nicht heiraten, Kleiner Falke, und ich werde meine Meinung ganz bestimmt nicht ändern. Geh jetzt nach Hause zu deiner Frau.«

Er vermied es, darauf zu antworten. Statt dessen fragte er: »Wirst du wieder in das Lager von Weißer Donner kommen?«

Sie sah ihn stirnrunzelnd an. »Du darfst mich nicht mehr suchen.«

»Sieht Wie Frau Aus...«

»Oh, bitte, mach es mir nicht so schwer«, flehte sie ihn an. »Wir sind nicht dazu bestimmt, zusammen zu sein. Frag deinen Medizinmann, und er wird es dir sagen. Halte nicht mehr nach mir Ausschau. Mein Geist kann deinen Geist nicht ungestört treffen. Verstehst du, Kleiner Falke? Du bist zu... zu stark für mich.«

Dann wandte sie sich ab und ritt zu Chase zurück. Sie drehte sich noch einmal um und sah Kleiner Falke, der dort saß und sie beobachtete. Sein Gesichtsausdruck war nicht zu bestimmen. Es tat ihr so weh, ihm diese Dinge zu sagen. Doch es sollte nicht so sein, und sie hatte ihn davon abhalten müssen, sich noch tiefer zu verletzen.

Ohne ein Wort tritt sie an Chase vorbei und ließ ihr Pferd in einen stetigen Galopp fallen. Sie sah die beiden Männer nicht, die einander lange Zeit anstarrten, ehe sie sich gleichzeitig voneinander anwandten und Kleiner Falke in den Norden ritt, während Chase ihr folgte. Von Zeit zu Zeit spürte sie Chases Blicke auf sich, während sie die Prärie durchquerten. Es war eine wunderbare Gegend. Die Big Horn Mountains lagen direkt im Westen von ihnen und trafen sich mit vielen anderen Gebirgsketten, die sich durch das Land erstreckten und die Rocky Mountains bildeten. Im Osten befanden sich die Black Hills. Selbst das wellige Weideland, das unendlich erschien, war wunderschön. Die Bäume an den Flußbetten prunkten mit leuchtend buntem Herbstlaub. Eine Büffelherde, die langsam voranzog, wirkte aus der Ferne wie eine Schar von Schildkröten.

Jessie kannte dieses Land und liebte es. Auch die Ranch liebte sie. Eigentlich hatte sie auch nichts anderes. Sie wollte mit Sicherheit nirgends sonst leben. Dennoch hatte sie das Gefühl, daß ihr Leben an einem toten Punkt angelangt war. Sie fühlte sich verwandelt, ohne eine neue Richtung zu kennen, die sie hätte einschlagen können. Sie spürte, daß sie *etwas* brauchte, doch sie wußte nicht, was dieses Etwas war.

An jenem Tag machten sie keine Rast, sondern tränkten nur die Pferde. Es war schon spät, als sie schließlich den Bach erreichten, an dem Jessie ihr Lager aufschlagen wollte. Die Sonne war untergegangen, und der Mond würde erst später aufgehen, doch sie wußte trotzdem, wo sie Feuerholz finden konnte. Sie hatte bereits ein Feuer entfacht, ehe Chase auch nur sein Pferd abgesattelt hatte.

Da Jessie den Heimritt anführte und bestimmte, blieb Chase nichts anderes übrig, als ihr die Entscheidungen zu überlassen. Er dachte gar nicht daran, sie zu bitten, früher anzuhalten. Dennoch schöpfte er seine letzten Reserven aus. Der Kampf mit Schwarzer Bärenjäger war ein harter Kampf gewesen. Trotzdem schwieg er.

Seine Schnittwunden bluteten wieder. Eine Indianerin hatte Salbe darauf geschmiert und sie verbunden, während er am Morgen auf Jessie gewartet hatte, doch die Schnittwunde an seinem Oberkörper blutete durch sein Hemd und mußte behandelt werden. Selbst dazu war er zu müde. Wenn doch bloß jemand dagewesen wäre, der sein Pferd hätte trokkenreiben können...

»Setz dich hin, ehe du umfällst!« befahl ihm Jessie mit einer Stimme, die es ernst meinte. »Also ehrlich, wenn du so müde bist, hättest du etwas sagen sollen.«

Sie stand hinter ihm, und ihm war nicht bewußt gewesen, daß sie ihn beobachtete.

»Ich wollte dir keine Umstände machen«, erwiderte er unbeholfen.

Sie seufzte, riß ein Büschel Gras aus und rieb Goldenrod trocken. Dabei sagte sie: »Das Essen steht am Feuer. Die Schwester von Weißer Donner hat es für uns zubereitet. Bedien dich selbst.«

»Ich glaube, ich lege mich ganz einfach schlafen.«

»Vorher wird gegessen«, sagte Jessie mit fester Stimme. »Du brauchst es nötig, damit du den morgigen Ritt durchhältst.«

Ihr Tonfall versprach, daß der morgige Ritt wieder brutal werden würde. »Warum hast du es so eilig?« brummte Chase.

»Ich habe es dir doch gesagt. Deine Gesellschaft behagt mir nicht. Je eher wir zurück sind, desto besser.«

Chase zog ein finsteres Gesicht. »Wenn das so ist, werde ich unter allen Umständen etwas essen. Es geht nicht an, daß du dich über die wenigen Stunden grämst, die du eventuell mehr mit mir verbringen müßtest.«

»Vielen Dank.«

Wie sehr sie ihn mit dieser unbeugsamen Feindseligkeit anstachelte! Wer hätte glauben können, daß sie eine Nacht miteinander verbracht und sich so unglaublich geliebt hatten, wie er es nur selten in seinem Leben erlebt hatte?

Er setzte sich und stocherte in dem Essen herum, das auf einer dünnen Lederhaut ausgebreitet war. Als Jessie sich setzte, hatte er ein paar Stücke Fleisch gegessen. Sie setzte sich so neben ihn, daß sie das Essen zwischen sich hatten. Ihr Gesichtsausdruck war denkbar unfreundlich.

»Ich habe Schmerzen, Jessie«, sagte er zaghaft.

»Wieso?«

Ihr Tonfall war nicht mehr ganz so frostig.

»Die Schnittwunde neben meinen Rippen tut weh.«

»Wie schlimm ist es?«

»Ich habe es selbst noch nicht genau gesehen«, gestand er ein.

Es gelang ihm, den linken Ärmel seiner Jacke abzustreifen. Als der Ärmel herunterfiel, konnte man das Blut sehen, das sein Hemd durchnäßte. Er merkte, daß Jessie schockiert war, und er freute sich. Dann sah er an sich selbst hinunter und stellte fest, daß das Blut ihm eine verdammt gute Hose ruinierte.

Jessie sprang augenblicklich auf und half ihm, seine Jacke ganz auszuziehen. Als nächstes befaßte sie sich mit seinem Hemd, das sie ihm aus der Hose und über den Kopf zog. Sie sagte gar nichts, ehe sie den Verband entfernt und sich die Wunde sorgsam angesehen hatte. Dazu zog sie ihn näher an den Lichtschein des Feuers, damit sie mehr sehen konnte.

»So schlimm ist es nicht«, murmelte sie. »Aber das Holpern des Ritts hat jede Schorfbildung verhindert.«

Während sie zum Bach ging, um Wasser zu holen, hob Chase den Arm, um sich die Wunde genauer anzusehen. Ihm kam sie böse vor, gut einen halben Zentimeter tief und mindestens fünfundzwanzig Zentimeter lang. Er erinnerte sich daran, daß Jessie gar nicht überempfindlich gewesen war.

Nachdem sie zurückgekommen war, säuberte sie die Wunde gründlich. Chase sah ihr ins Gesicht, sah, wie sie die Stirn in Falten legte, weil sie mit großer Konzentration vorging, sah, wie sie sich auf die Unterlippe biß. Sie war ihm zu nah, und er begann, an Dinge zu denken, an die er nicht hätte denken sollen.

In Ermangelung eines neuen Verbandes mußte Jessie den alten wieder verwenden, doch sie erbot sich: »Wenn du ein Hemd zum Wechseln hast, wasche ich dir das da aus.«

»In meiner Satteltasche. Was hältst du davon, meine Hose auch auszuwaschen?«

»Deine Hose wirst du brauchen, um nicht zu frieren. Es wird eine kühle Nacht.«

»Ich brauche nichts weiter als eine Zudecke und einen warmen Frauenkörper«, sagte Chase grinsend.

»Du bekommst aber nur eine Decke«, gab sie zurück.

Chase grinste immer noch, als sie ihm sein sauberes Hemd und eine Decke zuwarf, ehe sie wieder zum Bach ging. Sie war weniger feindselig, und er genoß es.

Als Jessie zurückkam, hatte er sich in die Decke gewickelt

und mühte sich damit ab, sein Hemd zuzuknöpfen. Sie knöpfte die letzten Knöpfe zu und half ihm dann, seine Jacke wieder anzuziehen. Er legte sich hin, und sie kniete sich neben ihn, um die Decke glattzustreichen. Als sie sich über ihn beugte, schlang er einen Arm um sie und zog sie an sich. Sie kam nicht auf den Gedanken, sich zu wehren, ehe es zu spät war. Er flüsterte: »Danke«, und dann streiften seine Lippen leicht ihren Mund. Sein Arm fiel herunter, und seine Augen schlossen sich. Jessie rückte ein Stückchen von ihm ab und legte sich hin. Sie wandte ihm ihr Gesicht zu und sah ihn noch lange an, während er schlief.

20

Jessie rührte den Topf mit den Bohnen noch einmal um, ehe sie ihn auf den Tisch stellte. Chase bediente sich bereits, denn die heißen Toasts und das gebratene Kaninchen hatte sie schon auf den Tisch gestellt. Zum Nachtisch hatte sie einen Pudding vorbereitet, ganz so, wie Jeb ihn so gerne machte – mit Rosinen, Nüssen, braunem Zucker und den Gewürzen, die sie gefunden hatte.

Sie benutzten das kleine Vorratshäuschen auf dem nördlichen Gebirgszug. Jessie war hart geritten und hatte sich wirklich bemüht, vor Anbruch der Nacht zu Hause anzukommen, doch daraus war nichts geworden. Der Himmel hatte sich bewölkt, und es war früh dunkel geworden. Als es dunkel wurde, waren sie noch drei Stunden von der Ranch entfernt.

Seit jenem überraschenden Kuß hatte sie sorgsam Abstand gehalten, und er war ihr auch nicht mehr nahegetreten. Dennoch war es ärgerlich, ihm so verwirrend nah zu sein. Sie brauchte Ablenkung.

»Wo hast du gelernt, so geschickt mit einem Messer umzugehen?« fragte Jessie vorsichtig.

Chase sah nicht auf. »In San Francisco. Ich habe einen alten Kapitän kennengelernt, der mir ein paar Tricks beigebracht hat, damit ich an der Küste zurechtkomme. Diese Küste war nachts nicht gerade der liebenswürdigste Ort, und tagsüber war es dort auch nicht viel besser.«

»Warum bist du dort gewesen?« fragte Jessie weiter.

»Ich habe ein paar Jahre lang dort gearbeitet.«

»Als was?«

Jetzt sah Chase doch von seinem Essen auf. »Erstaunlich, wie viele Fragen du heute abend hast.« Er lächelte sie an.

»Hast du was dagegen?«

»Nein, ich glaube nicht. Ich habe in einem Spielsalon die Karten ausgeteilt. Das hat mich wohl erstmals auf den Geschmack gebracht, was das Spielen angeht.«

»Du spielst gern?«

»Das kann man allerdings sagen.«

»San Francisco ist weit weg von Chicago. Hast du immer in Chicago gelebt, bevor du nach San Francisco gekommen bist?«

»Ich bin in New York geboren, aber meine Mutter ist nach Chicago gezogen, als ich noch ein Säugling war. Wenn man es genau nimmt, hat sie sich dort versteckt. Ihr Vorname war Mary, aber ihren Nachnamen hat sie in Summers umgeändert. Sie hat mir nie gesagt, wie sie in Wirklichkeit mit Nachnamen heißt.«

Aus seinem Tonfall war die Bitterkeit herauszuhören, die sich schon gezeigt hatte, als er zum ersten Mal von seiner Mutter sprach.

»Wovor hat sie sich versteckt?« fragte Jessie zögernd.

»Ich bin ein uneheliches Kind«, antwortete er nonchalant. »Sie konnte nicht mit dieser Schande fertig werden. Sie hat entsprechend dafür gesorgt, daß auch ich es nie vergesse, und auch nicht, daß mein Vater weder sie noch mich haben wollte. Trotzdem frage ich mich manchmal, ob das stimmt. Wenn sie betrunken war, sind ihr gewisse Dinge rausgerutscht, die sie abgestritten hat, wenn sie nüchtern war. Wie zum Beispiel der Umstand, daß sie meinen Vater gar nicht mehr gesehen hat, seit sie wußte, daß sie schwanger war.«

»Du meinst, daß er vielleicht nie etwas von deiner Existenz gewußt hat?«

»Das ist gut möglich«, erwiderte er. »Ich habe vor, das eines Tages herauszufinden. Jedenfalls sind wir nach Chicago gegangen, und sie hat eine Schneiderei eröffnet, die gut gelaufen ist. Durch diesen Laden hat sie Ewing kennengelernt. Ich war zehn Jahre alt, als er anfing, seine Mätressen in den Laden zu bringen, um sie modisch ausstatten zu lassen. Er war auf der Suche nach einer respektablen Ehefrau, einer Frau mit einem Kind, und die Witwe Summers schien ideal dafür zu sein; auch wenn sie ihn nicht liebte. Und es war auch nicht so, als hätten wir seinen Reichtum gebraucht, denn uns ging es recht gut. Doch sie behauptete, ihn zu lieben. Das war ihre Ausrede und nichts weiter als ein Vorwand dafür, daß sie in Wirklichkeit nichts anderes wollte als die Luxusgüter, die sie sich von seinem Reichtum kaufen konnte.«

»Was war daran so falsch? Es wird nicht leicht gewesen sein, dich allein aufzuziehen. Vielleicht kommt deine Bitterkeit daher, daß du sie nach all den Jahren, in denen nur ihr beide allein zusammen wart, mit jemandem teilen mußtest.«

»Sie mit jemandem teilen?« sagte Chase. »Ich habe sie fast nie gesehen. Sie hatte ständig irgendwelche gesellschaftlichen Verpflichtungen, oder sie machte einen Einkaufsbummel nach dem anderen. Sie hat mich vollständig an Ewing abgeschoben.«

»Und das war dir zuwider?«

»Allerdings! Plötzlich ist da ein absolut Fremder, der dich behandelt, als seist du ihm geboren worden, doch gleichzeitig mit eiserner Strenge erzieht; der dich für den kleinsten Fehler schlägt, für die winzigste Regung, den eigenen Willen zu behaupten.«

»Das tut mir leid.«

»Es braucht dir nicht leid zu tun. Ich habe mich ihm nur sechs Jahre lang beugen müssen.«

Jessie wußte, daß er versuchte, etwas leichter darzustellen, was für ihn mit gräßlichen Erinnerungen verbunden war. Eine unliebsame Erinnerung mußte ihn eingeholt haben, denn er zog ein finsteres Gesicht, und Jessie überließ ihn eine Weile sich selbst.

»Du warst erst sechzehn, als du von zu Hause fortgegangen bist?« wagte sie sich nach einer Weile vor. »Hattest du denn keine Angst? Wie bist du zurechtgekommen – so jung, wie du warst?«

»Man könnte sagen, daß ich mich einer anderen Familie angeschlossen habe, dem Heer.«

»Und du bist so jung angenommen worden?«

Chase grinste. »Das war '64, Jessie. Damals hat die Armee jeden genommen.«

»Natürlich«, seufzte sie. »Im Bürgerkrieg. Du hast für den Norden gekämpft?«

Er nickte. »Ich habe mich auf Zeit verpflichtet, als grüner Junge, der auf die harte Tour gelernt hat, wie man ein Mann wird. Nach Ablauf dieser Zeit bin ich nach Kalifornien gegangen.«

»Weshalb nach Kalifornien?«

»Dort hat meine Mutter meinen Vater kennengelernt.«

»Du bist also nach Kalifornien gegangen, um ihn zu suchen?«

Er nickte. »Ja, aber ich habe ihn nicht gefunden. Als der Goldrausch einsetzte, war die Silvela-Ranch verkauft worden. Inzwischen waren so viele Jahre vergangen, daß niemand mehr da war, der mir hätte sagen können, wohin die Silvelas gegangen waren, doch ich habe mir gedacht, daß sie wohl wieder nach Spanien gegangen sind.«

»Dein Vater war Rancher?«

»Nach allem, was mir meine Mutter erzählt hat, war es die Ranch seines Onkels.«

»Ein Spanier«, bemerkte sie nachdenklich. »Du mußt ihm nachgeschlagen sein.«

»Ich denke schon.« Chase lächelte matt. »Meine Mutter war ein Rotschopf mit leuchtend grünen Augen.«

»Aber soweit ich verstanden habe, dachte ich, sie sei aus New York. Was hat sie in Kalifornien getan?«

»So, wie sie es mir erzählt hat, war ihre Mutter gerade gestorben. Es gab nur noch sie und ihren Vater, und er war häufiger auf See als zu Hause. Er war der Kapitän eines Schiffs, das regelmäßig von der kalifornischen Küste in den Osten fuhr. Es war das erste Mal, daß er sie überhaupt auf eine dieser Reisen mitgenommen hatte, und die Silvelas gehörten zu den Rancher-Familien, mit denen ihr Vater Handel trieb. Ganz offensichtlich hat Carlos Silvela, der jung und attraktiv war, ihr den Kopf verdreht. Allerdings hat er ihr nicht die Ehe versprochen.

Ehe ihr Vater wieder in den Osten segelte, stellte sie fest, daß sie schwanger war, und sie unterrichtete ihren Vater davon. Er bestand auf einer Heirat, und das, was dann folgte, habe ich in etlichen Varianten gehört. Die eine besagt, daß meine Mutter Carlos Silvela angefleht hat, sie zu heiraten, doch er wollte nicht. Eine andere Version lautet, daß der Onkel, das Oberhaupt des Clans, sich weigerte, seine Zustimmung zu geben, und meine Mutter gedemütigt haben soll, indem er sagte, eine *americana* sei nicht gut genug für seinen Neffen. Außerdem gibt es noch die Version, die meine Mutter betrunken erzählte, wenn sie geschworen hat, daß Carlos sie liebte und sie geheiratet hätte, *wenn er etwas davon gewußt hätte.*«

»Und du weißt nicht, welche dieser Versionen die Wahrheit ist?«

»Nein. Aber eines Tages finde ich es heraus.«

»Du wirst nach Spanien reisen müssen, um das herauszufinden. Warum warst du noch nicht dort?«

Chase zuckte die Achseln. »Es erschien mir aussichtslos. Ich wußte nicht, wo ich anfangen soll. Spanien ist ein großes Land. Hinzu kommt, daß ich die Sprache nicht spreche.«

»Spanisch ist nicht schwierig zu lernen«, schalt sie ihn aus.

»Ich vermute, du sprichst es?«

»Nun... ja«, gab sie zu.

Spanisch war die einzige Sprache außer dem Englischen gewesen, die John Anderson gekannt hatte, und Jessie war eifrig darauf versessen gewesen, sich alles von ihm beibringen zu lassen, was er ihr beibringen konnte. Doch das wollte sie Chase jetzt nicht erklären.

»Warum hast du kein Spanisch gelernt, wenn dir das helfen könnte, deinen Vater zu finden?« drängte sie weiter.

»Ich war zu enttäuscht und zu wütend darüber, daß ich meinen Vater dort nicht gefunden habe, wo ich ihn vermutete. Es hat mich schon eine teuflisch lange Zeit gekostet, auch nur nach Kalifornien zu kommen. Und als ich dann herausfinden mußte, daß ich diese Reise umsonst unternommen hatte...«

»Du hast also einfach aufgegeben?«

»Ich war zwanzig und ruhelos, Jessie. Außerdem hätte ich gar nicht das Geld gehabt, um nach Spanien zu reisen.«

»Und daraufhin hast du Arbeit angenommen und in San Francisco Karten ausgeteilt?« schloß sie.

»Ja. Anschließend bin ich langsam wieder in Richtung Osten gezogen. Ich dachte, ich sehe mir ein bißchen mehr von diesem Land an«, erklärte er. »Zwei Jahre lang habe ich versuchte, auf dem Mississippi zu leben, aber irgendwann kam es zu einer Kesselexplosion zuviel und zu einem Schiffbruch zuviel, und das hat den Dampfschiffen auf dem Fluß den Reiz genommen. Ein großes Spiel hat mich nach Texas gelockt, und dann bin ich nach Kansas weitergezogen. In den Nestern auf dem Land gibt es dort ein paar reizvolle Saloons, wenn man sich nicht daran stört, wie wild es dort zugeht.«

»Du bist ein Spieler!« stellte Jessie schließlich fest. »Mein Gott! Die schlimmste aller unsoliden Faulenzereien!«

Chase kicherte angesichts ihrer Verachtung. »Es läßt sich gut leben. Ich kann jederzeit entscheiden, ob ich weitermache oder aufhöre. Und es vereinfacht das Reisen. Zufällig habe ich nun mal ein ungewöhnliches Glück mit den Karten. Warum sollte ich diesen Umstand nicht nutzen?«

Sie hatte sich wieder ein wenig beruhigt. »Kannst du dir mit dem Spielen wirklich den Lebensunterhalt verdienen?«

»Es reicht, um recht bequem in den guten Hotels zu hausen«, gestand er ein.

»Aber was ist das für ein Leben?«

Sie hatte einen wunden Punkt berührt. »Sagen wir doch einfach: ein Leben ohne Verpflichtungen. Und jetzt bin ich an der Reihe, ein paar Fragen zu stellen, meinst du nicht auch?«

Jessie zuckte die Achseln und nahm sich den letzten Toast. »Was willst du wissen?«

»Du hast gesagt, du seist nur bei deinen indianischen Freunden glücklich gewesen. Wie kommt das?«

»Dort darf ich ich selbst sein.«

»Ich habe gesehen, daß du so ausgesehen und dich so verhalten hast wie eine der ihren. Bezeichnest du das als ein Duselbst-Sein?«

»Ich habe ausgesehen wie ein Mädchen, oder etwa nicht?« warf Jessie ein.

»Du hast indianisch ausgesehen.«

»Ja, aber wie ein Mädchen«, beharrte sie.

»Ja, natürlich, aber was hat das damit...«

»Es ist der einzige Ort, an dem ich ein Mädchen sein darf – das, was ich bin. Verstehst du, mein Vater hat mich nie ein Mädchen sein lassen. Er hat alle meine Kleider verbrannt, mit denen ich hierhergekommen bin, und er hat nie zugelassen, daß ich mir ein Kleid kaufe. Für die Dinge, die er mir beigebracht hat, waren Kleider nicht angemessen. Er wollte durch nichts daran erinnert werden, daß ich ein Mädchen bin.«

Chase stieß die Luft durch die Zähne. »Ich dachte, es sei dein Entschluß, dich so zu kleiden.«

»Wohl kaum.«

»Aber dein Vater ist inzwischen tot.«

»Ja«, erwiderte Jessie, ohne vorher nachzudenken. »Aber meine Mutter ist da.«

»Aber ihr gefällt es nicht, wie du dich anziehst und wie du dich verhältst. Das mußt du wissen.« Dann stieß er einen leisen Pfiff aus. »Ja, natürlich weißt du es längst. Ich verstehe.«

»Das geht dich überhaupt nichts an«, fauchte Jessie.

»Jedesmal, wenn ich an ein heikles Thema rühre, geht es mich nichts an«, sagte er seufzend. »Ich verurteile dich nicht, Jessie. Mir ist ganz gleich, wie du dich anziehst. Trotzdem hast du in diesem indianischen Kleid unglaublich hübsch ausgesehen«, sagte er liebenswürdig. Er wollte sie gern wieder beschwichtigen.

Doch davon wollte Jessie nichts hören. Sie stand auf, und ihre Augen sprühten Funken. »Ich habe gekocht, und du kannst jetzt spülen. Ich komme bald wieder.«

Er richtete sich kerzengerade auf. »Wohin gehst du?«

»Ich gehe mich waschen.«

Doch ehe sie gehen konnte, war er aufgesprungen und stand vor ihr. »Was hast du Kleiner Falke auf seinen Heiratsantrag geantwortet? Du hast ihm doch eine Antwort gegeben, stimmt's?«

»Wenn du es unbedingt wissen willst – ich habe abgelehnt. Ich bin nicht bereit, den Mann zu teilen, für den ich mich entscheide. Kleiner Falke hat schon eine Ehefrau.«

Chase ließ das langsam einsickern. »Und wenn er keine Ehefrau hätte?«

»Dann hätte ich ihn wahrscheinlich genommen.«

Sie ging ins Freie, und Chase starrte noch lange die geschlossene Tür an.

Eine Weile später kam Jessie wieder und schüttelte ihr nasses Haar. Ihr Haar war gelöst, und es war so schwarz und schimmernd wie Zobel. Ohne auch nur einen Blick in seine Richtung zu werfen, ging sie zu ihren Satteltaschen, die am Fußende ihrer Pritsche standen. Sie holte eine Bürste heraus und setzte sich auf das zottige Fell, das vor dem Feuer lag.

Chase sah ihr zu, als sie anfing, mit der Bürste durch ihr Haar zu fahren, doch dann wandte er sich ab, denn er fühlte sich angespannt. Er ging zu seiner eigenen Bettstelle, die nur wenige Meter von ihrem Bett entfernt war. Er sah sich das schmale Ding an, dann ihre Pritsche, und ihm ging auf, daß es eine Kleinigkeit wäre, die beiden Schlafstellen zusammenzurücken.

»Danke für das Spülen und Aufräumen«, sagte sie plötzlich.

»Danke für das Abendessen«, gab er zurück.

Beide verstummten. Sie wandte sich wieder mit dem Gesicht zum Feuer, und er konnte ihr Profil sehen. Chase konnte seine Blicke nicht von ihr abwenden. Geistesabwesend begann er, sein Hemd aufzuknöpfen. Sie hob ihr Haar mit den Händen in den warmen Luftstrom und schüttelte und wedelte es trocken. Dann bürstete sie es wieder. Dieses wallende schwarze Haar begann, ihn in seinen Bann zu ziehen. Es schimmerte seidig und reflektierte den Schein des

Feuers. Als sie sich zurücklehnte und den Kopf in den Nakken warf, verzückte ihn der zarte Schwung ihres Halses.

Chase wußte selbst nicht, was er vorhatte, als er aufstand und zu Jessie trat. Er kniete sich hinter sie, nahm ihr Haar in seine beiden Hände und preßte seine Lippen auf ihren Hals. Sie versuchte, sich ihm zu entziehen, und er kam wieder zu Sinnen und ließ sie los.

Jessie zog sich eilig auf die Knie und drehte sich zu ihm um. »Was...«

»Ich möchte mir dir schlafen, Jessie.«

Seine Augen waren sengend, als sie ihr Gesicht, ihren Nacken, ihr Haar liebkosten. Sie konnte an nichts anderes mehr denken als an jene Nacht, in der er sie ganz genauso angesehen hatte. Komisch, aber das war wirklich alles, woran sie denken konnte. Jessie rückte näher zu ihm und ließ sich von ihm in seine Arme ziehen. Eine Hand grub sich in ihr Haar, die andere lag auf ihrem Rücken, und er zog sie dicht an sich. Sein Mund nahm ihre Lippen in einem Kuß gefangen, der sie entflammen ließ, und es wurde immer schlimmer, bis sie nichts anderes mehr wahrnahm als dieses Gefühl. Seine Lippen wanderten zu ihrem Hals, und sie stöhnte, als seine Lippen ein Prickeln verursachten. Er ließ sie auf das Fell sinken, und sie versuchte, ihn zu sich herunterzuziehen, ihn auf sich zu ziehen, doch er hielt sich zurück und wand sich erst aus seinem Hemd. Sie verschlang ihn gierig mit ihren Blicken und sah die kräftigen Muskeln an, die unter seiner Haut spielten, unter dieser dunklen gebräunten Haut. Sie ließ ihre Finger durch das Haar auf seiner Brust gleiten und dann über diese Muskeln, die sie so sehr faszinierten, an seinen starken Armen hinunter.

Chase sah ihr dabei zu, wie sie ihn ansah, und das erregte ihn so sehr, daß der Druck in seiner Hose schmerzhaft wurde, und er zog sie rasch aus.

Jessie streckte eine Hand aus und berührte das steife, pralle Glied, das so stolz aufgerichtet war. Er stöhnte, und sie schlang ihre Arme um seine Hüften und preßte ihre Wange an seinen flachen, festen Bauch. Er riß sie zu sich hinauf und schloß ihren Mund wieder wild und leidenschaftlich mit seinen Lippen. Sie grub ihre Finger in sein Haar, und er knöpfte eilig ihre Bluse auf und zog sie ihr aus. Sie schien keine Peinlichkeit zu empfinden, als sie ihre übrigen Kleidungsstücke verstreute. Es gab nichts anderes mehr als die Glut seiner Augen und dann seine heißen Hände, als er jede Stelle ihres Körpers berührte, die sie entblößte.

Als sie genauso nackt war wie er, lehnte sie sich zurück und zeigte ihm ihre Bereitschaft, ihn zu empfangen. Doch er gab ihr nicht das, wonach sie sich sehnte – noch nicht. Er beugte sich vor und strich mit seinen Händen über ihre Hüften. Als er seine Wange auf ihren Bauch legte und zart mit dem Gesicht ihren Bauch streichelte, wußte sie, was er empfunden hatte, als sie dasselbe bei ihm getan hatte. Es war kaum zu ertragen.

»Du bist so schön, Jessie. Du bist wunderschön.«

Sie glaubte es ihm. Sie fühlte sich angebetet. Sie fühlte sich ganz und gar als Frau.

Chase küßte die Innenseite ihrer Oberschenkel. Ihre Beine waren fantastisch und keineswegs so, wie er sie sich vorgestellt hatte. Die Muskeln, die er sich ausgemalt hatte, waren vorhanden, doch wenn sie sich entspannte, waren ihre Beine zart und füllig.

Er ließ seine Hände auf ihre Brüste gleiten. Sie waren so zart, so weich und voll, und die Brustwarzen waren steif und sprangen hervor. Er schmeckte sie und fuhr mit seiner Zungenspitze über sie, bis sie aufschrie: »Nein, nicht noch mehr!«

Ihre Finger gruben sich in sein Haar, und sie zog ihn zu ihrem Gesicht hinauf. Ihre Lippen legten sich mit einem solchen Drängen auf seine Lippen, daß er verloren war. Sie bog ihren Rücken durch, um ihm entgegenzukommen, und als ihre Haut sich wo es nur irgend ging mit seiner Haut verschmolz, drang er in sie ein. Sie schlang ihre Beine um seine Hüften, und er versank tief in ihr. »Oh, ja! Jessie... Jessie.«

Ihre Glut steigerte sich und entlud sich in einem Ausbruch von explosiven, ekstatischen Zuckungen. Er hatte sich kein einziges Mal bewegt, seit er in sie eingedrungen war, und das war auch gar nicht nötig. Diese Ekstase der Erfüllung, die so schnell bei ihr kam, war genug, um ihn über den Gipfel hinauszutragen, und als er seinen Samen in sie ergoß, ließ sein Pochen ihren eigenen Genuß andauern und immer weitergehen.

Jessie trieb in den Schlaf hinüber. Chase stand auf, um sich eine Decke zu holen. Er deckte Jessie zu, kroch unter die Decke und kuschelte sich dicht an sie. Dann fiel er in einen tiefen, zufriedenen Schlaf.

21

Jessie wachte vor Chase auf. Ihr wurde klar, was geschehen war, und sie stand eilig auf und sammelte leise ihre Sachen zusammen.

Sie forderte Blackstar bis an seine Grenzen, aber sie ritt nicht zur Ranch zurück, sondern zum Weideland, weil sie sich sofort in die Arbeit stürzen wollte, damit sie nicht nachdenken mußte. Wie hatte das passieren können? Sie hätte etwas dagegen unternehmen können. Schließlich war es nicht so, daß er sie dazu gezwungen hatte. Sie hatte ihn begehrt. Aber warum bloß? Verdammt noch mal!

Es war schon ziemlich spät, als Chase erwachte, und es dauerte nicht lange, bis er feststellte, daß in der Holzhütte keine Spur von Jessie zu sehen war. Zum Teufel mit allen unabhängigen Frauen, fluchte er, und er kam sich vor, als sei er ausgenutzt worden.

Seine Reizbarkeit nahm zu, während er zur Ranch zurückritt. Gleichzeitig war er froh, daß er zumindest den Weg kannte. Er hatte es satt, sich von dieser einen, ganz speziellen Frau auf den Kopf stellen zu lassen. Wenn er mit ihr zusammen war, verhielt er sich nicht so wie sonst, und er konnte nicht einmal einen klaren Gedanken fassen, wenn sie in seiner Nähe war. Er würde Rachel sagen, worauf sie zu achten hatte, er würde Jessie den Schuldschein ihres Vaters geben, und dann würde er sich aus dem Staub machen.

Als Chase das Haus betrat, hielt Rachel sich im Wohnzimmer auf. Sie saß auf einem Schaukelstuhl und häkelte. In einem moosgrünen Gewand mit schwarzer Spitze sah sie ganz reizend und vornehm aus. Er erinnerte sich an den Haushalt der Ewings, daran, wie wohltuend es gewesen war, dazusitzen und ihr zuzusehen, wenn sie häkelte, strickte oder Blumen arrangierte. Der Anblick von Rachels Schönheit linderte seinen Kummer, wie er ihn immer schon gelindert hatte. Wenn er nicht in Gedanken bei Jessie gewesen wäre, hätte diese wohltuende Wirkung helfen können.

»Ist sie da?« fragte er.

»Nein. Ein junger Mann, Blue, kam gegen Mittag angeritten, um Lebensmittel zu holen«, erklärte sie. »Er hat Jeb gesagt, daß sie draußen auf den Weiden arbeitet.«

Chase sank schwer auf einen Stuhl und stöhnte. »Ich hätte ja wissen können, daß sie sich gleich wieder mitten in die Arbeit stürzt. Sind sie immer noch dabei, die Herde zusammenzutreiben?«

»Ja. Jeb sagt, daß sie nur noch ein paar Tage brauchen, bis sie damit fertig sind. Daher wird er auch morgen in die Stadt reiten, um die Vorräte zu besorgen, die sie für den Viehtrieb brauchen.« Sie senkte ihren Blick wieder auf ihren Schoß, als wollte sie nichts mehr sagen, doch sie fügte leise hinzu: »Chase, sie war doch nicht wirklich bei den Indianern, oder?«

Er fragte sich, woher sie wußte, daß er Jessie gefunden hatte, doch dann entschloß er sich, diese Überlegung wieder fallen zu lassen.

»Sie sucht diese Indianer schon seit etwa acht Jahren immer wieder auf, Rachel.«

»Dann stimmt es also doch!«

»Das Schlimmste weißt du noch gar nicht. Ich habe sie bei den Cheyenne gefunden. Sie verhalten sich freundschaftlich ihr gegenüber, aber andere Weiße sind auf ihrem Territorium nicht willkommen. Ich wäre wirklich beinahe getötet worden. Man hat mir mein Pferd weggenommen, und ich mußte darum kämpfen, es wiederzubekommen. Einen halben Tag lang war ich gefesselt, und wenn Jessie ihnen nicht gesagt hätte, daß sie mich kennt, hätten sie mich gefoltert und vielleicht auch getötet. So geht es in den Kreisen zu, in denen sie sich aufhält. Nett, findest du nicht?«

Rachel starrte ihn an. Ihr war klar, daß er noch mehr zu sagen hatte.

»Der beste Freund, den deine Tochter hat, ist ein Halbblut, ein Cheyenne, der Weißer Donner genannt wird. Sie sind so eng miteinander befreundet, daß sie nackt im Fluß badet, während er nur wenige Meter entfernt von ihr dasteht.«

»Ich glaube es einfach nicht.« Rachel schüttelte den Kopf.

»Ich habe sie selbst gesehen. Aber das Schlimmste habe ich dir noch gar nicht gesagt. Sie hat einen Freier, einen Sioux-Krieger. Er will sie heiraten, und der einzige Grund, aus dem sie ihn abgelehnt hat, ist, daß er schon eine Ehefrau hat. Das hat sie selbst gesagt! Sie behauptet, der einzige Ort auf Erden, an dem sie glücklich gewesen sei, sei bei den Indianern. Wer weiß? Es kann gut sein, daß der nächste Krieger, der um ihre Hand anhält, noch keine Frau hat. Du kannst durchaus in die Situation kommen, plötzlich einen Indianer zum Schwiegersohn zu haben, Rachel.«

Sie war zu entgeistert, um darauf etwas zu antworten. Schließlich sagte sie: »Und was soll ich tun?«

»Du bist ihre Mutter«, erwiderte Chase zornig, »ganz zu schweigen davon, daß ihr Vater dich als Vormund ausgewählt hat. Du hast die Möglichkeit, ihr Dinge zu verbieten. Tu es! Laß nicht zu, daß sie einfach tut, was sie will.«

»Aber wie?« fragte Rachel.

»Woher zum Teufel soll ich das wissen?« fauchte er. Dann erbarmte er sich. »Oh, Rachel, hör bitte damit auf. Es wird dir schon etwas einfallen. Aber du mußt endlich aufhören, mich in diese Geschichte hineinzuziehen. Ich habe das getan, worum du mich gebeten hast, und morgen früh mache ich mich aus dem Staub.«

»Aber, Chase!«

»Ich lasse mich nicht dazu überreden, länger hierzubleiben. Ich habe mir Bowdre angesehen, und er ist genau das, wofür du ihn hältst. Aber er hat kein Recht mehr, Jessie Schwierigkeiten zu machen«, sagte er stolz.

»Und weshalb nicht?« rief sie.

»Ich habe mit ihm Karten gespielt.« Er legte eine Pause ein. »Ich habe den Schuldschein zurückgewonnen.«

Sie schnappte nach Luft. »Du hast den Schuldschein zurückgewonnen? Was hat Jessie dazu gesagt?«

»Sie weiß bisher noch nichts davon, aber ich werde ihr den Schuldschein geben, ehe ich abreise. Wenn es trotzdem noch Ärger mit Bowdre geben sollte, dann ist das eine Angelegenheit für den Sheriff, und er kann sie regeln. Ich habe den Schuldschein in einem fairen Kartenspiel gewonnen. Bowdre kann keine Ansprüche mehr geltend machen. Und ich habe hier nichts mehr zu tun.«

»Natürlich. Es ist egoistisch von mir, daß ich versuche, dich hier festzuhalten, wenn du gehen willst, Chase«, sagte sie leise. »Ich danke dir.«

Chase grinste gegen seinen Willen. »Jetzt probieren Sie nicht, Ihre Taktiken gegen mich einzusetzen, gnädige Frau. Das zieht nicht.«

»Es tut mir leid«, sagte Rachel ernsthaft. »Ich fühle mich nur einfach so hilflos, wenn es um meine eigene Tochter geht. Du weiß gar nicht, wie sehr sie mich haßt, Chase. Wenn ich ihr sagen würde, daß sie mit dem Feuer vorsichtig sein soll, würde sie geradewegs ins nächste Feuer laufen – nur mir zum Trotz.«

»Warum haßt sie dich, Rachel?« fragte er leise.

Sie wandte ihren Blick ab und sagte ausweichend: »Ich habe es dir doch gesagt. Ihr Vater hat es sie gelehrt.«

»Aber warum?«

»Ich habe doch früher hier gelebt. Oh, nein, nicht in diesem Haus. Es war nur ein kleines Haus mit drei Zimmern.«

»Ich weiß. Jessie hat mir erzählt, daß ihr Vater dieses Haus nur gebaut hat, weil du nie darin leben kannst.«

»Das hat er getan? Stimmt, ich zweifle nicht daran.« Sie schwieg einen Moment lang, ehe sie fortfuhr. »Eines Abends bin ich nach Hause gekommen, hierher, und er hat mich geschlagen, und dann hat er mich rausgeworfen.«

»Warum?«

»Er hat mir Untreue vorgeworfen. Mich als Hure beschimpft«, fügte sie widerwillig hinzu. »Aber er hat mir nie Gelegenheit gegeben, mich zu verteidigen. Er hat mich so übel geschlagen, daß ich fast gestorben wäre. Das wäre ich auch, wenn der alte Jeb mich nicht gefunden und mich zum Arzt im Fort Laramie gebracht hätte.«

»Weiß Jessie das?«

»Ich weiß es nicht, aber ich nehme nicht an, daß sie es weiß. Ich glaube, sie hat das Gefühl, daß ich sie im Stich gelassen habe. Es kann gut sein, daß Thomas es ihr genauso gesagt hat. Für mich gibt es nichts Übleres als einen Mann, der seiner Tochter einredet, ihre Mutter sei eine Hure! Er war während all der Jahre so gehässig und hat mir nie erlaubt, sie zu sehen. Ja, ich bezweifle nicht, daß er ihr gesagt hat, ich hätte sie im Stich gelassen.«

»Bist du gerade von hier gekommen, als Ewing dich gefunden hat?« fragte Chase nachdenklich.

»Ja.«

Chase stieß einen leisen Pfiff aus. »Der Junge ist von ihm, nicht wahr? Billy ist Thomas Blairs Sohn!« Rachel antwortete nicht und wollte ihn auch nicht ansehen, doch Chase bohrte weiter. »Du hast es ihm nie gesagt, stimmt's?«

»Thomas hatte mir bereits ein Kind weggenommen«, sagte Rachel zu ihrer Verteidigung. »Ich wollte nicht, daß er mir Billy auch noch wegnimmt. Außerdem hätte er niemals geglaubt, daß Billy sein Sohn ist.«

»Aber warum hast du das Jessie nicht gesagt?«

»Sie würde mir auch nicht glauben, Chase. Sie glaubt mir kein Wort. Ich glaube, es ist ihr lieber, mich zu hassen. Das machte es leichter für sie. Sie hat Angst, daß sie mich mögen könnte, und sie hat Angst, daß sie wieder verletzt wird. Wenn ich daran denke, wie sehr sie all das verletzt haben muß, dann blutet mein Herz für sie. Aber ich kann sie nicht erreichen, wenn sie sich gegen mich sperrt.«

Chase war nachdenklich. Was Thomas Jessie angetan hatte, war geradezu unnatürlich. Es war empörend! Aber, verdammt noch mal, es war nicht seine Angelegenheit – nein, das war es nicht!

»Ich will mich nicht in diese Geschichte hineinziehen lassen, Rachel. Das ist eine Sache zwischen dir und Jessie.«

»Ich weiß.« Sie lächelte verständnisvoll. »Und mach dir keine Sorgen. Irgendwie kriege ich das schon hin. Ich habe dich ohnehin schon genügend in die Angelegenheit meiner Tochter hineingezogen.«

Mein Gott, wenn sie bloß wüßte, wie sehr er sich in die Sache hatte hineinziehen lassen, dachte er.

22

Rachel wartete an jenem Abend in der Küche auf Jessie. Kate hatte sich schlafen gelegt. Chase war nach dem Abendessen in sein Zimmer gegangen, und Rachel hatte Billy ins Bett gebracht.

Jessie kam erst spät zurück. Sie hatte sich im Stall gewaschen, doch ihre Kleider waren schmutzig. Sie benutzte ihren Hut, um einen Teil des Staubes aus ihren Kleidern zu klopfen, ehe sie die Küche betrat. Als sie Rachel am Tisch sitzen sah, verfinsterte sich ihr Gesicht.

»Ich habe dir das Essen warmgehalten«, sagte Rachel in einem beiläufigen Tonfall.

Jessie starrte sie an. »Ich habe keinen Hunger.«

»Hast du schon gegessen?«

»Nein.«

»Dann setz dich hin und iß.« Rachels Stimme war jetzt fester. »Ich will ohnehin mit dir reden.«

Rachel stand auf, um Jessie das Essen hinzustellen, und Jessie wandte nichts mehr dagegen ein. Schließlich war sie wirklich sehr hungrig, und sie war zu müde, um eine Diskussion anzufangen. Sie zog sich einen Stuhl an den Tisch und ließ sich mit gespreizten Beinen auf den Stuhl fallen, auf dem sie wie auf einem Sattel saß. Sie lehnte sich zurück und ließ einen Arm über die Stuhllehne hängen.

»Tust du das nur, um mich zu ärgern?« fragte Rachel ganz ruhig, als sie den Teller vor Jessie hinstellte.

»Was?«

»Dich so hinzusetzen.«

»Was paßt dir daran nicht, wie ich mich hinsetze?« fragte Jessie streitlustig.«

»Wenn du das noch fragen kannst, dann könntest du ein paar Lektionen in weiblichem Auftreten gebrauchen.«

»So, und bei wem? Bei dir?«

Aus Jessies Stimme war eine solche Verachtung herauszuhören, daß es Rachel den Atem verschlug. »Hältst du das für ein annehmbares Benehmen für eine junge Frau?«

»Was zum Teufel macht das schon für einen Unterschied?« konterte Jessie. »Ich lebe in meiner eigenen Welt. Ich bin nicht direkt ein eitles Modepüppchen, siehst du das denn nicht selbst?«

»Trotzdem bist du hier nicht allein«, hob Rachel hervor. »Du hast einen Gast. Was glaubst du wohl, was ein Mann, der so kultiviert ist wie Mr. Summers, von einem derart unzüchtigen Benehmen hält?«

»Ich gebe keinen Furz auf...«

»Jessica!«

»Jedenfalls ist es mir völlig egal«, beharrte Jessie. Dann wurde sie versöhnlicher. »Ich habe die ersten acht Jahre meines Lebens nicht vergessen, Rachel. Ich kann mich angemessen benehmen, wenn die Umstände entsprechend sind.«

»Warum um Himmels willen tust du es dann nicht?« fragte Rachel matt.

»Um einen *Spieler* zu beeindrucken? Weshalb sollte ich ihm imponieren wollen?«

»Nein, um meinetwillen.«

Jessie sagte nichts dazu.

»Das ist aber nicht das, worüber ich mit dir reden wollte«, fuhr Rachel fort.

Jessie richtete sich auf, um zu essen. »Ich habe heute schon genug geredet.«

»Ein paar Minuten wirst du für mich erübrigen.«

Jessie zog die Brauen hoch, als sie diese feste Stimme hörte. Sie war erstaunt und auch ein wenig neugierig.

»Hier bin ich. Rede. Ich hoffe nur, daß es nicht langweilig wird.«

»Ich kann dir versprechen, daß dich das, was ich dir zu sagen habe, nicht langweilen wird. Du wirst vielleicht anderer Meinung sein, aber...«

»Komm zur Sache, Rachel.«

Die ältere der beiden Frauen nahm einen Anlauf. »Gut, ich werde direkt auf das zu sprechen kommen, was ich dir sagen will. Du wirst nicht mehr allein ausreiten, um deine indianischen Freunde zu besuchen.«

Rachel machte sich auf einen Ausbruch gefaßt, doch es kam zu nichts dergleichen. Jessie starrte sie ausdruckslos an, als erwarte sie, noch mehr zu hören.

Schließlich fragte Jessie: »Ist das alles, was du mir zu sagen hast?«

Rachel war verblüfft. Sie wollte keinen Streit. »Ja, also, eigentlich hatte ich meine Gründe dafür, auf diesem Verbot zu bestehen. Es hätte ja sein können, daß du sie hören wolltest. Aber da du vernünftig bist, halte ich es nicht für nötig, meine Gründe näher auszuführen.«

»Das würde ohnehin nichts ändern«, sagte Jessie beiläufig. »Du kannst so viele Verbote aussprechen, wie du nur Lust hast, Rachel. Ich tue das, was ich will.«

Rachel lehnte sich zurück, und ihr Gesicht glühte. Sie hätte es wissen müssen. »Diesmal wirst du tun, was ich sage, Jessica.«

Jessie grinste unbesorgt. »So, werde ich das tun?«

»Ja, das wirst du tun, wenn du weiterhin diese Ranch leiten willst.«

»Misch dich nicht in meine Angelegenheiten ein, Rachel« warnte sie sie leise. »Du verstehst nichts von einer Ranch. Und die Männer würden ohnehin nicht auf dich hören.«

»Ich habe mir auch gar nicht eingebildet, daß sie auf mich hören würden, aber ich bin in einer Position, in der ich Hilfe von außen heranziehen kann, wenn ich es für notwendig erachte.«

»Meine Männer nehmen ihre Befehle von mir entgegen!«

Auch Rachel hob jetzt ihre Stimme. »Deine Männer können gefeuert und neue Männer können engagiert werden.«

»Dazu hast du kein Recht!«

»Oh, doch, Jessica«, sagte Rachel freundlicher. »Ich bin dein Vormund.«

Jessie war außer sich. »Wann geht es endlich in deinen dummen Schädel, daß mein Vater dich nur deshalb zu meinem Vormund bestimmt hat, damit du siehst, was für eine anständige junge Dame er aus mir gemacht hat? Er hat dich hierher geholt, um uns beiden eins auszuwischen. Er hat gewußt, daß ich dich in Wirklichkeit gar nicht brauche. Er hat mich dazu erzogen, auf eigenen Füßen zu stehen – wie jeder Mann!«

»Ganz gleich, welche Gründe er auch gehabt haben mag«, sagte Rachel steif. »Ich bin hier, und es steht mir zu, genau das zu tun, was ich gesagt habe.«

»Warum, verdammt noch mal?« schrie Jessie, die jetzt ihre Selbstbeherrschung verlor. »Was steckt wirklich hinter all dem?«

»Allein in diesem letzten Monat hast du zweimal die Ranch verlassen und bist ausgeritten und warst tagelang nicht erreichbar. Das ist unverantwortliches Verhalten, Jessica.«

»Das zieht nicht, und das weißt du selbst«, zischte Jessie. »Mitch Faber hat alles für mich erledigt, und Jeb wäre im übrigen mit jedem Zwischenfall, zu dem es hätte kommen können, zurechtgekommen. Und deshalb solltest du verdammt noch mal bessere Gründe haben als diesen.«

»Wo du warst, ist Grund genug«, sagte Rachel verstockt. »Es ist undenkbar, daß du dich in ein Gebiet wagst, das den Weißen verboten ist. Ich dachte, deine Indianer seien friedfertige Indianer. Wenn ich gewußt hätte, daß sie das nicht sind, hätte ich dem eher Einhalt geboten.«

»So ein totaler Blödsinn! Glaubst du, ich würde sie besuchen, wenn ich dort nicht willkommen wäre?«

»Du magst diesen Indianern vielleicht willkommen sein, aber andere Weiße sind es nicht. Ich lasse nicht zu, daß du dich mit Indianern abgibst, die den Weißen feindselig gegenüberstehen. Sie haben ganz offensichtlich einen schlechten Einfluß auf dich ausgeübt, und dieser Einfluß wird nicht weiterhin bestehen.«

»Was soll denn das jetzt heißen?«

»Um Himmels willen, Jessica, deine Manieren hier sind wirklich schon schlecht genug, aber dort wirfst du anscheinend jegliche Anstandsregeln unserer Zivilisation über Bord. Wenn ich bedenke, daß du nackt in einem Fluß badest, während ein Indianer dir zuschaut, dann ist dies das Unerhörteste, was mir je zu Ohren gekommen ist.«

Jessie sprang so abrupt auf, daß ihr Stuhl umkippte und über den Fußboden schlitterte. Leuchtende Flecken traten auf ihre Wangen, und ihre weitaufgerissenen Augen sprühten zornige Funken.

»Das mußte dieser Mistkerl dir natürlich als erstes erzählen, so war es doch?« schrie Jessica erbost. »Dann kann ich wohl annehmen, daß er dir auch von Kleiner Falke erzählt hat? Natürlich! Darum dreht es sich doch, oder? Oder?«

»So beruhige dich doch, Jessica.«

»Ich soll mich beruhigen? Wenn du damit drohst, mir die Geschäfte auf der Ranch aus der Hand zu nehmen? Und das wegen irgendwelcher verzerrter Darstellungen, die dir dieser Mistkerl gegeben hat? Was hat er dir sonst noch erzählt?«

»Das reicht doch wahrhaftig schon, oder findest du das etwa nicht?« Rachel bemühte sich, ihre Stimme nicht anzuheben.

»Nein, das finde ich ganz bestimmt nicht, vor allem dann nicht, wenn er unschuldige Vorfälle verdreht, bis – wie hast du das genannt – die größte Ungeheuerlichkeit, von der du je gehört hast, dabei rauskommt. Was zum Teufel ist schlimm daran, daß ich in einem Fluß bade? Das tue ich hier doch auch bei jeder Gelegenheit, die sich mir bietet, wenn ich allein bin. Dort ist das Dorf zu nah, und daher begleitet Weißer Donner mich, damit ich nicht gestört werde. Er hat mir nicht zugesehen, um Himmels willen! Er ist wie ein Bruder zu mir.«

»Dieser Sioux-Krieger war nicht wie ein Bruder zu dir«, sagte Rachel unerbittlich.

»Weil er mich gebeten hat, ihn zu heiraten? Na und? Ich habe seinen Antrag abgelehnt. Wenn du auf deinem hohen Roß sitzen bleibst, dann frag deinen Freund doch mal, was er dir um seiner Bequemlichkeit halber *nicht* erzählt hat!«

»Wenn es noch mehr dazu zu sagen gibt, bin ich sicher, daß es mich nur in meiner Auffassung bestärken wird, daß du nicht mehr dort hingehen solltest, Jessica«, sagte Rachel ruhig. »Ein Indianerlager ist nicht der rechte Platz für ein junges weißes Mädchen. In dem Punkt lasse ich mich nicht erweichen.«

Jessie funkelte sie böse an. Sie zitterte vor Wut. Chase hatte das Pech, sich ausgerechnet diesen Moment dazu auszusuchen, die Küche zu betreten.

»Mit diesem Geschrei kann man die Toten zum Leben erwecken. Worum geht es eigentlich?«

Jessie wandte ihm ihre Augen zu, in denen ein größerer Sturm brauste als alles, was er je gesehen hatte. Sie griff nach ihrem Teller und warf ihm den Teller an den Kopf. Er duckte sich, und der Teller prallte von der Wand ab und fiel auf den Boden.

»Du verdammter, hundsgemeiner Kerl! Du mußtest sie natürlich sofort aufhetzen! Als ob es nicht schon genug wäre, daß du mich wieder hier hergeschleppt hast, mußtest du auch noch alles, was vorgefallen ist, entstellen! Aber du hast vergessen, dich selbst in diesen Schauermärchen zu erwähnen, stimmt's?«

»Das reicht jetzt, Jessie«, verwarnte Chase sie finster.

»Es reicht?« kreischte sie. »Du warst doch derjenige, der so versessen darauf war, ihr alles brühwarm unter die Nase zu reiben! Warum hast du ihr nicht auch den Rest erzählt? Wenn sie unbedingt von meinem empörenden Verhalten bei den Indianern erfahren mußte, dann sollte sie auch erfahren, daß ihr Freund und Vertrauter mich verführt hat – und das nicht einmal, sondern gleich zweimal! Ich meine, wenn wir hier Schmutzwäsche waschen, dann können wir gleich alles auf einmal hinter uns bringen. Oder war der Verlust meiner Unschuld vielleicht weniger wichtig als mein sündiges Benehmen bei den Indianern? Du Schuft! Wenn du etwas anfängst, dann bring es auch zu Ende.«

Mit diesen Worten schoß Jessie an Chase vorbei und stieß ihn mit einer solchen Wucht aus dem Weg, daß er rückwärts in den Schrank neben der Tür fiel und zwei der Glasscheiben zerbrach. Im nächsten Moment wurde die Tür des Zimmers ebenso heftig zugeknallt, und das Geräusch war so laut wie ein Schuß.

»Was ist hier eigentlich los?« rief Bill aus dem Treppenhaus.

»Geh wieder ins Bett, Billy«, befahl Rachel mit scharfer Stimme.

Er tat es, ohne eine weitere Frage zu stellen. Chase hätte am liebsten dasselbe getan. Das Schweigen, das jetzt folgte, dauerte eine Ewigkeit an. Er fürchtete sich, Rachel in die Augen zu sehen, fürchtete sich vor der Anklage, die in ihrem Blick stehen würde.

Rachel wartete eine Weile, um ihm die Gelegenheit zu geben, von sich aus etwas zu sagen, doch als er nichts sagte, sagte sie: »Hat sie die Wahrheit gesagt?«

Er wollte etwas sagen, aber kein Wort kam ihm über die Lippen.

Rachel stieß einen kleinen, spitzen Schrei aus, ehe sie flehentlich sagte: »Chase, das hast du doch nicht getan? Doch nicht mit meiner Jessica!«

Er zuckte zusammen, aber antworten konnte er immer noch nicht. Endlich sah er sie an. Unter ihren Blicken fühlte er sich etwa eincn Zentimeter groß. Sie wartete nicht länger auf eine Antwort, sondern lief tränenüberströmt aus der Küche.

Chase stand einige unendlich lange Minuten da. Konnte er hier noch irgend etwas retten?

23

»Was tätest du an meiner Stelle, Goldy? Würdest du eine Frau heiraten, bloß weil du dich ein bißchen schuldig fühlst?« fragte Chase.

Das Pferd schnaubte. »Tut mir leid, alter Junge. Hab' vergessen, daß du es nicht magst, wenn man dich Goldy nennt. Aber das war doch eine gute Frage, was?«

Chase lehnte in Goldenrods Box an der Wand und saß vertrauensvoll vor den Füßen des Pferdes. Neben ihm stand eine halbvolle Flasche Whiskey. Er hatte die ungeöffnete Flasche im Geräteschuppen gefunden, nachdem er die Küche von oben bis unten durchsucht hatte. Zweifellos handelte es sich dabei um Jebs Versteck. Er mußte unbedingt daran denken, die Flasche zu ersetzen.

Chase öffnete die Flasche wieder und trank mit einem großen Schluck nochmals einen guten Zentimeter mehr. Dann beäugte er mit ernstem Blick sein Pferd. »Ich meine, verflixt, schließlich hat mir die Kleine doch nie ein schlechtes Gewissen verursacht, oder? Diese verfluchte Rachel ist es, die mir das Gefühl gibt, eine miese kleine Kröte zu sein. Und weißt du auch, was sie sagen wird, sowie sie dazu kommt?«

Chase rülpste. Dann lachte er. »Nein, das nicht. Nein, Rachel wird sagen: ›Du hast ihr Leben verpfuscht, und jetzt wirst du sie heiraten.‹ Glaubst du, sie bringt es fertig, mir eine Knarre in die Rippen zu bohren? Nein, Rachel nicht. Aber sie besitzt eine andere Waffe, ihr verdammtes Gesicht, diesen verfluchten Blick, der sagt, daß ich sie heimtückisch aus dem Hinterhalt überfallen habe.« Er holte tief Atem. »Warum zum Teufel reite ich nicht einfach jetzt gleich los?«

Chase versuchte aufzustehen, doch das gelang ihm erst nach mehreren Anläufen. Er beäugte seinen Sattel, der auf der Einfassung hing, als sei er ein störrisches Biest, das ihm Ärger machen wollte. Das war er auch. Er konnte ihn nicht von der Einfassung ziehen. Schließlich lehnte er sich an den Sattel und sprach wieder mit seinem Pferd.

»Sieht so aus, als müßte ich vorher wieder nüchtern werden. Aber ich komme wieder, Goldenrod. Ich werde dich satteln, und dann machen wir uns auf den Weg. Ich kann diese Göre nicht heiraten. Das wäre, als würde ich mich an einen Wirbelsturm binden.«

Chase tastete sich aus dem Stall heraus und zu dem Fluß, der hinter dem Haus vorbeifloß. Er fiel ins Wasser, und einen Moment lang glaubte er, er könnte ertrinken. Das Wasser war jedoch nur dreißig Zentimeter tief. Nachdem er eine beträchtliche Weile im Wasser geplanscht hatte, zog er sich ans

Flußufer und blieb dort liegen, während das eisige Wasser ihn frösteln ließ.

Zu seinem Verdruß sah er Jessie bildhaft vor sich. Nicht die Jessie des heutigen Abends, sondern die Jessie der letzten Nacht. Auch in der gestrigen Nacht war sie ein Wirbelsturm gewesen, aber ein leidenschaftlicher, liebevoller Wirbelsturm.

Wäre es denn wirklich so schlimm, sich an sie zu binden? fragte er sich. Sie war das hübscheste Geschöpf, das er je gesehen hatte. Und hatte er das Herumziehen nicht längst satt? Rachel hatte gesagt, es sei an der Zeit, daß er sich seßhaft machte, und vielleicht hatte sie sogar recht. Würde sich dieser Wildfang nicht zähmen lassen, wenn er sich nur genügend Mühe gab?

Jessie war zu wütend, um zu weinen, aber sie war gleichzeitig zu sehr außer sich, um es nicht zu tun. Daraus entstand ein Kloß in ihrer Kehle, an dem sie zu ersticken glaubte, und sie lag wach und warf sich von einer Seite auf die andere. Da sie wach war, hörte sie das leise Klopfen deutlich. Es paßte ihr gar nicht.

Sie machte sich gar nicht erst die Mühe, eine Hose anzuziehen, sondern ging in dem viel zu großen langärmeligen Hemd an die Tür, in dem sie im allgemeinen schlief. Ihr war ganz gleich, was Rachel davon halten würde. Sie spielte sogar mit dem Gedanken, das Hemd auszuziehen, um Rachel glauben zu machen, daß sie nackt schlief.

Sie war froh, daß sie diese aufsässige Überlegung nicht in die Tat umgesetzt hatte, als sie die Tür öffnete und Chase im Korridor stand. Jessie knallte die Tür zu, doch die Tür prallte an seinen Schultern ab und flog wieder auf. Sie war gezwungen, zurückzutreten, als er sich roh seinen Weg bahnte und die Tür hinter sich schloß.

»Raus!« sagte sie.

»Gleich.«

»Nein, jetzt sofort!«

»Verdammt noch mal, schrei nicht so. Sonst kommt Rachel angestürzt und schleppt uns noch heute nacht vor einen Priester. Das tut sie ohne weiteres. Ich muß mich ausnüchtern, ehe es dazu kommt.«

»Dazu wird es nicht kommen, und zwar unter keinen Umständen!« versicherte sie ihm. »Du stinkst! Du bist betrunken! Hat dir das Mut gemacht, mitten in der Nacht in mein Zimmer zu platzen?«

»So betrunken bin ich nun auch wieder nicht, jedenfalls jetzt nicht mehr. Nicht genügend, um nicht zu wissen, was ich tue.«

Sie zündete die Lampe an, die neben ihrem Bett stand. Dann wirbelte sie herum, um ihn anzusehen. Er trug nur seine Hose, und sein Haar war triefnaß, und dieser Anblick ließ ihren Zorn für einen Moment vergehen. »Was hast du denn getan? Bist du in den Fluß gefallen?«

»In der Tat...« Mit einem breiten Grinsen vervollständigte er seine Erklärung, doch Jessie fand das gar nicht komisch. »Ich habe mich allerdings umgezogen«, versuchte er ihr entgegenzukommen. »Ich wollte nicht den ganzen Boden deines Zimmers volltröpfeln.«

»Jedenfalls hast du vergessen, dir das Haar zu trocknen. Findest du es angemessen, daß du mich dürftig bekleidet hier aufsuchst?«

Sein Grinsen wurde breiter. »Von dürftig bekleidet würde ich an deiner Stelle nicht sprechen. Nicht so, wie du die Tür aufgemacht hast.«

Jessie sah an ihrem Baumwollhemd herunter, das kaum bis auf ihre Knie reichte. »Ich habe dich nicht aufgefordert, zu mir zu kommen, und jetzt scher dich zum Teufel. Für heute hast du schon genug Ärger gemacht.«

»Ich?« Sein Humor verflüchtigte sich. »Und was hast du getan?«

»Dir heimgezahlt, was du angerichtet hast, und sonst gar nichts«, sagte Jessie kühl. »Nichts anderes als das, was ihr beide verdient habt.«

»Wenn das so ist, freut es mich zu hören, daß ich nicht das einzige Opfer deines gehässigen Angriffs war«, erwiderte Chase sarkastisch. »Vor allem, da ich derjenige bin, der dafür büßen wird.«

Jessie funkelte ihn wütend an. »Du glaubst, du bist der einzige, der Schaden genommen hat? Aufgrund dessen, was du ihr erzählt hast, kann sie versuchen, mir die Leitung der Ranch aus der Hand zu nehmen, wenn ich noch einmal in den Norden reite. Und wenn ich einen Freund verlieren mußte, dann war es doch nur gerecht, daß jeder von euch beiden auch einen Freund verliert – nämlich ihr beide einander.«

»Und du glaubst, daß das die einzige Konsequenz ist?«

»Was ist los, Summers?« schnurrte Jessie. »War sie etwa nicht verständnisvoll? Hat sie deine Gefühle verletzt?«

»Es macht dir wohl wirklich nichts aus, daß du sie verletzt hast, oder?« fragte er mit gepreßter Stimme.

»Ich kann mich nicht erinnern, mit mir selbst geschlafen zu haben«, gab Jessie zurück. »Ich kann mich auch nicht erinnern, bei einem der beiden Male den ersten Schritt getan zu haben. Wer ist also der Verantwortliche?«

»Ich habe dich gewarnt, daß es so kommt, wenn sie etwas davon erfährt, Jessie.«

Zu seinem Erstaunen fing Jessie an zu lachen. »Deshalb bist du also hier! Es ist mir verhaßt, dir einen Stein vom Herzen zu nehmen, Summers, es ist mir wirklich verhaßt, aber das braucht nicht dein Kummer zu sein. Du hast lediglich ihren Respekt verloren. Warum du von einer Hure respektiert werden willst, ist mir zwar zu hoch, aber...«

»Sie ist keine Hure, Jessie«, sagte Chase barsch.

»Erzähl du mir nicht, was sie ist und was nicht! Ich weiß es besser als du!«

»Ich bin nicht gekommen, um schon wieder mit dir zu streiten. Ich bin gekommen, um dich zu bitten, daß du mich heiratest.« Sie war entgeistert, doch sie fing sich wieder.

»So, hiermit hast du mich gefragt. Jetzt kannst du beruhigt zu ihr gehen und ihr sagen, daß du ein braver Junge warst und das getan hast, wozu sie dich aufgefordert hat.«

»Sie hat mich nicht hier hergeschickt, Jessie. Sie hat bisher kein Wort gesagt. Sie hat tränenüberströmt die Küche verlassen, und von da an habe ich sie nicht mehr gesehen.«

»Was tust du dann hier? Dich edelmütig zeigen?« höhnte

sie. »Oder versuchst du nur, ein paar Pluspunkte für dich einzuheimsen, indem du das Rechte tust, ehe du dazu angehalten wirst?«

»Was hast du daran auszusetzen, daß wir heiraten?« fragte er sachlich, und er kannte jeden einzelnen Grund, den sie nennen würde.

»Wofür hältst du mich eigentlich?« fauchte sie. »Glaubst du, ich kann mich nicht daran erinnern, daß der Gedanke an eine Heirat dich in Panik versetzt?«

»Das war damals«, beharrte er.

»So ein Quatsch. Nichts hat sich geändert. Du willst mich genauso gern heiraten, wie ich dich heiraten will, nämlich ganz und gar nicht. Also hau jetzt ab, und hör auf, mich mit deinem betrunkenen Unsinn zu belästigen.«

»Es ist kein Unsinn, und ich habe dir gesagt, daß ich nicht betrunken bin. Rachel wird ohnehin darauf bestehen, daß wir heiraten. Warum sollen wir ihr nicht die Gelegenheit vermasseln, eine große Sache daraus zu machen?«

»Warum? Um ihr den Spaß zu verderben? Wie oft geschieht es denn einer Hure, daß ihr etwas rechtmäßig zusteht und daß sie auf Anstand beharren darf?«

»Das ist nicht dein Ernst, Jessie«, sagte er.

»Nichts ist ernst an dieser ganzen Angelegenheit!« fauchte sie. »Es kann sein, daß ich in einigen Punkten nachgeben muß, aber dich heiraten? Ich würde von hier verschwinden und mich so lange wie nötig rar machen, ehe ich mich von ihr dazu zwingen ließe, jemanden zu heiraten, den ich nicht ausstehen kann.«

»So hast du letzte Nacht nicht empfunden.«

»Letzte Nacht war ich dumm.«

Das ließ seinen Zorn aufflackern. »Vielleicht waren wir beide dumm. Aber trotzdem bleibt die Tatsache bestehen, daß es zwischen uns auf eine ganz besondere Weise funkt, Jessie.«

»Mach dir doch nichts vor. Du bist ganz einfach der erste Mann, der mich berührt hat. Du wirst nicht der letzte sein, das kannst du mir glauben.«

Mit zwei Schritten stand er vor ihr und packte sie. Wut und

Begierde verdunkelten seine Augen. »Was zwischen dir und mir passiert, passiert nicht einfach zwischen irgendwelchen anderen Menschen«, sagte er heiser. »Du kannst es abstreiten, aber du weißt selbst, daß du mich willst, Jessie. Heirate mich. Sag ja.«

Als er sie nicht loslassen wollte, versetzte sie ihm einen Hieb, der kräftig genug war, um sich zu befreien, doch er war lediglich überrascht. Sie ließ diesem Hieb eine klatschende Ohrfeige folgen.

»Beweist dir das, daß ich dich nicht will?« schrie sie mit bebender Brust. Ein Kloß in ihrer Kehle erschwerte es ihr, diese Worte herauszubekommen. »Vielleicht bist du gut für einen Seitensprung, aber deshalb würde ich dich noch lange nicht heiraten. Für eine Ehe ist ein gewisses Maß an Respekt erforderlich, und ich habe nicht den geringsten Respekt vor dir.«

»Dann sollte ich dir vielleicht Respekt beibringen«, knurrte Chase, und in seine Augen trat ein bedrohliches Glitzern.

Jessie wich zurück, aber sie war nicht schnell genug. Er packte sie an ihren Handgelenken und zerrte sie zum Bett, doch seine Absichten waren nicht die, die sie ihm unterstellte.

»Verdammt noch mal, aber das will ich schon tun, seit ich dich zum ersten Mal gesehen habe«, fluchte er. Sein Tonfall drückte die reinste Zufriedenheit aus.

Er zog sie auf seinen Schoß. Jessie schnappte nach Luft, als sie den ersten klatschenden Schlag auf ihrem Hintern verspürte. Dem folgte ein zweiter, dann noch einer. Sie hätte am liebsten laut geschrien, doch diese Befriedigung gönnte sie ihm nicht. Statt dessen wehrte sie sich und zappelte und wand sich, um von seinem Schoß herunterzukommen, doch er schwang ein Bein über ihre beiden Beine und hielt sie damit in einem Klammergriff fest. Die Hand, die er freihatte, preßte er in ihr Kreuz, damit sie sich nicht mehr rühren konnte. Durch ihr Zappeln war ihr Hemd hochgerutscht, und seine Hand schlug auf bloße Haut.

Jessie mußte sich auf die Lippen beißen, um nicht loszuheulen. Er hörte einfach nicht auf.

»Ich würde gern sagen, daß es mich mehr schmerzt als

dich, aber es ist nicht so«, sagte er, während er auf ihr Hinterteil einschlug. »Das hätte schon längst jemand tun müssen, Jessie. Vielleicht würdest du dann nicht ganz so schnell Schläge austeilen, sowie dir danach zumute ist.«

Die Tränen in ihren Augen standen kurz vor dem Überquellen, doch das konnte er nicht sehen. Er sah nur das flammende Rot ihres Hinterns. Plötzlich vergaß er, warum er so brutal gewesen war, und er beugte sich vor und küßte die Stellen, die er verletzt hatte.

Jessie spürte es nicht. Es brannte zu sehr, als daß sie etwas anderes als Schmerz hätte empfinden können. Auch das wußte Chase nicht, und er ärgerte sich über sich selbst, weil er überhaupt das Bedürfnis verspürte, sie zu trösten. Er hob sie von seinem Schoß und legte sie auf ihr Bett. Dann stand er auf und stapfte zur Tür. Er öffnete die Tür und stand schon im Korridor, als ihm der Schuldschein in seiner Hosentasche einfiel und er ihn herauszog. Er kam in dem Moment zurück, in dem Jessie sich mit dem Rücken zu ihm aufsetzte und ihr prachtvolles Haar sich über ihren Rücken ergoß. Dieser Anblick wühlte ihn auf, und jeder Muskel seines ganzen Körpers zog sich zusammen.

»Ich habe etwas für dich«, sagte er. Er ließ den Schuldschein auf das Bett fallen, doch sie drehte sich nicht um. »Es war als Hochzeitsgeschenk gedacht, aber da es mich nicht mehr gekostet hat als ein Kartenspiel, könnten wir es ebenso gut als Zahlung für genossene Vergnügungen ansehen. Somit wären wir also quitt.«

Er hatte auf eine Reaktion auf seine gemeinen spitzen Bemerkungen gehofft, doch er bekam nichts dafür, nicht einmal einen wütenden Blick. Sie war nicht bereit, ihn anzusehen. Er verließ das Zimmer und schloß die Tür hinter sich. Das sollte jetzt nicht seine Sorge sein. Dieser letzte Pfeil, den er zum Abschied auf sie abgeschossen hatte, war auch nicht gemeiner als vieles, was sie zu ihm gesagt hatte. Seine Sorge sollte das nicht sein. Er war jetzt frei.

24

Eine Woche lang konnte Jessie nicht allzu gut auf einem Pferd sitzen, und jedesmal, wenn sie ausritt, dachte sie an Chase. Er war am nächsten Morgen aufgebrochen. Sie war in ihrem Zimmer geblieben, bis er fort war, und er war nicht zu ihr gekommen, um sich zu verabschieden. Vor seiner Abreise hatte er sich mit Rachel gestritten, und Jessie hatte gegen ihren Willen den größten Teil dieses Streits gehört.

»Ich habe sie gebeten, mich zu heiraten. Sie hat mich abgewiesen. Verdammt noch mal, Rachel, was hätte ich denn sonst noch tun können?«

»Du hättest sie in Ruhe lassen können!« Rachel hatte ihn tatsächlich angeschrien. »Ich habe dir vertraut!«

»Was willst du von mir, Rachel? Es ist passiert. Glaubst du vielleicht, ich hätte es nicht bereut, als ich feststellen mußte, daß sie noch Jungfrau ist? Aber es war zu spät, um noch aufzuhören.«

»Du wolltest gar nicht aufhören!«

Daraufhin hatten beide ihre Stimmen gesenkt, und Jessie hatte nichts mehr gehört, bis die Tür endgültig zugeschlagen wurde, als Chase das Haus verließ. Sie wunderte sich über seinen Versuch, Edelmut zu zeigen. Sie wußten beide, daß sie diejenige war, die nicht zugelassen hatte, daß ihn die gesamte Schuld traf. So etwas Dummes. Was wollte er sich damit beweisen?

In den folgenden Wochen dachte Jessie oft darüber nach. Sie konnte nichts daran ändern, daß sie daran dachte. Rachel erinnerte sie mit ihrem vergrämten, mitleidigen Blick immer wieder daran. Das war doch absurd. Diese Frau benahm sich, als sei das verruchteste aller Verbrechen begangen worden. Wie konnte sie eine solche Heuchlerin sein, sie, die doch selbst eine Hure war? Der Verlust ihrer Jungfräulichkeit hatte Jessie nicht weiter betroffen, aber Rachel tat ganz so, als sei sie vergewaltigt worden.

Rachel sprach auch den Namen Chase nie wieder aus. Es war, als sei Jessie plötzlich zerbrechlich, als könne das geringste falsche Wort sie vernichten. Einfach lächerlich.

Rachels Verhalten war auch in einer anderen Hinsicht äußerst ärgerlich. Ihr Mitgefühl war Jessie nicht nur unerwünscht, sondern machte es ihr auch unmöglich, Chase Summers zu vergessen, und genau das strebte sie inbrünstig an.

Beide, Mutter und Tochter, verachteten ihn jetzt, wenngleich auch aus verschiedenen Gründen. Daß er sie mißhandelt hatte, daß er einen letzten Pfeil auf sie abgeschossen hatte, ehe er abgereist war, würde Jessie ihm nie verzeihen. Er war endgültig aus ihrem Leben verschwunden, und sie würde ihn nie wiedersehen, und daher würde sie niemals Gelegenheit haben, ihm das heimzuzahlen. Das erboste sie über alle Maßen.

Es war ein Segen, daß Jessie Mitte Oktober krank wurde, denn die Krankheit diente dazu, daß sie an nichts anderes mehr dachte als an sich selbst. Während der ersten Tage ihrer Krankheit rechnete sie damit, daß es schnell vorübergehen würde. Es ärgerte sie, daß sie überhaupt krank geworden war. Doch als ihre Krankheit nicht schnell vorüberging, fing sie an, sich Sorgen zu machen. Es gelang ihr, ihre Krankheit vor allen anderen geheimzuhalten, wenngleich das auch äußerst schwierig war. Sie wollte nicht, daß jemand großen Wirbel um sie machte, am allerwenigsten Rachel. Sie war bisher kaum einen Tag ihres Lebens krank gewesen, und sie war es nicht gewohnt, krank zu sein. Nach einer Woche beschloß sie, es sei an der Zeit, einen Arzt aufzusuchen, aber sie fühlte sich nicht in der Verfassung, einen langen Ritt auf Blackstar zurückzulegen. Sie fand einen Vorwand dafür, den Wagen anzuspannen, indem sie ganz schlicht den Absatz ihres einen Reitstiefels abbrach.

Jessie hatte nicht damit gerechnet, daß Billy mitkommen wollte, aber sie schlug es ihm nicht ab. Es würde ein Leichtes sein, ihn abzuschütteln, sobald sie in der Stadt angekommen waren, denn er wollte nur allzu gern zum Hotel gehen und sie beide für die Nacht anmelden. Sobald er aus ihrer Sichtweite verschwunden war, machte sie sich auf den Weg in die Praxis von Doc Meddly.

Ob er ein richtiger Arzt war oder ein Pferdedoktor, oder

nur einfach ein Mann, der ein wenig von Medizin verstand, wußte sie nicht. Doch Cheyenne konnte sich glücklich schätzen, überhaupt irgendeine ärztliche Hilfe zu haben. In vielen Städten des Westens war das nicht der Fall. Er schien auch etwas von seinem Gewerbe zu verstehen, und er stellte die richtigen Fragen und konzentrierte sich, als wüßte er genau, was er tat. Das Ärgerliche war, daß er immer noch die Stirn runzelte, nachdem sie am Ende ihrer Erklärungen angelangt war. Sie wurde schrecklich nervös.

»So, und was ist das jetzt?« fragte sie. »Ist es ansteckend? Werde ich daran sterben?«

Der Mann war eindeutig in Verlegenheit. »Tatsache ist, Miß Jessie, daß ich keine Ahnung habe, was Ihnen fehlt. Wenn ich es nicht besser wüßte, würde ich sagen, daß Sie schwanger sind. Aber da Sie ein ungebundenes junges Mädchen sind, muß ich diese Möglichkeit wohl streichen. Aber Ihre Schilderung paßt auf nichts anderes. Ihnen ist nur morgens übel, und dann geht es Ihnen den ganzen Tag lang gut.«

Jessie hörte kein Wort von dem, was er sagte – seit er das Wort ›schwanger‹ ausgesprochen hatte. »Aber das ist doch noch zu früh... ich meine, es ist doch erst drei... nein, vier Wochen her, seit – verdammt!«

Nach diesem gestammelten Bekenntnis räusperte sich Doc Meddly verlegen und beschäftigte sich damit, die Papiere, die auf seinem Tisch lagen, neu zu sortieren. Er wich Jessies Augen aus. »Nun, ja, es dauert gar nicht lange, dahinterzukommen, ob eine Befruchtung stattgefunden hat... äh, das, heißt, falls Sie mit einem Mann zusammen waren... äh, verflixt, Miß Jessie. Ich bin es nicht gewohnt, über so was zu sprechen. Die Frauen hier in dieser Gegend kommen mit so heiklen Angelegenheiten nicht zu mir. Sie machen das unter sich aus.«

»Sie glauben also wirklich, daß ich schwanger bin?«

»Wenn Sie verheiratet wären, Miß Jessie, würde ich nicht zögern, ja zu sagen.«

»Nun, ich bin aber nicht verheiratet!« sagte Jessie hitzig. »Und es wäre mir lieber, wenn ich wüßte, daß ich sterbe.«

Vor der Praxis des Arztes blieb Jessie stehen und lehnte

sich an die Tür. Sie bemühte sich verzweifelt, ihre Gedanken zu sortieren, ohne einen Zorn zuzulassen, der jeden Gedanken unmöglich machte. Aber es gab zuviel zu bedenken. Ein Baby!

Jessie erreichte das Hotel, ohne auch nur wahrzunehmen, daß sie durch die Stadt gelaufen war. Billy erwartete sie und folgte ihr bestürzt in ihr Zimmer. So geistesabwesend hatte er sie noch nie erlebt. »Stimmt etwas nicht, Jessie?«

»Was sollte nicht stimmen?« Sie saß auf dem zu weichen Bett des trostlosen, kargen Zimmers und lachte mit zu hoher Stimme. Dann stöhnte sie und preßte sich die Hände an die Schläfen, als wolle sie einen Schmerz abwehren.

Billy runzelte die Stirn. »Ich... ich dachte, du hättest vielleicht von Chase Summers gehört und du seist böse, weil er immer noch hier ist.«

Jessie setzte sich ganz langsam auf. »Hier? Was soll das heißen?«

»Er ist immer noch in der Stadt. Er ist nicht abgereist, wie wir geglaubt haben. Genaugenommen wohnt er sogar hier im Hotel.«

»Du hast ihn gesehen?«

»Nein.«

»Woher weißt du es dann?« fauchte sie.

»Zwei Männer haben es mir erzählt.« Er zuckte die Achseln. »Sie haben gesagt, daß sie dich und mich gesehen haben, als wir in die Stadt gekommen sind. Sie haben gesagt, daß sie wissen, daß Chase für dich gearbeitet hat, und falls du ihn suchst, könntest du ihn drüben im Saloon finden. Ich nehme an, sie wollten dir nur gefällig sein, Jessie.«

Sie sprang vom Bett auf. »Es ist jetzt drei Wochen her, seit er die Ranch verlassen hat. Er hat hier schon längst nichts mehr zu suchen.«

»Gehst du zu ihm?«

»Nein!«

Billy trat ein paar Schritte zurück. »Bist du sicher, daß dir nichts fehlt, Jessie?«

»Nein... ja... oh, ich habe einfach grauenhafte Kopfschmerzen, und wenn sie nicht bald vergehen, gehe ich die

Wände hoch. Ich brauche einfach ein bißchen Ruhe. Warum gehst du nicht einfach runter, besorgst dir was zum Abendessen und gehst dann ins Bett?« Dann dachte sie endlich an ihn und fügte hinzu: »Kommst du auch alleine zurecht?«

Er richtete sich beleidigt auf. »Klar. Aber du mußt auch etwas essen.«

»Nein, ich brauche nichts, nicht heute abend. Ich glaube, ich lege mich jetzt einfach ins Bett und schlafe, bis diese Kopfschmerzen vorbei sind. Ich wecke dich morgen früh, wenn es Zeit ist, aufzubrechen.«

»Und was ist mit deinen Stiefeln?«

»Die hole ich ab, ehe wir aufbrechen. Und noch was, Billy – falls du zufällig Chase sehen solltest, dann versuch doch bitte, dafür zu sorgen, daß er dich nicht sieht. Es wäre mir lieber, wenn er nicht wüßte, daß wir hier sind.«

»Du scheinst ihn wirklich nicht leiden zu können, Jessie, oder?«

»Was kann man an einem arroganten Starrkopf mögen, der...« Sie ertappte sich gerade noch rechtzeitig, ehe sie ihre Selbstbeherrschung verlor. »Nein, ich kann ihn nicht leiden.«

»Das ist zu schade.«

»Weshalb?« fragte Jessie irritiert.

»Ich meine nur, weil... ihr beide könntet doch... schon gut, vergiß es. Wir sehen uns morgen früh, Jessie.«

»Moment mal...«, sagte Jessie, doch Billy hatte die Tür bereits geschlossen.

25

Chase hatte die Flasche und ihre magischen Rundungen inzwischen recht liebgewonnen. Direkt nach seiner Ankunft in der Stadt hatte er sich sogar ein ganzes Wochenende lang durch die Kneipen getrieben. Doch nachdem er ausgenüchtert war, wandte er sich wieder seinem Anliegen zu, Geld zu verdienen – Geld, das seine Reise nach Spanien finanzieren würde. Es war an der Zeit. Spanien war so angenehm weit weg. Er brauchte diese Distanz. In Spanien würde er nicht versucht sein, wieder in diese Gegend zurückzukehren.

Trotzdem war es schwierig für ihn, vorübergehend hier zu bleiben, und das war auch der Grund, aus dem er ständig eine Flasche in seiner Reichweite hatte. Entscheidend war, und das sagte er sich immer wieder, daß die Eisenbahnlinie durch Cheyenne verlief und daß es hier viele Saloons gab, die den Bedürfnissen eines Spielers dienten. Es war einfach unsinnig, nach Denver weiterzureiten oder wieder nach Kansas zu gehen, um dort den Zug in den Osten zu erreichen, denn das konnte er von hier aus auch tun.

Die Schwierigkeit bestand darin, daß er nur einen Tagesritt von diesem Quälgeist mit den Edelsteinaugen entfernt war, der ihm immer wieder durch den Kopf ging, ganz gleich, wie sehr er seine Gedanken auch im Alkohol ertränkte. Zweimal war es sogar so schlimm gewesen, daß er mit dem Gedanken gespielt hatte, wieder zur Ranch im Rocky Valley zu reiten. Doch Rachel würde ihn nicht willkommen heißen, und Jessie hatte ihn nie willkommen geheißen. Wenn immer solche dämlichen Vorstellungen durch seinen Kopf gingen, betrank er sich so ausgiebig, daß er an gar nichts mehr denken konnte.

Auch jetzt war er betrunken, nachdem er gerade gehört hatte, daß Jessie sich in der Stadt aufhielt. Was zum Teufel hatte sie bloß an sich, das es so schwierig für ihn machte, sie aus seinem Leben zu verbannen? Es war verdammt richtig zu behaupten, daß sie sein Leben bereits jetzt völlig umgekrempelt und auf den Kopf gestellt hatte. Noch nie war es ihm so schwergefallen, irgendeine Frau zu vergessen, mit der er sich eingelassen hatte. Und diesmal schien auch der Alkohol nicht zu helfen, nicht das kleinste bißchen. Jetzt, da Jessie so nah war, brauchte er mehr.

Seine Blicke schweiften durch den Saloon, an dessen Tresen er stand. Er sah Charlie und Clee, zwei widerwärtige Kumpane, die allein an einem Tisch saßen. Chase hätte sie am liebsten dafür erschossen, daß sie ihm mitgeteilt hatten, Jessie sei in der Stadt. Um sich von ihr abzulenken, was ihm durch den Alkohol nicht gelang, erwog er, einen Streit mit ihnen anzufangen. Doch dann entdeckte er Silver Annie, die den Saloon durchquerte. Sie würde seinen Bedürfnissen noch mehr entgegenkommen als eine Schlägerei.

Annie war unter den Mädchen, die im Saloon arbeiteten, die hübscheste. Leider sagte das noch nicht allzuviel. Ihren Namen verdankte sie den silbernen Bändern, die sie immer in ihrem Haar und um ihren Hals trug, und zudem auch der Farbe ihrer Augen, die eher silbern als grau waren. Dieser Eindruck wurde durch ihren glasigen Blick verstärkt. Ihre Augen deuteten etwas Stärkeres als Alkohol an. Chase störte sich nicht daran. Er konnte nicht die Schwächen anderer verurteilen, während er selbst eine eigene Schwäche entwickelte.

Sie hatte sich ihm schon früher genähert, aber sie hatte ihn nicht in Versuchung führen können. Vielleicht war das ein Fehler gewesen. Wie war das noch mal mit dem alten Sprichwort, das besagte, eine Frau könne einem Mann helfen, eine andere Frau zu vergessen?

Etwas später und wesentlich betrunkener fand er sich in Silver Annies Zimmer vor. Das Licht war aus, und der Geruch eines billigen Parfums umgab ihn. Ein Teil von ihm war gerade noch nüchtern genug, um zu wissen, daß er eigentlich gar nicht da sein wollte, wo er war. Doch er war da, und er gelobte sich, Jessie in den Armen einer anderen Frau wirklich zu vergessen.

Doch als er schließlich nackt ins Bett kroch, konnte Chase diese andere Frau nicht finden. Sie war nicht da. Er tastete das ganze Bett nach ihr ab, doch sie war und blieb verschwunden.

»Wo bist du, Annie?« fragte er kampflustig. Er war fest entschlossen, die Sache hinter sich zu bringen.

Er hörte ihr Kichern aus einer Ecke des Raumes, und dann war aus einer anderen Ecke ein tieferes Lachen zu hören. Ehe Chase sich das zusammenreimen konnte, sprach eine Männerstimme.

»Siehst du jetzt ein, daß er nie genug von Mutter und Tochter bekommen hat?«

»Du verfluchter Kerl, jetzt weiß er, daß wir hier sind!« knurrte ein anderer Mann.

»Glaubst du, das macht mir was aus, solange ich das bei mir habe?«

»Blödsinn!«

Chase zog sich mühsam aus dem Bett. »Was...«

Ein stechender Schmerz in seinem Rücken ließ ihn mit dem Gesicht nach unten wieder auf das Bett zurückfallen. Er versuchte, wieder aufzustehen, doch es wollte ihm nicht so recht gelingen, und dann spielte es keine Rolle mehr. Eine dunkle Leere umfing ihn.

»Du dämliches Arschloch!« fluchte Charlie. »Weshalb hast du das getan?«

»Das war ich ihm schuldig«, sagte Clee zu seiner Verteidigung. »Und außerdem habe ich mich nicht vor ihm gefürchtet wie du, der du fast in die Hose gemacht hättest.«

»Haben wir den Auftrag, ihn umzulegen?« fragte Charlie mit erhobener Stimme. »War das unser Auftrag?«

»Na und, worin liegt der Unterschied?«

»Laton wollte keine Schwierigkeiten haben, darin liegt der Unterschied. Und schon gar nicht jetzt, wo die Kleine bald hören wird, was er da oben im Norden getan hat. Er will sie von dort vertreiben, ohne daß das Gesetz sich einmischen kann. Er erledigt die Dinge gern auf seine Art, und das hast du ihm jetzt höllisch vermasselt.«

»Wenn du mich fragst, war das ohnehin eine dumme Idee. Nichts hat garantiert, daß die kleine Blair den da gefeuert hätte, bloß weil er hier aufgefunden wird und das auch noch ohnmächtig. Laton hat sich Sorgen gemacht, weil er schon Wochen in der Stadt rumhängt. Ob sie ihn feuert oder ob er tot ist – er wird dem Mädchen so und so nichts sagen, selbst, wenn er was rausgefunden hat, was ihn nichts angeht.«

»Du kannst nur hoffen, daß Laton das auch so sieht. Und was ist mit Annie?«

»Blödsinn, sie sagt kein Wort, wenn sie den Stoff kriegt, den wir ihr versprochen haben. Das stimmt doch, Annie?«

Das Mädchen konnte die Umrisse der beiden Männer kaum erkennen. Es tat ihr leid um den gutaussehenden Spieler, aber er war tot, und sie war am Leben, und sie brauchte den Stoff, den sie ihr versprochen hatten.

»Es ist zu dunkel hier«, erwiderte sie eilig. »Ich habe nichts gesehen.«

»Du bist eben doch ein braves Mädchen, Annie.« Clee kicherte in sich hinein.

Charlie war gar nicht belustigt. »Man wird den Sheriff rufen müssen. Wir räumen am besten seine Taschen aus, damit es wie ein Raubüberfall aussieht.«

»Tja, verflixt, wenn du es so haben willst, dann wäre es besser, wenn wir gleich seine Hose mitnehmen, meinst du nicht?« schlug Clee sachlich vor. »Sieh mal, er ist tot, und sie schreit sich die Lunge aus dem Leib. Würde ein Dieb in dem Fall so lange bleiben, bis er alle Taschen durchsucht hat?«

»Schon gut, schon gut«, brummte Charlie, dem gar nicht gefiel, wie die Sache ausgegangen war. Er war nur froh, daß Clee einen gewissen Verstand bewies, indem er alle Aspekte des neuen Plans durchdachte, nach dem sie sich jetzt richten mußten.

26

»Weißt du, wer das ist, Ned?« fragte Doc Meddly.

Der Deputy schüttelte den Kopf und sah Silver Annie an. Sie hatte Schwierigkeiten, stillzusitzen.

»Er nennt sich Chase Summers, aber was kann das Ihnen schon sagen?« sagte sie verdrießlich. Sie wünschte sich nur noch, sie würden endlich gehen. »Wahrscheinlich ist es ein Pseudonym. Das haben sie doch meistens.«

»Warum schickst du sie nicht weg, Ned? Sie ist das reinste Nervenbündel«, schlug der Arzt vor.

»Was erwarten Sie denn von mir, nachdem ein Mann in meinem Bett erstochen worden ist?« kreischte Annie. »Außerdem bleibe ich. Eilen Sie sich doch, und tun Sie, was Sie tun müssen, und dann nehmen Sie ihn mit, damit ich die

Schweinerei hier aufräumen kann. Ich kann es mir nicht leisten, heute nacht bloß deshalb nicht zu arbeiten.«

»Ist sie nicht herzlos?« murmelte der Arzt dem Deputy zu.

»Sind sie das nicht alle?« stimmte ihm Ned zu. Annie ignorierte alle beide und fuhr heftig mit einer Bürste durch ihr flachsblondes Haar.

»Wo hat er gewohnt, Ned?«

»Ich nehme an, im Hotel.«

»Weißt du es denn nicht? Wo bleibt überhaupt der Sheriff?«

»Jetzt reg dich bloß nicht zu sehr auf, Doc. Es bestand kein Grund, ihn aufzuwecken. Das hier kann ich ebensogut erledigen.«

»Bring in Erfahrung, ob dieser junge Kerl hier irgend jemanden kennt. Er wird in den nächsten Tagen Pflege brauchen, und jemand muß sich schließlich um ihn kümmern.«

»Wie wäre es mit Mrs. Meddly? Ist sie nicht im allgemeinen...«

»Nur für gottesfürchtiges Volk, Ned. Sie braucht nur zu hören, wo er sich diese Verletzung zugezogen hat, und sie weiß sofort, daß er nicht unter diese Kategorie fällt. Ich könnte zwar darauf bestehen, daß sie ihn pflegt, aber dann würde ich während dieser Zeit mit einer Kneifzange zusammenleben, und das möchte ich nun doch nicht.«

»Er kennt die kleine Blair«, steuerte Annie unaufgefordert bei. Für Annie war es ein Schock gewesen, festzustellen, daß der Spieler nun doch nicht tot war. Es konnte sein, daß Clee ihr das Doppelte zahlte, wenn sie den ursprünglichen Plan weiterverfolgte. Einen Versuch war es zumindest wert.

»Jessie Blair?« sagte Doc versonnen, während er Chases Wunde reinigte. »Sie war heute in der Stadt. Sieh mal nach, ob sie im Hotel ist, Ned, und...«

»Und hol sie gleich hierher«, fiel ihm Annie schrill ins Wort. »Damit wir das Ganze hinter uns bringen können.«

Meddly sah sie scharf an. »Miß, dies ist kein Ort für eine junge Dame wie Miß Blair.«

»Wieso nicht? Ich habe gehört, daß sie scharfe Krallen hat.

Jedes Mädchen, das mit einer Waffe umgehen kann, kann einen Saloon betreten, ohne in Ohnmacht zu fallen.«

»Nicht, wenn es sich vermeiden läßt«, sagte Doc empört zu ihr. Dann wandte er sich an Ned. »Sag Miß Jessie nur, daß dieser Mann verletzt ist, und sorg dafür, daß sie im Hotel in Summers Zimmer auf mich wartet. Und schick mir zwei Männer rauf, die mir helfen, ihn rüberzubringen.«

Ned verließ den Saloon und machte sich auf den Weg ins Hotel, doch dort fand er Jessie nicht vor. Sie hatte gerade eben den Saloon betreten und lauschte unaufmerksam dem Gerede über den Raubüberfall. Sie hatte andere Dinge im Kopf. Sie war gekommen, um Chase zu finden. Es war ihr ganz und gar nicht gelungen, Schlaf zu finden, nachdem Billy gegangen war, und sie hatte lange ganz ruhig und logisch nachgedacht. Dabei war sie zu einem Entschluß gekommen, der sie noch jetzt überraschte.

Sie konnte Chase nirgends in dem Raum entdecken, in dem es von Menschen wimmelte. Nachdem sie sich ein zweites Mal umgesehen hatte, begann sie schließlich doch, die Gesprächsfetzen aufzunehmen, die um sie herum wirbelten.

»Wenn man schon abtreten muß, dann ist das bei Gott die beste Art, es zu tun – während man eine Frau liebt.«

»Ja, aber andererseits, von hinten angegriffen zu werden ohne eine Chance, sich zu wehren?«

»Ich habe gehört, daß sie ihm die Hose und alles gestohlen haben.«

»Er hat in letzter Zeit viel gewonnen, aber heute habe ich ihn gar nicht spielen gesehen. Donnerwetter, das wäre ja ein schöner Reinfall für den, der ihn erstochen hat, wenn seine Taschen leer waren!«

»Ja.«

»Ich habe ihn mal mit der kleinen Blair zusammen gesehen. Ich denke, daß er eine Weile auf ihrer Ranch gearbeitet hat.«

»Also, ich wünschte, sie würden sich eilen und ihn runterbringen. Ich würde gern heute nacht zu Annie gehen, um rauszufinden, was wirklich passiert ist.«

Jessie lief auf die Treppe zu. Vier Männer kamen die

Treppe herunter, und weiter oben, auf dem Treppenabsatz, standen weitere Männer vor einer offenen Tür und sahen in ein Zimmer. Langsam ging sie die Treppe hinauf. Sie merkte nicht, daß es unten im Saloon ganz leise geworden war, seit man sie gesehen hatte.

Als sie die offene Tür erreichte, konnte sie Doc Meddlys Stimme deutlich hören.

»Es wäre hilfreich, Miß Annie, wenn Sie zufällig eine Hose übrig hätten. Haben Sie sowas?«

»Was sollte ich mit einer Männerhose anfangen? Die Männer, die mich besuchen, ziehen ihre Hosen aus, aber wenn sie gehen, nehmen sie ihre Hosen immer mit. Decken Sie ihn mit einer Decke zu. Er wird den Unterschied nicht bemerken.«

Jessies Blick wanderte von Doc Meddly zu dem stark geschminkten Gesicht der Blondine, die nichts weiter trug als ein durchsichtiges Korsett und knielange Schlüpfer. Dann sah sie den Mann an, der auf dem Bett lag.

»Ist er tot?« Ihre Stimme war rauh, fast ein Aufschrei.

»Sie, Miß Jessie!« rief Doc aus. »Was ist bloß mit diesem Deputy los? Ich habe ihm doch gesagt, daß er Sie nicht hierherbringen soll.«

»Ist er tot?« wiederholte Jessie mit wesentlich lauterer Stimme.

Meddly sah das Aschgrau ihres Gesichtes und das Entsetzen, das in ihren Augen stand. »Nein, nein«, versicherte er ihr eilig. Er bemühte sich, seine Stimme so zart wie möglich klingen zu lassen. »Der junge Mann wird schnell wieder gesund, wenn er anständig gepflegt wird.«

Jessie brach fast zusammen. Sie hielt sich am Türrahmen fest, um sich zu stützen. Meddly lächelte ermutigend. Doch dann veränderte sich Jessies Benehmen schlagartig. Ihr Rükken wurde steif, und in ihre Züge trat ein Ausdruck, der schneidend wie eine Klinge war, während sie den verletzten Mann ansah, der auf dem Bett lag. Dann wanderte ihr Blick zu Silver Annie.

Doc Meddly warf hastig eine Decke über Chase, als Jessie das Zimmer betrat und sich dem Bett näherte. »Aber, Miß

Jessie, an einem Ort wie diesem haben Sie nichts zu suchen. Ich wollte ihn gerade ins Hotel bringen lassen.«

»Was ist passiert?« fragte Jessie mit schneidender Stimme.

»Ein Raubüberfall.«

»Ist es zu einem Kampf gekommen?«

»Das solltest du mich lieber fragen, Süße«, sagte Annie mit allzu süßlicher Stimme. »Schließlich war ich hier mit ihm, als es passiert ist.«

Jessie wirbelte herum, und die ältere Frau wich vor dem Ausdruck ihrer Augen zurück. »Verhält es sich so? Und warum erzählst du es mir dann nicht einfach, *Süße*?«

»Es... es ist nicht zu einem Kampf gekommen«, erwiderte Annie voll Unbehagen. Dann fuhr sie zuversichtlicher fort. »Der Spieler war zu betrunken, um sich zu wehren. Aber ich schätze, der Dieb wußte das nicht, und er hat auf ihn eingestochen. Ich dachte, er seit tot, das dachte ich wirklich, und deshalb habe ich angefangen zu schreien, verstehst du? Daraufhin hat der, der ihn in den Rücken gestochen hat, natürlich den Schwanz eingezogen. Er hat die Klamotten des Spielers gepackt und ist rausgeflitzt wie ein Kaninchen, hinter dem ein Wolf her ist.«

»Und das haben Sie dem Deputy erzählt?«

»Ja, klar.«

»Kann irgend jemand Ihre Geschichte bestätigen?«

Annie sah sie finster an. »Was wollen Sie denn damit sagen?«

»Was ich meine, Frau«, sagte Jessie mit sanfter und doch unendlich eisiger Stimme, »ist, daß ich folgendes wissen will: Wer kann mir beweisen, daß das, was Sie sagen, die Wahrheit ist? Hat jemand diesen Dieb gesehen, als er aus Ihrem Zimmer gekommen ist?«

»Woher soll ich das wissen?« gab Annie eingeschüchtert zurück. »In den Zimmern hier oben gehen die Männer Tag und Nacht ein und aus. Niemand nimmt sie zur Kenntnis.«

»Haben Sie den Eindringling gesehen?« fragte Jessie.

»Ich habe gar nichts gesehen. Das Licht war aus.«

»Woher wußten Sie dann, daß Chase erstochen worden ist?«

»Woher ich es wußte? Ich... ich wußte es eben.«

»Und woher? Ist sein Blut auf Sie gelaufen? Haben Sie Blut auf ihr entdeckt, als Sie gekommen sind, Doc?« fragte Jessie, ohne Annie aus den Augen zu lassen.

»Nicht daß ich mich erinnere, Miß Jessie. Aber warum stellen Sie all diese Fragen?«

»Das wüßte ich auch gern«, murrte Annie. »Ned hat sich nicht die Mühe gemacht, mich solches Zeug zu fragen.«

»Mag sein, daß er es nicht getan hat«, erwiderte Jessie, »aber er hat den Mann, der in Ihrem Bett liegt, nicht so gut gekannt wie ich.«

»Steht er Ihnen nahe, Miß Jessie?« wagte sich Meddly behutsam vor.

»Nah genug.«

»Heiliger...«

Jessie warf ihm einen scharfen Blick zu, und der gute Arzt sagte kein Wort mehr. Er wußte genau, was sie meinte. Es war eine Schande, daß sie ihren Mann hier hatte finden müssen, aber wenn irgend jemand das Recht hatte, nachzufragen, wie er sich diese Verletzung zugezogen hatte, dann war sie es. Was für eine Situation! Und es gab nicht einmal jemanden, dem er davon hätte erzählen können.

Als Meddly verstummt war, stürzte sich Jessie wieder auf Annie. »Ich will wissen, warum das ganze Bett blutverschmiert ist und Sie nicht.«

Annie verschränkte trotzig ihre Arme über ihren üppigen Brüsten. »Ich brauche Ihre Fragen nicht zu beantworten.«

Im nächsten Moment blitzte Jessies ›Smith & Wesson‹ in ihrer Hand auf. »Aber Sie werden meine Fragen beantworten.«

»Doc!« kreischte Annie.

»Jessie Blair!« rief Meddly.

»Ruhe!« sagte Jessie wütend. Sie ging rückwärts zur Tür und trat die Tür mit einem Fuß zu, ohne den Revolver, der auf Annie gerichtet war, auch nur einen Zentimeter von der Stelle zu rühren. »Du wirst es mir jetzt sagen, du verfluchtes Miststück, und wenn ich dich erschießen muß, ehe du redest, dann macht das für mich auch keinen Unterschied.«

»Ihnen was sagen?« schrie Annie.

»Du hast selbst auf ihn eingestochen, stimmt's? Deshalb bist du nicht blutverschmiert.«

Annie lehnte sich fassungslos an die Wand. »Nein, nein, ich schwöre es! Ich war gar nicht in seiner Nähe. Ich war da drüben, auf der anderen Seite des Bettes!«

»Und Sie erwarten von mir, daß ich Ihnen das glaube?«

Annie besann sich eilig auf ihren bisherigen Erfahrungsschatz. »Er war so betrunken, daß ich dachte, er würde einschlafen, und dann könnte ich ihn wecken, Sie verstehen schon, als sei alles schon rum, und dann hätte ich mich für nichts bezahlen lassen können. Ich tu' das nicht oft, ehrlich nicht, nur, wenn ein Kerl so voll wie eine Haubitze ist, so, wie der da es war.«

»Sie lügen. Sie haben ihn nach oben gelockt und ihn dann fertiggemacht.«

»Das habe ich nicht getan! Bei Gott, ich schwöre es! Ich war schon seit Wochen hinter ihm her, aber bis heute wollte er nichts mit mir zu tun haben. Erst hat er den halben Abend damit vergeudet, sich zu betrinken, er müßte was vergessen, hat er gesagt. Ich hab' mir ausgerechnet, daß er wohl mit dem Whiskey klarkommt, und deshalb hab' ich abgewartet. Er ist aber nicht damit klargekommen. Ein Mann ist zu nichts gut, wenn er so betrunken ist. Aber er hat darauf bestanden, mit mir raufzukommen.«

»Lügnerin!«

»Doc, Doc, halten Sie sie zurück!« schrie Annie jetzt hysterisch. »Sie wird mich erschießen.«

»Was zum Teufel geht hier vor?« Die Tür wurde aufgerissen, und ein massives, häßliches Ungetüm von einem Mann füllte den Türrahmen aus.

Jessie wirbelte herum. »Wer sind Sie?« fragte sie, ohne sich im geringsten von seiner Körperfülle einschüchtern zu lassen. Schließlich hatte sie ihren Revolver.

»Zufällig gehört mir dieses Lokal, in dem Sie einen solchen Tumult veranstalten, und ich wäre Ihnen dankbar, wenn Sie Ihre Winzigkeit jetzt von hier entfernen, und zwar ein bißchen plötzlich.«

Trotz der Angriffslust seiner Worte war seine ganze Art ruhig und vermittelnd. Er warf einen Blick auf ihre Waffe. Jessie senkte den Revolver, als sie Doc Meddlys Hand auf ihrer Schulter spürte.

»Komm jetzt, Mädchen«, sagte er sachte. »Schaffen wir Ihren Freund von hier fort und in ein sauberes Hotelbett. Ich bin sicher, daß es sich genauso abgespielt hat, wie Silver Annie es behauptet. Gehen wir jetzt.«

Jessie sah sich noch einmal zu Annie um, die immer noch weit aufgerissene Augen hatte und schockiert war. »In Ordnung«, willigte sie ein, während sie ihren Revolver wegsteckte. »Aber niemand macht sich an etwas zu schaffen, was mir gehört, und kommt ungestraft davon. Haben Sie mich gehört, Annie? Wenn ich dahinterkommen sollte, daß Sie mich belogen haben, jage ich Ihnen eine Kugel durchs Herz.«

Sie ließ Meddly durch den Saloon vorangehen. Drei Männer, die Chase trugen, der sorgsam in eine alte Wolldecke eingewickelt war, folgten ihr. Sie gingen mit ihm um wie mit einem Neugeborenen, denn sie hatten draußen vor der Tür gestanden und gehört, was der kleine Hitzkopf gesagt hatte. Sie hatten nicht vor, ihr einen Anlaß zu geben, der sie auf die Idee kommen ließ, sie könnten mißhandelt haben, was ihr gehörte. No, Sir

27

Jessie mietete einen Wagen, um Chase zur Ranch zu transportieren. Am nächsten Morgen reisten sie ab. Billy kutschierte, und Goldenrod, den sie aus dem Mietstall geholt hatten, war hinter dem Wagen angebunden. Doc Meddly hatte gesagt, Chase sei reisetüchtig.

Jessie saß hinten. Chase lag auf dem Bauch, und sein Kopf war auf ihren Schoß gebettet. Er war immer noch nicht zu sich gekommen, doch Meddly hatte gesagt, daß es eine Weile dauern konnte, und zwar nicht nur wegen der Wunde, sondern auch wegen der großen Alkoholmenge.

Verdammt noch mal, sie hatte sich in diesem Saloon selbst zur Närrin gemacht, zu einem Dummkopf erster Güte. Und wofür das Ganze? Für einen Mann, der sich mit Huren einließ. Für einen gewissenlosen Spieler. Für einen arroganten, aufgeblasenen, zudringlichen Kerl, der seine Nase in die Angelegenheiten anderer steckte. Sie hätte ihn niemals im Saloon suchen sollen, das war ihr jetzt klar. Wollte sie etwa, daß ihr Kind von einem solchen Mann erzogen wurde? Nein. Niemals. Sie hatte sich von den falschen Aspekten beeinflussen lassen. Sie konnte sich das Gerede deutlich vorstellen, das heute in der Stadt die Runde machte. Die arme Jessie Blair, so sehr liebt sie ihren Mann, daß sie ihm alles verzeihen würde, selbst den Umstand, daß er sich im Bett einer Hure eine Stichwunde zuzieht. Sie war froh, daß sie Cheyenne gleich verlassen hatte. Selbst durch einen noch so guten Lebenswandel würde dieser Vorfall niemals in Vergessenheit geraten.

Sie durfte sich nichts daraus machen. Sie mußte aufhören, sich an dem zu stören, was die Leute redeten, denn eine Frau konnte ein uneheliches Kind ohnehin durch keinen Lebenswandel wiedergutmachen. Und dieser Mann würde nie ihr Ehemann sein.

Jessie litt seit dem Moment, in dem sie erwacht war, an Übelkeit, aber solange sie sich allem Eßbaren fernhielt, blieb es bei einem unterschwelligem Unbehagen. Doch jetzt, als sie dasaß und das Holpern des Wagens über den unebenen Boden beobachtete, nahm ihre Übelkeit ständig zu. Sie hörte, daß Chase stöhnte, doch inzwischen hatte ihre Gesichtshaut sich grün gefärbt, und sein Stöhnen ging in ihrem eigenen Stöhnen unter. Sie konnte sich nicht schnell genug von der Stelle bewegen, und daher ließ sie Chases Gesicht mit einem Plumps auf den Boden des Wagens fallen.

Chase riß die Augen auf, doch ein unerträglicher Schmerz zwang ihn, sie wieder zuzukneifen. Wenn er auf dem Rükken gelegen hätte, hätten ihm nur die Phantome Sorgen bereitet, die seinen armen Kopf quälten, aber aus irgendwelchen undefinierbaren Gründen lag er auf dem Bauch, und irgend etwas schüttelte ihn ganz höllisch durch. Es gelang ihm, die Augen wieder zu öffnen. Er blinzelte ungläubig, weil er den Eindruck hatte, in eine Art Holzkiste gesperrt zu sein. Doch auf einer Seite war die Kiste offen, und dort drang das strahlendste Blau in seine Augen, das er je gesehen hatte. Es war blendend hell, und Chase schloß wieder die Augen. Doch es sollte ihm kein Aufschub gewährt werden. Die Kiste, in die er eingesperrt war, klapperte und wackelte, und er erbrach den Inhalt seines Magens neben sich, wobei er um sein Leben bangte. Doch es war schnell vorbei, und er fühlte sich anschließend wirklich etwas besser.

Sein Kopf wurde jetzt etwas klarer, und Chase versuchte dahinterzukommen, wo zum Teufel er war, ohne seine Augen öffnen und dieses blendende Licht sehen zu müssen. Das Wackeln, ein steinhartes Brett, sechzig Zentimeter hohe Wände – aus all dem konnte er sich beim besten Willen nichts zusammenreimen. Außerdem hörte er Würgelaute, nachdem er sich erbrochen hatte.

Er mußte die Augen öffnen, wenn er seine Situation durchschauen wollte. Zögernd sah er erst auf eine Seite, folgte der niedrigen Wand bis zu der Stelle, an der sie einen Winkel bildete und dann noch einen. Er war tatsächlich in einer Kiste, in einer offenen Kiste! Und als er in die andere Richtung sah, erblickte er seidiges, schwarzes Haar, ein weißes Hemd und in einer hautengen Hose den wohlgeformtesten kleinen Hintern, den man sich nur denken konnte.

»Jessie?« stöhnte er.

Jessie antwortete nicht und dachte erst recht nicht daran, ihn anzusehen. Sie hatte das Gefühl, jeden Moment zu sterben. Das verfluchte Würgen wollte nicht aufhören, obwohl sie längst nichts mehr im Magen hatte. Mit leerem Magen ging das Würgen weiter, und es tat so weh, daß sie weinen wollte.

Endlich rührte sich Jessie, die sich aus dem Wagen gebeugt hatte, langsam von der Stelle. Chase hatte seine Augen inzwischen wieder geschlossen.

»Wenn du nicht vorhast, noch mehr von deinem Mageninhalt von dir zu geben, dann kommst du am besten hierher und legst dich hin.«

Chase riß die Augen auf. Er konnte nicht antworten.

»Hörst du mich?« fragte Jessie barsch.

»Ich fürchte... ich... ich wäre nicht gerade die angenehmste Gesellschaft«, brachte Chase mühsam heraus, obwohl seine Zunge ganz dick war.

»Gesellschaft, zum Teufel«, brummte Jessie. »Mir ist deine Gesellschaft auch nicht erwünschter als dir meine, aber es sieht ganz so aus, als hätte ich dich am Hals, und das ist nur deinen Sufftaten zu verdanken.«

»Ich... ich verstehe nicht.«

»O Gott, würdest du dich jetzt vielleicht einfach wieder hinlegen!« stöhnte Jessie. »Du brauchst Ruhe, und ich bin im Moment nicht zum Reden aufgelegt.«

Chase hielt es für wahrscheinlicher, daß er einen Arzt oder eine neue Flasche Whiskey brauchte, aber vielleicht half ihm der Schlaf, diesen scheußlichen Kater loszuwerden.

Es gab wenig Platz, und Jessie lag bereits auf der einen Seite der Decken. »Wohin soll ich mich denn legen?«

Jessie rückte langsam, bis sie direkt am Rand der ausgebreiteten Decken lag, doch trotzdem hatte er noch nicht genug Platz, um sich auszustrecken, es sei denn, er hätte seinen Kopf wieder auf ihren Schoß gelegt. Das konnte sie ihm jedoch nicht anbieten, solange sie sich nicht wieder aufrichtete und sich hinsetzte, und im Moment hätte sie sich nicht hinsetzen können, weil ihr sofort wieder übel geworden wäre.

Sie blieb zusammengerollt auf der Seite liegen und streckte mürrisch das Bein aus, das oben lag, und somit hatte sie nur noch das untere Bein angezogen. Sie klopfte sacht auf ihr angewinkeltes Bein. »Dein Kopfkissen.«

Chase grinste trotz seiner miserablen Verfassung. »Wirklich?«

Jessie sah dieses Aufflackern in seinen Augen, doch diesmal wurde sie nicht wütend darüber. Sie fand es zum Lachen. Da lagen sie jetzt beide und fühlten sich hundeelend, und neben einer bösen Verletzung hatte er wahrscheinlich auch noch Fieber. Und dennoch konnte er an Leidenschaft denken. Dieser Mann war ein Rätsel.

»Ich biete dir nur die Benutzung meines Knies an, und daher kannst du dir deine lüsternen Gedanken gleich wieder aus dem Kopf schlagen, Chase Summers.« Sie bemühte sich, ihre Stimme finster klingen zu lassen, aber sie konnte das Lachen nicht wirklich unterdrücken. »Wenn ich nicht das dringende Bedürfnis hätte, mich auszuruhen, könntest du sicher sein, daß ich vorn bei Billy sitzen würde.«

»Billy?«

»Ja, Billy. Er hat die Zügel.«

Chase warf einen Blick nach vorn, doch das Licht war zu grell, und es erschien ihm ohnehin leichter, still liegen zu bleiben.

»Auf den Bauch, Chase.« Ihre Stimme war fest. »Anweisung des Arztes.«

Er sah sie finster an. »Welcher Arzt?« fragte er gereizt, da er glaubte, sie spräche von sich selbst. »Ich schlafe nie auf dem Bauch. Und mir wäre auch jetzt nicht so übel geworden, wenn ich nicht auf dem Bauch gelegen hätte.«

»Ich bin nicht dazu aufgelegt, mir Schwierigkeiten von dir machen zu lassen, verdammt noch mal!« sagte Jessie hitzig. »Jetzt leg dich endlich auf den Bauch oder auf die Seite, aber dreh dich um Himmels willen nicht auf den Rücken!«

»Warum nicht?«

»Wenn du das nicht weißt, bist du noch nicht so nüchtern, daß ich meine Zeit damit verschwenden würde, es dir zu erklären.«

Chase drehte sich ärgerlich, aber langsam auf die Seite. Jessie verstummte. Später, wenn es ihr wieder besser ging, würde sie ihm deutlich ihre Meinung sagen. Mit dieser Vorstellung hatte sie etwas gefunden, worauf sie sich freuen konnte.

28

Jessie wachte endlich auf. Sie wußte nicht, wo sie war, und sie hörte, daß Billy immer wieder ihren Namen rief. Sie blieb liegen, bis sie verstanden hatte, was Billy ihr sagen wollte: Sie waren fast zu Hause. Sie setzte sich auf und war dankbar, daß sie sich wieder bewegen konnte, ohne daß sich ihr Magen hob. Aber natürlich war es schon spät am Tag, und im späteren Verlauf des Tages machte ihr die Übelkeit nie zu schaffen.

Sie hatte nicht vorgehabt, den ganzen Tag zu verschlafen. War mit Billy alles in Ordnung? Sie nahm an, daß er allein zurechtgekommen war. Chase schlief noch. Sie legte eine Hand auf seine Stirn, um zu sehen, ob er Fieber hatte, doch seine Stirn war nur etwas zu warm. In dem Moment, in dem sie sein Gesicht berührte, bewegte sich sein Arm nach oben, schlang sich um ihre ausgestrecktes Bein und hielt sie fest. Jessie hätte fast eine böse Bemerkung gemacht, doch dann sah sie, daß es nur ein Reflex gewesen war. Er schlief immer noch und kuschelte sich an ihre Seite.

In Jessies Augen leuchtete es mißmutig auf. Seine Bewegungen bewirkten ein unerwünschtes Prickeln in der unteren Hälfte ihres Körpers, und sie wollte nicht, daß das etwas bei ihr auszulösen hatte. Es war nicht natürlich, einen Mann zu verabscheuen und ihn dennoch zu begehren. Oder doch?

Mit diesen Überlegungen hatte sie gerade so viel Zeit vergeudet, daß sie vor dem Haus vorfuhren, ehe sie es merkte. Rachel trat vor die Tür, warf einen Blick auf Chase, der mit Jessie hinten im Wagen lag, und ging sofort wieder ins Haus. Jessie zuckte die Achseln. Rachel wußte noch nicht, daß Chase verwundet war. Wenn sie das erfuhr, würde sie es sich anders überlegen. Das war ihr jedenfalls anzuraten, denn Jessie hatte ganz bestimmt nicht die Absicht, ganz allein für ihn zu sorgen.

»Lauf los, Billy und such Jeb, und sieh mal nach, ob noch andere Männer hier sind, die helfen können, Chase ins Haus zu tragen«, ordnete Jessie an. Dann fügte sie hinzu:

»Und danke, Billy. Du hast uns heil nach Hause gebracht und deine Sache ganz prima gemacht.«

Billy strahlte vor Freude. Er machte sich auf die Suche nach Jeb. Kurz darauf tauchte er wieder auf. Er rannte vor dem älteren Mann her.

»Und wen haben wir denn da, Kleines?« fragte Jeb neugierig. »Ich dachte, der da käme mir nie mehr unter die Augen.«

»Du bist nicht der einzige, der das dachte«, erwiderte Jessie mit hörbarer Verachtung, während sie wieder in den Wagen kroch. »Aber er ist verletzt worden, während ich in der Stadt war, und Doc Meddly wußte zufällig, daß ich ihn kenne. Und deshalb hat er mir seine Pflege aufgehalst.«

»Sag bloß!« Jeb kicherte in sich hinein.

»Ich finde das überhaupt nicht komisch«, gab Jessie zurück.

»Was hatte er denn überhaupt noch in der Stadt zu suchen?«

»Das Spielen, das Trinken und das Huren.«

»Sag bloß!«

»Oh, jetzt hör aber auf, und hilf mir lieber, ihn rauszuschaffen.«

»In den Quartieren der Arbeiter ist niemand, Jessie«, verkündete Billy. »Das hat Jeb gesagt.«

Jeb knurrte. »Das schaffen wir doch, wir drei.« Er wandte sich an Jessie. »Kann er denn kein bißchen laufen?«

»Er wird es müssen«, gab Jessie zurück. »Seinen Füßen fehlt nichts. Billy«, ordnete sie an, »Jeb und ich werden ihn stützen, wenn er nicht gut genug laufen kann. Könntest du schon reingehen und sein Bett machen?«

»Wie schlimm ist er verletzt?« fragte Jeb ernst, als Billy gegangen war. Sie erklärte es ihm, und sie schloß mit dem Zusatz: »Der Arzt schien der Meinung zu sein, daß er in den nächsten paar Tagen nicht auf die Füße komme, und das bedeutet, daß sich jemand um ihn kümmern muß. Andernfalls hätte ich ihn niemals mitgebracht.«

Jessie rüttelte Chase sachte. Sie seufzte, als er sich auf den Rücken rollte. »Er wird es mit Sicherheit hinbringen, daß die

Fäden reißen. Ich hoffe, du hast nicht verlernt, wie man mit einer Nadel umgeht, Jeb?«

»Sag bloß nicht, daß es ihn von hinten erwischt hat!« Jebs Stimme hob sich vor Empörung.

»Doch, aber den Rest erkläre ich dir später. Versuchen wir mal, ob wir ihn aus dem Wagen rauskriegen.«

Es gelang ihnen schließlich, doch sie brauchten eine ganze Weile. Chase öffnete seine Augen erst, als seine Füße auf dem Boden standen, und er war so wacklig auf den Beinen, daß sie sich beide jeweils einen seiner Arme um den Hals legen mußten.

Sie brachten ihn in Thomas Blairs früherem Zimmer unter, und den ganzen Weg dorthin mußten sie ihn ziehen. Billy hatte die Bettdecke zurückgeschlagen und erwartete sie bereits. Zum Glück war es ein niedriges Bett ohne Fußteil.

»Legen wir ihn so hin, daß seine Knie auf das Fußende kommen. Jeb. Dann können wir ihn langsam auf den Bauch legen«, wies Jessie den älteren Mann an.

»Um Himmels willen, nein!« knurrte Chase.

»Und du hältst den Mund!« sagte Jessie unwillig. »Ich habe noch nie gehört, daß ein Mann ein solches Gezeter veranstaltet, weil er auf dem Bauch schlafen soll.«

»Wenn du zwei Flaschen unverdünnten Whiskey im Bauch hättest, würdest du dich auch anstellen.«

Jessie ließ seinen Arm los und trat zurück. »Ich kann mich erinnern, daß du den Whiskey heute nachmittag bereits von dir gegeben hast«, sagte sie leicht belustigt und etwas freundlicher, während sie sich die schmerzende Schulter rieb. Chase war ziemlich schwer gewesen.

Er schnitt eine Grimasse. »Und ich erinnere mich, daß du direkt neben mir gewürgt hast. Du könntest also etwas mehr Mitgefühl haben.«

Jeb und Billy sahen Jessie seltsam an, und das brachte sie in Rage. »Für einen Mann, der ins Haus gezerrt werden muß, drückst du dich reichlich deutlich aus.«

Chase hob den Kopf ein wenig. Um seine Lippen spielte eine Andeutung von einem verschmitzten Lächeln. »Hätte ich mich bemühen sollen? Das hat mir niemand gesagt.«

Jeb schnaubte entrüstet und verließ murrend das Zimmer. Billy kicherte, bis Jessie lodernde Blicke auf ihn fielen.

»Ich...ah... ich hole seine Sachen aus dem Wagen«, erbot er sich eilig. Dann verließ er den Raum.

Jessie wandte ihre flackernden Augen wieder Chase zu. »Ich fange an zu glauben, daß es dir gar nicht so schlecht geht, wie der alte Doc behauptet hat«, sagte Jessie kühl. »Und falls das der Fall sein sollte, kann Jeb dich wieder in die Stadt schleifen, wenn er morgen den Wagen zurückbringt.«

»Noch so eine Fahrt wie heute?« schrie er auf. »Für nichts auf Erden! Und was soll dieses ganze Gerede von einem Arzt? Ich habe einen gräßlichen Kater, aber was soll ein Arzt damit anfangen?«

»Du kannst dich also wirklich nicht erinnern, was passiert ist?«

Chase schloß vorsichtshalber die Augen. »Ich habe mich betrunken, vielleicht etwas mehr als sonst, aber was soll's? Das war doch in letzter Zeit meistens so«, fügte er mehr zu sich selbst hinzu und nicht, um es Jessie zu enthüllen.

»Vielleicht fällt dir zu dem Namen Annie etwas ein.«

Der Zorn in ihrem Tonfall beunruhigte ihn. Annie? Die einzige Annie, die er kannte, war...

Chase legte sich die Hände auf die Schläfen, und diese Bewegung löste einen stechenden Schmerz in seinem Rücken aus. Er wußte nicht, was schlimmer war – der körperliche Schmerz oder die Erinnerung daran, daß er gestern abend mit Silver Annie die Stufen hinaufgewankt war. Und währenddessen hatte er ausschließlich an dieses Mädchen hier gedacht und sich gewünscht, es sei Jessie, mit der er zusammen war, Jessie, die er jetzt lieben würde. War er wirklich mit Silver Annie in ihr Zimmer gegangen?

Er riß die Augen weit auf. Er konnte deutlich erkennen, daß Jessie nicht nur ein bißchen böse, sondern höllisch wütend war. Sie hatte die Arme vor der Brust verschränkt und stand in einer so steifen Körperhaltung da, daß er glaubte, sie könnte in der Mitte durchbrechen. Sie versuchte, ihre Gefühle mit ihrer Verachtung zu tarnen, doch ihre Augen schossen Pfeile auf ihn.

Sie wußte es. Irgendwoher wußte sie es. Und sie war darüber außer sich. Chase wußte nicht, ob er sich darüber freuen oder grämen sollte.

»Ich... äh... ich kann dir das erklären, verstehst du«, wagte er sich besonders dämlich vor.

»So, kannst du das?« sagte Jessie kühl. »Der Ort, an dem du gefunden worden bist, ist doch wohl schon eine Erklärung, die für sich selbst spricht, meinst du nicht?«

»Gefunden? Du warst doch nicht etwa im Saloon? Weißt du es daher?«

»Ja, ich war da. Die halbe Stadt war da! Wahrscheinlich kommt die Sache in die Zeitung. Ich sehe die Schlagzeilen regelrecht vor mir: ›Betrunkener im Zimmer einer Hure überfallen und ausgeraubt. Dieb konnte mit der Hose des Opfers entkommen, da dieses sie zu dem Zeitpunkt nicht anhatte.‹«

Chase kniff die Augen zusammen. »Soll das etwa komisch sein?«

»Es ist nichts anderes als das, was sich abgespielt hat, Summers. Oder erinnerst du dich etwa nicht, daß du ein Messer in den Rücken bekommen hast?«

Er versuchte, sich umzudrehen, doch das ging nicht. »Das ist es also, was so weh tut.«

»Das kann ich mir gut vorstellen.«

»Wie schlimm ist es?«

»Doc Meddly sagt, daß du ein paar Tage ruhig liegen sollst, weil du sehr viel Blut verloren hast. Im übrigen ist damit zu rechnen, daß es gut verheilt.«

»Wenn ich Bettruhe brauche, weshalb hast du mich dann hierhergeschleift?«

»Ich hatte nicht vor, in der Stadt zu bleiben, um dich zu pflegen! Und Meddly hat mir glaubhaft versichert, daß niemand anders sich um dich kümmern würde, wenn man bedenkt, wo du dir die Verletzung zugezogen hast. Wahrscheinlich hätte ich jemanden finden können, der sich um dich kümmert, aber es war einfacher, dich hierherzubringen. Rachel kann sich um dich kümmern. Falls du also noch irgend etwas zu erklären hast, dann kannst du es ihr erklären.«

Chase runzelte die Stirn. »Ich zweifle daran, daß Rachel

mir helfen wird, Jessie. Sie steht mir nicht mehr allzu freundlich gegenüber.«

»Denkst du vielleicht, ich?«

»Nein, wohl kaum«, sagte er seufzend. »Was hattest du überhaupt im Saloon zu suchen?«

»Ich bin in den Saloon gegangen, weil ich dich sehen wollte«, sagte sie steif. Zum ersten Mal war sie ausgesprochen unsicher.

Das war das letzte, was er zu hören erwartet hatte. »Wieso?«

»Das spielt jetzt wohl kaum noch eine Rolle.«

Mit diesen Worten verließ sie das Zimmer und ließ Chase in größter Verwirrung zurück.

29

Jessie blieb noch mit Rachel am Tisch sitzen, nachdem Billy sich zurückgezogen hatte. In einem so unbehaglichen Schweigen hatte sie keine Mahlzeit mehr zu sich genommen seit den Mahlzeiten, die ihr Vater und sie durchgemacht hatten, wenn sie Krach miteinander gehabt hatten. Kein Wunder, daß Billy so schnell wie möglich verschwunden war.

Wenigstens war Jessie das gewohnt, und sie ließ sich davon nicht den Appetit verderben. Das war wichtig, weil sie ausschließlich abends einen Ausgleich für die anderen Mahlzeiten schaffen konnte, die sie ausließ. Sie war nicht bereit, sich durch eine leicht angespannte Situation davon abhalten zu lassen, die Zeiten zu nutzen, zu denen sie sich völlig normal fühlte, so, als würden sich keine Veränderungen in ihrem Körper vollziehen.

Das Schweigen dauerte an, und sie vermieden es, sich gegenseitig anzusehen. Endlich hatte Jessie ihren Teller leergegessen, und es gab nichts anderes mehr zu tun, als die Sache hinter sich zu bringen. Sie stieß einen tiefen Seufzer aus.

»Er wird nicht lange hierbleiben müssen, Rachel. Höchstens eine Woche, bis er wieder auf einem Pferd sitzen kann, ohne sich die Wunde aufzureißen. So lang ist eine Woche nun auch wieder nicht.«

Rachels Augen waren hart und frei von jedem Mitgefühl. »Warum hast du ihn mitgebracht?«

»Sieh mal, ich kann diesen Mann auch nicht besser leiden als du, aber es war niemand da, der sich um ihn gekümmert hätte. Ich hätte ihn doch nicht einfach liegen lassen können, oder meinst du das im Ernst?«

»Wie hat er sich die Verletzung zugezogen?«

»Der Dieb, der ihn ausgeraubt hat, ist in Panik geraten und hat ihm das Messer in den Rücken gestochen.«

Rachel senkte die Lider. »Nun, ich nehme an, mit solchen Dingen muß man rechnen«, sagte sie heiser, »wenn man bedenkt, womit er sich sein Geld verdient.« Es war die verächtlichste Bemerkung, die Jessie je aus Rachels Mund gehört hatte.

»Du wußtest, daß er ein Spieler ist, Rachel. Bisher schien es dich nicht zu stören.«

»Er ist nicht mehr der Junge, den ich gekannt habe«, sagte Rachel kühl.

»Es geht mich nichts an, was für ein Mensch er ist, Rachel«, sagte Jessie. »Und dich geht es auch nichts an. Er ist keinem von uns beiden Rechenschaft schuldig.«

»Das ist mir ja eine schöne Einstellung, wenn man bedenkt, was er dir angetan hat«, sagte Rachel unter Tränen.

»Kannst du mich nicht endlich damit in Ruhe lassen?« fragte Jessie erbost. »Was Chase und ich getan haben, haben wir gemeinsam getan. Du bist die einzige, die darüber heult.«

»Wenn du es so siehst, warum hast du ihn dann nicht geheiratet, als er dich dazu aufgefordert hat?«

»Diese Aufforderung kam etwas zu spät«, erwiderte Jessie verbittert. »Er wollte mich nicht heiraten, und ich wußte, daß er es nicht will. Wessen Stolz wäre damit gedient gewesen, daß ich mich bereit erkläre? Nur deinem, Rachel.«

Rachels Stimme wurde plötzlich sanfter. »Willst du damit sagen, ... daß du ihn heiraten würdest, wenn er dich liebte?«

Jessie schüttelte den Kopf. »Wie um Himmels willen

kommst du bloß auf solche Ideen? Dieser Mann liebt mich nicht. Ich bedeute ihm nicht mehr als irgendeine seiner zahllosen anderen Frauen.«

»Bist du ganz sicher, Jessie? Es ist durchaus möglich, daß er dich längst liebt, sich aber noch nicht im klaren darüber ist. Er ist in der Stadt geblieben, statt weiterzureisen«, hob sie hervor.

»Um sich zu betrinken.«

»Aber wenn er dich nicht über alles liebt, warum sollte er...«

»Verteidigst du ihn jetzt plötzlich? Ich wäre verdammt froh, wenn du dir endlich eine Meinung bilden würdest.«

Rachel wandte ihren Blick ab. »Ich verteidige ihn nicht, nicht im entferntesten.«

»Gut. Es freut mich, das zu hören, denn ich würde keinen nichtsnutzigen Trinker heiraten, der...«

»Du machst dir also doch etwas aus ihm!«

Jessie war so wütend, daß sie ihr die Haare an den Wurzeln hätte ausreißen können. Sie beugte sich vor und schlug mit der Faust auf den Tisch. Ihre Wangen waren hochrot angelaufen.

»Ich mache mir nichts aus ihm! Ich mache mir so wenig aus ihm, daß er von mir aus lieber verhungert, ehe ich noch einmal einen Fuß in sein Zimmer setze. Er ist hier im Haus, aber ich werde nicht in seine Nähe kommen, und ich will, daß er mir nie mehr unter die Augen kommt. Und überhaupt hast du ihn ursprünglich hierher gebracht, und somit bist du für ihn verantwortlich. *Du* wirst dich um ihn kümmern!«

Rachel stand steif auf. »Ich weigere mich, den Mann zu pflegen, der meine Tochter verdorben hat.«

Jessie fiel der Kiefer herunter, als sie Rachel nach blickte, die sich entschlossen vom Tisch entfernte. Sie sprang auf, lief um den Tisch herum und folgte Rachel in den Korridor. »*Ich bin nicht verdorben!* Hast du gehört?«

»Du schreist so, daß ich es beim besten Willen nicht überhören kann«, erwiderte Rachel, ohne stehenzubleiben. »Aber das ändert nichts an den Tatsachen. Ich helfe ihm bestimmt nicht.«

»Aber er ist doch dein Freund!«

»War mein Freund«, sagte Rachel halsstarrig. Sie blieb vor ihrer Tür stehen. »Wenn sich unbedingt jemand um ihn kümmern muß, dann bring Kate dazu, daß sie es tut. Ich bin sicher, daß es ihr nichts ausmacht.«

»Natürlich macht es ihr etwas aus!« krächzte Jessie. »Du kannst ihn ihr doch nicht einfach aufhalsen.«

»Und du kannst ihn mir nicht einfach aufhalsen, Jessica«, entgegenete Rachel kühl. Sie trat in ihr Zimmer und schloß die Tür hinter sich.

Zwanzig Minuten später trug Jessie eine Platte mit Essen in Chases Zimmer. Es hätte ihr grenzenlos gutgetan, wenn er wach gewesen wäre, damit sie ihren Groll an ihm hätte auslassen können, doch er schlief tief und fest. Sie stellt das Essen ganz einfach auf den Nachttisch, vergewisserte sich, daß er gut zugedeckt war, und verließ das Zimmer.

30

Chase genoß seine Rekonvaleszenz, obwohl er nur ein einziges fröhliches Gesicht sah, und das war Billys Gesicht. Morgens brachte der Junge ihm das Frühstück und blieb eine Weile, um zu plaudern. Hinzu kam, daß Chase Jessie täglich sah, und das bereitete ihm ganz entschieden Vergnügen, wenn sie auch im allgemeinen äußerst sauertöpfisch war.

Er bezeichnete diese Umstände als poetische Gerechtigkeit. Schließlich mußte er jetzt im Bett liegen, weil er sich betrunken hatte und sich nicht hatte verteidigen können, und betrunken hatte er sich wegen Jessie. War es folglich nicht einfach ein Hochgenuß, daß sie ihn jetzt pflegen mußte?

Jessie empfand das keineswegs so wie er. Sie tat alles, was in ihren Kräften stand, um ihm zu zeigen, wie sehr es ihr zuwider war, ihn bedienen zu müssen. Das hätte seinen Stolz verletzen müssen. Er hätte wütend reagieren müssen. Doch es war nicht so. Er amüsierte sich über ihr Zungenschnalzen, ihr Seufzen und ihre brüske Art. Sie spielte die Märtyrerin, und doch hätte sie Billy bitten können, das Abendessen in sein Zimmer zu tragen oder ihm den Spiegel zu halten, wenn er sich nachmittags rasierte. Sie hätte Jeb zu ihm schicken können, damit er die Verbände wechselte oder ihn abschrubbte. Doch sie tat nichts von alledem. Sie überzog sein Bett mit frischen Laken, und das fiel eigentlich in Kates Aufgabenbereich. Im Grunde genommen tat Jessie alles selbst – nur das Frühstück brachte sie ihm nicht.

Morgens sah er sie überhaupt nicht. Nach allem, was Billy ihm erzählte, bekam niemand Jessie morgens zu sehen, denn sie verließ das Haus wesentlich früher als gewöhnlich und ritt auf die Weide. Schon nach zwei Tagen ertappte er sich dabei, daß er erwartungsvoll auf Geräusche lauschte, die ihre Rückkehr bedeuteten, auf den Klang ihrer Stimme lauschte, wenn sie nicht in seinem Zimmer war. Wenn sie spät zurückkam, wurmte es ihn. Wenn sie früh zurückkam, freute er sich.

Gelegentlich hörte er auch Rachel, doch sie kam nie in seine Nähe. Sie ließ ihn ihre Abwehr spüren, ohne diese anklagenden blauen Augen auf ihn zu richten. Eines Abends fing sie Jessie sogar direkt vor seinem Zimmer ab, und er konnte deutlich hören, daß Rachel darauf bestand, zu erfahren, wann er das Haus verlassen würde. Rachel mußte äußerst verblüfft über Jessies Antwort gewesen sein, denn Jessie sagte, er würde verdammt noch mal genau dann gehen, wenn es ihm paßte. *Ihn* zumindest überraschte es sehr, als er hörte, daß Jessie Stellung für ihn bezog. Natürlich tat sie das nur, um sich gegen Rachel zu stellen. Sie hätte alles getan, um sich gegen ihre Mutter zu stellen, das wußte er. Und doch...

Nach einer einwöchigen Genesung wußte Chase, daß er eigentlich nichts mehr im Bett zu suchen hatte. Seine Wunde war gut zugewachsen, und er war wieder bei Kräften. Wenn er ein wenig Schmerz in Kauf nahm, konnte er sich zweifellos wieder auf ein Pferd setzen. Es war an der Zeit, die Rocky-Valley-Ranch zu verlassen und diesmal gar nicht erst in Cheyenne haltzumachen. Jessie hatte seine gesamte Habe, die sie in seinem Hotelzimmer gefunden hatte, eingepackt und mitgenommen, die beträchtliche Geldsumme inbegriffen, die er in diesen wenigen Wochen beim Spiel gewonnen hatte. Der Mann, der ihn ausgeraubt hatte, hatte nicht mehr als das Kleingeld erwischt, das er an jenem Tag bei sich getragen hatte.

Er hatte mehr als genug Geld, um in den Osten ziehen und dort die Überfahrt nach Spanien zu buchen. Und genau das war es auch, was er hätte tun sollen.

Doch es war nicht das, was er tun wollte. Er wollte nichts anderes, als Jessie weiterhin täglich zu sehen. Er hatte sich im Lauf dieser letzten Woche an sie gewöhnt, und er hatte gelernt, sie ganz anders zu sehen als vorher. Er hatte allmählich angefangen, sie besser zu verstehen.

Man sagt, daß Kinder die Dinge so sehen, wie sie sind, fiel ihm ein, und der kleine Billy hatte den Nagel auf den Kopf getroffen, als er damals gesagt hatte, Jessie bemühte sich nur, sich rauh und hart zu geben, weil sie glaubte, sich so geben zu müssen. In ihrem Zorn schien ihre einzige Verteidigung zu liegen. Sie setzte ihn ein, um Schmerz, Verwirrung und Ängste darunter zu verbergen.

Chase kannte sie besser. Er konnte das ängstliche Mädchen in ihr sehen, das verzweifelt um seine Unabhängigkeit kämpfte, sich verzweifelt bemühte, niemanden zu brauchen. Es hatte einmal jemanden gegeben, den sie gebraucht hatte, und sie war ganz schrecklich verletzt worden. Wenn er sie in diesem Licht sah, wollte er sie in seine Arme ziehen, sie festhalten und sie beschützen. Aber das hätte die grobe kleine Jessie niemals mitgemacht. Nein, ihre Verteidigungsmechanismen wären sofort zur Stelle gewesen, und diese Mechanismen waren im Laufe von zehn Jahren aufgebaut worden. Mit überdimensionalem Einsatz. War dem irgendein Mann gewachsen?

Chase wußte, daß zuviel gegen ihn sprach. Das war mehr, als er erhoffen konnte – um Himmels willen, erhoffte er es denn? Er war sich nicht sicher. Das einzige, was er mit Sicherheit wußte, war, daß er noch nicht von hier fortgehen wollte.

Er würde es solange wie möglich hinauszögern. Schließlich machte Jessie bisher keine Anstalten, ihn vor die Tür zu setzen. Doch sobald er sein Zimmer verließ, würde Rachel das tun. Verdammt noch mal, er hatte Rachel nicht so unbarmherzig in Erinnerung. Das Ärgerliche war, daß sie Jessie zu sehr liebte. Es war zu schade, daß Jessie das nicht begreifen konnte. Er hätte wetten können, daß Jessie tief in ihrem Innern dasselbe für sie empfand. Doch die Kluft zwischen den beiden zog sich durch das Herz aller Dinge, und um diese Kluft zu schließen, hätte es ein Wunder gebraucht. Chase wünschte, er hätte dieses Wunder zur Hand gehabt.

Heute nahm Chase ein Bad, ein ersehntes heißes Bad, zu dem ihm Billy und Jeb heimlich verholfen hatten. Es ging darum, das Wasser in sein Zimmer zu schaffen, ohne daß Rachel erfuhr, wie gesund er wieder war – nämlich gesund genug, um ohne fremden Beistand ein Bad zu nehmen. Jeb erhitzte das Wasser im Waschzuber für die Kleider hinter dem Haus und reichte Billy die Wassereimer durch Chases Fenster. Billy fand es höchst vergnüglich, ein Geheimnis vor seiner Mutter zu haben. Chase wollte, daß auch Jessie nichts von diesem Bad erfuhr, denn er wollte ihr keinesfalls zeigen, wie beweglich er in Wirklichkeit wieder war.

Fast hätte es geklappt. Aber heute war einer der Tage, an denen Jessie früh von den Weiden zurückkehrte. Sie waren beide recht überrascht, als sie in sein Zimmer kam und ihn in dem kleinen Zuber vorfand. Sie erholte sich als erste von ihrem Erstaunen und trat näher.

Sie trug noch ihre Reithosen. Ihre Kleider waren staubig; ihr Hut hing an einem Band um ihren Hals. Es war das erste Mal, daß sie in sein Zimmer kam, ohne sich vorher frischzumachen und sich umzuziehen. Doch das fiel Chase gar nicht auf, denn er war so verlegen, daß er an nichts anderes mehr denken konnte als daran, wie er diese Situation erklären sollte. Er war froh, daß Jeb und Billy ihn allein gelassen hatten.

»Weiß Rachel etwas davon?« fragte Jessie beiläufig. Sie zeigte auf den Zuber.

»Nein.«

»Du wirst dir die Wunde aufweichen. Wie lange bist du schon da drin?«

Chase schien keinen klaren Gedanken fassen zu können, wenn ihr Blick auf ihn gerichtet war. »Noch nicht lange.«

Sie ging direkt auf den Zuber zu und steckte ihre Finger ins Wasser. »Jedenfalls zu lange. Wie viele Bäder hast du dir schon ohne mein Wissen erschwindelt? Habe ich dich abends nur zu deiner Belustigung gewaschen?«

»Komm schon, Jessie, es ist das erste Mal.«

»Aber ich hätte nichts davon erfahren, oder? Ich meine, wenn ich später gekommen wäre, hätte nichts auf dein Bad hingewiesen, stimmt's?«

Er war des Vorsatzes zur Täuschung schuldig, und sie wußte es. Er ahnte nicht, ob sie wütend war oder nicht. Dazu kam sein akutes Bewußtsein des Umstandes, daß er nackt war und sie direkt neben ihm stand.

Er räusperte sich. »Es ist keine große Sache, Jessie. Es ist kein Wasser in die Wunde gekommen, oder jedenfalls nicht viel. Was kann es schaden, wenn ich ein Bad nehme?«

»Gar nichts, nehme ich an«, gab Jessie zu. »Und wenn ich sehe, daß du deinen Verband bereits abgenommen hast und schon in der Wanne sitzt, dann könnte dein Rücken auch gleich gewaschen werden.«

»Jessie…«

»Beug dich vor, Chase«, ordnete sie mit fester Stimme an. »Du willst ein ordentliches Bad. Und ich kann dir den Rücken waschen, ohne daß die Wunde allzu naß wird.«

Es war einfacher, sich ihr zu fügen, als mit ihr zu streiten, aber er wünschte sich sehnlicher als alles andere auf Erden, er wüßte, was im Moment in ihr vorging. Ihr Verhalten war unnormal. Sie hatte nicht ein grobes Wort gesagt, hatte nicht den leisesten Wirbel darum gemacht, daß er nicht im Bett lag. Sie war zu ruhig. Irgend etwas stimmte hier nicht, aber er fand nicht heraus, was es war.

Chase machte sich zu viele Sorgen darüber, was ihre Ruhe zu bedeuten hatte, um zu merken, was Jessie hinter seinem Rücken tat, bis sie damit fertig war und ihm befahl: »So, und jetzt steh auf, damit ich dich abspülen kann.«

»Das kann ich selbst tun«, sagte er eilig.

»Und dabei spritzt du das Wasser auf den ganzen Fußboden«, hob sie hervor. »Dieser Zuber ist nicht gerade der breiteste. Eigentlich erstaunt es mich sogar, daß es dir gelungen ist, dich in dieses Ding zu quetschen.«

»Ich hatte nicht vor, mir helfen zu lassen.« Seine Verlegenheit ließ seinen Tonfall barsch werden.

»Dir wird aber geholfen.«

»Würdest du jetzt rausgehen, Jessie!«

Sie lachte leise. »Es ist dir doch nicht etwa peinlich, deinen wohlgestalteten Körper zu zeigen, oder? Es ist ja nicht so, daß ich dich nie in deiner Gesamtheit gesehen hätte.«

»Das war etwas anderes«, gab er zurück.

»Wieso? Weil ich auch ausgezogen war? Ich ziehe mich jetzt ganz bestimmt nicht aus, weil du das brauchst, um deiner männlichen Würde keinen Abbruch zu tun. Und jetzt, sei ein braver Junge, und stell dich hin, damit wir endlich fertig werden.« Dann fügte sie spöttisch hinzu: »Ich verspreche dir auch, deine Nacktheit nicht auszunutzen, wenn es das ist, was dir Sorgen macht.«

Chase warf einen Blick über seine Schulter, um sie böse anzufunkeln. Sie war wirklich belustigt. Es kam nicht oft vor, daß er einen Funken Humor in ihren Augen tanzen sah, der sie heller und leuchtender türkis färbte.

Er stand auf und spürte das kühle Wasser über seinen Körper rinnen. Jessie goß es über ihn, und es tat ja so gut.

»Siehst du, so schlimm war es doch gar nicht, oder?« sagte sie, während sie ihm schelmisch einen Klaps auf den Hintern versetzte.

Chase schnappte nach Luft, aber er wurde augenblicklich in ein Handtuch gewickelt und hielt es für das Beste, keinen Kommentar abzugeben. Er drehte sich zu ihr um, doch sie ging jetzt auf den Tisch neben dem Bett zu. Dort bewahrte sie einen Stapel sauberer Verbände auf.

»Wenn du herkommst, bringe ich dir gleich den nächsten Verband an – falls du glaubst, daß das noch nötig ist.«

Chase schnitt eine Grimasse. Sie sagte, daß er gesund war, daß kein Anlaß mehr bestand, ihn zu pflegen. Als nächstes würde sie fragen, wann er die Absicht hatte, das Haus zu verlassen.

Chase hatte sich das Handtuch um die Taille geschlungen, und jetzt kam er zu Bett und setzte sich, damit sie ihn verbinden konnte. Ihm war alles recht, um ihre Anwesenheit in die Länge zu ziehen, denn wahrscheinlich war es das letzte Mal, daß er sie ganz für sich hatte. Er beobachtete sie angespannt, als sie sich vorbeugte, um das gefaltete Verbandsmaterial auf die Wunde zu legen. Dann begann sie, Verbandstreifen um ihn zu wickeln, damit nichts verrutschen konnte. Sie ging ungewöhnlich zart mit ihm um. Diese Zartheit in Verbindung mit ihrem ungewöhnlichen Verhalten ließ ihn vor Neugier fast außer sich geraten.

»Weshalb diese zärtliche Behandlung?« fragte er schließlich vorsichtig.

Sie zog eine Augenbraue hoch und sah ihn an. »Zärtlich?«

»Du weißt genau, was ich meine.«

Sie zuckte die Achseln und richtete ihre Blicke wieder auf den Verband. »Ich weiß es nicht. Ich denke, da wir uns jetzt wohl zum letzten Mal sehen, sehe ich keinen Grund, weshalb wir im Streit auseinandergehen sollten.«

Chase schüttelte den Kopf. »Du wirfst mich heute raus? Und das nur, weil ich ein verdammtes Bad genommen habe?«

Sie sah ihn scharf an. »Sei nicht albern. Mich interessiert nicht, wie lange du dich selbst verhätscheln willst. Ich habe mir nur ausgerechnet, daß du jetzt, da es dir möglich ist, sicher gehen willst.«

»Wir gehen also als Freunde auseinander, so? An wie gute Freunde hast du dabei gedacht, sag?« Er grinste und ließ einen Finger über ihren Oberschenkel gleiten.

Sie schlug ihm auf die Hand. »So gute Freunde bestimmt nicht.«

Sie trat zurück, um einen Sicherheitsabstand einzuhalten, und Chase lachte. »Komm her, Jessie, ich beiße nicht. Das müßtest du inzwischen wissen.«

»Meinst du?« gab sie zurück, und ihre Augen wurden hart wie Stein.

Seine Miene verfinsterte sich. Sie dachten beide daran, was er in der Nacht, bevor er abgereist war, getan hatte.

»Ich dachte, das hättest du mir verziehen.«

»Nein, ich habe es dir nicht verziehen.«

»Du hast es mit keinem Wort mehr erwähnt.«

»Hätte ich dich vielleicht erschießen sollen, während du stilliegen mußtest?«

»Du würdest nicht auf mich schießen, Jessie«, sagte er.

»Ich glaube, du solltest dieses Thema lieber fallen lassen«, erwiderte sie steif.

»Versteh doch, es tut mir leid. In jener Nacht war ich nicht ich selbst.«

»Aufhören, habe ich gesagt!«

»Schon gut«, seufzte er. Er wollte ihre quecksilbrigen Launen hinnehmen, um nicht wieder zu streiten. »Wie kommt es, daß du so früh zurück bist?«

»Ich bin gekommen, um dir zu sagen, daß ich nicht mehr bereit bin, dich zu pflegen. Jetzt sehe ich, daß ich nicht das Gefühl haben muß, dich im Stich zu lassen, denn es geht dir ja schon wesentlich besser.«

»Du bist wirklich sauer, stimmt's?« fragte er. Er war sicher, daß es nur eine kleine Spitze war.

Jessie richtete sich energisch auf. »Ich bin nicht gehässig. Ich habe mehr als dreißig tote Rinder auf der südlichen Weide, und eine Tränke, deren Wasser offensichtlich vergiftet worden ist. Ich habe keine Zeit, gehässig zu sein.«

»Ist das dein Ernst?«

»Natürlich ist es mein Ernst. Der einzige Grund, aus dem ich überhaupt zurückgeritten bin, ist der, daß ich dir sagen wollte, daß ich etliche Tage fort sein werde. Das vergiftete Wasserloch muß eingezäunt werden, und die Rinder müssen zusammengetrieben und näher zur Ranch gebracht werden. Eine Zeitlang wird man die Tiere Tag und Nacht bewachen müssen. Da die anderen noch nicht vom Viehtrieb zurückgekehrt sind, brauche ich jede Arbeitskraft auf der gesamten Ranch, mich inbegriffen.«

»Als du reingekommen bist, schien dir das gar kein Problem zu sein«, sagte er überrascht.

»Du hast mich für eine Weile davon ablenken können«, gestand sie ein. »Aber das, was geschehen ist, ist geschehen, und es hat keinen Sinn, über Tatsachen zu weinen. Alles, was ich jetzt noch tun kann, ist, dafür zu sorgen, daß ich nicht noch mehr von der Herde verliere.«

»Es tut mir leid für dich.«

»Mach dir deshalb keine Sorgen«, sagte sie. »Dann verabschieden wir uns jetzt wohl.«

»Warum?« fragte er eilig.

»Ich werde nicht mal nach Hause kommen, um mich umzuziehen, jedenfalls vorläufig nicht. Und du hast keinen Grund, noch länger hierzubleiben.«

»Aber du könntest meine Hilfe brauchen.«

»Ich bitte dich nicht darum, und Rachel wird dich nicht im Haus haben wollen.«

»Wessen Ranch ist das eigentlich?« sagte Chase zornig.

»Ach, jetzt liegt alles an mir? Aber als ich dich nicht hier haben wollte, lag es an Rachel, Entscheidungen zu treffen.«

»Diesmal bist du wirklich in Schwierigkeiten, und du wirst nicht bedroht, sondern es geht um Fakten. Glaubst du, daß es Bowdre war? Es hat ihm gar nicht gefallen, daß ich diesen Schuldschein von ihm zurückgewonnen habe.«

»Ich bin sicher, daß ihm das gar nicht gefallen hat. Aber es gibt nichts auf Erden, womit ich beweisen könnte, daß er es war. Das Vergiften von Rindern spricht allerdings für reinste Rachsucht. Ich wäre nie auf den Gedanken gekommen, daß er etwas vernichten könnte – und das nur, weil er es nicht in die Finger kriegt.«

»Du irrst dich, Jessie. Genau das sieht ihm ähnlich. Und wenn es Bowdre war, dann ist das noch lange nicht das Ende deiner Schwierigkeiten. Du brauchst jede Hilfe, die du nur irgendwie bekommen kannst.«

»Wenn es zu schlimmerem Ärger kommt, dann brauche ich einen Schützen und keinen Spieler.«

In ihrem Tonfall schwang Verachtung mit, und daher nahm er keinen Anstoß an dem, was sie sagte. »Ich trage meinen Armeerevolver nicht zu reinen Zierde. Ich kann durchaus damit umgehen.«

»Aber hast du jemals einen Menschen getötet?«

»Und du?«

Jessie gefiel die Vorstellung nicht, daß er weiterhin hierbleiben könnte, denn sie hatte sich bereits zu dem Entschluß durchgerungen, ihn nie wieder zu sehen. Es war schon schwer genug gewesen, ihn in dieser vergangenen Woche täglich zu sehen. Sie konnte die Empfindungen, die er bei ihr auslöste, nicht verstehen, und er war während dieser ganzen Woche so nett und charmant gewesen, wie er es nur sein konnte. Das machte alles nur noch schlimmer.

»Du bist nicht in der körperlichen Verfassung, jemandem zu helfen, Chase. Und außerdem ist das nicht dein Kampf, den du auszufechten hast.«

»Sieh mal«, sagte er ungeduldig, »bis der Rest deiner Männer zurückkommt, kannst du meine Hilfe gebrauchen, und das weißt du selbst. In ein paar Tagen bin ich wieder so gut wie neu, und bis dahin würde ich mich wohl kaum übernehmen, wenn ich nichts weiter tue, als die Herde zu bewachen, meinst du nicht?«

»Warum willst du mir helfen?«

Er dachte schnell nach. »Na ja, ich denke mir, daß ich, indem ich diesen Schuldschein gewonnen habe, diesen ganzen Ärger verursacht habe. Und daher ist es nur gerecht...«

Sie fiel ihm ins Wort: »Bowdre wollte das Geld nie haben, verstehst du, er wollte die Ranch. Wenn ich die Schulden bezahlt hätte, hätte das nichts an seiner Rachsucht geändert.« Dann seufzte sie. »Ach, zum Teufel, tu, was dir paßt. Aber mach mir keine Vorwürfe, wenn du einen Rückfall bekommst.«

Sie verließ das Zimmer, und Chase strahlte. Er freute sich in einem geradezu lächerlichen Ausmaß.

31

Chase erwachte durch das Geräusch klappernder Töpfe, während jemand Kaffee aufsetzte und sein Frühstück zu sich nahm. Er starrte gequält den immer noch schwarzen Himmel an. Als er vor drei Tagen zum ersten Mal auf vergleichbare Art geweckt worden war, war er wütend genug gewesen, um Einwände zu erheben, doch die anderen hatten darauf nur mit Gelächter und Frotzeleien reagiert. Sie waren es gewohnt, vor Anbruch der Morgendämmerung aufzustehen, wenn ein harter Arbeitstag bevorstand. Er war das keineswegs gewohnt. Sie nannten ihn Greenhorn. Ja, zum Teufel, er war wirklich ein Greenhorn.

Doch er hatte sich selbst in diese Lage gebracht, und er hatte ausdrücklich darauf bestanden, mitzuhelfen, und daher nutzten ihm seine Klagen nichts. Er hätte sich gern vorgestellt, daß er lediglich galant war und zur Errettung einer Dame hinzueilte, doch das war weit von der Wahrheit entfernt.

In den drei Tagen, seit er ihr auf die Weiden gefolgt war, hatte er auch wirklich weniger von Jessie gesehen, als er erwartet hatte. Man hatte ihn mit der einfachen Aufgabe betraut, das Wasserloch zu bewachen, zu dem die Rinder gebracht wurden, und darauf zu achten, daß sich die Herde nicht zu weit entfernte. Er sah Jessie einmal, höchstens zweimal täglich, wenn sie die Nachzügler aus den Bergen brachte. Abends war sie so müde, daß sie nicht mehr als ein paar Worte miteinander wechselten, ehe sie sich dicht an das Feuer zu den anderen legte. Er sah sie nie allein. Früh morgens bekam niemand Jessie zu Gesicht, nicht einmal der Koch, der immer als erster aufstand.

Chase setzte sich auf und zitterte in der Kälte vor Sonnenaufgang. Es mußte kälter als null Grad sein, dachte er. Seine Decke war klamm und von einer dünnen Frostschicht überzogen. Und jetzt war erst die erste Novemberwoche.

Wie konnte irgend jemand in einer derart kalten Gegend eine Ranch aufziehen wollen? Aber Thomas Blair hatte es getan, und die Rinder hatten überlebt. Die Männer waren es gewohnt, bei eisigem Wetter zu arbeiten.

Er entschied, daß eine Tasse heißer Kaffee ihm guttun würde, doch bei der Vorstellung, daß er aufstehen mußte, um sie sich zu holen, zitterte er wieder. Er warf einen Blick auf die Stelle, an der sich Jessie gestern abend hingelegt hatte, doch ihr Platz war leer. Man konnte nur noch den Umriß ihrer Decke erkennen, weil dort kein Bodenfrost zu sehen war. Sie war fort, dasselbe wie jeden Morgen. Weshalb bloß? Wenigstens ging die Sonne auf, wenn die Männer ihr Frühstück beendet hatten und aufbrachen, doch Jessie brach auf, während die Nacht noch pechschwarz war. Er hatte sie gefragt, wohin sie so früh am Morgen ritt, doch sie hatte ausweichend die Achseln gezuckt.

Er schüttelte den Kopf, als er daran zurückdachte, was in der vorletzten Nacht passiert war. Sie hatte die neuerliche Katastrophe besser verkraftet, als es die meisten anderen gekonnt hätten, nachdem ihr erster Wutanfall abgeklungen war. Das letzte, womit sie gerechnet hatte, als Mitch Faber an jenem Abend in ihr kleines Lager geritten kam, war seine Mitteilung, daß jedes einzelne Stück Vieh, das er in den Norden gebracht hatte, gestohlen worden war, und zwar waren die Rinder einen Tag vor der Übergabe der Herde gestohlen worden.

Die Männer waren in der Nacht angegriffen worden, während sie schliefen, und der Mann, der Wache gestanden hatte, war spurlos verschwunden.

»Sie haben uns im Schlaf niedergeschlagen«, erzählte Mitch. »Ich wußte überhaupt nicht, was man mir über den Schädel gezogen hat. Ansonsten hat man uns allerdings nichts getan. Sie waren nicht darauf aus, uns zu töten. Sie wollten nur die Herde haben.«

Es war, wie Jessie erfuhr, auch gar nicht notwendig gewesen, die Männer zu töten. Zu dem Zeitpunkt, zu dem Mitch und die Männer, die bei ihm waren, die erste Goldgräberstadt erreichten, die auf ihrer Liste stand, um dort dem Sheriff den Diebstahl zu melden, war das bereits sinnlos. Die Viehdiebe hatten einen perfekten Zeitplan. Als Mitch und seine Männer erwachten, hatten die Diebe bereits jedes einzelne Rind verkauft. Und das Gemeinste war, daß die Herde an exakt die Goldgräber verkauft würde, mit denen Jessie Verträge abgeschlossen hatte. Ein Agent hatte die gesamte Herde aufgekauft und sie aufgeteilt, und das Vieh stand bereit, um in die umliegenden Städte getrieben zu werden. Er hatte eine Empfangsbescheinigung. Er hatte bar gezahlt und die Sache über die Bank abgewickelt. Somit war die Bank sein Zeuge. Es gab nicht das Geringste, was der Sheriff hätte tun können.

Es gab auch nicht das Geringste, was Mitch hätte tun können. Dem Agenten konnte man nicht vorwerfen, daß er angenommen hatte, die Männer, die die Herde in die Stadt brachten, kämen von der Rocky-Valley-Ranch. Sie hatten ihm die Verträge ausgehändigt, die sie Mitch gestohlen hatten, nachdem er bewußtlos geschlagen worden war. Jessie hatte noch nie mit einem Agenten zu tun gehabt, und daher kannte er weder sie noch Mitch.

»Wie konnten sie etwas von den Verträgen wissen?« fragte Jessie verärgert.

Die Neuigkeiten setzten ihr gewaltig zu, und ihr Gesicht war aschfahl, ihre Augen blickten ungläubig. Chase konnte sie verstehen. Er wußte von dem Darlehen, das sie der Bank abzahlen mußte. Jetzt hatte sie weder Einnahmen, um ihre Schulden abzuzahlen, noch Geld, um ihre Männer zahlen zu können.

Jessie wurde wütend, als sie von dem Verschwinden des Mannes hörte, der Wache gestanden hatte. Blue Parker. Mitch gab zu, daß Parker sich während des Vietriebs eigentümlich benommen hatte. Ja, Blue wußte von den Verträgen. Und schon während des gesamten Monats vor dem Viehtrieb war er mürrisch und unzufrieden gewesen. Chase wurde klar, daß das in etwa der Zeitraum war, seit er sich im Rocky Valley aufhielt. Auch Jessie ging dieser Zusammenhang auf, und sie warf ihm einen vernichtenden Blick zu, als sei alles seine Schuld. Chase kannte Blue Parker gar nicht, doch später fand er heraus, daß das der junge Mann war, mit dem er Jessie ertappt hatte, als er sie zum ersten Mal gesehen hatte.

Das war alles, was Jessie ihm mitteilte, um ihm zu erklären, wer Blue war. Doch es war ganz offensichtlich, daß sie der Meinung war, Parker habe mit den Viedieben unter einer Decke gesteckt, und es war auch ganz offensichtlich, wer die Viehdiebe waren.

An jenem Abend war sie zu wütend gewesen, um Chase Näheres zu erklären. Sie hatte Parker verflucht, und sie hatte Laton Bowdre verflucht. Als sie sich endlich beruhigt hatte, hatte sich Chase kein Herz fassen können, das Thema noch einmal zur Sprache zu bringen. Aber er war verdammt neugierig, was Parker betraf. Die Erinnerung an diesen Anblick, der sich ihm damals geboten hatte, ließ ihn in jener Nacht kaum schlafen.

Endlich gab sich Chase einen Ruck, um sich der Kälte auszusetzen, und er schlug seine Decke zurück. Was für einen großen Unterschied doch ein Monat ausmachte! Es war nicht annähernd so kalt gewesen, als er auf seiner Suche nach Jessie draußen unter freiem Himmel geschlafen hatte, und das war Ende September gewesen.

Er holte sich eine Tasse Kaffee und schloß beide Hände fest um die Tasse, um sich die Finger zu wärmen. Die beiden anderen Männer, die am Feuer saßen und gebratenes Steak und Eier aßen, feixten ihn an, als er zitternd dastand.

»Sie werden sich dran gewöhnen, Summers, wenn Sie nur lange genug hierbleiben«, äußerte Ramsey.

»Es wird noch schlimmer werden, mein Freund«, teilte ihm der Cowboy, den sie Baldy nannten, kichernd mit. »Sieht ganz so aus, als könnten wir jetzt jeden Tag Schnee bekommen.«

Chase stieß einen Knurrlaut aus, und die beiden Männer lachten. Sie waren nur zu dritt, und das waren sie von Anfang an gewesen, denn die beiden waren die einzigen Arbeitskräfte, die Jessie außer Jeb und den anderen hatte, die mit Mitch und Blue den Viehtrieb durchgeführt hatten. Jessie hatte Mitch und einen der Männer nach Fort Laramie geschickt, damit sie versuchten, dort Rindfleisch zu kaufen, genug, um ihre Leute zu bezahlen. Der zweite Mann war ausgestiegen, als sie sich geweigert hatte, ihm freizugeben, damit er es sich gutgehen lassen konnte. Sie hatte mit ihm zur Ranch zurückreiten müssen, um dort das Geld zusammenzukratzen, das sie ihm zahlen mußte. Chase hätte diesen Mistkerl gern zusammengeschlagen, doch diese Angelegenheit hatte Jessie zu regeln, und er wußte, daß sie es keineswegs zu schätzen gewußt hätte, wenn er sich einmischte.

Er wünschte sich sehnlichst, Jessies neuentstandenes Problem aus der Welt schaffen zu können. Zum Teufel, er hätte ihr jeden einzelnen Cent gegeben, den er besaß, wenn sie das Geld bloß angenommen hätte.

»Hatte einer von euch Gelegenheit, heute morgen mit Jessie zu reden, ehe sie losgeritten ist?« fragte Chase beiläufig, während er sich einen Teller holte und sich bediente.

Baldy schüttelte den Kopf, ohne von seinem Frühstück aufzublicken. »Ich bin davon aufgewacht, daß sie losgeritten ist. Hab' nur noch ihr Pferd von hinten gesehen.«

»In welche Richtung ist sie geritten?« tastete sich Chase behutsam vor.

Ramsey antwortete: »Sie hat mir gestern abend gesagt, daß sie heute nach Westen reitet, ins Vorgebirge. Hat mir gesagt, daß wir in den nächsten Tagen nicht mit ihr zu rechnen brauchen.«

Baldy zuckte die Achseln. »Wenn sie so weit reitet, dann wird sie sicher zum Lagerhäuschen kommen. Sie hätte mir was sagen sollen. Ich war gestern da und habe die Vorräte aufgefrischt. Den Weg hätte ich mir sparen können.«

Chase fühlte sich zusehends elender. Der Gedanke, sie tagelang nicht zu sehen...

»Tauschen Sie heute mit mir, Ramsey?« fragte Chase impulsiv.

Ramsey sah ihn überrascht an. Beide Männer wußten, daß er erst kürzlich verwundet worden war.

»Sind Sie sicher, daß das richtig ist?«

»Ein paar von den älteren Rindern werden ziemlich bokkig, wenn man sie zusammentreiben will. Sie sind es doch gewohnt, frei rumzulaufen«, fügte Baldy hinzu.

»Ich denke schon, daß ich es schaffe«, sagte Chase mit fester Stimme. »Außerdem brauche ich Bewegung. Ich habe schon viel zu lange untätig rumgesessen.«

»Abgemacht, wenn das so ist«, willigte Ramsey ein.

32

Da der Himmel eine geschlossene Wolkendecke bildete, sah es nicht so aus, als würde die Sonne viel Wärme bringen. Ohne einen klaren Himmel fiel nur ein dunstig blauer Schimmer auf das Land, als Chase das Lager verließ. Doch das Licht reichte aus, um Jessies Spuren zu folgen, die auf dem Frost, der den Boden bedeckte, klar zu erkennen waren.

In seiner derzeitigen Stimmung war es Chase egal, ob die Männer bemerkten, daß er dieselbe Richtung einschlug, in die sie geritten war. Es mochte sein, daß sie sich fragten, in welcher Beziehung er zu ihr stand, aber in welcher Beziehung stand er überhaupt zu ihr? *Er* wußte das ganz bestimmt nicht.

Chase ritt über die kalte Prärie, und der eisige Wind brannte auf seinen Wangen. Er hatte seine Jacke bis zum Hals geschlossen und trug sein Halstuch über den Ohren, wie Baldy es ihm nahegelegt hatte. Doch selbst die alte wollene Überhose, die er sich von Jeb geborgt hatte, half nichts. Nichts half. Er verfluchte sich dafür, daß er das Lagerfeuer verlassen hatte, um sich auf die Jagd nach einer Frau zu begeben, wenn er selbst wußte, daß er wahrscheinlich den ganzen Tag brauchen würde, um sie zu finden.

Er brauchte jedoch nicht den ganzen Tag. Er war erst eine halbe Meile geritten, als er die Kuppe eines kleinen Hügels erreichte und sein Pferd abrupt anhielt, weil er Jessies grobknochigen Hengst auf einer nahen Erhebung weiden sah. In der Ebene zwischen den beiden Hügeln lag Jessie auf dem Boden. War sie vom Pferd gestürzt?

Chase spürte, daß sich seine Kehle zusammenzog. Er galoppierte den Hügel hinunter und hielt den Atem an. Erst als sie den Kopf zu ihm wandte, weil sie die Hufe seines Pferdes hörte, atmete er aus.

Er sprang so schnell von seinem Pferd, daß er fast gestolpert wäre. Dann kniete er sich neben sie und starrte in ihr aschgraues Gesicht.

»Um Gottes willen, Jessie, was ist passiert?«

»Nichts.«

»Nichts?«

»Nichts«, wiederholte sie stöhnend. »Was zum Teufel tust du hier?«

Er wich mit finsterem Gesicht zurück. »Verflucht noch mal, Jessie...«

»Würdest du jetzt gehen!« schnitt sie ihm das Wort ab.

»Natürlich nicht. Dir fehlt etwas.«

»Mir fehlt nichts.«

Jessie wollte sich aufsetzen, aber sie wurde noch blasser. Sie legte sich wieder hin und schloß die Augen. Gott, warum hatte er sie bloß in dieser Verfassung vorfinden müssen? Bisher hatte sie Glück gehabt, und es war ihr gelungen, sich in die Einsamkeit zu flüchten, wenn ihre morgendliche Übelkeit sie plagte. Es war das erste Mal, daß sie sich auf dem Boden zusammenrollte, bis diese in Wellen über sie hereinbrechende Übelkeit nachließ. Es war ihr bisher immer gelungen, diese Anfälle heimlich zu überstehen.

»Bitte, Jessie, sag mir, was dir fehlt.«

Aus seiner Stimme war echte Besorgnis herauszuhören. Sie mußte ihm irgend etwas erzählen, nicht die Wahrheit, aber irgend etwas.

»Ich fühle mich einfach nicht ganz wohl, das ist alles. Ich nehme an, ich habe mich übernommen.«

»Du kannst nicht auf dem kalten Boden liegenbleiben. Das kann nicht helfen. Du holst dir den Tod.«

»Ich wollte zum Vorratslager reiten, aber ich habe es heute morgen einfach nicht geschafft.«

Zu spät merkte Jessie, daß sie mehr gesagt hatte, als sie hätte sagen wollen.

»Heute morgen? Ist das der Ort, an dem du jetzt jeden Morgen warst? Aber weshalb?«

Sie hätte am liebsten gesagt: »Weil es dort wärmer ist, und das ist besser für das, was ich durchmachen muß.« Doch das konnte sie wohl kaum sagen, und daher log sie. »Ich bin zu den Weiden im Norden geritten. Warum hätte ich nicht dort haltmachen und einen Bissen essen sollen? Hast du sonst noch Fragen?«

»Ich bringe dich zur Ranch zurück.«

»Nein. Verdammt noch mal, ich muß mich nur einen Moment hinlegen. Glaubst du, ich würde hier liegen, wenn ich reiten könnte?« fragte sie bissig.

»Du bleibst keinesfalls hier. Ich bringe dich zur Hütte. Dort kannst du dich hinlegen.«

»Nein, Chase!«

Er wollte sie packen, und sie geriet in Panik. »Rühr mich nicht an!«

Er ignorierte sie. Doch Jessie hatte gewußt, daß jede geringste Bewegung ihren Magen in Aufruhr versetzen würde, und so kam es auch. Sie riß sich von ihm los und konnte sich gerade noch umdrehen, ehe sie alles von sich gab, was sie nicht schon von sich gegeben hatte. Sobald sie fertig war, hob er sie sachte auf seine Arme, trug sie zu seinem Pferd und setzte sie seitlich auf den Sattel. Dann stieg er hinter ihr auf, zog sie an sich und ritt los, um Blackstar zu holen. Sie protestierte nicht mehr, sondern lehnte sich an ihn und kuschelte sich in seine Arme, bis sie die Hütte erreicht hatten. Er trug sie in die Hütte und legte sie auf die Pritsche, die der Feuerstelle am nächsten war. Als erstes zündete er ein Feuer an. Dann half er ihr, ihre Jacke, ihre Stiefel und ihren Waffengürtel abzulegen, damit sie es sich bequemer machen konnte.

»Kann ich dir etwas zu essen machen, Jessie?« erbot sich Chase.

»Nein!« entfuhr es ihr spontan, doch dann fügte sie mit sanfterer Stimme hinzu: »Aber du könntest mir einen Topf Wasser heißmachen, wenn du magst. Ich habe ein bißchen wilde Minze in der Satteltasche. Das ist gut für... es beruhigt den Magen.«

Chase hinterfragte das Hausmittel nicht näher, sondern tat, worum sie ihn gebeten hatte. Er setzte Wasser auf, ehe er ins Freie ging, um ihre Satteltaschen zu holen. Während er darauf wartete, daß das Wasser kochte, um die Kräuter hineinzuwerfen, schlief Jessie ein. Er weckte sie nicht. Schlaf war wahrscheinlich das beste für sie, und ihr stärkender Trank konnte warten, bis sie erwachte. Er setzte sich und sah sie genau an, wobei er sich fragte, ob er einen Arzt holen sollte. Doch der nächste Arzt war mindestens einen Tagesritt entfernt, und so lange konnte er sie nicht allein lassen.

Je länger er darüber nachdachte, desto einleuchtender erschien ihm, daß es wohl genauso war, wie Jessie gesagt hatte. Sie hatte sich übernommen. Sie war vor der Morgendämmerung aufgestanden und hatte bis zum Sonnenuntergang gearbeitet, und diese Zeit war selbst sie nicht gewohnt. Zudem machte sie sich Sorgen, weil der Raub ihrer Rinder sie verflucht nah an den Rand des Ruins gebracht hatte.

Chase ging ins Freie, um die Pferde in den Unterstand zu führen. Als er anfing zu schneien, fluchte er. Dann wurde ihm bewußt, daß sie eingeschneit werden könnten, wenn es so weiterging. Dann brauchten sie sich auch um die Rinder keine Sorgen mehr zu machen, denn das Wetter würde auch den Aktivitäten Bowdres Einhalt gebieten. Sobald er dafür gesorgt hatte, daß die Pferde reichlich Futter hatten, eilte Chase wieder in die Hütte.

33

Als Jessie erwachte, war sie in eine warme Hülle aus Decken gewickelt, neben ihr knisterte und prasselte das Feuer, und ein verlockender Duft hing in der Luft. Sie stellte fest, daß sie Heißhunger hatte und sich wohlfühlte.

Sie setzte sich auf. Chase stand am Feuer. Er hatte ihr den Rücken zugewandt und rührte das um, was ihren Heißhunger hatte aufkommen lassen.

»Ich wußte gar nicht, daß du kochen kannst.«

Er drehte sich um und grinste sie an. »Ganz passabel.«

»Es riecht gut.«

»Besten Dank, Ma'am.« Er trat an ihr Bett. Sein Gesichtsausdruck wurde ernster, als er sie genau ansah. »Kann ich dir jetzt deinen Stärkungstrunk bringen?«

»Im Moment brauche ich ihn nicht, aber einen Teller von deinem Futter könnte ich gut vertragen.«

»Bist du sicher, daß du in Ordnung bist?«

»Mir geht es gut, Chase, wirklich. Ich mußte mich nur eine Weile hinlegen. Und jetzt bin ich am Verhungern.«

Seine Lippen teilten sich zu einem erfreuten Lächeln. »Richtig so, Schätzchen.«

Jessie runzelte die Stirn. Sie wünschte, er würde sie nicht so nennen. Sie wünschte, er hätte nicht soviel Besorgnis um sie gezeigt. Sie wußte überhaupt nicht mehr, was sie von ihm halten sollte.

Sie ging zum Tisch und setzte sich, ohne Chase aus den Augen zu lassen. Seine Bewegungen waren keineswegs mehr steif, und das hieß, daß sein Rücken unter den Belastungen der letzten Tage nicht gelitten hatte. Ihre Augen wanderten über die gesamte Breite seines Rückens, hinunter zu seinen Hüften, an seinen langen Beinen hinab und wieder zurück auf diesen schmalen Hintern. Er wirkte, als hätte er etwas vor. Ja, irgend etwas...

Jessie errötete und wandte sich ab. Wie war sie auf diesen Gedanken gekommen? Sie bekam zwar sein Kind, aber schon seit seiner Prahlerei als Weiberheld hatte sie gewußt, daß er sich nicht wirklich etwas aus ihr machte. Daher machte sie sich auch nichts aus ihm. Denk daran, Jessie, sagte sie sich entschieden.

»Ist dir zu warm hier?« fragte Chase, als er einen Teller vor sie hinstellte.

Jessie errötete noch stärker, als sie merkte, daß ihm die Farbe, die in ihre Wangen geschossen war, nicht entgangen war. »Ein bißchen«, sagte sie gereizt.

Sie aßen schweigend. Chase verwirrte ihr abrupter Stimmungsumschwung. Er beobachtete sie heimlich, während sie die Augen gesenkt hielt und ihr Essen verschlang, als hätte sie seit Tagen keine anständige Mahlzeit mehr bekommen. Es schien ihr ausgezeichnet zu gehen, zu gut sogar, und ihre altbekannte aufbrausende Art war auch wieder da. Er konnte sich kaum noch vorstellen, daß sie noch vor wenigen Stunden bleich und krank gewesen war. Der Schlaf mußte alles gewesen sein, was ihr gefehlt hatte. Sie sollte wohl besser einen Tag lang langsamtreten, dachte er, und dann würde es sicher keine Probleme mehr geben.

Das Schweigen hielt an. Vielleicht machte sie sich größere Sorgen wegen Bowdres Versuchen, sie zu ruinieren, als ihm bisher klargewesen war.

Chase setzte zögernd an, zu sprechen: »Weißt du, Jessie, wenn du deinen Kummer in dir verschließt und darüber brütest, wird es nur noch schlimmer.«

»Was?« Sie sah ihn mit weitaufgerissenen Augen an.

»Du weißt, wovon ich spreche«, sagte Chase.

»Ich fürchte, ich weiß es nicht«, wich sie aus.

»Laton Bowdre natürlich. Ich spreche von dem Diebstahl deiner Rinder. Das ist doch kein Weltuntergang.«

Sie seufzte. »Nein.«

»Und?« fragte Chase nach einer Weile.

»Es gibt nicht viel dazu zu sagen.« Sie zuckte die Achseln. »Ich werde diesen Schurken ganz einfach umlegen, wenn ich ihn jemals wiedersehe.«

Chase brach in Gelächter aus. »Nein, das wirst du nicht tun. Jetzt komm schon. Sei ernst.«

»Ich meine es todernst.«

»Was hast du vor, ihn zu einem Duell herausfordern?«

»Warum nicht?« entgegnete sie.

»Weil er deine Herausforderung ablehnen kann, und niemand wird deshalb etwas Schlechtes über ihn denken. Kein Mann würde sich auf ein Waffenduell mit einer Frau einzulassen, nicht einmal ein Schwein wie Bowdre.«

»Er kommt mir nicht ungestraft davon, Chase. Wenn ich Beweise hätte, würde ich die Sache dem Sheriff überlassen, aber ohne jeden Beweis muß ich mich dieser Angelegenheit selbst annehmen. Was bleibt mir denn sonst übrig?«

»Laß es mich erledigen.«

»Du willst Bowdre herausfordern?«

»Ja.«

»Nein.«

Ihre krasse Ablehnung erboste ihn. »Aber meine Duellforderung würde er annehmen, Jessie.«

»Ich sagte nein! Das wäre nicht in Ordnung.«

»Wahrscheinlich ist es jetzt sowieso vorüber«, sagte Chase. »Bowdre hat sich zweifellos das geholt, was der Schuldschein deines Vaters wert war und noch mehr, als er die Rinder verkauft hat. Wahrscheinlich ist er jetzt zufrieden und längst nicht mehr in dieser Gegend.«

»Das hoffe ich nicht«, erwiderte Jessie bitter.

»Mit Blutgier hat sich noch nie etwas lösen lassen, Jessie. Du bist nicht ruiniert. Steck diesen Verlust einfach weg. Vergiß ihn.«

»Das kannst du leicht sagen, Chase Summers. Es ist nicht dein Leben, das bedroht ist. Meine Ranch ist nicht groß genug, um diesen Verlust zu verkraften. Thomas Blair hatte nie vor, einer der großen Rinderzüchter zu werden. Er wollte sich lediglich in dem Gebiet seßhaft machen, in dem er seine Jugend verbracht hat, und eine Ranch war die Lösung, es zu bewerkstelligen. Unsere Herde war nie groß. Wir verlieren ohnehin jeden Winter einen großen Teil der Tiere. Der Schneesturm im Jahr '66 hat uns siebzig Prozent unserer Einkünfte gekostet, und damals hat Thomas Schulden aufgenommen, um den Bestand aufzufüllen. Sowie er diese Schulden abbezahlt hatte, kam er mit der Idee für dieses riesige Haus. Es scheint, als hätten wir immer Schulden gehabt und gerade genügend Rinder verkauft, um von einem Jahr zum anderen zu kommen. Ich kann mir diesen Verlust nicht leisten.«

Das, was sie gerade gesagt hatte, ging Chase sehr nah. Er konnte ihren Schmerz deutlich nachempfinden. »Du weißt, daß deine Mutter dir gern helfen würde, Jessie.«

»Vergiß es!« schnaubte sie.

Daraufhin wußte er, daß es Zeitverschwendung wäre, ihr sein eigenes Angebot zu machen. Aber man konnte es schließlich nie wissen. Er mußte es ihr anbieten.

»Käme es für dich in Frage, ein Darlehen von mir anzunehmen? Ich habe in Cheyenne eine beträchtliche Summe gewonnen, mehr als ich brauche.«

Jessie lehnte sich zurück und schüttelte den Kopf. »Was ist mit dir los, Chase? Erst willst du meine Schlacht schlagen, und jetzt willst du mir Geld leihen. Hast du so große Schuldgefühle, weil du mir etwas angetan hast? Hat Rachel soviel bei dir ausgelöst?«

Sie überraschte ihn. Sie war nicht wütend, nur verblüfft. Nun, auch nicht verblüffter als er selbst!

»Nun, Chase?« fragte sie.

Er sah sie finster an und erwiderte mürrisch: »Meinetwegen. Sagen wir einfach, ich bin es dir schuldig.«

»Nein. Laß uns ehrlich sein und uns darauf einigen, daß du mir nichts schuldest«, kam es kühl zurück.

Wieder war es ihr gelungen, ihn zu überraschen.

»Tatsachen sind Tatsachen, Jessie. Du warst eine Jungfrau, ehe ich dich berührt habe.«

»Na und!« schrie sie außer sich. »Wenn du mich dazu gezwungen hättest, stündest du in meiner Schuld. Das hast du aber nicht getan. Hast du vergessen, daß ich dich auch haben wollte?«

Jessie hätte sich die Zunge abbeißen können. Aus Wut auf sich selbst, fügte sie barsch hinzu: »Es war rein körperlich.«

»Es sei mir fern, etwas anderes zu vermuten«, sagte er ebenso grob.

»Du brauchst nicht gleich sarkastisch zu werden.«

»Und du brauchst mich nicht davon zu überzeugen, daß du nichts für mich empfindest«, gab er kühl zurück. »Das ist mir durchaus bewußt. Aber du hast immer das Eigentliche umgangen. Es kann dir heute so vorkommen, als spielte der Verlust deiner Unschuld nicht die geringste Rolle für dich, aber du könntest das durchaus ganz anders sehen, wenn du eines Tages heiratest und deinem Ehemann diesen Verlust erklären mußt.«

Chase glaubte, den Verstand verloren zu haben, als sie in Gelächter ausbrach, in ein volltönendes, musikalisches Gelächter.

»Mir entgeht leider, was daran so amüsant ist, Jessie.«

»Ich wette, daß es dir entgeht«, sagte sie lachend. Sie brachte die Worte kaum heraus.

Sie bemühte sich, ihr Lachen zu unterdrücken. Wie gern sie ihm erzählt hätte, was sie so überaus komisch fand! Falls sie jemals heiraten sollte, würde ihr Mann sie mitsamt einem Kind im Schlepptau akzeptieren. Ihre Jungfräulichkeit – oder besser gesagt, deren Nichtvorhandensein – würde dann wohl kaum in Frage stehen.

»Es tut mir leid«, sagte sie, nachdem sie sich beruhigt hatte.

»Nicht nötig«, erwiderte er zynisch. »Wie konnte ich erwarten, daß du so fühlst wie andere Mädchen? Ich vergesse immer wieder, daß du gar nicht so wie andere Mädchen bist.«

Jessie war ernüchtert. »So anders bin ich auch nicht.«

»Nein?« sagte er grob.

»Nein. Es ist nur so, daß ich, so wie ich erzogen worden bin, die Dinge in einem anderen Licht sehe. Ich sehe die Dinge wie... wie viele Männer sind in ihrer Hochzeitsnacht jungfräulich? Wenn es bei einem Mann geduldet wird, daß er vor der Ehe Geliebte hat, warum kann eine Frau dann keine Liebhaber haben? Solange ich hinterher treu bin, sollte das doch keine Rolle spielen.«

»So kannst nur du denken, Jessie. Männer sind nicht so aufgeschlossen.«

»Daran kann man doch gleich den Unterschied zwischen dem Standpunkt eines Indianers und dem eines Weißen sehen. Kleiner Falke hat sich nicht daran gestört, daß ich keine Jungfrau mehr war.«

Chase zuckte zusammen, und seine Augen wurden schwarz wie Kohlen. »Und woher weiß er das, Jessie? Hast du es ihn aus erster Hand erfahren lassen?«

Jessie stand auf, stützte sich mit den Händen auf den Tisch und beugte sich vor. »Damit kannst du mich nicht treffen.«

Ihre lodernden Augen straften ihre Worte Lügen. »Kleiner Falke hat sich mir gegenüber absolut anständig verhalten, abgesehen von einem Kuß, den er sich geraubt hat. *Er* wollte mich zur *Ehefrau* nehmen, nicht als vorübergehende Liebelei.«

Das saß. Ihre Augen bohrten sich in seine. Chases Zorn

schrumpfte. Er war der Anklage schuldig, er habe sie nicht zur Frau nehmen wollen – aber das hieß nicht, daß er Jessie nicht haben wollte.

Chase stand langsam auf und beugte sich genauso vor wie Jessie. Ihre Gesichter waren nur dreißig Zentimeter voneinander entfernt. Seine Stimme war ein tiefes Flüstern. »Kannst du dir überhaupt vorstellen, wie schön du bist, jetzt, in diesem Moment?«

Jessie wich vorsichtig zurück. »Das geht ziemlich weit an dem Thema vorbei, bei dem wir gerade waren.«

»Stimmt, aber wenn du so aussiehst, fällt es mir schwer, an irgendein anderes Thema als an ein ganz bestimmtes zu denken.«

Jessie konnte ihm kaum in die Augen schauen. Seine Stimme wurde so heiser, wenn er in diese entwaffnende Stimmung geriet. Und dann sein verfluchtes wissendes Lächeln...

Sie machte einen hastigen Satz auf die Tür zu, doch in dem Moment, in dem sie sie öffnete, schlug er sie zu. »Du willst doch gar nicht raus in die Kälte. Mit den Rindern ist alles in Ordnung, und es schneit zu sehr für jede Arbeit. Wir bleiben hier, wo wir sind.« Er drehte sie zu sich um und verschränkte seine Hände hinter ihrem Rücken. »Ist es hier nicht viel schöner? Und wärmer. Und du hast nichts Besseres zu tun, als dich von mir lieben zu lassen.«

Er küßte sie, ehe sie auch nur einen klaren Gedanken fassen konnte. Diesmal würde sie nicht zulassen, daß sie auch nur irgend etwas empfand – nein, das täte sie nicht! Er war ein Nichtsnutz, er war... Er setzte ihr Blut in Flammen, der verdammte Kerl, wie bisher. Ihre Muskeln gaben nach, und sie schmiegte sich an ihn. Ihre Beine schienen plötzlich nutzlos zu sein.

Er machte sie verrückt, er ließ sie ihn durch die Nähe und die Berührung seiner Lippen begehren, durch die Überzeugungskraft seiner Lippen. Sein Bauch preßte sich gegen ihren und ließ ihren Bauch heftig flattern. In dem Augenblick, in dem sie ihre Arme um seinen Nacken schlang, preßte er sie noch dichter an sich.

»Läßt du dich von mir lieben, Jessie?«

»Ja.«

»Den ganzen Tag lang?«

»Ja.«

»Und die ganze Nacht?«

»Um Himmels willen, hör auf zu reden!« flüsterte sie.

Chase lachte ein kehliges Lachen und riß sie in seine Arme. Er trug sie zu den Pritschen, und mit seinem Knie schob er die beiden Bettstellen zusammen, ehe er sie niederlegte. Er begann augenblicklich, sich auszuziehen, und Jessie tat dasselbe. Sie konnte ihre Blicke nicht von ihm reißen, während die Kleidungsstücke sich eins nach dem anderen auf dem Fußboden zu einem Haufen türmten. Sie fand, daß bereits der Anblick seines Körpers die Macht besaß, sie zu erregen, und dieser Umstand ließ ihre eigenen Hände unbeholfen werden. Er war ausgezogen, ehe sie auch nur die Hälfte ihrer Kleidungsstücke abgelegt hatte.

Chase beugte sich vor, um ihr zu helfen, und impulsiv hielt Jessie sein Gesicht zwischen ihren Händen fest und küßte ihn – nicht leidenschaftlich, sondern zärtlich.

Als sie ihn losließ, sah Chase sie ganz seltsam an. Dieser Kuß war nicht eine Erwiderung seiner Küsse gewesen, sondern etwas vollkommen anderes. Er blieb einen Moment lang stehen und sah sie an, ehe er sich neben sie legte. Beide waren nackt, und es war ihm ein Genuß, einfach dazuliegen und mit bloßer Haut bloße Haut zu berühren.

Sie sah ihn genau an, während sie auf köstlichste Weise mit ihren Händen über seine Brust strich.

»Wirst du dich jedem Mann gegenüber so verhalten, der dich haben will?« Seine Stimme war oberflächlich und leichthin, doch er wollte es wissen.

»Bisher habe ich es nicht getan«, erwiderte Jessie.

»Was noch lange nicht heißt, daß du es nicht tun wirst.«

»Nein, das heißt es nicht.«

Er ließ seine Blicke über sie gleiten, und plötzlich nahm sein Gesichtsausdruck etwas Feierliches an.

»Jessie...«

Sie ließ ihre Finger durch sein Haar gleiten. »Sag jetzt nichts und liebe mich, Chase.«

34

Am nächsten Morgen erwachte Chase eher als Jessie. Die Sonne schien, und irgendwann im Laufe der Nacht hatte es aufgehört zu schneien. Er verspürte nicht das leiseste Bedürfnis, aufzustehen und sich den neuen Tag zu betrachten. Er zog sich auf einen Ellbogen und sah Jessie an. Sie schlief auf der Seite, mit dem Gesicht zu ihm, und sie war in ihre Decken gehüllt. Er wünschte, sie lägen in einem großen Bett, damit er sich dichter an sie schmiegen und ihre Wärme in sich aufnehmen könnte.

Er dachte wieder an ihre Krankheit und fragte sich, ob sie heute wundgerieben sein würde. Er mußte annehmen, daß er es übertrieben hatte. Im Laufe des Nachmittags und des Abends hatte er sie nicht weniger als viermal geliebt, und dennoch hatte er nicht das Gefühl gehabt, genug von ihr zu haben. Er hatte sie in bezug auf die Liebe Geduld gelehrt, und er hatte ihren Körper nach Herzenslust erforscht.

Sie war einfach unglaublich, war jedesmal soweit, wenn er soweit war, und beim vierten Mal war sie ebenso leidenschaftlich und hingebungsvoll gewesen wie beim ersten Mal.

Er wünschte, es hätte weitergeschneit. Er wünschte sich mehr als alles andere, die Hütte nicht verlassen zu müssen.

Jessie stöhnte leise, und ihr Gesicht legte sich in finstere Falten.

»Jessie?«

Sie stöhnte wieder, und er schüttelte sie leicht an den Schultern, weil es sein konnte, daß sie einen bösen Traum hatte.

»Schüttle... mich... nicht...!« stöhnte sie.

»Wach auf, Jessie.«

Doch sie wollte nicht aufwachen, nicht mit diesem Magen, der nur erwacht war, um seine morgendlichen Beschwerden zu haben.

»Es tut mir leid, Jessie«, hörte sie Chase sagen. »Es könnte dir vielleicht helfen, wenn du aufstehst und dir die Beine vertrittst, bis deine Muskeln nicht mehr so steif sind. Die Sonne ist aufgegangen, und heute morgen scheint sie sogar.«

Morgen. Wie früh war es? Wie viele gräßliche Stunden standen ihr noch bevor, in denen sie sich mit dieser teuflischen Übelkeit abfinden mußte? Doch selbst, wenn es nur eine kurze Zeit war, war das in Chases Gegenwart zu riskant. Er durfte unter keinen Umständen erfahren, daß ihr schon wieder schlecht war Er würde es nicht verstehen, nicht, nachdem sie gestern nachmittag und abend so gesund gewesen war. Oder vielleicht würde er es auch nur zu gut verstehen.

»Ich... äh... ich glaube nicht, daß ich mich im Moment bewegen kann«, brachte Jassie mühsam hervor.

»Du jagst mir teufliche Schuldgefühle ein, Jessie. So schlimm kann es doch nicht sein.«

Endlich schlug sie die Augen auf. »Es ist auch nicht so schlimm«, kam sie ihm entgegen. »Ich werde einfach noch eine Weile liegen bleiben. Aber du brauchst nicht auf mich zu warten. Geh einfach schon raus, und mach dich an die Arbeit. Das ist das Privileg des Bosses, verstehst du.« Sie versuchte zu grinsen. »Anweisungen zu geben und es sich selbst nicht zu sehr zu Herzen zu nehmen, während andere die gesamte Arbeit tun.«

Chase kaufte ihr das keine Sekunde lang ab, nicht Jessie. Er stand auf und zog sich an. Währenddessen warf er immer wieder besorgte Blicke auf sie. Vielleicht wollte sie nur ein wenig Zeit für sich haben, Zeit, um nachzudenken. Er wünschte, sie hätte es einfach so gesagt, wie es war, statt ihm das Gefühl zu geben, ein ganz mieser Kerl zu sein.

Nachdem er sich angezogen hatte, setzte er ein Feuer für sie in Brand, dessen Wärme den kleinen Raum schnell ausfüllte. Jessie hatte sich immer noch nicht gerührt.

»Ich gehe jetzt«, sagte Chase widerwillig. »Aber das mindeste, was ich für dich tun kann, ist, daß ich dir meine Hilfe anbiete, ehe ich gehe. Ich glaube, eine Massage wäre das Rechte.«

»Nein!«

»Jetzt komm schon, Jessie. Sei nicht so bescheiden. Das kann nur helfen«, sagte er, während er ihre Decke zurückzog und sie auf den Rücken drehte.

»Rühr... mich... nicht... an!«

Chase wich zurück, als hätte er sich verbrannt, und er sah ihr zu, als sie sich langsam auf der Seite zusammenrollte. Genau dasselbe hatte sie gestern morgen gesagt, als es ihr so schlecht gegangen war. Auch ihr blasses Gesicht und ihre Art, die Arme von ihrem Bauch fernzuhalten, waren ganz so wie gestern.

»Jessie? Jessie, sieh mich an.«

»Würdest du jetzt bitte an die Arbeit gehen?«

Er setzte sich auf die Kante ihrer Pritsche. Sie stöhnte, als er das tat, und sie stöhnte noch lauter, als er ihre Schulter berührte.

Chase fühlte sich absolut hiflos, und daher wurde seine Stimme lauter. »Was fehlt dir, verdammt noch mal? Wie kann dir schon wieder schlecht sein? Du hast heute nacht lange genug geschlafen. Wir haben gestern dasselbe gegessen, und mir fehlt nichts, Jessie.«

»Mir ist nicht schlecht.« Sie drehte sich nicht um, um ihn anzusehen. Sie lag so still da wie ein lebloser Gegenstand. »Ich bin nur... einfach... zu... wund.«

Chase zog eine finstere Miene. Was zum Teufel versuchte sie vor ihm zu verbergen?

»Ich werde dich jetzt anziehen, Jessie, und dann bringe ich dich nach Cheyenne zum Arzt.«

»Weil ich leicht aufgerieben bin? Sei nicht albern.«

Sie bemühte sich, ihren Tonfall leichtfertig klingen zu lassen, doch hinter jedem Wort stand eine unüberhörbare Anstrengung. Er verlagerte sein Gewicht auf ihrer Bettkante, und die Bewegung ließ Röte in ihr heißes Gesicht steigen. Nicht jetzt! Es mußte drinbleiben! Doch ihr Körper hörte nicht auf sie. Sie spürte, wie sich ihr Magen hob, und schlug sich eine Hand vor den Mund. Dann drehte sie sich so schnell um, daß ihre Beine gegen Chases Hüften prallten. Wenn er nicht aufgesprungen wäre, hätte sie ihn vom Bett geworfen.

Im nächsten Moment war Jessie aus dem Bett gesprungen. Sie stürzte auf den Blecheimer zu, der in der Ecke stand. Er sah ihr verwirrt zu, als sie sich über den Eimer beugte und würgte. Endlich hatte er seine Gedanken wieder so weit zusammen, eine Decke vom Bett zu ziehen und sie ihr über die Schultern zu hängen. Sie nahm seine Gegenwart kaum wahr.

Chase fiel im Moment nichts Besseres ein, und daher verließ er die Hütte und ging ins Freie, um ihr die nötige Privatsphäre zu geben. Jessie, die hörte, daß er das Haus verließ, verfluchte ihn dafür, daß er nicht eher gegangen war. Er hätte ihre Übelkeit nicht bemerken dürfen. Sie nahm an, er sei ganz verschwunden, und daher taumelte sie wieder zu ihrem Bett und schlief fest ein.

35

Als Jessie zum zweiten Mal an diesem Tag erwachte, bewegte sie sich zögernd und entspannte sich dann. Es war vorbei. Die gräßliche Übelkeit war für heute vorüber.

Ihr erster Gedanke galt etwas Eßbarem. Ihr zweiter Gedanke galt Chase. Hatte er sich an die Arbeit gemacht? Hatte er sich auf den Weg zu einem Arzt gemacht? O Gott, sie hoffte, daß er keinen Arzt holte. Wenigstens war er nicht da, und das gab ihr Zeit, nachzudenken. Was konnte sie ihm bloß erzählen? Daß sie eine Krankheit hatte, die nur morgens durchbrach? Oder eine Allergie?

Sie setzte sich auf und streckte sich. Dann starrte sie ungläubig den Tisch an, der am anderen Ende des Raumes stand.

»Ich dachte ... du seist gegangen«, sagte sie voller Unbehagen.

»So?«

Seine ruhige Antwort behagte ihr überhaupt nicht.

»Sagen wir doch einfach, ich sei aus Neugier in deiner

Nähe geblieben«, sagte er freundlich. »Ich wollte sehen, ob du wie durch ein Wunder genesen würdest, wie gestern.«

Ihre Augen verengten sich zu Schlitzen. »Du könntest wenigstens ein bißchen Mitgefühl zeigen.«

Er stand vom Tisch auf und stellte sich neben ihr Bett. Dabei sah er ihr fest in die Augen. Seine Blicke machten Jessie nervös, und sie konnte ihm nicht lange in die Augen schauen.

»Du bist schwanger.«

»Bin ich nicht!« Das kam viel zu schnell heraus, und sie griff es noch einmal ruhiger auf. »Wirklich, ich bin nicht schwanger.«

»Natürlich.«

Er setzte sich auf das Bett und zog die Decke von ihrem Oberkörper. »Du hast wunderschöne Brüste«, sagte er beiläufig, während er sie zart berührte. »Komisch, aber sie sind wesentlich voller als beim letzten Mal, als ich sie berührt habe.«

Jessie schlug seine Hand zur Seite. »Erzähl doch keinen Unsinn.«

»Du stellst meine Geduld auf die Probe, Jessie.« Er griff nach ihrem Kinn und zwang sie, ihm ins Gesicht zu sehen. »Ich habe den größten Teil meines Lebens unter Frauen verbracht. Als ich ein Kind war, noch ehe meine Mutter Ewing geheiratet hat, bestand ihre Kundschaft zur Hälfte aus schwangeren Frauen. Zufällig ist das nun mal der einzige Zeitpunkt im Leben einer Frau, zu dem sie einen legitimen Vorwand hat, sich eine neue Garderobe zuzulegen. Diese Frauen haben offen über ihre Beschwerden geredet, denn es war ihnen nicht bewußt, daß ich dabei war. Glaubst du, ich kann mir nicht ausrechnen, daß das der Grund ist, aus dem dich morgens niemand mehr sieht?«

Sie stieß seine Hand von sich, und sie war erbost, weil er mehr über dieses Thema wußte, als sie gewußt hatte. »Laß mich in Ruhe!«

»Du wolltest mich abreisen lassen, ohne mir vorher etwas davon zu sagen, stimmt's?« fuhr er erbarmungslos fort. »Du wolltest es alles allein durchmachen?«

»Das ist meine Angelegenheit, nicht deine.«

»Und wie das meine Angelegenheit ist!«

»Ach, wirklich?« Sie lehnte sich zurück. »Was für einen Unterschied macht es denn, daß du es jetzt weißt? Nichts hat sich dadurch geändert.«

»Wir werden heiraten.«

»Nein.« Sie schüttelte langsam den Kopf. »Mit dem Gedanken habe ich gespielt, als ich es erfahren habe, aber das war, ehe ich dich mit einer Hure im Bett vorgefunden habe.«

»Es ist nichts passiert, Jessie. Ich war betrunken.«

»Ich weiß. Aber die Absicht war vorhanden. Wenn ich mich für einen Mann entscheide, wird er nie mehr eine andere Frau auch nur ansehen. Das einzige, was ich nicht dulde, ist Untreue. Das wäre wie... schon gut, vergiß es.« Sie wollte jetzt nicht an ihre Eltern denken. »Du, du hast dir immer jede Frau genommen, die dir gefallen hat. Also wirst du immer ein Schürzenjäger sein.«

»Verkauf dich nicht unter deinem Preis, Jessie«, sagte Chase zärtlich. »Du würdest durchaus ausreichen, um mich zufriedenzustellen.«

Sein fester Blick ließ sie in Verlegenheit geraten. »Zu diesem Thema ist nicht mehr zu sagen.«

»Es dreht sich schließlich um mein Kind.«

»*Mein* Kind!« gab sie zurück. »Ich bin diejenige, die seinetwegen leidet. Ich bin diejenige, die ihn austrägt. Und ich bin diejenige, die ihn aufziehen wird.«

»Du hast vor, ihn ohne Vater aufwachsen zu lasen? Ich weiß, was das heißt, Jessie, und keines meiner Kinder wird so aufwachsen.«

»Du hast in dem Punkt nichts zu sagen.«

»Das werden wir ja sehen!«

Sie funkelten einander einen langen, angespannten Moment lang böse an. Jessie war außer sich vor Wut. Sie hatte nicht damit gerechnet, daß er so autoritär sein würde. Chase war genauso wütend wie sie. Ihm wurde klar, daß Jessie alles, was sie nur irgend tun konnte, getan hatte, um ihm die Existenz dieses Kindes zu verbergen, und beinah wäre es ihr sogar gelungen.

Chase stand abrupt auf. »Zieh dich an.«

»Mit Vergnügen«, erwiderte sie verbissen, doch erst, als sie sich vollständig angekleidet hatte, bemerkte sie, was ihr fehlte. »Wo ist mein Revolver?«

»In meiner Satteltasche.«

»Was?«

»Ich habe dich zu einer Frau gemacht, die den Launen eines Mannes auf Gedeih und Verderb ausgeliefert ist.« Er versuchte seinen Tonfall beiläufig zu lassen, doch er meinte es todernst. »Du kommst jetzt mit mir, Jessie, und dieses eine Mal bist du machtlos gegen mich.«

»Wohin soll ich mit dir kommen?« fragte sie.

»Nach Cheyenne. Ich habe dir doch gesagt, daß wir heiraten werden.«

»Chase.« Sie sprach mit gesenkter Stimme, obwohl sie am liebsten laut geschrien hätte. »Du kannst mich nicht zwingen, dich zu heiraten. Mit einem solchen langen Ritt vergeudest du nur deine Zeit, von meiner Zeit ganz zu schweigen.«

»Das glaube ich kaum, Jessie. Du gehst jetzt raus und steigst auf, oder muß ich dich tragen?«

Jessie ging starr vor Zorn an ihm vorbei und aus der Tür. Doch falls sie mit dem Gedanken gespielt hatte, blitzschnell zu ihrem Pferd zu stürzen und davonzureiten, dann konnte sie das jetzt gleich vergessen, denn Chase ging direkt hinter ihr her. Er hielt von Anfang an Blackstars Zügel fest.

Während der ersten Stunden des langen Ritts nach Cheyenne kochte Jessie ganz schlicht vor Wut. Doch es lagen noch viele Stunden vor ihnen, und diese Stunden verbrachte sie damit, sich Gedanken zu machen. Zu dem Zeitpunkt, zu dem sie die Stadt erreichten, war sie zu etlichen Lösungen gekommen.

Es war zwar schon spät, doch Chase ritt direkt zur Kirche. Sie stiegen gemeinsam ab. Dann richtete Chase seine Waffe auf sie. Damit hatte Jessie allerdings gerechnet. Sie war belustigt, aber es gelang ihr, das zu verbergen. Es war die reinste Ironie. Hatte sie in der Nacht, in der sie sich entschieden hatte, ihn zu heiraten, nicht mit dem Gedanken gespielt, ihn auf eben dieselbe Weise vor den Altar zu schleppen? Und jetzt wollte er sie mit gezogener Waffe vor den Altar schleppen.

Sie blieb stumm, während er den Geistlichen aus dem Bett holte, während er sie vor dem Altar aufstellte, während die ersten Worte gesprochen wurden. Sie wußte, daß der Geistliche die Waffe nicht sehen konnte, die er ihr in den Rücken bohrte. Ihr Schweigen dauerte bis zu dem Augenblick an, in dem es an der Zeit war, daß sie antwortete.

Chase biß die Zähne zusammen und wartete darauf, daß Jessie etwas sagen würde, doch sie war stur. Er drückte die Waffe in ihr Kreuz, ohne sich davon wirklich etwas zu versprechen, doch als er es tat, kam ihre Antwort klar und deutlich. Chase war so erstaunt, daß er einen Moment brauchte, um selbst die Antwort zu geben. Im Handumdrehen waren sie verheiratet, und Jessie schmierte sogar hastig ihren Namen auf die Heiratsurkunde, ehe sie die Kirche verließ, ohne auf Chase zu warten.

Er lief ihr eilig nach. »Es tut mir leid, daß ich es auf diese Weise tun mußte, Jessie.«

»Mach dir doch nichts vor«, erwiderte sie. »Wir wissen doch beide, daß du nicht auf mich geschossen hättest. Und du weißt auch, daß ich nicht mitgespielt hätte, wenn ich nicht dazu bereit gewesen wäre. Aber glaube bloß nicht, du hättest damit irgend etwas erreicht, Chase Summers. Ich habe meinem Kind die Legitimität gegeben, das ist alles. Jetzt kannst du ziehen, wohin du willst, nach Spanien oder wohin auch immer. Tu, was du willst. Ich bleibe hier. Du bist von Zeit zu Zeit als Besucher willkommen, aber mehr ist nicht drin. Ich werde nicht mit dir zusammenleben – ist das klar?«

Sie wartete seine Antwort nicht ab, sondern stieg auf und ritt zum Hotel. Chase starrte ihr nach, und sein Gesicht verfinsterte sich zusehends. *Das werden wir ja sehen. Hol mich der Teufel, wenn wir nicht zusammenleben werden.*

36

Als Chase erwachte, zog sich Jessie gerade mit höllischer Eile an. Er sagte nichts, sondern beobachtete sie verstohlen. Ihr Gesicht sagte ihm deutlich, in welcher Stimmung sie war. Wahrscheinlich hatte es ihr gar nicht gepaßt, ihn in ihrem Bett vorzufinden, als sie erwachte.

Er war ihr nicht sofort ins Hotel gefolgt, sondern war in den nächsten Saloon gegangen. Dort war niemand, den er wiedererkannte, und er ließ sich wegen der Ablenkung, die ihm dadurch geboten wurde, zu einem Kartenspiel verleiten, Siebzehnundvier. Doch nach einer Weile erkannte man ihn, und im Lauf des Abends konnte er sich jede Menge Sticheleien darüber anhören, was in Silver Annies Zimmer geschehen war. Er war eine Berühmtheit. Im Laufe des Abends hörte er auch eine Schilderung, aus der er entnehmen konnte, welche Rolle Jessie an jenem Abend gespielt hatte. Er war überrascht. Als er ins Hotel kam und feststellte, daß Jessie Mr. und Mrs. Summers angemeldet hatte, war er noch überraschter. Doch seine freudige Erregung fand ein rasches Ende, als er das Zimmer betrat und Bettzeug und ein Kissen vorfand, das sie ihm auf den Boden geworfen hatte. Er tat das Bettzeug wieder dahin, wohin es gehörte und nahm seinen Platz neben seiner Ehefrau ein.

»Es hat sich also niemand etwas an dem zu schaffen zu machen, was dir gehört, was?«

Jessie wirbelte herum, um ihn anzusehen, und ihr Mund sprang vor Staunen weit auf. Doch sie fing sich schnell wieder.

»Du hast also davon gehört?«

»Eine amüsante Geschichte.«

»Mach dir bloß keine falschen Vorstellungen, Chase«, sagte sie herablassend. »An dem Tag hatte ich gerade erfahren, daß ich ein Baby bekomme, und ich hatte mich entschlossen, dich zu heiraten. Es war nichts... Persönliches.«

»Das war also der Grund, aus dem du in jener Nacht in den Saloon gekommen bist, um mich zu suchen?«

»Ja. Die Umstände, unter denen ich dich vorgefunden

habe, haben natürlich jedem Gedanken an eine Heirat ein Ende gemacht. Trotzdem war ich wütend, daß jemand dich fast umgebracht hätte. Schließlich bist du der Vater meines Kindes.« Sie wandte sich verlegen ab. »Das, was ich zu deinem Flittchen gesagt habe, habe ich nur gesagt, um etwas klarzustellen, sonst gar nichts.«

Chase zuckte zusammen. Er hätte wissen müssen, daß es keinen Sinn hatte, diese Thema zur Sprache zu bringen.

»Das ist zu schade«, sagte er zart.

»Wieso?« Sie hatte ihn falsch verstanden. »Ich glaube nun mal zufällig, daß Silver Annie mehr mit dem Überfall auf dich zu tun hatte, als sie zugegeben hat. Sie brauchte eine Warnung.«

»Diese Episode ist aus und vorbei, und am besten vergißt man sie.«

Jessie schnappte nach Luft, und ihre türkisfarbenen Augen wurden kugelrund. »Das ist doch wohl nicht dein Ernst, oder? Das soll doch wohl nicht heißen, daß du nicht herausfinden willst, wer dir ein Messer in den Rücken gerammt hat?«

»Nicht unbedingt«, erwiderte Chase. Er lachte über ihr empörtes Gesicht.

Chase empfand keine Rachegelüste. Er war demjenigen, der ihn überfallen hatte, dankbar. Wäre seine Verwundung nicht gewesen, so hätte Jessie ihn niemals auf die Ranch mitgenommen, und er hätte Wyoming verlassen, ohne etwas von dem Baby zu erfahren. Bei dem Gedanken daran, daß sie nicht vorgehabt hatte, ihn von diesem Umstand zu unterrichten, verflüchtigte sich seine wohlmeinende Stimmung.

»Hattest du vor, dich heute morgen aus dem Hotel zu schleichen, ohne mich zu wecken, Jessie?«

»Zufällig ist es bereits nachmittag. Wir haben beide verschlafen.«

»Beantworte meine Frage.«

»Ich hatte nicht vor, einfach zu gehen«, sagte sie mürrisch.

»Das bezweifle ich.«

»Bezweifle alles, was du willst, aber es ist eine Tatsache, daß ich dich etwas fragen wollte, und ich hätte nicht gut weggehen können, ohne dir diese Frage zu stellen.« Sie unterbrach sich, und offensichtlich fehlten ihr die rechten Worte.

»Sprich weiter. Ich höre mit gespannter Aufmerksamkeit zu.«

Sie zögerte, ehe sie damit herausplatzte. »Ich will, daß du mit mir auf die Ranch zurückkommst.«

»Das hatte ich ohnehin vor.«

Sie kniff die Augen zusammen. »Wenigstens so lange, bis Rachel geht.«

»Ach ja, ich hatte ganz vergessen, wieviel Nutzen du aus dieser Eheschließung ziehen wirst.«

»Du brauchst nicht sarkastisch zu werden, Chase.«

»So? Verzeih mir, wenn ich mich irre, aber ich wette, daß du es kaum abwarten kannst, Rachel von unserer Heirat in Kenntnis zu setzen. Ich habe doch recht, oder?«

»Nein, diesmal irrst du dich. Ich will, daß *du* es ihr sagst. Ich hatte nämlich vor, direkt auf die Weiden zurückzureiten. Ich will sie überhaupt nicht sehen.«

»Nicht einmal, um dich von ihr zu verabschieden?«

»Ich habe keinen Grund, mich von ihr zu verabschieden«, erwiderte sie steif. »Ich habe sie nie eingeladen, und ich werde auch nicht so tun, als täte es mir leid, daß sie keinen Vorwand mehr hat, zu bleiben.« Ihr Stimme wurde flehentlich. »Würdest du es ihr an meiner Stelle sagen?«

»Und was passiert, wenn sie herausfindet, daß ich ein Ehemann bin, von dem ständige Abwesenheit erwartet wird?«

Jessies Augen verfinsterten sich. »Das brauchst du ihr nicht zu sagen!«

»Warum nicht? Fürchtest du, sie könnte es für ihre Pflicht halten, noch ein paar Jahre zu bleiben?«

Jessie funkelte ihn böse an. Chase stand langsam auf und glättete die Kleider, in denen er geschlafen hatte. Er ließ sie eine Zeitlang kochen, und seine Laune wurde zunehmend besser.

»Weißt du, Jessie, diese neue Situation ist wirklich reichlich lustig.«

»Falls du Erpressung in Betracht ziehen solltest, würde ich das kaum als komisch bezeichnen. Genau daran denkst du doch, oder?« Er grinste breit, und sie fauchte: »Das geht auch nur, solange Rachel da ist.«

»Stimmt. Aber wie lange wird sie noch bleiben? Hast du vor, nach Hause zu reiten und ihr zu sagen, daß sie augenblicklich ihre Sachen packen soll?«

»Wenn du es nicht tust, dann denke ich, daß ich es wohl tun muß! Weshalb willst du dich überhaupt mit mir anlegen?« schrie sie. Sie war außer sich. »Du wolltest dich nicht seßhaft machen. Es mag zwar sein, daß du mich zu einer Heirat gezwungen hast, aber schließlich wissen wir beide, warum. Es war sehr großzügig von dir, und ich danke dir auch wirklich. Warum kannst du mir nicht dafür danken, daß ich dir die Freiheit zugestehe, die du doch eigentlich willst? Du mußt deinen Vater finden, hast du das vergessen? Geh nach Spanien, Chase. Such ihn. Das kannst du unmöglich mit einer Frau im Schlepptau bewerkstelligen.«

»Warum denn nicht? Du könntest mich begleiten, nachdem das Baby geboren ist, versteht sich.«

»Ich werde die Ranch niemals verlassen, Chase.«

Sie wollte sich nicht erweichen lassen, um ihre Seele zu retten.

»Vielleicht ist es dir noch nicht klargeworden, aber diese Ranch gehört jetzt auch mir«, sagte er gereizt.«

Jessie fuhr zusammen. »Was willst du damit sagen?«

»Ich will damit sagen, meine Liebe, daß ich dort bleibe, wenn ich bleiben will.«

»Tu, was dir beliebt«, sagte Jessie eisig. »Aber du wirst noch wünschen, du hättest es nicht getan.«

37

Der Ritt zur Ranch war eine angespannte, bittere Reise, denn sowohl Jessie als auch Chase kochten innerlich über den erzwungenen Waffenstillstand, den sie hinnehmen mußten. Sie erreichten das Tal direkt vor Einbruch der Abenddämmerung, und sie ritten ebenso verdrossen und nicht sehr gesprächig auf die Ranch zu, in der gleichen Art und Weise, wie sie sich schon seit Cheyenne verhielten.

Jessie freute sich einerseits auf die Gegenüberstellung mit Rachel, aber andererseits auch gar nicht. Sie wollte, daß Rachel verschwand, doch ihr war klar, daß sie ihre Mutter anschließend nie wiedersehen würde.

Als sie Rachel sah, die sie in der Küchentür erwartete, als Jessie vom Stall zurückkam, verstärkte das nicht gerade ihre Zuversicht, dieses Zusammentreffen ruhig und gefühllos hinter sich bringen zu können. Jessie griff auf frühere Erinnerungen zurück, um sich in ihrer Entschlossenheit zu bestärken. Erinnerungen an ihren Vater, der mit einer Whiskeyflasche am Küchentisch saß und murmelnd trügerische Huren und ihren Hang zum Verrat beklagte. Erinnerungen an ihn, der mit zornigen Erklärungen über die Abwesenheit ihrer Mutter hinwegzukommen versucht hatte. Erinnerungen an ihn, der schrie, er hätte Rachel mit Will Phengle zusammen entdeckt.

Rachel verstellte ihr den Weg und wirkte in einem geblümten Kleid sauber und ordentlich. Jessie wünschte, sie hätte sie nur ein einziges Mal mit Schmutz im Gesicht gesehen, mit Staub auf den Kleidern, mit ein paar einzelnen Haaren, die verrutscht waren – irgend etwas, was sie menschlicher hätte erscheinen lassen.

»Hat deine Rückkehr zu bedeuten, daß der Ärger vorbei ist?« fragte Rachel, als Jessie auf sie zukam. »Hast du sämtliche Rinder jetzt endlich zusammengetrieben?«

Jessie ging einfach weiter und zwang Rachel, zurückzuweichen, damit sie die Küche betreten konnte. Sie blieb vor dem Küchentisch stehen, zog ihren Hut und ihre Handschuhe aus und ließ sie auf den Tisch fallen. Sie war angespannt, und ihre Anspannung wuchs zusehends. Gott sei Dank hatte sie heute nach ihrer morgendlichen Übelkeit noch einmal geschlafen. Mit soviel Unruhe an einem Tag konnte ihr Magen nicht zurechtkommen.

Rachel musterte sie aufmerksam. »Wird *er* jetzt gehen?«

Jessie sah ihr fest in die Augen. »Die Antwort auf alle deine Fragen lautet nein, Rachel.«

»Oh. Ja, aber du hast doch gesagt, du kämst erst von den Weiden zurück, wenn alles in Ordnung ist.«

»Wir werden morgen wieder hinausreiten. Chase und ich kommen gerade aus Cheyenne.«

»Ach?!« Rachel zog besorgt die Augenbrauen hoch.

»Was ist?«

»Nun, Jeb ist mit Billy losgeritten, um dich zu suchen. Verstehst du, ich schicke Billy nach Chicago zurück. Ich kann nicht zulassen, daß er weiterhin seine Schule vernachlässigt«, erklärte sie. »Aber er wollte sich unbedingt noch vorher von dir verabschieden. Ich hoffe, die beiden hören nicht, daß ihr in Cheyenne wart, denn sonst könnten sie sich entschließen, euch den ganzen Weg nach Cheyenne zu folgen.«

»Du regst dich wegen nichts und wieder nichts auf«, sagte Jessie ungeduldig. »Jeb hat genug Verstand, um nicht so weit mit dem Jungen zu reiten.«

»Wohin mit dem Jungen zu reiten?« fragte Chase, der in den Türrahmen getreten war.

Rachel weigerte sich, ihn anzusehen, und daher mußte Jessie sich an ihn wenden.

»In die Stadt, damit er mich findet, um sich von mir zu verabschieden«, antwortete Jessie so freundlich wie möglich. »Sie schickt Billy weg, damit er etwas lernt.«

Chase sah Jessie an und zog fragend die Augenbrauen hoch. »Du hast es ihr also noch nicht gesagt?«

»Mir was gesagt?« fragte Rachel.

»Ich überlasse Jessie das Vergnügen, Gnädigste«, sagte er. »Ich habe nur kurz vorbeigeschaut, damit sie es tun kann. Was hält dich noch zurück, Jessie? Bereitet es dir Schwierigkeiten, die rechten Worte zu finden?«

Jessie bedachte ihn mit einem vernichtenden Blick.

»Wir sind gestern nach Cheyenne geritten, um zu heiraten, Rachel. Chase ist mein Ehemann.«

Rachel sah zwischen den beiden hin und her, doch sie wirkte nicht im entferntesten überrascht.

»Ich verstehe«, sagte sie schließlich. Sie lächelte. »Als du fortgegangen bist, Chase, habe ich mich gefragt, ob du wohl wieder zu Sinnen kommst Aber schließlich ist alles gut ausgegangen.« Sie strahlte die beiden begeistert an.

Jessie konnte es nicht fassen. »Was zum Teufel soll das heißen?«

»Nichts weiter, nur daß ich wußte, daß es so kommen würde, das war doch klar«, sagte Rachel ruhig.

Jessies Augen blitzten auf. »Das ist ausgeschlossen!«

»Meinst du? Zwei Menschen, die einander so viel bedeuten wie ihr beide, sind immer füreinander bestimmt. Ich kann euch gar nicht sagen, wie froh ich bin, daß es euch klargeworden ist.«

Einen Moment lang herrschte schockiertes Schweigen.

»Wie kannst du das sagen? Hast du denn vergessen, daß du dich gegen ihn gestellt hast?«

»Nein.« Rachel lächelte. »Und als ich mich gegen ihn gestellt habe, hast du ihn verteidigt. Du könntest es als... als eine gewisse Taktik bezeichnen.«

»Ich bezeichne das als Blödsinn!« fauchte Jessie. »Taktik!«

Chase kicherte in sich hinein. »Hast du mich wirklich verteidigt, mein Liebling?«

Jessie funkelte ihn wütend an. Dann wandte sie ihren zornigen Blick Rachel zu. Ihr fielen keine Worte ein, die ihrer Wut einen angemessenen Ausdruck verliehen hätten, und daher drehte sie sich brüsk herum und ließ die beiden stehen.

Chase amüsierte sich immer noch, und als er Rachel in die Augen sah, grinste er. »Du hast mich ganz schön getäuscht, Rachel. Jessie hast du auch getäuscht. Du weißt doch, daß sie deshalb so wütend ist, oder sie hat sich von deiner Seite eine rundum gänzlich andere Reaktion ausgerechnet.«

»Ich weiß.« Rachel lächelte. »Ich hätte nicht versuchen sollen, sie zu täuschen. Man kann nicht behaupten, daß ich über das, was du getan hast, nicht entsetzt war, merk dir das, Chase Summers.«

»Natürlich«, stimmte Chase mit feierlicher Miene zu.

»Aber ich hatte das ganz sichere Gefühl, daß ihr beide die Richtigen füreinander seid«, fuhr sie fort.

Chase war bekümmert. Hätte sie bloß die Wahrheit gekannt, die zu dieser Ehe geführt hatte!

»Mach dir keine Sorgen!« Seine Stimme klang tröstlich. »Sie wird sich wieder beruhigen.«

»Glaubst du? Noch vor meiner Abreise?«

»Wann reist du ab?«

»Ich wollte Billy morgen in den Zug setzen. Für mich besteht ja kein Anlaß mehr, nicht mit ihm zu fahren, oder?«

»So schnell schon?«

»Ja. Und daher sollte ich wohl am besten mit Jessica reden, ehe sie Gelegenheit hat, sich zu sehr in ihren Zorn hineinzusteigern. Ich kann nicht im Ärger von ihr gehen.«

»Wenn du schon vorhast, mit ihr zu sprechen, Rachel, meinst du dann nicht, das es auch an der Zeit ist, ein paar andere Dinge aus der Welt zu schaffen? Es könnte deine letzte Gelegenheit sein, ihr die Vergangenheit aus deiner Sicht zu schildern.«

Rachels Lächeln verblaßte. »Ich nehme an, daß ich es versuchen sollte... wieder einmal. Wenn sie weiß, daß ich abreise, hört sie mich diesmal vielleicht zu Ende an.«

Rachel wartete nicht ab, bis Jessie auf ihr Klopfen geantwortet hatte, sondern öffnete die Tür ihres Zimmers und trat entschlossen ein. Ein Blick in Jessies kaltes Gesicht, und sie wäre fast wieder ins Wanken geraten. Sie hatte keine Ahnung, wie sie anfangen sollte.

»Äh... Kate hat einen Braten aufgesetzt, und er ist fast fertig. Ißt du mit uns zu Abend, Jessica?«

»Nein.«

»Ich wünschte, du würdest es dir noch einmal überlegen«, sagte Rachel ruhig. »Es ist unsere letzte Möglichkeit, als Familie gemeinsam zu Abend zu essen. Ich reise morgen früh mit Billy ab.«

Es entstand eine Pause. »Ich habe uns nie als *Familie* angesehen, Rachel. Und ich könnte nicht behaupten, daß es mir leid tut, daß du abreist. Du hast doch sicher nichts dagegen, wenn ich nicht da bin, um mich von euch zu verabschieden? Ich habe viel Arbeit, wie du weißt.«

Rachel empfand den Stachel dieser Worte wie einen Schlag in ihr Gesicht. Sie wäre am liebsten davongelaufen, aber sie konnte so nicht abreisen. Sie wußte, daß sie es sich selbst nie verziehen hätte, wenn sie sich bei diesem letzten Anlauf nicht nach Kräften bemühte.

»Warum wolltest du dir die Geschichte nie von meiner Seite anhören?« sagte Rachel abrupt.

Jessie wandte sich ab und starrte aus dem Fenster. »Wozu? Damit du Thomas verleumden und ihn als Lügner darstellen kannst? Er war ein Mann, den man nicht leicht lieben konnte, nicht einmal mögen, aber er war alles, was ich hatte. Wenn ich in dem Glauben wäre, daß die Hölle, die diese letzten zehn Jahre für mich bedeutet haben, für nichts und wieder nichts war, würde ich sein Grab ausschaufeln und ihm noch ein paar zusätzliche Kugeln durch seinen Körper jagen. Wenn allerdings ein Mann, ob betrunken oder nüchtern, immer wieder dieselbe Geschichte erzählt, dann besteht gewöhnlich der Verdacht, daß es sich um die Wahrheit handelt.«

»Die Wahrheit, *an die er glaubt*, ja. Aber was ist, wenn die Wahrheit, so, wie er sie gesehen hat, keineswegs die Wahrheit war?«

Jessie drehte sich langsam um. Ihre Augen waren so hart wie Türkise. »Also gut. Seit du hier bist, verzehrst du dich schon danach, es zu sagen, und jetzt sag, was du zu sagen hast, und geh dann!«

»Ich war deinem Vater nie untreu, Jessica.«

»Natürlich nicht. Und als nächstes wirst du mir erzählen, daß Billy Thomas Blairs Sohn ist.«

»Das ist er auch.«

Die Worte waren kaum hörbar, doch Jessie hörte sie.

»Zum Teufel mit dir, aber wenn das die Wahrheit ist, warum hast du sie ihm dann nicht gesagt, ehe du weggegangen bist? Du weißt doch, daß er nie etwas anderes haben wollte als einen Sohn.«

»Es war zu spät, um ihm irgend etwas zu sagen, selbst, wenn ich noch dazu gekommen wäre.«

»Ein netter Versuch, Rachel«, höhnte Jessie, »aber ich kaufe dir kein Wort ab. Er hat dich mit seinen eigenen Augen mit Will Phengle im Bett liegen gesehen – in eurem Bett. Er war einen Monat lang fortgewesen, einen Monat, den du zweifellos dazu genutzt hast, mit deinem Liebhaber zusammenzusein, den es schon vorher die ganze Zeit gegeben hat. Wenn Billy der Sohn von irgend jemandem ist, dann ist er Phengles Sohn.«

»Mein Gott!« Rachel wurde ziemlich blaß. Sie setzte sich auf Jessies Bett. »In der Nacht hat also... Thomas hat von Will gesprochen, aber er hat mir nie genau gesagt, was diesen blindwütigen Zorn bei ihm ausgelöst hat. In meinem eigenen Bett!«

»Das war gut, Rachel«, sagte Jessie trocken. »Das war sogar ganz ausgezeichnet. Du hast deine wahre Berufung wirklich verfehlt.«

Jessies Sarkasmus ließ Rachel aufbrausen, und die Sanftheit, die man von ihr gewohnt war, verschwand. »Wenn dein Vater gesehen hat, daß Will Phengle in meinem Bett eine Frau geliebt hat, dann muß diese Frau Kate gewesen sein, denn ich war es nicht, Jessica. Ich war den ganzen Tag nicht auf der Ranch.« Sie unterbrach sich, ehe sie fortfuhr. »Einer der Siedler aus der Umgebung war an jenem Morgen zu mir gekommen, um mich um Hilfe zu bitten, weil seine Frau in den Wehen lag. Sowohl die Mutter als auch das Kind sind gestorben. An jenem Abend kam ich völlig krank vor Erschöpfung und Angst nach Hause. Du warst eine sehr schwierige Geburt gewesen, verstehst du, und ich wußte, daß ich selber wieder schwanger war. Es gab im ganzen Umkreis keinen Arzt, damals noch nicht.

Es war ein Wunder, daß Thomas Billy nicht umgebracht hat, denn er hat mich in dem Moment, in dem ich das Haus betreten habe, ganz fürchterlich zusammengeschlagen. Er hat mir nie die Gelegenheit gegeben, auch nur irgend etwas dazu zu sagen, Jessie, nicht das geringste konnte ich dazu sagen. Nachdem er mit mir fertig war, konnte ich nicht mehr sprechen. Mein Kiefer war gebrochen, und ich war kaum noch bei Bewußtsein.

Frag Kate. Sie war hier die einzige andere Frau, Jessica, und daher müssen es sie und Will gewesen sein. Frag sie.«

Jessie sagte gar nichts. Ihr Ausdruck blieb unverändert,

und als sie endlich sprach, war ihre Stimme hart. »Du hast zehn Jahre Zeit gehabt, um diese Gesichte in allen Einzelheiten zu erfinden. Wer könnte dir widersprechen? Phengle ist nicht da. Thomas ist nicht da. Kate wird es natürlich abstreiten, aber sie ist ja nur eine Indianerin, und wer würde mehr auf ihr Wort geben als aus deins, stimmt's?«

»Frag sie, Jessica«, sagte Rachel mit einem stummen Flehen.

»Mit einer solchen Frage würde ich sie demütigen und beleidigen. Mein Gott, ist dir eigentlich klar, was du damit sagst?« Jessie hob ihre Stimme. »Du sagst damit, daß Kate während all dieser Jahre ihren Mund gehalten hat, daß sie niemals vorgetreten ist, um ein gräßliches Unrecht richtigzustellen! Warum hätte sie ihr Schweigen bewahren sollen? Wozu? Thomas' Haß hat diesen Ort hier zur Hölle gemacht. Hier hat es nie Wärme gegeben. Warum hätte sie es dabei belassen sollen?«

»Ich weiß nicht, warum, Jessica, aber das hat sie getan.«

»Nein!«

Jessie wandte sich wieder ab. Rachel blieb regungslos sitzen. »Und was ist, wenn ich die Wahrheit sage, Jessica?« flüsterte sie, ehe sie aufstand, um zu gehen. »Macht mich das zu einer Verbrecherin – oder zu einem Opfer? Darüber kannst du jetzt selbst nachdenken.«

38

»Mutter, ich kann die Indianerfeder nicht finden, die Jeb mir gestern abend geschenkt hat!«

Rachel schüttelte den Kopf. Sie sah Chase von der Seite an, und dann wanderten ihre Blicke zu einem überquellenden Koffer, der offen auf dem Bett lag. Sie seufzte. Der Vormittag war hektischer verlaufen, als sie es sich erträumt hatte.

»Würde es dir etwas ausmachen, meinen Koffer zuzumachen und ihn vor das Haus zu tragen? Ich kann mir vorstellen, daß mein Sohn noch diverse andere fehlende Gegenstände entdeckt, ehe wir seinen Koffer schließen können. Wenn wir nicht bald abfahren, kann es uns noch pasieren, daß wir die Nacht in Cheyenne verbringen müssen. Das wäre mir gar nicht lieb.«

Chase nickte wortlos. Er wußte, daß Rachel ihre Rolle gut spielte und in Wirklichkeit nur mit Mühe Haltung bewahrte. Sie hatte ihm von ihrem Gespräch mit Jessie berichtet. Er wußte, daß es sehr schmerzlich für sie sein mußte.

Und Jessie? War sie wirklich so herzlos, oder war sie ganz sicher, daß Rachel log? Er hatte Kate selbst ausfragen wollen, nachdem er die ganze Geschichte gehört hatte, doch die Indianerin war nicht auffindbar gewesen. Außerdem hatte es an diesem Vormittag auch kein Frühstück gegeben. War Kate für immer verschwunden? Bewies das denn nichts?

Chase seufzte und machte sich daran, Rachels großen Koffer zu verschließen. Würde Jessie wenigstens auftauchen, um sich endgültig zu verabschieden? Billy himmelte sie an. Es würde ihm das Herz brechen, wenn sie nicht auftauchte.

Selbst nach dem dritten Versuch wollte sich der Koffer noch nicht schließen lassen, und Chase fluchte, als er ihn wieder öffnete, um das Hindernis zu entdecken, das den Deckel klemmen ließ. Ein dünnes Buch, das aus dem Futter des Kofferdeckels gefallen war, hatte sich jetzt quergestellt und verhinderte das Schließen des Koffers. War das das Problem? Chase warf das Buch wieder in den Koffer und probierte noch einmal, das verdammte Ding zu schließen. Es war ihm ein Rätsel, warum Frauen mit so vielen Kleidern reisen mußten. Vielleicht war es sogar gut, daß Jessie fest entschlossen war, nicht mit ihm nach Spanien zu reisen, dachte er mürrisch. Er malte sich bereits aus, wie er jedesmal, wenn sie an einen anderen Ort zogen, dieses Kofferschließen vor sich hatte. Wenn sie allerdings reich wären und Dienstboten hätten, die sich mit solchen Dingen befassen konnten – oh, zum Teufel!

Der Koffer wollte sich immer noch nicht schließen lassen. Schon wieder dieses Buch. Er hatte es nicht weit genug in die Mitte geschoben. Eine Ecke schaute aus dem Koffer raus. Er versuchte, es reinzudrücken, ohne den Deckel ganz anzuheben, doch die Kleidungsstücke waren zu dicht gepackt. Er spürte die Versuchung, das Buch einfach rauszunehmen und Rachel nach iher Ankunft in Chicago rätseln zu lassen, was dem Buch wohl zugestoßen sein mochte.

Chase warf einen Blick auf die Tür, um sich zu vergewissern, daß er nicht auf frischer Tat ertappt werden konnte. Dann warf er das Buch auf den Fußboden und wollte es gerade unter das Bett kicken, als sein Blick auf das Wort ›Tagebuch‹ fiel. Mehrere Sekunden lang starrte er es unbeweglich an. Das konnte er nicht machen. Nicht mit einem Tagebuch. Das war etwas, was Rachel nicht einfach ersetzen konnte. Er hatte es ursprünglich für einen Roman gehalten. Komisch, aber er hätte nie vermutet, daß Rachel zu der Sorte von Frauen gehörte, die Tagebücher führten. Nein, Rachel nicht.

Schließlich schloß Chase den Koffer und trug ihn vor das Haus. Jeb wartete bereits mit einem Wagen vor der Haustür.

»Kommen noch mehr von der Sorte?« brummte Jeb, während er den Koffer hinten in den Wagen schob.

Chase grinste. »Ich bezweifle, daß Billys Sachen ganz so schwer sein werden. Sorgen Sie bloß dafür, daß Sie jemanden zum Abladen haben, wenn Sie in der Stadt ankommen.«

»Uff. Ein Angeber sind Sie. Als wenn ich das Ding nicht allein stemmen könnte! Wenn diese Frau sich nicht bald in Bewegung setzt, wir es Nacht, ehe wir in die Stadt kommen.«

»Haben Sie Jessie zufällig irgendwo gesehen?« fragte Chase.

»Sind Sie blind, Sie junger Spund? Sie sind Ihr gerade im Salon begegnet.«

Chase drehte sich herum. Er freute sich für Rachel und für Billy, daß Jessie doch noch aufgetaucht war.

Mitten in der Türöffnung blieb Chase wie angewurzelt stehen. Das Mädchen, das auf einem Stuhl vor dem knisternden Feuer saß, war fast nicht wiederzuerkennen. Es war Jessie, das schon, aber es war eine Jessie, die zu sehen er nie erwartet hatte. Sie trug ein Kleid aus rosafarbenen

Samt mit Spitzen. Ihr Haar war aufgesteckt, und sie hatte sich weiße Bänder ins Haar geflochten, die einen unglaublichen Kontrast zu ihrem glänzenden schwarzen Haar bildeten. Er war sprachlos. Sie war die schönste Frau, die er je gesehen hatte.

In dem Moment betraten Rachel und Billy den Raum. Beide waren fassungslos.

»Mann, o Mann.« Billy strahlte von einem Ohr zum anderen. »Gegen dich müßten sich alle Mädchen zu Hause im Osten vor Scham verstecken.« Er eilte zu Jessie, und sie stand auf. Seine Arme glitten um ihre Taille. Jessie hätte Billy gern näher an sich gezogen und ihn so fest an sich gedrückt, wie sie noch nie jemanden gedrückt hatte, doch über Billys Kopf hinweg sah sie Rachel an, und ihre Arme wollten sich nicht rühren. Sie fühlte sich, als müsse sie ersticken. Sie hätte nicht kommen sollen. Sie hätte sich in ihrem Zimmer einschließen sollen, bis sie fort waren.

Billy bemerkte gar nicht, daß sie seine Umarmung nicht erwiderte. »Ich werde dich ganz schrecklich vermissen, Jessie. Darf ich wieder zu dir kommen und dich besuchen?«

Ein Laut entrang sich ihr, doch niemand außer Billy hörte diesen Laut. Sie beugte sich zu ihm hinunter und flüsterte ihm zu: »Wenn du es nicht tust, werde ich dir das nie verzeihen, Kleiner.«

Ihre Lippen streiften zart seine Wange, als sie sich wieder aufrichtete. Billy trat mit einem strahlenden Lächeln zurück und stieß einen Schrei der Begeisterung aus, ehe er aus dem Salon rannte und Chase dabei fast umgeworfen hätte.

Rachel trat voller Hoffnung näher. »Jessica, ich...«

»Auf Wiedersehen, Rachel.«

Jessies Züge waren hart. Sie hatte die Kontrolle über sich verloren, doch jetzt, da Billy den Raum verlassen hatte, hatte sie ihre Selbstbeherrschung wiedergefunden.

Rachel ließ ihre Blicke über ihre Tochter gleiten, die bezaubernder aussah, als sie es sich je hätte träumen lassen – gleichzeitig aber auch meilenweit fern von ihr.

»Dafür danke ich dir«, sagte Rachel mit einer Geste, die besagte, daß sie von Jessies Kleid sprach.

Jessie nickte nur flüchtig, ehe sie sich abwandte.

Rachel starrte ihren unbeugsamen Rücken etliche Sekunden an. »Ganz gleich, was du glaubst, Jessica: Ich habe dich sehr lieb.«

Der Klang von Rachels Schritten, mit denen sie das Zimmer durchquerte, dann das Schließen der Tür hallten in ihrem Kopf nach. Das Atmen fiel ihr schwer. Sie tastete nach der Stuhlkante, und als sie sie fand, ließ sich sich behutsam auf den Stuhl gleiten. Jeb rief den Insassen des Wagens etwas zu, und der Wagen rollte davon. Sie konnte ihn immer noch hören, immer noch, immer noch... sie hörte ihn nicht mehr.

»Du bist wirklich ungewöhnlich, Jessie.«

Wie lange war er schon dort? Wie lange hatte sie dagesessen, seit der Wagen abgefahren war?

»Was?«

»Du hast gehört, was ich gesagt habe«, sagte Chase, als er näherkam und neben ihr stehen blieb. »Du bringst es fertig, dem Jungen zu zeigen, daß du ihn magst, obwohl du gar nicht daran glaubst, daß er dein Bruder ist, aber deiner Mutter zeigst du es nicht – deiner eigenen Mutter.«

»Weil ich sie nicht mag«, sagte Jessie leise.

»Lügnerin!«

Sie schoß aus dem Stuhl, doch er packte ihren Arm und zog sie herum, bis sie ihm ins Gesicht sehen mußte. »Du kannst die Vorstellung nicht ertragen, daß du dich geirrt hast, daß du dich während all dieser Jahre geirrt hast.«

»Du hast ja keine Ahnung!«

»So, habe ich keine Ahnung? Schau mal, Kate ist verschwunden. Oder hast du das nicht gewußt?«

»Kate ist fort?« wiederholte Jessie.

»Das bestätigt doch gewissermaßen das, was Rachel gesagt hat, oder etwa nicht? Wahrscheinlich hat Kate gehört, daß du deine Mutter gestern nacht ihretwegen angeschrien hast.«

»Und wenn sie es gehört hat!« gab Jessie zurück. »Das heißt noch nicht, daß sie verschwunden ist. Sie ist hier in der Nähe.«

Chase zwang sich, sie nicht anzuschreien. Er zerrte sie zum Sofa und stieß sie darauf.

»Bleib ruhig sitzen«, kommandierte er mit scharfer Stimme. »Ich habe etwas, wovon ich möchte, daß du es dir ansiehst.«

Im nächsten Moment war er wieder da und warf ein schmales Büchlein neben sie auf das Sofa.

»Ich habe nicht die geringste Ahnung, was in diesem Buch steht«, sagte Chase. »Ich habe es aus dem Koffer deiner Mutter geholt, nachdem sie das Zimmer verlassen hatte, und ich habe vergessen, es ihr zurückzugeben. Vielleicht ist es nur Unsinn – aber vielleicht auch nicht. Schau rein, Jessie. Vergewissere dich selbst, worüber eine Frau wie Rachel zu schreiben hat.«

Chase verließ das Zimmer. Er ließ Jessie allein. Sie hob das Buch auf und warf es dann zornig wieder hin. Nein, Rachel hätte keine Lügen hineingeschrieben, nicht, wenn sie die Dinge für sich selbst hinschrieb, nicht in einem Tagebuch. Das Buch war nur für ihre Augen bestimmt.

Jessie starrte das Buch an und hob es dann eilig wieder auf.

12. Dezember 1863. Ich hätte mir nicht träumen lassen, daß meine Finger so gut heilen würden, wie es der Fall ist. Als Dr. Harrison mir vorgeschlagen hat, als Übung für meine Finger etwas zu schreiben, habe ich gelacht. Ich habe niemanden, dem ich schreiben könnte. Es war ein gutes Gefühl, festzustellen, daß ich trotz allem wieder lachen konnte. Mein Kiefer tut nicht mehr weh. Und Dr. Harrison versichert mir, daß dem Baby wohl nichts passiert ist, da ich erst im zweiten Monat schwanger war. Das glaube ich allerdings erst dann, wenn ich spüre, daß es um sich tritt.

13. Dezember 1863. Ich kann immer noch nicht über das schreiben, was im Rocky Valley passiert ist. Ich glaube nicht, daß ich je dazu in der Lage sein werde. Dr. Harrison hat gesagt, ein Tagebuch sei eine ganz ausgezeichnete Idee, und er findet, ich sollte über das schreiben, was Thomas mir angetan hat. Ich kann es nicht.

23. Dezember 1863. Ich habe vergessen, wie man sich mit ei-

nem vollen Magen fühlt. Ich hätte niemals Dr. Harrisons Pflege verlassen dürfen und mit dem wenigen Geld, das er mir gegeben hat, weiterziehen. Gott segne ihn für sein Vertrauen in mich, daß ich es ihm auf irgendeine Weise zurückzahlen werde. Aber ich kann keine Arbeit finden. Mein Körper ist noch zu schwach für harte Arbeit.

27. Dezember 1863. Endlich habe ich Arbeit bekommen. Ich bin in einer Kleinstadt, von der ich vorher noch nie etwas gehört habe. Genauso weit bin ich mit Dr. Harrisons Geld gekommen. Das Bedienen an den Tischen wäre wesentlich einfacher, wenn die Arbeitszeit nicht so lange wäre. Selbst, wenn ich jeden Penny spare, wird es noch weitere drei Wochen dauern, bis ich genug Geld habe, um Jessica aufsuchen zu können.

30. Dezember 1863. Wie kann ich bloß darüber schreiben? Aber warum eigentlich nicht? Was bedeutet es, von einem betrunkenen alten Mann vergewaltigt zu werden, wenn man es damit vergleicht, von dem Mann, den ich liebe, fast totgeschlagen zu werden? Dieser Mann war einer der Kunden, oder zumindest glaube ich das. Er hat mich vor dem Restaurant abgefangen. Gott sei Dank war es ganz schnell vorbei. Werde ich immun gegen Schmerz?

18. Januar 1864. Es dauert länger, als ich vorhergesehen habe, ehe ich von hier fort kann. Der erste Tritt des Babys hat mich so verblüfft, daß ich einen Stapel Geschirr fallengelassen habe. Das muß ich jetzt bezahlen, indem ich es abarbeite. Aber das Baby hat um sich getreten! Gott sei Dank, daß Thomas nicht seinen eigenen Sohn getötet hat!

26. Januar 1864. Gott steh mir bei, aber ich beginne, Thomas zu hassen. Es hat nicht gereicht, daß er mich grundlos geschlagen und mich aus dem Haus geworfen hat, ohne sich etwas daraus zu machen, ob ich es überlebe oder ob ich sterbe. Aber jetzt hat er mir Jessica weggenommen. Das einzige, was mich in ihrer Schule erwartet hat, war ein Brief von Thomas,

in dem stand, daß er sich von mir scheiden läßt und daß er mich umbringt, wenn ich jemals versuchen sollte, Jessica wiederzusehen. Er hat sie vor mehr als drei Monaten aus der Schule genommen. Jeb muß ihm erzählt haben, daß ich seine Schläge überlebt habe. Andernfalls hätte er Jessica in der Schule gelassen. Was kann ich jetzt tun?

8. Februar 1864. Ich glaube, daß Jonathan Ewing mir das Leben gerettet hat. Einen derart freundlichen Mann habe ich noch nie kennengelernt. Da für eine Frau in meinem Zustand keine Arbeit zu finden war, hatte ich mich auf das Betteln verlegt. Thomas hatte dafür gesorgt, daß die wenigen Freunde, die ich noch hatte, mir nicht helfen wollten. Was ist aus dem Mann geworden, den ich geliebt habe? Werde ich je verstehen, warum Thomas sich gegen mich gestellt hat? Hat er den Verstand verloren?

Mit dem Tagebuch, das sie an ihre Brust gepreßt hatte, stürzte Jessie aus dem Zimmer.

39

Die Union Pacific hatte Verspätung. Andernfalls hätten Rachel und Billy den Zug verpaßt. Ihre Koffer waren verladen worden, und es war gerade Zeit zum Einsteigen. Rachel wartete auf dem Bahnsteig, während Billy noch ein paar letzte Worte mit Jeb wechselte. Sie bemühte sich, nicht an den Abschied von der Rocky-Valley-Ranch zu denken, daran, wie sie Rocky Valley wieder einmal verlassen hatte.

»Mutter?«

Rachel erstarrte. Das war nicht Billys Stimme. Sie sah den Hengst, der am Ende des Bahnsteigs stand, und sie erkannte die Reiterin. Jessie saß auf ihrem Pferd und starrte Rachel einen Moment lang an, ehe sie von Blackstar absprang.

Sie nahm nichts von dem wahr, was sich um sie herum abspielte, nur Rachel, und sie hatte nichts anderes im Sinn, als so schnell wie möglich zu Rachel zu kommen. Sie rannte. Ein Orkan von Emotionen fegte durch sie hindurch.

Rachel hielt den Atem an, als ihre Tochter auf sie zulief. Jessies Augen spiegelten Gefühle wider, die sie nie in diesen Augen gesehen hatte – Elend, Verzweiflung. Sie sah das Buch, das Jessie ihr mit ausgestreckter Hand hinhielt, und sie errötete heftig, als ihr bewußt wurde, was Jessie gelesen hatte. Was bedeutete es, daß Jessie jetzt mit diesem Buch hierstand? Dieses alberne Buch hatte erreicht, was mit keinem anderen Mittel zu erreichen gewesen war!

»Jessica?« Rachel streckte zögernd eine Hand aus, doch in dem Augenblick, in dem sich ihre Finger berührten, fiel jede Selbstbeherrschung von Jessie ab, und sie warf sich in Rachels Arme. »Mutter! O Mutter, es tut mir so leid! Ich war so grausam zu dir«, schrie Jessie aus. »Aber ich konnte dir einfach nicht zeigen, daß ich dich liebhabe, daß ich dich immer liebgehabt habe.«

»Ich weiß es, mein Schatz. Das spielt jetzt keine Rolle mehr.« Rachel brachte die Worte kaum heraus, denn ihre Kehle war zugeschnürt. »Oh, Jessica, weine nicht.«

»Wenn ich daran denke, was du meinetwegen durchgemacht hast und was Thomas dir angetan hat, oh, Mutter, dir ist soviel Unrecht widerfahren!«

»Jessica – Jessie, sieh mich an.« Rachel zog ihr Gesicht zwischen ihre Hände. »Nichts von alledem war deine Schuld, mein Liebling. Und nichts von alledem spielt jetzt noch eine Rolle – nicht mehr, wenn ich dich jetzt wiederhabe.«

Jessie sah ihrer Mutter in die Augen. Sie weinte nur noch heftiger. »Halt mich fest, Mutter. Wenn du nur wüßtest, wie oft ich davon geträumt habe, wieder in deinen Armen zu liegen!«

Die Lokomotive pfiff. Rachel zuckte zusammen und erstarrte. Jessie sah zu ihr auf, und in ihrem Gesicht stand helle Panik.

»Du kannst doch jetzt nicht gehen – nicht jetzt!«

Rachel lächelte zart. »Unser Gepäck ist bereits im Zug verstaut.«

»Dann holen wir es eben wieder raus.«

Rachel lachte über die Halsstarrigkeit, die gar so leicht bei ihrer Tochter durchbrach. »Mein Liebling, du brauchst Zeit, um mit deinem frischgebackenen Ehemann allein zu sein.«

»Verdammt noch mal, nimm das nicht als Vorwand. Du wärst nicht abgereist, wenn ich ihn nicht geheiratet hätte.«

»Du hast es aber getan.«

»Dann lasse ich mich eben wieder von ihm scheiden!«

»Nein, das wirst du nicht tun, Jessica. Dein Baby braucht ihn, auch wenn du dir einbildest, daß du ihn nicht brauchst.«

Jessie senkte die Lider, und ihre Wangen erröteten. »Ich nehme an, er hat es dir erzählt?«

»Ja.«

»Ich brauche aber trotzdem keine Zeit für ihn allein.«

»Doch, das brauchst du. Alle Jungvermählten brauchen Zeit für sich selbst. Aber ich komme zurück, sobald ich Billy in einer Schule untergebracht habe und mich um einige geschäftliche Angelegenheiten gekümmert habe, die ich in letzter Zeit vernachlässigt habe. Es dauert nicht lange, Jessica. Einverstanden?«

»Du versprichst mir, daß du zurückkommst, Mutter?«

In Jessies Stimme lag ein solches Flehen, daß Rachel fast entschlossen war, zu bleiben. Doch sie hatte das ausgeprägte Gefühl, sich in den ersten Wochen dieser jungen Ehe nicht einmischen zu sollen. Chase und Jessie brauchten Zeit. Es herrschte nicht das ungetrübteste Glück zwischen den beiden.

»Ich verspreche dir, daß ich zurückkomme. Aber ich möchte auch, daß du mir versprichst, Chase eine Chance zu geben. Er ist ein guter Mann.«

Jessie seufzte. »Darüber können wir sprechen, wenn du wieder da bist.«

Rachel grinste. »Stur bis zum Schluß, mein Liebling.«

Jessie drückte Rachel das Tagebuch in die Hand.

»Du hast es doch nicht von Anfang bis Ende gelesen, oder?« fragte Rachel. Sie dachte daran, wie sehr sie in der allerletzten Zeit diesem Buch ihr Herz ausgeschüttet hatte.

»Nein, aber ich würde es gern ganz lesen.«

Rachel tätschelte Jessies Wange und zog sie noch einmal in

ihre Arme. »Ich glaube, daß keiner von uns beiden noch einmal in diesem Buch lesen muß.«

»Ich habe dich lieb, Mutter.«

»Oh, Jessica, ich habe so lange darauf gewartet, das von dir zu hören.« Wieder kamen ihr die Tränen. »Ich habe dich auch lieb, und ich bin bald wieder da, mein Schatz.«

Als der Zug schon längst nicht mehr zu sehen war, stand Jessie immer noch auf dem leeren Bahnsteig. Jeb hatte sich in den Saloon verzogen, sowie er gesehen hatte, daß Jessie und Rachel einander in den Armen lagen. Er wußte, daß Jessie jetzt eine Zeitlang allein sein mußte.

Chase fand Jessie eine Weile später auf dem Bahnhof vor. »Sie ist abgefahren?« fragte er zögernd.

Jessie wollte ihn nicht ansehen. »Ja.« Sie starrte weiterhin auf die leeren Geleise.

»Warum ziehst du denn ein so langes Gesicht?« fragte er zögernd.

Jessie hob langsam ihre Lider. »Sie wollte nicht bleiben – deinetwegen.«

»Jetzt mach aber mal einen Punkt, Jessie. Was habe ich denn plötzlich mit dieser ganzen Geschichte zu tun?«

»Sie fand, ich sollte mit dir allein sein.«

»Ach so.« Chase grinste. »Das hat etwas für sich.«

»Hat es nicht!« gab Jessie zurück, ehe sie herumwirbelte und zu Blackstar ging.

Chase folgte ihr geschwind. »Wohin willst du?«

»Nach Hause.«

»Das kannst du nicht machen, Jessie. Es ist zu spät, um diese lange Strecke zurückzulegen.«

»Ich kann bei Mondschein reiten.«

»Du wirst erfrieren«, hob er hervor.

»Ich reite zu schnell, um zu frieren.«

Er hielt sie an den Schultern fest. »Warum hast du es so eilig? Du bist bisher nie nachts zurückgeritten.«

»Ich sehne mich nach einer vertrauten Umgebung. Ich will in meinem eigenen Bett schlafen, in meinem Zimmer, und ich will meine Sachen um mich haben.« Sie schüttelte seine Hände ab, und sie war böse auf sich selbst, weil sie zuviel gesagt hatte. Sie fühlte sich beraubt – als hätte sie ihre Mutter wieder endgültig verloren. »Ich habe dich nicht gebeten, mitzureiten, wenn es das ist, was dir Sorgen macht. Du kannst morgen früh mit Jeb zurückreiten.«

Ohne seine Antwort abzuwarten, stieg sie auf und ritt davon, ohne sich auch nur noch einmal umzusehen.

40

Jessie wußte nicht, was sie ursprünglich auf die drei anderen Reiter aufmerksam gemacht hatte. Sie waren zu weit weg, als daß sie ihre Pferde hätte hören können, doch sie hatte ihre Anwesenheit gewissermaßen gespürt. Kurz darauf sah sie sie auch. Die Haare in ihrem Nacken stellten sich prickelnd auf, als ihr bewußt wurde, wie nah sie der Ranch schon war und daß die drei Reiter sich eilig von der Ranch entfernten.

Der Umstand, daß sie nicht den Weg zur Stadt einschlugen, sondern querfeldein ritten, als wollten sie niemandem begegnen, war es, was Jessie beunruhigte. Sie dachte nicht länger nach, sondern beschloß sofort, Blackstar vom Pfad abzubringen und ihnen zu folgen. Sie fragte sich auch nicht, ob Chase ihr Verschwinden entdecken würde. Er war ihr den ganzen Weg gefolgt, doch er hatte einen ziemlich großen Abstand eingehalten und war hinter ihr hergeritten. Sie wußte, daß er da war, doch sie machte sich nichts daraus. Dies waren Jessica Blairs Angelegenheiten, und sie würde ihre Interessen wahren, ohne die Hilfe eines Ehemannes anzunehmen, der sich in ihre Angelegenheiten einmischte.

Blackstar ließ sich von Jessies Drängen anstecken, und der Abstand zwischen Jessie und den drei Reitern verringerte sich im Handumdrehen. Sie hörten sie. Der erste Schuß zischte dicht an ihrem Ohr vorbei und ließ sie ihre Waffe ziehen. Sie gab zwei Schüsse ab, während sie noch scharf galoppierte, ehe ihr Blackstars Zügel aus der anderen Hand glitten und sie rasend darum kämpfen mußte, die Zügel wieder in den Griff zu kriegen. Die Männer feuerten einen weiteren

Schuß auf sie ab, doch inzwischen rasten sie um ihr Leben, und ihr Ziel war sehr beweglich.

Jessie setzte ihre Jagd unerschrocken fort. Sie konnte erkennen, wer die Männer waren. Der Mond schien hell genug, um sie zu erkennen. Sie war so wütend, daß sie nicht aufgegeben hätte, ehe alle drei tot im Staub vor ihren Füßen lagen. Gott sei Dank hatte sie sich umgezogen und trug kein Kleid mehr, und Gott sein Dank trug sie ihre Waffe bei sich. Doch dann tauchte hinter ihr ein Pferd auf, und Chase riß ihr die Zügel aus der Hand.

»Bist du verrückt?« schrie sie ihn an. »Sie entkommen!«

»Ich halte nichts davon, mir meine Frau mit gebrochenem Genick vorzustellen«, sagte er, während er Blackstar anhalten ließ. »Du weißt doch, daß man nachts nicht derart schnell durch unwegsame Gegenden galoppieren kann. Denk wenigstens an dein Pferd, wenn du schon nicht an dich selbst denkst.«

Er hatte recht. Ein Loch im Boden konnte einen Menschen ebenso leicht töten wie eine Kugel, denn jedes Pferd hätte sich unter diesen Umständen ein Bein gebrochen. Doch das konnte ihren Zorn nicht abschwächen. Sie beobachtete, wie sich die Reiter weiter und weiter entfernten.

»Du verfluchter Kerl! Jetzt ist es zu spät!« schrie sie Chase an.

»Sag mir, was passiert ist, Jessie.«

»Sie haben auf mich geschossen. Ich habe die Schüsse erwidert.«

»Und?«

Sie zuckte die Achseln. »Wahrscheinlich habe ich den, auf den ich gezielt habe, verwundet.«

»Jessie, wer...?«

»Bowdres gedungene Schurken. Ich habe gesehen, daß sie von der Ranch fortgeritten sind. Als ich nahe genug an sie herangekommen war, um sie zu erkennen, haben sie auf mich geschossen.«

»Clee und Charlie? War Bowdre der dritte Mann?«

»Ich wünschte, es wäre Bowdre gewesen, aber es war Blue Parker! Dieser nichtsnutzige Schuft!«

»Bist du sicher?«

»Er hat mir mitten ins Gesicht gesehen, ehe er seinem Pferd die Sporen in die Flanken gepreßt hat. Ich kenne ihn schon zu lange, um ihn mit jemandem zu verwechseln.«

»Parker hat sich ihnen also wirklich angeschlossen«, sagte Chase nachdenklich. »Sie müssen ihm einen Haufen Geld angeboten haben.«

»Es ist wahrscheinlicher, daß er es aus Gehässigkeit tut. Er hat sich für mich interessiert, und er wollte mich heiraten«, erklärte sie. »Seit deiner Ankunft hat er geglaubt, daß ich ihm deinetwegen aus dem Wege gehe. Er hat nicht gewußt, daß ich die Ranch zweimal verlassen habe, um in den Norden zu reiten. Eines Tages, als er mir zufällig begegnet ist, hat er mir vorgeworfen, daß ich ihn deinetwegen fallen lasse. Ich habe ihm gesagt, daß das nicht stimmt, aber er hat mir nicht geglaubt. Er ist genauso wie mein Vater, ein Mensch, der glaubt, jedes Übel rächen zu müssen.«

»Was könnten diese Männer vorgehabt haben?« fragte Chase.

Jessie hielt den Atem an. Ihr Zorn hatte sie ihre Ängste vergessen lassen.

»Reiten wir schnell zur Ranch«, rief sie, während sie Blackstar kehrtmachen ließ. »Ich fürchte fast, daß ich erraten kann, was sie getan haben.«

Baldy stieß auf sie, sowie sie wieder den Pfad erreicht hatten, der ins Tal führte. Er war losgeritten, um sie zu suchen. Als er ausgeredet hatte, war Jessie völlig benommen. Sie hatte geglaubt, das Problem lösen zu können, indem sie das Vieh zusammentrieb, doch damit hatte sie nur erreicht, daß das Vieh leichter abgeknallt werden konnte. Fast die Hälfte der Herde war tot oder lag im Sterben. Ramsey war noch bewußtlos, weil er einen Schlag auf den Kopf bekommen hatte, und die restliche Herde war direkt zu dem vergifteten Wasserloch getrieben worden. Baldy war gerade noch rechtzeitig ins Lager zurückgekehrt, um den entstandenen Schaden einzuschätzen, und er konnte gerade noch die drei Männer sehen, die davonritten. Er war ein Mann, der sein ganzes Leben lang mit Rindern gearbeitet hatte, und jetzt war er angesichts der Verheerungen, die er hatte sehen müssen, in Tränen aufgelöst.

Baldy hatte kaum ausgeredet, als Jessie den orangefarbenen Schein über der Erhebung entdeckte, hinter der das Tal lag. Chase sah ihn eine Sekunde später. Ein tiefer tierischer Laut entrang sich Jessies Kehle. Sie trieb Blackstar mit den Sporen an, und Chase folgte ihr voller Sorge.

Jessie ritt nicht weiter als bis auf den Hügel, von dem aus man die Ranch sehen konnte. Der Schein des Feuers fiel auf ihr Gesicht, das Seelenqualen ausdrückte, die Chase das Herz zerrissen.

Jedes einzelne Gebäude der Ranch wurde von den Flammen verzehrt.

41

Zwei Wochen waren vorübergegangen, seit die Ranch gebrannt hatte, zwei Wochen, an die Jessie sich nicht erinnern konnte. Sie war in Chicago, im Haus ihrer Mutter. Sie erinnerte sich nicht im entferntesten an die Reise hierher. Sie erinnerte sich an überhaupt nichts.

Doch Jessie war keine Schlafwandlerin mehr. Sie wandte sich um, um ihre Mutter anzusehen, und zum ersten Mal seit zwei Wochen war ihr Blick lebendig. »Wie kann er es wagen, mich zu verlassen? Ich bin doch kein altes Gepäckstück, das er einfach wegwerfen und vergessen kann!«

»Jessica, du hast nicht zugehört«, sagte Rachel ganz ruhig.

Jessie ging weiterhin auf dem dicken Teppich, mit dem das Zimmer ihrer Mutter ausgelegt war, auf und ab. »Ich habe sehr wohl zugehört. Ich konnte es gar nicht glauben, als ich heute erwacht bin und mir gedämmert hat, was du mir gestern erzählt hast. Das war doch gestern, oder?« Sie wartete die Antwort nicht ab. »Jedenfalls mache ich das nicht mit. Er kann mich doch nicht einfach auf deiner Schwelle aussetzen. Er bleibt doch für mich verantwortlich und nicht du.«

»Zunächst einmal, Jessica, hat Chase dich hier nicht einfach abgeliefert. Du bist seit einer Woche hier, und er ist Tag und Nacht nicht von deiner Seite gewichen. Und zweitens läßt er dich nicht sitzen. Ich bin sicher, daß er wieder da ist, ehe das Baby geboren wird.«

»Das glaube ich nicht. Er kommt nicht mehr zurück. Er wird seinen Vater finden und sich entschließen, in Spanien zu bleiben. Warum sollte er auch zurückkommen? Er wollte mich ohnehin nicht heiraten. Er hat es nur getan, damit das Baby nicht illegitim ist.«

»Es hat andere Gründe gegeben, Jessica, und das weißt du selbst.«

»Warum ist er dann nicht hier? Wie konnte er mich in der Verfassung, in der ich war, verlassen?«

»Du hast gar nicht wahrgenommen, daß er da war, mein Liebling«, erklärte Rachel sachte. »Du hast während dieser ganzen Zeit nur auf mich reagiert, auf meine Stimme. Du hast nichts mitgekriegt. Und man konnte beim besten Willen nicht sagen, wie lange das anhalten würde. Deine Apathie hätte über Monate andauern können, aber du warst nicht mehr in Gefahr. Da Chase somit ohnehin nichts für dich tun konnte, hat er es für das Beste gehalten, die Reise nach Spanien jetzt endlich hinter sich zu bringen. Wenn er nicht abgereist wäre, würdest du wahrscheinlich immer noch in dem Schneckenhaus leben, in das du dich verkrochen hast. Du bist nur aus diesem Zustand erwacht, weil du gehört hast, daß er abgereist ist.«

»Das tut nichts zur Sache«, sagte Jessie hartnäckig. »Er hat mich trotz allem dir überlassen, damit du dich um mich kümmerst. Jetzt, wo ich nichts mehr habe – nichts, was mir gehört.« Einen Moment lang schnürte es ihr die Kehle zu, doch dann blitzten ihre Augen wieder auf. »Deshalb hat er mich verlassen! Weil ich keinen Penny mehr besitze! Damit kommt er mir nicht davon!«

»Also wirklich, Jessica, was du da sagst, ist absolut unsinnig. Chase hat dich wirklich nicht wegen deines Geldes geheiratet. Und mir bist du ganz gewiß keine Last. Offen gesagt, mich begeistert die Vorstellung, daß du während deiner Schwangerschaft bei mir bist. Ich werde dir sicher noch helfen können. Willst du mir etwa diese Gelegenheit streitig machen, dich bemuttern zu können?«

»Mich braucht man nicht zu bemuttern, Mutter.« Jessie lächelte. »Ich freue mich, daß es mich weniger Zeit gekostet hat, dich wieder Mutter zu nennen als...« Sie wollte nicht näher darauf eingehen. »Versteh mich, es geht nicht darum, daß ich nicht gern bei dir bleiben würde. Nichts wäre mir lieber. Es geht nur darum, daß ich mich nicht von dir abhängig machen will. Chase wird nicht zurückkommen.«

»Das weißt du doch gar nicht«, sagte Rachel beharrlich.

»Doch, ich weiß es. Verstehst du, als wir geheiratet haben, habe ich klargestellt, daß ich nicht mit ihm zusammenleben will. Damals hatte ich die Ranch noch. Ich hatte das Gefühl... ich wollte nicht... er ist ein Frauenheld, Mutter.« Sie platzte wütend damit heraus. »Ich wußte, daß ich damit nicht leben kann. Ich hatte das Gefühl, wenn er andere Frauen haben will, dann wäre es besser, wenn er möglichst fern von mir herumhurt, damit ich nichts davon erfahre.«

»Ich verstehe«, sagte Rachel leise.

»Wirklich?« fragte Jessie hoffnungsvoll. »Dann verstehst du also, warum ich ihm nachreisen werde.«

»Moment mal, Jessica.« Rachel horchte auf. »Ihm nachreisen?«

»Ich muß es tun«, sagte Jessie mit fester Stimme. »Er weiß, daß sich für mich alles geändert hat, seit ich ihm gesagt habe, daß er sein eigenes Leben leben kann. Er weiß, daß ich nicht allein für mich sorgen kann, jedenfalls im Moment nicht. Wenn er mich dazu zwingen konnte, ihn zu heiraten, dann kann er sich verdammt noch mal jetzt, in einem Moment, in dem ich ihn brauche, um mich kümmern.«

»Ist das der einzige Grund, aus dem du ihm folgen willst, Jessica?« fragte Rachel sanft.

»Natürlich«, sagte Jessie ganz schlicht. »Welchen Grund sollte ich sonst haben?«

»Daß du ihn liebst.«

Daß du ihn liebst. Diese Worte verfolgten Jessie im Zug nach New York, in den entsetzlichen Nächten, die sie eingezwängt in der engen Schiffskabine verbrachte, und sie verfolgten sie auch auf der noch erstaunlicheren Reise, die sie allein durch die unbekannte Landschaft Spaniens zurücklegte. Diese Worte konnten sie nicht trösten. Sie lösten lediglich Verzweiflung bei ihr aus. Sie konnte doch nicht einen Mann wie Chase Summers lieben, einen Mann, dem sie nicht vertrauen konnte, einen Mann, der nichts empfand, was auch nur die entfernteste Ähnlichkeit mit Liebe aufgewiesen hätte. Das konnte sie doch nicht tun!

Sie wollte nicht mehr daran denken. Sie drängte diese Worte durch andere Überlegungen zurück, wenn sie sich daran erinnerte, wie ihre Mutter schließlich nachgegeben und darauf bestanden hatte, sämliche Reisekosten zu übernehmen; wenn sie an die Hektik beim Packen dachte, denn sie hatten sämtliche Kleider eingepackt, die Rachel für sie hatte anfertigen lassen; wenn sie an den Abschied und an die Tränen dachte und an die Ermahnungen, daß sie augenblicklich zurückkehren sollte, falls sie Chase vor seiner Abreise nach Spanien nicht mehr in New York antreffen würde. Doch er war am Morgen des Tages ihrer Ankunft in New York abgereist, und sie war nicht umgekehrt.

Sie hatte sich eine Karte gekauft für die Überfahrt auf dem nächsten Schiff, das nach Europa fuhr – voller Angst und doch voller Entschlossenheit.

Doch alle Bücher, die sie gelesen hatte, und alle Geschichten, die sie gehört hatte, hatten sie nicht auf die Schrecken des Ozeans und die der Reise über den Ozean vorbereitet. Wenn sie sich gerade nicht zu Tode fürchtete, war ihr langweilig. Sie verbrachte viele der endlosen einsamen Stunden damit, in ihren vagen Erinnerungen an die zwei Wochen nach dem Brand zu forschen.

Das unklare Bild eines Zimmers stand vor ihr, das ihr nicht vertraut war, und Chase hatte Kate zu ihr gebracht. Es kam ihr eher wie ein Traum vor, als sie hörte, daß Kate um Vergebung dafür bat, Thomas nie gesagt zu haben, daß sie diejenige gewesen war, die er mit Will Phengle vorgefunden hatte, ihr Geständnis zu hören, daß sie Thomas während all dieser Jahre geliebt hatte und im ersten Jahr, nachdem Rachel fort war, seine Mätresse gewesen war, daß er sie wegen einer anderen sitzengelassen hatte, weil sie ihm nicht den Sohn hatte schenken können, den er sich wünschte. Kate hatte Thomas dennoch geliebt, selbst danach noch. Sie hatte ihr Schweigen über Rachel bewahrt, weil sie panische Angst vor dem gehabt hatte, was Thomas ihr angetan hätte, wenn er die Wahrheit erfahren hätte. Das war nur ein Teil der Wahrheit, und schließlich hatte sie eingestanden, daß sie Thomas keine Beichte abgelegt hatte, weil sie befürchten mußte, daß er Rachel wieder zu sich genommen hätte.

Jessie wußte nicht, was sie zu Kate gesagt hatte, falls sie überhaupt etwas gesagt hatte. Sie konnte nicht einmal sicher sein, ob sie all das nicht nur geträumt hatte. Das gehörte zu den vielen Dingen, die sie Chase fragen mußte. Er hatte ihr auch irgend etwas über Jeb erzählt und etwas darüber, daß Rachel die Schulden bei der Bank bezahlt hatte, und er hatte auch von Vereinbarungen gesprochen, die er mit dem Sheriff getroffen hatte. Doch all das war nur unklar.

Als sie nach ihrer Ankunft in Cadiz endlich festen Boden unter den Füßen hatte, fühlte sie sich wieder besser. Es war nicht schwierig, herauszufinden, daß Chases Schiff nicht hier angelegt hatte. Es war noch nicht einmal schwierig, in Erfahrung zu bringen, daß es einen reichen Mann namens Carlos Silvela gab, der in der Nähe von Ronda lebte. Informationen jeder Art waren tatsächlich leicht zu erhalten, und Jessie mußte feststellen, daß die Spanier geradezu erschrekkend gastfreundlich waren, und sie waren nur zu freudig bereit, alles stehen und liegen zu lassen, um einem Fremden zu helfen. Sie war sehr froh darüber, denn je mehr sie von Spanien sah, desto fremder fühlte sie sich dort. Das neu gegründete Wyoming hatte sie nicht auf ein Land vorbereitet, in dem Geschichte noch lebendig war. Cadiz nahm tatsächlich für sich in Anspruch, die älteste ständig bewohnte Ansiedlung des westlichen Europas zu sein. Noch mehr staunte Jessie über die ersten Palmen, die sie sah.

Nach einem Tag in dieser südlichen Hafenstadt stand Jessie vor einem Dilemma. Sie konnte nicht einfach hierbleiben und auf Chase warten, denn sein Schiff konnte überall an der stark besiedelten Küste einlaufen und mußte nicht notwendigerweise nach Cadiz kommen.

Sie hatte wirklich keine andere Wahl. Alles sprach dafür, daß Chase schließlich nach Ronda und zur Familie Silvela kommen würde, und daher traf sie Vorkehrungen für die Reise. Dieses prächtige Land mit seinen Schlössern und seinen alten Kirchen und der großartigen Landschaft beeindruckte sie tief. Die gewundenen Wege waren holprig, und der Wagen, den sie gemietet hatte, war alt und quietschte, doch Jessie war fasziniert von dieser Reise.

Sie fragte sich immer noch, was sie dieser Familie sagen sollte, als sie drei Tage später kurz nach Einbruch der Dunkelheit vor dem riesigen weißen Haus auf dem Anwesen der Silvelas in der Umgebung von Ronda ankam. Wenn Chase noch nicht eingetroffen war – wie sollte sie dann erklären, wer sie war? Das Dienstmädchen, das die Tür öffnete, war höflich, konnte ihr aber nicht weiterhelfen. Zu Jessies Erleichterung kam ein junger Mann an die Tür und schickte das Dienstmädchen fort. Er war mittelgroß und hatte kurzgeschnittenes blondes Haar und goldbraune Augen, die so sinnlich waren, daß Jessie der Atem stockte, als diese Augen sie mit offensichtlichem Interesse musterten.

»Kann ich Ihnen zu Diensten sein, Señorita?«

»Ich bin Señora Jessica Summers, und Sie könnten mir vielleicht wirklich helfen. Ich bin aus Cadiz gekommen – genau genommen aus Amerika –, weil ich Carlos Silvela suche.«

In die goldenen Augen des Mannes trat Neugier. »Sie kommen aus Amerika und sprechen ausgezeichnet Spanisch, und doch ist Ihre Haut so hell...«

»Ich bin keine Spanierin«, erklärte Jessie eilfertig. »Ich habe die Sprache im Rahmen meiner Ausbildung gelernt. Meine Muttersprache ist Englisch.«

»Ach so, ich verstehe.«

»Wegen Señor Silvela«, wiederholte sie, während sie überlegte, wie lange er sie in der Tür würde stehen lassen.

»Verzeihen Sie mir«, sagte der Mann. »Was müssen Sie von mir halten, wenn ich Sie einfach so stehen lasse!«

»Das ist schon in Ordnung«, sagte Jessie höflich.

»Sie sind ebenso gütig wie schön, Señora. Dennoch darf mein Onkel Carlos keine Besucher empfangen. Er ist ziemlich krank, verstehen Sie.«

»Er liegt doch nicht etwa im Sterben?« Jessie wußte, daß diese Frage recht roh war, doch wie würde sich Chase fühlen, wenn er ihn nicht mehr zu sehen bekam?

Der Mann blieb unschlüssig in der großen Eingangshalle stehen. Er wußte nicht recht, was er mit Jessie anfangen sollte. »Es ist wirklich ein Jammer, daß Sie ausgerechnet zu diesem Zeitpunkt gekommen sind, und auch noch von so weit her. Vielleicht kann ich Ihnen behilflich sein. Mein Onkel... kann niemanden empfangen.«

Jessie dachte in rasender Eile nach. Was sollte sie bloß tun? Wenn sie nicht von ihm empfangen wurde, wie konnte sie dann in Erfahrung bringen, ob er der Richtige war?

»Kalifornien!« platzte Jessie heraus. »Wissen Sie, ob Ihr Onkel vor vielen Jahren dort war?«

»Ich glaube ja. Damals, ehe die Familie das Land verkauft hat, das wir dort besessen haben. Aber das ist sehr lange her, vielleicht vierundzwanzig Jahre. Sie scheinen mir nicht alt genug zu sein, um...«

»Nein, Señor Silvela. Ich wollte nicht sagen, daß ich Ihren Onkel kenne.«

»Ach, ich muß feststellen, daß es mir schon wieder am rechten Benehmen fehlt, Señora. Ich habe mich noch gar nicht vorgestellt. Ich bin Rodrigo Suárez. Onkel Carlos hat nur Schwestern, und meine Mutter ist eine seiner Schwestern. Er ist der einzige Silvela, den es noch gibt.«

»Er... er hat keine Kinder?«

Er schien sich nicht an dieser persönlichen Frage zu stören. »Er hatte eine Tochter, aber sie ist im Säuglingsalter gestorben. Seine Frau konnte anschließend keine Kinder mehr bekommen. Aber er hat sich nie von ihr scheiden lassen und auch nach ihrem Tod nicht wieder geheiratet.«

»Er muß sie sehr geliebt haben.«

Rodrigo lächelte. »Wer kann das so genau wissen? Er wirkte eher gleichgültig als hingebungsvoll. Aber es stimmt, daß es romantischer ist zu glauben, daß er sie geliebt hat.«

Sein Lächeln vertiefte sich. Jessie gewann den Eindruck, daß er ein Romantiker war, ein Mann, der in die Liebe verliebt ist. Ein Charmeur war er außerdem. Doch sie war verlegen, weil sie dieses allzu intime Thema berührt hatte, und ihre Verlegenheit zeigte sich in ihrer zögernden Haltung. Sie senkte die Lider.

»Rodrigo, hast du vor, mich den ganzen Abend warten zu lassen?« Beide drehten sich um, als die junge Frau aus einem der Zimmer auftauchte, die von der Halle abgingen. »Das Spiel ist noch nicht zu Ende – aber wer ist das?«

»Das weiß ich selbst nicht so recht, Nita«, erwiderte Rodrigo lächelnd. »Sie ist aus Amerika gekommen und glaubt, mit Onkel Carlos sprechen zu müssen.«

Jessie war sofort wieder auf der Hut, als die dunkel gekleidete Nita ihre dunkelbraunen Augen zusammenkniff und sie ansah. Sie war nicht viel älter als Jessie, und sie war unglaublich hübsch, selbst in Trauerkleidung. Ihr dunkelblondes Haar war streng im Nacken geknotet. Die Knochen ihres Gesichtes waren ausgeprägt, ihre Züge aristokratisch. Sie war unwahrscheinlich schön. Und äußerst herablassend.

»Eine Freundin aus Amerika? Eine Verwandte?« höhnte Nita. »Vielleicht gar eine uneheliche Tochter, die hofft, einen Teil meines Erbes beanspruchen zu können?«

Jessies Wut flackerte auf. »Nein, die Frau eines unehelichen Sohnes«, sagte sie kühl. So, jetzt war es ausgesprochen, und es stand im Raum.

Nita wurde aschgrau. »Sie lügen, Señora«, zischte sie. »Onkel Carlos hat keinen Sohn. Wo ist er denn, dieser Sohn? Weshalb sind Sie hier? Ich werde Ihnen sagen, warum Sie hier sind: Weil Sie auf Geld aus sind. Sie hoffen, einem Kranken fälschlicherweise einreden zu können, daß er einen Sohn hat. Sie hoffen, daß er sich reinlegen läßt.«

»Ich...« setzte Jessie an, doch Nita sagte: »Wirf sie raus, Rodrigo.«

»Nita, bitte«, versuchte Rodrigo zu schlichten. »Wenn das, was sie sagt, wahr ist...«

»Genau«, warf Jessie zufrieden ein. »Sie wollen doch sicher nicht, daß Ihr Onkel erfährt, wie ungastlich Sie sich gegenüber seiner Schwiegertochter verhalten wollten, insbesondere, da ich zufällig gerade sein erstes Enkelkind erwarte. Oder doch? Natürlich wollen Sie das nicht. Warum laufen Sie also nicht gleich los und machen ein Zimmer für mich bereit, Nita?«

»*Vayase Ud. a paseo!*« zischte Nita. Sie stolzierte aus dem Raum.

»Ich habe keineswegs die Absicht, ausgerechnet *dort* hinzugehen.« Jessie grinste den verlegenen Rodrigo an.

Sein Lächeln entwaffnete sie, und es erinnerte sie sehr an Chases Lächeln.

»Ach, Señor, damit Sie Bescheid wissen und ihn nicht fortschicken – mein Mann heißt Chase Summers. Mit seinem Eintreffen ist täglich zu rechnen.«

42

Das Januarwetter war äußerst freundlich. Die Atmosphäre im Haus der Silvelas konnte das keineswegs für sich beanspruchen. Drei Tage lang bemühte sich Jessie, Onkel Carlos zu sehen, doch er wurde keinen Moment allein gelassen, und jedesmal, wenn sie versuchte, sein Zimmer zu betreten, wurde sie augenblicklich wieder fortgeschickt.

Sie fand keinen Frieden, weil es jederzeit soweit sein konnte, daß der alte Mann starb. Würde er nicht unbedingt wissen wollen, daß er einen Sohn hatte? Würde ihm dieser Umstand nicht eine große Freude bereiten? Chase würde es ihr nie verzeihen, wenn Don Carlos starb, ohne vorher noch erfahren zu haben, daß er einen Sohn hatte, nicht, wenn sie in einem Haus mit ihm war. Es ließ sich nicht mit Sicherheit sagen, wann Chase ankommen würde, und daher war es unsinnig, auf ihn zu warten und vorher nicht mit Don Carlos zu reden.

Jessie erfuhr sehr schnell etwas über Don Carlos' Familie. Emilia, das kleine Mädchen, das Rodrigo ihr als Zofe zugewiesen hatte, war ein wahrhaft übersprudelnder Informationsquell. Jessie erfuhr, warum Nita so wütend über ihr Eintreffen und über ihre Aussage gewesen war, Don Carlos habe einen Sohn. Die Eltern des Mädchens waren gestorben, ohne einen Penny zu hinterlassen, und Don Carlos war derjenige, der sie versorgte. Sie hatte zwei Jahre unter seinem Dach gelebt und eine Heirat ausgeschlagen, um für ihn sorgen zu können. Recht edelmütig, wären ihre Motive nicht so offensichtlich gewesen.

Rodrigo dagegen war aus echter Sorge um seinen Onkel dort. Er war von Geburt aus reich, da seine Mutter eine wesentlich weisere Ehe geschlossen hatte als ihre Schwester. Sie war gesellig und gern unterwegs, und im Moment reiste sie gerade durch Europa. Nachrichten von der schlechten Verfassung ihres Bruders hatten sie bisher nicht erreicht.

Es war beunruhigend zu erfahren, daß Don Carlos' Gesundheit schon vor vielen Jahren nachgelassen hatte. Er war immer ein sehr aktiver Mann gewesen, doch eine üble Lungenentzündung hatte ihn so sehr geschwächt, daß er kaum noch aufstehen konnte. Dieser Umstand hatte andere Leiden nach sich gezogen.

Am dritten Abend in diesem seltsamen Haushalt wartete Jessie, bis sie hörte, daß Nita das Zimmer von Don Carlos verlassen und Rodrigo sie abgelöst hatte. Sie verließ ihr eigenes geräumiges Zimmer und schlich sich auf Zehenspitzen durch den Gang. Es war noch früh. Ihr blieb noch viel Zeit bis zehn Uhr, der komischen Uhrzeit, zu der das Abendessen serviert wurde. Sie mußte sich noch an die ungewöhnlichen Zeiten gewöhnen, zu denen hier die Mahlzeiten eingenommen wurden. Dieser Tagesablauf wurde durch die dreistündige Siesta bestimmt, an die sich das ganze Land hielt.

Kein Laut drang aus Don Carlos' Zimmer. Wahrscheinlich schlief der alte Mann, und Rodrigo saß neben seinem Bett. Als Jessie das letzte Mal versucht hatte, in dieses Zimmer zu kommen, war eine fette alte Dienerin dagewesen, und Jessie hatte nicht ein Wort anbringen können, während die alte Frau einen Wortschwall aus ›psst‹ und ›ruhig‹ losgelassen hatte.

Sie konnte nur hoffen, daß Rodrigo allein war. Mit Rodrigo

konnte sie umgehen. Das hatte sie bereits am ersten Tag gemerkt.

Die Tür ließ sich lautlos öffnen, und Jessie war bereits an das Fußende des gewaltigen, vierpfostigen Bettes geschlichen, ehe sich Rodrigo, der an dem Fenster zum Hof stand, umdrehte und sie sah. Vor dem Bett hingen Vorhänge aus feiner Gaze, doch nur ein Licht brannte am anderen Ende des Zimmers, und es war unmöglich, durch die Vorhänge zu sehen.

»Wozu diese Isolierung? Leidet er an einer ansteckenden Krankheit?«

»Natürlich nicht«, flüsterte Rodrigo. »Sein Arzt hat dazu geraten, alles Störende von ihm fernzuhalten, und wir richten uns nach seinen Anweisungen.«

»Aber der Mann braucht doch Luft und Licht. Er liegt ja da wie in einem Leichentuch.«

»Das finde ich auch, aber ich verstehe nichts von Medizin, und ich kann nicht sagen, was das beste für meinen Onkel ist.«

»Der gesunde Menschenverstand... ach, schon gut«, sagte Jessie gereizt. Es war ihr verhaßt, sich als ein Eindringling zu fühlen, doch hier war sie ein Störenfried.

»Sie müssen jetzt wieder gehen, Jessica«, sagte Rodrigo sanft, aber entschieden.

Jessie runzelte die Stirn. »Man hat ihm nicht gesagt, daß ich da bin, oder? War das auch eine Idee des Arztes, oder war es Nitas Idee?«

»Sie sind ungerecht. Verstehen Sie denn nicht, wie anstrengend es für ihn wäre, wenn er sich mit etwas befassen müßte, was vielleicht nicht wahr ist?«

»Ihr Onkel wüßte, ob es die Wahrheit ist.«

»Aber haben Sie auch bedacht, daß der Schock ihn umbringen könnte?« fragte Rodrigo.

»Es tut mir leid«, räumte Jessie ein, »aber ich glaube, es ist das Risiko wert.«

»Rodrigo, wer ist das, den du heute bei dir hast?«

Jessies Blick wandte sich der zarten Stimme zu. Rodrigo ermahnte sie stumm mit seinen Augen.

»Hier ist niemand, Onkel.« Seine Stimme war jetzt kein Flüstern mehr.

»Du belügst mich, mein Junge!« schalt ihn die Stimme. »Meine Augen haben mir den Dienst nicht versagt. Ich kann aus diesem Mausoleum herausschauen, auch wenn du nicht hereinschauen kannst.«

»Ich wollte dir nur eine Störung ersparen, Onkel«, sagte Rodrigo zerknirscht. »Du brauchst Ruhe.«

»Ich habe viel zuviel Ruhe. Was ich brauche, ist Ablenkung. Also, wer ist das?«

Lange, schmale Finger zogen den dünnen Vorhang zurück, und Jessie schnappte nach Luft. »Sie sind ja noch ganz jung!«

»Nicht so jung wie früher, Mädchen.«

»Aber ich habe mir Sie ganz anders vorgestellt«, platzte sie heraus, ohne vorher nachzudenken. »Grauhaarig, faltig... verdammt noch mal, ich wollte damit nicht sagen...«

Don Carlos kicherte in sich hinein. »Welches Vergnügen Sie mir bereiten, junge Frau! Kommen Sie näher, damit ich sehen kann, ob Sie so hübsch sind, wie es den Anschein erweckt. Meine Augen versagen mir zwar nicht den Dienst, aber das Licht hier ist jämmerlich schlecht.«

Jessie trat an sein Bett, und ihr Staunen nahm zu. Sie hatte nicht bedacht, daß sich die Wahrheit durch eine allzu große Ähnlichkeit bestätigen würde, doch genau das war der Fall. Der Mann, der in dem gewaltigen Bett lag, sah Chase so unwahrscheinlich ähnlich, daß es schon unheimlich war. Natürlich war er älter, aber nicht annähernd so alt, wie sie erwartet hatte. Sie war nicht auf den Gedanken gekommen, daß er so jung gewesen sein könnte, als er Mary kennengelernt hatte. Er war jetzt erst sechsundvierzig oder siebenundvierzig Jahre alt, hager und bleich und ziemlich untergewichtig, doch all das konnte nicht über die Tatsache hinwegtäuschen, daß er viel zu jung zum Sterben war. Sein Haar war so schwarz wie ihr eigenes, und nur vorn über seiner Stirn befand sich eine graue Strähne. Seine Augen waren dunkel und wißbegierig. Während sie ihn musterte, schob er die Lippen vor, ganz so, wie Chase es immer tat.

»Du scheinst von meinem Anblick noch viel überraschter zu sein, als du es vorher schon warst«, sagte Don Carlos.

»Señor«, erwiderte Jessie fassungslos, »das liegt nur daran, daß Sie aussehen wie jemand, den ich kenne.«

»Jessica«, ertönte warnend Rodrigos Stimme.

»Es ist wahr, Rodrigo.« Er erfaßte den doppelten Sinn dessen, was sie gesagt hatte, und sie nickte ihm zu. »Aber ich habe unsere Unterhaltung nicht vergessen.«

»Ihr habt wohl über mich gesprochen, was?« seufzte Don Carlos. »Ein unerfreuliches Thema für junge Menschen, über das sie besser gar nicht sprechen sollten. Ihr solltet über schöne Dinge sprechen und über Partys und – hat mein Neffe etwa noch nichts von seinen Fähigkeiten als Matador erzählt?«

»Nein, Señor, das hat er nicht getan.«

»Wirklich, Rodrigo? Gewöhnlich lockst du deine neuen Damen doch mit den Schilderungen deiner Tapferkeit.«

Jessie errötete angesichts dieser Unterstellung.

»Sie täuschen sich, was Rodrigo und mich betrifft. Wir haben uns gerade erst...«

»Dann sind Sie eine Freundin von Nita?«

»Nein, ich... mein Name ist Jessica Summers. Ich bin auf Reisen und...«

Jessie konnte den Satz nicht beenden. Wie konnte sie ihn belügen?

»Auf Reisen?« wiederholte Don Carlos. »Vielleicht auf einer Europareise? Und jetzt sind Sie mein Gast? Aber das ist ja wunderbar. Es freut mich, daß sich die Gastfreundschaft meines Hauses ausgeweitet hat, wenngleich ich sie auch nicht selbst aussprechen konnte. Und wo sind Sie zu Hause, Señorita?«

»Señora, und ich bin in Amerika zu Hause.«

»Amerika. Wie schön. Sie müssen mich oft besuchen, und dann werden wir Englisch miteinander sprechen. Mein Englisch ist eingerostet, und ich würde es gern wieder einmal anwenden.«

»Ich komme mit Freuden, Señor.«

»Señor, Señor! Du mußt mich Carlos nennen. Und wo

steckt dieser Mann, der das Glück hat, dein Ehemann zu sein?«

»Wir... äh... wir wurden leider auf der Reise voneinander getrennt.«

»Aber er wird dich hier finden?«

»Dessen bin ich mir ganz sicher, Don Carlos.«

»Gut, gut. Sobald er eintrifft, mußt du mit ihm heraufkommen und ihn mir vorstellen. Und du hörst auf mit dem Unsinn, Rodrigo, daß ich zu krank bin, um Besuch zu empfangen. Ich brauche etwas Anregendes. Sieh mal, die Gesellschaft dieser jungen Dame hat mir unendlich gutgetan.«

Rodrigo lächelte. »Das ist wunderbar, Onkel, aber jetzt solltest du dich wirklich ausruhen.«

»Du hörst mir nicht zu, Rodrigo. Warum läufst du nicht einfach los und läßt mich mit meiner Besucherin allein? Hast du ihr nicht von meinen Reisen nach Amerika erzählt? Wir beide haben vieles zu besprechen.«

»Reisen, Onkel? Aber du warst doch nur einmal in Amerika, und damals warst du noch jünger als ich heute.«

»Unsinn«, verkündete Don Carlos. »Ich bin vor zehn Jahren nach Amerika zurückgekehrt, aber davon weißt du natürlich nichts. Es war direkt nach Franciscos Beerdigung, und deine Mutter hat dich damals sofort nach Frankreich mitgenommen.«

»Du bist nach Amerika gereist? Warum?« fragte Rodrigo.

»Um jemanden zu suchen.«

»Sie haben sie aber nicht gefunden, oder?« fragte Jessie so schnell, daß Rodrigo sie nicht zurückhalten konnte.

»Nein. Dieses Land, aus dem du kommst, ist viel zu groß, Mädchen«, erwiderte Don Carlos betrübt. Er sah sie seltsam an.

Jessie registrierte den verblüfften Blick, der jetzt auf seinem Gesicht stand, und sie merkte, daß sie einen Schnitzer gemacht hatte. Sie hatte angenommen, daß er zurückgekehrt war, um Mary zu suchen, und sie hatte gesagt »sie gefunden«.

»Ich... ich sollte jetzt aber wirklich gehen, Don Carlos«,

sagte Jessie, der unwohl zumute war. »Ich könnte es mir nicht verzeihen, Sie zu überanstrengen.«

»Du hast mich nicht angestrengt, das versichere ich dir«, erwiderte er mit ungewöhnlich ruhiger Stimme. »Aber du wirst doch wiederkommen?«

»Ja, natürlich.«

»Dann muß ich dich jetzt wohl gehen lassen.«

Sie nahm seine Hand, und er führte ihre Finger an seine Lippen. Währenddessen sahen seine Augen sie so durchdringend an, daß sie das Gefühl hatte, er könne jeden einzelnen ihrer Gedanken lesen.

Don Carlos rief sie zurück, als sie die Tür erreicht hatte. Seine englischen Worte, die ersten, die er zu ihr sprach und von denen sie wußte, daß Rodrigo sie nicht verstehen konnte, ließen sie den Atem anhalten.

»Noch eins, Jessica Summers. Dieser Mann, an den ich dich erinnere und über den mein übervorsichtiger Neffe nicht sprechen will – wer ist das?«

Jessie drehte sich um und sah ihn an. Sie glaubte, Hoffnung aus seiner Stimme herausgehört zu haben. Unmöglich. Er konnte nicht darauf gekommen sein, nicht nach den wenigen Worten, die sie gesagt hatte. Doch wie die Dinge jetzt lagen, mußte er es wissen.

»Er ist mein Mann, Don Carlos.«

»Mein Gott«, flüsterte er gebrochen. »Ich danke dir.«

43

Die Sonne hatte ihren höchsten Stand erreicht, und himmlische Düfte kamen zusammen mit der Hitze aus dem Garten durch ihr offenes Fenster geweht. Doch Jessie wußte den schönen Tag nicht zu schätzen. Sie hatte eine schlaflose Nacht hinter sich, in der sie über Don Carlos nachgedacht hatte. Sie hatte den Verdacht, das, was sie vorgehabt hatte, bereits in die Tat umgesetzt zu haben, doch sicher konnte sie nicht sein. Wo blieb nur Chase?

Als hätte sie nicht schon genug Sorgen gehabt, hatte sie in der letzten Nacht auch noch die ersten Regungen ihres Babys gespürt, nichts weiter als schwache Regungen, doch das hatte ausgereicht, sie an die kommenden Monate denken zu lassen. Dieser verfluchte Chase, wann würde er endlich ankommen?

Chase konnte sein Glück kaum fassen. Eine Zeitlang hatte nichts so recht geklappt, nachdem sie auf dem Meer in einen bösen Sturm geraten waren, der sie so weit von ihrem Kurs abgetrieben hatte, daß sie mit einer knappen Woche Verspätung rechnen mußten. Er war in Malaga von Bord gegangen und hatte einen Übersetzer gefunden, der gleichzeitig auch bereit war, ihn auf seiner weiteren Reise zu begleiten. Besonders vielversprechend war, daß der Name Carlos Silvela durch seine Schiffs- und Bankgeschäfte gut bekannt war. Es erwies sich als ein Leichtes, ihn zu finden, und jetzt war er eingetroffen. Doch er fürchtete, sein Glück könnte ihn jetzt wieder im Stich lassen, denn die schöne Blondine, die ihm die Tür geöffnet hatte, sah ihn an, als hätte er zwei Köpfe. Ihr Mund stand offen, doch kein Wort kam heraus. Er wollte gerade seinen Übersetzer zur Hilfe rufen, als die Frau schließlich doch etwas sagte.

»Es ist also doch wahr!«

»Entschuldigen Sie bitte«, erwiderte Chase. »Ich spreche kein Spanisch.«

»*Dispense.* Ich... ich spreche Englisch, aber nicht allzu gut. Sie kommen wegen... um zu...«

»Carlos Silvela«, sprang Chase ein. »Mein Begleiter hat mir versichert, dies sei der richtige Ort. Ist er da?«

»Langsamer, Señor. Das war zu schnell für mich.«

»Es tut mir leid. Ich suche Carlos...«

»*Si, si*«, unterbrach sie ihn. »Das weiß ich. Ihre Frau, sie sagt, Sie kommen. Ich habe ihre Geschichte nicht geglaubt.«

»Meine Frau?« Chase runzelte die Stirn. »Nein, das muß ein Mißverständnis sein... ich hole meinen Reisebegleiter.«

»Sind Sie nicht Chase Summers?«

Er hatte sich umgedreht, doch jetzt wandte er sich wieder ihr zu. »Wie können Sie das wissen?«

»Es ist, wie ich sage, Señor, Ihre Frau ist hier.«

»Ausgeschlossen!«

Jessie hatte dieses Spielchen lange genug beobachtet. Sie trat aus ihrem Versteck in die Eingangshalle.

»Das ist gar nicht so ausgeschlossen, Chase.«

Nita sah zwischen Jessie und Chase hin und her, und eine große Verwirrung überkam sie. »Sie sehen, Señor, Ihre Frau. Jetzt lasse ich sie mit Ihnen... Ihr Englisch zu verstehen hat mir einen schmerzenden Kopf gemacht.«

Jessie sah Nita nach, die die Eingangshalle verließ. Die reizenden Gesichtszüge der Spanierin wurden von einem äußerst säuerlichen Ausdruck überzogen. Doch sie verschwendete keinen weiteren Gedanken an Nita, sondern drehte sich wieder zu Chase um. Sie fragte sich, weshalb er erstarrt stehengeblieben war und entgeistert wirkte.

»Hast du eine absolut vernünftige Erklärung dafür, daß du hier bist, oder muß ich dich übers Knie legen und dir den Hintern versohlen, weil du das verantwortungsloseste...«

»Schlag mir gegenüber nicht diesen Tonfall an, Chase Summers!«

Er stürzte auf sie zu, doch sie wich zurück.

»Wie kannst du es wagen, in deinem Zustand zu reisen? Denkst du denn kein bißchen an dich selbst und an das Kind? Was wäre, wenn etwas schiefgegangen wäre?« Dann veränderte sich sein Tonfall. »Ist etwas passiert? Bist du in Ordnung?«

»Interessiert dich das wirklich?«

»Jessie!«

»Mir geht es gut.«

»Was zum Teufel tust du hier? Ich lasse dich sicher und geborgen bei deiner Mutter zurück...«

»Werden wir doch deutlicher«, brauste Jessie auf, die sich im Angriff immer wesentlich wohler fühlte als in der Verteidigung. »Du hast mich meiner Mutter aufgehalst, und dann hast du mich im Stich gelassen!«

»Dich im Stich gelassen? Hat Rachel dir denn nicht gesagt, daß ich zurückkomme, ehe das Baby auf die Welt kommt?«

»Sie hat es mir gesagt«, sagte Jessie steif. »Aber ich habe es nicht geglaubt, und ich glaube es immer noch nicht. Ich habe dir selbst gesagt, daß du dein eigenes Leben leben kannst. Du verdammter Kerl, du hast wirklich keine Zeit vergeudet, ehe du mich verlassen hast. Es scheint, als hättest du es kaum erwarten können.«

»Noch ein Wort, Jessie, und ich drehe dir den Hals um!«

»Noch ein Wort, und ich breche dir das Nasenbein«, gab sie zurück. »Aber ich bezweifle, daß das eine Lösung ist.«

Sie funkelten einander etliche Sekunden lang wütend an. Dann wich der Ärger aus Chases Augen, und sie nahmen eine samtige Braunfärbung an.

»O Gott, ich bin ja so froh, daß du hier bist«, sagte er. »Ich habe dich vermißt, Jessie.«

Er riß sie in seine Arme, und seine Lippen verschmolzen mit den ihren. Er küßte sie wie den ersten Bissen Nahrung, den ein Verhungernder findet. Es dauerte keine Sekunde, bis Jessie seinen Kuß mit derselben Glut erwiderte. Sie preßte sich an ihn, umklammerte ihn, und ihre Finger gruben sich in seinen Rücken. Wie sehr sie den Geschmack seiner Lippen vermißt hatte, seine Arme, die sich um sie schlangen! Sie hatte nahezu vergessen, was er bei ihr auslösen konnte und wie sehr es ihm gelang, sie ihn über alles begehren zu lassen und den Rest der Welt zu vergessen.

»Du hast mich auch vermißt, Liebling.«

Die Worte kamen erstickt aus irgendeiner weiten Ferne. Er knabberte an ihrem Nacken.

»Ich habe dich nicht vermißt«, antwortete Jessie automatisch.

Chase richtete sich auf, und seine Augen strahlten vor Glück.

»Wenn du dich erinnerst, Jessie – eins der letzten Male, die du überhaupt mit mir gesprochen hast, war in Cheyenne. Du standest kurz vor den Tränen, weil deine Mutter nicht bei dir bleiben wollte. Daher dachte ich, du würdest dich freuen, eine Weile mit ihr zusammen zu sein. Für mich war das die bestmögliche Gelegenheit, diesen Bereich meines Lebens zu klären. Du konntest ohnehin nicht reisen. Oder du hättest es zumindest nicht tun sollen.«

»Ich nörgele nicht an deinen Motiven herum, Chase«, sagte Jessie mit unbewegter Stimme. »Ich würde noch nicht einmal sagen, du hättest warten können, bis das Baby geboren ist. Du hast mich verlassen, ohne es mir zu sagen. Du hast nicht mit mir darüber gesprochen.«

»Wie hätte ich das tun können? In deinem Zustand? Es war nicht vorhersagbar, wie lange du noch unter Schockwirkung stehen würdest.« Er sah sie jetzt argwöhnisch an. »Wann bist du eigentlich wieder zu dir gekommen – sobald ich fort war?«

»Du hast es exakt getroffen.«

»Danke«, brummte er. »Ich nehme an, jetzt willst du mir erzählen, daß meine Gegenwart das war, was dich in diesen Schockzustand versetzt hat?«

»Nein, aber dein Gehen war das, was mich aufgerüttelt hat, und der Schock hat nachgelassen«, gab sie zu.

»Du hast mich also doch vermißt! Es hat dir nicht gefallen, daß ich nicht mehr da war?«

»Nun... nein«, gab sie nach.

»Dann tut es mir leid für Rachel. Sie muß Schreckliches durchgemacht haben, wenn sie deine Koller aus nächster Nähe erlebt hat.« Er schüttelte betrübt den Kopf.

»Hör auf, dich über mich lustig zu machen, Chase. Ich finde das überhaupt nicht komisch. Du hattest nicht das Recht, mich bei meiner Mutter zu lassen. Sie ist nicht für mich verantwortlich, sondern du. Du wolltest mich heiraten, und jetzt hast du mich am Hals.«

»Ist das dein Ernst, Jessie?«

Seine weiche Stimme ließ sie unvorsichtig werden. »Natürlich ist es mein Ernst.«

»Wenn das so ist, beklage ich mich nicht, mein Liebling.«

»Du beklagst dich nicht?«

Er grinste sie an. »Mir gefällt die Vorstellung, dich am Hals zu haben. Warum zeigst du mir jetzt nicht dein Zimmer? Wir sind bisher immer noch nicht dazu gekommen, unsere Ehegelübde zu besiegeln.«

Jessie errötete.

»Es ist die dritte Tür nach links«, sagte sie. »Ich kann dir erst von deinem... von Don Carlos erzählen, wenn wir allein sind.«

44

Jessie wickelte sich eine seiner Haarlocken um ihre Finger und seufzte voller Zufriedenheit. Chase lag auf ihr, und er lag so still, daß man hätte glauben können, er schliefe. Aber er schlief nicht.

Jessie kicherte, als sie sich an die Fahrt im Wagen erinnerte. »Ich dachte, du schläfst nie auf dem Bauch.«

»Das tue ich auch nicht.« Chase rührte sich nicht. »Ich schlafe auf dir.«

»Ich weiß, daß du dich leicht machst. So kannst du dich nicht entspannen...«

»Ich fühle mich da, wo ich bin, ganz ausgezeichnet«, murmelte er.

»Komm schon, du kannst jetzt ohnehin nicht schlafen. Siesta ist erst in einer Stunde oder so. Vorher kommt noch das Mittagessen, und du mußt deinen Cousin und deine Cousine kennenlernen und...«

Er sah sie mit einem breiten Grinsen an. »Willst du damit sagen, daß wir heute ohnehin noch mal in dieses Zimmer kommen, ohne daß sich jemand etwas dabei denkt?«

»Du bist schrecklich, Chase.«

»Bin ich das? Es ist ewig her, seit ich dich das letzte Mal gesehen habe.«

»Es ist nur ein paar...«

»Ewig.« Er küßte sie, um ihr das Wort abzuschneiden. Dann setzte er sich auf, und seine Stimmung änderte sich. Sie wußte, daß er es kaum erwarten konnte, ihr Fragen zu stellen, doch gleichzeitig fürchtete er sich. Sie entschloß sich, ihm zu helfen.

»Willst du denn nicht nach Don Carlos fragen?«

Er sah nicht auf. Eine endlose Zeit verging, ehe er reagierte.

Endlich murmelte er: »Das hat keine Eile.«

»Ich glaube nicht...«

»Fang nicht davon an.«

»Aber du bist von so weit her gekommen!«

Er sah sie an und schaute dann wieder weg. »Jessie, es ist zwanzig Jahre her, seit meine Mutter mir zum ersten Mal von diesem Mann erzählt hat. Das ist eine teuflisch lange Zeit, um über einen Menschen zu rätseln. Es ist auch eine lange Zeit für...« Er unterbrach sich. »Du kannst mich einen Feigling schimpfen, aber ich will es lieber gar nicht hören.«

Sie durfte nicht zulassen, daß er verzagte, nicht nach all dieser Zeit.

»Chase«, sagte Jessie zart zu ihm, »Don Carlos ist schon seit langem krank, und jetzt... jetzt geht es ihm noch schlechter. Man wollte mir gar nicht gestatten, ihn zu sehen, aus Angst, ich könnte ihn beunruhigen.«

»Aber er ist am Leben? Bist du ganz sicher, Jessie?« Er packte sie an den Schultern.

»Ja, ich bin sicher. Es ist mir gelungen, ihn trotz allem zu sehen.«

»Liegt er im Sterben, Jessie?«

»Ich weiß es nicht«, seufzte sie. »Niemand hat das tatsächlich ausgesprochen, aber sie behandeln ihn, als sei es so. Nita trägt bereits Trauerkleidung. Sie ist übrigens deine Cousine. Das Mädchen, das dir die Tür aufgemacht hat.«

»Das ist jetzt egal. Sprich weiter.«

»Mir ist er nicht vorgekommen wie ein Mann, der im Sterben liegt. Seine Stimme war fest. Er nimmt alles wahr. Er ist nur einfach schwach, und vielleicht fehlt ihm nur ein Grund, um weiterzuleben.«

»Eine typisch weibliche Diagnose«, sagte Chase abwertend.

»Es wäre doch immerhin möglich. Jedenfalls hatte ich die Absicht, ihm alles über dich zu erzählen, aber Rodrigo...«

»Rodrigo?«

»Don Carlos hatte zwei Schwestern. Nitas Mutter ist tot.

Rodrigo ist das Kind der anderen Schwester. Sie lebt noch und ist im Moment auf Reisen. Jedenfalls war Rodrigo gestern abend bei Don Carlos. Er hat mir klargemacht, daß derart schockierende Neuigkeiten Don Carlos mehr schaden als nützen könnten.«

»Hat er so viele Kinder, daß ein weiteres ihm eine zu große Belastung wäre?«

»Er hat keine Kinder, Chase. Deshalb mußte ich auch so entschieden vorgehen. Ich dachte, es könnte ihn freuen, von dir zu erfahren. Aber wenn der Schock seinen Zustand verschlimmern könnte, kann ich es ihm nicht erzählen.«

»Er weiß es also bisher nicht? Und jetzt sagst du mir, daß ich die ganze Reise umsonst gemacht habe, weil ich gar nicht erst versuchen sollte, ihn zu sehen?«

Sie ließ ihm eine Sekunde Zeit, ehe sie verkündete: »Wenn er dich sieht, weiß er im selben Augenblick Bescheid. Was glaubst du denn, weshalb Nita so überrascht war, als sie dich gesehen hat? Du siehst ihm unglaublich ähnlich, Chase.«

Sie beobachtete sein Gesicht, während er diese Feststellung in sich einsickern ließ. Wenn er Don Carlos wie aus dem Gesicht geschnitten war, dann war Don Carlos wirklich sein Vater. Er blieb stocksteif stehen und sah ins Weite. »Das heißt, er wirft einen Blick auf mich und fällt im Schock tot um, was?«

Jessie nahm an, daß es nichts schaden konnte, ihm von dem vagen Eindruck zu berichten, den sie hatte.

»Eigentlich«, setzte sie zögernd an, »ich meine, also... ich bin natürlich nicht sicher...«

»Verdammt noch mal, seit wann bereitet es dir Probleme, dich auszudrücken? Damit hattest du früher doch nie Schwierigkeiten.«

»Laß deine Launen nicht an mir aus, Chase Summers. Wenn du nicht hören willst, was ich zu sagen habe, dann sage ich eben kein Wort mehr.«

Er setzte sich wieder auf das Bett. »Es tut mir leid, Jessie. Du mußt verstehen, daß...«

»Ich verstehe es«, unterbrach sie ihn. »Und was ich dir sagen wollte, ist, daß dein Vater unter Umständen von selbst erkannt hat, was ich ihm sagen wollte und nicht über mich gebracht habe. Aber hüte dich – ich bin nicht sicher.«

»Wie kann das sein?« Er war so bestürzt, daß es ihr weh tat, ihn anzusehen.

»Ich war über die Ähnlichkeit zwischen euch beiden erstaunt, und er hat mein Erstaunen bemerkt. Ich habe zugegeben, daß er mich an jemanden erinnert, den ich kenne. Aber...«

Sie bemühte sich, sich an jede Einzelheit zu erinnern.

»...es war nicht nur das. Wir haben über Amerika gesprochen, und er hat erwähnt, daß er vor zehn Jahren nach Amerika zurückgekehrt ist, um jemanden zu suchen. Ich weiß nicht, wie ich darauf gekommen bin, daß es deine Mutter gewesen sein muß, die er dort gesucht hat, aber ich habe es angenommen. Außerdem habe ich angenommen, daß er sie nicht gefunden hat, und das habe ich auch gesagt. Er hat mich ganz seltsam angesehen, als ich ›sie‹ gesagt habe. Und dann, als ich gerade gehen wollte, hat er mich unverblümt gefragt, wer derjenige ist, an den er mich erinnert. Ich dachte, es kann nichts schaden, wenn ich zugebe, daß es um meinen Mann geht, und das habe ich auch getan. Ich hatte den Eindruck, daß er sich daraufhin bei mir bedankt hat, aber natürlich kann ich das leicht mißverstanden haben. Ich stand am anderen Ende des Zimmers und konnte ihn kaum hören.«

»Aber es besteht die Möglichkeit, daß er es weiß und überhaupt nicht schockiert war!«

»Ja.«

Es herrschte Schweigen, und dann sagte Chase: »Gehen wir! Gehen wir zu... meinem Vater.«

45

Ihre Eile war unnütz. Don Carlos schlief. Sie konnten kaum einen Fuß in sein Zimmer setzen, ehe die alte Dienerin, die direkt neben der Tür saß und Wache hielt, sie zurückschickte. Chase hatte keine andere Wahl, als noch ein wenig zu warten.

Sie schlossen sich ihren jungen Gastgebern beim Mittagessen an. Die Atmosphäre war angespannt, als sie sich einander vorstellten. Die beiden Männer zogen es vor, Jessie nicht als Dolmetscher zu benutzen, sondern einander zu ignorieren. Ganz im Gegensatz dazu ließ Nita Chase keinen Moment lang aus den Augen. Sie buhlte sichtlich um seine Gunst, und was ihr gebrochenes Englisch nicht übermitteln konnte, das war aus ihren Blicken zu lesen. Jessie war angewidert.

Sie hätte keine größere Sache daraus gemacht, wenn Chase diese Annäherung nur höflich geduldet hätte, doch er schien sich in der übertriebenen Überschwenglichkeit der Blondine wohl zu fühlen. Zweifellos glaubte er, eine neue Eroberung gemacht zu haben. Und das unter den Augen seiner Ehefrau.

Ehe der zweite Gang serviert wurde, stand Jessie unter einem gemurmelten Vorwand vom Tisch auf und ging. Chase holte sie am unteren Treppenabsatz ein, und auf seinem Gesicht stand ein belustigter Ausdruck.

»Hast du keinen Hunger mehr?«

»Mir reicht es!«

Er grinste. »Ich dachte mir doch, daß mein kleiner Auftritt deiner Aufmerksamkeit nicht entgeht.«

»Du Lügner!« zischte Jessie. »Wenn du von mir erwartest, daß ich dir glaube, daß dieses widerwärtige Schauspiel für mich inszeniert worden ist...«

»Aber natürlich war das für dich bestimmt. Es ist jetzt Essenszeit, Jessie, und sie werden Don Carlos das Essen bringen müssen. Er wird jetzt wach sein.«

»Ja, klar. Du kannst mir nicht erzählen, daß du es nicht genossen hast, dich von Nita verwöhnen und umgarnen zu lassen. Nichts wäre ihr lieber, als dich mir wegzunehmen, weil sie weiß, wer du bist. Sie ist hinter aem Vermögen deines Vaters her, und du stellst eine Bedrohung ihres Erbes dar.«

»Eifersüchtig, Schätzchen?«

»Auf dieses... dieses spanische Flittchen? Bilde dir bloß nichts ein. Es hat mich ganz schlicht angeekelt.«

»Jetzt hör aber auf, Jessie. Sie ist meine Cousine.«

»Das ist ihr ganz egal. Aber ich warne dich, Chase...«

»Ich weiß, ich weiß«, schnitt er ihr mit einem amüsierten Grinsen das Wort ab. »Wenn ich es wage, eine andere Frau auch nur anzusehen, wirst du auf einen gewissen Teil meiner Anatomie schießen. Einen Teil, der dir recht lieb ist. Stimmt's?«

»Mach dich nur darüber lustig«, sagte sie steif. »Aber das ist schließlich der Grund, aus dem ich dich gar nicht erst heiraten wollte. Man kann auf deine Treue nicht vertrauen.«

»Schenk mir etwas mehr Vertrauen, Jessie«, sagte er ernst. »Ich hatte bisher nie einen Grund, treu zu sein. Aber ich habe dich geheiratet. Ich habe meinen Entschluß gefaßt. Und ich nehme diese Ehe nun einmal ernst, auch, wenn du es nicht tust. Es war doch nicht meine Idee, daß wir getrennte Leben leben. Das war deine Idee. Von dem Moment, in dem wir die Kirche verlassen haben, war ich bereit, mich seßhaft zu machen. Was hältst du denn für den Grund dafür, daß ich geblieben bin, nachdem ich gesund genug war, um die Ranch zu verlassen? Ich...«

»Señora Summers, Don Carlos fragt nach Ihnen.«

Sie sahen beide auf. Die alte Dienerin stand oben auf der Treppe und sah sie streng an.

Don Carlos saß aufrecht im Bett. Ein ganzer Berg von Kissen stützte ihn. Neben dem Bett stand ein halbleeres Tablett mit dem Eßgeschirr. Die Dienerin kam nur herein, um das Tablett zu entfernen. Dann ging sie wieder. Die Vorhänge waren offen, und das Zimmer war lichtdurchflutet. Jessie war froh, das zu sehen. Sie war auch froh, daß Chase draußen im Gang auf sie wartete. Es hätte Don Carlos zu sehr erschrecken können, wenn er Chase plötzlich ohne jede Vorwarnung gesehen hätte.

Jessie trat ans Fußende des Bettes, doch Don Carlos bedeutete ihr, näher zu kommen. »Ich habe schon gefürchtet, ich hätte Sie gestern abend überanstrengt«, begann sie.

»Unsinn.« Er beruhigte sie mit einem Lächeln. »So gut ist es mir seit Monaten nicht mehr gegangen.«

»Das freut mich sehr.«

»Dein Mann ist eingetroffen.«

»Man hat es Ihnen erzählt?«

»Das brauchte mir niemand zu erzählen, Kleines. Von dir geht ein Schimmer aus.«

Jessie war verlegen. Wenn sie lebendig wirkte, dann lag das eher daran, daß sie sich mit Chase gestritten hatte. Doch das konnte sie Don Carlos nicht so ohne weiteres erzählen.

»Ich... äh... ich freue mich wohl sehr darüber, ihn zu sehen«, wich sie aus.

»Du brauchst mir gegenüber nicht schüchtern zu sein. Es ist gut, daß du deinen Mann liebst. Genauso sollte es sein. Was für eine Art von Mann ist er? Ich nehme an, ich sollte das nicht fragen. Ist er...?«

Er ließ den Satz unvollendet in der Luft hängen und Jessie konnte spüren, wie nervös er war.

»Sie wissen es also?« fragte Jessie einfach.

»Ich habe viele Jahre lang nach meinem Kind gesucht, Jessica. Aber ohne Erfolg. Ich konnte nur hoffen, daß das Kind mich finden würde. Jedesmal, wenn ich einen Fremden treffe, hoffe ich. Es war leicht, das, was ich hören wollte, aus deinen Worten herauszuhören. Im ersten Moment dachte ich sogar, du seist es – bis du gesagt hast, daß ich dich an jemanden erinnere. Verstehst du, in meiner Familie ist die Ähnlichkeit in der männlichen Linie stark ausgeprägt. Ich sehe so aus wie mein Vater und mein Großvater, und so ist es schon seit Jahrhunderten. Die Haarfarbe und die Augenfarbe wechseln, doch die typischen Züge der Silvelas tauchen in jeder Generation wieder auf ganz bemerkenswerte Weise auf.«

Jessie lächelte. »Jetzt hast du deinen Sohn gefunden – und außerdem wirst du bald Großvater sein.«

Seine Augen wurden größer, und er griff nach Jessies Hand. »Ich danke dir, mein Kleines. Du hast mir neuen Atem eingehaucht.«

»Das ist auch gut so, denn du mußt gesund werden. Ich habe meine Großeltern nicht gekannt, und ich will, daß mein Kind seine Großeltern kennt. Aber im Moment wartet Chase draußen.«

»Es scheint, als hätte ich ein Leben lang darauf gewartet, ihn zu treffen. Bring ihn bitte zu mir.«

Jessie brauchte Chase nur anzulächeln, und er wußte, daß alles in Ordnung war. Dennoch wollten seine Füße sich kaum von der Stelle rühren, als er das Zimmer betrat. Er hatte Angst. Es war das Ende eines sehr, sehr langen Weges.

Jessie fühlte sich als Eindringling, während sie beobachtete, daß die beiden einander verdutzt betrachteten. »Und jetzt werde ich euch zwei miteinander allein lassen.«

»Nein!« hielt Don Carlos sie zurück. »Es wird leichter für uns sein, wenn du bleibst. Bitte.«

Jessie war heilfroh, daß Don Carlos so gut Englisch sprach. Wie unbeholfen wäre diese Zusammenkunft andernfalls verlaufen.

»Don Carlos, das ist mein Mann, Chase Summers. Chase...«

»Das ist nicht nötig, Jessie«, schnitt ihr Chase nervös das Wort ab.

Don Carlos kam ohne Umschweife zur Sache. »Deine Mutter – sie hat dir von mir erzählt?« Seine Stimme bebte.

»Sehr wenig«, sagte Chase kühl.

Jessie hätte ihm einen Tritt in den Hintern verpassen können. Was war bloß los mit ihm? Er hatte es kaum erwarten können, nach Spanien zu reisen, um diesen Mann zu finden, und jetzt diese kühle Haltung!

Don Carlos wußte nicht, wie er die Sache anpacken sollte. Haßte der junge Mann ihn?

»Ich glaube, wir täten gut daran, Fragen aus dem Weg zu räumen«, schlug Don Carlos behutsam vor. »Es muß vieles geben, was du mich gern fragen möchtest, und ich habe auch viele Fragen an dich.«

»Soll das heißen, daß du dich wirklich für mich interessierst?«

»Chase!« schnappte Jessie.

Don Carlos überging seinen Sarkasmus. »Dieser Mann, dieser Summers. Hat er dich gut behandelt?«

»Sie hieß in Wirklichkeit Ewing, nachdem sie geheiratet hatte. Es gab keinen Summers. Sie hat Ewing erst geheiratet, als ich zehn Jahre alt war. In den ersten zehn Jahren meines Lebens hat sie sich als die Witwe Summers ausgegeben, um ihre Schande zu verbergen. Sie war keine Frau, die gut mit dieser Schande umgehen konnte.«

»Nein, das hätte auch nicht zu Mary Beckett gepaßt«, sagte Don Carlos betrübt.

»War das ihr Name?« rief Chase aus.

»Soll das heißen, daß sie dir nie ihren richtigen Namen genannt hat?«

»Das Äußerste, was sie mir von sich erzählt hat, war, daß sie aus New York kam. Sie hat nie von ihrer Vergangenheit gesprochen. Sie war sehr bitter.«

»Und auch du bist verbittert, wie ich sehe«, erwiderte Don Carlos sanft. »Das kann ich dir nicht zum Vorwurf machen. Ich war selbst in all den Jahren von Bitterkeit erfüllt, seit mein Onkel gestorben ist und ich alles erfahren habe, was er mir bis dahin vorenthalten hat.«

»Willst du damit sagen, daß du nicht wußtest, daß sie schwanger war?« fragte Chase, dessen gesamte Haltung deutlich seinen Unglauben ausdrückte.

»Es ist noch viel schlimmer, mein Junge. Siebzehn Jahre lang habe ich geglaubt, daß deine Mutter zu ihrem reinen Vergnügen mit meinen Gefühlen und meiner Zuneigung gespielt hat. Von den Machenschaften meines Onkels Francisco habe ich erst vor zehn Jahren erfahren, als er im Sterben lag und sich entschlossen hatte, das Unrecht zu bekennen, das er mir zugefügt hatte.

Siehst du, ich hatte von Anfang an die Absicht, Mary Beckett zu heiraten, aber ich hatte sie noch nicht um ihre Hand gebeten, weil ich es als meine Pflicht empfand, zuvor meinem Onkel meine Absichten zu erklären. Er war mein Vormund, als ich in Amerika war, und daher war das nur angemessen.«

»Und er hat sich dem entgegengestellt?«

»Nein, er war nicht glücklich darüber, aber er hat sich nicht widersetzt. Was er getan hat, und davon ahnte ich nichts, war, dafür zu sorgen, daß ich deine Mutter nicht sehen konnte. Er hat mich laufend auf der Hacienda beschäftigt und mir einen Auftrag nach dem anderen gegeben, damit ich keine Zeit hatte, sie zu sehen. Und wenn sie kam, weil sie mich sehen wollte, sagte er ihr, ich sei nicht da, und er hat mir nie gesagt, daß sie da war. Er fand, ich sei zu jung, um zu wissen, was gut für mich ist. Er glaubte, es sei nichts weiter nötig, als uns voneinander fernzuhalten, und er glaubte, daß die Jugend schnell vergißt.«

»Aber er hat doch von ihrer Schwangerschaft gewußt. Sie hat mir erzählt, daß sie ihn mit ihrem Vater aufgesucht hat und daß ihr Vater gefordert hat, daß du sie heiratest.«

»Ja, das stimmt. Und mein Onkel war von diesen Neuigkeiten derart überrascht und fassungslos, daß er das Erstbeste sagte, was ihm durch den Kopf ging – ich sei bereits nach Spanien zurückgekehrt, die Ehe mit einer *americana* sei ohnehin unpassend, ich sei bereits einer anderen versprochen, und ich sei auf dem Rückweg nach Spanien, um diese erfundene *novia* zu heiraten.«

»Aber du hast doch sicher versucht, sie wiederzusehen?«

»Ich glaubte, es würde noch Wochen dauern bis zu ihrer Abreise. Das Ganze hat sich innerhalb von wenigen Tagen abgespielt. Ich habe mir keine Sorgen darum gemacht, ein paar Tage dadurch zu verlieren, daß ich meinem Onkel helfe. Schließlich hatte ich Mary für den Rest meines Lebens. Doch ihr Vater war so wütend auf meinen Onkel, daß er noch in derselben Nacht abreiste, nachdem sie meinen Onkel aufgesucht hatten. Als ich erfuhr, daß das Schiff ausgelaufen war, verstand ich gar nichts mehr. Ich wollte ihr mit dem nächsten Schiff nach New York folgen.

Dann hat mein Onkel seine Lügen ausgeweitet, indem er mir erzählt hat, er habe Mary mit einem anderen Mann gesehen und sie um meinetwillen angesprochen. Er hätte durchblicken lassen, daß ich Heiratsabsichten hätte. Und hier benutzte er wieder dieselbe Lüge, die er ihrem Vater gegenüber gebraucht hatte, indem er mir sagte, sie hätte ihn ausgelacht und erwidert, sie würde niemals einen Ausländer heiraten, sie sei bereits verlobt, und sie hätte nur noch ein wenig ihren Spaß haben wollen, ehe sie sich an diesen Mann band. Das Schiff war ausgelaufen, und ich beging den Fehler, meinem Onkel zu glauben. Er war der Bruder meines Vaters, und er hatte sich immer sehr um mich gekümmert, da er keine eigenen Kinder hatte. Ich wäre nicht im Traum auf die Idee gekommen, daß er mich belügen könnte. Dieser Gedanke ist mir nie gekommen. In der Folgezeit war ich derart verzagt, daß er Vorkehrungen traf, mich wieder nach Hause zu schikken, weil er nicht wußte, was er sonst mit mir anfangen sollte. Sobald ich wieder zu Hause war, ließ ich zu, daß meine Mutter mich mit dem erstbesten Mädchen verheiratete, das sie für passend hielt. Es war mir einfach vollkommen egal.«

»Aber warum um Gottes willen hat sich dein Onkel eingemischt?«

»Onkel Francisco hat seine Vormundschaft zu ernst genommen. Er hat aus dem Gefühl heraus gehandelt, das Rechte zu tun, und er war der Meinung, ich sei wirklich noch zu jung, um eine derart bedeutende Entscheidung zu treffen. Außerdem fürchtete er, daß meine Mutter seine Einwilligung hätte mißbilligen können. Er hatte ihr geschrieben und sie um ihren Rat gefragt, aber natürlich ging alles viel zu schnell. Als er mit Marys Schwangerschaft konfrontiert war, geriet er in Panik. Er nahm zu Lügen Zuflucht, weil er wirklich nicht wußte, was er tun sollte.«

»Du nimmst ihn in Schutz?« fragte Chase erbost.

»Nein«, erwiderte Don Carlos. »Ich habe ihn selbst verflucht, als er es mir erzählt hat, und ich konnte ihm die Vergebung, um die er mich vor seinem Tod gebeten hat, nicht gewähren. Aber ich verstehe ihn inzwischen besser. Er hat auch wirklich versucht, es wiedergutzumachen. Siehst du, er hatte Schuldgefühle, weil aus meiner Ehe keine Kinder hervorgegangen waren, keine Kinder, die am Leben geblieben sind. Dennoch wußte er, daß ich irgendwo in Amerika ein Kind haben muß. Daher hat er mir sein gesamtes Vermögen zur Verfügung gestellt, damit ich dieses Kind suchen kann. Genau dafür habe ich nahezu die Hälfte seines Vermögens ausgegeben, aber ohne Erfolg. Jetzt, da ich dich gefunden habe, kann ich seine letzten Anordnungen befolgen. Sein restliches Vermögen soll an dich gehen. Es gehört dir.«

»Nein, ganz bestimmt nicht«, sagte Chase automatisch. »Der Teufel soll mich holen, wenn ich sein Geld auch nur anrühre.«

»Aber du mußt es annehmen«, sagte Don Carlos. »Es ist dem Kind von Mary Beckett hinterlassen worden. Es ist immer noch eine beträchtliche Summe übrig, und auch ich habe einiges wiedergutzumachen.«

»Nein! Ich bin nicht hierhergekommen, weil ich Geld von dir will, und ganz bestimmt schon nicht von deinem Onkel.«

»Du hast dich deutlich genug ausgedrückt, Chase«, warf Jessie ein, die sich über seine Starrköpfigkeit ärgerte. »Aber wir nehmen das Geld an, Don Carlos.«

»Einen Dreck werden wir!«

»*Ich* werde das Geld ganz bestimmt annehmen. Ich bin nicht starrköpfig genug, um Geld aus dem Fenster zu werfen.«

»Ich kann dich ernähren, Jessie.«

»Ja, darüber können wir uns später unterhalten«, sagte sie ausweichend. Sie bereute, daß sie den Mund aufgemacht hatte. »Ich glaube, ich gehe jetzt, Chase, nachdem du das Eis auf so nette Weise gebrochen hast.«

Jessie konnte es kaum erwarten, das Zimmer zu verlassen. Sie bereute ihren Sarkasmus, doch sie fragte sich, warum Chase nicht etwas liebenswürdiger sein konnte. Als ihr einfiel, wie sie ihre eigene Mutter behandelt hatte, vergaß sie diesen Gedanken sofort wieder. Sie ging in ihr Zimmer und lief nervös auf und ab.

Jessie war verblüfft, als es an ihrer Tür klopfte, aber sie seufzte, als sie sah, daß es Rodrigo war. »Ich habe Sie für meinen Mann gehalten.«

»Sie wollen Ihren Mann nicht sehen?«

»Woher...? Wir hatten nur einen kleinen Streit, nichts weiter.«

Rodrigo trat in das Zimmer. »Sie brauchen mir nichts zu

erklären. Ich mußte unfreiwillig hören, was auf der Treppe gesprochen wurde.«

»Oh.« *Diesen* Streit hatte sie bereits vergessen.

»Ich habe die Worte nicht verstanden, aber der Tonfall war unmißverständlich.«

Jessie errötete. »Hat Nita uns auch gehört?«

»Nein, das glaube ich nicht. Aber es muß Ihnen nicht peinlich sein, daß ich es weiß. Ich freue mich ganz herzlich darüber.«

Er griff nach ihrer Hand, aber Jessie wich stirnrunzelnd einen Schritt zurück. »Es freut Sie? Ich glaube, wir haben es hier mit einem sprachlichen Problem zu tun. Und dabei dachte ich, mein Spanisch sei so gut.«

Rodrigo schüttelte den Kopf und sah sie lächelnd an. »Sie mögen mich für herzlos halten, aber es freut mich zu wissen, daß zwischen Ihnen und Ihrem Mann etwas nicht stimmt. Ich wünschte, ich hätte Ihnen meine Gefühle bereits eher gestanden. Dann hätte ich sie in diesen letzten Tagen nicht zu verbergen brauchen.«

»Rodrigo, was genau wollen Sie damit sagen?«

Er lächelte. »Vom ersten Tag an, an dem ich Sie gesehen habe, wußte ich, daß ich Sie liebe.«

Jessie schnappte nach Luft. »Aber Sie können mich nicht lieben. Ich bin gerade erst hier angekommen, und Sie kennen mich kaum.«

»Was bedeutet die Zeit in Herzensangelegenheiten?«

Jessie hätte beinah gelacht, doch sie verkniff es sich gerade noch rechtzeitig.

»Rodrigo, Sie sind ganz reizend, aber ich kann das nicht ernst nehmen. Und ich bin sicher, daß es Ihnen auch nicht ernst ist.«

»Sie zweifeln an mir?« Er wirkte nicht verletzt, aber sehr entschlossen. »Ich habe es mir erträumt, Ihnen meine Seele bloßzulegen. Ich habe es mir erträumt...«

Er zog sie in seine Arme. Sein Kuß war verblüffend, weder willkommen, noch unangenehm. Jessies einziger Gedanke war: Ich bin jetzt verheiratet – niemand außer Chase darf mich küssen. Es war beunruhigend, daß sie nur an Chase dachte, wenn ein anderer Mann sie küßte, und noch dazu ein gutaussehender Mann.

Sie legte ihren Kopf auf die Seite, um Rodrigo auszuschelten. Die Worte blieben ihr in der Kehle stecken. Sie blickte zur Tür, und dort stand Chase. Sie hatte ihn nie mit einem so verzerrten Gesicht gesehen.

»Das ist es, was ich mir erträumt habe, meine Geliebte«, sagte Rodrigo in seiner seligen Unwissenheit um Chase. »Dies und noch viel mehr. Wenn wir erst verheiratet sind...«

»Hören Sie auf, Rodrigo!« Jessie stieß ihn von sich und wandte ihren Blick von Chase ab, um Rodrigo böse anzufunkeln. »Sie haben viel zuviel daraus geschlossen, daß Sie einen kleinen Streit mitangehört haben. Ich habe einen Ehemann. Und jetzt muß ich ihm das erklären.«

»Du wirst es ihm sagen? Aber das ist ja wunderbar!«

»Ich habe nicht die Absicht, ihn zu verlassen«, sagte Jessie barsch. »Aber ich werde ihm erklären müssen, was Sie hier tun. Verstehen Sie, er steht nämlich eben in diesem Moment direkt hinter Ihnen.«

Rodrigo wandte sich blitzschnell um. Jessie war froh, daß Chase kein Spanisch verstand. Sie konnte die Situation herunterspielen, weil er Rodrigos Erklärung nicht verstanden hatte.

»Gehen Sie jetzt einfach, Rodrigo«, seufzte Jessie. »Ich glaube, hier wird es zu einem weiteren Streit kommen.«

Widerwillig tat Rodrigo das, worum sie ihn gebeten hatte. Aber er konnte Chase nicht in die Augen sehen und ging mit äußerster Behutsamkeit an ihm vorbei. Was hätte er auch sagen können? Ein guter Anfang für zwei Cousins.

»Warum machst du die Tür nicht zu?« fragte Jessie nervös, als Chase sich nach einer unerträglich langen Zeitspanne noch keinen Zentimeter von der Stelle gerührt hatte.

Er schloß die Tür ganz langsam und trat dann ins Zimmer. »Verbessere mich bitte, wenn ich mich irre, aber hast du mir nicht erst heute grausige Warnungen für den Fall unschicklichen Verhaltens angedroht?«

»Du verstehst das nicht, Chase«, sagte sie eilig.

»Doch, ich verstehe es. Es ist ja nur allzu klar. Ich bin der einzige, dem die kleinste Unachtsamkeit untersagt ist. Du dagegen beanspruchst für dich die Freiheit, deine Ehegelübde nach Lust und Laune zu verhöhnen.«

»Nein, das tue ich nicht«, erwiderte sie empört. »Und ich habe es auch nicht getan. Verdammt noch mal, kann ich es dir jetzt erklären?«

»Unter allen Umständen«, sagte er gepreßt. »Das dürfte hochinteressant werden.«

Jessie reckte stur ihr Kinn in die Luft. »Wenn du dich auf diesen Standpunkt stellst...«

»Jessie, wenn es dir lieber ist, daß ich damit rausrücke, was ich wirklich empfinde...«

»Nein! Ich meine, du hast einfach nicht den geringsten Grund, wütend zu sein.« Ihre Hand glitt nervös zu ihrer Kehle. »Es ist nicht so, daß mir Rodrigos Umarmung willkommen gewesen wäre. Er hat sich einfach hinreißen lassen.«

»Und natürlich hast du ihn nicht dazu ermutigt.«

»Verdammt noch mal, er bildet sich ein, mich zu lieben. Ich war genauso überrascht wie du.«

»Überrascht trifft bei mir nicht ganz zu, Jessie«, erwiderte Chase kühl.

»Was hätte ich denn tun sollen?« fragte sie erbost. »Er hat gehört, daß wir uns gestritten haben, und er hat angenommen, daß zwischen uns etwas nicht in Ordnung ist. Andernfalls hätte er nichts gesagt. Er hatte mir gerade erst seine Gefühle erklärt und mich geküßt, um mir zu beweisen, daß es ihm ernst sei, als du reingekommen bist. Ich habe ihn nicht ernstgenommen, aber ich habe ihm erklärt, daß er sich irrt, was uns betrifft, Chase.»

»So, hast du das getan? Was hättest du ihm erzählt, wenn ich nicht dazugekommen wäre, Jessie?«

»Wie kannst du es wagen!«

»Wie?« Chase explodierte jetzt. »Das kann ich dir genau sagen! Jedesmal, wenn ich mich auch nur umdrehe, gibt es einen neuen liebeskranken Kavalier, der dir zu Füßen liegt. Erst ein Cowboy, der sich für deine Ablehnung an dir rächt. Dann ein Sioux-Krieger, der mit Freuden für dich töten würde. Ein Cheyenne, der sich danach verzehrt, dich zu beschützen. Und jetzt läßt sich mein Cousin in deinen Bann ziehen. Wie lange war das schon so, ehe ich da war, Jessie?«

»Du Mistkerl!« fauchte Jessie. »Wenn du dich über das ärgerst, was in Don Carlos' Zimmer vorgefallen ist, dann sag es, aber benutze das nicht als Vorwand, dich mit mir zu streiten.«

»Darauf komme ich ein anderes Mal zurück.«

»Nein, bestimmt nicht«, erwiderte Jessie eisig. »Diese Art der Behandlung kann ich nicht gebrauchen, nicht in meinem Zustand. Raus jetzt. Such dir ein anderes Zimmer«, fügte sie steif hinzu. »Dieses hier ist belegt.«

46

Rodrigo hielt die Kutsche an und band die Pferde los, die sie für den Rest der Reise mitgenommen hatten. Jessie hatte die sanfteste Stute aus dem Stall von Don Carlos bekommen, wogegen Rodrigo auf einen der prachtvollen spanischen Araber von Don Carlos stieg. Wie sehr Jessie ihren geliebten Blackstar vermißte, der gemeinsam mit Goldenrod in Chicago auf sie wartete! Doch sie entrüstete sich nicht darüber, daß man ihr das zahme Pferd gegeben hatte. Sie wußte, daß sie gar nicht auf einem Pferd hätte sitzen sollen, nicht einmal mit einem Damensattel und so stark gepolstert, wie sie ritt. Sie hätte, so wie die Dinge standen, das Haus gar nicht erst verlassen sollen, doch zwischen Chase und ihr herrschten solche Spannungen, daß sie Zeit für sich brauchte.

Sie war auf dem Weg nach Ronda, um Rodrigo zuzusehen, während er ein großes Publikum mitriß, indem er seine Fähigkeiten im Stierkampf bewies. Es wäre alles nicht so schlimm gewesen, wenn nicht der einzige Weg nach Ronda ein alter Mauleselpfad gewesen wäre, den man mit einem Wagen nicht befahren konnte. Das mußte gut für die legendären andalusischen Banditen gewesen sein, die Ronda während des letzten großen Aufstands der Mauren gegen Ferdinand und Isabella zu ihrer letzten Festung gemacht hatten. Ein einziger schmaler Pfad war leicht zu bewachen. Doch für eine hochschwangere Frau war er verflucht schwer zu passieren.

Jessie war im Laufe der letzten drei Monate bereits mehrfach mit Rodrigo und Nita in Ronda gewesen, doch noch immer überkam sie dieselbe Ehrfurcht wie beim ersten Mal, als sie die Stadt sah, die hoch über einem Felsspalt thronte, der hundert Meter tief war. Drei Brücken überspannten diese Kluft. Es hatte ihr Grauen eingejagt, die Puente Nuevo zu überqueren, die höchste der Brücken, und in die Schlucht hinabzuschauen, die die Stadt spaltete. Weit unter ihr waren die beiden anderen Brücken, die beide auf alten römischen Fundamenten erbaut worden waren.

In der Altstadt konnte man auf den Straßen Zigeuner sehen und ihnen zuschauen, wenn sie den wilden, leidenschaftlichen Flamenco tanzten. Nita behauptete voller Stolz, besser tanzen zu können als die Zigeunerinnen.

Die Todesnähe des Don Carlos wurde mit keinem Wort mehr erwähnt. Seit Chases Ankunft hatte sich sein Zustand täglich gebessert, und er verließ ein- bis zweimal täglich sein Zimmer und schwor, wieder der Alte zu werden. Es wurde bereits von Reisen gesprochen, sogar davon, daß er gemeinsam mit Chase und Jessie nach Amerika zurückkehren wollte.

Chase war begeistert. Er und sein Vater kamen einander immer näher. Jessie sah den Chase, den sie kannte, eigentlich nur noch, wenn er mit Don Carlos zusammen war. Im übrigen war er kalt und unnahbar.

Sie begann zu glauben, Chase würde ihr niemals verzeihen, was zwischen Rodrigo und ihr vorgefallen war. Er hatte ihren Erklärungen keine Aufmerksamkeit geschenkt. Es schien, als seien sie einander fremd. Sie war mehrfach auf dieses Thema zu sprechen gekommen, doch daraufhin hatte er jedesmal das Zimmer verlassen. Er wollte ganz einfach nichts mehr mit ihr zu tun haben.

Die letzten Monate waren unerträglich gewesen. In ihrer Einsamkeit hatte sie immer mehr Zeit mit Rodrigo und dann sogar mit Nita verbracht. Rodrigo hatte ihr nie mehr seine Liebe gestanden, doch er war immer aufmerksam und ständig darauf bedacht, ihr zu gefallen.

So kam es, daß sie jetzt in Ronda war. Sie wußte, daß sie nicht hätte reisen dürfen, nicht so kurz vor ihrer Entbindung. Rodrigo war natürlich der Meinung, daß ihr nicht das geringste passieren konnte, weil er bei ihr war.

Der schwere Duft der Orangenblüten brach über sie herein, als sie an den Gärten des Paseo de la Merced in Mercadillo vorbeikamen, dem neueren Bezirk von Ronda, der jedoch nur wenige Jahrhunderte neuer war. In diesem Teil der Stadt befand sich die Stierkampfarena. Um die Wahrheit zu sagen – Jessie hätte sich lieber ins Bett gelegt und sich ausgeruht. Doch Rodrigo hatte ihr schon so viel über den Stierkampf erzählt, und er hatte ihr auch seine eigenen Fertigkeiten so glühend geschildert, daß sie es nicht über ihr Herz brachte, ihn jetzt zu enttäuschen.

Sie rief sich die drei Aspekte in Erinnerung, unter denen die Kritiker den Stierkampf beurteilten. Punkt eins war der Kampfstil des Matadors. Das hieß, aufrecht und unbeweglich dazustehen, ohne einen Zentimeter zu weichen, und den Stier mit einer Anmut zu umgehen, die keinerlei Boden verlor. Die Beherrschung des Stiers, die Kontrolle über jede einzelne Bewegung des Tiers und die Fähigkeit, es beliebig herumwirbeln zu lassen, war der zweite Aspekt. Der dritte Punkt war, diese Manöver so langsam wie möglich durchzuführen, denn je länger diese gefährliche Nähe andauerte, desto besser standen die Möglichkeiten des Stieres, seine Taktik zu ändern und den Matador auf die Probe zu stellen.

Rodrigo ließ sie auf der Tribüne zurück und ging fort, um sich umzukleiden. Sie sah ihn erst bei der Eröffnungsparade in der Arena wieder, bei der alle Teilnehmer des Spektakels auftraten. Es gab noch zwei weitere Matadore neben Rodrigo, und in ihren enganliegenden Seidengamaschen, ihren knielangen Hosen und den mit funkelnden Edelsteinen besetzten Jacken sahen sie alle großartig aus. Der größte Teil des Publikums hatte sich ebenfalls feingemacht, und das außergewöhnlich warme Wetter gestattete es den Frauen, ärmellose Blusen zu tragen. Sie trugen farbenfrohe Röcke mit Rüschen und Bordüren, und ihr Haar war unter Spitzentüchern mit Kämmen hochgesteckt. Doch der maurische Einfluß war nicht gänzlich verlorengegangen. Manche Frauen bedeckten ihr Haar und die untere Gesichtshälfte unter besticktem Leinen, und ihre Kleidung war wesentlich dunkler.

Nach der Parade wurde der erste Stier losgelassen, und die Manöver begannen. Dann kam Rodrigo, der erste Matador, der seine Geschicklichkeit mit seinem roten Umhang demonstrierte, und die Spannung nahm spürbar zu. Eine Zeitlang vergaß Jessie ihre quälenden Kreuzschmerzen und die allgemeinen Beschwerden, die in der letzten Woche aufgetreten waren. Sie sah Rodrigo zu, der mit dem Stier spielte, ihn neckte und das riesige Tier reizte, und sie fiel in das grölende »Olé!« der Menge ein, die Rodrigo zujubelte.

Beim vierten »Olé!« krümmte sich Jessie unter einem heftigen Krampf. Es gab noch so viel zu sehen; den Auftritt der Pikadore mit ihren Lanzen, das Reizen der Stiere durch die Matadore, die Banderillas, die zwischen die Schulterblätter der Stiere gesetzt wurden, dann das letzte Aufbäumen des Stieres, ehe er getötet wurde. Doch all das würde Jessie verpassen. Sie hoffte, daß sie sich irrte, doch ein weiterer Krampf machte diese Hoffnung zunichte.

Sie mußte die Arena verlassen, ehe die Menge sich zerstreute und sie anstieß. Das Gehen fiel ihr nicht leicht, da sie immer wieder nach wenigen Minuten stehenbleiben mußte, um zu warten, bis der nächste Krampf vorübergegangen war, und sich dann langsam weiterbewegen konnte. Sie fühlte sich wie eine große, unförmige Kuh.

Sie wußte nicht, wohin zum Teufel sie eigentlich ging oder was sie tun würde, wenn sie dort ankam. Warum war Chase jetzt nicht hier, um ihr zu helfen? Er hätte sich anerbieten sollen, mitzukommen. Es war schließlich sein Baby, verdammt noch mal. Er hätte jetzt hier sein sollen, um sich um sie zu kümmern und um sie auszuschelten, um ihr zu sagen, er hätte ihr schließlich gesagt, daß sie diese Reise nicht unternehmen sollte, um ihr zu sagen, daß alles gut werden würde. Wo war er? Haßte er sie denn wirklich?

»Señora Summers!«

Jessie drehte sich langsam um, und eine Woge der Erleichterung strömte über sie hinweg, als sie Magdalena Carrasco gegenüberstand, einer Frau, die sie in Ronda kennengelernt hatte, einer alten Freundin von Don Carlos. Magdalena brauchte nur einen Blick auf Jessie zu werfen, die bleich und verkrampft wirkte, um zu wissen, was hier vorging.

»Wo ist Ihr Mann, Jessica?«

»Er ist heute nicht mitgekommen«, keuchte Jessie.

»Und Sie hätten auch nicht herkommen sollen, *Por Dios*!«

Jessie nickte schuldbewußt. »Wie komme ich denn jetzt nach Hause?« fragte sie zaghaft.

»Nach Hause? So ein Unsinn! Dafür ist es jetzt zu spät. Sie werden jetzt mit mir kommen, und ich werde Sie in meinem Haus unterbringen.«

»Aber... mein Mann?«

»Ich werde nach ihm schicken lassen«, versicherte ihr Magdalena entschieden. »Sie brauchen sich jetzt mit nichts mehr zu belasten.«

Jessie war mehr als froh, Magdalena alles Weitere überlassen zu dürfen. Sie hatte ohnehin schon genug Sorgen.

47

Jessie verlor jedes Zeitgefühl. Die Schmerzen waren so schlimm, daß sie am liebsten nur noch laut geschrien hätte. Dieses lange Warten und der Schmerz waren eine ganz schreckliche Belastung. Sie konnte sich nicht erinnern, jemals derart erschöpft gewesen zu sein, doch Magdalena sagte immer wieder: »Entspannen Sie sich, es ist noch längst nicht soweit.«

Und dann glaubte sie zu träumen. Chase stand da. »Ich könnte dir den Hals umdrehen, ist dir das klar?« Seine sanfte Stimme strafte seine Worte Lügen.

»Das höre ich nicht zum ersten Mal.«

»Diesmal bist du zu weit gegangen, Jessie.« Sein Gesicht war von Ängsten gezeichnet.

»Woher hätte ich das denn wissen sollen?« gab sie schuldbewußt zurück. »Wenn du nur gekommen bist, um mich anzuplärren, kannst du auch...«

Sie konnte nicht weiterreden. Diesmal stieß sie, aus reiner Gehässigkeit gegen ihn, einen Schrei aus, als der Schmerz seinen Höhepunkt erreicht hatte. Es befriedigte sie, festzustellen, daß jeder Rest von Farbe aus Chases Gesicht wich. Vielleicht würde er sie jetzt nicht mehr anfauchen, weil sie so dumm gewesen war. Sie wußte schließlich selbst, wie töricht sie gehandelt hatte.

»Jessie, um Gottes willen, du brauchst einen Arzt!« flüsterte er eindringlich.

»Ich war bei einem Arzt«, sagte Jessie matt, »und Magdalena ist im Nebenzimmer.«

»Wo ist der Arzt?«

»Er kommt später wieder.«

»Aber er sollte jetzt hier sein!«

»Und wozu? Er kann mir nicht helfen, noch nicht, erst später. Man hat mir gesagt, daß es noch lange dauern wird.«

»Jesus!«

»Ich kann gar nicht verstehen, warum du dich darüber aufregst. Ich dachte, du wüßtest mehr darüber als ich.«

»Nicht über die Praxis – fehlt dir etwas? Kann ich etwas für dich tun?«

Sie hätte am liebsten gelacht.

»Ja... es gäbe etwas, was ich...«

»Alles, Jessie, alles.«

»Es gibt etwas, was du klarstellen könntest.« Sie mußte warten, bis die nächste Wehe vorübergegangen war, ehe sie fortfahren konnte. »Ich... habe nur ganz vage Erinnerungen an alles, was passiert ist, nachdem die Ranch abgebrannt ist. Hast du... hast du Kate irgendwo mit mir zusammengebracht?«

»Ja, im Hotel, an dem Vormittag, an dem wir Cheyenne verlassen haben. Ich habe sie in einem der Saloons gefunden. Sie wollte dich nicht sehen, aber ich dachte, wenn du sie siehst, kommst du vielleicht wieder zu dir, und der Schock läßt nach. Aber es hat nichts genützt.«

»Habe ich Kate verziehen? Worüber haben wir gesprochen? Hast du recht gehabt?«

Er nickte. »Wenn diese Frau während all der Jahre keine Gewissensbisse hatte, dann hat sie sie, glaube ich, jetzt. Wenn du mich fragst, ist das ein sehr geringer Preis, den sie für das zahlt, was sie dir und Rachel angetan hat. Du hast überhaupt nicht mit ihr gesprochen, sie nur angestarrt und dich dann abgewandt.«

Jessie stöhnte. Die Wehen wurden jetzt intensiver, und die Abstände zwischen den einzelnen Wehen verringerten sich.

»Was ist aus Jeb und meinen Leuten geworden?«

»Jeb hat gesagt, er würde sich darum kümmern, daß die anderen gehen, doch er würde noch dableiben und die Rinder, die noch übrig waren, zusammentreiben. Ich habe ihm gesagt, daß er alles behalten kann, was er noch findet. Rachel hat als Hochzeitsgeschenk deine Schulden abgezahlt, und somit schuldest du niemandem etwas. Ich dachte, du hättest sicher nichts dagegen, daß Jeb die Rinder behält, die er findet, und mit ihnen anfängt, was er will.«

»Nein, natürlich nicht. Ich bin froh darüber. Das war sehr klug von dir.«

»Er hat es verdient, Jessie.«

»Ja, ganz gewiß. Oh! Und was war mit dem Sheriff?«

»Ich habe ihm die Personenbeschreibungen gegeben und Belohnungen auf Clee, Charlie und Blue Parker ausgesetzt.«

»Was ist mit Laton Bowdre?«

»Ich konnte ihm nichts zur Last legen.«

»Was?«

»Jessie, Bowdre hat die Stadt einen Tag vor dem Brand verlassen, und daher konnte er nicht mit einbezogen werden. Der Mann ist geschickt. Aber vielleicht ist er nicht geschickt genug.«

»Chase, sag mir, was...«

»Es könnte seinen Untergang bedeuten, daß du die Leute erkannt hast, die er für sich hat arbeiten lassen. Ich habe die Sache mit dem Sheriff besprochen, und er hat sich einverstanden erklärt, daß er, wenn er einen von den dreien schnappt, denjenigen laufen läßt, wenn er ihm freiwillig den Namen des Mannes nennt, der ihn engagiert hat. Clee und Charlie mögen vielleicht der Auffassung sein, daß Loyalität über alles geht, aber ich zweifle daran, daß Parker es so sieht. Es ist nur noch eine Frage davon, wenigstens einen von ihnen zu schnappen.«

»Glaubst du, daß Hoffnung besteht, sie zu finden?« fragte sie eifrig.

»Wir können die Belohnung immer noch erhöhen«, sagte Chase.

»Wovon?« fragte sie. »Du bist nicht direkt reich, weißt du. Und ich bin völlig pleite.«

»Nun«, erinnerte er sie, »ich habe schließlich eine beträchtliche Summe geerbt, als ich meinen Vater gefunden habe.«

»Du nimmst das Geld an?« fragte sie überrascht.

»Ich wäre der größte Narr aller Zeiten, wenn ich diese Angelegenheit durch meine schlechte Laune entschieden hätte. Und außerdem...«

Jessie hatte sich bemüht, ihre Schreie zu unterdrücken, doch diesmal gelang es ihr nicht. Selbst in ihren eigenen Ohren klang der Schrei ganz gräßlich. Chase geriet in Panik, weil er annahm, daß etwas passiert war. Er griff nach ihrer Hand.

»Jessie, du darfst nicht sterben, das darfst du einfach nicht tun! Ich liebe dich! Wenn du stirbst, dann hilf mir...«

»Wirst du mir dann den Hals umdrehen?« sagte Jessie schwach. Sie sah ihn lange an. »Mich lieben?« sagte sie sanft. »Du hast eine nette Art, mir das zu zeigen, wenn ich bedenke, wie du mich in letzter Zeit behandelt hast.«

»Ja«, sagte er schlicht. »Verdammt noch mal, ich war in meinem ganzen bisherigen Leben noch nie auf irgend etwas oder irgend jemanden eifersüchtig, und jetzt, ganz plötzlich... ich wußte nicht, wie ich damit umgehen soll, Jessie. Ich wollte dich anschreien, aber auf der anderen Seite wollte ich dich auch lieben. Ich wollte um dich kämpfen, aber ich habe meine gesamten Gefühle zurückgehalten, weil ich Angst hatte, dich zu sehr aus der Fassung zu bringen. Glaub mir, Jessie, wenn du nicht schwanger wärst, hätten wir das alles schon längst hinter uns gebracht. Ich habe mich in meinem ganzen Leben noch nicht so elend gefühlt wie in diesen letzten Monaten, in denen ich in deiner Nähe war und dich doch nicht berühren konnte, und in denen ich Angst hatte, das zu sagen, was ich empfunden habe. Und du hast Rodrigo immer wieder ermuntert...«

»Das habe ich nicht getan«, unterbrach sie ihn barsch. Dann wurde ihre Stimme zarter. »Rodrigo ist ganz reizend und unterhaltsam, aber er... er ist nicht du, Chase. Ich habe nicht das geringste empfunden, als er mich dieses eine Mal geküßt hat. Ich nehme fast an, kein anderer Mann kann mir etwas geben.«

Ehe Chase antworten konnte, schrie Jessie wieder auf. Magdalena kam ins Zimmer, um zu sagen, daß sie nach dem Arzt geschickt hatte. Sie versuchte, Chase dazu zu bringen, daß er ging, doch er wollte nicht von der Stelle weichen. Das ziemte sich nicht, und sie ging kopfschüttelnd wieder hinaus.

Jessie entspannte sich wieder und lächelte Chase an. »Sie hat recht. Du solltest jetzt besser gehen. Es ist schon schlimm genug, daß ich mir meine eigenen Schreie anhören muß, aber du solltest dir das nicht auch noch antun.«

»Das ist doch absurd!«

»Nein, ich würde mich wirklich wohler fühlen, wenn ich mich nicht darum sorgen müßte, daß du ohnmächtig werden könntest.«

»Damit scherzt man nicht, Jessie.«

»Es tut mir leid, Chase. Würdest du bitte draußen warten? Ich will ganz einfach nicht, daß du mich so siehst.«

Einer so ernstgemeinten Bitte konnte er sich nicht widersetzen, doch er ging nur zögernd aus dem Zimmer, und sein Gesicht war eine kummervolle Maske, als er bei jedem Schritt zu ihrem Bett zurückblickte.

»Chase.« Jessie hielt ihn zurück, als er schon in der Tür stand. »Ich liebe dich auch.«

48

»Pedro?« rief Jessie aus. »Hat sie dich wirklich Pedro genannt?«

»Erstaunt?« Chase grinste.

»Aber ich hätte gedacht, daß sie alles Spanische ablehnt.«

»Ich glaube, daß meine Mutter ihr Selbstmitleid wirklich genüßlich ausgekostet hat.«

»Aber warum hast du den Namen geändert?«

»Mit meinem dunklen Haar und einem solchen Namen war ich in Chicago als Ausländer abgestempelt. Jungen können ziemlich roh mit Fremden umgehen. Mir scheint, ich mußte mich täglich prügeln. Und daher habe ich meinen Namen geändert – und alle davor gewarnt, sich jemals wieder an den Namen Pedro zu erinnern.«

»Aber Pedro ist doch ein schöner Name.«

Sie lachten beide und schmiegten sich auf dem Divan dichter aneinander. Im Nebenzimmer schlief der zwei Monate alte Charles. Ein Sohn, der ganz wie sein Vater und sein Großvater aussah. Darüber platzten beide Männer fast vor Stolz. Jessie stellte sich gern vor, daß das, was in Chases Augen aufleuchtete, wenn er seinen Sohn ansah, nicht nur Stolz war. Vielleicht war es auch Glück. Zufriedenheit. Mit Sicherheit Liebe. Er liebte diesen Jungen wirklich. Und in den letzten zwei Monaten hatte sie sich seiner Liebe so sicher gefühlt, wie sich Charles seiner Liebe sicher fühlen konnte.

Liebe war nicht das Märchen, von dem sie einst geglaubt hatte, daß es Liebe sei. Liebe war etwas Wirkliches, und sie war wunderbar, und Jessie blühte darin auf. Die Liebe war das Herz des Glücks, und Jessie hatte ihr Glück in ihrem Mann und ihrem Kind gefunden.

Jessie küßte Chase auf die Wange, und er drehte seinen Kopf um und nahm ihre Lippen gefangen. Sie seufzte, als seine Hand über ihren Rücken strich. Sie hatte es gelernt, ihre ungestüme Leidenschaft manchmal zu zügeln, denn es gab so vieles zu sagen. Doch eine ungestüme Vereinigung hatte auch ihr Gutes. Sie warf einen Blick auf das Bett und seufzte wieder. Es war noch früh.

»Hast du inzwischen darüber nachgedacht, was du tun willst, wenn wir wieder in Amerika sind?« fragte Jessie.

»Wir sollten deine Mutter vielleicht eine Zeitlang besuchen. Ich glaube, daß Rachel meinen Vater mögen wird.«

»Du willst die beiden verkuppeln, stimmt's?«

»Ich habe nicht vor, mich in das Leben anderer einzumischen, nur in mein eigenes.«

»Das ist dir allerdings gelungen«, sagte Jessie lächelnd. »Wir können aber nicht ewig bei meiner Mutter bleiben.«

»Denkst du an etwas Bestimmtes?« fragte er.

»Ich würde meine Ranch gern wieder aufbauen. Wenn du magst«, sagte sie.

»Aber, Jessie, wir können uns irgendwo ein Haus kaufen und uns um die Erziehung unseres Sohnes kümmern. Du brauchst nicht zu arbeiten.«

»Und ich kann faul und fett werden und an Langeweile sterben«, entgegnete Jessie mißmutig. »Ich will eine Ranch, Chase. Tu diese Idee nicht einfach ab.«

»Sie einfach abtun?« Er lachte. »Als ob du das zulassen würdest. Oh, mein Gott, ich hätte mir nie träumen lassen, daß ich einmal als Rancher ende.«

»Ist das dein Ernst?« fragte sie aufgeregt.

»Ja«, seufzte er. »Aber wenn es schon eine Ranch sein muß, dann machen wir es diesmal richtig. Nicht nur so, daß es mit Hängen und Würgen klappt. Und ich hoffe doch sehr, daß du dich nicht darauf versteifst, dich in Wyoming niederzulassen? Willst du nicht eine neue Ranch an einem Ort aufziehen, an dem es wärmer ist? In Texas oder Arizona?«

»Nein«, sagte sie entschieden. »Es mag zwar sein, daß die Winter in Wyoming etwas kühl sind...«

»Etwas!«

Sie grinste. »Es gibt Mittel, sich aufzuwärmen, Mittel, die Spaß machen können.«

»Wirst du sie mich alle lehren?«

»Wenn du mich freundlich darum bittest.«

»Verführerin.«

»Schmeichler.«

»Ich liebe dich, mein Schatz.«